9-12

9-12

El cazador de sueños

STEPHEN KING

EL CAZADOR DE SUEÑOS

(dreamcatcher)

Traducción de
Jofre Homedes

PLAZA & JANÉS EDITORES, S.A.

Título original: *Dreamcatcher*

Primera edición: octubre, 2001

© 2001, Stephen King
© Ralph M. Vicinanza, Ltd.
   Publicado por acuerdo con el autor
© de la traducción: Jofre Homedes Beutnagel
© 2001, Plaza & Janés Editores, S. A.
   Travessera de Gràcia, 47-49. 08021 Barcelona

Printed in Spain – Impreso en España

ISBN: 84-01-32898-5
Depósito legal: B. 35.445 - 2001

Fotocomposición: Lozano Faisano, S. L.

Impreso en A & M Gràfic, S. L.
Santa Perpètua de Mogoda (Barcelona)

L 328985

Dedicado a Susan Moldow y Nan Graham

PRIMERO LAS NOTICIAS

Del *East Oregon*, 8 de julio de 1947:

UN BOMBERO VE «PLATILLOS VOLADORES».
Kenneth Arnold describe nueve objetos en forma de disco.
«Eran brillantes, plateados y se movían
a una velocidad increíble.»

Del *Roswell Daily Record*, 8 de julio de 1947:

LA FUERZA AÉREA CAPTURA UN
«PLATILLO VOLADOR» SOBRE UNA GRANJA
DE LA REGIÓN DE ROSWELL.
La recuperación del disco siniestrado corrió a cargo
de los servicios de inteligencia.

Del *Roswell Daily Record*, 9 de julio de 1947:

LA FUERZA AÉREA AFIRMA QUE EL
«PLATILLO VOLADOR» ERA UN GLOBO SONDA.

Del *Chicago Daily Tribune*, 1 de agosto de 1947:

LA FUERZA AÉREA DECLARA
«NO TENER EXPLICACIÓN»
PARA LO QUE VIO ARNOLD.
850 avistamientos más desde el primer informe.

Del *Roswell Daily Record*, 19 de octubre de 1947:

UN GRANJERO INDIGNADO CALIFICA
DE «ENGAÑO» AL SUPUESTO
«TRIGO DEL ESPACIO».
Andrew Hoxon niega cualquier vinculación con «platillos».
Asegura que el trigo rojo «sólo es una broma».

Del *Courier Journal* (Kentucky), 8 de enero de 1948:

MUERE UN CAPITÁN DE LA FUERZA AÉREA
DURANTE LA PERSECUCIÓN DE UN OVNI.
Última transmisión de Mantell:
«Metálico y enorme.»
Silencio en la fuerza aérea.

Del *Nacional* de Brasil, 8 de marzo de 1957:

¡SE ESTRELLA EN MATO GROSSO UN EXTRAÑO APARATO
VOLADOR CON FORMA DE ANILLO! ¡DOS MUJERES
EN PELIGRO CERCA DE PONTO PORAN!
«Dentro se oían gritos», declaran.

Del *Nacional* de Brasil, 12 de marzo de 1957:

¡PÁNICO EN MATO GROSSO!
Rumores de hombres grises con grandes ojos negros.
Siguen llegando noticias, pese al escepticismo
de los científicos.
¡CUNDE EL MIEDO EN VARIOS PUEBLOS!

Del *Oklahoman*, 12 de mayo de 1965:

UN POLICÍA DISPARA A UN OVNI
Dice que el platillo volador flotaba a quince metros
de la carretera 9.
El radar de la base aérea lo confirma.

Del *Oklahoman*, 2 de junio de 1965:

AGRICULTURA CALIFICA DE ENGAÑO
A LAS «PLANTAS EXTRATERRESTRES».

Las «hierbas rojas», atribuidas a un grupo
de adolescentes con aerosoles.

Del *Press-Herald* de Portland (Maine),
14 de septiembre de 1965:

SIGUEN AUMENTANDO LAS APARICIONES
DE OVNIS EN NEW HAMPSHIRE.
Los testimonios se concentran en la zona de Exeter.
Un sector de la población teme una invasión extraterrestre.

Del *Union-Leader* de Manchester (New Hampshire),
19 de septiembre de 1965:

EL OBJETO GIGANTESCO QUE SE VIO CERCA DE EXETER
ERA UNA ILUSIÓN ÓPTICA.
Los investigadores de la fuerza aérea refutan
el testimonio del policía.
El agente Cleland, en sus trece: «Sé lo que vi.»

Del *Union-Leader* de Manchester (New Hampshire),
30 de septiembre de 1965:

SIGUE SIN EXPLICARSE LA EPIDEMIA
DE INTOXICACIONES ALIMENTARIAS DE PLAISTOW.
Más de trescientos afectados, la mayoría leves.
Según un funcionario, podría deberse a pozos contaminados.

Del *Michigan Journal*, 9 de octubre de 1965:

GERALD FORD SOLICITA QUE SE INVESTIGUEN LOS OVNIS.
Según el líder de la oposición, las «luces de Michigan»
podrían tener un origen extraterrestre.

Del *Los Angeles Times*, 19 de noviembre de 1978:

DOS CIENTÍFICOS COMUNICAN LA PRESENCIA EN MOJAVE
DE UN OBJETO GIGANTESCO EN FORMA DE DISCO.
Tickman: «Estaba rodeado de lucecitas brillantes.»
Morales: «Vi excrecencias rojas, como cabello de ángel.»

Del *Los Angeles Times*, 24 de noviembre de 1978:

LOS INVESTIGADORES DE LA POLICÍA Y LA FUERZA AÉREA
NO ENCUENTRAN «CABELLO DE ÁNGEL» EN MOJAVE.
Tickman y Morales se someten con éxito al detector de mentiras.
Descartada la posibilidad de un engaño.

Del *New York Times*, 16 de agosto de 1980:

LOS «SECUESTRADOS DEL OVNI» SIGUEN CONVENCIDOS.
Los psicólogos cuestionan los dibujos de «hombres grises».

Del *Wall Street Journal*, 9 de febrero de 1985:

CARL SAGAN: «NO ESTAMOS SOLOS.»
El célebre científico reafirma su creencia en los extraterrestres.
«Las posibilidades de que haya vida inteligente son altísimas.»

Del *Phoenix Sun*, 14 de marzo de 1997:

APARECE UN OVNI GIGANTESCO CERCA DE PRESCOTT.
DECENAS DE TESTIGOS DESCRIBEN UN OBJETO
«EN FORMA DE BUMERÁN».
Avalancha de llamadas a la base aérea.

Del *Phoenix Sun*, 20 de marzo de 1997:

SIGUEN SIN EXPLICARSE LAS «LUCES DE PHOENIX».
Según un experto, las fotos no están retocadas.
Los investigadores de la fuerza aérea no se pronuncian.

Del *Paulden Weekly* (Arizona), 9 de abril de 1997:

EL BROTE DE INTOXICACIÓN ALIMENTARIA, UN MISTERIO.
SE DAN POR FALSOS LOS TESTIMONIOS SOBRE «HIERBA ROJA».

Del *Derry Daily News* (Maine), 15 de mayo de 2000:

NUEVOS TESTIMONIOS SOBRE LUCES MISTERIOSAS
EN JEFFERSON TRACT.
Declaraciones del alcalde de Kineo:
«No sé qué son, pero han vuelto varias veces.»

MMDD

Se convirtió en el lema del grupo, aunque Jonesy no tuviera ni idea de quién había empezado a decirlo. «La venganza es muy puta»: eso era suyo. «Fóllame, Freddy» y media docena de expresiones todavía más jugosas llevaban la impronta de Beaver. El que les había enseñado a decir «lo que pasa, pasa» era Henry; era la típica chorrada zen que le gustaba, hasta de niños. Pero «MMDD»... ¿De quién había salido «MMDD»?

Daba igual. Lo importante era que siendo cuatro creían en la segunda mitad; después, siendo cinco, en las dos, y, al volver a ser cuatro, en la primera.

Cuando volvieron a ser los cuatro de siempre, empeoraron las cosas. Hubo más días oscuros, días de fóllame, Freddy. Ellos lo sabían, pero desconocían el motivo. Sabían que les pasaba algo (o en todo caso que eran diferentes), pero no sabían qué. Sabían que estaban atrapados, pero no acababan de saber en qué sentido. Y todo mucho antes de las luces en el cielo. Antes de McCarthy y Becky Shue.

MMDD: a veces se dice por decir. Y a veces sólo se cree en la oscuridad. Entonces ¿cómo se sigue viviendo?

1988: Beaver también llora

Decir que el matrimonio de Beaver no había sido un éxito era como decir que el lanzamiento del *Challenger* había tenido contratiempos. Joe Clarendon, alias *Beaver*, y Laurie Sue Kenopensky duraron juntos ocho meses; luego... ¡catacrac! Adiós, muñeca, y a barrer los destrozos.

Beaver no es de los que se amargan la vida. Pregúntaselo a cualquiera de los que salen con él y te lo dirá. Lo que ocurre es que pasa una mala racha. A sus amigos de siempre (los que considera amigos de verdad) sólo les ve una vez al año, durante la semana de noviembre en que se reúnen, y en noviembre pasado él y Laurie Sue aún estaban juntos. Vale que estaba la cosa negra, pero aún no se habían separado. Ahora se pasa la mitad del día (demasiado, lo reconoce hasta él) en los bares del puerto viejo de Portland: el Porthole, el Seaman's Club y el Free Street. Bebe demasiado, fuma demasiados porros y casi todas las mañanas le disgusta lo que ve en el espejo. Sus ojos enrojecidos esquivan el reflejo, y piensa: Debería salir menos, o acabará pasándome como a Pete. Cágate lorito.

Menos bares, menos salir cada día... Que sí, tío, que muy buena idea, pero luego vuelve a las andadas y a tomar por culo, oye. Este jueves toca el Free Street, y no puede faltar la cervecita en la mano, el porrete en el bolsillo y un instrumental del año de la pera en el jukebox, un poco a lo Ventures. Es un éxito de antes de la época de Beaver, que ahora mismo no se acuerda del título, aunque lo sabe, porque desde el divorcio pone mucho las emisoras de Portland donde emiten canciones de las de antes. Es un tipo de música que le relaja. La música de ahora, en muchos casos... Laurie Sue estaba bastante al día, y le gustaba, pero Beaver no acaba de verle la gracia.

El Free Street está casi vacío, aparte de cinco o seis tíos en la barra, otra media docena jugando a billar al fondo, y Beaver con tres colegas en un reservado, bebiendo Miller de barril y jugándose a las cartas cada ronda. ¿Cómo coño se llama el instrumental, con esos punteos de guitarra? ¿*Out of Limits*, de los MarKets? ¿*Telstar*? Qué va, qué va, ésa tiene un sintetizador, y aquí no se oye ninguno. Total, tampoco le importa a nadie un carajo. Los otros están hablando de Jackson Browne, que ayer dio un concierto en el Civic Center y tocó de cágate, o eso dice George Pelsen, que estaba.

—Os voy a contar otra cosa que fue de cágate —dice George, mirándoles y dándose aires. Luego levanta la barbilla, que es de las flojas, y les enseña una marca roja al lado del cuello—. ¿Sabéis qué es esto?

—Un chupetón, ¿no? —pregunta Kent Astor con cierta timidez.

—¡Premio para el nene! —dice George—. Nada, que al final del concierto fui con unos colegas a ver si conseguíamos un autógrafo del Jackson, o al menos de David Lindley, que también mola.

Kent y Sean Robideau confirman que Lindley mola; no es un dios de la guitarra (como Mark Knopfler, de los Dire Straits, o Angus Young, de AC/DC; o Clapton, claro), pero molar, lo que se dice molar, mola. Se pega unos solos de la hostia y lleva melenas hasta el hombro, en plan rasta.

Beaver no participa en la conversación. De repente tiene ganas de salir de aquel garito y respirar un poco de aire puro. Ya ve por dónde va George, y es mentira.

No se llamaba Chantay. No sabes ni cómo se llamaba. Pasó de largo como si ni existieras; qué caso quieres que te haga una tía así, si debe de verte como el típico peludo de clase baja de la típica ciudad obrera de Nueva Inglaterra. Subió al autobús del grupo, y fijo que no vuelves a verla en tu vida. Tu mierda de vida, que no tiene ningún interés. Eso, los Chantays. El grupo que suena son los Chantays; ni los Mar-Kets ni los BarKays. Los Chantays. Es *Pipeline*, de los Chantays, y lo que tienes en el cuello no es ningún chupetón, es que te has cortado al afeitarte.

Eso piensa Beaver, y luego oye llorar. No en el Free Street, sino en su cabeza. Un llanto de hace mucho tiempo, un llanto que se te mete en el cerebro y es como cristales rotos. ¡Fóllame, Freddy! ¡Que alguien lo haga callar, coño!

El que lo hizo callar fui yo, piensa Beaver. Conseguí que no llorara más. Le cogí en brazos y le canté.

George Pelsen, mientras tanto, les cuenta que al final se abrió la puerta de los camerinos, pero que no salió Jackson Browne ni David Lindley, sino el trío de coristas, que se llamaban Randi, Susi y Chantay. Tres tías altas que estaban de muerte.

—¡Jodeer! —dice Sean poniendo los ojos en blanco. Es un tío tirando a gordo cuyas hazañas sexuales consisten en algún que otro viaje a Boston, donde ve a las que hacen striptease en el Foxy Lady y a las camareras del Hooters—. ¡Cómo estaría la Chantay!

Hace en el aire gestos de masturbarse, y piensa Beaver: al menos en esto sí que parece un experto.

—Total, que me pongo a hablar con ellas… bueno, más que nada con la que se llamaba Chantay, y le digo que si quiere ver la marcha de Portland. Y va la tía…

Beaver se saca un mondadientes del bolsillo y se lo mete en la boca, aislándose de la conversación. De repente el palillo es lo que más ansía. Ni la cerveza que tiene delante ni el porro del bolsillo, y menos a George Pelsen dando la tabarra con lo bien que se lo montaron él y la mítica Chantay en la parte de atrás de la camioneta. ¡Suerte de la capota! Porque George, cuando saca las herramientas, no está para que le molesten.

No alucines tanto, chaval, piensa Beaver. De repente lo ve todo negrísimo, más que nunca desde que Laurie Sue cogió los bártulos y volvió a casa de su madre. En él es muy raro. De repente sólo le apetece salir, llenarse los pulmones de aire fresco y salobre y encontrar una cabina. Quiere llamar por teléfono a Jonesy y Henry, da igual cuál de los dos, decirles «Qué pasa, tío», y que le conteste uno u otro: «Pues nada, Beaver, MMDD. Ni rebotes ni partidos.»

Se levanta.

—¿Adónde vas, tío? —dice George.

Beaver y George estudiaron juntos los dos primeros años de carrera. Entonces George parecía un tío legal, pero de eso hace la tira y media de cervezas.

—A mear —dice Beaver, cambiándose de lado el palillo.

—Pues mea deprisa, capullo, porque estoy a punto de llegar a lo interesante —dice George.

No llevaba nada debajo, piensa Beaver. Hoy la sensación es más fuerte que de costumbre; debe de ser el barómetro, o algo.

George baja la voz y dice:

—Al levantarle la falda...

—No lo digas: no llevaba nada debajo —dice Beaver, que advierte la mirada de sorpresa de George, pero la ignora—. Eso no me lo pierdo.

Se aleja del grupo, camina hacia el lavabo de hombres (con su olor amarillo-rosado a pipí y desinfectante), pasa de largo, deja atrás el de mujeres, deja atrás la puerta donde pone PRIVADO y sale a la calle. El cielo está blanco y presagia lluvia, pero se respira buen aire. Qué gusto. Se llena los pulmones y vuelve a pensar. Ni rebotes ni partidos. Sonrió un poco.

Luego camina diez minutos mordiendo palillos, sólo para despejarse la cabeza. En un momento dado (no recuerda exactamente cuál), tira el porro que llevaba en el bolsillo. A continuación llama a Henry desde el teléfono del estanco, al lado de Monument Square. Prevé que saltará el contestador (Henry todavía está en la facultad, haciendo un posgrado), pero resulta que está en casa y que contesta a la segunda señal.

—¿Qué te cuentas, tío? —dice Beaver.

—Ya ves —responde Henry—. Misma mierda, diferente día. ¿Y tú, Beav?

Beaver cierra los ojos. Vuelve, pasajeramente, a estar todo bien, o todo lo bien que puede estar todo en un mundo tan hijoputa.

—Pues mira, más o menos como siempre —contesta—. Tirando.

1993. Pete ayuda a una damisela en apuros

Pete está sentado delante de su escritorio, justo al lado de la sala de exposición de Macdonald Motors, un concesionario de coches de Bridgton, y juguetea con el llavero. La chapa lleva cuatro letras de esmalte azul: NASA.

Los sueños envejecen más deprisa que los soñadores. He ahí una verdad que ha descubierto Pete con el paso de los años. Sorprende, sin embargo, la dificultad con que mueren los últimos, con gritos roncos y angustiados al fondo del cerebro. Ha pasado mucho tiempo desde que Pete dormía en una habitación empapelada con imágenes de los cohetes Apollo y Saturn, fotos de astronautas, paseos por el espacio y cápsulas espaciales con las pantallas derretidas por el calor extremo del regreso a la atmósfera; fotos de LEMs, de Voyagers, y una de un disco brillante sobre la interestatal 80, con gente en el arcén mirando el cielo y protegiéndose la vista con la mano. La foto tiene este pie: ESTE OBJETO, FOTOGRAFIADO CERCA DE ARVADA (COLORADO) EN 1971, NUNCA HA RECIBIDO EXPLICACIÓN. ES UN VERDADERO OVNI.

Mucho tiempo.

Este año, de todos modos, aún ha aprovechado una de sus dos semanas de vacaciones para visitar Washington, yendo al Smithsonian a diario y dedicándose casi en exclusiva a pasear por la sección de Espacio y Aeronáutica con una sonrisa en los labios. Casi toda la semana se le fue en mirar las rocas lunares y pensar: estas piedras vienen de un sitio donde el cielo siempre está negro, y el silencio es eterno. Neil Armstrong y Buzz Aldrin se trajeron veinte kilos de otro mundo, y ahora están aquí.

Y aquí está él, sentado a su mesa un día en que no ha vendido un solo coche (a la gente no le gusta comprar coches cuando llueve, y en la parte del mundo donde vive Pete llovizna desde el amanecer), jugando con el llavero de la NASA y mirando el reloj. El tiempo, por la tarde, pasa con lentitud, y más cuanto menos falta para las cinco. A las cinco habrá llegado la hora de la primera cerveza. Antes de las cinco, ni loco. Beber durante el día es arriesgarse a tener que vigilar el número de copas, que es lo que hacen los alcohólicos. En cambio, si eres capaz de esperar... de jugar con las llaves y esperar...

Lo otro que espera Pete, además de la primera cerveza del día, es noviembre. El viaje de abril a Washington estuvo bien, y las rocas lunares eran increíbles (le basta con pensar en ellas para revivir la sorpresa), pero estaba solo. Eso, lo de estar solo, ya no era tan agradable. En noviembre, cuando se tome su otra semana, estará con Henry, Jonesy y Beaver. Entonces sí que beberá todo el día sin remordimientos. Cuando estás en el bosque, cazando con los amigos, se puede beber todo el día sin que pase nada. Casi es tradición. Un...

Se abre la puerta y entra una pelirroja guapa: sobre el metro setenta y cinco (a Pete le gustan altas), y de unos treinta años. Mira fugazmente los modelos expuestos (la estrella es el Thunderbird nuevo en granate oscuro, aunque tampoco está mal el Explorer), pero no parece interesada en comprar nada. Luego ve a Pete y se acerca.

Pete se levanta, deja el llavero de la NASA encima del libro de registro y se reúne con la pelirroja en la puerta del despacho. Para entonces ya se ha puesto su mejor sonrisa profesional (doscientos vatios, nena) y ofrece la mano. El apretón de ella es tibio y firme, pero está preocupada.

—No creo que pueda ayudarme —dice.

—Eso a un vendedor de coches nunca se le dice —contesta Pete—. Nos encantan los desafíos. Soy Pete Moore.

—Hola —dice ella, pero no da su nombre, que es Trish—. He quedado en Fryeburg dentro de... —Mira el reloj que tan atentamente consulta Pete durante las largas horas de la tarde—. Tres cuartos de hora. Me espera un cliente que quiere comprar una casa, y me parece que tengo una que le gustará; me juego una comisión bastante interesante, y... —Se le han llenado los ojos de lágrimas, y tiene que tragar saliva para que no se le ponga ronca la voz—. ¡... y he perdido las puñeteras llaves! ¡Las del coche!

Abre el bolso y hurga dentro.

—Pero tengo la documentación... y algunos papeles... Hay la tira de números, y he pensado que si me hace usted, no sé, una copia, aún podré acudir a la cita. Con esta venta podría salvar el año, señor...

Se le ha olvidado. Pete no se ofende. Moore es casi tan normal como Smith o Jones. Además, está disgustada. ¿Y quién no, habiendo perdido las llaves? Pete lo ha visto cien veces.

—Moore. Pero también se me puede llamar Pete.

—¿Podría ayudarme, señor Moore? ¿O hay alguien más en el departamento de servicios que pueda solucionármelo?

Dentro está el vejete de Johnny Damon, que estaría encantado de ayudarla, pero entonces seguro que no llegaría a tiempo a Fryeburg.

—Aquí podemos hacerle llaves nuevas, pero habría que calcular entre veinticuatro y cuarenta y ocho horas —dice—. Más lo segundo.

Ella le mira con ojos llorosos, ojos de un marrón aterciopelado, y profiere un gritito de consternación.

—¡Mierda! ¡Mierda!

Entonces Pete tiene una idea peculiar: la tal Trish se parece a una conocida de hace mucho tiempo. No tenían mucha relación. La justa para que él le salvara la vida a ella. Se llamaba Josie Rinkenhauer.

—¡Lo sabía! —dice Trish, que ya no intenta disimular su ronquera—. ¡Estaba segurísima!

Le da la espalda a Pete y empieza a llorar de verdad.

Pete la sigue unos pasos y la coge suavemente por un hombro.

—Un momento, Trish. Espere un poco.

Ha sido un descuido decir su nombre sin que se lo haya dicho ella, pero da igual, porque está demasiado angustiada para darse cuenta de que no se han presentado.

—¿De dónde viene? —pregunta él—. No es de Bridgton, ¿verdad?

—No —dice ella—. Tenemos las oficinas en Westbrook. Inmobiliaria Dennison. Los del faro. ¿Sabe?

Pete asiente con la cabeza, como si le sonara a algo.

—De ahí vengo, pero me he parado en la farmacia de Bridgton para comprar aspirinas. Antes de las presentaciones importantes siempre me da dolor de cabeza, por los nervios, y ahora es como un martillo...

Pete asiente con gesto compasivo, porque sabe de qué va; claro que sus jaquecas, por lo general, se deben a la cerveza, más que a los nervios, pero bueno, tiene experiencia.

—Como me sobraba tiempo, también he entrado a tomar un café en la tienda pequeña que hay al lado de la farmacia. Por la cafeína: va bien para el dolor de cabeza.

Pete vuelve a asentir. El psicólogo es Henry, pero ya le ha dicho Pete más de una vez que para ser buen vendedor hay que saber mucho de cómo funciona el cerebro humano. Ahora, viendo tranquilizarse un poco a su nueva amiga, se alegra. Mejor. Intuye que puede ayudarla, a condición de que se lo permita. Siente que está listo para el clic, y le gusta. No es que sea nada del otro mundo, ni que vaya a hacerle rico, pero le gusta ese clic.

—Y también he entrado en Renny's, en la acera de enfrente. Me he comprado un pañuelo, por la lluvia... —Se toca el pelo—. Luego he vuelto al coche... ¡y ya no estaban esas llaves cabronas! He desandado el camino desde Renny's a la tienda, y luego a la farmacia, ¡y no están! ¡No podré llegar a tiempo!

Vuelve a instilarse la angustia en su voz, mientras echa otro vistazo al reloj de pared. Para Pete, el tiempo parece un caracol; para ella, un bólido. Es lo que diferencia a la gente, piensa Pete. Como mínimo a una persona.

—Tranquila —dice—. Relájese unos segundos y escuche. Ahora, si le parece, salimos, volvemos juntos a la tienda y buscamos las llaves del coche.

—¡No están! He mirado en todos los pasillos, en la estantería de las aspirinas, se lo he preguntado a la chica de la caja...

—Con mirar otra vez no se pierde nada —dice él.

Y la dirige hacia la puerta con una leve presión de la mano en la región lumbar, para que le acompañe. Le gusta su perfume, y más le gusta su cabello. Mucho. Si es tan bonito lloviendo, ¿cómo será en un día de sol?

—Es que he quedado a...

—Aún le quedan cuarenta minutos. Ahora que se han ido los turistas, se llega a Fryeburg en veinte minutos. Buscaremos las llaves durante diez minutos y, si no las encontramos, la llevo yo.

Ella le observa, dudosa.

La mirada de Pete se aparta de la chica y penetra en otro despacho.

—¡Dick! —exclama—. ¡Eh, Dickie!

Dick Macdonald levanta la vista de un revoltijo de facturas.

—Dile a esta señorita que no le pasará nada si la llevo en coche a Fryeburg.

—No es peligroso, señora —dice Dick—. Ni es un obseso sexual ni conduce demasiado deprisa. Sólo querrá venderle un coche nuevo.

—Soy dura de roer —dice ella, sonriéndose un poco—, pero bueno, adelante.

—¿Me coges tú el teléfono, Dick? —pide Pete.

—¡Uy, difícil me lo pones! Con este tiempo, tendré que apartar a palos a los compradores.

Pete y la pelirroja (Trish) salen, cruzan la calle y recorren los diez o quince metros que hay hasta la calle mayor. La farmacia es el segundo edificio a mano izquierda. Ahora arrecia la llovizna, que casi es lluvia. Ella se cubre el cabello con el pañuelo nuevo y mira fugazmente a Pete, que lleva la cabeza descubierta.

—Se está mojando —dice.

—Soy del norte del estado —dice él—. Arriba somos gente dura.

—Y ¿cree que las encontrará? —pregunta ella.

Pete se encoge de hombros.

—Puede. Se me da bien buscar. Es de nacimiento.

—¿Sabe algo que no sepa yo? —pregunta ella.

Ni rebotes ni partidos, piensa él. Como mínimo eso.

—No —dice—. De momento no.

Entran en la farmacia, haciendo sonar la campanilla de encima de la puerta. La chica del mostrador interrumpe la lectura de una revista. Son las tres y veinte de una tarde lluviosa de septiembre, y, aparte de los tres y el señor Yates (que está arriba, en el despacho), no hay nadie.

—Hola, Pete —dice la dependienta.

—¿Qué tal, Cathy?

—Aquí, pasando el rato, que no pasa ni a tiros. —Mira a la pelirroja—. Lo siento, señora, pero he vuelto a buscar y no las he encontrado.

—Tranquila —dice Trish con media sonrisa—. Me ha dicho este señor que me llevará en coche.

—Ya —dice Cathy—. Pete es de fiar, pero tanto como para llamarle «señor»...

—Oye, niña, cuidado con lo que dices —le dice Pete con una sonrisa de burla.

Mira el reloj de la pared. A él también se le ha acelerado el tiempo. Bienvenido el cambio.

Mira a la pelirroja.

—O sea que primero ha entrado aquí. Por las aspirinas.

—Exacto. He comprado un frasco de Anacin. Luego, como me sobraba tiempo...

—Ya, ya lo sé: se ha tomado un café al lado, en Christie's, y luego ha ido enfrente, a Renny's.

—Sí.

—¡No se habrá tomado la aspirina con café caliente!

—No, tenía una botella de agua en el coche. —La pelirroja señala un Taurus verde por la ventana—. Es con lo que me la he tomado. Pero en el asiento también he buscado, señor... Pete. Y he mirado si estaban puestas.

Le mira con impaciencia, como diciendo: Ya sé qué piensas, que ésta es una histérica.

—Otra pregunta, la última —dice él—. Si encuentro las llaves, ¿acepta que salgamos a cenar? Podríamos quedar en el West Wharf, que está en la carretera entre aquí y...

—Ya, ya lo conozco —dice ella, que a pesar de los nervios se muestra divertida. Cathy, la dependienta, ya no finge leer la revista. Esto es mucho más interesante—. Oiga, y ¿cómo sabe que no estoy casada o que no tengo novio?

—Porque no lleva anillo —se apresura él a contestar, pese a no haber tenido ocasión de mirarle las manos, al menos de cerca—. Y que no hablaba de prometernos, ¿eh? Nos comemos unas almejitas, ensalada de col, pastel de fresa, y tan contentos.

Ella mira el reloj.

—Pete... señor Moore... Perdone, pero ahora mismo no me apetece ligar. Si quiere llevarme, tendré mucho gusto en que cenemos juntos, pero...

—No pido nada más —dice él—, aunque intuyo que irá a la cita en su propio coche. Quedamos en el restaurante. ¿Le va bien a las cinco y media?

—Sí, perfecto, pero...

—Hecho.

Pete está contento. Es agradable estar contento. Los últimos dos años no han sido el colmo de la alegría. ¿Por qué? A saber. ¿Demasiadas noches yendo de bar en bar por la 302 y volviendo a las quinientas con la sensación de haber perdido el tiempo? Sí, pero algo más tiene que haber. ¿O no? En todo caso, no es el momento de meditarlo. La pelirroja tiene una cita. Si llega a tiempo y vende la casa, Pete Moore quizá tenga suerte. Y, aunque no la tenga, seguro que puede ayudarla. Lo nota.

—Ahora voy a hacer algo un poco raro —dice—, pero no se ponga nerviosa, ¿eh? Sólo es un truquito cualquiera, como ponerse el dedo debajo de la nariz para no estornudar, o darse golpes en la frente para acordarse de un nombre. ¿De acuerdo?

—Por mí... —dice ella, intrigadísima.

Pete cierra los ojos, cierra el puño sin apretarlo, se lo pone delante de la cara y despliega el dedo índice, que empieza a oscilar.

Trish mira a Cathy, la dependienta. Cathy se encoge de hombros, como diciendo «a ver qué pasa».

—¿Señor Moore? —Ahora Trish pone voz de no tenerlas todas consigo—. Oiga, no sé si no es mejor que me...

Pete abre los ojos, respira hondo y baja la mano. No la mira a ella, sino a la puerta de detrás.

—Bueno —dice—. O sea que ha entrado... —Sus ojos se mueven como si la vieran entrar—. Ha ido al mostrador... —Ahí se dirigen sus ojos—. Y debe de haber preguntado algo así como: «¿En qué pasillo están las aspirinas?»

—Sí, le...

—Pero antes ha cogido otra cosa. —Lo ve en el mostrador de los dulces: una señal amarilla y brillante, como la huella de una mano—. ¿Una barra de Snickers?

—De Mounds. —Ella abre mucho sus ojos marrones—. ¿Cómo lo sabe?

—Ha cogido la barra, y luego ha ido a buscar las aspirinas... —Ahora Pete observa el pasillo 2—. Después ha pagado y ha salido... Salgamos. Hasta luego, Cathy.

Cathy se limita a asentir con la cabeza, mirándole con ojos como platos.

Pete sale sin prestar atención a la campanilla ni a la lluvia, que ahora ya no es llovizna. Lo amarillo está en la acera, pero difuminándose. Lo borra la lluvia. Pete, sin embargo, sigue viéndolo, lo cual le satisface. La sensación del «clic»… Muy agradable. Es la línea. Hacía mucho tiempo que no la veía con tanta nitidez.

—Ha vuelto al coche… —dice, hablando consigo mismo—. Se ha tomado un par de aspirinas con el agua…

Cruza lentamente la acera hacia el Taurus. Ella camina detrás con una mirada más nerviosa que antes, casi de miedo.

—Ha abierto la puerta. Llevaba el bolso… las llaves… las aspirinas… la barrita de chocolate… Se lo pasaba todo de mano en mano… y entonces ha sido cuando…

Se agacha, mete la mano en el agua que corre por la cuneta, la hunde hasta la muñeca y saca algo. Dibuja un gesto de mago. El día gris hace brillar las llaves plateadas.

—… se le han caído las llaves.

Ella, al principio, no las coge. Sólo le mira boquiabierta, como si hubiera asistido a un acto de brujería.

—Adelante, cójalas —dice él, sonriendo con menor efusión—, que no es para tener miedo. Casi todo es deducción. Soy el rey de las deducciones. ¡Y el día que se pierda tampoco le iría mal tenerme en el coche! Soy un experto en encontrar el camino.

Entonces ella coge las llaves; lo hace con rapidez, procurando no tocar los dedos de Pete, y él se da cuenta de que la pelirroja no se reunirá con él en ningún restaurante. No hace falta ningún don especial para adivinarlo. Basta con mirarla a los ojos, donde hay más miedo que gratitud.

—Gra… gracias —dice ella. De repente está midiendo el espacio que hay entre los dos, sin muchas ganas de que él lo reduzca.

—De nada, mujer. ¡Y que no se le olvide! A las cinco y media en el West Wharf. Las mejores almejas de esta parte del estado.

Manteniendo la ficción. A veces hay que mantenerla, al margen de cómo se sienta uno. Y, aunque la tarde haya perdido una parte de su alegría, algo queda; Pete ha visto la línea, y eso siempre le procura bienestar. Es un simple truquito, pero es agradable saber que lo conserva.

—A las cinco y media —repite ella; pero, al abrir la puerta del coche, la mirada que arroja por encima del hombro podría tener por destinatario a un perro que, de no ser por la correa, sería capaz de morder. La pelirroja se alegra de que no tengan que llevarla a Fryeburg. Tampoco esta vez le hace falta a Pete ser adivino para darse cuenta.

Se queda debajo de la lluvia, viéndola poner marcha atrás para salir de donde estaba aparcada en batería. En el momento en que se aleja el Taurus, Pete dibuja con la mano un saludo jovial de vendedor de coches. Ella, un poco trastornada, corresponde con un leve gesto; y a las cinco y cuarto (hay que ser puntuales, por si acaso), como era de esperar, Pete llega al West Wharf y no la encuentra. Pasa una hora y sigue sin aparecer. A pesar de ello, se queda un buen rato sentado en la barra, bebiendo cerveza y observando el tráfico de la 302. Hacia las seis menos veinte le parece verla pasar de largo sin frenar: un Taurus verde a toda pastilla bajo una lluvia que se ha vuelto casi torrencial, un Taurus verde que podría (o no) arrastrar un halo tenue de color amarillo que se borra de inmediato en el crepúsculo.

Misma mierda, diferente día, piensa Pete; pero ahora ya no hay ni rastro de alegría, sólo la pena de antes, la pena que se siente como algo merecido, como el precio de una traición que no está olvidada del todo. Enciende un cigarrillo (de niño simulaba que fumaba, pero ahora ya no hace falta fingir) y pide otra cerveza.

Milt se la sirve, pero dice:

—Oye, Peter, ¿no quieres comer nada con las cervezas? Te sentaría bien.

De ahí que Pete pida una ración de almejas fritas, y hasta se coma unas cuantas con salsa tártara para acompañar otro par de cervezas. En un momento de la tarde, antes de desplazarse a otro local donde le conozcan menos, intenta telefonear a Jonesy a Massachusetts, pero Jonesy y Carla han salido a cenar, cosa que no hacen casi nunca, y se pone la niñera, que le pregunta si quiere dejar algún recado.

Pete está a punto de decir que no, pero cambia de opinión en el último momento:

—Nada especial. Dile que ha llamado Pete y que ha dicho MMDD.

—M... M... D... D... —La niñera lo apunta—. ¿Sabrá qué...?

—Sí, sí —dice Pete—. Tranquila.

La medianoche le pilla borracho en cualquier antro de New Hampshire. Intenta decirle a una chica igual de borracha que él que de pequeño estaba convencido de que sería el primer ser humano en pisar Marte, y, aunque ella asiente y repite varias veces «ya», Pete sospecha que lo único que entiende es que le gustaría, a ella, otro carajillo de brandy antes de cerrar. Pues vale. No pasa nada. Mañana se despertará con dolor de cabeza, pero no faltará al trabajo, y quizá venda algún coche. O no. La vida sigue. Quién sabe, tal vez venda el Thunderbird granate. Hubo un tiempo en que las cosas no eran así, pero ese tiempo ha pasado. Ahora siempre es todo igual, todo MMDD. Pete supone que se acostumbrará. Creces, te haces adulto y tienes que adaptarte a recibir menos de lo que esperabas. Descubres que la máquina de sueños tiene un letrero grande de NO FUNCIONA.

En noviembre irá a cazar con sus amigos. Como ilusión de futuro, es suficiente; eso o una mamada de la chica borracha en el coche, una mamada tosca y con mucho carmín. Querer más es una receta segura para llevarse disgustos.

Los sueños, para los niños.

1998: Henry trata a un paciente de diván

La habitación está poco iluminada. Cuando recibe pacientes, Henry siempre la tiene así. Le parece interesante que se fijen tan pocos en el detalle. Él lo atribuye a que en el estado mental de los que vienen a verle tampoco hay mucha luz. La mayoría de sus pacientes son neuróticos (hay más que árboles en el bosque, como le dijo a Jonesy una vez que estaban, ¡ajá!, en el bosque), y opina Henry, aunque sin base científica, que sus problemas funcionan como una especie de filtro polarizador entre ellos y el resto del mundo. Cuanto más profunda es la neurosis, menos luz hay en sus cabezas. En general, sus pacientes le suscitan una compasión distanciada, que puede llegar a la lástima. Son pocos los que agotan su paciencia, y uno de ellos es Barry Newman.

A los pacientes que entran en la consulta de Henry por primera vez se les plantea una elección que no suelen captar como tal. Entran y ven una sala agradable, aunque poco iluminada, con chimenea a la izquierda. Esta última contiene un tronco de los que no se consumen, un tronco de acero que imita el abedul y que tiene debajo cuatro chorros de gas distribuidos con ingenio. Al lado de la chimenea hay un sillón de orejas, que es donde se sienta Henry, debajo de una reproducción muy buena de las caléndulas de Van Gogh. (A veces Henry les dice a sus colegas que en la consulta de un psiquiatra siempre debería haber como mínimo un Van Gogh.) El lado opuesto de la sala está ocupado por una butaca y un diván.

A Henry siempre le interesa ver por cuál de los dos se decanta el paciente. Ha ejercido bastantes años para saber que lo que elija el paciente el primer día lo elegirá casi todos los días. Es un tema digno de un artículo. Henry es consciente de ello, pero no consigue concretar la tesis, además de que está pasando por una época de menor interés hacia cuanto sean artículos, revistas, congresos y coloquios. Antes les daba importancia, pero ahora ha cambiado la situación. Duerme menos, come menos, y también ríe menos. En su vida también ha penetrado la oscuridad (el filtro polarizador), y Henry no lo lamenta. Así todo es menos deslumbrante.

Barry Newman siempre ha sido hombre de diván, desde el primer día, y Henry nunca ha cometido el error de relacionar el dato con el estado mental de su paciente. Es algo tan sencillo como que Barry encuentra más cómodo el diván, a pesar de que haya días, pasados los cincuenta minutos, en que Henry tenga que ayudarle a levantarse. Barry Newman mide un metro setenta y pesa ciento noventa kilos. Por eso se lleva tan bien con el diván.

Las sesiones de Barry Newman suelen consistir en informes largos y cansinos sobre las aventuras gastronómicas que le ha deparado la semana; y no porque Barry tenga un paladar exigente, ni mucho menos. De hecho es la antítesis del gourmet: se come todo lo que tenga la mala suerte de entrar en su órbita. Es una máquina de comer. Y su memoria es eidética, al menos a ese respecto. Es a la comida lo que Pete, el amigo de infancia de Henry, a las direcciones y la geografía.

Henry casi ha renunciado del todo a apartar a Barry de los árboles y hacerle examinar el bosque. Por dos motivos: el deseo de Barry de hablar en detalle de la comida, un deseo suave pero implacable, y el hecho de que Barry nunca le haya caído bien a Henry. Los padres de Barry están muertos. Se quedó sin padre a los dieciséis, y sin madre a los veintidós. Le dejaron una herencia de consideración, de la que sólo podrá disponer cuando cumpla los treinta. Entonces pondrán en sus manos el capital... a condición de que continúe con la terapia. En caso contrario, la herencia seguirá retenida hasta los cincuenta.

Henry duda que Barry Newman llegue a los cincuenta.

La presión arterial de Barry (se lo ha dicho él con una punta de orgullo) es de once coma nueve y catorce.

Su índice de colesterol es de doscientos noventa. Es una mina de lípidos.

Soy un derrame ambulante, un infarto que camina, le ha dicho a Henry con la gravedad satisfecha del que puede llamar al pan, pan y al vino, vino, porque en el fondo sabe que a él no le está destinado acabar así. No, a él no.

—Para comer me zampé dos dobles del Burger King —dice en este momento—. Me encantan, porque está el queso caliente, no como en la mayoría, que lo tienen tibio. —Sus labios carnosos, que ofrecen un contraste peculiar con su volumen, se tensan y tiemblan como si estuvieran saboreando el queso fundido—. También me tomé un batido, y volviendo a casa me compré dos barras de chocolate. Luego hice la siesta, y al levantarme puse toda una bolsa de gofres congelados en el microondas. ¡Listos al minuto! —exclama.

Luego ríe. Es la risa de los recuerdos entrañables: una puesta de sol, la tersura de un seno de mujer a través de una blusa fina de seda (aunque, a juicio de Henry, Barry no debe de haberla experimentado) o la sensación de la arena caliente de la playa.

—La mayoría de la gente pone los gofres en la tostadora —prosigue Barry—, pero encuentro que quedan demasiado crujientes. Con el microondas se calientan pero quedan blandos. Calientes... y blandos. —Se relame los labios pequeños—. Después de comerme toda la bolsa, me sentí un poco culpable.

Pronuncia la última frase casi como si fuera un comentario al margen, como si acabara de acordarse de que Henry le escucha por algo. En todas las sesiones hace lo mismo: soltar cuatro o cinco comentarios así... y dale otra vez con la comida.

Ya ha llegado al martes por la tarde. Como es viernes, aún quedan muchas comidas, cenas, meriendas... Henry desconecta. Barry es el último paciente del día. Cuando acabe su inventario calórico, Henry volverá al piso para hacer las maletas. Al día siguiente se levantará a las seis, y entre las siete y las ocho llegará Jonesy en coche. Entonces lo cargarán todo en el Scout viejo de Henry, que ahora sólo se usa para la cacería de noviembre, y hacia las ocho y media habrán puesto los dos rumbo al norte. De camino pasarán por Bridgton a recoger a Pete, y luego a Beaver, que todavía vive cerca de Derry. Cuando se haga de noche estarán en Hole in the Wall, su cabaña de Jefferson Tract, jugando a cartas en el salón y oyendo las canciones solitarias del viento en los aleros. Las escopetas estarán apoyadas en el rincón de la cocina, y los permisos de caza, colgados en el gancho de la puerta trasera.

Estará con sus amigos, lo cual siempre es un poco como volver a casa. Durante una semana quizá se note menos el filtro polarizador. Recordarán viejos tiempos, se reirán de las palabrotas de Beaver, a cuál más gorda, y, si por casualidad hay alguno que cace un ciervo, habrá una cosa más que comentar. Juntos siguen funcionando. Juntos siguen derrotando al tiempo.

La cantinela de Barry Newman es un ruido ininterrumpido de fondo, muy de fondo. Costillas de cerdo, puré de patatas, mazorcas de maíz goteando mantequilla, pastel de chocolate Pepperidge Farm, un bol de Pepsi Cola con cuatro bolas de helado flotando, huevos fritos, huevos duros, huevos escalfados...

Henry asiente en los momentos indicados y lo oye todo sin escuchar. Se trata de un truco clásico de la psiquiatría.

Problemas, lo que son problemas, también los tienen Henry y sus amigos de infancia. Beaver, con las mujeres, es un patán; Pete se pasa un poco con el alcohol (un poco no, mucho, considera Henry), Jonesy y Carla han estado a punto de divorciarse, y Henry todavía batalla con una depresión que le parece tan atractiva como molesta. Vaya, que tienen problemas, pero juntos siguen funcionando, siguen sabiendo armarla, y mañana por la mañana estarán juntos. Este año serán ocho días. Qué bien.

—Ya sé que no debería, pero es que a primera hora me entran unas ansias... Puede que esté bajo de azúcar. Sí, podría ser. Pues eso, que me comí el resto del pastel que había en la nevera. Luego cogí el coche, fui a Dunkin Donuts y pedí una docena de manzana y cuatro...

Henry, cuyos pensamientos siguen ocupados por la cacería anual que empezará mañana, no se da cuenta de lo que dice hasta que ya no tiene remedio.

—Quizá seas un comedor compulsivo, Barry; quizá esté relacionado con que crees que mataste a tu madre. ¿Te parece posible?

Barry se queda callado. Henry alza la vista y repara en que Barry Newman le está mirando con los ojos tan abiertos que hasta se le ven. Y, aunque Henry sepa que no es de recibo seguir tocando la misma tecla, que ni sirve de nada ni está relacionado con ninguna terapia, no le apetece parar. Quizá tenga algo que ver con que pensaba en sus amigos, pero el motivo principal es ver la cara de sorpresa de Barry y lo blancas que se le ponen las mejillas. Henry intuye que lo que le fastidia más de Barry es que esté tan satisfecho de sí mismo. Su confianza interna en que no hay necesidad de modificar su comportamiento autodestructivo, y todavía menos de buscar sus raíces.

—¿A que crees que la mataste? —pregunta Henry.

Lo dice tranquilamente, casi como un simple comentario.

—¿Yo? Yo no... Me ofende que...

—Ella venga llamar, diciendo que le dolía el pecho; pero claro, lo decía tan a menudo... ¿No? Una semana de cada dos. A veces parecía que fuera cada dos días. Venga llamarte desde el piso de arriba: «Barry, llama al doctor Withers. Barry, llama a una ambulancia. Barry, llama a urgencias.»

Hasta ahora nunca habían hablado de los padres de Barry. A su manera, suave, obesa, impecable, Barry no lo permitirá. Hablará un poco de ellos (o parecerá que hable de ellos), pero de repente, ¡bingo!, volverá a sus comentarios sobre el cordero asado, o el pollo, o el pato con salsa de naranja... El inventario de siempre. Henry no sabe nada de los padres de Barry, al menos de boca de su paciente, y aún sabe menos del día en que murió su madre; el día en que se cayó de la cama y se meó en la alfombra sin parar de llamar a su hijo: ciento ochenta kilos de asquerosa gordura, llamando, llamando... No puede saber nada porque no se lo han dicho, pero lo sabe. Y entonces Barry estaba más delgado; en comparación, con sus ochenta y cinco kilos, estaba incluso esbelto.

Es la línea en versión de Henry. Ver la línea. Ya debe de hacer cinco años que Henry no la ve, salvo en algunos sueños; lo daba por terminado, pero vuelve a ocurrir.

—Tú estabas sentado delante de la tele, oyéndola gritar —dice—. Mirabas la tele y comías... ¿Qué? ¿Un pastel de queso? ¿Un tazón de helado? No lo sé, pero la dejaste gritar.

—¡Ya vale!

—La dejaste gritar, y la verdad es que no me extraña, porque llevaba toda la vida quejándose de lo mismo. No eres tonto. Sabes que es verdad. Son cosas que pasan. Creo que eso también lo sabes. Te has montado una obra de Tennessee Williams por la sencilla razón de que te gusta comer, pero voy a decirte una cosa que no crees: que al final te matará, te matará de verdad. En el fondo no te lo crees, pero es verdad. Ahora ya te late el corazón como cuando entierran a alguien vivo y da puñetazos en la tapa del ataúd. Con treinta y cinco kilos más, o cuarenta y cinco, ¿qué pasará?

—Calla...

—Mira, Barry, el día que te caigas será como cuando se cayó la torre de Babel. Los que lo vean se pasarán años comentándolo. Se caerán los platos de las alacenas, y...

—¡Que ya vale!

Barry se ha incorporado (esta vez no le ha hecho falta la ayuda de Henry), y está blanco como un muerto, menos por dos rosas silvestres que le crecen en las mejillas.

—... se saldrá el café de las tazas, y te mearás encima igual que ella...

—¡QUE YA VALE! —chilla Barry Newman—. ¡NO SIGAS! ¡ERES UN MONSTRUO!

Pero Henry no puede. No puede. Ve la línea, y cuando se ve la línea no se puede no verla.

—... a menos que despiertes de este sueño envenenado donde vives. Mira, Barry...

Barry, sin embargo, no quiere ver nada. Nada de nada. Sale corriendo por la puerta con un terremoto de nalgas, y Henry se queda solo.

Al principio se queda sentado sin moverse, oyendo el trueno final de la manada de búfalos condensada que es Barry Newman. La sala contigua está vacía; no tiene recepcionista, y la huida de Barry señala el final de la semana. Mejor. Buena la ha armado. Va al diván y se tumba.

—Doctor —dice—, acabo de cagarla.

—¿Cómo, Henry?

—Le he dicho la verdad a un paciente.

—Pero, Henry, ¿saber la verdad no nos vuelve libres?

—No —se contesta a sí mismo, mirando el techo—. Para nada.

—Cierra los ojos, Henry.

—Como usted diga, doctor.

Cierra los ojos. Ya no hay habitación, sino una oscuridad que se agradece. Henry se ha hecho amigo de la oscuridad. Mañana verá a sus demás amigos (al menos a tres), y volverá a parecerle bien la luz. Ahora, en cambio... Ahora...

—Doctor...

—Dime, Henry.

—¿Sabe qué le digo? Que esto es un caso clarísimo de otro día del mismo rollo.

—¿Qué quiere decir, Henry? ¿Para ti qué significa?

—Todo —dice con los ojos cerrados, y añade—: Nada.

Pero es mentira, y no es la primera que se cuenta en la sala.

Se queda tumbado en el diván, cerrando los ojos y juntando las manos en el pecho (como un cadáver en un velatorio), y al poco tiempo se duerme.

Al día siguiente se reúnen los cuatro en Hole in the Wall, y son ocho días geniales. Pronto terminarán las cacerías fabulosas; quedan pocas, pero claro, ellos no lo saben. Aún faltan unos años para la verdadera oscuridad, pero se acerca.

La oscuridad se acerca.

2001: Jonesy recibe a un alumno

No sabemos qué días nos cambiarán la vida. Probablemente sea una suerte. El día en que cambiará la suya, Jonesy está en su despacho del segundo piso del Emerson College, contemplando su pedacito de Boston y pensando en lo equivocado que estaba T. S. Eliot al calificar a abril de mes más cruel sólo porque un carpintero itinerante de Nazaret fuera crucificado, dicen, por fomentar la rebelión. Cualquier habitante de Boston sabe que el mes más cruel es marzo, que, después de unos días de falsas esperanzas, disfruta dándote de hostias. Hoy es uno de los días de poco fiar en que parece que esté a punto de llegar la primavera, y Jonesy tiene pensado salir a pasear cuando haya terminado el palo que se le avecina. A esas alturas, evidentemente, Jonesy no tiene ni idea de cuántos palos puede dar un solo día. No tiene ni idea de que acabará este en una sala de hospital, hecho un guiñapo y con la vida colgando de un hilo.

Misma mierda, diferente día, piensa; pero esta mierda será muy, muy diferente.

Justo entonces suena el teléfono, y lo coge con una corazonada positiva: debe de ser el chaval ese, Defuniak, llamando para cancelar la cita de las once. Eso es que intuye por dónde irán los tiros, piensa Jonesy. Es muy posible. Lo normal es que sean los alumnos los que concierten citas con sus profesores. Cuando a un chico le dan el mensaje de que quiere verle un profesor… vaya, que no hay que ser un genio.

—Jones. ¿Diga?

—¡Hombre, Jonesy! ¿Cómo te va la vida?

Reconocería la voz donde fuera.

—¡Henry! ¡Qué pasa, tío! ¡Bien, bien, la vida bien!

Lo cierto es que la vida no presenta un panorama muy halagüeño, y menos faltando un cuarto de hora para que llegue Defuniak, pero todo es relativo, ¿no? Comparado con cómo estará dentro de doce horas, enganchado a un montón de máquinas haciendo bip bip, recién salido de una operación y con otras tres esperándole, Jonesy está lo que se dice en la gloria.

—Me alegro.

Puede que Jonesy note algo raro en la voz de Henry, pero es más probable que lo haya detectado por otras vías.

—¿Qué te pasa, Henry?

Silencio. Justo cuando Jonesy se dispone a repetir la pregunta, contesta Henry.

—Ayer se me murió un paciente. Vi la esquela por casualidad, en el periódico. Se llamaba Barry Newman. —Hace una pausa—. Era de los de diván.

Jonesy ignora el significado de la expresión, pero algo sabe: que su amigo está muy afectado.

—¿Suicidio?

—No, infarto. Con veintinueve años. Se cavó su propia tumba con el tenedor y el cuchillo.

—Lo siento.

—Casi hacía dos años que no era paciente mío. Le asusté. Me cogió… un punto de esos. ¿Sabes lo que quiero decir?

Jonesy cree que sí.

—¿La línea?

Henry suspira, pero a Jonesy no le parece un suspiro de pena, sino de alivio.

—Exacto. Estuve bastante bestia. Se fue pitando, como si le quemara el culo.

—Eso no quiere decir que tengas la culpa del infarto.

—Tendrás razón, pero yo no lo siento así. —Una pausa. Luego, con un matiz de humor—: ¿No es un verso de una canción de Jim Croce? ¿Tú estás bien, Jonesy?

—¿Yo? Sí. ¿Por qué lo preguntas?

—No sé —dice Henry—. Es que… Desde que he abierto el periódico y he visto la foto de Barry en la página de necrológicas, me acuerdo de ti. Quería decirte que tuvieras mucho cuidado.

Jonesy siente un poco de frío alrededor de los huesos (muchos de los cuales no tardarán en romperse).

—¿A qué te refieres exactamente?

—No sé —dice Henry—; quizá a nada, pero...

—¿Es la línea?

Jonesy está inquieto. Hace girar la silla y mira por la ventana, al fortuito sol de primavera. Le pasa por la cabeza la posibilidad de que Defuniak tenga problemas mentales, de que lleve una pistola (que esté cargado, como se dice en las novelas policíacas y de suspense que le gusta leer a Jonesy en su tiempo libre) y Henry, de alguna manera, lo haya percibido.

—No lo sé. Lo más seguro es que sea una reacción mal enfocada por ver la foto en la página de muertos. Pero hazme un favor: cuídate, ¿vale?

—Hombre, si me lo pides tú...

—Así me gusta.

—¿Y tú estás bien?

—Sí, muy bien.

Jonesy, sin embargo, duda que Henry esté bien, ni mucho ni poco. Está a punto de añadir algo, pero justo entonces oye carraspear a sus espaldas, y comprende que debe de haber llegado Defuniak.

—Me alegro —dice, y vuelve a hacer girar la silla. Efectivamente, ya tiene en la puerta al de las once, y no parece peligroso: un chico cualquiera con una trenca de lo más clasicón, demasiado calurosa para el día que hace. Se le ve delgado, como si comiera poco. Lleva un pendiente y el pelo a lo punky, dibujando pinchos sobre su mirada de preocupación—. Oye, Henry, es que he quedado con alguien. Ya te llamaré.

—No hace falta. Tranquilo.

—¿Seguro?

—Sí, pero no cuelgues. ¿Tienes treinta segundos?

—Claro, hombre. —Le hace a Defuniak un gesto con el dedo, y Defuniak asiente. A pesar de ello, permanece de pie hasta que Jonesy le señala la única silla del despachito que, aparte de la suya, no está cubierta de libros. Defuniak se dirige a ella de mala gana, mientras Jonesy dice al auricular—: Te escucho.

—Creo que deberíamos volver a Derry. Un viajecito rápido tú y yo, para ver a nuestro amigo.

—¿A...?

Pero, como no está solo, se resiste a pronunciar un nombre que suena tan infantil.

Henry se lo ahorra diciéndolo él. Primero eran cuatro, y luego cinco, pero no duró y volvieron a ser cuatro. El quinto, sin embargo, no ha llegado a separarse de ellos por completo. Henry lo pronuncia, pronuncia el nombre de un niño que, mágicamente, sigue siendo un niño. Respecto a él, los temores de Henry están más claros y se dejan expresar con mayor facilidad. Le dice a Jonesy que no es que sepa nada en concreto, sino la sensación de que a su amigo de juventud podría hacerle falta una visita.

—¿Has hablado con su madre? —pregunta Jonesy.

—Creo —dice Henry— que sería mejor... no sé, dejarnos caer. ¿Cómo lo tienes este fin de semana? O si no el de después.

Jonesy no necesita consultar la agenda. Sólo falta un día para el fin de semana. El sábado por la mañana hay una especie de acto para profesores, pero le costará muy poco librarse.

—Éste me van perfecto los dos días —dice—. ¿Paso el sábado? ¿A las diez?

—Por mí, perfecto. —La voz de Henry respira alivio, y se parece más a la de siempre. Jonesy se relaja un poco—. ¿Seguro que te va bien?

—Si tú consideras que hay que ir a ver... —Jonesy titubea— a ver a Douglas, debe de ser así. Ya ha pasado demasiado tiempo.

Ya ha llegado la persona que esperabas, ¿no?

—Ajá.

—Vale, pues te espero el sábado a las diez. Oye, que a lo mejor cogemos el Scout. Así lo paseamos. ¿Qué te parece?

—Sería genial.

Henry se ríe.

—¿Aún te hace la comida Carla, Jonesy?

—Sí. —Jonesy mira su maletín.

—¿Hoy qué tienes? ¿Atún?

—Ensalada de huevo.

—¡Ñam! Pues nada, me la pierdo. MMDD, ¿vale?

—MMDD —repite Jonesy, pues prefiere no pronunciar las palabras de la sigla delante de un estudiante—. Ya te...

—Y cuídate. Lo digo en serio.

El énfasis con que lo dice es inequívoco, y da un poco de miedo. Sin embargo, Henry cuelga sin darle tiempo a Jonesy de contestar (aunque no sabe qué diría con Defuniak sentado en el rincón, mirando y escuchando).

Por unos instantes, Jonesy mira el auricular con expresión pensativa. Después cuelga, pasa la página de su calendario de mesa y, en la del sábado, tacha «Cóctel en casa del decano Jacobson» y apunta «Dar una excusa. Ir a Derry con Henry para ver a D.». Sin embargo, es una cita a la que no acudirá. El sábado, Derry y sus amigos de infancia serán lo último que le pase por la cabeza.

Jonesy se llena los pulmones, vuelve a vaciarlos y desplaza su atención hacia el molesto visitante. El chico, que está nervioso, cambia de postura en la silla. Jonesy intuye que tiene bastante claro el motivo de la convocatoria.

—A ver, Defuniak —dice—. En el expediente pone que es de Maine.

—Sí, de Pittsfield. Me...

—En el expediente también pone que tiene una beca, y que es buen alumno.

Se da cuenta de una cosa: no es que Defuniak esté preocupado, es que le falta poco para llorar. ¡Qué mal rato, por Dios! Es la primera vez que Jonesy se encuentra en la situación de tener que acusar a un alumno de copiar, pero no lleva mucho tiempo en el mundo de la enseñanza, y supone que no será la última vez. En todo caso, espera que no se repita a menudo, porque es duro: lo que llamaría Beaver una tocada de cojones.

—Señor Defuniak... David... ¿Sabes qué pasa con las becas de los alumnos que copian? ¿En un examen parcial, digamos?

El chico sufre convulsiones, como si hubiera un bromista escondido debajo de la silla y acabara de descargarle una corriente eléctrica de bajo voltaje en las nalgas huesudas. Ahora le tiemblan los labios, y... ¡Ay, Dios mío! Ya está aquí la primera lágrima; ya rueda por su mejilla sin afeitar.

—Pues te lo cuento —dice Jonesy—: desaparecen. Ya lo sabes. ¡Puf! Se evaporan.

—Es que... es que...

En la mesa de Jonesy hay una carpeta. La abre y saca un parcial de historia europea, una de las barbaridades tipo test que el departamento tiene la poca prudencia de exigir. La primera hoja lleva escrito en la parte de arriba («escribid con trazos gruesos y rectos, y, si tenéis que borrar, borrad bien») el nombre DAVID DEFUNIAK.

—David, he repasado tu trayectoria en la asignatura, he vuelto a leer tu trabajo sobre el feudalismo en Francia durante la Edad Media y he consultado tu expediente. No destacas, pero eres buen alumno. Otra cosa: tengo la sensación de que te tomas la asignatura como un trámite. ¿Verdad que mi campo no es el que te interesa más?

Defuniak niega con la cabeza sin decir nada. El sol caprichoso de mediados de marzo le ilumina las lágrimas de las mejillas.

Hay una caja de Kleenex en una esquina de la mesa. Jonesy se la lanza a su alumno, quien, a pesar del trance, no tiene dificultad en cogerla. Buenos reflejos. A los diecinueve años se tienen los cables en perfecto funcionamiento, con todas las conexiones en buen estado.

Tú espera unos años, Defuniak, piensa Jonesy. Yo sólo tengo treinta y siete y ya se me destensan algunos cables.

—Quizá merezcas otra oportunidad —dice.

Lentamente, con calma, forma una bola con el parcial de Defuniak, de una perfección sospechosa (sobresaliente alto).

—Quizá el día del parcial estuvieras enfermo, y no llegaras a presentarte.

—Es verdad, estaba enfermo —dice ansiosamente David Defuniak—. Creo que tenía gripe.

—Entonces, lo más indicado sería que me trajeras un trabajo hecho en casa, en lugar del test que hicieron tus compañeros de clase. Para compensar la nota que te falta. ¿Te parece bien?

—Sí —dice el chico, mientras se seca los ojos frenéticamente con varios pañuelos de papel. Al menos no le ha salido a Jonesy con la típica gilipollez de que no puede demostrarlo, que se quejará al decano, que montará un cirio, y que bla bla bla bla bla. Lo que hace es llorar, reacción incómoda pero que puede ser buena señal: diecinueve años son pocos años, pero hay quien los cumple y ya ha perdido casi toda su conciencia. En gran medida, Defuniak ha admitido su culpabilidad, lo cual indica que quizá contenga un adulto en espera de salir—. Me encantaría.

—Y estamos de acuerdo en que si vuelve a pasar algo por el estilo...

—No pasará —dice el chaval con fervor—. No pasará, profesor Jones.

Jonesy, en realidad, sólo es adjunto, pero no se toma la molestia de corregirle. Ya llegará el día en que merezca llamarse «profesor Jones». Más vale que llegue, porque el hogar de los Jones está a reventar de niños, y, como en el porvenir no haya unos cuantos aumentos de sueldo, se les hará bastante cuesta arriba vivir. Ya ha pasado algunas veces.

—Eso espero —dice—. Entrégame tres mil palabras sobre las consecuencias a corto plazo de la conquista normanda, ¿de acuerdo, David? Cita las fuentes, pero no hace falta que pongas notas. Que sea informal, pero con una tesis convincente. Lo quiero para el próximo lunes. ¿De acuerdo?

—Sí.

—Pues venga, manos a la obra. —Jonesy señala el calzado de Defuniak, que está muy gastado—. Y, la próxima vez que vayas a comprar cerveza, decántate por unas zapatillas nuevas. No me gustaría que volvieras a coger la gripe.

Defuniak camina hacia la puerta y se gira. Está impaciente por salir antes de que el señor Jones cambie de idea, pero también tiene diecinueve años, con la curiosidad que comportan.

—¿Cómo se ha enterado, si ni siquiera estaba en el examen? Lo vigiló un alumno de posgrado.

—Me he enterado y punto —dice Jonesy con cierta dureza—. Anda, vete a casa, desarróllame bien el tema y sigue con tu beca. Yo también soy de Maine, de Derry, y sé que es mejor ser de Pittsfield que volver a Pittsfield.

—Eso es verdad —dice fervientemente Defuniak—. Gracias. Gracias por darme una oportunidad.

—Cierra la puerta al salir.

Defuniak (que no se gastará el dinero de las zapatillas en cerveza, sino en enviar al hospital un ramo de flores para Jonesy) sale y, obediente, cierra la puerta. Jonesy, de nuevo, hace girar la silla y mira por la ventana. El sol no es fiable, pero tienta. Como lo de Defuniak ha salido mejor de lo que esperaba, piensa que le apetece salir a disfrutar del sol antes de que lleguen más nubes de marzo (quizá con nieve incluida). Tenía planeado comer en el despacho, pero se le ocurre un nuevo plan. Es el peor de su vida, y de lejos, pero eso Jonesy no puede saberlo. El plan consiste en coger el maletín y un ejemplar del *Phoenix* de Boston e ir a Cambridge, al otro lado del río. Se sentará en un banco y se comerá el bocadillo de huevo y lechuga tomando el sol.

Se levanta para guardar el expediente de Defuniak en el archivador D-F. Su alumno le ha preguntado cómo lo sabía. Buena pregunta, piensa Jonesy. No, buena, no, buenísima. Y la respuesta es la siguiente: lo sabía porque… porque a veces lo sabe. He ahí la única verdad. Si le pusieran una pistola en la cabeza, diría que lo había averiguado durante la primera clase después de los parciales; diría que David Defuniak lo llevaba en letras gordas en la frente, letras en fluorescente rojo, parpadeando culpables: COPIÓN COPIÓN COPIÓN.

Pero sería un cuento chino. Ni sabe, ni ha sabido, ni sabrá leerle a nadie el pensamiento. De acuerdo, a veces se le encienden cosas en la cabeza: fue como se enteró del problema de pastillas de su mujer, y deduce que también es como ha adivinado que Henry, al llamar, estaba chafado (no alucines, tío, que se le notaba en la voz), pero ahora casi ya no le pasa. La verdad es que desde lo de aquella chica, Josie Rinkenhauer, no ha ocurrido nada que mereciera el calificativo de anormal. Quizá en otra época hubiera algo, y quizá tuviera su origen en la infancia y adolescencia de los cuatro, pero lo que está claro es que ha desaparecido. O casi.

Casi.

Dibuja un círculo alrededor de las palabras «Ir a Derry» que tiene escritas en el calendario, y coge el maletín. Justo entonces se le ocurre otra idea, repentina y sin sentido, pero de gran potencia: cuidado con el señor Gray.

Se queda con la mano en el pomo de la puerta. No cabe duda de que ha sido su propia voz.

—¿Qué?   pregunta a la habitación vacía.

Nada.

Jonesy sale de su despacho, cierra y comprueba que no se pueda entrar. En una esquina del tablón de notas de la puerta hay una tarjeta blanca sin nada escrito. Jonesy desclava la chincheta y le da la vuelta. El reverso lleva el siguiente mensaje en letras de imprenta: VUELVO A LA UNA. HASTA ENTONCES SOY HISTORIA. Lo engancha al tablón con total seguridad, pero pasarán casi dos meses antes de que Jonesy vuelva a entrar en el despacho y vea el calendario de mesa abierto por la página del día de San Patricio.

Cuídate, ha dicho Henry; pero Jonesy no piensa en cuidarse. Piensa en el sol de marzo. Piensa en comerse el bocadillo. Piensa que en Cambridge quizá mire a algunas chicas: las faldas son cortas, y el viento de marzo juguetón. Piensa en todo menos en tener cuidado con el señor Gray. Y en cuidarse a sí mismo.

Es un error. También es como cambian las vidas para siempre.

PRIMERA PARTE

CÁNCER

Temblar me da equilibro. Era previsible.
Lo separado siempre es, siempre está cerca.
Me despierto para dormir, y lentamente.
Yendo, descubro adónde debo ir.

THEODORE ROETHKE

I

McCARTHY

1

Jonesy estuvo a punto de matarle cuando salía del bosque. ¿Cuánto faltó? Otro medio kilo de presión en el gatillo de la Garand, o sólo un cuarto. Más tarde, con el subidón de lucidez que en ocasiones acompaña al horror, deseó haber disparado antes de ver la gorra naranja y el chaleco naranja. Matar a Richard McCarthy no habría perjudicado a nadie, y quizá hubiera servido de algo. Matar a McCarthy podría haberles salvado a todos.

2

Pete y Henry habían ido a Gosselin, la tienda que caía más cerca, para abastecerse de pan, comida enlatada y lo más importante: cerveza. Tenían de sobra para dos días más, pero en la radio habían dicho que quizá nevara. Henry ya había cazado su ciervo, una hembra de tamaño respetable. En cuanto a Pete, Jonesy tenía la impresión de que le interesaba mucho más asegurar el suministro de cerveza que cazar su pieza: Pete Moore se tomaba la caza como un hobby, y la cerveza como una religión. Beaver había salido, pero Jonesy, basándose en la falta de disparos en menos de siete u ocho kilómetros a la redonda, supuso que estaba como él, a la espera.

A unos sesenta metros de la cabaña, dentro de un arce viejo, había un observatorio. Era donde estaba Jonesy, tomando café y leyendo una novela de misterio de Robert Parker, cuando oyó acercarse algo y dejó el libro y el termo. En años anteriores el entusiasmo podría haberle hecho derramar el café. En esta ocasión, no sólo no fue así sino que dedicó unos segundos a enroscar la tapa roja del termo.

Hacía veintiséis años que iban los cuatro de caza cada primera semana de noviembre (contando las veces en que les había llevado el padre de Beaver). En todos esos años, Jonesy nunca había utilizado el observatorio del árbol. Los demás tampoco, porque les parecía demasiado claustrofóbico. Era el primer año que se lo adjudicaba Jonesy. Los demás creían conocer el motivo, pero sólo lo adivinaban parcialmente.

A mediados de marzo de 2001, cruzando una calle de Cambridge (cerca del Emerson College, donde impartía clases), Jonesy había sido arrollado por un coche. El accidente se había saldado con fractura de cráneo, dos costillas rotas y fractura múltiple de la cadera, hueso que le habían cambiado por una combinación exótica de teflón y metal. El conductor que le había atropellado era un profesor jubilado de la Universidad de Boston, más merecedor de lástima que de castigo, puesto que se hallaba en la primera fase de un proceso de Alzheimer (al menos a decir de su abogado). Cuántas veces, pensaba Jonesy, no queda nadie a quien culpar de las desgracias. Y aunque lo hubiera, ¿de qué serviría? Al fin y al cabo, no quedaba más remedio que acostumbrarse a las secuelas y consolarse con que podría haber sido peor, como le decía la gente a diario (mientras se acordasen, claro).

Y en efecto, podría haber sido peor. Jonesy tenía la cabeza dura, y se le soldó bien la grieta. De la hora anterior al accidente cerca de Harvard Square no conservaba ningún recuerdo, pero el resto de su equipo mental estaba en buen estado. En un mes se le curaron las costillas. Lo peor fue la cadera, pero en octubre ya no tenía que llevar muletas, y ahora sólo se le notaba la cojera a última hora del día.

Pete, Henry y Beaver creían que la cadera era el único motivo de que su amigo prefiriera el observatorio del árbol a la humedad y el frío del bosque, y en algo influía la cadera, sí, pero no era la única razón. Lo que separaba a Jonesy de sus tres amigos era una falta de interés casi total por cazar ciervos. A ellos les habría sentado fatal saberlo, y lo cierto era que a Jonesy también le afectaba, pero era un hecho innegable. Se trataba de algo nuevo en su vida, algo que, antes de llegar al campamento el 11 de noviembre y sacar la Garand de la funda, ni sospechaba. No le repugnaba la idea de cazar, ni mucho menos, pero no sentía el impulso. En marzo, un día de sol, le había rozado la muerte, y no tenía ningunas ganas de volver a invocarla, aunque fuera como dispensador, no como receptor.

3

Lo que le sorprendió fue que todavía le gustara estar en la cabaña, y en ciertos aspectos más que antes. Las conversaciones nocturnas sobre libros, política, las gamberradas de la juventud, sus respectivos planes de futuro... Todos eran treintañeros, una edad en que aún se pueden hacer planes, muchos planes, y los lazos de amistad se mantenían sólidos.

Además eran días felices, incluidas sus horas de soledad en el observatorio. Jonesy se llevaba un saco de dormir, y si tenía frío se lo ponía hasta la cintura. También se llevaba un libro y un walkman. El walkman dejó de escucharlo al segundo día, al darse cuenta de que le gustaba más la música del bosque: la seda del viento en los pinos, la herrumbre de los cuervos... Leía un poco, tomaba café, seguía leyendo y a veces salía del saco de dormir (rojo como un semáforo en rojo) para mear al borde de la plataforma. Era un hombre dotado de familia numerosa y un círculo nutrido de colegas, una persona gregaria que disfrutaba con todas las modalidades de relación concitadas por la familia y los colegas de trabajo (y los alumnos, claro, el flujo interminable de alumnos), y que sabía equilibrarlas. Solo encima del árbol, comprobaba que seguía existiendo la atracción del silencio, y que se conservaba poderosa. Era como volver a ver a un viejo amigo tras una larga ausencia.

—Oye, ¿seguro que te apetece subir? —le había preguntado Henry la mañana anterior—. Lo digo porque, si quieres acompañarme, por mí perfecto. Te prometo que no abusaremos de tu pierna.

—Déjale —dijo Pete—. Le gusta estar arriba. ¿A que sí, Jonesito?

—Si tú lo dices... —contestó él, porque no le apetecía explayarse más (diciendo, por ejemplo, hasta qué punto era verdad que disfrutara). Hay cosas que cuesta decirlas, hasta a los amigos, y hay veces, además, en que ellos ya las saben.

—¿Sabes qué? —intervino Beaver. Cogió un lápiz y empezó a mordisquearlo. Era el más viejo y querido de sus tics, que se remontaba a primero de básica—. Que me gusta volver y verte arriba, como el vigía en los libros de aventuras en el mar. Por si hay moros en la costa.

—¡Leven anclas! —dijo Jonesy; y todos rieron, pero Jonesy comprendía las palabras de Beaver. Las sentía. Moros en la costa. Él pensando en lo suyo, y vigilando por si aparecían otros barcos, tiburones o lo que fuera. Al volver a bajar le dolía la cadera, y le pesaba en la espalda toda la quincalla de la mochila; descender uno a uno los peldaños de madera clavados en el tronco del arce le daba la sensación de ser lento y patoso, pero no era grave. Al contrario. Las cosas cambian, pero el que crea que siempre cambian a peor es tonto.

Eso creía entonces.

4

Cuando oyó moverse los arbustos y romperse las ramas (sonidos que asociaba automáticamente a la proximidad de un ciervo), Jonesy se acordó de unas palabras de su padre: «La suerte se tiene o no se tiene.» Lindsay Jones pertenecía al género de los perdedores, y había dicho pocas cosas que valiera la pena memorizar, pero la citada sentencia era una, y para demostración (la enésima), aquello: a los pocos días de haber decidido que ya no cazaría más ciervos, acudía uno a él, y a juzgar por el ruido era grande. Macho, casi seguro. Quizá del tamaño de un hombre.

A Jonesy no se le pasó por la cabeza la posibilidad de que fuera eso, un hombre. Estaban a ochenta kilómetros de Rangely, y los cazadores más cercanos quedaban a dos horas de camino. La carretera asfaltada que les pillaba más cerca, la que llevaba a la tienda de Gosselin (CERVEZA CEBOS BEBIDAS LOTERÍA), caía como mínimo a veinticinco kilómetros.

Bueno, pensó, tampoco es que haya hecho ninguna promesa.

No, no había hecho ninguna promesa. Quizá en noviembre del año siguiente llevara una Nikon en lugar de escopeta, pero eso sería el año siguiente. Ahora tenía la escopeta a mano, y ninguna intención de mirarle el diente a un ciervo regalado.

Enroscó la tapa del termo de café y lo dejó en la plataforma.

A continuación retiró el saco de dormir de la parte inferior de su cuerpo, como un calcetín gigante a cuadros (no sin estremecerse por la rigidez de la cadera), y cogió la escopeta. No hacía falta cargarla, con el consiguiente ruido y riesgo de ahuyentar al ciervo; las costumbres no se pierden así como así, y en cuanto retiró el seguro tuvo la escopeta lista para disparar. Sólo realizó la operación cuando estuvo de pie, equilibrado. Había perdido el entusiasmo salvaje de otros tiempos, la adrenalina, pero quedaba un residuo. Agradeció que se le hubiera acelerado el pulso. Desde su accidente, aquella clase de reacciones siempre eran bienvenidas. Ahora tenía la sensación de ser dos personas, la de antes de ser atropellado y otra de mayor edad: la que se había despertado en el hospital general de Massachusetts, si a esa conciencia lenta y drogada podía llamársela estar despierto. A veces seguía oyendo una voz (no sabía de quién, pero no suya) gritando: «Basta, por favor, que no lo aguanto; que me pongan una inyección. ¿Dónde está Marcy? ¡Que venga Marcy!» La concebía como la voz de la muerte: la muerte, que, no habiendo podido llevárselo en la calle, venía al hospital para acabar su trabajo; la muerte disfrazada de hombre que sufría (o de mujer, eso no estaba claro), de alguien que decía Marcy pero quería decir Jonesy.

Con el tiempo se le había pasado la idea, al igual que todas las obsesiones raras que había tenido en el hospital, pero quedaba un residuo, y ese residuo era la cautela. Jonesy no se acordaba de haber hablado por teléfono con Henry y haberle oído decir que se cuidara (ni se lo había recordado Henry), pero desde entonces se cuidaba. Era prudente. Porque es posible que aceche la muerte, y es posible, alguna vez, que ande tu nombre en su boca.

En fin: lo pasado, pasado. Había sobrevivido al roce de la muerte, y aquella mañana, en aquel bosque, lo único a punto de morir era un ciervo (esperaba que macho) que había tomado el rumbo equivocado.

El ruido de follaje y ramas rotas se acercaba a Jonesy por el sudoeste, es decir, que no tendría que disparar alrededor del tronco del arce (muy bien), y tenía el viento de cara. Todavía mejor. El arce había perdido casi todas sus hojas, y Jonesy, por el entrelazo de las ramas, disfrutaba de buena visión, que no perfecta. Levantó la Garand, se acomodó la culata en el hueco del hombro y se dispuso a cazar algo que daría que hablar.

Lo que salvó a McCarthy (al menos entonces) fue que Jonesy

le hubiera perdido el gusto a la caza. Lo que estuvo a punto de matarle fue un fenómeno que George Kilroy, amigo del padre de Jonesy, llamaba «fiebre ocular». Según Kilroy, la fiebre ocular era una modalidad de la llamada «fiebre del ciervo» (el arrebatamiento del novato al divisar su primera pieza), además, probablemente, de la segunda causa más frecuente de muerte en accidentes de caza. «La primera es el alcohol», decía George Kilroy, y algo sabían del tema tanto él como el padre de Jonesy. «La primera siempre es el alcohol.»

Decía Kilroy que las víctimas de la fiebre ocular siempre se sorprendían de haber disparado contra un poste, un coche en movimiento, el lateral de un cobertizo o su propio compañero de caza (que en muchos casos también era cónyuge, hermano o hijo). «¡Pero si lo he visto!», protestaban; y, a decir de Kilroy, la mayoría habría pasado con éxito la prueba del detector de mentiras. Habían visto al ciervo, oso, lobo o, más humildemente, al urogallo batiendo sus alas entre las hierbas altas del otoño. Lo habían *visto*.

Según Kilroy, la explicación era que los cazadores sucumbían a la impaciencia de disparar, de hacer algo para bien o para mal. Su nerviosismo llegaba a tal extremo que, para aliviar la tensión, el cerebro convencía al ojo de estar viendo lo que todavía no era visible. Era la fiebre ocular. Y aunque Jonesy no tuviera la impresión de estar nervioso (había enroscado la tapa roja en el cuello del termo con un pulso impecable), más tarde, en su fuero interno, reconoció que sí, que quizá hubiera sido víctima de aquella dolencia.

Hubo unos segundos en que vio al ciervo con claridad, al final del túnel formado por las ramas entrelazadas; la misma claridad con que había visto a los otros dieciséis de su historial de cazador en Hole in the Wall (seis machos y diez hembras). Vio su cabeza marrón, un ojo tan negro que parecía de azabache y hasta una parte del lomo.

¡Dispara!, exclamó una parte de él: el Jonesy de antes del accidente, el Jonesy entero. Hacía cerca de un mes que se le oía hablar con más frecuencia, a medida que Jonesy se aproximaba a un estado mítico al que la gente que no había sido atropellada se refería como «recuperado del todo», pero nunca había elevado tanto la voz como en aquel momento. Era una orden, casi un grito.

Y se tensó, se tensó el dedo en el gatillo. No llegó a aplicar el último medio kilo de presión (a menos que hubiera bastado con un cuarto, doscientos cincuenta gramitos de miseria), pero se tensó. La voz que lo detuvo fue la del segundo Jonesy, el que se había despertado en el hospital de Massachusetts drogado, desorientado y dolorido, perdidas todas las certezas salvo la de que alguien quería que parara algo, de que alguien no aguantaba más (no sin una inyección), de que alguien quería que viniera Marcy.

Todavía no, había dicho el nuevo Jonesy, el cauteloso; espera y observa. Y, entre las dos voces, había hecho caso a la segunda. Permaneció completamente inmóvil, aguantando casi todo el peso de su cuerpo con la pierna izquierda, la sana, y con el cañón en un ángulo de treinta y cinco grados por el túnel de luz y ramas.

Justo entonces, el cielo blanco soltó los primeros copos de nieve. Fue cuando Jonesy vio una raya vertical de color naranja chillón detrás de la cabeza del ciervo. Parecía que la hubiera conjurado la nieve. Por unos instantes, la percepción se rindió, y lo que veía Jonesy encima del cañón de la escopeta se convirtió en mero e inconexo revoltijo, como una paleta de pintor con todos los colores mezclados. No había ciervo ni hombre; ni siquiera había bosque, sólo una mezcla enigmática de negro, marrón y naranja sin orden ni concierto.

Después apareció más naranja, dibujando una forma que tenía sentido: era un gorro de los de orejeras abatibles. Los compraban los turistas en L. L. Bean, a cuarenta y cuatro dólares y con una etiquetita interior donde ponía HECHO EN USA CON ORGULLO POR TRABAJADORES SINDICADOS. En la tienda de Gosselin también los vendían, pero por siete dólares. En las etiquetas de los gorros de Gosselin sólo ponía MADE IN BANGLADESH.

El gorro confirió nitidez a la espantosa verdad: lo marrón que había tomado Jonesy por una cabeza de ciervo era la parte delantera de una chaqueta de lana, lo negro del ojo del ciervo, un botón, y las astas sólo eran más ramas: las del propio árbol donde estaba sentado Jonesy. Llevar chaqueta marrón en el bosque era una imprudencia (Jonesy no se atrevía a emplear la palabra locura), pero a Jonesy seguía desorientándole haber sido capaz de un error cuyas consecuencias podrían haber sido espeluznantes. Porque el hombre, además, llevaba gorro naranja, ¿no? Y chaleco naranja encima de la chaqueta marrón (cuya imprudencia seguía sin admitir dudas). Estaba...

... estaba a medio kilo de presión digital de la muerte. O menos.

Lo comprendió de golpe, visceralmente, y el impacto le expulsó de su propio cuerpo. Por espacio de un momento terrible y luminoso, un momento que jamás olvidaría, no fue ni Jonesy Uno (el Jonesy confiado de antes del accidente) ni Jonesy Dos (el superviviente, más indeciso, que pasaba mucho tiempo en un estado agotador de incomodidad física y confusión mental). Por un momento fue otro Jonesy, una presencia invisible mirando a un hombre armado que estaba de pie encima de un árbol, en una plataforma. El hombre armado tenía el pelo corto y canoso, arrugas alrededor de la boca, sombra de barba en las mejillas y el rostro demacrado. Estaba a punto de usar el arma. En torno a su cabeza habían empezado a oscilar copos de nieve, y en su camisa de franela marrón, con los faldones fuera del pantalón, la luz; estaba a punto de pegarle un tiro a un hombre con gorro y chaleco naranjas, como los que se habría puesto él si, en vez de subir a aquel árbol, hubiera optado por ir al bosque con Beaver.

Recayó en sí con un impacto sordo, como cuando se pasa muy deprisa por un bache y choca la espalda con el asiento del coche. Entonces se dio cuenta, horrorizado, de que seguía apuntando al hombre con la Garand, como si, en lo más profundo de su cerebro, un tozudo caimán se resistiera a desechar la idea de que el de la chaqueta marrón fuera una presa. Y había algo peor: que el dedo se negara a aflojar la presión sobre el gatillo de la escopeta. De hecho, durante uno o dos segundos de tortura, llegó a creer que seguía apretando, que consumía inexorablemente los últimos gramos que se interponían entre él y el mayor error de su vida. Más tarde aceptó que esto último, al menos, había sido una ilusión, parecida a la sensación de ir en marcha atrás cuando se tiene puesto el freno y, con el rabillo del ojo, se ve pasar un coche a velocidad de tortuga.

No, sólo estaba paralizado, pero ya era bastante grave. Un infierno. Piensas demasiado, Jonesy, decía Pete al sorprender a su amigo con la mirada ausente, ajeno a la conversación. Probablemente quisiera decir otra cosa: «Tienes demasiada imaginación, Jonesy.» Y muy probablemente fuera verdad. Estaba claro que ahora imaginaba demasiadas cosas, ahora que estaba de pie en el árbol, expuesto a las primeras nieves de la temporada, con mechones de pelo rebelde y el dedo en el gatillo de la Garand, sin presionarlo (como temiera unos segundos) pero sin soltarlo, con el hombre tan cerca que casi estaba a sus pies, y la mira del arma en la parte superior del gorro naranja; con la vida del hombre puesta en un cable invisible entre la boca de la Garand y aquella cabeza cubierta con un gorro, la vida de alguien que quizá estuviera meditando si cambiaba de coche, engañaba a su mujer o le compraba un poni a su hija mayor (Jonesy, más tarde, dispondría de pruebas para saber que McCarthy no pensaba en ninguna de las tres cosas, pero no las tenía estando en el árbol con el índice convertido en gancho pétreo alrededor del gatillo de su escopeta). Alguien que ignoraba lo mismo que Jonesy al pisar el bordillo de la calle de Cambridge, con el maletín en una mano y en la otra un ejemplar del *Phoenix* de Boston: que tenía cerca a la muerte, quizá a la propia Muerte, un personaje apresurado, como salido de una de las primeras películas de Ingmar Bergman, algo con un instrumento escondido en los pliegues rasposos de la túnica. Quizá unas tijeras. O un escalpelo.

Y lo más grave era que el hombre no moriría, al menos de repente. Caería al suelo y se pondría a gritar, como Jonesy en la calle. Jonesy no recordaba haber gritado, pero seguro que sí, porque se lo habían contado y no tenía ninguna razón para dudarlo. Seguro que había chillado como un energúmeno. ¿Y si el de la chaqueta marrón y los complementos naranjas empezaba a gritar llamando a Marcy? Parecía muy difícil, pero una cosa era la verdad y otra que el cerebro de Jonesy captara gritos llamando a Marcy. Si existía la fiebre ocular, si Jonesy era capaz de mirar una chaqueta marrón de hombre y ver una cabeza de ciervo, no había ninguna razón para que no existiera su equivalente auditivo. Oír gritar a alguien, y saberse el causante. ¡No, por Dios! A pesar de todo, el dedo se negaba a soltar el gatillo.

El remedio a su parálisis llegó de manos de algo tan sencillo como inesperado: estando a unos diez pasos de la base del árbol de Jonesy, el hombre de la chaqueta marrón se cayó. Jonesy le oyó emitir un ruido de dolor y sorpresa, algo así como ¡*bruf*! Entonces su dedo soltó el gatillo, sin que mediara ninguna reflexión.

El hombre se había quedado a gatas, apoyando en el suelo (ya un poco blanco) los cinco dedos de sus manos, protegidas con guantes marrones. (Guantes marrones. Otra equivocación. Jonesy pensó que sólo le faltaba pasearse con un letrero de ¡PEGADME UN TIRO! enganchado con celo en la espalda.) Cuando volvió a estar de pie, habló en voz alta con un tono de angustia y sorpresa. Jonesy, al principio, no se dio cuenta de que lloraba.

—¡Ay, Dios mío! —decía el hombre, mientras recuperaba su postura erecta.

Se balanceaba como si estuviera borracho. Jonesy sabía que los hombres que pasan una semana o un fin de semana en el bosque, sin sus familias, cometen toda clase de pecadillos, y que beber alcohol a las diez de la mañana figura entre los más habituales, pero no le parecía que el de la gorra estuviera borracho. Intuía que no, aunque sin basarse en nada concreto.

—¡Ay, Dios mío! —Y luego, al volver a caminar—: Nieve. Ahora nieva. ¡Ay, Dios mío, ahora nieva! ¡Señor, Señor!

Los primeros dos o tres pasos fueron titubeantes, con poco equilibrio. Jonesy empezó a pensar que le había fallado la intuición, y que aquel tío estaba como una cuba. Entonces el hombre redujo el paso y empezó a caminar con mayor regularidad, rascándose la mejilla derecha.

Pasó justo debajo del observatorio. Por unos instantes ya no fue un hombre, sino el círculo naranja de una gorra, y a cada lado un hombro marrón. Subía su voz, líquida y con lágrimas. Predominaba el «ay, Dios mío», sazonado con algún «Señor, Señor» o «ahora nieva».

Jonesy se quedó donde estaba, viendo desaparecer al hombre debajo de la plataforma y reaparecer al otro lado. Sin darse cuenta, giró sobre sí para poder seguir viendo al quejumbroso individuo. Tampoco se había dado cuenta de haber bajado la escopeta y habérsela apoyado en un lado del cuerpo, tomándose la molestia de poner otra vez el seguro.

No se dio a conocer. Creía saber por qué: por simple sentimiento de culpa. Tenía miedo de que al hombre de abajo le bastara con mirarle a los ojos para adivinar la verdad; que, a pesar de su llanto y de que nevara más que antes, el hombre viera que Jonesy le había apuntado desde arriba con la escopeta, y que había estado a punto de pegarle un tiro.

Veinte pasos después del árbol, el hombre se detuvo y se quedó con la mano derecha en la frente, protegiéndose la vista de la nieve. Jonesy comprendió que había visto la cabaña. Debía de haberse dado cuenta de que estaba en un camino de verdad. Entonces cesaron los «ay, Dios mío» y los «Señor, Señor», y el del gorro arrancó a correr hacia el sonido del generador, oscilando en sentido lateral como si estuviera en la cubierta de un barco. Jonesy oyó la respiración corta con que se precipitaba el hombre hacia la cabaña, la espaciosa cabaña con su trenza de humo perezoso saliendo de la chimenea y desapareciendo casi de inmediato entre la nieve.

Jonesy emprendió el descenso de los escalones clavados al tronco del arce, con la escopeta colgando del hombro. (Pero no porque se le hubiera ocurrido que el hombre pudiera entrañar algún peligro. Todavía no. Prefería, simplemente, no exponer a la nieve un arma de tan buena calidad como la Garand.) Se le había entumecido la cadera, y, cuando llegó al pie del árbol, el hombre a quien había estado a punto de pegar un tiro ya había cubierto casi toda la distancia hasta la puerta de la cabaña… que, lógicamente, no estaba cerrada con llave. En aquellos parajes no cerraba nadie con llave.

5

A unos diez metros de la placa de granito que servía de porche a Hole in the Wall, el hombre de la chaqueta marrón y el gorro naranja volvió a caerse. También se le cayó el gorro, cuya ausencia dejó a la vista una mata de pelo castaño, ralo y sudado. Se quedó apoyado en una rodilla y con la cabeza inclinada. Jonesy oía su respiración, rápida y jadeante.

El hombre recogió el gorro y, justo cuando volvía a ponérselo, le llamó Jonesy.

El hombre hizo el esfuerzo de levantarse y dio media vuelta con movimientos torpes. La primera impresión de Jonesy fue que tenía la cara muy larga, casi como las que suelen describirse como «de caballo», pero luego, al acercarse más (con paso un poco renqueante, pero sin llegar a cojear, lo cual era una suerte, porque el suelo que pisaba se estaba poniendo resbaladizo por momentos), vio que el rostro de aquel individuo no destacaba por ninguna longitud especial. Sólo estaba muy asustado, y muy, muy pálido. Se le destacaba mucho en la mejilla la manchita roja que le había quedado de rascarse. Su alivio, al ver aproximarse a Jonesy a buen paso, fue grande e inmediato. Jonesy estuvo a punto de reírse de sí mismo, de haberse quedado en la plataforma con miedo de que el otro le leyera en los ojos lo que se había logrado evitar por los pelos. El del gorro ponía cara de querer abrazarle y cubrirle de besos babosos.

—¡Menos mal! —exclamó. A continuación tendió una mano a Jonesy y progresó en su dirección por la capa fina de nieve recién formada—. ¡Gracias a Dios que le encuentro! Me he perdido. Llevo desde ayer perdido en el bosque. Ya empezaba a tener miedo de morirme aquí. Me… me…

Le resbalaron los pies, y Jonesy le cogió por los bíceps. Era grande: más alto que Jonesy (que ya medía un metro ochenta y cinco), y más corpulento. A pesar de ello, la impresión inicial de Jonesy fue de insustancialidad, como si el miedo, de alguna manera, hubiera ahuecado a aquel individuo, dejándole ligero como una vaina de algodón.

—¡Cuidado, hombre! —dijo Jonesy—. Tranquilo, que ahora ya está a salvo. ¿Le parece que pasemos, y así entra un poco en calor? ¿Eh?

Al hombre empezaron a castañetearle los dientes, como si la palabra «calor» hubiera sido el detonante.

—Ss… sí, claro.

Intentó sonreír sin mucho éxito. Jonesy volvió a sorprenderse de su palidez extrema. La mañana era fría, con una temperatura de unos cuantos grados bajo cero, pero las mejillas del hombre conservaban un color ceniciento, plomizo. En su cara, aparte de la manchita roja, la única nota de color era el marrón de las ojeras.

Jonesy le pasó un brazo por los hombros; de repente, aunque pareciera absurdo, le había entrado una ternura ñoña por aquel desconocido, una emoción tan intensa que se parecía a su primer amor de instituto: Mary Jo Martineau, con su blusa blanca sin mangas y su falda tejana lisa hasta la rodilla. Ahora ya estaba del todo seguro de que no había alcohol de por medio. La causa de la falta de equilibrio del desconocido era el miedo, y quizá el cansancio. Con todo, le olía el aliento a algo, un olor como a plátano que a Jonesy le recordó el del éter con que en mañanas frías rociaba el carburador de su primer coche, un Ford de la época de Vietnam.

—¿Entramos?

—Vale. Te… tengo un frío… Menos mal que le encuentro. ¿Es…?

—¿Si es mía la cabaña? No, de un amigo.

Jonesy abrió la puerta de roble barnizado y le ayudó a cruzar el umbral. Al contacto del aire caliente, el hombre contuvo la respiración y las mejillas empezaron a enrojecérsele, para alivio de Joseny: algo de sangre, a fin de cuentas, le corría por las venas.

6

Para estar en bosque virgen, Hole in the Wall era una cabaña bastante lujosa. Se entraba por la sala grande de la planta baja, síntesis de cocina, comedor y salón, pero detrás había dos dormitorios, y arriba, en el altillo, otro. La sala grande estaba impregnada de aroma a pino, madera que le prestaba un color cálido, con brillos de barniz. En el suelo había una alfombra navajo, y en la pared, un tapiz de los indios micmac con una escena de cazadores con cuerpecito de palo rodeando valientemente a un oso enorme. La zona del comedor estaba definida por una mesa sencilla de roble, bastante larga para que cupiesen ocho comensales. La cocina era de leña. La zona de estar contaba con una chimenea. Cuando estaban encendidas las dos, hacía un calor que atontaba, aunque la temperatura exterior fuera de diez bajo cero. La pared oeste era una gran ventana con vistas a una ladera empinada y de gran extensión. En los años setenta había habido un incendio, y de la nieve, cada vez más tupida, despuntaban troncos negros y muertos, de retorcidas ramas. Jonesy, Pete, Henry y Beaver llamaban a aquella ladera «el Barranco», porque era el nombre que le habían puesto el padre de Beaver y sus amigos.

—¡Gracias, Dios mío! Y a usted también. Gracias —dijo a Jonesy el hombre del gorro naranja.

Viendo la mueca divertida de Jonesy (¡cuánto dar las gracias!), el hombre reaccionó con una risa estridente, como diciendo que sí, que se daba cuenta de que era un poco raro, pero que le salía del alma. Después respiró hondo varias veces, como haciendo ejercicios de yoga. A cada respiración decía algo.

—¡Jolines! En serio que ayer por la noche ya me daba por muerto... Hacía un frío... una humedad... Me acuerdo de que pensé: ¡Ay, Dios mío, sólo falta que nieve! Me puse a toser y no paraba. Entonces vino algo y pensé que tenía que parar de toser, porque como fuera un oso, o a saber qué bicho... vaya, que lo provocaría, o... Pero no pude, y después de un rato... Se marchó solo.

—¿Vio un oso de noche?

Jonesy estaba tan fascinado como consternado. Ya le habían contado que allí arriba había osos (al viejo Gosselin y sus tertulianos de la tienda les encantaba contar historias de osos, sobre todo a los turistas), pero la idea de que a aquel hombre, solo y perdido en el bosque, le hubiera amenazado uno en plena noche, era de auténtico terror. Como oírle a un marinero una anécdota sobre un monstruo marino.

—No sé qué era —dijo el hombre. De repente miró a Jonesy de reojo, una mirada maliciosa que a Jonesy no le gustó, y que no supo interpretar—. No estoy seguro, porque entonces ya no había relámpagos.

—¿Relámpagos? ¡Caray!

Se notaba que la angustia del hombre era sincera. De lo contrario, Jonesy habría empezado a sospechar que le tomaban el pelo. A decir verdad, ya tenía sus dudas.

—Sí, de esos sin rayo —dijo el hombre, sin darle importancia. Se rascó la mancha roja de la mejilla, que quizá se debiera a la congelación—. En invierno es señal de que viene tormenta.

—¿Y usted lo vio? ¿Ayer por la noche?

—Me parece que sí. —El hombre volvió a mirar de reojo, pero Jonesy, esta vez, no percibió ninguna malicia, y supuso que lo de antes sólo había sido una falsa impresión. Lo único que vio fue agotamiento—. Se me mezcla todo en la cabeza. Desde que me perdí me duele la barriga… Me pasa desde niño: a la que tengo miedo, me duele la tripita…

Justamente, pensó Jonesy, parecía eso: un niño, mirándolo todo con la naturalidad de la infancia. Le llevó hacia el sofá que había delante de la chimenea, y el hombre se dejó conducir.

Tripita. Hasta ha dicho tripita, como los niños pequeños.

—Déme el abrigo —dijo Jonesy.

El hombre empezó desabrochando los botones, y a continuación se dispuso a bajar la cremallera interior. Jonesy, entonces, volvió a pensar en cuando le había confundido con un ciervo, y ni más ni menos que un macho. ¡Joder! Había confundido uno de los botones con un ojo, y había estado a punto de pegarle un tiro.

El hombre se bajó la cremallera hasta la mitad, que fue donde se le quedó enganchada, con un lado de la boquita dorada mordiendo la tela. Entonces se la quedó mirando (¡y con qué asombro!), como si fuera la primera vez que veía algo así, y, cuando Jonesy avanzó la mano hacia el cursor, el otro dejó caer los brazos y permitió que lo cogiera, como un alumno de primero que se pone la bota en el pie equivocado, o la chaqueta al revés, y se queda quieto para que lo arregle la profe.

Jonesy consiguió encarrilar la boquita de oro y la bajó hasta el final. Al otro lado del ventanal iba desapareciendo el Barranco, aunque seguían viéndose los garabatos negros de los árboles. Ya hacía casi treinta años que venían a cazar, casi treinta años sin fallar ni una vez, y en todo ese tiempo no habían presenciado ninguna nevada fuerte. Por lo visto se avecinaba una, aunque a saber, porque en la radio y la tele, últimamente, hablaban de diez centímetros de nieve como si fuera la siguiente glaciación.

El hombre permaneció de pie con la chaqueta desabrochada, mientras se le fundía la nieve de las botas, mojando el suelo de madera pulida. Miraba las vigas, boquiabierto, y en efecto, parecía un niño de seis años. O Duddits. Sólo le faltaba tener guantes de punto colgando con ganchitos de las mangas. Se quitó la chaqueta con el típico gesto de los niños, encoger los hombros para que se caiga sola. Si no hubiera estado Jonesy para cogerla, habría acabado en el suelo, absorbiendo los charcos de nieve derretida.

—¿Qué es? —preguntó el hombre.

Jonesy tardó un poco en saber a qué se refería, hasta que, siguiendo la mirada del desconocido, vio el artefacto textil que había en la viga central. Tenía muchos colores (rojo y verde, con algunas hebras amarillas), y parecía una telaraña.

—Un atrapasueños —dijo Jonesy—. Es un amuleto indio. Creo que sirve para ahuyentar las pesadillas.

—¿Es suyo?

Jonesy no supo si se refería a toda la cabaña (quizá no hubiera escuchado su respuesta anterior) o sólo al atrapasueños, pero la contestación era la misma en ambos casos.

—No, de un amigo mío. Venimos cada año a cazar.

—¿Cuántos son?

El hombre, tiritando, con los brazos cruzados en el pecho y las manos en los codos, miró cómo colgaba Jonesy la chaqueta en el colgador de al lado de la puerta.

—Cuatro. El dueño es Beaver, que ahora está cazando. No sé si volverá por la nieve, o si se quedará. Supongo que vendrá. Pete y Henry han ido al colmado.

—¿Cuál? ¿Gosselin?

—Ése. Venga y siéntese.

Jonesy le acompañó al sofá, que era modular y de una longitud exagerada. Se trataba de un diseño con varias décadas encima, pasadísimo de moda, pero no olía demasiado mal y no lo había infestado ningún bicho. En Hole in the Wall no importaba gran cosa el estilo ni el buen gusto.

—Ahora quédese sentado —dijo.

Dejó al hombre temblando en el sofá, con las manos entre las rodillas. Sus pantalones vaqueros presentaban el aspecto asalchichado de cuando se llevan calzoncillos largos debajo, pero aun así tenía escalofríos. El calor, sin embargo, había llamado al color. El desconocido ya no parecía un cadáver, sino un enfermo de difteria.

Pete y Henry compartían el dormitorio más grande de los dos de la planta baja. Jonesy entró unos segundos para abrir el baúl de madera de cedro que había a la izquierda de la puerta y sacar uno de los dos edredones de plumas que contenía. Al caminar por el salón hacia donde estaba sentado el hombre, muerto de frío, Jonesy se dio cuenta de que no le había formulado la más elemental de las preguntas, la que habría hecho hasta un niño de seis años que no sabe bajarse solo la cremallera.

Mientras desplegaba el edredón a fin de abrigar al ocupante de aquel sofá tan desproporcionado, dijo:

—¿Cómo se llama?

Y se dio cuenta de que casi lo sabía. ¿McCoy? ¿McCann?

El hombre a quien Jonesy había estado a punto de pegar un escopetazo le miró, mientras se apresuraba a protegerse el cuello con el edredón. Las manchas marrones de debajo de los ojos empezaban a teñirse de morado.

—McCarthy —dijo—. Richard McCarthy. —Su mano, que sin guante parecía más regordeta y blanca de lo normal, salió de debajo de la colcha como un animal temeroso—. ¿Y usted?

—Gary Jones. —Jonesy estrechó su mano con la que casi había apretado el gatillo—. Casi todo el mundo me llama Jonesy.

—Pues gracias, Jonesy. —McCarthy le miró con seriedad—. Creo que me ha salvado la vida.

—Uy, no sé tanto —dijo Jonesy.

Volvió a mirar la mancha roja. Una manchita de congelación. Sí, no podía ser nada más.

II

BEAVER

1

—Como se imaginará, no puedo llamar a nadie —dijo Jonesy—. Por aquí cerca no pasa ninguna línea de teléfono. Lo único que tenemos es un generador para la electricidad.

McCarthy, que sólo asomaba la cabeza del edredón, asintió con ella.

—Sí, lo he oído, aunque al perderse se oyen cosas muy raras. Qué le voy a decir. A ratos parece que tengas el ruido a la izquierda o la derecha, luego estás seguro de que viene de detrás, piensas que es mejor volver...

Jonesy asintió, si bien, a decir verdad, lo ignoraba. Nunca se había perdido, a menos que se contara como tal la semana de después del accidente, pasada en una bruma de medicamentos y dolor.

—Estoy pensando qué es lo mejor —dijo Jonesy—. Supongo que llevarle en coche cuando vengan Pete y Henry. ¿Cuántos eran en el grupo?

McCarthy, por lo visto, tenía que pensárselo. Ello, sumado a su andar inestable, fortaleció la impresión de Jonesy de que estaba en estado de shock. Le extrañó que bastara una noche de extravío en el bosque. Se preguntó si a él también le habría afectado tanto.

—Cuatro —dijo McCarthy después de ese minuto de reflexión—. Como ustedes. Cazábamos en parejas. Yo iba con un amigo mío, Steve Otis. Somos los dos abogados, de Skowhegan. Los cuatro somos de Skowhegan, y a esta semana... le damos mucha importancia.

Jonesy asintió sonriendo.

—Sí, nosotros también.

—Debí de despistarme. —El hombre sacudió la cabeza—. No sé. Oía a Steve a la derecha, de vez en cuando veía su chaqueta entre los árboles, y de repente… No sé. Debió de írseme el santo al cielo. El bosque es ideal para pensar. El caso es que me quedé solo. Debí de intentar retroceder por el mismo camino, pero se hizo de noche… —Volvió a sacudir la cabeza—. Se me mezcla todo en la cabeza, pero tengo claro que éramos cuatro: yo, Steve, Nat Roper y la hermana de Nat, Becky.

—Deben de estar con los nervios de punta.

Al principio McCarthy puso cara de sorpresa, y luego de aprensión. Se notaba que aún no lo había pensado.

—Sí, claro. Seguro. ¡Ay, Dios mío! ¡Seré…!

Oyéndole, Jonesy tuvo que aguantarse una sonrisa. McCarthy parecía un personaje de la película *Fargo*.

—Vaya, que lo mejor sería llevarle. Eso si no…

—Tampoco quiero molestar…

—Si podemos, le llevamos. Lo digo porque ha cambiado el tiempo tan de repente…

—¡Usted dirá! —dijo McCarthy con amargura—. Con tanto satélite, tanto radar y tantos trastos podrían acertar un poco más, ¿no? «Buen tiempo y frío moderado, propio de esta época del año.» ¡Ríete tú!

Jonesy miró al hombre, o lo que dejaba a la vista el edredón (que sólo era la cara roja y el pelo castaño de calvo incipiente), con cierta perplejidad. Las previsiones que había oído él (y Pete, y Henry, y Beaver) llevaban dos días hablando de nieve. Algunos hombres del tiempo se cubrían las espaldas diciendo que la nieve podía cambiar a lluvia, pero el de la emisora de Castle Rock, por la mañana (era la única radio que se cogía en la cabaña, y mal, con mucha estática), había mencionado una zona de bajas presiones (lo que se llamaba un Alberta Clipper) moviéndose muy deprisa, quince o veinte centímetros, y a continuación, si seguían bajas las temperaturas y no se alejaban las bajas presiones hacia el mar, quizá una borrasca del nordeste. Jonesy no sabía de dónde sacaba McCarthy los pronósticos del tiempo, pero de la misma emisora seguro que no. Lo más probable era que sufriera una confusión. Motivos no le faltaban.

—Oiga, si quiere pongo a calentar un poco de sopa. ¿Le apetece, señor McCarthy?

McCarthy sonrió, agradecido.

—Me parece muy bien —dijo—. Ayer por la noche me dolía la barriga, y esta mañana no se podía aguantar, pero ahora me encuentro bastante mejor.

—Los nervios —dijo Jonesy—. Yo lo habría vomitado todo. Seguro que hasta me habría cagado encima.

—No, vomitar no vomité —dijo McCarthy—. Estoy casi seguro de que no, aunque… —Volvió a sacudir la cabeza. Era como un tic—. No sé. Lo tengo todo tan confuso que parece que haya tenido una pesadilla.

—Pues ya se ha acabado —dijo Jonesy.

Le pareció un poco tonto decirlo, pero era evidente que aquel hombre necesitaba que le dieran ánimos.

—Menos mal —dijo McCarthy—. Gracias. Y sí que me apetece un poco de sopa.

—Hay de tomate y de pollo. ¿Cuál le apetece?

—La de pollo —dijo McCarthy—. Mi madre siempre decía que cuando estás pachucho lo mejor es sopa de pollo.

Lo dijo con una mueca de burla, y Jonesy intentó disimular la impresión. Los dientes de McCarthy eran blancos y regulares, tanto que en un hombre de su edad (rondaría los cuarenta y cinco) sólo podían ser fundas. La contrapartida era que le faltaban como mínimo cuatro: los colmillos de arriba y, abajo, los dos de delante, que no sabía Jonesy cómo se llamaban. Lo que sí sabía era que McCarthy no se daba cuenta de haberlos perdido. Nadie que fuera consciente de tener unos huecos así en la dentadura los habría expuesto con tanta naturalidad, ni siquiera en aquellas circunstancias. Jonesy, al menos, era de esa opinión. Experimentó un ligero escalofrío en la barriga. Después se giró hacia la cocina, antes de que McCarthy detectara su cambio de expresión y sospechara algo raro. O preguntara qué ocurría.

—Marchando una de sopa de pollo. ¿Y si la acompañamos con queso caliente?

—Si no es demasiada molestia… Y llámame Richard, por favor. O mejor Rick. Cuando me salva alguien la vida, prefiero que me tutee lo antes posible.

—Pues nada, Rick.

Más vale que te arregles los dientes antes del próximo juicio, pensó Jonesy.

La sensación de que pasaba algo raro era muy pronunciada.

Se trataba del clic, el mismo de antes, cuando Jonesy había estado a punto de adivinar el apellido de McCarthy. Aún estaba lejos de arrepentirse de no haberle pegado un tiro, pero ya empezaba a tener ganas de que McCarthy no se hubiera acercado a su árbol, ni a su vida.

2

Mientras Jonesy, que ya había puesto la sopa a calentar, preparaba los sándwiches de queso, llegó la primera ráfaga de viento, que hizo crujir la cabaña y levantó una gran cortina de nieve. Por unos instantes se borraron hasta los garabatos negros de los árboles del Barranco, y detrás del ventanal quedó todo blanco, como si hubieran montado una pantalla de autocine. Jonesy sintió la primera punzada de inquietud, no ya por Pete y Henry, que a esas alturas debían de estar volviendo de Gosselin en el Scout de Henry, sino por Beaver. Lo lógico era que Beaver conociera aquel bosque como la palma de su mano, pero con tormenta de nieve nadie conoce nada. «Nunca se sabe»: otro dicho del fracasado de su padre, menos bueno, quizá, que «la suerte se tiene o no se tiene», pero bueno. Quizá Beaver lograra guiarse por el ruido del generador, pero tenía razón McCarthy en que los ruidos son traicioneros. Sobre todo si empezaba a armar jaleo el viento, que parecía decidido a ello.

La madre de Jonesy le había enseñado los diez o doce principios básicos de la cocina, uno de los cuales tenía que ver con el arte de hacer bocadillos de queso caliente. «Primero —decía—, echas unas caquitas de ratón (como llamaba Janet Jones a la mostaza), y después untas el pan de mantequilla. ¡Ojo! El pan, no la sartén. Como hagas la chorrada de untar la sartén, acabarás con pan frito y un poco de queso.» Jonesy nunca había entendido que fuera tan decisiva la diferencia entre poner la mantequilla en el pan o la sartén, pero siempre seguía las indicaciones de su madre, aunque fuera una lata untar la rebanada de arriba mientras se calentaba la de abajo. Tampoco se le habría ocurrido entrar en casa sin quitarse las botas de goma, porque su madre siempre le había dicho que «te deforman los pies». No acababa de explicárselo, pero ahora que era adulto, ahora que se acercaba a los cuarenta, seguía quitándose las botas justo al pasar por la puerta, para que no le deformaran los pies.

—Me parece que también me haré uno —dijo Jonesy, colocando el pan en la sartén con el lado de la mantequilla para abajo. La sopa había roto a hervir y olía bien. Era un olor reconfortante.

—Buena idea. ¡Oye, espero que no les pase nada a tus amigos!

—Y yo —dijo Jonesy. Removió un poco la sopa—. ¿Vosotros dónde os instaláis?

—Pues… Antes cazábamos en Mars Hill, en un sitio que era de un tío de Nat y Becky, pero lo quemó hace dos veranos algún anormal. Beben, y luego tiran las colillas sin fijarse. Al menos es lo que dijeron los bomberos.

Jonesy asintió con la cabeza.

—No es la primera vez que pasa.

—El seguro pagó el valor de la cabaña, pero nos quedamos sin campamento. Yo ya me esperaba que no siguiéramos cazando, pero Steve encontró un sitio precioso por la zona de Kineo. ¿Sabes dónde digo?

—Sí, lo conozco —dijo Jonesy, con una insensibilidad extraña en los labios.

Volvía a tener una extraña sensación. Hole in the Wall se encontraba unos treinta kilómetros al este de Gosselin. Kineo caía a unos cuarenta y cinco al oeste de la tienda. Sumaban ochenta y cinco. ¿Y tenía que creerse que aquel hombre, la persona que estaba sentada en el sofá con la cabeza fuera del edredón, había caminado ochenta y cinco kilómetros antes de perderse? Era absurdo. Imposible.

—Huele bien —dijo McCarthy.

Cierto, pero a Jonesy se le había pasado el hambre.

3

Al llevar la comida hacia el salón, oyó patadas en el suelo, al otro lado de la entrada. Poco después se abrió la puerta y entró Beaver con un remolino de nieve alrededor de las piernas.

—Cágate lorito —dijo. Pete, en una ocasión, había confeccionado una lista de beaverismos, y cágate lorito ocupaba uno de los primeros puestos, junto con clásicos como hostias en vinagre y tócame los perendengues. Eran exclamaciones entre zen y groseras—. Ya pensaba que tendría que pasar la noche fuera, hasta que he visto la luz. —Beaver levantó la mano hacia el techo con los dedos separados—. ¡Aleluya, he visto la luz! —entonó a la manera de un cantante de gospel. Simultáneamente empezaron a desempañársele las gafas, momento en que vio al desconocido del sofá. Bajó las manos lentamente y sonrió. Era una de las razones de que Jonesy le hubiera cogido afición desde el colegio, aunque Beaver pudiera ponerse pesado y no fuera una lumbrera, ni mucho menos: delante de los imprevistos, su primera reacción no era poner mala cara sino sonreír.

—Hola —dijo—. Soy Joe Clarendon. ¿Y usted?

—Rick McCarthy —dijo el otro, levantándose.

Se le cayó el edredón de plumas, y Jonesy se fijó en que debajo del jersey había un barrigón muy respetable. Hombre, pensó, es lo más normal; la enfermedad del hombre maduro. En los veinte años que vienen nos matará como moscas.

McCarthy tendió la mano, dio un paso adelante y estuvo a punto de tropezar con el edredón, que se había caído al suelo. De no ser por Jonesy, que llegó a tiempo de sujetarle por un hombro, habría tenido muchas posibilidades de caerse de bruces, casi las mismas que de tumbar la mesita de centro donde estaba la comida. Jonesy volvió a sorprenderse de que fuera tan patoso, un poco como él durante la primavera anterior, cuando aprendía a caminar desde cero. Examinó de más cerca la mancha que tenía McCarthy en la mejilla, y se arrepintió enseguida. No se debía a la congelación. En absoluto. Parecía una especie de tumor en la piel, o una mancha de color vinoso donde crecía pelusilla.

—Venga esa mano —dijo Beaver, adelantándose.

Asió la mano de McCarthy y la estrechó hasta que Jonesy tuvo miedo de que a la segunda fuera la vencida, y McCarthy acabara por verse arrojado a la mesita. Fue un alivio ver que Beaver (con su metro noventa y cinco de estatura, y los últimos restos de nieve fundiéndose en su pelo negro a lo hippy) retrocedía. Conservaba la sonrisa, y más efusiva que antes. Su melena hasta los hombros y sus gafas de culo de vaso le prestaban aspecto de genio de las matemáticas, o de psicópata. De hecho era carpintero.

—Rick las ha pasado canutas —dijo Jonesy—. Ha estado perdido desde ayer. Toda la noche en el bosque.

La sonrisa de Beaver se mantuvo, pero ahora era de preocupación. Jonesy, intuyendo lo que se avecinaba, deseó poder hacer callar a su amigo. Tenía la impresión de que McCarthy era bastante religioso, y de que podían molestarle las palabrotas. Claro que pedirle a Beaver que no fuera malhablado era como pedirle al viento que no soplara.

—¡Joder! —exclamó Beaver—. ¡Qué putada! ¡Pues hombre, siéntese y coma! Tú también, Jonesy.

—No, cómetelo tú —dijo Jonesy—, que vienes de la nieve.

—¿Seguro?

—Seguro. Me apetece hacerme unos huevos revueltos, mientras te explica Rick lo que le ha pasado.

Quizá le veas más lógica que yo, pensó.

—Vale. —Beaver se quitó su chaqueta (roja) y su chaleco (naranja, por supuesto), y estuvo a punto de arrojar ambas cosas en el montón de la leña, pero se lo pensó mejor—. Espera, espera, que llevo algo que puede interesarte.

Hundió la mano en un bolsillo de la chaqueta de plumón, hurgó un poco y sacó un libro de bolsillo cuyo único defecto era estar un poco doblado. La portada representaba a varios diablillos con sus horcas: *Small Vices*, de Robert Parker. Era el libro que leía Jonesy en la plataforma.

Beaver, sonriente, se lo tendió.

—No he cogido el saco de dormir, pero he pensado que si no te enterabas de quién era el asesino no podrías dormir en toda la noche.

—No hacía falta que subieras —dijo Jonesy; pero estaba conmovido, como sólo podía conmoverle Beaver. Su amigo había vuelto en plena ventisca y, al pasar por el observatorio del árbol, no había podido ver con claridad si estaba Jonesy. Podría haberle llamado, pero eso a Beaver no le bastaba. Tenía que ver las cosas por sí mismo.

—No ha sido molestia —dijo Beaver.

Tomó asiento al lado de McCarthy, que le miraba como se mira a un animal pequeño, novedoso y ligeramente exótico.

—Bueno, pues gracias —dijo Jonesy—. Y ahora a por los sándwiches. Yo voy a hacerme huevos. —Empezó a alejarse y dio media vuelta—. ¿Y Pete y Henry? ¿Tú crees que volverán sin problemas?

Beaver abrió la boca, pero se adelantó el viento a su respuesta, haciendo crujir las paredes y arrancando a los aleros un silbido lúgubre.

—¡Sólo es un poco de nieve! —dijo Beaver en cuanto amainó—. No te preocupes, que vendrán. Lo que ya es otro asunto, si es verdad que viene una borrasca seria, será volver a salir.

Y le hincó el diente al bocadillo de queso. Jonesy fue a la cocina para hacerse unos huevos revueltos y calentar otra lata de sopa. Ahora que estaba Beaver ya no le inquietaba tanto McCarthy. A decir verdad, con Beaver cerca siempre estaba más tranquilo. Extraño pero cierto.

4

Para cuando estuvieron hechos los huevos revueltos, y la sopa caliente, McCarthy hablaba con Beaver como si fueran amigos desde hacía diez años. La molestia que pudiera haberle ocasionado el rosario de palabrotas de Beaver, en su mayoría cómicas, quedaba compensada por una gran simpatía personal. En palabras de Henry a Jonesy, «no se puede explicar. No puedes evitar que te caiga bien. Por eso nunca se acuesta solo. Te aseguro que a las mujeres no les gusta por guapo».

Jonesy llevó los huevos y la sopa a la sala, esforzándose por no cojear (parecía mentira que con mal tiempo se le agravara tanto el dolor de cadera; siempre le había parecido un cuento de viejas, pero estaba visto que no), y se sentó en una de las butacas que había al final del sofá. McCarthy, por lo que se veía, había hablado más que comido. Casi no había probado la sopa, y aún le quedaba la mitad del bocadillo de queso caliente.

—¿Qué, qué tal? —preguntó Jonesy.

Sazonó los huevos con pimienta y se abalanzó sobre ellos con voracidad. Se notaba que le había vuelto del todo el apetito.

—De coña —dijo Beaver con su alegría de siempre, aunque a Jonesy le pareció preocupado, y quizá hasta alarmado—. Rick me ha estado contando sus aventuras, y oye, ni en las revistas que tenía mi barbero cuando era pequeño. —Se volvió hacia McCarthy sin perder la sonrisa (rasgo definitorio de su personalidad) y, con un gesto rápido, se apartó la melena, negra y recia—. Entonces, en nuestro barrio de Derry, el barbero era un viejo que se llamaba Castonguay. ¡Fíjate si me daba miedo con las tijeras, que desde entonces no he vuelto!

McCarthy sonrió con poca convicción, pero no dijo nada. Cogió la mitad restante del sándwich de queso, la miró y volvió a dejarla en el mismo sitio. La marca roja de la mejilla le brillaba como si estuviera marcada a fuego. Mientras tanto, Beaver seguía con su cháchara, como si no quisiera dejarle hablar por miedo a lo que pudiera decir. Fuera nevaba más que nunca; también hacía viento, y Jonesy pensó en Henry y Pete, que para entonces ya debían de estar por Deep Cut Road en el Scout viejo de Henry.

—Encima de que a Rick, esta noche, casi se lo come crudo algún bicho (él dice que podía ser un oso), perdió la escopeta. Una Remington nueva que te cagas. ¡Ahora a ver quién la encuentra! No hay ni un cero coma cero cero uno por ciento de posibilidades.

—Ya lo sé —dijo McCarthy. Volvía a borrársele el rubor de las mejillas, que recuperaban su color ceniciento—. No me acuerdo ni de cuándo la dejé, y menos…

De pronto se oyó un ruido grave y vibrante, como de langosta. Jonesy lo atribuyó a que se había metido algo en la chimenea, y notó que se le erizaba el vello de la nuca. Luego se dio cuenta de que había sido McCarthy. Jonesy había oído pedos fuertes, y algunos largos, pero ninguno que pudiera compararse. Parecía interminable, aunque sólo debían de haber pasado unos segundos. A continuación lo olió.

McCarthy, que había cogido la cuchara, la dejó caer en la sopa, que estaba casi sin probar, y se llevó la mano derecha a la mejilla donde tenía la mancha, con un gesto de vergüenza casi femenino.

—¡Ay, perdón! dijo.

—No, por favor. Fuera hay más espacio que dentro —dijo Beaver.

Pero lo que accionaba su lengua sólo era el instinto y la fuerza de la costumbre. Jonesy vio que el olor les había impactado por igual a ambos. No era la peste a huevo podrido que se recibe con risas, ojos en blanco, gestos de abanicarse y gritos de «¡Coño! ¿Quién ha abierto el queso?». Tampoco era un pedo de los que huelen a metano. Se trataba del mismo olor que había detectado Jonesy en el aliento de McCarthy, pero más intenso: una mezcla de éter y plátanos demasiado maduros, como el líquido que se echa en el carburador cuando amanece el día bajo cero.

—¡Jo, qué vergüenza! —dijo McCarthy—. No tiene perdón de Dios.

—Oye, que no pasa nada —dijo Jonesy; pero se le había encogido el estómago, como queriendo protegerse de alguna agresión. Ahora los huevos revueltos no se los acababa ni Cristo. Jonesy, en regla general, no era maniático con los pedos, pero aquel no se podía aguantar.

Beaver se levantó del sofá y abrió una ventana, dejando entrar un remolino de nieve y un soplo de aire fresco que se agradeció.

—No te preocupes, colega; aunque sí que huele fuerte, sí. ¡Joder! ¿Se puede saber qué has comido? ¿Cacas de marmota?

—Arbustos, musgo… No sé, cosas —dijo McCarthy—. Es que me entró un hambre… Tenía que comer algo, lo que fuera, y como de eso no sé mucho, ni he leído manuales de supervivencia… Además era de noche.

Pronunció la última frase como si hubiera tenido una inspiración. Entonces Jonesy miró a Beaver a los ojos, para ver si sabía lo mismo que él: que McCarthy mentía. McCarthy no sabía qué había comido en el bosque; de hecho, no sabía ni si había comido algo. Sólo quería justificar la inesperada, y horrible, pedorreta. Y la peste a que había dado lugar.

Volvió a soplar el viento, con una ráfaga impetuosa y convulsa que lanzó otra bandada de copos por la ventana abierta. Al menos purificaba el ambiente, lo cual no era poco.

McCarthy se inclinó de una manera tan repentina que parecía que le hubiera impulsado un muelle, y cuando metió la cabeza entre las rodillas, Jonesy intuyó por dónde irían los tiros: adiós, alfombra de los navajos. Mucho gusto en conocerte. Se veía que Beaver pensaba lo mismo, porque encogió las piernas para no salpicarse.

Sin embargo, lo que salió de McCarthy no fue vómito, sino un zumbido prolongado y grave, el ruido que haría una máquina industrial después de forzarla demasiado. Los ojos de McCarthy sobresalían de sus órbitas como canicas de vidrio, y tenía las mejillas tan chupadas que se le marcaron unos semicírculos oscuros y pequeños en las comisuras de los párpados. La vibración gutural se prolongó una eternidad, y al cesar dejó la impresión de que el generador de fuera hacía un ruido exagerado.

—He oído eructos de concurso, pero éste se lleva la palma —dijo Beaver.

Lo dijo con un respeto contenido y sincero.

McCarthy volvió a recostarse en el sofá con los ojos cerrados, y en la boca una mueca donde Jonesy leyó vergüenza, dolor o ambas cosas. Volvía a percibirse el olor a plátanos y éter, un olor activo de fermentación, como algo que empezara a echarse a perder.

—¡Ay, Dios mío! Lo siento mucho —dijo McCarthy sin abrir los ojos—. Llevo así todo el día, desde que ha amanecido. Y vuelve a dolerme la barriga.

Jonesy y Beaver compartieron miradas silenciosas de preocupación.

—¿Sabes qué te digo? —dijo Beaver—. Que te iría bien estirarte y dormir un poco. Debes de haber pasado en vela toda la puta noche, escuchando al pelma del oso y qué sé yo qué bichos. Estás agotado, estresado y algún *ado* más que ahora no se me ocurre. Lo que te hace falta es planchar la oreja unas horas, y te despertarás nuevecito.

McCarthy dirigió a Beaver una mirada de tanta gratitud, tan lastimosa, que a Jonesy le dio un poco de vergüenza presenciarla. Aunque la piel de McCarthy siguiera igual de grisácea, había empezado a sudar; se le formaban gotas grandes en el entrecejo y las sienes, y le corrían por las mejillas como una sustancia aceitosa. Todo ello a pesar del aire frío que había empezado a circular por la sala.

—Me parece que tienes razón —dijo—. Lo único que tengo es cansancio. Me duele la barriga, pero es de nervios; además de que comía de todo, empezando por arbustos y siguiendo por... ¡Yo qué sé! Cualquier cosa. —Se rascó la mejilla—. ¿Lo que tengo en la cara tiene muy mala pinta? ¿Sangra?

—No —dijo Jonesy—, sólo está rojo.

—Es una especie de alergia —dijo McCarthy, apesadumbrado—. También me sale cuando como cacahuetes. Voy a estirarme. Será lo mejor.

Cuando estuvo levantado, vaciló. Quisieron sostenerle tanto Beaver como Jonesy, pero McCarthy recuperó el equilibrio sin darles tiempo de ponerle la mano encima. Jonesy habría jurado que casi no quedaba ni rastro del presunto barrigón de hombre maduro. ¿Podía ser? ¿Tanto gas había dentro? No lo sabía. De lo único que estaba seguro era de que el pedo había sido descomunal, y el eructo aún más. Era la anécdota perfecta para contarla durante veinte o más años. Empezaría así: «Antes íbamos cada año a la cabaña de Beaver Clarendon para la primera semana de la temporada de caza, y en noviembre de 2001, aquel otoño en que nevó tanto, llegó al campamento un tío que se había perdido...»

69

Sí, daría para una buena historia; la gente se moriría de risa con el pedo gigante y el megaeructo. Las anécdotas de pedos y eructos tenían la carcajada garantizada. Lo que se saltaría Jonesy sería la parte en que sólo le faltaban doscientos gramos de presión en el gatillo de una Garand para matar a McCarthy. No, aquella parte no la contaría.

Como Pete y Henry dormían juntos, Beaver llevó a McCarthy a la otra habitación de la planta baja, la que estaba ocupada por Jonesy. Beaver le pidió perdón con la mirada, y Jonesy se encogió de hombros. A fin de cuentas era el lugar más lógico. Por una noche, Jonesy se instalaría en el dormitorio de Beaver (bastantes veces lo habían hecho de niños). Lo cierto, además, era que no estaba seguro de que McCarthy estuviera en condiciones de subir escaleras. Cada vez le gustaba menos el aspecto sudoroso y macilento de aquel hombre.

Jonesy era de los que se hacen la cama y a continuación la saturan de libros, periódicos, ropa, bolsas, productos de higiene... Lo retiró todo lo más deprisa que pudo y abatió la esquina superior del edredón.

—¿No tienes que hacer una meadita, socio? —preguntó Beaver.

McCarthy negó con la cabeza. Casi parecía hipnotizado por la sábana azul y limpia que había destapado Jonesy. Éste volvió a reparar con sorpresa en que tenía los ojos muy vidriosos, como de trofeo de caza disecado. De pronto, sin querer, se le apareció el salón de su casa de Brookline, una ciudad residencial al lado de Boston. Alfombras, muebles coloniales... y la cabeza de McCarthy puesta encima de la chimenea. «Éste lo cacé en Maine», les diría a sus invitados en las fiestas que organizara.

Cerró los ojos, y al abrirlos descubrió que le miraba Beaver con una sombra de inquietud.

—Un pinchazo en la cadera —dijo—. Perdón. Señor McCarthy... Rick, supongo que querrás quitarte el jersey y los pantalones. Y las botas, evidentemente.

McCarthy miró alrededor como si soñara y le hubieran despertado.

—Sí, claro —dijo.

—¿Te ayudamos? —preguntó Beaver.

—¡Uy, no! —McCarthy puso cara de asustado, divertido o ambas cosas a la vez—. Tan mal no estoy.

—Pues nada, dejo a Jonesy vigilando.

Beaver salió del dormitorio y McCarthy empezó a desvestirse, empezando por quitarse el jersey por la cabeza. Llevaba debajo una camisa de cazador roja y negra, y entre ella y la piel, una camiseta térmica. Jonesy comprobó que la camisa estaba menos abombada en la zona de la barriga. Seguro.

O casi seguro. Se recordó que sólo hacía una hora que había tenido la certeza absoluta de que la chaqueta de McCarthy era la cabeza de un ciervo.

Para quitarse los zapatos, McCarthy se sentó en la silla que había al lado de la ventana, y al hacerlo se tiró otro pedo, menos largo que el primero pero igual de ruidoso. No lo comentaron ni él ni Jonesy, como no comentaron el olor resultante, que en el espacio reducido del dormitorio era tan fuerte que a Jonesy estuvieron a punto de saltársele las lágrimas.

McCarthy se quitó las botas con sendos puntapiés, dejándolas chocar sordamente con el suelo de madera. Luego se levantó y se desabrochó el cinturón. En el momento en que se bajaba los pantalones, dejando a la vista la parte inferior de la ropa interior térmica, volvió a entrar Beaver con un recipiente de cerámica del piso de arriba y lo dejó junto a la cabecera de la cama.

—Por si tuvieras que... que echar las papas, vaya. O si recibes una llamada a cobro revertido de las que no pueden esperar.

McCarthy le miró con una inexpresividad que Jonesy consideró inquietante: un desconocido en la habitación donde dormía él, un desconocido con calzoncillos largos y abolsados que le prestaban cierto aspecto fantasmal. Un hombre enfermo. La cuestión era hasta qué punto.

—Por si no tienes tiempo de ir al lavabo —explicó Beaver—. Que está aquí cerca, ya que hablamos del tema. Es fácil: sales y giras a la izquierda; pero acuérdate de que es la segunda puerta, ¿eh? Si te olvidas y te metes por la primera, cagarás en el armario de la ropa.

Jonesy, tomado por sorpresa, soltó una carcajada, sin importarle cómo sonaba: aguda y un poco histérica.

—Ahora estoy mejor —dijo McCarthy, pero Jonesy no apreció sinceridad en su voz. Plantado como un pasmarote con su ropa interior, parecía un androide con tres cuartas partes de los circuitos de memoria borrados. Antes se le había notado un poco de vida; no animación, pero sí algo de vida. Ahora no quedaba ni gota, como en el color de sus mejillas.

—Venga, Rick —dijo Beaver con afabilidad—, acuéstate y echa una cabezadita. Ve recuperando fuerzas.

—Vale. —McCarthy se sentó en la cama recién deshecha y miró por la ventana. Tenía los ojos muy abiertos, pero sin expresión. A Jonesy le pareció que apestaba menos, pero también podía ser que se estuviera acostumbrando; la gente, con el tiempo, se acostumbra a todo, hasta al olor de la jaula de los monos en el zoo—. ¡Anda, cómo nieva!

—Sí —dijo Jonesy—. ¿Qué tal la barriga?

—Mejor. —La mirada de McCarthy se desplazó hacia el rostro de Jonesy. Sus ojos eran ojos serios de niño asustado—. Perdonad por los gases. Nunca me había pasado, ni haciendo la mili, y eso que entonces parecía que comiéramos judías a diario. Pero bueno, ya estoy mejor.

—¿Tienes que echar una meadita antes de acostarte?

Jonesy tenía cuatro hijos, y la pregunta casi era un automatismo.

—No. Lo he hecho en el bosque, justo antes de que me encontraras. Gracias por haberme dejado entrar. Gracias a los dos.

—Ni gracias ni hostias —dijo Beaver, nervioso y moviendo los pies—, que lo habría hecho cualquiera.

—Puede que sí, puede que no —dijo McCarthy—. Reza la Biblia: «Mira que estoy a la puerta y llamo.»

Fuera redoblaba la fuerza del viento, haciendo temblar Hole in the Wall. Jonesy aguardó a que terminara McCarthy (parecía que fuera a decir algo más), pero éste se limitó a levantar los pies del suelo y taparse con las mantas.

En lo más hondo de la cama de Jonesy sonó otro pedo largo y vibrante, y Jonesy decidió que no podía más. Una cosa era acoger a alguien extraviado y que llegaba a tu casa con una tormenta en ciernes, y otra quedarse con él mientras arrojaba una serie de bombas de gas.

Beaver fue tras él y cerró la puerta con suavidad.

5

Cuando Jonesy empezó a hablar, Beaver sacudió la cabeza, se llevó un dedo a los labios y le condujo a la cocina, cruzando la sala principal. Era lo más lejos que podían estar de McCarthy sin salir al cobertizo trasero.

—¡Joder con el tío, qué crudo lo tiene! —dijo Beaver.

A la luz hiriente de los fluorescentes de la cocina, Jonesy vio que su amigo de infancia estaba muy preocupado. Beaver hurgó en el bolsillo delantero del mono, encontró un mondadientes y empezó a mordisquearlo. En tres minutos (el intervalo de tiempo que le hace falta a un fumador compulsivo para acabarse un cigarrillo) lo habría reducido a un montoncito de astillas finas como hebras de lino. Jonesy no acababa de explicarse que resistiera tanto la dentadura de Beaver (ni su estómago), pero lo había hecho toda la vida.

—Ojalá te equivoques, pero... —Jonesy negó con la cabeza—. ¿Tú habías olido alguna vez un pedo así?

—No —dijo Beaver—, pero este tío tiene algo más que dolor de barriga.

—¿Qué quieres decir?

—Pues mira, para empezar se cree que estamos a once de noviembre.

Jonesy no tenía ni idea de a qué se refería Beaver. El once de noviembre era la fecha en que habían llegado ellos a cazar, apretados en el Scout de Henry, como de costumbre.

—Oye, Beav, que hoy es miércoles. Miércoles catorce.

Beaver asintió con la cabeza, y a su pesar sonrió un poco. El palillo, que ya se veía bastante torcido, pasaba de un lado de la boca al otro.

—Ya lo sé. Tú también lo sabes, pero Rick no. Él cree que es domingo.

—¿Qué te ha dicho, Beaver?

No podía haberle explicado gran cosa, porque para hacer unos huevos revueltos y calentar una lata de sopa no se tardaba una eternidad. La idea despertó otras en secuencia, y, mientras hablaba Beaver, Jonesy abrió el grifo para lavar los pocos platos sucios que había. No tenía nada en contra de ir de acampada, pero si a algo no estaba dispuesto era a vivir en una pocilga, cosa que a la mayoría de los hombres, cuando salían de casa para ir al bosque, no parecía molestarles.

—Ha dicho que llegaron el sábado para cazar un poco, y que el domingo se lo pasaron arreglando el tejado, porque tenía agujeros. Entonces va y dice: «Al menos no he tenido que infringir el mandamiento de no trabajar el día del Señor. Cuando te pierdes en el bosque, el único trabajo que tienes es no volverte loco.»

—Ya —dijo Jonesy.

—No me atrevería a declarar en un tribunal que cree que hoy es once, pero la única alternativa es retroceder otra semana, hasta el cuatro, porque lo que está claro es que para él estamos a domingo. Y no me creo que lleve diez días fuera.

Jonesy tampoco lo creía, pero ¿tres? Eso sí podía creérselo.

—Así se explicaría una cosa que me ha dicho —dijo Jonesy—. Me...

Crujió el suelo, y se sobresaltaron un poco los dos, mirando hacia el fondo de la sala, hacia la puerta cerrada del dormitorio, pero no había nada que ver. Por lo demás, en aquella cabaña siempre crujían el suelo y las paredes, aunque no hiciera mucho viento. Se miraron un poco avergonzados.

—Sí, estoy nerviosillo —dijo Beaver, bien por haber leído la expresión de Jonesy, bien por seguirle el pensamiento—. ¡Hombre, reconocerás que da un poco de repelús eso de que de repente aparezca alguien saliendo del bosque!

—Sí.

—El pedo ha sonado como si tuviera algo metido en el culo, muriéndose por inhalación de humo.

Beaver quedó un poco sorprendido por sus propias palabras, como siempre que decía algo gracioso. Rompieron a reír los dos al mismo tiempo, sujetándose uno al otro; reían con la boca abierta, profiriendo una especie de resuellos para que no los oyera el pobre hombre, suponiendo que aún no durmiera. Jonesy fue quien tuvo mayores dificultades en reprimir las carcajadas, porque anhelaba su efecto liberador. Las risas contenidas tenían una especie de severidad histérica, y le hicieron doblarse entre bufidos y jadeos, con lágrimas en los ojos.

Al final Beaver le cogió y le empujó por la puerta. Se quedaron fuera sin chaqueta, con los pies en una capa de nieve que no dejaba de crecer. Por fin podían reír a gusto, gracias a que el viento silenciaba sus expansiones.

6

Cuando volvieron a entrar, Jonesy tenía las manos tan congeladas que las metió en agua caliente y casi no notó nada, pero el desahogo lo valía. Volvió a pensar en Pete y Henry, en cómo estaban y si podrían volver sin percances.

—Decías que se explicaba algo —dijo Beaver, que ya atacaba otro palillo—. ¿El qué?

—Que no sabía que fuera a nevar —dijo Jonesy. Hablaba con lentitud, esforzándose por recordar las palabras exactas de McCarthy—. Creo que ha dicho: «"Buen tiempo y frío moderado, propio de esta época del año." ¡Ríete tú!» Sólo tendría sentido si las últimas previsiones que había oído fueran para el once o el doce. Porque hasta ayer por la tarde hacía buen tiempo, ¿no?

—Sí, y frío moderado —asintió Beaver. Abrió el cajón de al lado del fregadero, sacó un trapo de cocina desteñido con dibujo de mariquitas y empezó a secar la vajilla, mientras lanzaba una mirada a la puerta cerrada del dormitorio—. Hay que joderse. ¿Qué más ha dicho?

—Que tienen el campamento en Kineo.

—¿Qué? ¿En Kineo? ¡Si eso está a más de ochenta kilómetros! No puede... —Beaver se sacó el mondadientes de la boca, examinó las marcas de los dientes y volvió a introducirlo por el otro extremo—. Ah, ya capto.

—Exacto. En una noche no ha podido andar tanto, pero si lleva perdido tres días...

—... y cuatro noches. Si contamos que se perdió el sábado por la tarde, suman cuatro noches.

—Eso, cuatro noches. O sea, que suponiendo que caminara siempre hacia el este... —Jonesy calculó veinticinco kilómetros al día—. Parece posible.

—Pero ¿cómo puede ser que no se congelase? —Beaver había bajado tanto la voz que casi susurraba, aunque bien podía ser que no se diera cuenta—. Su chaqueta abriga mucho, y lleva calzoncillos largos, pero desde Todos los Santos en el condado han hecho noches de seis o siete bajo cero. Explícame tú que haya pasado cuatro noches a la intemperie sin quedarse congelado. Ni siquiera tiene manchas, aparte de lo de la mejilla.

—No sé. Ah, y otra cosa —dijo Jonesy—: ¿cómo puede ser que no le haya crecido casi nada de barba?

—¿Eh? —Beaver abrió la boca, y se le quedó colgando el palillo en el labio inferior. Luego asintió con lentitud—. Es verdad. Tiene poquísima.

—Como máximo de un día, para mí.

—¿Se afeitaría?

—Sí, seguro —dijo Jonesy, imaginándose a McCarthy en pleno bosque, con miedo, frío y hambre (aunque también había que decir que no tenía aspecto de haberse saltado muchas comidas) y, a pesar de todo, arrodillándose cada mañana al lado de un arroyo, partiendo el hielo con las botas para llegar al agua, sacándose su fiel Gillette de... ¿De dónde? ¿Del bolsillo de la chaqueta?

—Hasta esta mañana, que es cuando ha perdido la maquinilla. Por eso tiene barba de un día —dijo Beaver.

Volvía a sonreír, pero era una sonrisa sin mucha alegría.

—Claro, al mismo tiempo que la escopeta. ¿Le has visto los dientes?

Beaver hizo una mueca de «¿y ahora qué?».

—Le faltan cuatro, dos de arriba y dos de abajo. Parece el chico que siempre sale en la portada de la revista *Mad*.

—¿Y qué, tío? Hasta yo tengo un par de caídos en combate. —Beaver contrajo un lado de la boca, dejando a la vista la encía izquierda con una media mueca que a juicio de Jonesy podría haberse ahorrado—. ¿Lo fes? Aquí dechrás.

Jonesy sacudió la cabeza. No era lo mismo.

—No, Beav, que es abogado. Se gana la vida dando la cara, y en su caso faltan varios de delante. Ni siquiera sabía que se le hubieran caído. Pondría la mano en el fuego.

—Entonces ¿qué quieres decir, que ha estado expuesto a alguna radiación? —preguntó Beaver, nervioso—. Las radiaciones peligrosas hacen que se te caigan los dientes. Lo vi una vez en una peli de las que te encantan a ti, de las de monstruitos. Como no sea eso... Y la mancha roja sería de lo mismo.

—Sí, seguro que está afectado de cuando explotó la central nuclear de Mars Hill —dijo Jonesy, pero se arrepintió del chiste al ver la cara de extrañeza de su amigo—. Me parece, Beav, que con las radiaciones nocivas también se te cae el pelo.

Los rasgos de Beaver se relajaron.

—Es verdad. El de la peli acababa igual de calvo que aquel tío que hacía de poli por la tele, Telly no sé qué. —Hizo una pausa—. Luego se muere. Digo el de la peli, ¿eh?, no el Telly de los huevos, aunque ahora que lo pienso...

—Pues a éste, lo que es pelo no le falta —le interrumpió Jonesy.

Como Beaver se saliera por la tangente, seguro que tardaban

siglos en recuperar el hilo. Se fijó en que la presencia de McCarthy provocaba que ninguno de los dos le llamara por su nombre o su apellido, señal, quizá, de que el subconsciente les pedía convertirlo en un ser puramente genérico, como si así importara menos que... que...

—Es verdad —dijo Beaver—. Tiene bastante, ¿no? Pelo, digo.

—Seguro que tiene amnesia.

—No te digo que no, pero se acuerda de quién es y de con quién iba. Oye, y cambiando de tema, vaya pedito, ¿eh? ¡Y qué pestazo! ¡Parecía éter!

—Sí —dijo Jonesy—. A mí me ha recordado el anticongelante para coches.

Se quedaron callados, mirándose y escuchando el viento. Jonesy tuvo la idea de preguntarle a Beaver por el relámpago que aseguraba haber visto McCarthy, pero tampoco hacía falta entrar en tantos detalles.

—Yo, al verlo agacharse, pensaba que iba a echar las papas —dijo Beaver—. ¿Tú no?

Jonesy asintió con la cabeza.

—Y no es que tenga buena cara, precisamente.

—No.

Beaver suspiró, tiró el palillo a la basura y miró por la ventana. Seguía arreciando la nevada. Se tocó el pelo con un gesto rápido.

—¡Jo, tío, ojalá estuvieran Henry y Pete! Sobre todo Henry.

—Beav, que Henry es psiquiatra.

—Ya lo sé, pero es lo más parecido a un médico que tenemos, y me parece que a ése le hace falta uno.

Lo cierto era que Henry sí era médico, porque era la única manera de sacarse el título de comecocos, pero, que Jonesy supiera, sólo había ejercido de psiquiatra. Aun así comprendió las palabras de Beaver.

—¿Aún crees que podrán volver, Beav?

Beaver suspiró.

—Hace media hora te habría dicho que seguro, pero la verdad es que está cayendo algo gordo... Yo creo que sí. —Se puso muy serio y dirigió a su amigo una mirada donde apenas se reconocía al Beaver Clarendon de siempre, despreocupado y feliz—. Espero —dijo.

III

EL SCOUT DE HENRY

1

Con la mirada en la cortina de nieve, siguiendo los faros del Scout (que iba hacia Hole in the Wall como si Deep Cut Road, en vez de carretera, fuera un túnel), Henry se había puesto a pensar en las maneras de hacerlo.

Estaba, por supuesto, la Solución Hemingway, que era como la había llamado en un trabajo de antes de licenciarse en la Wesleyan University: señal de que entonces quizá ya se la planteara de manera personal, no como simple trámite para sacarse una asignatura. La Solución Hemingway era una bala de escopeta, y ahora Henry tenía una. Claro que esperaría a no estar con sus amigos. Habría sido una mala pasada elegir como escenario Hole in the Wall, donde tantos buenos ratos habían compartido. Significaría corromper el campamento a ojos de Pete y Jonesy. Y de Beaver. Quizá el que más. No estaría bien. De lo que se daba cuenta era de que no tardaría. Era como sentir la proximidad de un estornudo. ¡Valiente idea, comparar el final de la vida a un estornudo! Pero en el fondo quizá se redujera a lo mismo. «¡Achús!», y a decirle hola a su amiga la oscuridad.

La puesta en práctica de la Solución Hemingway requería quitarse un zapato y un calcetín. La culata se apoyaba en el suelo. El cañón se metía por la boca. El dedo gordo del pie se aplicaba al gatillo. Nota a mí mismo, pensó Henry, mientras la parte trasera del Scout derrapaba un poco con la nieve fresca y él corregía la desviación con ayuda de las rodadas (en el fondo la carretera se reducía a eso, a las rodadas que dejaban en verano los tractores de la madera): si lo haces así, tómate un laxante y espera a haber cagado por última vez. No hay necesidad de que se lo encuentren todo más guarro de lo inevitable.

—¿Y si no corrieras tanto? —dijo Pete.

Tenía una cerveza entre las piernas, y ya estaba medio vacía, pero con una no había bastante para amodorrarle. En cambio, con tres o cuatro más, Henry podría jugarse el cuello a cien por hora en aquella porquería de carretera y lo único que haría Pete sería quedarse tan tranquilo en el asiento del copiloto, acompañando con la voz un disco de Pink Floyd (¡joder, menudo bodrio!). Lo más probable, además, era que se pudiera acelerar hasta cien y, como máximo, abollar un poco más el parachoques. Ir por los surcos de Deep Cut Road, hasta cubiertos de nieve, era como conducir sobre raíles. Con más nieve quizá fuera otro cantar, pero de momento iba todo de perlas.

—Tranquilo, Pete, que esto va como una seda.

—¿Quieres una cerveza?

—No, conduciendo no.

—¿Ni aquí, en la quinta hostia?

—Luego.

Pete volvió a arrellanarse, dejando a Henry la tarea de rastrear los agujeros de los faros y enhebrar su camino por aquella senda blanca entre árboles. Dejando a Henry con sus pensamientos, que era lo que le apetecía. Era como pasarse la lengua por una llaga, hurgando y hurgando con la punta, pero le apetecía.

También estaba la opción de las pastillas. Y otro clásico: meterse en la bañera con una bolsa en la cabeza. O ahogarse. O saltar desde muy alto. La pistola en la oreja comportaba el riesgo de acabar paralizado, pero vivo. Cortarse las venas tampoco era fiable. Eso Henry se lo dejaba a los que sólo ensayaban. Los japoneses, en cambio, practicaban una modalidad que le interesaba mucho: atarse una cuerda alrededor del cuello, anudar la otra punta a una piedra grande, poner la piedra encima de una silla y sentarse apoyando la espalda, para que no puedas caerte hacia atrás. Luego inclinas la silla y se cae la piedra. Tardas entre tres y cinco minutos en morirte, y la asfixia te va embotando la cabeza. El gris se va volviendo negro: hola, amiga oscuridad. Henry conocía el método gracias, ni más ni menos, que a una de las novelas policíacas de Kinsey Milhone que le gustaban tanto a Jonesy. Novelas policíacas y películas de terror: de eso vivía Jonesy.

Haciendo balance general, Henry se inclinaba más por la Solución Hemingway.

Pete terminó su primera cerveza y abrió la segunda con bastante mejor cara.

—¿Qué te ha parecido? —preguntó Pete.

Henry se sintió interpelado desde el otro universo, el de los vivos que querían vivir, y, como iba siendo norma, le impacientó. Era importante, sin embargo, no levantar sospechas en ninguno de los tres, y tenía la sensación de que Jonesy empezaba a olerse algo. Beaver quizá también. Eran los que a veces veían por dentro. Pete no sospechaba nada, pero existía el peligro de que les contara algo inoportuno a los demás, como que Henry no era el de antes, que estaba muy serio, como si tuviera alguna preocupación muy gorda. Eso Henry no lo deseaba. Era el último viaje que hacían a Hole in the Wall los cuatro juntos, la antigua pandilla de Kansas Street, los piratas de tercer y cuarto curso, y Henry quería que se divirtieran. Quería que la noticia fuera una sorpresa para los tres, incluido Jonesy, que siempre había sido el más capaz de verle por dentro. Quería que dijeran que no se lo esperaban. Mejor que estuvieran los tres sentados y contemplando el suelo, eludiendo las caras de los demás o cruzando miradas huidizas, pensando que deberían haberlo previsto, que habían visto los síntomas y deberían haber hecho algo. Por eso regresó al otro universo, fingiendo interés como un actor consumado. ¿Quién mejor que un psiquiatra?

—¿Que qué me parece qué?

Pete puso los ojos en blanco.

—¡Lo de la tienda, atontado! Lo que contaba el viejo, Gosselin.

—Oye, Pete, que si le llaman «el viejo» es por algo. De ochenta años no baja, y a los viejos, tanto mujeres como hombres, lo que les sobra es histeria. —El Scout (que también estaba granadillo: catorce años había cumplido, y no le faltaba mucho para completar la segunda vuelta del cuentakilómetros) se salió de los surcos y derrapó justo después, a pesar de ser un cuatro por cuatro. Henry volvió a encarrilarlo, y poco le faltó para reírse al ver que a Pete se le caía al suelo la cerveza y oírle berrear—: ¡Hostia! ¡Ten cuidado, cabrón!

Henry redujo la velocidad hasta que el Scout se enderezó. A continuación volvió a pisar el acelerador demasiado deprisa y con demasiada fuerza, pero a propósito. El Scout sufrió otro derrape en sentido contrario al anterior, y Pete volvió a desgañitarse. Entonces Henry aflojó de nuevo, y el Scout recayó en las rodadas para otro trecho suave, como sobre raíles. Por lo visto, la decisión de no seguir viviendo tenía su lado bueno: que ya no te ponías nervioso por pequeñeces. Los faros horadaban un día blanco que se movía con millones de copos de nieve, todos diferentes entre sí, de acuerdo con la sabiduría popular.

Pete recogió la cerveza (que sólo se había derramado un poco) y se dio unos golpes en el pecho.

—¿No vas un poco demasiado deprisa?

—En absoluto —dijo Henry, y añadió como si no se hubiera producido ningún derrape (falso) ni hubiera interrumpido el curso de sus ideas (cierto)—: La histeria de grupo afecta sobre todo a la gente muy mayor y muy joven. Es un fenómeno muy documentado, tanto en mi campo como en el de los sociólogos, nuestros vecinos infieles.

Henry miró hacia abajo y vio que iban a cincuenta y cinco por hora. Sí, en condiciones así era un poco demasiado. Redujo la velocidad.

—¿Así te gusta más?

Pete asintió con la cabeza.

—No te ofendas, ¿eh? Conduces muy bien, pero es que nieva, y encima llevamos la comida. —Movió el pulgar por encima del hombro, señalando las dos bolsas y las dos cajas que llevaban en el asiento trasero—. Aparte de las salchichas, hemos cogido las últimas tres latas de macarrones con queso Kraft, y ya sabes que Beaver, sin eso, no vive.

—Ya lo sé —dijo Henry—, y me parece muy bien. ¿Te acuerdas de lo que contaban sobre sectas satánicas en el estado de Washington? Salió en la prensa a mediados de los noventa. Las investigaciones apuntaban a una serie de gente mayor que vivía con hijos, y en un caso con nietos, en dos pueblos al sur de Seattle. Parece que la avalancha de denuncias de abusos sexuales en guarderías se originó en una de Delaware y otra de California, donde trabajaban dos adolescentes a media jornada. Se quejaron las dos al mismo tiempo, y era mentira en los dos casos. Puede que fuera coincidencia, o que de repente hubiera ganas de dar credibilidad a esas historias y lo notaran las chicas en el ambiente.

¡Con qué facilidad le salían las palabras, casi como si tuvieran alguna importancia! Henry hablaba, su acompañante escuchaba con muda admiración, y nadie (Pete menos que nadie) podría haber sospechado que pensara en el disparo, la cuerda, el tubo de escape y las pastillas. La explicación era sencillísima: Henry tenía la cabeza llena de cintas grabadas, y el reproductor era su lengua.

—En Salem —continuó— se combinaron la histeria de los viejos y la de las chicas jóvenes, y *voilà*: ya tienes explicados los juicios contra las brujas de Salem.

—Vi la película con Jonesy —dijo Pete—. Actuaba Vincent Price, y casi me muero de miedo.

—No me extraña —dijo Henry, echándose a reír. Al principio había sufrido el lapsus de creer que Pete se refería a *El crisol*—. Y ¿cuándo hay más posibilidades de que la gente se crea ideas histéricas? Evidente: después de la cosecha, cuando empieza el mal tiempo. Es cuando toca contar historias y meter cizaña. En Wenatchee, en el estado de Washington, son sectas satánicas y sacrificio de niños en el bosque. En Salem eran brujas, y en Jefferson Tract, cuna del incomparable colmado de Gosselin, son luces raras en el cielo, cazadores desaparecidos y maniobras militares. Por no hablar de eso rojo que crece en los árboles.

—Los helicópteros y los soldados, a saber, pero las luces las ha visto bastante gente para que en el pueblo hayan convocado una asamblea especial. Me lo ha dicho Gosselin mientras cogías las latas. Lo de que se haya perdido gente por Kineo también es verdad. Eso no es histeria.

—Sólo te digo cuatro cosas —contestó Henry—: primero, que en Jefferson Tract no puede haber asambleas porque no hay pueblo. Segundo, que la reunión será alrededor de la estufa de Gosselin, y la mitad de los que asistan se habrán puesto ciegos de aguardiente o carajillos.

Pete rió entre dientes.

—Tercero, ¿qué otras diversiones tienen? El cuarto punto es referente a los cazadores: lo más probable es que se cansaran y volvieran a casa, o que se emborracharan todos a la vez y decidieran hacerse ricos en el casino.

—¿Tú crees?

Pete lo dijo con tristeza, y Henry experimentó un gran impulso de ternura. Alargó el brazo y dio una palmadita en la rodilla de su amigo.

82

—No temas —dijo—, que el mundo está lleno de cosas raras.

Pensó que en ese caso no tendría tantas ganas de abandonarlo, pero a un psiquiatra, aparte de recetar Prozac y Paxil Ambien, lo que mejor se le daba era decir mentiras.

—Pues a mí ya me parece muy raro que desaparezcan cuatro cazadores a la vez.

—Qué va —dijo Henry, y rió—. Lo raro sería uno, o dos, pero cuatro... Te digo yo que se marcharon juntos de parranda.

—Oye, Henry, ¿a cuánto estamos de Hole in the Wall?

Traducido, quería decir «¿tengo tiempo para otra cerveza?».

En la tienda de Gosselin, Henry había puesto el cuentakilómetros a cero, vieja costumbre que se remontaba a cuando trabajaba para el estado de Massachusetts y le pagaban por kilómetros y sanatorios visitados. La distancia entre la tienda y Hole in the Wall era de 35,7 kilómetros. En ese momento, el cuentakilómetros indicaba 20,4, o sea que...

—¡Cuidado! —exclamó Pete.

La mirada de Henry se disparó hacia el parabrisas. El Scout acababa de llegar al final de una cuesta muy empinada y con muchos árboles. La capa de nieve era más gruesa que nunca, pero Henry tenía puestas las largas y divisó con claridad a la persona que estaba sentada en el camino a unos treinta metros del vehículo. Llevaba una trenca, un chaleco naranja que se movía hacia atrás como la capa de Supermán, a causa de que cada vez hacía más viento, y un gorro de piel a lo ruso. En este último llevaba enganchadas una serie de cintas naranjas, que también se movían con el viento. Estaba sentada en medio del camino como un indio aprestándose a fumar la pipa de la paz, y al recibir la luz de los faros no se movió. Hubo un momento en que Henry le vio los ojos, muy abiertos pero sumamente inmóviles: ojos brillantes, inexpresivos. Entonces pensó: Es como mirarían los míos si no los protegiera tanto.

No estaban a tiempo de frenar, y menos con nieve. Henry dio un golpe de volante hacia la derecha y acusó el topetazo con que el Scout volvía a salirse de los surcos. Entreviendo de nuevo aquella cara blanca y quieta, tuvo tiempo de pensar: ¡Coño, si es una mujer!

El Scout volvió a derrapar en cuanto estuvo fuera de los surcos. Esta vez Henry maniobró a la contra para intensificar el derrape, consciente, pero sin pensarlo (no había tiempo de pensar), de que era la única oportunidad de no atropellar a la mujer. Única, pero a su juicio remota.

Pete chilló, y Henry, de reojo, le vio hacer el gesto protector de ponerse las manos delante de la cara con las palmas hacia fuera. El Scout intentó avanzar en sentido lateral, y esta vez Henry giró el volante en sentido contrario, intentando controlar el derrape lo suficiente para no estampar la parte trasera contra la cara de la mujer. Bajo sus guantes, el volante respondió con una suavidad vertiginosa. Por espacio de lo que quizá fueran tres segundos, el Scout se deslizó como una bala por la capa de nieve de Deep Cut Road, oponiendo un ángulo de cuarenta y cinco grados; lo manejaban a medias Henry Devlin y la tormenta. La nieve, envolviéndolo, era un delgado remolino, y los faros dos círculos inquietos, pintando los pinos encorvados bajo el peso. Tres segundos: poco, pero suficiente. Henry vio pasar la silueta de la mujer como si se moviera ella, no el coche; lo cierto, sin embargo, era que no se movía, ni lo hizo en el momento en que el borde oxidado del parachoques del Scout dejó entre su cara y el metal no más, quizá, de dos o tres centímetros de nieve y aire.

¡Te he esquivado!, pensó eufórico Henry. ¡Te he esquivado, hija de la gran puta! Entonces se rompió el último y precario hilo de control sobre el Scout, que dio un embate lateral. Con fuerte vibración, las ruedas volvieron a encontrar los surcos, pero esta vez transversalmente. El vehículo seguía intentando dar un giro de ciento ochenta grados, hasta que, con un golpe tremendo, chocó con una roca enterrada o un árbol pequeño arrancado, volcó por el lado del copiloto (cuya ventanilla se deshizo en migas brillantes) y se quedó al revés. A Henry se le partió un lado del cinturón de seguridad, y chocó con el hombro izquierdo contra el techo del coche. Sus huevos impactaron contra el cambio de marchas, produciendo un dolor instantáneo y plúmbeo. La varilla del intermitente se le partió en el muslo, y enseguida notó que le salía sangre y le mojaba los vaqueros. «El clarete», como lo llamaban los locutores deportivos de la radio de antes, hablando de boxeo: «¡Atención, que ha empezado a correr el clarete!» Pete chillaba, gritaba o ambas cosas.

El motor del Scout siguió funcionando invertido durante varios segundos, hasta que surtió efecto la gravedad y lo detuvo. El vehículo quedó reducido a una simple carrocería volcada en una carretera; seguían girando las ruedas, y los faros iluminaban los árboles nevados del lado izquierdo del camino. Se apagó uno, pero el otro permaneció encendido.

2

Henry había hablado mucho con Jonesy sobre su accidente (más que hablado, escuchado, puesto que su oficio consistía en escuchar creativamente), y sabía que su amigo no guardaba recuerdos del impacto. No fue su caso. Él no tenía constancia de haber perdido la lucidez después de volcar el Scout. Conservaba intacta, por lo tanto, la cadena de los recuerdos. Se acordaba de haber buscado la hebilla con la mano, para librarse de una puta vez del cinturón de seguridad, mientras Pete, cagándose en todo, vociferaba que se había roto la pierna. Tenía presente el ruido rítmico del limpiaparabrisas, y el resplandor de las luces del salpicadero, que ahora no estaban abajo, sino arriba. Encontró el cierre del cinturón, lo perdió, volvió a encontrarlo y lo apretó. Entonces se soltó la correa, y Henry cayó torpemente en el techo, rompiendo la tapa de plástico de la lamparita.

Tanteó con la mano y encontró la manilla de la puerta, pero no pudo moverla.

—¡Mi pierna! ¡La madre que me parió! ¡Mi pierna!

—¡Calla, hombre —dijo Henry—, que no le ha pasado nada!

Ni que lo supiera. Volvió a encontrar la manilla y a estirarla sin ningún resultado. Entonces comprendió el motivo: estaba al revés, y estiraba en el sentido equivocado. Lo intentó en dirección contraria, con la bombilla desnuda de la lámpara del techo calentándole un ojo, y se abrió la puerta con un clic. Henry la empujó con el dorso de la mano, previendo que no serviría de nada; seguro que estaba abollada la plancha, y tendría suerte con que cediera quince centímetros.

La puerta, sin embargo, chirrió, y de repente Henry notó que le caían copos de nieve en la cara y el cuello. Empujó con más fuerza, aplicando el hombro, y sólo se dio cuenta de que había tenido las piernas colgadas cuando se le soltaron del cambio de marchas. Después de ejecutar media voltereta, se encontró con los ojos a pocos centímetros de la entrepierna de sus pantalones vaqueros, como si se hubiera propuesto darse un beso en los cojones, a fin de aliviar su intenso dolor. Se le dobló el diafragma, y le costó respirar.

—¡Ayúdame, Henry, que estoy atascado! ¡Me cago en la leche!

—Espera.

Casi no reconoció su propia voz, de tan forzada y aguda. Ahora veía la parte del muslo de sus pantalones, con una mancha cada vez más grande de sangre oscura. El ruido del viento en los pinos parecía la aspiradora del mismísimo Dios.

Cogió la puerta con las dos manos, dando gracias por haberse dejado puestos los guantes para conducir, y le infligió un tirón descomunal. Tenía que salir y desdoblarse el diafragma, para poder respirar.

Al principio no pasó nada. Luego Henry salió del Scout como un corcho de una botella y aterrizó en el suelo, jadeando y viendo caer una cortina de nieve como tamizada. En ese momento no había nada raro en el cielo. Se lo habría jurado a cualquier juez sobre un montón de biblias. Sólo las panzas grises de las nubes bajas, y la caída psicodélica de la nieve.

Pete volvía a repetir su nombre, cada vez con más pánico.

Henry rodó sobre sí, se apoyó en las rodillas y, comprobando que le sostuvieran, se levantó con más o menos gracia. Sólo se quedó parado unos segundos, tambaleándose al viento y esperando a ver si se le doblaba la pierna izquierda, la herida, y provocaba otra caída. No fue así. Cojeando, circundó el Scout invertido con la intención de acudir en ayuda de Pete. De paso miró fugazmente a la mujer que tenía la culpa del desaguisado. Estaba en la misma postura que antes, con las piernas cruzadas en medio del camino y una capita de nieve en los muslos y la parte frontal de la parka. El chaleco se abombaba y restallaba al viento, al igual que las cintas que llevaba en la gorra. No se había girado a mirarlos, no; mantenía fija la vista en dirección a Gosselin, como cuando Henry y Pete habían llegado al final de la cuesta y la habían visto. La nieve tenía impresa una marca de neumático que pasaba a treinta centímetros de la pierna izquierda doblada de la mujer. Henry estaba alucinado. No se explicaba que hubiera podido esquivarla.

—¡Henry! ¡Ayúdame, Henry!

Siguió caminando sin perder más tiempo, y en el rodeo hacia el lado del copiloto resbaló con la nieve fresca. La puerta de Pete estaba encallada, pero Henry se puso de rodillas y logró abrirla hasta la mitad. Luego metió los brazos, cogió el hombro de Pete y estiró. Nada.

—Desabróchate el cinturón, Pete.

Pete buscó a tientas el cierre, pero no lo encontró, a pesar de que lo tenía delante. Henry, cuidadoso y sin la menor impaciencia (lo atribuyó a un posible shock), desabrochó la hebilla, y Pete se cayó al techo de cabeza, torciéndosela. Gritó con una mezcla de sorpresa y dolor, y consiguió salir a trancas y barrancas por la puerta medio abierta. Henry le cogió por debajo de los brazos y estiró. Entonces se desplomaron los dos en la nieve, y Henry tuvo tal sensación de que ya lo había vivido que temió desmayarse. ¿De niños no jugaban así? Por supuesto. Sin ir más lejos, el día en que habían enseñado a Duddits a dejar en la nieve la huella de su cuerpo. Entonces se puso a reír alguien, dándole un susto de muerte. Se dio cuenta de que era él.

Pete se incorporó con una mirada furibunda y nieve por toda la espalda.

—¿De qué carajo te ríes? ¡Casi nos mata, el muy cabrón! ¡Yo lo estrangulo! ¡Qué hijo de puta!

—Es puta, no hijo —dijo Henry.

Como reía más que antes, y hacía tanto viento, pensó que Pete no debía de haberle entendido, pero le dio igual. Una euforia así la había experimentado muy pocas veces en la vida.

Pete se levantó con la misma dificultad que su amigo. Henry estuvo a punto de decir una gracia de las suyas, algo de que para tener la pierna rota caminaba bastante bien, pero justo entonces Pete se derrumbó con un grito de dolor. Henry se acercó y le palpó la pierna, que estaba estirada; parecía intacta, pero con dos capas de ropa era difícil cerciorarse.

—No, no está rota —dijo Pete, aunque jadeaba de dolor—. Sólo se me ha quedado atascada, como cuando jugaba a fútbol. ¡Será cabrona! ¿Y la tía? ¿Seguro que es tía?

—Sí.

Pete se levantó y dio unos pasos delante del coche, sujetándose la rodilla. El faro que se había quedado encendido seguía iluminando la nieve, impertérrito.

—Pues ¿sabes qué te digo? Que más le vale estar paralítica o ciega —dijo a Henry—, porque si no le iré dando patadas en el culo hasta la tienda de Gosselin.

Henry sufrió otro ataque de risa. Lo había desencadenado la imagen mental de Pete cojeando… y luego dando patadas.

—¡Oye, Peter, no te pases con ella! —exclamó, sospechando

que cualquier asomo de severidad quedaría borrado por las carcajadas que encuadraban la advertencia.

—Sólo si se pone descarada —dijo Pete.

Las palabras, que llevó el viento hasta Henry, sonaban un poco a vieja ofendida, y redoblaron sus risas. Se bajó los vaqueros y los calzoncillos largos y se quedó en slip para ver si se había hecho mucho daño con la varilla del intermitente.

Era un corte superficial de unos siete centímetros en el interior del muslo. Había sangrado copiosamente, y seguía supurando, pero Henry no creyó que fuera profundo.

—¿De qué coño va? —le espetó Pete a la mujer desde el otro lado del Scout volcado, cuyo limpiaparabrisas seguía marcando el ritmo. A pesar de que la diatriba de Pete no andaba escasa de palabrotas (muchas de clara ascendencia beaveriana), Henry siguió apreciándole maneras de maestra de la vieja guardia, lo cual alimentó sus risas mientras se subía el pantalón.

»¿Qué leches hace en medio de la puta carretera, nevando así? ¿Está borracha? ¿No tiene nada en la cabeza? ¡Oiga, que le estoy hablando! Por su culpa casi nos matamos mi colega y yo. Al menos podría... Pero... ¡Fóllame, Freddy!

Henry llegó al otro lado del Scout justo a tiempo para ver a Pete cayéndose al lado de aquella especie de Buda. Debía de habérsele vuelto a atascar la pierna. Ella ni siquiera le miró. Las cintas naranjas del gorro se le movían hacia atrás. Tenía la cabeza levantada y, a pesar de que se le metían copos de nieve en los ojos, fundiéndose con el calor de las lentes vivas, no pestañeaba. A pesar de los pesares, Henry sintió avivarse su interés profesional. ¿Con qué habían topado?

3

—¡Aaay! ¡Cagüen la hostia! ¡Rediós, lo que duele!

—¿Te encuentras bien? —preguntó Henry.

Volvió a troncharse de risa. ¡Qué pregunta más tonta!

—¿Tú crees que si estuviera bien pegaría estos gritos, pedazo de animal? —dijo Pete con mordacidad; pero, cuando Henry se inclinó hacia él, levantó una mano e hizo gestos de apartarle—. Deja, deja, que ya se me pasa. Ve a ver a la tarada esa, que sólo sabe quedarse sentada.

Henry se arrodilló delante de la mujer, y aunque hizo una mueca de dolor (por las piernas, pero también se había hecho daño en la espalda al chocar con el techo, y le estaba cogiendo tortícolis) siguió riendo por lo bajo.

No se trataba de ninguna doncella desamparada. No bajaba de los cuarenta años, y era fortota. Pese al grosor de su parca, y a la cantidad indeterminada de prendas que llevaba debajo, la protuberancia frontal delataba un melonar de los que justifican las operaciones de reducción de pecho. El pelo que salía de las orejeras, expuesto al viento, no atestiguaba ningún corte especial. Llevaba vaqueros, como Henry y Pete, pero uno de sus muslos habría dado para dos como los de Henry. La primera definición que se le ocurrió fue «de pueblo»: respondía a esa clase de mujeres a las que se ve colgar la ropa en un patio lleno de juguetes, al lado de una caravana doble, mientras, por la ventana abierta, suena a todo volumen una radio con Garth Brooks o Shania Twain. También, por qué no, podía ser la típica clienta de Gosselin. El equipo naranja indicaba que podía ser cazadora, pero entonces ¿dónde estaba su escopeta? ¿Sepultada en la nieve? ¿Tan deprisa? Sus ojos, muy abiertos, eran de color azul oscuro, y carecían de expresión. Henry buscó sus huellas, pero no las vio. Seguro que las había borrado el viento, pero no dejaba de resultar inquietante, como si hubiera caído del cielo.

Henry se quitó un guante e hizo chasquear los dedos delante de aquellos ojos ausentes. Parpadearon. No era mucho, pero, teniendo en cuenta que acababa de esquivarla por pocos centímetros un vehículo de varias toneladas, y ella tan pancha, tampoco esperaba más.

—¡Eh! ¡Despierte! ¡Despierte!

Repitió el chasquido, y notó que casi no tenía sensibilidad en los dedos. ¿Desde cuándo hacía tanto frío? En buena nos hemos metido, pensó.

La mujer eructó. Fue un eructo más fuerte de lo normal, que se oyó más que el viento en los árboles. Antes de que el movimiento del aire se llevara el rebufo, Henry captó una vaharada acre y al mismo tiempo picante. Olía como a alcohol de farmacia. La mujer se movió un poco e hizo una mueca. Luego se tiró un pedo largo y vibrante que parecía ruido de romper tela. Quizá sea el saludo de la zona, pensó Henry. La idea volvió a darle risa.

—¡Anda que no! —le dijo Pete casi al oído—. Ha hecho un ruido como de rompérsele el fondillo de los pantalones. ¿Qué ha bebido, señora? —Y a Henry—: Fijo que algo ha bebido; o anticongelante, o soy un mono.

Henry también lo olía.

De repente los ojos de la mujer se movieron hacia los de Henry, sorprendiéndole con el dolor que expresaban.

—¿Y Rick? —preguntó—. Tengo que encontrar a Rick. Es el único que queda.

Hizo una mueca, y al levantársele los labios Henry vio que le faltaba la mitad de la dentadura. Las piezas que quedaban parecían estacas de una valla rota. Soltó otro eructo, de olor tan fuerte que hizo saltársele las lágrimas a Henry.

—¡Dios! —dijo Pete, casi gritando—. Pero ¿qué le pasa a esta mujer?

—No lo sé —dijo Henry.

De lo único que estaba seguro era de que la mujer volvía a presentar la misma mirada ausente de antes, y de que en buena se habían metido. Si hubiera estado solo, quizá se hubiera planteado sentarse al lado de ella y pasarle un brazo por la espalda, lo cual, como respuesta al problema final, aventajaba en interés y originalidad a la Solución Hemingway, pero había que pensar en Pete. Pete ni siquiera se había sometido a la primera cura de desintoxicación alcohólica, aunque se viera venir.

Además, tenía curiosidad.

4

Pete estaba sentado en la nieve, masajeándose de nuevo la rodilla y mirando a Henry en espera de que hiciera algo. Razones no le faltaban, porque dentro del grupo solía ser Henry el encargado de tener ideas. Entre los cuatro no había liderazgo, pero si alguien podía arrogárselo, desde la época de instituto, era Henry. Entretanto, la mujer volvía a tener la mirada perdida en la nieve.

Relájate, se dijo Henry. Respira hondo y relájate.

Respiró, contuvo el aliento y lo expulsó de nuevo. Mejor. Un poco mejor. A ver, ¿qué le pasaba a la mujer? No se trataba de saber de dónde había venido, qué hacía en el camino o por qué le olían los eructos a anticongelante. ¿Qué le pasaba justo en ese momento?

Que había sufrido un shock, evidentemente. Un shock tan profundo que era como una modalidad de catatonia. Prueba de ello, que ni se hubiera inmutado al pasarle casi rozando el Scout. Sin embargo, no se había replegado tanto en sí misma como para que sólo pudiera hacerle reaccionar una inyección de estimulante. Había reaccionado al chasquido de los dedos de Henry, y había hablado. Había preguntado por un tal Rick.

—Henry...

—Calla.

Henry volvió a quitarse los guantes, puso las manos delante de la cara de la mujer y dio una enérgica palmada. Le pareció un ruido muy débil en comparación con el soplo constante del viento en los árboles, pero la mujer volvió a pestañear.

—¡Arriba!

Henry le cogió las manos, donde llevaba guantes, y se alegró de que hiciera el movimiento reflejo de cerrarlas. Se inclinó hacia su cara y percibió el olor a éter. Oliendo así no se podía estar muy sana.

—¡Arriba! ¡Venga, al mismo tiempo que yo! A la una, a las dos y a laaas... ¡tres!

Se levantó sin soltarle las manos. Ella también se puso en pie con un crujir de rodillas y soltó otro eructo, acompañado de otro pedo. Con el movimiento se le ladeó el gorro, tapándole un ojo. Como no hacía ningún gesto para remediarlo, Henry dijo:

—Ponle bien el gorro.

—¿Eh?

Pete también se había levantado, aunque no parecía en muy buen equilibrio.

—No quiero soltarla. Ponle bien el gorro. Destápale el ojo.

Pete alargó el brazo con cautela y arregló el gorro. La mujer se inclinó un poco, hizo una mueca y se tiró otro pedo.

—Muchas gracias —dijo Pete con acritud—. Han sido un público magnífico. Buenas noches.

Henry notó que se caía y la cogió con más fuerza.

—¡Camine! —exclamó, volviendo a acercarle la boca a la cara—. ¡Camine conmigo a la una, a las dos y a laaas... tres!

Empezó a retroceder en dirección a la parte frontal del Scout. Ahora ella le miraba, y Henry, que no rehuía su cara, dijo a Pete (sin mirarle, porque no quería arriesgarse a que se distrajera la mujer):

—Cógeme por el cinturón y guíame.
—¿Adónde?
—Al otro lado del Scout.
—No sé si podré…
—Pues tienes que poder, Pete. Venga.

Tras unos instantes de inactividad, notó que Pete le metía la mano por debajo de la chaqueta, buscaba a tientas el cinturón y lo encontraba. A continuación, como torpes bailarines de conga, avanzaron por la cinta estrecha del camino y cortaron el haz amarillo del faro del Scout que seguía encendido. El lado opuesto del vehículo volcado tenía la ventaja de estar a resguardo del viento, al menos parcialmente.

De repente la mujer desprendió sus manos de las de Henry y se inclinó con la boca abierta. Henry, que no quería que le salpicase, se apartó… pero lo que salió no fue vómito, sino un eructo más sonoro que todos los anteriores. Mientras estaba inclinada, volvió a tirarse un pedo. Henry nunca había oído nada igual, y eso que en los hospitales del oeste de Massachusetts creía haber oído absolutamente de todo. Ella, sin embargo, conservó el equilibrio, respirando por la nariz con bufidos de caballo.

—Henry —dijo Pete. Tenía la voz ronca por el miedo, la sorpresa o ambas cosas—. ¡Mira!

Tenía la vista fija en el cielo, la mandíbula fofa y la boca abierta. Henry siguió su mirada y apenas dio crédito a sus ojos. Una serie de círculos luminosos, nueve o diez en total, recorría lentamente las nubes bajas. Para verlos, Henry tuvo que forzar la vista. Les encontró un parecido con los focos que horadaban el cielo nocturno en los estrenos de Hollywood, pero en el bosque no había focos, y tampoco se veían los haces en la nieve. Lo que proyectaba aquellas luces tenía que estar encima de las nubes o dentro de ellas. Daban la impresión de moverse al azar, sin dirección, y de repente Henry se sintió invadido por un terror atávico. Lo cierto era que parecía brotar de muy dentro, de las profundidades de su ser. De pronto, se notaba la columna vertebral como una columna de hielo.

—¿Qué son? —preguntó Pete casi en un gemido—. ¡Dímelo, por favor!

—No lo…

La mujer miró hacia arriba, vio el movimiento de luces y se puso a gritar. Eran chillidos de una intensidad fuera de lo común, y expresaban tanto miedo que Henry tuvo ganas de imitarla.

—¡Han vuelto! —chilló ella—. ¡Han vuelto! ¡Han vuelto!

Se tapó los ojos y apoyó la cara en la rueda de delante del Scout volcado. Ahora ya no gritaba, sólo gemía, como algo que cae en un cepo del que no puede escapar.

5

Durante cierto tiempo (que no excedería los cinco minutos, aunque pareciera más) observaron la trayectoria de las luces por el cielo. Dibujaban círculos, salían disparadas en direcciones aleatorias, saltaban por encima de las otras... Henry, en un momento dado, reparó en que de la docena inicial, o casi, sólo quedaban cinco, y después tres. La mujer, que seguía de cara al neumático, volvió a tirarse un pedo, y Henry, que estaba al lado de ella, comprendió que se encontraban en un lugar dejado de la mano de Dios, espectadores atónitos de algún fenómeno celeste vinculado a la tormenta; fenómeno que tenía su interés, pero que no contribuiría en nada a que se refugiasen en un lugar seco y caliente. Se acordaba perfectamente de la última lectura del cuentakilómetros: 20,4. Faltaban más de quince kilómetros para llegar a Hole in the Wall. En el mejor de los casos sería un largo paseo, y les había pillado una nevada a punto de convertirse en violenta tempestad. Encima, pensó, soy el único que puede caminar.

Pete.

—Es increíble —musitó Pete—. Son ovnis, coño, como en la serie de Scully y Mulder. ¿Tú qué crees que...?

—Pete. —Henry le cogió la barbilla y le obligó a apartar la mirada del cielo y ponerla en él. Arriba estaban borrándose las últimas dos luces—. Sólo es un fenómeno eléctrico.

—¿Tú crees?

Se le leía, aunque absurda, la decepción en la cara.

—Sí, algo relacionado con la tormenta. Además, la cuestión es no quedarse congelados, aunque fuera la primera oleada de platillos voladores del planeta Alnitak. Necesito que me ayudes. Necesito que hagas tu especialidad. ¿Podrás?

—No lo sé —dijo Pete, mirando el firmamento por última vez. Ahora sólo quedaba una luz, y tan tenue que había que fijarse—. ¡Señora! Señora, casi se han marchado. Haga el favor de calmarse.

Ella, sin contestar, se quedó con la cara en el neumático. Chasqueaban al viento las cintas de la gorra. Pete suspiró y se volvió hacia Henry.

—¿Qué quieres?

—¿Sabes los refugios para leñadores que hay en este camino?

Henry calculaba que había ocho o nueve, simples construcciones de cuatro postes y tejado de cinc oxidado. Los usaban los taladores para guardar troncos o maquinaria hasta la primavera.

—Sí —dijo Pete.

—¿Cuál nos cae más cerca? ¿Lo sabes?

Pete cerró los ojos, levantó un dedo y lo hizo oscilar. Al mismo tiempo creó un sonido rítmico aplicando la punta de la lengua al paladar. Lo hacía desde el instituto. No era un rasgo definidor tan antiguo como los lápices y palillos mordisqueados de Beaver, ni como la afición de Jonesy al cine de terror y la novela negra, pero se remontaba muy atrás. Y solía ser fiable. Henry esperó que funcionara.

Quizá los oídos de la mujer hubieran captado el tic tic debajo del estrépito del viento, porque levantó la cabeza y miró alrededor. El neumático le había dejado una mancha grande y negra en la frente.

Pete abrió los ojos.

—Allí —dijo, señalando hacia Hole in the Wall—. Pasas la curva y encuentras una colina. Bajas por el otro lado y luego hay un trozo recto. Al final hay un refugio. Queda a mano izquierda. Tiene hundida una parte del techo. Una vez, estando dentro, le sangró la nariz a alguien que se llamaba Stevenson.

—¿Ah, sí?

—¡Yo qué sé, tío!

Pete desvió la mirada, como si le diera vergüenza.

Henry se acordaba vagamente del refugio. Lo de que estuviera hundida una parte del techo era o podía ser beneficioso. Dependiendo de cómo se hubiera desplomado, quizá el refugio, que no tenía paredes, hubiera quedado convertido en cobertizo.

—¿A qué distancia?

—Un kilómetro o menos.

—Y estás seguro.

—Sí.

—¿Puedes caminar tanto, con la rodilla?

—Yo creo que sí, pero ¿y ella?

—Más le vale —dijo Henry.

Puso las manos en los hombros de la mujer, giró hacia sí su cara de ojos muy abiertos y acercó la suya hasta que faltó poco para que se tocaran las dos narices. A ella le olía fatal el aliento (a anticongelante con un toque de algo aceitoso y orgánico), pero Henry mantuvo la proximidad y no hizo ningún amago de retroceder.

—¡Tenemos que caminar! —le dijo, levantando la voz y con tono autoritario, aunque sin llegar a gritar—. ¡Camine conmigo a la una, a las dos y a las... tres!

Le cogió la mano, la condujo hacia la parte trasera del Scout y salió con ella al camino. Tras cierta resistencia inicial, la mujer se dejó llevar con una docilidad absoluta, como si no notara los embates del viento. Caminaron unos cinco minutos unidos por la mano izquierda de Henry y la derecha de la mujer, que llevaba guantes. Después Pete tropezó.

—Espera —dijo—, que esta mierda de rodilla ya se me quiere volver a atascar.

Mientras Pete, agachado, se daba un masaje, Henry miró el cielo. Ya no había luces.

—¿Cómo estás? ¿Puedes seguir?

—Descuida —dijo Pete—. Venga.

6

Hasta la curva no hubo problemas. Subieron a buen paso hasta media colina, y entonces Pete se cayó al suelo gimiendo, diciendo palabrotas y cogiéndose la rodilla. Reparando en la mirada de Henry, hizo un ruido peculiar, entre risa y gruñido.

—No te preocupes —dijo—, que o lo consigo o no me llamo Pete.

—¿Seguro?

—Seguro.

Para alarma de Henry (y una pizca de diversión, aquella oscura diversión que ya no le abandonaba), Pete cerró los puños y empezó a darse golpes en la rodilla.

—Pete...

—¡Suelta, maricona! ¡Suelta! —exclamó Pete sin hacerle caso.

La mujer, mientras tanto, estaba caída de hombros, con el viento en la espalda y las cintas naranjas del gorro flotando hacia adelante, silenciosa como una máquina apagada.

—¿Pete?

—Ya estoy bien —dijo. Miró a Henry con ojos de cansancio... pero que tampoco carecían de humor—. Qué tocada de cojones, ¿eh?

—Sí.

—No creo que pueda caminar hasta Derry, pero al refugio llegaré. —Tendió la mano—. Ayúdame, jefe.

Henry cogió la mano de su viejo amigo y estiró. Pete se levantó con las piernas rectas, como después de una reverencia, se quedó un rato quieto y dijo:

—Venga, que ya tengo ganas de que no me dé tanto aire. —Hizo una pausa y añadió—: Deberíamos habernos llevado unas cervezas.

Llegaron al otro lado de la colina, donde hacía menos viento. Cuando iniciaron el tramo recto de la base, Henry ya albergaba la esperanza de que en aquella fase no tuvieran percances. A media recta, teniendo delante una forma que sólo podía ser el refugio de leñadores, se cayó la mujer, primero de rodillas y luego de cara. Se quedó un momento tumbada y con la cabeza de lado, respirando por la boca abierta como única señal de vida (anda que no sería más fácil que se hubiera muerto, pensó Henry). Después se puso de costado y soltó otro eructo, largo y sonoro.

—¡Será plasta la tía! —dijo Pete, no con tono de enfado, sino de cansancio. Miró a Henry—. ¿Ahora qué?

Henry se arrodilló al lado de la mujer, le dijo con todas sus fuerzas que se levantara, hizo chasquear los dedos, dio una palmada y contó varias veces hasta tres, pero no le sirvió de nada.

—Quédate con ella, a ver si encuentro algo para llevarla.

—Que tengas suerte.

—¿Tienes alguna idea mejor?

Pete se sentó en la nieve haciendo una mueca y estirando la pierna.

—No —dijo—, ninguna. Me he quedado sin ideas.

7

Henry tardó cinco minutos en llegar caminando al refugio. A él también se le estaba entumeciendo la pierna herida por la varilla del intermitente, pero no consideró que revistiera gravedad. Si conseguía llevar al refugio a Pete y la mujer, y si en Hole in the Wall arrancaba el Arctic Cat (la motonieve), veía bastantes posibilidades de llevar la situación a buen puerto. ¡Y que era interesante, caramba! Las luces del cielo…

El tejado de cinc del refugio se había caído de manera perfecta: estaba abierta la parte de delante, la que daba al camino, pero el fondo había quedado prácticamente clausurado. En la gasa de nieve que se había metido dentro sobresalía algo: un recorte sucio de lona gris con una capa de serrín y astillas viejas.

—Bingo —dijo Henry, cogiéndolo. Al principio se resistía, porque estaba pegado al suelo, pero, cuando se puso de espaldas, se soltó con un ruido que le recordó el pedo de la mujer.

Arrastró la lona por el arduo camino de regreso hacia donde estaba sentado Pete en la nieve, todavía con la pierna estirada, y la mujer a su lado, boca abajo.

8

Henry no se había atrevido a esperar que fuera tan fácil. De hecho, en cuanto la tuvieron a ella encima de la lona, fue coser y cantar. Era una mujer robusta, pero se deslizaba por la nieve como aceite. Henry se alegró de que no hubiera tres o cuatro grados más de temperatura, porque la nieve pegajosa habría cambiado mucho la situación. Otra ventaja evidente era hallarse en un tramo recto de camino.

Ahora les llegaba la nieve hasta el tobillo, y caía más que antes, pero también eran mayores los copos. «Ya para», se decían de niños al ver así los copos, desilusionados.

—Oye, Henry…

A juzgar por la voz, Pete estaba casi sin aliento, pero daba igual, porque tenían el refugio justo delante. Pete caminaba con rigidez, para que no volviera a fastidiársele la rodilla.

—¿Qué?

—Últimamente pienso mucho en Duddits. ¿Es raro?

—Entonces seríamos raros los dos —dijo Henry.

—¿Por qué lo dices?

—Porque yo también pienso mucho en Duddits, y desde hace bastante tiempo. Al menos desde marzo. Pensábamos ir a verle Jonesy y yo...

—¿Sí?

—Sí, pero fue cuando Jonesy tuvo el accidente...

—No sé ni cómo le habían dado el carnet al cabrón del viejo que le atropelló —dijo Pete, sombrío y ceñudo—. Jonesy tiene suerte de estar vivo.

—Clarísimo —dijo Henry—. En la ambulancia se le paró el corazón. Tuvieron que hacerle un electroshock.

Pete se quedó pasmado y abrió muchos los ojos.

—¿En serio? ¿Tan mal estaba? ¿Le faltó tan poco?

Henry temió haber sido indiscreto.

—Sí, pero te aconsejo que no se lo digas. A mí me lo contó Carla, pero dudo que lo sepa Jonesy. Yo nunca...

Hizo un gesto vago con el brazo, y Pete asintió con perfecta comprensión. «Yo nunca le he notado que lo sepa», había querido decir Henry.

—Pues no abriré la boca —dijo Pete.

—Mejor para todos.

—O sea, que no llegasteis a visitar a Duds.

Henry negó con la cabeza.

—Con todo el follón de Jonesy se me fue de la cabeza. Luego ya era verano, y bueno, lo típico...

Pete asintió.

—Pero ¿sabes qué? Que hace un rato, estando en la tienda, he vuelto a acordarme.

—¿Por el chico con la camiseta de Beavis y Butthead? —preguntó Pete.

La salían las palabras en bocanadas de vapor blanco.

Henry asintió. El «chico» en cuestión quizá tuviera veinte o veinticinco años: con síndrome de Down es difícil calcularlo. Era pelirrojo, y caminaba por el pasillito oscuro de la tienda en compañía de un hombre que sólo podía ser su padre. Llevaban la misma cazadora a cuadros verdes y negros, pero lo decisivo era la coincidencia de color de cabello, aunque al supuesto padre se le hubiera caído tanto que ya le traslucía el cuero cabelludo. Les había mirado como diciendo: «De mi hijo ni mu, porque tendríais problemas.» Henry y Pete, naturalmente, no habían hecho ningún comentario. Venían de Hole in the Wall, a treinta y pico kilómetros, en busca de cerveza, pan y salchichas, no de bronca. Además habían sido amigos de Duddits, y a su modo mantenían la amistad, mandándole regalos navideños y felicitaciones. Duddits, que a su manera especial, en otros tiempos, había sido del grupo. Lo que mal podía confiarle Henry a Pete era que los pensamientos recurrentes sobre Duds arrancasen de dieciséis meses atrás, de cuando se había dado cuenta de que quería quitarse la vida y de que lo hacía todo para dar largas a ese momento o prepararlo. A veces hasta soñaba con Duddits, y con Beav diciendo «Deja, que te lo arreglo», y Duddits contestando: «¿Qué adegla?»

—No tiene nada de malo que pienses en Duddits —dijo Henry, metiéndose en el refugio con el trineo improvisado donde llevaba a la mujer. Él también jadeaba—. Duddits fue nuestra manera de definirnos. Fue el mejor momento del grupo.

—¿Tú crees?

—Sí.

Henry se dejó caer pesadamente para, antes de pasar a otra cosa, recuperar el aliento. Miró su reloj. Casi mediodía. A esa hora, Jonesy y Beaver ya debían de temer que les hubiera retrasado la nieve. Casi estarían convencidos de que les había pasado algo. Quizá uno de los dos encendiera la motonieve. (Eso si funciona, se recordó de nuevo Henry, que igual se pone farruca.) Quizá vinieran a buscarlos. Sería facilitarles las cosas.

Miró a la mujer, tendida en la lona. Se le había caído el pelo sobre un ojo, ocultándolo. El otro miraba a Henry (y más allá) con una indiferencia gélida.

Henry era de la opinión de que a todos los niños, en la primera fase de la adolescencia, se les presentaban momentos de definirse a sí mismos, y de que en grupo tenían más posibilidades que solos de reaccionar con decisión. A menudo se portaban mal, respondiendo a la tensión con crueldad. Henry y sus amigos, por algún motivo, se habían portado bien. No es que en el balance final pesara más que otras cosas, pero a nadie le hacía daño acordarse de que una vez, contra todo pronóstico, se había portado bien. No hacía daño, no, y menos con oscuridad en el alma.

Expuso sus planes y la parte que le correspondería a Pete. Después se levantó para poner manos a la obra, porque quería que estuvieran los tres a salvo dentro de Hole in the Wall antes de que cayera la noche. Un lugar limpio y bien iluminado: título de un cuento de Hemingway. Volvió a pensar en la solución homónima.

—Vale —dijo Pete, aunque parecía nervioso—. Sólo espero que no se me muera encima, y que no vuelvan las luces. —Levantó la cabeza para mirar el cielo, donde ahora sólo había nubes oscuras y bajas—. ¿Tú qué crees que eran? ¿Alguna especie de relámpago?

—Supongo. —Henry se puso en pie—. Empieza a recoger las astillas. No hace falta ni que te levantes.

—Para hacer fuego, ¿no?

—Exacto —dijo Henry.

A continuación pasó por encima de la mujer y fue a la entrada del bosque, en cuyo suelo nevado abundaba la leña de mayor calibre. Más o menos quince kilómetros: era la caminata que le esperaba. Primero, sin embargo, encenderían una hoguera. Una hoguera bien grande.

IV

McCarthy va al lavabo

1

Jonesy y Beaver estaban sentados en la cocina jugando a *cribbage*,[1] o simplemente «jugando», como decían ellos. Lamar, el padre de Beaver, siempre lo había dicho así, como si no hubiera ningún otro juego. Para Lamar Clarendon, cuya vida giraba en torno a su constructora del centro de Maine, probablemente no lo hubiera. Era el típico juego de campamentos de leñadores, barracones de ferroviarios y, cómo no, remolques de albañiles. Un tablero con ciento veinte agujeros, cuatro clavijas y una baraja gastada. No hacía falta nada más. Era un juego para los ratos muertos, un juego de esperar: a que pasara la lluvia, a que llegara un pedido o a que volvieran los amigos de la tienda, para discutir qué se hacía con aquel hombre tan extraño que descansaba en un dormitorio con la puerta cerrada.

Lo que ocurre, pensó Jonesy, es que al que esperamos es a Henry. Pete sólo le acompaña. Tenía razón Beaver: el que sabe lo que hay que hacer es Henry.

Henry y Pete, sin embargo, tardaban mucho en volver, aunque aún era temprano para concluir que les hubiera pasado algo. Quizá sólo les retrasara la nieve. Jonesy, con todo, empezaba a sospechar que ocurría algo más, e intuía que Beav compartía sus temores. De momento no había dicho nada ninguno de los dos. Aún no eran las doce, y quizá acabara por solucionarse todo.

---

1. Juego de cartas donde la puntuación se registra en un tablero, mediante clavijas (*pegs*) que se insertan en los correspondientes agujeros. (*N. del T.*)

La idea, sin embargo, estaba ahí, flotando muda entre ellos.

A ratos Jonesy se concentraba en el tablero y las cartas, y a ratos miraba la puerta cerrada del dormitorio, detrás de la cual se hallaba McCarthy. Probablemente durmiera, aunque ¡qué mal color le habían visto al despedirse! Dos o tres veces sorprendió a Beav mirando de reojo en la misma dirección.

Jonesy barajó las cartas viejas, se repartió dos a sí mismo y apartó el resto, después de que Beaver deslizara otro par hacia su lado de la mesa. Cortó Beav, poniendo fin a los preparativos. Ya se podía puntuar. «Se puede puntuar y perder —les decía Lamar, con su eterno Chesterfield al borde de la boca y su gorra de Construcciones Clarendon tapándole el ojo izquierdo, como si supiera un secreto pero sólo estuviera dispuesto a contarlo por el precio justo. Lamar Clarendon, el padre que nunca estaba en casa; el padre muerto de un infarto a los cuarenta y ocho años—. Pero seguro que no te dan una paliza.»

Jonesy volvió a oír la voz trémula del hospital, la horrible voz de aquel día: «Basta, por favor, que no lo aguanto; que me pongan una inyección. ¿Dónde está Marcy? ¡Que venga Marcy!» ¿Por qué, por qué era tan dura la vida? ¿Por qué había tantos radios hambrientos de dedos, y tantos engranajes ansiosos por triturarte las vísceras?

—¿Jonesy?

—¿Qué?

—¿Estás bien?

—Sí, ¿por qué?

—Es que has temblado.

—¿Yo?

Como si no lo supiera.

—Sí.

—Será que hay corriente. ¿Hueles algo?

—¿A qué? ¿A... él?

—No me refería a los sobacos de Meg Ryan. Sí, a él.

—No —dijo Beaver—. Un par de veces me ha parecido que... pero me lo imaginaba. Porque los pedos...

—... olían fatal.

—¡Anda que no! Y los eructos. Yo ya pensaba que iba a echar las papas. Fijo.

Jonesy asintió, pensando: tengo miedo. Aquí en medio de una tormenta de nieve, y más cagado que la hostia. ¡Que venga Henry, joder!

—Jonesy…

—¿Qué? ¿Jugamos o no?

—Sí, hombre, sí, pero es que… ¿Tú crees que a Henry y Pete no les ha pasado nada?

—¿Cómo coño quieres que lo sepa?

—¿No lo… no lo notas? ¿No ves…?

—Lo único que veo es tu cara.

Beav suspiró.

—Pero ¿tú crees que están bien?

—Pues sí. —A pesar de lo dicho, miró de reojo el reloj (ahora eran las once y media) y la puerta cerrada del dormitorio que ocupaba McCarthy. En medio de la sala oscilaba el atrapasueños, girando lentamente a merced de alguna corriente de aire—. Lo que pasa es que van lentos. Deben de estar al caer. Venga, juega.

—Vale. Ocho.

—Quince por dos.

—Me cago en… —Beaver se puso un palillo en la boca—. Veinticinco.

—Treinta.

—¡Voy!

—Uno por dos.

—¡Qué uno por dos ni qué hostias en vinagre! —Beaver profirió una risita exasperada, mientras Jonesy doblaba la esquina de la tercera calle—. Cada vez que repartes me metes las clavijas por el culo.

—Como cuando repartes tú —dijo Jonesy—. La verdad duele. Venga, que te toca.

—Nueve.

—Dieciséis.

—Y uno por la última carta —dijo Beav, como si hubiera obtenido una victoria moral. Se levantó—. Salgo un rato a mear.

—¿Por qué? ¡Si aquí tenemos un váter en perfectas condiciones! ¿No lo sabías?

—Sí, sí que lo sé, pero es que quiero ver si escribo mi nombre en la nieve.

Jonesy se rió.

—¿No piensas crecer?

—Si puedo evitarlo, no. Y no hables tan alto, que puedes despertarle.

Jonesy recogió las cartas y empezó a barajarlas, mientras Beaver iba a la puerta de atrás. Le volvió a la memoria una versión del juego que practicaban de niños. Lo llamaban «el juego de Duddits», y tenían por costumbre escenificarlo en el cuarto de jugar de los Cavell. La única diferencia con el *cribbage* normal era que dejaban mover las clavijas a Duddits. «Yo tengo diez —decía Henry—. Ponme diez, Duddits.» Y Duddits, enseñando los dientes con aquella sonrisa de loco que siempre ponía de buen humor a Jonesy, era capaz de puntuar cuatro, seis, diez e incluso dos docenas, el muy jodido. En el «juego de Duddits», la regla era no quejarse nunca, no decir «Duddits, que son demasiados», ni «Duddits, que faltan». ¡Y cómo se reían! El señor y la señora Cavell, cuando estaban en la sala de estar, también se reían. Jonesy se acordaba de que un día, cuando debían de tener unos quince o dieciséis años (y Duddits los que fuera, porque la edad de Duddits Cavell jamás cambiaría; era lo bonito de él, bonito pero que daba un poco de miedo), Alfie Cavell se había echado a llorar diciendo: «Chicos, si supierais lo que significa esto para mí y mi mujer, si pudierais llegar a imaginaros lo que es para Douglas…»

—Jonesy.

La voz de Beaver, extrañamente monótona. Entraba aire frío por la puerta abierta de la cocina, poniendo carne de gallina a los brazos de Jonesy.

—Cierra la puerta, Beav. ¡Ni que hubieras nacido en un establo!

—Ven, que esto hay que verlo.

Jonesy se levantó, caminó hacia la puerta, abrió la boca para decir algo y volvió a cerrarla. El patio de atrás estaba lleno de animales, bastantes para montar un zoo infantil. Sobre todo eran ciervos, unas dos docenas entre machos y hembras, pero les corrían entre las patas varios mapaches, marmotas torpes y un contingente de ardillas que daba la impresión de moverse sin esfuerzo por la superficie de la nieve. Por el lateral del cobertizo donde estaban guardados el Arctic Cat y varias herramientas y piezas de motor, aparecieron tres cánidos grandes que Jonesy, al principio, confundió con lobos, hasta que vio una tira de tela vieja y descolorida colgando del cuello de uno y comprendió que eran perros, probablemente asilvestrados. Todos iban hacia el este, viniendo del Barranco por la cuesta. Jonesy vio una pareja de linces moviéndose entre dos grupitos de ciervos y tuvo, literalmente, que frotarse los ojos, como para ahuyentar un espejismo. Los linces no desaparecieron. Tampoco los ciervos, las marmotas, los mapaches ni las ardillas. Avanzaban a paso regular, sin prestar atención a los dos hombres de la puerta, pero no a la manera de un grupo de animales huyendo de un incendio. Tampoco olía a humo. Los animales se trasladaban al este, despoblando la zona.

—¡Dios mío! —dijo Jonesy con voz grave, sobrecogido.

Beaver miraba el cielo. Al oír las palabras de su amigo, dedicó a los animales una sucinta ojeada y volvió a levantar la cabeza.

—Sí. Ahora mira arriba.

Jonesy le hizo caso y vio una docena de luces deslumbrantes moviéndose por el cielo, algunas rojas y otras de un blanco azulado. Iluminaban las nubes, y de repente Jonesy comprendió que eran lo que había visto McCarthy cuando estaba perdido. Se movían de manera errática y esquivándose, aunque a veces se fundían en un breve estallido de luz que obligaba a entrecerrar los ojos.

—¿Qué son? —preguntó Jonesy.

—Ni idea —dijo Beaver sin dejar de observarlas. Estaba tan blanco que se le veía el pelo de la barba con una nitidez casi inquietante—. Pero a los animales no les gusta. Es de lo que huyen.

2

Siguieron observando diez o quince minutos, en el transcurso de los cuales Jonesy percibió una especie de zumbido parecido al de un transformador eléctrico. Le preguntó a Beaver si lo oía, y Beav se limitó a asentir con la cabeza sin apartar la mirada de las luces que evolucionaban por el cielo; luces, a juicio de Jonesy, del tamaño de una tapa de pozo. Se le ocurrió que quizá los animales huyeran del ruido, no de las luces, pero no dijo nada. De repente le parecía difícil hablar. Se sentía a merced de un miedo que le debilitaba, algo febril y constante, como una gripe larvada.

Las luces acabaron por menguar de intensidad, y parecía haber menos, aunque Jonesy no había visto apagarse ninguna. También había menos animales, y decrecía el molesto zumbido.

Beaver dio un respingo, como despertando de un sueño profundo.

—Quiero hacer fotos antes de que desaparezcan.

—Dudo que puedas…

—¡Tengo que intentarlo! —dijo Beaver casi gritando, y añadió en voz más baja—: Tengo que intentarlo. Al menos me dará tiempo de pillar a algunos ciervos y bichos antes de que…

Ya había empezado a dar media vuelta y cruzar la cocina. Seguro que intentaba acordarse de qué montón de ropa sucia había sido depositado encima de su cámara hecha polvo. De repente se detuvo y dijo con un tono inexpresivo, impropio de él:

—Oye, Jonesy, que creo que tenemos un problema.

Jonesy echó el último vistazo a las luces que quedaban, cada vez menos fuertes (y más pequeñas), y se giró. Beaver estaba al lado del fregadero y miraba por encima del mármol, hacia la sala.

—¿Ahora qué pasa?

Aquella voz de agobio, aquel tono de mal genio… ¿De veras eran suyos?

Beaver señaló. La puerta de la habitación donde habían dejado a McCarthy (la de Jonesy) estaba abierta. La puerta del cuarto de baño, la que habían dejado abierta para garantizar que McCarthy no tuviera trabas para hacer sus necesidades, estaba cerrada.

Beaver volvió hacia Jonesy su cara con barba de un día, muy seria.

—¿Lo hueles?

Lo olía, sí, a pesar del aire fresco que entraba por la puerta. Seguía habiendo un rastro de éter o alcohol etílico, pero mezclado con otra cosa. Heces, seguro. Algo que podía ser sangre. Y también otra cosa, como un gas recién liberado después de un millón de años en el subsuelo. Dicho de otro modo, que no era el típico olor a pedo que hacía reírse a los niños en los campamentos, sino algo más complejo y mucho más repugnante. La única razón de compararlo con un pedo era la falta de cualquier otro referente, por remoto que fuera. En el fondo, pensó Jonesy, era un olor de algo contaminado, de una fea agonía.

—Y mira aquí.

Beaver señaló el suelo de madera. Había sangre, un reguero de gotitas muy rojas que iba desde la puerta abierta a la cerrada. Como si McCarthy hubiera salido corriendo con una hemorragia nasal.

Con la salvedad de que Jonesy no creía que lo que sangraba fuera la nariz.

De todas las cosas de su vida que no había querido hacer (llamar por teléfono a su hermano Mike para decirle que su madre se había muerto de un infarto, decirle a Carla que o tomaba medidas contra su afición a la bebida y los medicamentos o se separaba de ella, contarle a Lou, su monitor de campamentos, que se había hecho pipí en la cama), ninguna tan difícil como cruzar la sala de Hole in the Wall en dirección a la puerta cerrada del lavabo. Era como una pesadilla en que, al caminar, siempre se avanzaba a la misma velocidad, como debajo del agua, con independencia del ritmo al que se movieran las piernas.

En las pesadillas nunca se llega a donde se quiere ir; en cambio ellos dos llegaron al otro lado de la sala, señal, supuso Jonesy, de que no era ningún sueño. Observaron las salpicaduras de sangre. No eran muy grandes. La mayor tenía el tamaño de una moneda de diez centavos.

—Debe de habérsele caído otro diente —dijo Jonesy, que seguía susurrando—. Sí, seguro.

Beaver le miró arqueando una ceja y entró al dormitorio para inspeccionarlo. Al cabo de un rato se volvió hacia Jonesy, dobló un dedo y le hizo señas de que viniera. Jonesy se reunió con él caminando un poco de lado, porque no quería perder de vista la puerta cerrada del lavabo.

En el dormitorio, la manta y la sábana estaban caídas en el suelo, como si McCarthy se hubiera levantado con urgencia. La almohada conservaba la forma de su cabeza, y la sábana bajera, la de su cuerpo. No era lo único que tenía impreso: también había una mancha grande de sangre a media altura. Como la sábana era azul, parecía violeta.

—Qué sitio más raro para caérsete un diente —susurró Beaver. Mordió el palillo que tenía en la boca, y la mitad saliente cayó en el umbral—. Igual quería un regalito del ratoncito Pérez de los culos.

En vez de contestar, Jonesy señaló a la izquierda de la puerta, donde estaban hechos una bola los calzoncillos largos de McCarthy y el slip de algodón que había llevado puesto por debajo. Estaban los dos manchados de sangre. La peor parte se la había llevado el slip; de no ser por la goma y la parte superior de delante, habrían parecido de color rojo chillón, como los calzoncillos que se habría puesto un lector asiduo de las cartas al director de *Penthouse* previendo un polvo para después de la siguiente cita.

—Ve a mirar el orinal —susurró Beaver.

—¿No sería más fácil llamar a la puerta del lavabo y preguntarle si se encuentra bien?

—¡No, joder, que quiero saber lo que nos espera! —replicó Beaver con vehemencia, pero sin levantar la voz. Se dio una palmada en el pecho y escupió los restos mordisqueados del último palillo—. Jo, tío, tengo el corazón a mil.

A Jonesy también se le había acelerado el pulso, y notaba que le sudaba la cara. A pesar de ello, entró. El aire fresco de la puerta trasera había ventilado bastante la sala principal, pero en el dormitorio hacía una peste espantosa, mezcla de caca, metano y éter. Jonesy sintió que se le revolvía en el estómago lo poco que había comido, y le dio la orden de estarse quieto. Al principio, cuando tuvo a sus pies el orinal, se resistió a mirarlo. Le bailaban en la cabeza imágenes de películas de terror: vísceras flotando en sangre, dientes, una cabeza cortada...

—¡Venga! —susurró Beaver.

Jonesy apretó los párpados, bajó la cabeza, retuvo el aliento y volvió a abrir los ojos. Lo único que vio fue porcelana limpia brillando a la luz de la lámpara del techo. El orinal estaba vacío. Dejó salir el aire de los pulmones, con un suspiro y los dientes apretados, y volvió junto a Beaver esquivando las manchas de sangre del suelo.

—Nada —dijo—. Venga, ya está bien de hacer el payaso.

Pasaron al lado de la puerta cerrada del armario de la ropa y examinaron la del váter, que era de pino. Beaver miró a Jonesy. Jonesy negó con la cabeza.

—Ahora te toca a ti —susurró—. Yo ya he mirado el orinal.

—Lo has encontrado tú —contestó Beaver, adelantando la mandíbula con tozudez—. Es cosa tuya.

Ahora Jonesy oía otra cosa; para ser exactos, lo oía sin oírlo, en parte porque era un ruido más familiar, pero sobre todo por lo obsesionado que estaba con McCarthy, a quien había estado a punto de pegar un tiro. Zum, zum, zum... Un ruido como de ventilador, tenue pero creciendo. Y acercándose.

—A la mierda —dijo. Usó su tono de voz normal, pero fue suficiente para sobresaltarles un poco a los dos. Dio un golpe en la puerta con los nudillos—. ¡Señor McCarthy! ¡Rick! ¿Te encuentras bien?

No contestará, pensó Jonesy. No contestará porque está muerto.

McCarthy, sin embargo, no estaba muerto. Gimió y dijo:

—Es que estoy un poco mareado. Tengo que ir de vientre. Si consigo ir de vientre, estaré... —Otro gemido y otro pedo, esta vez grave y casi líquido, cuyo sonido arrancó una mueca a Jonesy—. ... estaré bien —dijo, acabando la frase.

La voz, a Jonesy, le pareció indicativa de cualquier cosa menos de encontrarse bien. Parecía que McCarthy respirara con dificultad, y que le doliera mucho algo. Lo confirmó otro gemido más fuerte, seguido por otro ruido líquido, como una especie de desgarrón, y por último de un grito.

—¡McCarthy! —Beaver intentó girar el pomo, pero se resistía. McCarthy, el regalito del bosque, había cerrado por dentro—. ¡Rick! —Beaver sacudió el pomo—. ¡Abre, hombre!

Simulaba, o quería simular, desenfado, como si fuera una broma, una travesura de campamento, pero sólo conseguía parecer más asustado.

—Estoy bien —dijo McCarthy, que ahora jadeaba—. Es que... Nada, tíos, que esto hay que aligerarlo un poco.

Se oyeron más flatulencias. Calificar lo que oían de «gases» habría sido una ridiculez. La palabra sugería algo etéreo, amerengado, mientras que el ruido que se oía detrás de la puerta cerrada era brutal y carnoso, como de carne desgarrada.

—¡McCarthy! —dijo Jonesy. Llamó a la puerta—. ¡Déjanos entrar! —Pero ¿quería entrar? No. Habría preferido que McCarthy siguiera extraviado, o que le encontrara otro. Todavía peor: el núcleo amigdaloide que tenía en la base del cráneo, aquel reptil sin escrúpulos, deseaba haberle pegado un tiro a McCarthy, para ahorrarse complicaciones—. ¡McCarthy!

—¡Marchaos! —exclamó McCarthy con vehemencia, pero sin fuerzas—. ¿Tanto os cuesta dejar... dejarle a alguien que haga aguas mayores? ¡Jolín!

Zum, zum, zum... El ruido de ventilador era más fuerte, y se acercaba.

—¡Rick, chaval! —Ahora era Beaver, que se aferraba al tono despreocupado con una especie de desesperación, como un escalador en peligro cogiéndose a la cuerda—. ¿Por dónde sangras?

—¿Sangrar? —McCarthy parecía sincero en su sorpresa—. Si no sangro.

Jonesy y Beaver intercambiaron miradas de susto.

ZUM ZUM ZUM.

El ruido, esta vez, acaparó la atención de Jonesy, que experimentó un alivio enorme.

—Ruido de helicóptero —dijo—. Seguro que le buscan.

—¿Tú crees?

La expresión de Beaver era de estar oyendo algo demasiado bueno para ser verdad.

—Sí. —Jonesy consideró posible que los del helicóptero hubieran salido a investigar las luces del cielo, o a averiguar qué les pasaba a los animales, pero ni quería pensarlo ni le interesaba. Sólo le importaba una cosa: tener a McCarthy fuera del váter, fuera de su alcance y en un hospital de Machias o Derry—. Sal y hazles señales de que bajen.

—¿Y si…?

¡ZUM ZUM ZUM! Y detrás de la puerta se repitió el ruido líquido de desgarrón, seguido por otro grito de McCarthy.

—¡Sal, coño! —exclamó Jonesy—. ¡Diles que aterricen! ¡Por mí como si tienes que bajarte los pantalones y bailarles la danza del vientre! ¡Pero que bajen!

—Vale, vale…

Beaver había empezado a darse la vuelta. De repente hizo gestos espasmódicos y empezó a pegar gritos.

De repente, una serie de cosas que Jonesy había conseguido no pensar salieron del armario y corrieron hacia su conciencia haciendo cabriolas y muecas. A pesar de ello, al girarse, lo único que vio fue una cierva en la cocina, con la cabeza por encima del mármol y observándoles con sus ojos marrones y dulces. Jonesy respiró hondo, entrecortadamente, y se recostó contra la pared.

—La madre que la parió —musitó Beaver. Luego avanzó hacia el ciervo dando palmadas—. ¡Arreando, guapa! ¿No sabes en qué época del año estamos? ¡Venga, media vuelta y sal, pero cagando leches! ¡O te meto un petardo en el culo!

El ciervo se quedó un rato en el mismo sitio, abriendo los ojos con una expresión de alarma casi humana. A continuación dio media vuelta, rozando con la cabeza la batería de ollas, cazos y pinzas que había encima de los fogones. Entrechocaron, y alguno, para mayor estrépito, se cayó del gancho. Luego el ciervo salió por la puerta, moviendo su colita blanca.

Beaver lo siguió, y a medio camino dispensó una mirada hostil a las caquitas que habían quedado en el linóleo.

4

La migración mixta de animales se había reducido a los últimos rezagados. La cierva que acababa de ahuyentar Beaver de la cocina saltó por encima de un zorro que cojeaba, a causa, parecía, de haber perdido una pata en un cepo, y desapareció en el bosque. A continuación, justo detrás del cobertizo de la motonieve, apareció entre las nubes bajas un helicóptero del tamaño de un autobús urbano. Era marrón, con las letras blancas ANG escritas en un lado.

¿Ang?, pensó Beaver. ¿Qué coño es Ang? Hasta que cayó en la cuenta: «Air National Guard.» Debían de venir de Bangor.

El helicóptero inclinó el morro y emprendió el descenso con pesadez. Beaver se metió en el patio trasero, moviendo los brazos por encima de la cabeza.

—¡Eh! —dijo con todas sus fuerzas—. ¡Eh, venid a ayudarnos! ¡Bajad a ayudarnos!

El helicóptero siguió acercándose hasta quedarse a veinticinco metros del suelo, o menos; bastante poco para levantar un ciclón de nieve fresca. Después se dirigió hacia Beaver, arrastrando el ciclón.

—¡Eh, que tenemos un herido! ¡Un herido!

Ahora Beaver daba saltitos, aunque tuviera la impresión de hacer el gilipollas. El helicóptero se acercó a él pero sin bajar más, ni dar señales de querer aterrizar. Viéndolo, Beaver tuvo una idea horrible. Ignoraba si procedía de los del helicóptero, o si era simple paranoia. De lo único que estaba seguro era de que de repente se sentía como clavado al anillo central de un blanco de tiro: dale al Beaver y te regalamos una radio con despertador.

Se abrió la puerta corredera del helicóptero, y un hombre con megáfono sacó medio cuerpo. Beaver nunca había visto una parka tan voluminosa, pero no fue el motivo de su inquietud, ni tampoco el megáfono, sino la máscara de oxígeno que llevaba aquel hombre en la boca y la nariz. No tenía noticia de que a veinticinco metros de altura hiciera falta ponerse máscaras de oxígeno. A menos que le pasara algo al aire, claro.

El de la parka habló por el megáfono. Sus palabras se oían con total nitidez por encima del zumbido de la hélice, pero tenían una sonoridad extraña, en parte por la amplificación, pero sobre todo, pensó Beaver, por la máscara. Era como oírse interpelar por un extraño dios-robot.

—¿CUÁNTOS SON? —preguntó la voz del dios—. ENSÉÑEMELO CON LOS DEDOS.

Al principio, con la confusión y el susto, Beaver sólo se contó a sí mismo y a Jonesy. De hecho Henry y Pete aún no habían vuelto de hacer las compras. Levantó dos dedos, como si hiciera la señal de la paz.

—¡QUÉDENSE AQUÍ! —tronó con voz de dios-robot el hombre que se había asomado del helicóptero—. ¡ESTA ZONA ESTÁ TEMPORALMENTE EN CUARENTENA! ¡REPITO: ESTA ZONA ESTÁ TEMPORALMENTE EN CUARENTENA! ¡QUÉDENSE AQUÍ!

Empezaba a nevar menos, pero una ráfaga de viento arrojó a la cara de Beaver, en forma de cortina, parte de la nieve que habían absorbido los rotores del helicóptero. Beaver entrecerró los ojos para protegerse y agitó los brazos. Le entró nieve helada por la boca. Escupió el mondadientes para no atragantarse (siempre decía su madre que se moriría así, atragantándose con un palillo) y exclamó:

—¿Cómo que cuarentena? Aquí dentro hay un enfermo. ¡Tienen que venir a buscarle!

Él no tenía ningún megáfono que le amplificara la voz, y sabía que el jodido zum zum de las hélices les impedía oírle, pero igualmente se desgañitó. Al formar la palabra «enfermo» con los labios, se dio cuenta de que no había enseñado bien los dedos al del helicóptero. Eran tres, no dos. Empezó a extender la cantidad correspondiente de dedos, pero luego pensó en Henry y Pete. Aún no estaban, pero volverían, a menos que les hubiera pasado algo. Conque ¿cuántos eran, en realidad? Decir que dos era equivocarse, pero ¿y tres? ¿No sería cinco la respuesta acertada? Como solía ocurrirle en situaciones así, Beaver se quedó en blanco. En el colegio tenía a Henry sentado al lado, o a Jonesy detrás, y uno de los dos le soplaba la respuesta. Allí fuera no había nadie para ayudarle, sólo el zum zum rompiéndole el tímpano y el remolino de nieve metiéndosele en la garganta y los pulmones, haciéndole toser.

—¡QUÉDENSE AQUÍ! ¡LA SITUACIÓN TARDARÁ ENTRE VEINTICUA-

TRO HORAS Y CUARENTA Y OCHO HORAS EN SOLUCIONARSE! ¡SI NE-
CESITAN COMIDA, JUNTE LOS BRAZOS ENCIMA DE LA CABEZA!

—¡Somos más! —dijo Beaver al que se había asomado fuera del helicóptero. Gritaba tanto que veía puntitos rojos—. ¡Tenemos un enfermo! ¡Tenemos… UN ENFERMO!

El imbécil del helicóptero arrojó el megáfono al interior de la cabina y, en atención a Beaver, dibujó un círculo con el pulgar y el índice, como diciendo: «¡Vale, ya te he entendido!» Beaver se puso histérico del chasco, pero levantó un brazo en vertical con la mano abierta: un dedo para cada uno de los cuatro, más el pulgar para McCarthy. El del helicóptero lo vio y contestó con una sonrisa. Durante un momento de auténtica euforia, Beaver creyó haberse hecho entender por el memo de la mascarita, hasta que el muy animal le devolvió lo que creía que había sido un saludo con la mano, dijo algo al piloto que tenía detrás y el helicóptero inició el ascenso. Beaver Clarendon, mientras tanto, medio cubierto de nieve, seguía berreando:

—¡Somos cinco y necesitamos ayuda! ¡Somos cinco y necesitamos AYUDA, joder!

El helicóptero desapareció entre las nubes.

5

Jonesy oyó una parte de lo que ocurría fuera (como mínimo la voz amplificada saliendo del helicóptero Thunderbolt), pero asimiló muy poco. Estaba demasiado preocupado por McCarthy, el cual, tras una serie de gritos agudos y sin aliento, se había quedado callado. La peste que salía por debajo de la puerta seguía empeorando.

—¡McCarthy! —vociferó, al mismo tiempo que volvía a entrar Beaver—. ¡Abre la puerta o la echamos abajo!

—¡Dejadme en paz! —contestó McCarthy con una vocecita angustiada—. ¡Sólo tengo que cagar! ¡TENGO QUE CAGAR! ¡Si cago estaré bien!

Viniendo de alguien para quien «jolín» o «caray» ya parecían palabrotas, la franqueza del vocabulario asustó a Jonesy todavía más que la sábana y la ropa interior ensangrentadas. Se giró hacia Beaver, casi sin darse cuenta de que tenía toda la ropa nevada.

—Ven, ayúdame a tirarla. Tenemos que intentar ayudarle.

Beaver parecía asustado y preocupado. Tenía nieve deshaciéndose en las mejillas.

—No sé. El del helicóptero ha dicho algo de una cuarentena. ¿Y si tiene algo contagioso? ¿Y si lo rojo que tiene en la cara…?

A pesar de la escasa generosidad de sus propios pensamientos acerca de McCarthy, Jonesy tuvo ganas de pegar a su amigo. En marzo había sido él quien sangraba en una calle de Cambridge. ¿Y si no hubiera querido tocarle nadie por miedo a que tuviera el sida? ¿Y si se hubieran negado a ayudarle? ¿Y si hubieran dejado que se desangrara por no tener a mano guantes de goma?

—Beav, que le hemos tenido casi pegado. Si tiene algo infeccioso, lo más seguro es que ya nos haya contagiado. ¿Qué, qué dices?

Beaver, al principio, no dijo nada. Luego Jonesy sintió en la cabeza el clic de siempre, y hubo un momento, unos segundos, en que vio al Beaver con quien había pasado la infancia: el chico con chaqueta gastada de motorista que había dicho: «¡Vale ya, tíos! ¡Dejadle en paz, joder!», y supo que se arreglaría todo.

Beaver dio un paso al frente.

—Oye, Rick, ¿y si abrieras? Sólo queremos ayudar.

Detrás de la puerta no se oía nada, ni gritos ni respiración. Ni siquiera el roce de la tela. El único ruido era el ronroneo constante del generador, y el zumbido del helicóptero alejándose.

—Pues nada —dijo Beaver, santiguándose—, a tirar abajo a esta cabrona.

Retrocedieron juntos un paso y orientaron un hombro hacia la puerta, sin ser del todo conscientes de que imitaban a los polis de cientos de películas.

—A la de tres —dijo Jonesy.

—¿Puedes, con la pierna?

El hecho era que a Jonesy le dolían horrores tanto la pierna como la cadera, pero no había pensado en ello hasta oírle sacar el tema a Beaver.

—Estoy bien —dijo.

—Sí, y yo soy el Papa de Roma.

—A la de tres. ¿Listo? —Y, cuando Beaver asintió—: Uno… dos… ¡tres!

Arremetieron a la vez contra la puerta y la sometieron a la brusca presión de casi doscientos kilos. Cedió con una facilidad absurda, que les arrojó al cuarto de baño tropezando y sujetándose entre sí. Les resbalaban los pies en la sangre de las baldosas.

—¡Hostia! —dijo Beaver. Su mano derecha se trasladó a la boca, que por una vez no tenía palillo, y la cubrió. Los ojos, encima, estaban muy abiertos y empañados—. ¡Me cago en la puta!

Jonesy fue incapaz de decir nada.

V

DUDDITS, PRIMERA PARTE

1

—Señora —dijo Pete.

La mujer del abrigo de lana no dijo nada. Seguía en la lona, sucia de serrín, y no decía nada. Pete distinguió un ojo mirándole a él fijamente, o detrás de él, o al centro del puto universo, a saber. Daba repelús. Entre ellos chisporroteaba el fuego, que ahora empezaba a dar calor. Henry llevaba unos quince minutos ausente. Pete calculó que tardaría tres horas en volver. Como mínimo. Mucho tiempo para pasarlo bajo la mirada lúgubre de aquel ojo.

—Señora —volvió a decir—. ¿Me oye?

Nada, y eso que la mujer había bostezado una vez, y Pete había visto que le faltaba media dentadura. ¿Cómo coño se le había caído? ¿De veras quería saberlo? Pete había descubierto que la respuesta era que sí y que no. Tenía curiosidad (suponía que inevitable), pero al mismo tiempo prefería no saber nada: ni quién era ella, ni quién era Rick, ni qué le había pasado al tal Rick, ni a quién se refería ella con la tercera personal del plural. «¡Han vuelto!», había gritado al ver las luces en el cielo. «¡Han vuelto!»

—Señora —dijo por tercera vez.

Nada.

Ella había dicho que el único que quedaba era Rick, y después que «han vuelto». Debía de referirse a las luces del cielo. Desde entonces se había reducido todo a eructos y pedos... el bostezo, dejando a la vista los huecos de la dentadura... y el ojo. Aquel ojo que daba repelús. Henry sólo llevaba quince minutos ausente (se había marchado a las doce y cinco, y ahora el reloj de Pete indicaba las doce y veinte), y ya parecía hora y media. El día se adivinaba muy largo, y, si Pete pretendía pasarlo sin que le traicionaran los nervios, necesitaba algo. (No se le iba de la cabeza un cuento que habían leído en octavo; no recordaba al autor, sólo que el protagonista había matado a un viejo por el simple motivo de que no aguantaba su manera de mirarle. Entonces Pete no lo había entendido, pero ahora… joder, ahora sí.)

—¿Me oye, señora?

Nada. Sólo el ojo que daba repelús.

—Tengo que volver al coche. Es que se me ha olvidado algo, pero bueno, aquí está bien, ¿verdad?

Respuesta cero. La mujer soltó otro de sus pedos de sierra mecánica, contrayendo la cara como si le doliera; y debía de dolerle, porque con semejante ruido… Pete había tomado la precaución de colocarse el primero de cara al viento, pero le llegó un rebufo, un rebufo caliente y rancio pero que no acababa de ser humano. Tampoco olía a pedo de vaca. Pete, de niño, había trabajado para Lionel Sylvester, ordeñando a cantidad de vacas, y a veces, cuando estaba en el taburete, le echaban una ventosidad en plena cara. Era un olor denso y verde, como a tierra encharcada. Los de la mujer no se parecían en nada. Eran… eran como cuando de niño te regalan el primer juego de química, y después de unos días te cansas de los experimentitos para maricas que trae el libro, se te va la olla y mezclas todos los potingues, sólo para ver si explota. Pete se dio cuenta de que era una de las causas de que estuviera tan preocupado y con los nervios de punta; y eso que era una chorrada, porque la gente no explota porque sí. A pesar de ello, necesitaba una ayudita. Porque la buena señora lo estaba poniendo nervioso cosa seria.

Cogió dos de los trozos de leña que había recogido Henry, los añadió al fuego, se lo pensó y puso otro. Saltó un torbellino de chispas, que se apagaron en la lámina oblicua del techo.

—Volveré antes de que se haya consumido, pero bueno, si quiere poner otro, usted misma. ¿De acuerdo?

Nada. De repente le entraron ganas de zarandearla, pero entre la ida y la vuelta le esperaba una caminata de más de dos kilómetros, y convenía ahorrar fuerzas. Además, seguro que se tiraba otro pedo o le eructaba en la cara.

—Pues nada —dijo—, el que calla otorga. Es lo que decía en cuarto la señora White.

Se levantó sujetándose la rodilla, y entre muecas, resbalones y amagos de caída, consiguió ponerse en pie, porque necesitaba la cerveza y no había nadie más que pudiera ir a buscarla. ¡Joder si la necesitaba! Probablemente fuera alcohólico. Ni probablemente ni hostias: seguro. Preveía que en algún momento tendría que tomar una decisión, pero de momento estaba solo, ¿no? Sí, porque aquella mamona era como si no estuviera. Su único acto de presencia eran flatulencias apestosas y un ojo que daba repelús. ¿Que necesitaba echar más leña al fuego? Que lo hiciera ella. Pero no, no haría falta, porque Pete volvería mucho antes. Sólo eran dos kilómetros y pico. Seguro que la pierna los soportaba.

—Ahora vuelvo —dijo. Se agachó para darse un masaje en la rodilla. Estaba rígida, pero en estado aceptable. Sí, la verdad era que sí. No tardaría casi nada. Cuestión de meter la cerveza en una bolsa y, ya que estaba, coger una caja de galletas saladas para la mujer—. ¿Seguro que se encuentra bien?

Nada, sólo el ojo.

—El que calla otorga —repitió, y emprendió la caminata por Deep Cut Road, siguiendo el surco ancho que había dejado la lona y las huellas de él y Henry, que casi se habían borrado con la nieve. Caminaba a tramos cortos, deteniéndose cada diez o doce pasos para descansar... y masajearse la rodilla. En una ocasión se giró para mirar el fuego. A la luz de aquel mediodía gris, ya parecía pequeño e insignificante—. Esto es una locura —dijo, pero siguió caminando.

2

Cubrió el tramo recto sin percances. La primera mitad de la cuesta tampoco le puso pegas. Justo cuando apretaba un poco el paso, fiándose más de la rodilla... ¡Ajá! ¡Te pillé, gilipuertas! La muy cabrona volvió a quedársele tiesa, como si fuera de hierro. Henry se cayó, mascullando toda clase de barbaridades.

Fue así, sentado en la nieve y cagándose en todo, como se dio cuenta de que sucedía algo rarísimo. Le pasó por la izquierda un ciervo macho de tamaño respetable, dispensando una mirada fugaz al ser humano que en circunstancias normales debería haberle hecho huir a grandes saltos elásticos. Entre las patas del ciervo, o casi, corría una ardilla roja.

Pete se quedó sentado bajo la nevada (que, ya en su fase final, se apelmazaba en copos enormes, creando una especie de sábana de encaje en movimiento), con la pierna estirada hacia adelante y la boca abierta. Venían más ciervos por la carretera, y otros animales que trotaban y saltaban como si huyeran de una calamidad. En el bosque todavía eran más numerosos, ola viva desplazándose al este.

—¿Adónde vais? —le preguntó Pete a un conejo que se bamboleaba con las orejas paralelas al lomo—. ¿A un cásting para la nueva película de la Disney? ¿A...?

Se quedó callado y se le secó la saliva de la boca. A su izquierda, detrás de la pantalla de árboles jóvenes (sucesores de la tala), se paseaba un oso negro rechonchete, listo para hibernar. Caminaba con la cabeza hacia abajo, balanceando los cuartos traseros y, si bien no prestó la menor atención a Pete, las ilusiones de este respecto a su papel en los grandes bosques del norte sufrieron su primer correctivo en plena regla. Sólo era un trozo de carne blanca y sabrosa que, por casualidades de la vida, aún respiraba. Sin escopeta estaba tan indefenso como la ardilla que había visto corretear entre las patas del ciervo, con la diferencia de que, si se fijaba en ella el oso, la ardilla podía trepar a las ramas más altas del primer árbol que encontrara, donde no pudiera seguirla ninguna bestia de ese tamaño. El hecho de que aquel oso, en concreto, ni siquiera le mirara, no fue de gran consuelo para Pete. Si había uno, podía haber más, y quizá el siguiente no estuviera tan distraído.

Una vez que se hubo cerciorado de que el oso estaba lejos, volvió a levantarse con dificultad y el corazón a cien. A la tonta de los pedos la había dejado sola, pero bueno, ¿hasta qué punto habría podido protegerla del ataque de un oso? Conclusión: era necesario ir a buscar la escopeta. Y si podía cargar con la de Henry, mejor que mejor. Durante los cinco minutos siguientes (hasta llegar a la cima de la colina), los pensamientos de Pete dieron prioridad a las armas de fuego, relegando al alcohol al segundo puesto. Sin embargo, cuando emprendió el cauteloso descenso del otro lado, volvía a estar obsesionado con la cerveza. La metería en una bolsa y se la colgaría en el hombro. Y ni hablar de beberse una a medio camino. Sería su premio por volver. ¿Qué mejor premio que una cerveza?

Eres un alcohólico. Lo sabes, ¿no? Un alcohólico de mierda.

Sí, y ¿qué quería decir? Que había que extremar las precauciones. No podía enterarse nadie de que hubiera dejado sola en el bosque a una mujer medio en coma para ir a por unas birras, por poner un ejemplo. Y, cuando volviera al refugio, tendría que acordarse de tirar las latas vacías muy dentro del bosque; aunque eso no garantizaba que no se enterara Henry, porque cuando estaban juntos siempre resultaba que sabían cosas el uno del otro sin habérselas dicho. Por otro lado, y al margen de que se leyeran el pensamiento, mucho había que madrugar para engatusar a Henry Devlin.

A pesar de todo, Pete juzgó poco probable que Henry le diera la vara con el tema de la cerveza, a menos que él, Pete, decidiera que había llegado el momento de comentárselo. Y de pedirle ayuda a Henry, quizá. Era una posibilidad, pero cada cosa a su tiempo. Lo único claro era que a Pete le había quedado mal sabor de boca. Dejar sola a aquella mujer daba una imagen bien poco agradable de Peter Moore. Aunque Henry… a Henry, aquel noviembre, también le pasaba algo raro. Pete no sabía si Beaver también lo notaba, pero estaba casi seguro de que Jonesy sí. Henry estaba jodidillo. Quizá hasta…

Oyó un gruñido a sus espaldas, gritó y dio media vuelta. Se le había vuelto a poner tiesa la rodilla, y esta vez a lo bestia, pero tenía tanto miedo que no se dio ni cuenta. Era el oso. O había vuelto el de antes, o era otro, pero…

No era ningún oso, sino un alce que pasó de largo con displicente mirada. Pete volvió a caerse en medio del camino, diciendo palabrotas con voz gutural y cogiéndose la pierna. Mientras veía caer la nieve, se llamó tonto. Tonto alcohólico.

Pasó un momento de miedo, porque parecía que esta vez no fuera a desatascársele la rodilla. Se le había roto algo por dentro, y se quedaría tumbado en medio del éxodo animal hasta que volviera Henry con la motonieve. Entonces Henry le diría: «¿Qué coño haces tú aquí? ¿Por qué la dejas sola? No sé ni por qué lo pregunto, porque ya lo sé.»

Después de un rato, sin embargo, consiguió levantarse. A lo máximo que llegaba era a dar pasitos cortos, cojeando, pero era mejor que quedarse en la nieve a pocos metros de una montañita de caca fresca de alce. Ahora veía el Scout volcado, con las ruedas y la parte de abajo del chasis cubiertos de nieve fresca. Se dijo que, si la última caída le hubiera pillado en la subida, habría vuelto junto a la mujer y el fuego, pero que ahora, con el Scout a la vista, era preferible seguir. Que su objetivo principal eran las escopetas, y las botellas de Bud un simple aliciente secundario. Y casi se lo creyó. En cuanto al regreso... Bueno, de alguna manera se las arreglaría. ¿No había llegado hasta ahí? Pues eso.

Cuando faltaban menos de cincuenta metros para alcanzar el Scout, oyó acercarse a gran velocidad un ruido de hélices, el ruido inconfundible de un helicóptero. Ansioso, levantó la vista y se dispuso a permanecer derecho el tiempo suficiente para hacer señas con los brazos (si alguien necesitaba una ayudita del cielo, era él), pero el helicóptero no llegó a perforar las nubes bajas. Por breves instantes vio una forma oscura casi encima de su cabeza, y el tenue resplandor intermitente de sus luces, pero a continuación el ruido de helicóptero se alejó hacia el este, en la misma dirección que los animales. Pete quedó consternado al experimentar un alivio mezquino debajo de su decepción: si hubiera aterrizado el helicóptero, él no habría llegado a la cerveza. ¡Joder, con lo que había caminado!

3

A los cinco minutos estaba de rodillas, extremando las precauciones para introducirse en el Scout volcado. No tardó en comprender que la rodilla mala le sustentaría poco tiempo (ahora la tenía hinchada por dentro del vaquero, como una hogaza dolorosa de pan), y lo que hizo, más o menos, fue nadar por el interior nevado. No le gustaba; le parecían demasiado fuertes todos los olores, y demasiado cerrado el espacio. Casi era como entrar a rastras en una tumba, pero que oliera a la colonia de Henry.

La compra estaba desperdigada por toda la parte de atrás, pero Pete apenas se fijó en el pan, las latas, la mostaza y el paquete de salchichas rojas (casi la única carne que vendía el viejo Gosselin). A él le interesaba la cerveza, y por lo visto sólo se había roto una botella al volcar el Scout. La suerte del borracho. Olía mucho (como era de esperar, también se había derramado la que estaba bebiendo Pete en el momento del accidente), pero le gustaba el olor a cerveza. En cambio la colonia de Henry... ¡Puaj! A su manera apestaba tanto como las flatulencias de la mujer. Desconocía el motivo de que el olor a colonia le hiciera pensar en ataúdes, tumbas y coronas fúnebres, pero así era.

—Además, ¿qué sentido tiene ponerse colonia en el bosque? —preguntó, cada palabra una nubecilla blanca de vapor.

La respuesta era lógica: que de hecho Henry no llevaba. En realidad sólo olía a cerveza. Por primera vez en mucho tiempo, Pete se acordó de aquella comercial de inmobiliaria tan guapa que había perdido las llaves del coche delante de la farmacia de Bridgton, y de cuando él había adivinado que ni acudiría a la cita ni quería estar a menos de quince o veinte kilómetros de él. ¿Se parecía en algo el episodio a oler una colonia inexistente? Pete no lo sabía. Sólo sabía que no le gustaba que se le mezclaran en la cabeza el olor y la idea de la muerte.

No seas burro y no le des más vueltas. Lo único que pasa es que te sugestionas. Hay una diferencia muy grande entre ver la línea, verla de verdad, y sugestionarse. Menos chorradas y coge lo que has venido a buscar.

—¡Coño, qué buena idea! —dijo Pete.

Las bolsas del súper no eran de papel, sino de plástico y con asas. En eso, al menos, estaba al día Gosselin. Pete le echó mano a una, y al hacerlo sintió un dolor agudo en el índice izquierdo. Claro, como sólo había una botella rota, tenía que cortarse. ¡Cagüen...! A juzgar por la sensación, el corte era profundo. Quizá fuera el castigo por dejar sola a la mujer. En ese caso, lo aguantaría como un macho y se consideraría afortunado.

Hizo acopio de ocho botellas y empezó a salir del Scout, pero le asaltó una duda. ¿Todo ese camino cojeando, sólo por ocho míseras cervezas?

—No —murmuró.

Y cogió las otras siete, esmerándose en no dejar ni una a pesar del mal rollo que le daba el Scout. A continuación retrocedió, procurando no obsesionarse con la idea de que se había refugiado en el vehículo uno de los animales que huían (uno pequeño pero con dientes muy grandes), y que enseguida le saltaría encima, arrancándole un trozo de testículo. Castigo de Pete, segunda parte.

No podía decirse que le hubiera entrado pánico, pero salió con pies y manos del Scout más deprisa que al entrar, y justo cuando llegaba al final volvió a ponérsele tiesa la rodilla. Se dejó caer gimiendo de espaldas y, mientras veía caer la nieve (los últimos copos, enormes y con tanto encaje como la ropa interior femenina de lujo), se frotó la rodilla diciéndole venga, guapa, sé buena, suelta de una vez, hija de puta. Justo cuando empezaba a temer que esta vez no le hiciera caso, respondió. Pete apretó los dientes, se incorporó y miró la bolsa con la leyenda roja GRACIAS POR HABERNOS ELEGIDO.

—¿Dónde coño querías que fuera a comprar? —preguntó.

Decidió darse el lujo de una cervecita antes de emprender el camino de vuelta hacia donde estaba la mujer. Así se le haría menos pesado.

Sacó una, abrió la tapa de rosca y, en cuatro tragos generosos, se echó al coleto la mitad. Hacía frío, y más fría era la nieve que le servía de asiento, pero se sintió mejor. Era lo que tenía de mágico la cerveza; y el whisky, el vodka, la ginebra... Aunque, en temas de alcohol, Pete era partidario de la cerveza.

Mirando la bolsa, volvió a pensar en el chaval pelirrojo del súper: su sonrisa de perplejidad, y aquellos ojos achinados que estaban en el origen de que a esa gente se la llamara «mongólica» (como en el insulto, mongólico). La imagen le llevó a acordarse de Duddits, o Douglas Cavell, para quien quisiera ceñirse a las formas. Pete desconocía el motivo de que últimamente se acordara tanto de Duddits, pero así era, y se prometió algo: cuando acabara todo, pasaría por Derry y le haría una visita al bueno de Duddits. Convencería a los demás de que le acompañaran. Tenía la sensación de que no le costaría mucho. Seguramente fuera Duddits la razón de que siguieran siendo amigos después de tantos años. ¡Si la mayoría de la gente no volvía a acordarse de los compañeros de clase, y menos de los de séptimo u octavo! (Ahora lo llamaban escuela media, aunque Pete tenía claro que debía de ser la misma selva triste de inseguridades, confusión, sobacos apestosos, modas locas de un día e ideas precipitadas.) Por descontado que a Duddits no le conocían del cole, porque no iba al de Derry, sino al Centro de Educación Especial Mary M. Snowe («el cole de los subnormales», como lo llamaban los niños del barrio, o más sencillamente «de los tontos»). Lo normal habría sido que no llegaran a conocerse, pero intervino el solar vacío de Kansas Street, y el edificio de ladrillo adosado. Al otro lado de la calle aún se podía leer TRACKER HERMANOS. TRANSPORTE Y ALMACENAMIENTO en letras de un blanco desleído sobre los ladrillos rojos. Y detrás, en el espacio grande donde antes aparcaban los camiones para descargar... había escrito algo más.

Pete estaba sentado en la nieve, pero ya no notaba que se le deshiciera debajo del culo. Bebía su segunda cerveza, sin darse cuenta ni de que la hubiera abierto. (La primera botella vacía la había arrojado al bosque, donde seguía viendo animales que se desplazaban hacia el este.) Y se acordó de cuando habían conocido a Duds. Se acordó de la ridícula chaqueta que llevaba Beaver, la que tanto le gustaba; se acordó de su voz, algo atiplada pero con autoridad, anunciando el final de algo y el principio de otra cosa; anunciando de una manera difícil de entender, pero real y perceptible, que el curso de sus vidas había cambiado un martes por la tarde en que sólo tenían pensado jugar un dos contra dos en el porche de Jonesy y luego, quizá, un parchís delante de la tele. Ahora que estaba sentado en el bosque, al lado del Scout volcado, ahora que seguía oliendo la colonia que no se había puesto Henry, y que bebía el veneno feliz de su vida con una mano con manchas de sangre en el guante, el vendedor de coches se acordó del niño que no había renunciado por completo a sus sueños de hacerse astronauta, pese a sus dificultades con las matemáticas. (Primero lo ayudaba Jonesy, y luego Henry, hasta que en décimo curso ya no tenía remedio.) También se acordó del resto de los chavales, sobre todo de Beaver, que le había dado a todo la vuelta con una exclamación de su voz todavía infantil, pero por poco tiempo: «¡Vale ya, tíos! ¡Dejadle en paz, joder!»

—Beaver —dijo Pete, con la espalda apoyada en el capó del Scout volcado, y brindó con la tarde oscura—. Estuviste genial. Todos, ¿no?

¿A que habían estado todos geniales?

4

Como va a octavo, y la última clase del día es la de música, en la planta baja, Pete siempre sale antes que sus tres mejores amigos, que acaban las clases en el piso de arriba: Jonesy y Henry en narrativa americana, que es una clase de lectura para niños listos, y Beaver en el aula contigua, haciendo matemáticas aplicadas (en realidad, Matemáticas para Niños y Niñas Tontos). Pete está haciendo un gran esfuerzo para no tener que cursarla el año que viene, pero tiene la impresión de que es una batalla perdida. Sabe sumar, restar, multiplicar y dividir; también sabe hacer fracciones,

aunque tarde demasiado, pero ahora hay algo nuevo: ha aparecido la equis. Pete no la entiende, y le da miedo.

Sale del cole y se queda al lado de la valla de tela metálica,
viendo pasar al resto de los de octavo y a los criajos de séptimo.
Finge fumar ahuecando una mano en la boca y escondiendo la
otra detrás, la que sujeta el presunto cigarrillo escondido.

Ahora salen los de noveno, que estudian en el primer piso, y
entre ellos, como si fuera la realeza (casi como reyes sin corona,
aunque una cursilada así nunca la diría Pete en voz alta), van sus
amigos, Jonesy, Beaver y Henry. Si existe un rey de reyes, es
Henry, que tiene coladas a todas las niñas, aunque lleve gafas. Pete
es consciente de que es una suerte tener amigos así. Hasta puede
que sea el alumno de octavo más afortunado de todo Derry, por
mucho que le agobien las equis. Lo que menos cuenta es que la
amistad con chicos de noveno le evite puñetazos por parte de algún animal de los de octavo.

—¡Pete! —dice Henry cuando salen los tres tranquilamente
por la verja. Pone la misma cara de siempre, como si fuera una
sorpresa encontrarse con Pete, pero buenísima—. ¿Qué cuentas, tío?

—Poca cosa —responde Pete, como siempre—. ¿Y tú?

—MMDD —dice Henry, limpiando las gafas y sacándoles
brillo.

Si hubieran formado un club, lo más probable es que hubieran elegido como lema «MMDD». Con el tiempo, hasta le ense-
ñarán a Duddits a decirlo: en duddités suena como «mima mirda
difendia», y es de lo poco que dice Duddits sin que le entiendan
sus padres. A Pete y sus amigos, como es lógico, les parecerá genial esto último.

La cuestión es que ahora, faltando media hora para que entre
Duddits en el futuro de los cuatro, Pete se limita a repetir la respuesta de Henry.

—Eso, tío, MMDD.

En el fondo, sin embargo, los cuatro sólo creen en la segunda mitad, porque en el fondo creen que siempre es el mismo día,
día tras día. Es Derry, es 1978 y siempre será 1978. Hablan del
futuro, dicen que verán el siglo XXI (Henry será abogado, Jonesy
escritor, Beaver camionero y Pete astronauta, con distintivo de la
NASA en el hombro), pero es hablar por hablar, de la misma
manera que en la iglesia entonan el credo sin una idea clara de

lo que sale por su boca. A ellos lo que les interesa es la falda de Maureen Chessman, que de por sí ya es corta, pero que ha subido hasta medio muslo al girarse ella. En el fondo creen que un día la falda de Maureen subirá bastante para que le vean el color de las bragas, como creen que Derry es eterno, y que ellos también son eternos. Siempre irán a este colegio, siempre serán las tres menos cuarto, siempre caminarán juntos por Kansas Street para jugar a baloncesto en el jardín de Jonesy (Pete, delante de casa, también tiene aro, pero prefieren el de Jonesy porque su padre lo ha puesto bastante bajo para hacer mates), y siempre hablarán de lo mismo: de clases, de profesores, de quién ha hecho la última barbaridad... (De momento, en lo que va de año, las preferencias de los cuatro se decantan por un alumno de séptimo que se llama Norm Parmeleau, pero que ha pasado a ser conocido como *Macarrones* Parmeleau, un apodo que le perseguirá muchos años, hasta en el nuevo siglo del que hablan los cuatro sin creer en su existencia. Un día, en el bar, para ganar una apuesta de veinticinco centavos, Norm Parmeleau se metió macarrones y queso en los dos agujeros de la nariz, los aspiró como si fueran mocos y se los tragó. Como tantos alumnos de entre séptimo y noveno, Macarrones Parmeleau ha confundido la fama con la mala fama.) Siempre hablarán de quién sale con quién (si se ve volver juntos del cole a una chica y un chico, se supone que pueden salir juntos; si se les ve haciendo manitas o morreando, es que seguro), y de quién ganará la Superbowl (los Patriots, coño, los Patriots de Boston, aunque luego resulta que nunca la ganan, y que tener que ser de los Patriots es un marrón). Siempre son los mismos temas, eternamente fascinantes para quienes salen del mismo colegio («creo en Dios todopoderoso») y caminan por la misma calle («creador del cielo y la tierra»), bajo el mismo cielo blanco de octubre y con los mismos amigos («amén»). El mismo día y el mismo rollo: en el fondo creen eso, y, como K. C. and the Sunshine Band (aunque ellos siempre te dirán que el rock es la hostia y la música disco una puta mierda), dicen *That's the way I like it*: así es como me gusta. El cambio, cuando ocurra, será repentino y no anunciado, como para todos los niños de su edad. Si el cambio tuviera que pedir permiso a los alumnos de entre séptimo y noveno, dejaría de existir.

Hoy se añade a la lista otro tema de conversación: la caza, porque el señor Clarendon, por primera vez, va a llevárselos a

Hole in the Wall. Pasarán tres días fuera, dos de ellos lectivos. (El colegio no pondrá ninguna pega al viaje, ni hará falta mentir sobre el objetivo de la excursión; el sur de Maine puede haberse urbanizado, pero arriba, en el norte, la caza sigue siendo considerada como parte integrante de la educación de los jóvenes, sobre todo varones.) La idea de caminar sigilosamente por el bosque con la escopeta cargada, mientras sus amigos se mueren de asco en el cole, les parece la rehostia, tanto que pasan por la acera de enfrente del cole de los subnormales y ni se fijan. Los retrasados salen a la misma hora que los de la escuela intermedia, pero a la mayoría les acompaña su madre en el autocar especial, que en vez de amarillo es azul. A la hora en que Henry, Beaver, Jonesy y Pete pasan por la acera de enfrente del Mary M. Snowe, coinciden con algunos de los alumnos menos retrasados, los que tienen permiso para volver solos a casa y lo miran todo riendo, con aquella expresión tan peculiar de sorpresa continua. Para Pete y sus amigos es como si no existieran. Sólo son otro dibujo en el papel de pared del mundo.

Henry, Jonesy y Pete escuchan atentamente a Beav, que les está contando que al llegar a Hole in the Wall tendrán que bajar al Barranco, porque es donde suelen ir los ciervos grandes. Abajo hay arbustos que les gustan.

—Yo y papá, abajo, hemos visto como mil millones de ciervos —dice. Los cierres de las cremalleras de su chaqueta gastada de motorista hacen ruido de estar de acuerdo.

Discuten sobre quién cazará el ciervo más grande y cuál es el mejor sitio para matar uno de un solo tiro, para que no sufra. («Aunque dice mi padre que los animales, cuando están heridos, no sufren como las personas —les cuenta Jonesy—. Dice que Dios los hizo diferentes para que esté bien que los cacemos.») Se ríen, se pelean y discuten sobre cuál de los cuatro tiene más posibilidades de vomitar la comida llegado el momento de destripar las piezas, y va quedando más y más lejos el cole de los subnormales. Delante, por la acera que recorren, se agiganta el edificio rojo de ladrillo donde estaba la oficina de Tracker Hermanos.

—Yo seguro que no vomito —se jacta Beaver—. He visto tripas de ciervo mil veces, y no me afectan. Me acuerdo de que una vez...

—¡Tíos, tíos! —interviene Jonesy, que de repente está muy agitado—. ¿Queréis verle el chocho a Tina Jean Schlossinger?

—¿Quién es Tina Jean Sloppinger? —pregunta Pete.

Pero ya está intrigado. Le parece buenísima idea verle el coño a alguien, sea quien sea; se pasa el día mirando los *Penthouse* y *Playboy* de su padre, los que guarda en el taller detrás de la caja de herramientas grande. Los coños son muy interesantes. No se la levantan ni le ponen cachondo como ver tetas, pero debe de ser porque aún es muy joven.

Sí, los coños son interesantes.

—Schlossinger —dice Jonesy entre risas—. Schlossinger, Petesky. Los Schlossinger viven a dos manzanas de mi casa, y... —De repente se queda callado, por efecto de una importante cuestión que debe responderse de inmediato. Se vuelve hacia Henry—. ¿Los Schlossinger son judíos o republicanos?

Ahora el que ríe es Henry; se ríe de Jonesy, pero sin mala intención.

—Técnicamente, creo que es posible ser las dos cosas a la vez... o ni lo uno ni lo otro.

Pete queda impresionado por lo bien que habla Henry. «Ni lo uno ni lo otro.» Queda de un inteligente que te cagas. En adelante, piensa, cuidará su lenguaje; aunque intuye que no sabrá hacerlo, que es de los que están condenados a hablar mal toda la vida.

—Tío, no me vengas con religión y política —dice Henry, aún riendo—. Si tienes una foto de Tina Jean Schlossinger enseñando el chocho, quiero verla.

Beav, entretanto, se ha excitado de manera visible: tiene rojas las mejillas, los ojos brillantes, y se mete otro palillo en la boca teniendo a medias el anterior. Las cremalleras de su chaqueta, la misma que llevó su hermano durante cuatro o cinco años, tintinean más deprisa.

—¿Es rubia? —pregunta—. ¿Es una rubia que va al instituto? ¿Una que está buenísima? Y con... —Pone las manos delante del pecho, y al ver que Jonesy asiente sonriendo, se gira hacia Pete y dice—: ¡Sí, burro, la reina de este año para la fiesta de ex alumnos! ¡Salió su foto en el periódico! ¡En la carroza, con Richie Grenadeau!

—Sí, pero luego, en el partido, perdieron los Tigers, y Grenadeau se partió la nariz —dice Henry—. La primera vez que juega el equipo del insti de Derry contra otro de primera, uno del sur de Maine, y van los muy capullos...

—Los Tigers son una puta mierda —interviene Pete.

El béisbol de instituto le interesa un poco más que la temida equis, pero no mucho. En fin, ya sabe quién es la tal Tina Jean, y se acuerda de la foto del periódico: ella en un camión tapado con flores y al lado el quarterback de los Tigers, los dos con coronas de papel de aluminio, sonriendo y saludando al público. Ella tenía una melena ondulada, tipo Farrah Fawcett, y llevaba un vestido sin tirantes, enseñando la parte de arriba de las tetas.

Por primera vez en su vida, Pete siente deseo de verdad. Es una sensación carnal, roja y espesa, que le pone dura la polla, le seca la saliva y hace que le cueste pensar. Los coños son interesantes, pero la idea de verle el coño a alguien del pueblo, a la reina de la fiesta de ex alumnos... eso ya excita mucho más. Es, como dice la crítica de cine del *Derry News* de las películas que más le han gustado, «de visión imprescindible».

—¿Dónde? —pregunta a Jonesy, sin aliento. Se imagina a la tal Tina Jean Schlossinger esperando el autobús en la esquina, riendo con las amigas y sin sospechar que el niño que pasa al lado de ella ha visto lo que hay dentro de su falda o sus vaqueros, que sabe si tiene el pelo del coño del mismo color que el de la cabeza. De repente Pete está como una moto—. ¿Dónde está?

—Allá —dice Jonesy, señalando la nave roja de ladrillo que servía de garaje a los hermanos Tracker.

Tiene hiedra en los muros laterales, pero el otoño ha sido frío, y la mayoría de las hojas ya están muertas y negras. Hay algunas ventanas rotas, y el resto están sucias. El edificio, a Pete, le da un poco de miedo. En parte porque los mayores, los del instituto, y hasta algunos que ya han acabado, juegan a baloncesto en el solar vacío de detrás de la nave, y a los mayores les encanta zurrar a los pequeños. ¿Por qué? A saber. Debe de ser una manera de romper la monotonía. Lo peor, sin embargo, no es eso, porque ya no es temporada de baloncesto y seguro que los mayores se han ido al parque Strawford, para jugar a otra cosa hasta que nieve. (Cuando empiece a nevar se partirán la cara jugando a hockey con palos viejos, de los que llevan cinta aislante.) Lo peor es que en Derry a veces desaparecen niños. Cosas del pueblo. Y muchos, antes de desaparecer, son vistos por última vez en lugares solitarios como el garaje en desuso de Tracker Hermanos. Es un tema del que no habla nadie, por desagradable, pero que nadie ignora.

Aunque un coño... No un coño ficticio del *Penthouse*, sino

el auténtico felpudo de una chica del pueblo. Eso sí valdría la pena verlo. Sería la rehostia.

—¿En Tracker Hermanos? —dice Henry sin esconder su escepticismo. Ahora ya no caminan. Forman un grupito apretado a poca distancia del edificio, mientras pasan los últimos subnormales por la acera de enfrente, gimiendo y con los ojos desorbitados—. Yo a ti te tengo en muy buen concepto, Jonesy, a ver si me entiendes; para mí eres lo mejor, pero ¿qué pinta una foto del coño de Tina Jean en una nave industrial?

—No sé —dice Jonesy—, pero lo vio Davey Trask y decía que era ella.

—Tíos, que yo lo de entrar no lo veo muy claro —dice Beaver—. No es que no quiera verle el coño a Tina Jean Slophanger, ¿eh?, pero...

—Schlossinger.

—... pero es que esto ha estado vacío desde que íbamos a quinto...

—Beav...

—... y seguro que está lleno de ratas.

—Beav...

Beaver, sin embargo, está decidido a decir la suya.

—Las ratas cogen la rabia —dice—. Les entra por el culo.

—No hace falta que entremos —dice Jonesy, suscitando miradas de interés en sus amigos. Eso ya es otro cantar.

Viendo que le escuchan, Jonesy asiente con la cabeza y continúa.

—Dice Davey que sólo hay que ir al lado por donde entraban los camiones y mirar por la tercera o la cuarta ventana. Era el despacho de Phil y Tony Tracker, y queda un tablón en la pared. Dice Davey que sólo hay dos cosas clavadas: un mapa de Nueva Inglaterra con todas las rutas de camioneros y una foto de Tina Jean Schlossinger enseñando todo el coño.

Quedan todos en suspenso, mirándole con gran interés, y Pete formula la pregunta que se les ha ocurrido a los tres.

—¿Está en pelotas?

—No —reconoce Jonesy—. Dice Davey que no se le ven ni las tetas, pero que levanta la falda y, como no lleva bragas, se le ve todo.

Para Pete es decepcionante que no esté en pelotas la reina de este año para la fiesta en honor de los Tigers, pero a los cuatro les pone a cien el detalle de que se levante la falda, alimentando una noción primitiva y medio secreta de cómo funciona de verdad el sexo. A fin de cuentas, las chicas pueden subirse la falda. Cualquiera de ellas.

Ni el propio Henry tiene más preguntas. La única duda la expresa Beav, inquiriendo si Jonesy está seguro de que no haya que entrar para verlo. Ya van hacia el acceso para camiones, el que bordea la nave y lleva al solar vacío; su manera de andar, casi inconsciente, tiene la fuerza de una marea.

5

Pete se acabó la segunda cerveza y arrojó la botella a las profundidades del bosque. Sintiéndose mejor, se levantó sin forzar la pierna y se sacudió la nieve del fondillo. ¿Tenía la rodilla un poco más suelta? Parecía que sí. De aspecto estaba fatal, como una bola enorme embutida en el pantalón, pero le dolía menos. A pesar de ello, caminó con prudencia, haciendo oscilar en arcos pequeños la bolsa de plástico donde llevaba las cervezas. Ahora que ya se había callado la vocecita irresistible que insistía en que le hacía falta una cerveza, diciendo y repitiendo que sí, joder, que le hacía falta, resucitó en su mente la preocupación por la mujer, y la esperanza de que no se hubiera dado cuenta de su ausencia. Caminaría poco a poco, haría paradas cada cinco minutos para masajearse la rodilla (quizá hasta hablar con ella; parecería una locura, pero estaba solo y no perjudicaba a nadie), y volvería a reunirse con la mujer. Entonces se tomaría otra cerveza. No se giró para mirar el Scout volcado; no vio que había escrito varias veces DUDDITS en la nieve, mientras pensaba en aquel día de 1978.

Henry había sido el único en preguntar qué pintaba la foto de la hija de los Schlossinger en el despacho vacío de un almacén de transportistas en desuso. Pete pensó que sólo lo había hecho para cumplir con su papel de escéptico del grupo. Lo que estaba claro era que sólo lo había preguntado una vez. En cuanto a los demás, se habían limitado a creérselo. Y ¿por qué no? A los trece años, Pete seguía habiendo pasado la mitad de su vida creyendo en Santa Claus. Además…

Se detuvo en la colina, no porque tuviera que tomar aliento o por calambres en la pierna, sino porque de repente oía en su cabeza un zumbido de baja intensidad, un poco como de transformador eléctrico pero con cierta naturaleza cíclica: zum zum zum. En el fondo no era «de repente», porque Pete tenía la sensación de que el sonido ya había durado cierto tiempo, infiltrándose en su percepción. También había empezado a pensar cosas raras. Lo de la colonia de Henry, por ejemplo… y Marcy. Alguien que se llamaba Marcy. No le sonaba ningún conocido que se llamara así, pero de pronto tenía el nombre en la cabeza, con frases como: «Te necesito, Marcy», o «Ven, Marcy», o «Marcy, jolines, trae el gasógeno».

Siguió inmóvil, mojándose los labios resecos; ahora la bolsa de las cervezas le colgaba de la mano sin la trayectoria pendular de antes. Levantó la vista al cielo con la seguridad repentina de que estarían las luces… y estaban, en efecto, aunque sólo eran dos, y muy poco intensas.

—Dile a Marcy que les pida que me pongan una inyección —dijo Pete, articulando con esmero cada palabra en el silencio; y supo que eran las palabras exactas. No sabía por qué ni cómo, pero eran las palabras que tenía en la cabeza. ¿Se trataría del clic, o eran pensamientos debidos a las luces? Pete no tenía clara la respuesta.

—Quizá ni lo uno ni lo otro.

Vio que habían caído los últimos copos. Le rodeaba un mundo en sólo tres colores: el gris oscuro del cielo, el verde oscuro de los abetos y el blanco perfecto, inmaculado, de la nieve recién caída. Un mundo de silencio.

Ladeó la cabeza, primero en una dirección y luego en otra. Silencio, en efecto. Nada. Ni un solo ruido en todo el mundo, y el zumbido había terminado por completo, como la nieve. Al mirar hacia arriba, vio que también había desaparecido el pálido fulgor de las luces.

—¿Marcy? —dijo, como llamando a alguien.

Se le ocurrió que podía ser el nombre de la causante del accidente, pero rechazó la idea. Se llamaba Becky. Estaba tan seguro de su nombre como del de la comercial de la inmobiliaria. Ahora Marcy sólo era una palabra que no le sonaba de nada. Debía de tratarse de un simple calambre cerebral. No sería el primero.

Llegó a la cima de la colina y emprendió el descenso de la otra ladera, mientras volvía a pensar en aquel día de otoño de 1978, el día en que habían conocido a Duddits.

De repente, faltándole poco para llegar al punto donde volvía a nivelarse la carretera, le falló la rodilla. Esta vez no se le puso tiesa; pareció estallarle como una piña en el fuego.

Cayó de bruces en la nieve y no oyó romperse las botellas de Bud dentro de la bolsa, todas menos dos. Gritaba demasiado.

VI

Duddits, segunda parte

1

Henry emprendió el regreso al campamento a buen paso, pero, a medida que la nieve moría en rachas esporádicas, y que amainaba el viento, aceleró el ritmo de la caminata hasta que casi corría. Como llevaba muchos años haciendo jogging, no le supuso un gran esfuerzo. Quizá se viera obligado a hacer una parada, caminar un trecho o hasta descansar, pero lo dudaba. Tenía experiencia en carreras de fondo de más de quince kilómetros, a pesar de que ya hubieran pasado un par de años desde la última, y de que en ninguna hubiera tenido que lidiar con diez centímetros de nieve. De todos modos, ¿qué miedo tenía? ¿De caerse y romperse la cadera? ¿De sufrir un infarto? A los treinta y siete años parecía improbable, pero, aunque Henry reuniera todas las condiciones, habría sido cómico preocuparse, ¿no? Teniendo en cuenta lo que planeaba… Así pues, ¿de qué preocuparse?

Muy sencillo: de Jonesy y de Beaver. A primera vista parecía igual de risible que el temor a sufrir un infarto en aquel páramo. Los problemas los tenía detrás, con Pete y aquella mujer rara y medio en coma, no delante, en Hole in the Wall. Pero no: en Hole in the Wall había problemas, y graves. Henry no sabía cómo lo sabía, pero era un hecho, y lo aceptaba. Lo supo antes de empezar a ver animales corriendo en dirección contraria a la suya, animales que no le miraban, o apenas.

En una o dos ocasiones echó un vistazo al cielo por si había más luces misteriosas, pero no vio ninguna. A partir de entonces mantuvo la vista al frente, teniendo que esquivar a algún que otro animal. No era una estampida, o no acababa de serlo, pero en los ojos de los animales había una mirada rara, inquietante y, para Henry, desconocida. En una ocasión se vio obligado a poner a prueba su agilidad con un salto, para que no le tumbaran dos zorros.

Trece kilómetros más, se dijo. Lo convirtió en una especie de mantra, diferente de los que solían pasarle por la cabeza cuando hacía jogging (los más habituales eran canciones de niños), pero no del todo. En el fondo participaban de la misma idea. «Trece kilómetros más, trece kilómetros más para Banbury Cross.»[1] Pero aquí no había Banbury Cross, sólo el antiguo campamento del señor Clarendon (ahora de Beaver). ¿Qué carajo estaba pasando? Las luces, la estampida al ralentí... (¡Ay, ay, ay! Ahora pasa algo a la izquierda del bosque que... ¡Coño, a ver si es un oso!) La mujer sentada en medio de la carretera, con media dentadura y como máximo medio cerebro... ¿Y los pedos? ¡Mecachis, qué pedos! Lo más parecido que recordaba Henry era el aliento de un paciente de hacía varios años, un esquizofrénico con cáncer de intestino. «Siempre huelen igual —le había dicho un amigo internista al oír la descripción—. Pueden cepillarse los dientes diez veces al día y siempre se les nota la peste. Es el olor del cuerpo comiéndose a sí mismo, que es lo que son todos los cánceres, aunque lo disimulen con diagnósticos: autocanibalismo.»

Trece kilómetros, pensó, trece kilómetros más, y todos los bichos corriendo, todos juntos a Disneylandia.

El ritmo sordo de sus botas en la nieve. La sensación de las gafas rebotándole en el puente de la nariz. El aliento saliendo en bolas de vapor frío. Ahora, sin embargo, había entrado en calor. Las endorfinas le estaban dando buen rollo. Si le pasaba algo no era por falta de ellas. Sería suicida, pero no distímico.

Eso lo tenía claro: que su problema (un vacío físico y emocional, como en una tormenta de nieve que no deja ver nada) era físico, al menos en parte. Que pudiera corregirse, o como mínimo paliarse, con las mismas pastillas que recetaba él mismo a granel... Eso tampoco lo dudaba. Sin embargo, como Pete (que debía de tener claro que el horizonte probable de su vida era una cura de desintoxicación, y varios años de reuniones de Alcohólicos Anó-

---

1. Referencia a una canción infantil muy popular que empieza por el verso *Ride a cock horse to Banbury Cross. (N. del T.)*

nimos), Henry no deseaba curarse. Tenía la clara sensación de que la cura sería un engaño, algo que le dejaría menguado.

Se preguntó si Pete había vuelto a por cerveza, y supo que la respuesta más probable era que sí. De haberse acordado, el propio Henry habría propuesto que se la llevaran, para que no fuera necesario un trayecto de vuelta tan arriesgado (tanto para la mujer como para el propio Pete), pero el accidente le había dejado medio flipado, y no se le había ocurrido pensar en cerveza.

Supuso que a Pete sí. ¿Conseguiría ir y volver con la rodilla medio tiesa? Era posible, pero Henry no habría puesto la mano en el fuego.

«¡Han vuelto! —había gritado la mujer, mirando el cielo—. ¡Han vuelto! ¡Han vuelto!»

Henry bajó la cabeza y corrió más deprisa.

2

Diez kilómetros más para Banbury Cross. ¿Sólo quedaban diez o le traicionaba el optimismo? ¿Era posible que les diera demasiado juego a las endorfinas? ¿Y qué? En un momento así, el optimismo no podía ser perjudicial. Casi no nevaba, y la avalancha de animales había perdido densidad. Dos puntos a su favor, y uno en contra: los pensamientos que tenía en la cabeza, algunos de los cuales le parecían cada vez más ajenos. Por ejemplo, Becky. ¿Quién era? El nombre había empezado a sonar en su cabeza, integrándose en el mantra. Pensó que debía de ser la mujer a quien había estado a punto de atropellar.

Aunque de bonita no tenía nada. Era una mujerona apestosa, y ahora estaba al cuidado de Pete Moore. Como para fiarse.

Diez. Diez. Diez kilómetros más para Banbury Cross.

Paso regular (hasta donde se lo permitía la naturaleza del terreno), y voces raras en la cabeza. Aunque rara, rara de verdad, sólo lo era una; y no se trataba de ninguna voz, sino de una especie de zumbido con frecuencia rítmica. El resto eran voces conocidas, o por él o por sus amigos. Entre ellas, la que le había descrito Jonesy, la que oía después del accidente, vinculada al dolor: «Basta, por favor, que no lo aguanto; que me pongan una inyección. ¿Dónde está Marcy?»

Oyó la voz de Beaver: «Ve a mirar el orinal.»

Y a Jonesy contestando: «¿No sería más fácil llamar a la puerta del lavabo y preguntarle si se encuentra bien?»

Una voz desconocida diciendo que si conseguía ir de vientre estaría bien...

... pero no, desconocido no: era Rick, el amigo de Becky. ¿Rick qué? ¿McCarthy? ¿McKinley? ¿McKeen? Henry no estaba seguro, pero se inclinaba por McCarthy, como el Kevin McCarthy de aquella película antigua de terror sobre unas vainas del espacio que adoptaban apariencia humana. Una de las preferidas de Jonesy. Bastaba con mencionársela, y, si llevaba unas copas encima, siempre recitaba la frase más importante: «¡Están aquí! ¡Están aquí!»

Y la mujer mirando el cielo, chillando: «¡Han vuelto! ¡Han vuelto!»

¡Caray, no había vuelto a pasarles tan fuerte desde la adolescencia! Y ahora era peor, como meter el dedo en un cable que no condujera electricidad, sino voces.

Tantos pacientes quejándose de que oían voces, y Henry, el gran psiquiatra («Dios junior», como le había llamado un paciente de hospital público), asintiendo con la cabeza, como si supiera a qué se referían. Es más: había creído saberlo. Pero quizá sólo empezara a saberlo ahora.

Voces. A fuerza de prestarles atención, se le pasó por alto el zum zum zum del helicóptero, forma oscura de tiburón velada por las nubes más bajas. Después empezaron a apagarse las voces, como se pierden las señales de radio de lugares remotos cuando se hace de día y vuelve a cargarse la atmósfera. Al final sólo quedó la voz de sus propios pensamientos, insistiendo en que en Hole in the Wall había ocurrido o estaba a punto de ocurrir algo horrible; igual de horrible que lo que estaba a punto de ocurrir, o ya había ocurrido, en el Scout o el refugio de los leñadores.

Ocho kilómetros más. Ocho kilómetros más.

Haciendo un esfuerzo por no seguir pensando en el amigo a quien había dejado detrás, ni en los dos que tenía delante, y menos en lo que pudiera estar ocurriendo por toda aquella zona, encarriló sus pensamientos por la misma senda que habían tomado, como sabía, los de Pete: la que llevaba a 1978, a Tracker Hermanos y a Duddits. Henry no entendía que Duddits Cavell pudiera tener algo que ver con todo aquel follón, pero todos coincidían en pensar en él, y a Henry ni siquiera le hacía falta la conexión mental de siempre para saberlo. Pete había mencionado a Duds de camino al refugio de leñadores, cuando arrastraban a la mujer en la lona. Días antes, yendo con Henry por el bosque (el día en que Henry había cazado su ciervo), Beaver también había hecho varios comentarios sobre Duddits, acordándose del año en que se lo habían llevado los cuatro a Bangor para hacer las compras de Navidad. (Jonesy, entonces, acababa de sacarse el permiso de conducir, y habría llevado a quien fuera a cualquier parte.) ¡Qué risa la de Beaver, al acordarse del miedo de Duddits de que no existiera Santa Claus, y del esfuerzo conjunto de los cuatro (convertidos en chicarrones de instituto, con ganas de comerse el mundo) para convencerle de que sí! Con éxito, claro. Por otro lado, sólo hacía un mes que Jonesy había llamado a Henry por teléfono desde Boston, borracho (las borracheras eran mucho menos frecuentes en Jonesy que en Pete, sobre todo desde el accidente, y era la única llamada llorona que le conocía Henry en toda su amistad) y diciendo que nunca había hecho nada tan bueno, tan simple y llanamente genial, como lo que habían hecho en 1978 por el pobre Duddits. Fue el mejor momento del grupo, había dicho Jonesy por teléfono. Henry, con un desagradable sobresalto, cayó en la cuenta de haberle dicho exactamente lo mismo a Pete. Caray con Duddits. Qué cabrón.

Ocho kilómetros más... o puede que siete. Ocho kilómetros más... o puede que siete.

La intención era ver la foto del coño de una chica, la que, supuestamente, estaba clavada en el tablón de un despacho abandonado. A Henry, después de tantos años, se le había olvidado el nombre de la chica; sólo se acordaba de que era la novia de aquel gilipollas de Grenadeau, y reina de la fiesta para ex alumnos de 1978 en el instituto de Derry. Ambas cosas añadían un interés especial a la perspectiva de verle el coño. Y entonces, justo cuando se metían por el camino de entrada, habían visto en el suelo una camiseta de los Tigers de Derry. Y en el camino, más adelante, había otra cosa.

«A mí esos dibujos me revientan. Nunca se cambian de ropa», había dicho Pete; y Henry había abierto la boca para contestar, pero no había tenido tiempo, porque...

—Porque gritó el niño —dijo Henry.

Resbaló en la nieve, se tambaleó un poco y volvió a correr, acordándose de aquel día de octubre con cielo blanco. Corrió acordándose de Duddits. De que Duddits había gritado, cambiándoles la vida. Siempre habían dado por supuesto que a mejor, pero ahora Henry tenía sus dudas.

Ahora Henry tenía muchas dudas.

3

Cuando se meten por el camino de entrada (aunque de camino tiene poco, porque ahora crecen malas hierbas hasta en los surcos de las ruedas, entre la gravilla), el que va delante es Beaver. La verdad es que casi echa espuma por la boca. Henry adivina que Pete está casi igual de salido, pero lo disimula mejor, aunque tenga un año menos. Beaver está… ¿Cómo se dice? Anhelante. La palabra le describe tan bien que Henry casi se ríe. Luego Beaver se queda parado, tan de repente que Pete está a punto de chocar con él.

—¡Eh! —dice Beaver—. ¡Una camiseta! ¡Fóllame, Freddy!

En efecto: roja y blanca, y ni vieja ni sucia, como lo habría estado en caso de llevar mil años tirada en el mismo sitio. De hecho casi parece nueva.

—Anda, tío, pasa de camisetas y a lo que vamos —dice Jonesy.

—No corras tanto —dice Beav—, que esta camiseta es buena.

La recoge y ven que no es cierto. Sólo es nueva: se trata de una camiseta recién estrenada de los Tigers de Derry, con el número 19 en la espalda. A Pete el béisbol le importa un carajo, pero los demás reconocen el número de Richie Grenadeau. Lo de que sea buena… Ya no, porque está muy rota en la parte de atrás del cuello, como si la persona que la llevaba hubiera intentado escapar y le hubieran retenido por ahí.

—Retiro lo que he dicho —añade Beav con tristeza, y suelta la prenda—. Venga.

Después de pocos pasos, sin embargo, encuentran otra cosa. Esta vez no es roja, sino amarilla, de aquel plástico amarillo chillón que sólo les gusta a los niños. Henry se adelanta a sus amigos y lo recoge. Es una fiambrera con una imagen de Scooby-Doo y sus amigos saliendo de lo que parece una casa encantada. Como en el caso de la camiseta, parece nueva, no un objeto que lleve mucho tiempo tirado. Henry, de repente, tiene un mal presentimiento, y se arrepiente de la incursión por aquel camino solitario, junto a aquel edificio solitario… Preferiría habérselo ahorrado, o haberlo dejado para otro día. Después se da cuenta de que es una chorrada, aunque sólo tenga catorce años. Piensa que, con chochos de por medio, o se va o no se va. Nada de dejarlo para otro día.

—A mí esos dibujos me revientan —dice Pete, mirando la fiambrera por encima del hombro de Henry—. Nunca se cambian de ropa. ¿Os habéis fijado? En cada capítulo llevan lo mismo, los muy cerdos.

Jonesy le quita a Henry la fiambrera de Scooby-Doo y le da la vuelta para leer la etiqueta que ha visto en un lado. Ahora ya no pone cara de salido; frunce un poco el entrecejo, y Henry intuye que Jonesy también se arrepiente de no haber ido directamente a jugar un dos contra dos.

En la etiqueta pone: PERTENEZCO A DOUGLAS CAVELL, 19 MAPLE LANE, DERRY, MAINE. SI SE HA PERDIDO MI DUEÑO, LLAMAR AL 949-1864. ¡GRACIAS!

Henry abre la boca para decir que seguro que tanto la fiambrera como la camiseta son de un alumno del cole de los subnormales (le ha bastado con mirar la etiqueta, que casi es idéntica a la que lleva su perro), pero no tiene tiempo, porque justo entonces grita alguien al otro lado del garaje, donde juegan los mayores en verano. El grito expresa un gran dolor, pero lo que hace que Henry salga corriendo sin pensárselo es su componente de sorpresa, la horrible sorpresa de alguien que sufre o tiene miedo (o ambas cosas) por primera vez.

Los demás le siguen por las malas hierbas. Corren por el surco derecho del camino de entrada, el más pegado al edificio, en fila india: Henry, Jonesy, Beav y Pete.

Se oye una risa masculina, satisfecha.

—Venga, come —dice alguien—. Si te la comes te dejamos que te marches. Hasta puede que Duncan te devuelva los pantalones.

—Eso. Si... —empieza a decir otro chico, sin duda el tal Duncan, pero se queda a media frase mirando a Henry y sus amigos.

—¡Vale ya, tíos! —exclama Beaver—. ¡Dejadle en paz, joder!

Los amigos de Duncan (que son dos, ambos con chaquetas del instituto de Derry) reparan en que su diversión ya tiene público, y se giran. Entre ellos hay un niño que sólo lleva calzoncillos y una zapatilla deportiva, y que tiene la cara manchada de sangre, tierra, mocos y lágrimas. Henry no sabe calcularle la edad; no es un niño pequeño, como demuestra el vello incipiente del pecho, pero lo parece. Sus ojos son achinados, de color verde claro y anegados en lágrimas.

La pared roja de ladrillos que hay detrás del grupito lleva impreso el siguiente mensaje, en letras grandes, blancas y un poco borradas, pero que siguen siendo legibles: NI REBOTES NI PARTIDOS. Debe de significar que está prohibido jugar a pelota cerca del edificio, que hay que hacerlo en la antigua zona de camiones, donde siguen viéndose los surcos profundos de las bases y el montículo truncado del lanzador. NI REBOTES NI PARTIDOS. En años sucesivos lo dirán a menudo; pasará a ser una de las muletillas de su juventud, sin poseer un significado exacto. Quizá el más ajustado sea «así es la vida». La mejor manera de decirlo siempre es encogiendo los hombros, sonriendo y con las palmas extendidas.

—¿Y tú de dónde sales, caraculo? —le dice a Beaver uno de los mayores.

Lleva en la mano izquierda algo que parece un guante de béisbol, o de golf... En todo caso de deporte. Lo usa para sujetar la caca seca de perro que quería hacerle comer al niño casi desnudo.

—Pero ¿qué hacéis? —pregunta Jonesy, escandalizado—. ¿Queréis obligarle a que se la coma? ¿Qué os pasa, que estáis mal de la cabeza?

El chico de la caca de perro tiene pegada una tira blanca en el puente de la nariz. Henry, al darse cuenta, suelta un ruido medio de reconocimiento medio de risa. ¡Qué casualidad! ¡Parece mentira! ¡Han venido a verle el coño a la reina de la fiesta de ex alumnos, y ¿a quién encuentran? ¡Ni más ni menos que al rey, que por lo visto ha interrumpido su temporada por una simple rotura de nariz, y se entretiene así mientras el resto del equipo entrena para el partido de la semana!

Richie Grenadeau no ha observado la expresión de Henry, y no sabe que le ha reconocido. Mira fijamente a Jonesy. Al principio, el sobresalto y la sinceridad del tono de asco de Jonesy hacen que retroceda un paso. Después se da cuenta de que el chico que se ha atrevido a dirigirse a él con aquel tono recriminatorio tiene como mínimo tres años y cuarenta kilos menos. La mano recupera su firmeza.

—Voy a hacerle comer esta mierda —dice—, y luego, si quiere, que se vaya. Tú ya puedes abrirte, mocosete, o te doy a ti la mitad.

—Eso, fuera —dice el tercero de la banda. Richie Grenadeau

es corpulento, pero éste le supera: mide metro noventa y pico, y tiene toda la cara roja de granos—. Fuera o...

—Ya sé quién sois —dice Henry.

La mirada de Richie se desplaza hacia él, llenándose de dos cosas: duda y cabreo.

—Vete, niñato. Lo digo en serio.

—Eres Richie Grenadeau. Salía tu foto en el periódico. ¿Qué te crees que dirá la gente cuando le contemos lo que te hemos visto hacer?

—No podrás contarle nada a nadie, porque estarás muerto —dice el tal Duncan, cuyo pelo, sucio y rubio, le llega hasta los hombros—. Venga, abríos. Arreando.

Henry le ignora y sigue mirando a Richie Grenadeau. No se siente asustado, y eso que seguro que los tres mayores podrían machacarles. Le hierve por dentro tal indignación que no sabía que pudiera sentirla. No cabe duda de que el niño arrodillado en la grava es retrasado, pero no tanto como para no entender que los tres mayores querían hacerle daño, que le han arrancado la camiseta y que luego...

Henry nunca ha estado tan cerca de recibir una paliza, y nunca le ha importado tan poco. Da un paso adelante apretando los puños. El niño solloza con la cabeza inclinada; es una nota sostenida en el cerebro de Henry, una nota que alimenta su ira.

—Pues yo pienso contarlo —dice. Es una amenaza de niño, pero a él no le suena como tal. A Richie, por lo que parece, tampoco, porque retrocede un paso y vuelve a aflojar los músculos de la mano donde lleva la caca de perro. Por primera vez se le ve inquieto—. Tres contra uno. ¡Y encima subnormal! ¡Joder! Esto lo cuento. ¡Y encima te conozco!

Duncan y el grandullón (el único que no lleva chaqueta del instituto) se colocan a la altura de Richie, cada uno en un lado. El niño en calzoncillos se queda detrás, pero Henry sigue oyendo su monótono sollozo, como un martilleo en la cabeza que le está poniendo nervioso de la hostia.

—Nada, tíos, que os lo habéis buscado —dice el más corpulento, enseñando una dentadura con muchos huecos—. De ésta no salís vivos.

Pete interviene con poca voz, pero sin miedo.

—Bien dicho, Henry.

—Y cuanto más nos peguéis, peor para vosotros —dice Jonesy. A Henry le suena, pero para Jonesy es una revelación, y casi se ríe—. Aunque nos matéis de verdad, ¿de qué os serviría? Porque Pete corre mucho, y se lo contará él a la gente.

—Yo también corro mucho —dice Richie fríamente—. No se me escapará.

Henry se vuelve hacia Jonesy, y después hacia Beav. Los dos defienden su terreno, y en el caso de Beaver algo más: se agacha, coge un par de piedras (grandes como huevos, pero con filo) y las hace entrechocar, mientras sus ojos, de expresión hostil, miran alternativamente a Richie Grenadeau y al grandullón, el bruto. El palillo que tiene en la boca se agita en vertical con agresividad.

—Cuando vengan, nosotros a por Grenadeau —dice Henry—. Los otros dos no corren ni la mitad que Pete. —Mira a este último, que está pálido pero no tiene miedo: le brillan los ojos, y tiene tanta prisa por salir corriendo que casi se le disparan los pies—. Cuéntaselo a tu madre. Dile dónde estamos y que avise a la poli. Y sobre todo no te olvides de cómo se llama este cabrón.

Señala al aludido con gesto de fiscal. Grenadeau vuelve a traicionar sus dudas, aunque esta vez se trata de algo más. Esta vez parece que tenga miedo.

—Richie Grenadeau —dice Pete, que, ahora sí, empieza a dar saltitos—. Me acordaré.

—¡Venga, pichacorta! —dice Beaver. Hay que reconocer que tiene una retentiva especial para los mejores insultos— ¡Que te vuelvo a partir la nariz! ¡Hay que ser cobardica para salirse del equipo por una nariz rota!

Grenadeau no dice nada (quizá porque ya no sabe a cuál de los tres contestar), mientras ocurre un verdadero prodigio: el otro que lleva chaqueta del instituto, Duncan, también empieza a titubear. Se le están poniendo un poco rojas las mejillas y la frente. Se moja los labios y mira a Richie con inseguridad. El único que sigue pareciendo dispuesto a zurrarse es el grandullón, y Henry casi tiene ganas de que ataquen, porque entre él, Jonesy y Beav les partirán la cara. ¡Coño con el lloriqueo! ¡Qué manera de meterse en la cabeza, como un martillo, pum pum pum!

—Oye, Rich, que igual… —empieza a decir Duncan.

—Venga, coño, a matarles —mascuilla el bruto—. Que no los reconozca ni su madre.

El segundo da un paso hacia adelante, y casi la arma. Henry

sabe que si al bruto le dejan dar otro paso, aunque sólo sea uno más, Richie Grenadeau ya no podrá retenerle. Es como un pitbull enfurecido que rompe la correa y se abalanza sobre su presa, una flecha de carne.

Richie, sin embargo, no le deja dar el segundo paso, el que se habría convertido en verdadera carga. Sujeta el antebrazo del bruto, que es más grueso que el bíceps de Henry y está erizado de pelos un poco rojizos.

—No, Scotty —dice—, espera un segundo.

—Sí, tío, espera —dice Duncan, casi con tono de pánico.

Acompaña sus palabras con una mirada que hasta Henry (su destinatario), con trece años, encuentra grotesca. Es una mirada de reproche, como si los culpables de algo fueran Henry y sus amigos.

—¿Qué queréis? —pregunta Richie a Henry—. Que nos vayamos, ¿no?

Henry asiente.

—Si nos vamos, ¿qué haréis? ¿A quién se lo contaréis?

Henry descubre algo sorprendente: que tiene tantas ganas de dar guerra como el bruto, Scotty. De hecho, hay una parte de él que arde en deseos de pelearse, de gritar «¡coño, tío, a todo el mundo!», sabiendo que le apoyarán sus amigos, y que ni recibiendo una paliza, ni acabando en el hospital, se quejarían.

Pero el niño. El pobre niño retrasado que llora. Después de haberles partido la cara a Henry, Beaver y Jonesy (y a Pete, si consiguieran darle alcance), los mayores se meterían con el niño retrasado, y seguro que no se conformarían con que se comiera una caca seca de perro.

—A nadie —dice—. No se lo contaremos a nadie.

—¡Y una puta mierda! —dice Scotty—. No te lo creas, Richie. ¡Mira con qué cara lo dice!

Scotty vuelve a dar un paso, pero Richie aumenta la presión sobre el robusto antebrazo de su compañero.

—Si nadie le hace daño a nadie —dice Jonesy con un tono tan sensato que da gusto—, nadie tendrá nada que contar.

Grenadeau le mira fugazmente, y luego a Henry.

—¿Me lo juras?

—Te lo juro —dice Henry.

—¿Me lo juráis todos? —pregunta Grenadeau.

Jonesy, Beav y Pete juran escrupulosamente.

144

Grenadeau lo medita un rato (que se hace eterno) y asiente con la cabeza.

—Vale. Venga, tíos, que nos la piramos.

—Si vienen, da la vuelta al edificio —le dice Henry a Pete, hablando muy deprisa porque los mayores ya caminan.

Grenadeau, sin embargo, sigue teniendo bien sujeto a Scotty por el antebrazo, cosa que a Henry le parece buena señal.

—Sería una pérdida de tiempo —dice Richie Grenadeau con una altivez que a Henry le da ganas de reír, aunque hace el esfuerzo de quedarse serio. Reírse sería mala idea, y más ahora, estando casi todo arreglado. A una parte de Henry le da rabia que lo esté, pero el resto casi tiembla de alivio.

—Oye, y ¿a ti qué te importa? —le pregunta Richie Grenadeau—. ¿Por qué te lo tomas así?

Henry tiene ganas de contestar con otra pregunta. Le gustaría preguntarle a Richie Grenadeau cómo ha sido capaz, y no sería una pregunta retórica. ¡Qué manera de llorar! ¡Dios mío! Pero se queda callado, porque sabe que el muy gilipollas podría tomarse cualquier cosa como una provocación, y entonces la habrían cagado.

Es una especie de baile. Casi parece los que se aprenden en primer y segundo curso. Mientras Richie, Duncan y Scott van hacia el camino de entrada (con tranquilidad, queriendo demostrar que se marchan porque quieren, no porque le tengan miedo a una pandilla de maricones que no van ni al instituto), Henry y sus amigos empiezan por plantarles cara, y después retroceden en fila para interponerse entre los mayores y el niño, que sigue de rodillas y en calzoncillos.

Al llegar a la esquina del edificio, Richie se detiene y les mira por última vez.

—Nos volveremos a ver —dice—. Uno a uno o todos juntos.

—Eso —asiente Duncan.

—¡Veréis el mundo por una cámara de oxígeno! —añade Scott.

Henry vuelve a acercarse peligrosamente a la risa. Reza por que no diga nada ninguno de sus amigos, y ninguno habla. Casi es un milagro.

Tras la última mirada de amenaza de Richie, desaparecen los tres por la esquina. Henry, Jonesy y Beaver se quedan solos con el niño, que se balancea sobre las rodillas sucias y orienta al cielo blanco su cara manchada, ensangrentada y llorosa, su cara de incomprensión. Se preguntan los cuatro qué hacer. ¿Hablar con él? ¿Decirle que está a salvo, que se han marchado los malos y que ya no corre peligro? No lo entendería. ¡Y qué extraña manera de llorar! Parece mentira que los mayores fueran capaces de oírlo y seguir, aunque fueran tan malos y estúpidos. Más tarde Henry llegará a comprenderlo (más o menos), pero de momento es un misterio.

—Voy a intentar una cosa —dice Beaver.

—Lo que quieras —dice Jonesy con voz temblorosa.

Beaver avanza unos pasos y mira a sus amigos. Es una mirada peculiar, mezcla de vergüenza, desafío y (sí, Henry juraría que sí) esperanza.

—Como se lo contéis a alguien —dice—, no vuelvo a dirigiros la palabra.

—Menos rollo —dice Pete, cuya voz también tiembla—. ¡Si sabes hacer que se calle, adelante!

Beaver se queda un rato de pie donde había estado Richie cuando quería obligar al niño a comerse la caca de perro. A continuación se arrodilla. Henry observa que en los calzoncillos del niño, que son de tipo short, también hay personajes de Scooby-Doo, igual que en la fiambrera.

Entonces Beaver coge en brazos al niño gemebundo y medio desnudo, y se pone a cantar.

4

Siete kilómetros más para Banbury Cross... o puede que sólo sean cinco o seis. Siete kilómetros más para Banbury Cross... o puede que sólo...

Los pies de Henry volvieron a resbalar, y esta vez no tuvo la oportunidad de recuperar el equilibrio. Iba absorto en sus recuerdos, y sin salir de ellos ya volaba por los aires.

Cayó pesadamente de espaldas, con un impacto bastante fuerte para vaciarle los pulmones con un jadeo de dolor. La nieve se levantó perezosamente, como una nube de azúcar en polvo. Henry se dio un golpe en la nuca y vio las estrellas.

Permaneció un rato estirado, dando tiempo más que suficiente para que se declarara cualquier posible fractura. A falta de noticias en ese sentido, se palpó la espalda a la altura de los riñones. Le dolía, pero no era insoportable. Peores golpes se había dado a los diez y once años, cuando parecían pasarse todo el invierno yendo en trineo por el parque Strawford, y siempre se había levantado riendo. Una vez, con el burro de Pete Moore al mando de su Flexible Flyer y él detrás, habían chocado de morro con el pino grande del pie de la colina, el que llamaban todos los niños Árbol de la Muerte, y sólo les había costado unos cuantos morados y algunos dientes sueltos. La pega era que hacía bastantes años que no tenía diez ni once años.

—Levanta, nene, que no te ha pasado nada —dijo, incorporándose con cuidado.

El dolor no pasó de unas punzadas en la espalda. Estaba un poco aturdido, pero nada más. Herido, pero sólo en el orgullo, que decía la gente. A pesar de ello, pensó que era mejor quedarse sentado un par de minutos. Corría a un ritmo excelente, y se merecía un descanso. Por otro lado, los recuerdos le habían afectado. Richie Grenadeau, el muy cabrón de Richie Grenadeau. Resultaba que su salida del equipo no tenía nada que ver con la nariz rota, sino que le habían expulsado. «Nos volveremos a ver», les había dicho, y a Henry no le parecía que hablara por hablar, pero la amenaza no había llegado a cumplirse. El futuro no les deparaba ningún encuentro con los tres matones, sino algo muy distinto.

Desde entonces había pasado tiempo. Ahora la meta era Banbury Cross (mejor dicho Hole in the Wall), y Henry no tenía caballo que le llevara, como en la canción; sólo el coche de los pobres, el de san Fernando. Se puso en pie y, mientras se quitaba la nieve del culo, chilló alguien en su cabeza.

—¡Ay, ay, ay! —gritó.

Era como oírlo por un walkman cuyo volumen se pudiera subir hasta niveles de concierto, como un disparo de escopeta justo detrás de los ojos. Tropezó hacia atrás, moviendo los brazos para no perder del todo el equilibrio, y sólo se salvó de otra caída gracias al choque con las ramas rígidas y horizontales de un pino que crecía a la izquierda del camino.

Se soltó del árbol con las orejas zumbando (las orejas y toda la cabeza) y dio un paso casi sin creerse que siguiera vivo. Después se llevó una mano a la nariz, y se le mojó la palma de sangre. En la boca también había algo suelto. Se puso una mano debajo, escupió un diente, lo observó con sorpresa y lo tiró, haciendo caso omiso de su primer impulso, que había sido metérselo en el bolsillo de la chaqueta. Que él supiera no se hacían implantes quirúrgicos de dientes, y dudaba mucho que el ratoncito Pérez llegara hasta aquellos andurriales.

No estaba seguro de quién había gritado, pero sospechaba que Pete Moore podía haberse metido en un lío gordísimo.

Quedó a la escucha de otras voces, otros pensamientos, pero no oyó ninguno más. Mejor. Eso sí: con o sin voces, tenía que admitir que aquello se había convertido en la cacería del siglo.

—Venga, machote, que ya falta menos —dijo, reemprendiendo la marcha hacia Hole in the Wall.

La sensación de que había pasado algo grave en la cabaña era más fuerte que nunca, y le costó un esfuerzo de voluntad mantener un ritmo fuerte de jogging.

«Ve a mirar el orinal.»

«¿No sería más fácil llamar a la puerta del lavabo y preguntarle si se encuentra bien?»

¿Había oído voces o se lo imaginaba? No, las voces eran reales, aunque ya no sonaran; tan reales como el grito de agonía. ¿De Pete? ¿O había sido la mujer, Becky?

—Pete —dijo, convirtiendo la palabra en una nube de vaho—. Ha sido Pete.

Aún no estaba del todo seguro, pero casi.

Al principio tuvo miedo de no poder volver al ritmo de antes, pero lo recuperó de manera automática, en plenas aprensiones: su respiración rápida se sincronizó con el ruido de los pasos, creando un efecto de hermosa sencillez.

Cinco kilómetros más para Banbury Cross, pensó. A casa. Como aquel día, cuando llevamos a Duddits a la suya.

«Como se lo contéis a alguien, no vuelvo a dirigiros la palabra.»

Henry volvió a aquel día de octubre como se vuelve a un sueño profundo. Bajó tanto por el pozo de la memoria, y tan deprisa, que al principio no se percató de la nube que se abalanzaba sobre él, una nube que no eran palabras, pensamientos ni gritos, sino algo rojinegro con lugares a donde ir y cosas que hacer.

5

Beaver da un paso, duda un poco y se arrodilla. El retrasado no le ve, sino que sigue gimiendo con los ojos apretados, entre convulsiones de su estrecha caja torácica. Los calzoncillos de Scooby-Doo y la chaqueta vieja de motorista de Beaver, llena de cremalleras, son dos cosas igual de cómicas, pero ninguno de los otros chicos se ríe. Henry sólo quiere que deje de llorar el retrasado. Su llanto le destroza.

Beaver avanza un poco de rodillas y coge en brazos al niño que llora.

—*El barco de mi niño es un sueño de plata...*

Es la primera vez que Henry oye cantar a Beaver, como no sea con la radio puesta (no se puede decir que los Clarendon se dejen caer mucho por la iglesia), y queda asombrado por la dulzura de su voz de tenor. Un año más, aproximadamente, y a Beaver le cambiará la voz, perdiendo sus virtudes, pero ahora, en el solar vacío de al lado del edificio en desuso, entre las malas hierbas, a todos les traspasa y asombra su sonido. El niño retrasado también reacciona: deja de llorar y mira a Beaver con cara de sorpresa.

—*... que lleva de su cuna a la estrella más alta. Navega, niño mío, navega hacia mis brazos por los mares y ríos.*

La última nota se queda flotando en el aire, y ante tanta belleza, por unos momentos, el mundo se aguanta la respiración. Henry nota que tiene ganas de llorar. El niño retrasado mira a Beaver, que le ha estado acunando al compás de la canción. Su cara, mojada por el llanto, contiene una expresión de perplejidad extática. Se le ha olvidado el labio partido, el morado de la mejilla, la ropa que le falta, la fiambrera perdida. Le dice a Beaver «maaa», una sílaba que podría no tener sentido, pero Henry la entiende, y ve que Beaver también.

—No puedo —dice Beaver.

Se da cuenta de que sigue teniendo el brazo alrededor de los hombros desnudos del niño, y lo aparta.

El resultado es que el niño pone mala cara, pero esta vez no es de miedo, ni de mal humor por que le lleven la contraria, sino de pura tristeza. Sus ojos, increíblemente verdes, se llenan de lágrimas, que ruedan por los regueros limpios de sus mejillas sucias. Le coge a Beaver la mano y vuelve a colocársela alrededor de sus hombros, diciendo:

—¡Maaa! ¡Maaa!

Beaver, presa del pánico, los mira.

—Mi madre nunca me cantaba nada más —dice—. Me dormía enseguida.

Henry y Jonesy se miran y estallan en carcajadas. No es que sea muy buena idea, porque seguro que el niño se asusta y vuelve a berrear como un poseso, pero no puede evitarlo ninguno de los dos. Resulta que el niño no llora, sino que sonríe a Henry y Jonesy con gran efusión, enseñando una dentadura muy junta y blanca, y vuelve a mirar a Beaver, mientras sigue sujetándole el brazo alrededor de los hombros.

—¡Maaa! —ordena.

—¡Coño, tío, pues vuelve a cantar lo mismo! —dice Pete—. La parte que sabes.

Beaver acaba por cantarlo tres veces más antes de que el niño se dé por satisfecho y permita que le pongan los pantalones y la camiseta rota, la que lleva el número de Richie Grenadeau. A Henry no se le olvidará jamás el fragmento de nana, ni su embrujo. Acudirá a su memoria en los momentos más inesperados: después de perder la virginidad en una fiesta universitaria, con *Smoke on the Water* retumbando en los amplios del piso de abajo; tras abrir el periódico por la página de necrológicas y ver la sonrisa (encantadora, todo hay que decirlo) de Barry Newman, sobre sus múltiples papadas; dando de comer a su padre, víctima del Alzheimer a una edad tan, tan injusta como cincuenta y tres años, mientras insiste, el pobre hombre, en que Henry es un tal Sam. «Sammy, los hombres de verdad pagan sus deudas», había dicho su padre; y, al aceptar la siguiente cucharada de cereales, le goteaba leche por la barbilla. En momentos así le vendrá a la memoria lo que ha quedado para él como «la nana de Beaver», y le procurará momentos de consuelo.

Ya tienen vestido al niño, a excepción de una zapatilla deportiva roja. Intenta ponérsela él mismo, pero la coge al revés. ¡Pobre! A Henry no le entra en la cabeza que los tres mayores hayan sido capaces de tomarla con él. Ya no es cuestión de su manera de llorar, que no se parece a ninguna otra que conozca. ¿Cómo se puede ser tan mala persona?

—Deja, que te lo arreglo —dice Beaver.

—¿Qué adegla? —pregunta el niño, con una perplejidad tan cómica que vuelven a reírse los tres, Henry, Jonesy y Pete. Henry ya sabe que no hay que reírse de los retrasados, pero no puede evitarlo. El niño tiene una de esas caras que hacen reír, como un personaje de dibujos animados.

Beaver sólo sonríe.

—¡La zapatilla, hombre!

—¿Adegla tatilla?

—Eso. Así no se puede. Imposible, chaval.

Beaver le coge la zapatilla, y el niño, muy interesado, le ve ponérsela en el pie, apretar los cordones contra la lengüeta y formar el lazo. Cuando ya está hecho, el niño mira el lazo y mira a Beaver. Por último, le echa los brazos al cuello y le planta un besote ruidoso en la mejilla.

—Como le contéis a alguien lo que me ha hecho... —empieza a decir Beaver; pero se nota que le ha gustado, porque sonríe.

—¡Que sí, joder, que sí, que no volverás a dirigirnos la palabra! —dice Jonesy con una sonrisa burlona. Es quien tiene la fiambrera. Se pone de cuclillas delante del niño y se la enseña—. ¿Es tuya, tío?

El niño, satisfecho, enseña los dientes, como si se hubiera encontrado a un amigo de toda la vida, y la coge.

—Cubidú, dondetá...

—Eso, eso —dice Jonesy—. Tenemos trabajo, concretamente llevarte a casita.[1] Te llamas Douglas Cavell, ¿no?

El niño se aprieta la fiambrera contra el pecho con las dos manos sucias y le da un beso fuerte, como el que le ha estampado a Beaver en el moflete.

—¡Zoy Dudi! —exclama.

—Muy bien —dice Henry. Coge una mano del niño, Jonesy la otra, y le ayudan a levantarse. Maple Lane sólo está a tres calles, y pueden llegar en diez minutos, suponiendo que no anden al acecho Richie y sus amigos, esperando el momento de que caigan en la trampa—. Venga, Duddits, a casita, que seguro que tu mami ya está preocupada.

Primero, sin embargo, Henry envía a Pete a la esquina de la nave para ver si está libre el camino. Cuando vuelve Pete e informa de que no hay moros en la costa, Henry deja que cubran ese tramo. Una vez que hayan llegado a la acera y pueda verles la gente, estarán a salvo. Hasta entonces no piensa correr riesgos. Por lo tanto, vuelve a enviar a Pete con instrucciones de reconocer el terreno hasta la calle y, si va todo bien, silbar.

---

1. El niño canta la canción de la serie de dibujos animados *Scooby-Doo: Scooby-Doo, where are you? We've got some work to do* (Scooby-Doo, ¿dónde estás? Tenemos trabajo). *(N. del T.)*

—Yanotán —dice Duddits.

—No te digo que no —dice Henry—, pero estaré más tranquilo si va a verlo Pete.

Duddits permanece serenamente entre ellos, mirando los dibujos de la fiambrera, mientras Pete va a echar un vistazo. Henry se fía de él. No ha exagerado las dotes de corredor de Pete: si intentan caer sobre él Richie y sus amigos, pondrá el turbo y les dejará con un palmo de narices.

—¿Qué, tío, te gusta la serie? —dice Beaver, cogiendo la fiambrera.

Lo dice con tranquilidad. Henry observa la escena con cierto interés, movido por la curiosidad de ver si el niño retrasado llora porque le hayan quitado la fiambrera. No lo hace.

—¡Ubidús! —dice el niño retrasado.

Tiene el pelo rubio y rizado. Henry sigue sin adivinarle la edad.

—Ya, ya sé cómo se llaman —dice Beav con paciencia—, pero nunca se cambian de ropa. Tiene razón Pete. ¡Si es que...! Hay que joderse, ¿no?

—¡Zí!

El niño tiende las manos para que le devuelvan la fiambrera, y Beaver se la da. El crío la abraza y les sonríe a todos. Es una sonrisa muy bonita, piensa Henry, sonriendo a su vez. Le recuerda cuando has estado nadando mucho rato en el mar, sales muerto de frío y con la piel de gallina, te envuelves los hombros con una toalla y entras enseguida en calor.

Jonesy también sonríe.

—Duddits —dice—, ¿cuál es el perro?

El niño retrasado le mira sin dejar de sonreír, pero con cara de extrañeza.

—El perro —dice Henry—. ¿Cuál es el perro?

Ahora el niño mira a Henry con más cara de sorpresa que antes.

—¿Cuál es Scooby, Duddits? —pregunta Beaver.

Duddits pone cara de entender y señala con el dedo.

—¡Ubi! ¡Ubiubidú! ¡E perdro!

Se parten todos de risa, incluido Duddits. Entonces silba Pete, y se ponen en marcha. Cuando han recorrido tres cuartos del camino de entrada, dice Jonesy:

—¡Esperad, esperad!

Corre hacia una de las ventanas sucias de los despachos y se asoma, poniendo una mano a cada lado de la cara para que no le moleste la luz. De repente Henry se acuerda de a qué habían venido. Por el coño de Tina Jean como se llame. Parece que hayan pasado mil años.

Después de unos diez segundos, Jonesy les llama:

—¡Henry! ¡Beav! ¡Venid! ¡El niño que se quede!

Duddits le mira con los ojos brillantes y la fiambrera apretada contra el pecho. Después de un rato asiente con la cabeza, y Henry corre para reunirse con sus amigos al lado de la ventana. Tienen que ponerse muy juntos, y Beaver se queja de que le está pisando alguien, pero se arreglan. Más o menos al minuto llega Pete, que se extrañaba de esperarles tanto rato en la acera, y mete la cara entre los hombros de Henry y Jonesy. He aquí la escena: cuatro chicos mirando por la ventana sucia de una oficina, tres de ellos haciendo pantalla con las manos, y otro, el quinto, que se ha quedado detrás, entre las malas hierbas del camino de entrada, sujetando su fiambrera contra un pecho menudo y mirando el cielo blanco, donde hace esfuerzos por aparecer el sol. Detrás del cristal sucio (donde sus frentes apoyadas dejarán señales en forma de media luna) hay una habitación vacía. El suelo está lleno de polvo, y de varios renacuajos deshinchados que Henry reconoce como condones. En una pared, la de delante de la ventana, hay un tablón de anuncios con un mapa del norte de Nueva Inglaterra y una foto Polaroid de una mujer levantándose la falda, pero no se le ve el chocho, sólo las bragas blancas. Tampoco es una chica de instituto. Es vieja. Como mínimo tiene treinta años.

—¡Pero bueno! —acaba diciendo Pete, que mira a Jonesy con cara de indignación—. ¿Para esto hemos venido?

Primero Jonesy se pone a la defensiva, pero después sonríe y mueve el pulgar por encima del hombro.

—No —dice—, por él.

6

Los recuerdos de Henry se interrumpieron de golpe al darse cuenta de algo sorprendente e inesperado: tenía un miedo atroz, y desde hacía bastante rato. Hasta entonces se había cernido en el umbral de su conciencia, porque lo retenía el recuerdo nítido del día en que habían conocido a Duddits, pero ahora le saltaba a la cara con un grito de terror, insistiendo en ser tomado en cuenta.

Se detuvo bruscamente, patinó y se quedó en medio de la carretera, agitando los brazos para no volver a caerse en la nieve. Jadeante, con los ojos muy abiertos, se preguntó: ¿Y ahora qué? Sólo faltaban cuatro kilómetros para Hole in the Wall. Casi había llegado. ¿Ahora qué carajo hacía?

Hay una nube, pensó. No tengo claro qué es, pero lo noto. Es la sensación más clara que he tenido en toda mi vida, al menos desde que soy adulto. Tengo que apartarme de la carretera. Tengo que apartarme de la película. En la nube hay una película. De las que le gustan a Jonesy. Una de miedo.

—¡Qué tontería! —murmuró, sabiendo que no lo era.

Oyó acercarse un ruido de motor. Procedía de la dirección de Hole in the Wall e iba muy deprisa: un motor de motonieve, casi seguro que el Arctic Cat que tenían guardado en el campamento... pero también era la nube rojinegra con la película dentro, una energía negra, tremenda, corriendo a su encuentro. Esta vez se trataba de algo más que un simple clic en la cabeza. Era como un puño de enterrado en vida dando golpes en la tapa de su ataúd.

Henry permaneció sin moverse, asaltado por un centenar de temores de infancia, de cosas debajo de la cama, en ataúdes, de hormigueos de insectos al levantar las piedras, de la pasta peluda que quedaba de una rata muerta, una rata asada, al retirar su padre la estufa de la pared para arreglar el enchufe. Y de temores que nada tenían de infantiles: su padre, perdido en su propio dormitorio y tan asustado que gritaba; Barry Newman huyendo de la consulta con cara de pavor, porque le habían pedido que investigara algo que no quería o no podía reconocer; el propio Henry sentado a las cuatro de la madrugada con un vaso de whisky, y el mundo un vacío sin vida, su propio cerebro un vacío sin vida, el alba a mil años de distancia y ni rastro de nanas. Todo ello lo contenía la nube rojinegra que corría hacia él como el caballo blanco del Apocalipsis. Todo ello y más. Se acercaba hacia Henry cuanto de malo pudiera haber sospechado, y no en un caballo blanco, sino en una motonieve vieja con el chasis oxidado. No era la muerte, sino algo peor: el señor Gray.

¡Sal de la carretera!, le ordenó su mente. ¡Sal de la carretera y escóndete!

Al principio no podía moverse. Tenía la sensación de que le

pesaban cada vez más los pies. El corte del muslo, el que se había hecho con el intermitente, le quemaba como si le hubieran marcado con un hierro candente. Ahora entendía la sensación de un ciervo sorprendido por los faros de un coche, o de una ardilla dando saltos tontamente al echársele encima un cortacésped. La nube le había robado la facultad de ayudarse a sí mismo. Estaba paralizado en su camino.

El empujón, curiosamente, se lo dieron sus ideas de suicidio. ¿Una decisión tan costosa, pagada al precio de agonía de quinientas noches de insomnio, sólo para que una especie de reacción de ciervo le quitara su poder de decisión? No, imposible. Ya era bastante duro sufrir, pero dejar que su cuerpo, atenazado por el miedo, se burlara de aquel sufrimiento negándose a obedecer, que esperase pasivamente la colisión con un demonio... no, eso no podía permitirlo.

De modo que se movió, pero era como moverse en una pesadilla, por un aire que parecía vuelto de caramelo. Le subían y bajaban las piernas con la lentitud de un ballet submarino. ¿Era la misma carretera por la que había corrido? Ahora la idea le parecía imposible, aunque lo tuviera tan fresco en la memoria.

A pesar de todo, siguió moviéndose mientras se acercaba el quejido del motor, convertido en un ruido cada vez más sordo y entrecortado, y llegó un momento en que logró internarse entre los árboles del lado sur de la carretera. Avanzó unos cinco metros, bastante para que no hubiera manto de nieve, sólo un polvillo blanco sobre una alfombra de agujas aromáticas de color anaranjado. Entonces cayó de rodillas, sollozó de terror y se tapó la boca con los guantes para ahogar el sonido, porque ¿y si le oían? Era el señor Gray, la nube era el señor Gray. ¿Y si le oía?

Se arrastró detrás del tronco musgoso de un abeto, lo abrazó y se asomó al otro lado, mirando a través de la cortina de su pelo enredado y sudado. Vio una chispa de luz en la oscuridad de la tarde. Era una luz nerviosa y vacilante que fue ganando en anchura hasta convertirse en faro.

A medida que se acercaba lo negro, Henry perdió el control de sus gemidos. La nube parecía flotar sobre su mente como un eclipse, borrando el pensamiento y reemplazándolo por imágenes espantosas: leche en la barbilla de su padre, pánico en los ojos de Barry Newman, cuerpos esqueléticos y miradas fijas detrás de alambradas, mujeres desolladas, hombres ahorcados... Hubo un momento en que pareció que se le girara su comprensión del mundo como un calcetín, y se dio cuenta de que estaba todo infectado… o podía estarlo. Todo. Delante de lo que se avecinaba, sus motivos para pensar en el suicidio eran triviales.

Apretó la boca contra el tronco para no gritar, y sintió que sus labios tatuaban un beso en el musgo elástico hasta alcanzar lo mojado, lo que sabía a corteza. Justo entonces pasó de largo el Arctic Cat, y Henry reconoció la forma que lo montaba, reconoció a la persona que generaba la nube rojinegra que ahora llenaba la cabeza de Henry como una fiebre seca.

Mordió el musgo, gritó contra el árbol (inhalando trozos de musgo sin darse cuenta) y volvió a gritar. Después se quedó de rodillas, aferrándose al árbol y temblando, mientras disminuía hacia el este el sonido del Arctic Cat. El ruido volvió a quedar reducido a un zumbido molesto, y Henry seguía en la misma postura. Se perdió por completo, y Henry seguía en la misma postura.

Por ahí anda Pete, pensó. Les encontrará a él y a la mujer.

Caminó tropezando hasta la carretera, sin darse cuenta de que volvía a sangrarle la nariz, ni de que lloraba. Reemprendió enseguida el camino hacia Hole in the Wall, aunque ahora cojeaba. Quizá no importase, porque en el campamento ya había ocurrido todo.

Lo horrible, lo ignoto que había sentido avecinarse, ya había ocurrido. De sus amigos, uno estaba muerto, el otro agonizaba y el otro, pobre, se había convertido en estrella de cine.

VII

JONESY Y BEAV

1

Beaver volvió a decirlo. Esta vez nada de beaverismos, sólo las dos sílabas desnudas de estar apoyado contra la pared, sin ninguna otra manera de expresar el terror que se veía.

—¡Hostia!

A McCarthy el dolor no le había impedido detenerse para apretar los dos interruptores contiguos a la puerta, encendiendo los fluorescentes que había a ambos lados del espejo del botiquín, así como el del techo, que era redondo. La luz homogénea y fortísima que arrojaban entre los tres hacía que el lavabo pareciera la foto del lugar de un crimen, aunque también estaba imbuido de una especie de surrealismo, porque no era una luz del todo fija, sino dotada de cierto parpadeo, justo el necesario para saber que estaba alimentada por generador, no por un tendido de la Derry and Bangor Hydroelectric.

Las baldosas del suelo eran azul celeste. Al lado de la puerta sólo había gotitas de sangre, pero a medida que se acercaban las manchas a la taza del váter, que estaba al lado de la bañera, se juntaban y se convertían en una serpiente roja. De ella se habían derivado capilares de un rojo encendido. Las baldosas estaban tatuadas con las huellas de las botas de Beaver y Jonesy, ninguno de los cuales se las había quitado. La cortina azul de vinilo de la ducha presentaba huellas dactilares borrosas, y Jonesy pensó: al dar media vuelta, para sentarse, debe de haber estirado los brazos y haberse cogido a la cortina.

Sí, pero no era lo peor. Lo peor era la escena que veía Jonesy en su cabeza: McCarthy caminando deprisa por las baldosas azules, con una mano detrás y presionando para evitar que saliera algo.

—¡Hostia! —volvió a decir Beaver, casi lloriqueando—. Yo esto no quiero verlo, Jonesy. Tío, que no, que no puedo.

—No hay más remedio. —Jonesy se oyó hablar como de muy lejos—. Podemos, Beav. Si pudimos plantarles cara a Richie Grenadeau y sus amigos, también podemos enfrentarnos con esto.

—No sé, tío, no sé...

En el fondo Jonesy tampoco lo sabía, pero le cogió la mano a Beaver. Los dedos de Beav se cerraron con la fuerza del pánico, y avanzaron juntos otro paso por el cuarto de baño. Jonesy procuró esquivar la sangre, pero era difícil, porque estaba por todas partes. Y no todo era sangre.

—Jonesy —dijo Beaver, casi susurrando y con la boca seca—, ¿ves la porquería que hay en la cortina de la ducha?

—Sí, tío.

En las huellas dactilares borrosas crecían grumitos de una especie de moho entre rojo y dorado. En el suelo había más, pero no en la serpiente de sangre, sino entre las baldosas.

—¿Qué es?

—No lo sé —dijo Jonesy—. Supongo que lo mismo que tenía él en la cara. Quédate callado. —Y añadió—: Señor McCarthy... Rick...

McCarthy, que estaba sentado en el váter, no contestó. Por algún motivo se había vuelto a poner el gorro naranja, con la visera un poco torcida. Por lo demás estaba desnudo. Tenía apoyada la barbilla en la clavícula, como una parodia de meditación (aunque también podía no ser una parodia). Los ojos estaban casi cerrados, y las manos juntas, tapando el vello púbico con mojigatería. A un lado de la taza había sangre corriendo, como un brochazo de pintura, pero, que viera Jonesy, el propio McCarthy no tenía sangre encima.

En cambio vio lo siguiente: McCarthy tenía la piel de la barriga fláccida, colgando en dos mitades. Le recordó algo, pero tardó unos segundos en saber el qué. Era como le había quedado la barriga a Carla después de haber dado a luz a cada uno de sus cuatro hijos. La piel de encima de la cadera de McCarthy, donde se insinuaba un michelín (y cierta flojura de carnes), sólo estaba roja, mientras que delante, en la barriga, presentaba pequeños verdugones en carne viva. Pero en la sangre vertida crecía algo, y ¿qué había dicho al estirarse en la cama de Jonesy, subiéndose la manta hasta la barbilla? «Mira que estoy a la puerta y llamo.» Esa llamada, en concreto, Jonesy preferiría no haberla contestado. De hecho, se arrepentía de no haberle pegado un tiro. Sí. Ahora lo tenía más claro. Sentía la lucidez exaltada que acompaña a ciertos estados de miedo cerval, y, preso de ella, se arrepintió de no haberle pegado un tiro a McCarthy antes de ver la gorra y el chaleco naranjas. No habría sido peor. Quizá mejor.

—Llama a tu puta madre —murmuró Jonesy.

—¿Aún está vivo, Jonesy?

—No lo sé.

Jonesy dio otro paso y notó que le soltaban los dedos de Beaver. Por lo visto su amigo no era capaz de acercarse más a McCarthy.

—Rick... —dijo Jonesy en voz baja. Voz de no despertar al bebé. Voz de velatorio—. Rick, ¿estás...?

Debajo del hombre sentado en la taza se oyó un pedo de gran intensidad, un pedo que sonaba a mojado, y enseguida después se llenó la habitación de un olor a excrementos y pega de avión que escocía en los ojos. Jonesy se extrañó de que no se fundiera la cortina de la ducha.

Se oyó el ruido de algo cayendo al agua de la taza. No era el típico ruido de cagarro. Al menos a Jonesy no se lo pareció. Se asemejaba más al de un pez saltando en un estanque.

—¡Dios, pero qué peste! —exclamó Beaver. Hablaba en sordina, porque se había tapado la boca y la nariz con la base de la mano—. Aunque si puede tirarse pedos es que aún está vivo. ¿No, Jonesy? Aún debe de...

—Calla —dijo Jonesy en voz baja, con una firmeza que hasta a él le sorprendió—. No digas nada, ¿vale?

Beav se calló.

Jonesy se agachó hasta tenerlo todo a la vista: los puntitos de sangre en el párpado derecho de McCarthy, la mancha roja que tenía en la mejilla, la sangre de la cortina de plástico azul, el letrero chusco de cuando el váter todavía era de la variedad química y para ducharse había que darle a la bomba (SILENCIO: GENIO TRABAJANDO)... Vio un brillo gélido entre los párpados de McCarthy, y que tenía los labios agrietados, además de morados, al menos con aquella luz. Percibió el olor tóxico de la flatulencia, y casi lo vio ascender en cintas sucias de color amarillo oscuro, como gas mostaza.

—McCarthy... Rick... ¿Me oyes?

Hizo chasquear los dedos delante de aquellos ojos casi cerrados. Nada. Se lamió el dorso de la mano y la acercó a McCarthy, primero debajo de la nariz y a continuación delante de la boca. Nada.

—Está muerto, Beav —dijo, retrocediendo.

—Y una mierda —replicó Beaver con tono brusco y, por absurdo que pareciera, ofendido, como si McCarthy hubiera infringido todas las reglas de la hospitalidad—. ¡Si acaba de echar un zurullo, tío! Lo he oído yo.

—No creo que fuera...

Beav apartó a Jonesy, haciendo que se diera un golpe doloroso en la cadera con la pila.

—¡Ya vale, tío! —exclamó Beaver. Cogió el hombro de McCarthy, redondo, pecoso y con poco músculo, y lo zarandeó—. ¡Despierta, coño! ¡Despier...!

McCarthy, poco a poco, se escoró hacia la bañera, y hubo un momento en que Jonesy pensó que tenía razón Beaver, que aún estaba vivo e intentaba levantarse. Luego McCarthy se cayó de la taza a la bañera, abombando la fina membrana de la cortina azul de la ducha. Se le cayó la gorra naranja. Le chocó el cráneo con la porcelana, haciendo ruido de hueso. Entonces Jonesy y Beaver, abrazados, se echaron a gritar, con el resultado de que, entre lo reducido del espacio y las baldosas, el lavabo se llenó de un ruido ensordecedor. El culo de McCarthy era una luna llena en posición oblicua, con un cráter en medio; un cráter gigantesco, ensangrentado, que parecía el emplazamiento de un impacto brutal. Jonesy sólo lo vio un segundo, justo antes de que McCarthy cayera de bruces en la bañera y quedara oculto por la cortina, que recuperó flotando su posición original; pero durante ese segundo le pareció que el agujero tenía treinta centímetros de diámetro. ¿Podía ser? ¿Treinta centímetros? Parecía difícil.

En la taza del váter volvió a moverse el agua, con energía suficiente para salpicar el anillo (que también era azul) con gotitas de agua mezclada con sangre. Beaver empezó a agacharse para mirar el interior, pero Jonesy, sin pensarlo, cerró la tapa con todas sus fuerzas.

—No —dijo.

—¿No?

—No.

Beaver quiso extraer un palillo del bolsillo delantero del mono, pero sacó media docena y se le cayeron al suelo, rodando por las baldosas azules manchadas de sangre como palitos chinos. Beav miró los palillos, y luego a Jonesy. Tenía lágrimas en los ojos.

—Como Duddits, tío —dijo.

—¿Se puede saber a qué viene eso?

—¿No te acuerdas? También estaba medio desnudo. Aquellos capullos le quitaron la camiseta y los pantalones, y le dejaron en calzoncillos. Pero le salvamos.

Beaver asintió con vigor, como si Jonesy (o una parte profunda y dudosa de sí mismo) hubiera puesto objeciones a la idea.

Jonesy no puso ninguna, a pesar de que McCarthy no le recordaba a Duddits en nada. Tenía grabada la imagen de McCarthy ladeándose hacia la bañera, mientras se le caía el gorro naranja y le temblaban los depósitos de grasa del pecho («las tetas de vivir bien», como decía Henry al vérselas a alguien debajo del polo). Después su culo expuesto a la luz, la del fluorescente, tan cruda que no dejaba espacio para ningún secreto, sino que lo narraba todo con monotonía. Un culo perfecto de hombre blanco, sin pelos, y que empezaba a ponerse un poco fofo en la unión con la parte trasera de los muslos. Jonesy los había visto a millares en los diversos vestuarios donde se había vestido y duchado, y hasta se le estaba poniendo así el suyo (al menos hasta que lo habían atropellado, cambiando, quizá para siempre, la configuración física de sus posaderas), pero nunca como lo tenía ahora McCarthy, como si dentro hubieran hecho explotar algo, un cartucho de escopeta, para... ¿para qué?

Volvió a oírse un chapoteo dentro del váter, y se movió la tapa. No cabía mejor respuesta. Para salir, claro.

Para salir.

—Siéntate encima —dijo Jonesy a Beaver.

—¿Eh?

—¡Que te sientes encima! —dijo Jonesy, esta vez casi gritando.

Beaver, sorprendido, se apresuró a sentarse en la tapa del váter. A la luz sin secretos ni contrastes de los fluorescentes, la piel de Beaver tenía la blancura de la arcilla recién modelada, y cada pelito negro de la barba parecía un lunar. Tenía los labios morados, y

encima de la cabeza el letrero del chiste: SILENCIO: GENIO TRABAJAN-
DO. Los ojos azules de Beav estaban muy abiertos de miedo.

—Ya me he sentado, Jonesy.

—Sí, ya lo veo. Perdona, Beav. Pero quédate sentado, ¿eh? Lo
que estaba dentro de McCarthy ahora está encerrado. Sólo puede ir al pozo séptico. Ahora vuelvo…

—¿Adónde vas? ¡Sólo falta que me dejes aquí, sentado en el
váter al lado de un muerto! Si salimos los dos corriendo…

—De salir corriendo nada —dijo Jonesy muy seriamente—.
La cabaña es nuestra, y nos quedamos.

Nobles palabras, pero que como mínimo obviaban un aspecto
de la situación: que lo que más tenía Jonesy era miedo de que lo
que había dentro del váter pudiera correr más deprisa que ellos.
O deslizarse, o lo que fuera. Le pasaron por la cabeza escenas
aceleradas de cien películas de terror (*Parasite*, *Alien*, *Vinieron de
dentro de…*). Cuando en cartelera había una así, Carla se negaba
a ir con él al cine, y si las alquilaba en vídeo le obligaba a bajar al
sótano y ponerlas en la tele del estudio. Ahora, sin embargo, podía ser que les salvara la vida una de esas películas (algo que había visto Jonesy en ella). Echó un vistazo a la especie de moho
rojizo que proliferaba en la huella sangrienta de la mano de
McCarthy. Salvarles la vida o, en todo caso, protegerles de lo que
había en el váter. Aquella especie de moho… ¿Cómo saberlo?

Lo de dentro de la taza dio otro salto, golpeando la tapa por
el interior, pero Beaver no tuvo ninguna dificultad en mantenerla cerrada. Mejor. Quizá lo de dentro se ahogara, aunque a Jonesy
no le pareció que se pudiera contar con ello, porque ¿verdad que
había vivido dentro de McCarthy? Sí, había sobrevivido bastante tiempo en el interior de don Miraqueestoyalapuertayllamo,
quizá los cuatro días enteros de extravío por el bosque. Por lo
visto había reducido el crecimiento de la barba de McCarthy, y
había hecho que se le cayeran unos cuantos dientes; también había provocado que McCarthy se tirara unos pedos imposibles de
ignorar en ningún ambiente social, ni siquiera en el de educación
más exquisita: pedos, hablando en plata, como de gas tóxico.
Aunque la cosa en sí, al parecer, había gozado de buena salud…
había crecido…

De repente, como si lo viera, se le apareció una solitaria blanca
saliendo de un montón de carne cruda. Tuvo arcadas, e hizo un
ruido como de gárgaras.

—¡Jonesy!

Beaver empezó a levantarse, poniendo cara de estar más asustado que nunca.

—¡Vuelve a sentarte, Beaver!

Obedeció, y justo a tiempo. La cosa del váter saltó y dio un golpe sordo en la tapa. «Mira que estoy a la puerta y llamo.»

—¿Te acuerdas de *Arma letal*, cuando el colega de Mel Gibson no se atreve a levantarse del cagadero? —dijo Beaver. Sonreía, pero tenía la boca seca y ojos de miedo—. ¿A que es como ahora?

—No —dijo Jonesy—, porque aquí no va a explotar nada. Además, yo no soy Mel Gibson y tú eres demasiado blanco para ser Danny Glover, ¿vale? Ahora escucha: voy a salir al cobertizo...

—Y una mierda. Tú aquí no me dejas.

—Calla y déjame acabar. ¿Verdad que fuera hay cinta aislante?

—Sí, creo que está colgada de un clavo, aunque...

—Exacto. Creo que al lado de los botes de pintura. Es un rollo grande. Pues voy a buscarlo y la enrollamos en el váter. Luego...

Volvió a saltar con mucha fuerza, como si les oyera y entendiera. ¿Y cómo sabemos que no?, pensó Jonesy. En el momento en que la cosa chocaba con la tapa, infligiéndole un golpe durísimo, Beav se estremeció.

—Luego nos vamos —concluyó Jonesy.

¿En la motonieve?

Jonesy asintió con la cabeza, si bien a decir verdad se le había olvidado la existencia del Arctic Cat.

—Exacto. Vamos a buscar a Henry y a Pete...

Beav sacudía la cabeza.

—El del helicóptero ha dicho algo de una cuarentena. No habrán vuelto por eso. Deben de haberles cerrado el paso por la...

¡Pum!

Beaver se estremeció. Jonesy también.

—... por la cuarentena.

—Es posible —dijo Jonesy—, pero te digo una cosa, Beav: prefiero estar en cuarentena con Pete y Henry que aquí con... que aquí. ¿Tú no?

—Oye, ¿y si tiramos de la cadena y santas pascuas? —dijo Beaver.

Jonesy negó con la cabeza.

—¿Por qué no?

—Porque he visto el agujero que ha hecho al salir —dijo Jonesy—. Lo hemos visto los dos. No sé qué es, pero no nos lo cargaremos tirando de una cadenita. Es demasiado grande.

—Mierda.

Beaver se dio un golpe en la frente con la base de la mano. Jonesy asintió.

—Vale, Jonesy, pues ve a buscar la cinta.

Jonesy se detuvo en la puerta y miró hacia atrás.

—Ah, oye, Beaver...

Beav arqueó las cejas.

—Que no te vea levantarte, ¿eh?

A Beaver le dio risa. A Jonesy también. Entre risas convulsas se miraron, Jonesy al lado de la puerta, Beav sentado en la tapa del váter. Después Jonesy cruzó deprisa la sala grande en dirección a la puerta de la cocina. Cuanto más lo pensaba más gracia le hacía. Se sentía caliente, febril, con una mezcla de pavor e hilaridad. Cágate lorito.

2

Beav oyó a Jonesy cruzar la sala riendo, y seguir riendo al salir por la puerta. A pesar de los pesares, se alegró. Entre el atropello y las secuelas, Jonesy había pasado un año fatal. Al principio hasta habían tenido miedo de que la palmara. ¡Pobre, qué horror, con treinta y ocho años no cumplidos! Mal año para Pete, que llevaba una temporada de beber demasiado, mal año para Henry, que a veces se quedaba raro, como ausente, cosa que Beaver no entendía, y que no le gustaba... y ahora, por lo visto, también podría decirse que había sido mal año para Beaver Clarendon. Claro que sólo era un día entre trescientos sesenta y cinco, pero nadie se levanta pensando que por la tarde tendrá un muerto en la bañera y estará sentado en la tapa de un váter para evitar que algo que ni siquiera ha visto...

—No, tío —dijo Beaver—. Eso ni pensarlo.

No tenía por qué. Jonesy tardaría uno o dos minutos en volver con la cinta. Como máximo tres. La cuestión era saber qué quería pensar hasta que volviera Jonesy. ¿En qué podía pensar para estar más a gusto?

Pues en qué iba a ser, en Duddits. Pensar en Duddits siempre le daba buen rollo. Y en Roberta. También iba bien pensar en Roberta. Clarísimamente.

Pensando en aquel día, en la mujer bajita y con vestido amarillo que esperaba a la entrada de su casa de Maple Lane, Beav sonrió; y al acordarse de cuando les había visto a ellos, se le ensanchó la sonrisa. Había llamado a su hijo de la misma manera. Le había llamado.

3

—¡Duddits! —exclama.

La mujer, menuda, con canas y vestido estampado de flores, corre a su encuentro por la acera como un pajarito.

Duddits ha estado caminando con sus nuevos amigos, más contento que un ocho: hablando por los codos, con la fiambrera de Scooby-Doo en la mano derecha, la izquierda cogiendo la de Jonesy y columpiándola con alegría. En el galimatías que sale de su boca parece que se confundan todas las letras. Para Beaver, la gran sorpresa es que se le entienda casi todo.

Ahora que ha visto a la mujer del pelo gris, Duddits suelta la mano de Jonesy y corre hacia ella; corren los dos, y Beaver se acuerda de un musical sobre unos cantantes, los Von Cripp, o Von Crapp, o algo así.

—¡Amáa, amáa! —vocifera Duddits. «¡Mamá! ¡Mamá!»

—¿Dónde has estado? ¿De dónde sales, Duddits de mi alma? ¡Desastre, que eres un desastre!

Se juntan, y es tal la diferencia de peso y estatura (como seis o siete centímetros a favor de Duddits) que Beaver se lleva un susto, temiendo que aquel pajarito de mujer acabe aplastada como el coyote en los dibujos animados de Correcaminos. Nada más lejos: la madre de Duddits levanta a su hijo y le hace girar con una sonrisa de éxtasis de oreja a oreja.

—Estaba a punto de entrar y llamar a la policía. Malo, más que malo, que siempre me llegas tarde, Dud...

Ve a Beaver y sus amigos y deja a su hijo en el suelo. Se le ha borrado la sonrisa de alivio; ahora está muy seria, yendo hacia ellos y pisando la cuadrícula de un juego de rayuela; un juego, piensa Beav, que no podría ser más fácil, y que aun así le está vetado a Duddits. A su madre siguen viéndosele lágrimas en las mejillas; ahora ha salido el sol, que las hace brillar.

—Uy, uy, uy —dice Pete—, que nos la vamos a cargar...

—Tranquilos —dice Henry, hablando en voz baja y deprisa—. Que se desahogue, y luego se lo explicamos.

Pero han juzgado mal a Roberta Cavell, aplicando el rasero de tantos adultos que a los chicos de su edad no les conceden ni la presunción de inocencia. No es el caso de Roberta Cavell, ni de su marido Alfie. Los Cavell son otra cosa. Les ha convertido Duddits en otra cosa.

—Chicos —dice ella—, ¿qué hacía? ¿Se había perdido? Me da mucho miedo dejar que vaya solo, pero tiene tantas ganas de ser como los demás...

Una de sus manos estrecha con fuerza los dedos de Beaver, y la otra los de Pete. A continuación les suelta, coge las de Jonesy y Henry y les da el mismo apretón.

—Señora... —empieza a decir Henry.

La señora Cavell se concentra en mirarle fijamente, como si quisiera leerle el pensamiento.

—Perdido y algo más —dice.

—Señora... —Al segundo intento, Henry renuncia a disimular. La mirada verde que sostiene es igual que la de Duddits, pero en inteligente, en alerta, en aguda e inquisitiva—. Sí, señora. —Suspira—. Perdido y algo más.

—Sí, porque en general viene directamente a casa. Dice que no puede perderse, porque ve la línea. ¿Cuántos eran?

—Pocos —dice Jonesy. Luego mira a Henry de reojo. Duddits está al lado, boca abajo; ha encontrado los últimos dientes de león del césped del vecino, y se dedica a soplarlos y ver cómo se los lleva la brisa—. Le molestaban unos chicos, señora.

—Mayores —dice Pete.

La mirada escrutadora de la señora Cavell vuelve a desplazarse de Jonesy a Pete, de Pete a Beaver y de Beaver a Henry.

—Acompañadnos dentro —dice—, que quiero que me lo contéis todo. Duddits se toma cada tarde un vaso grande de Za-Rex, que es su bebida favorita, pero supongo que vosotros preferiréis té helado.

Miran los tres a Henry, que se lo piensa y asiente.

—Sí, señora, encantados.

La señora Cavell, por consiguiente, les lleva a la casa donde en años sucesivos pasarán tanto tiempo, la del 19 de Maple Lane. En realidad les lleva Duddits, que abre el camino haciendo cabriolas; de vez en cuando se pone la fiambrera amarilla de Scooby-Doo encima de la cabeza, pero Beaver se fija en que prácticamente no se aparta de una zona concreta de la acera, a unos treinta centímetros de la hierba que separa la acera de la calle. Algunos años más tarde, cuando lo de la hija de los Rinkenhauer, se acordará de las palabras de la señora Cavell. Él y todos. «Ve la línea.»

4

—¿Jonesy? —dijo Beaver.

No hubo respuesta. ¡Caray, ya se le hacía larga la ausencia de Jonesy! Debía de ser una falsa impresión, pero Beaver no podía comprobarlo, porque por la mañana se había olvidado de ponerse el reloj. ¡Qué burro! En fin, siempre lo había sido. Como para haberse acostumbrado. En comparación con Jonesy y Henry, tanto él como Pete eran un par de burros. Lo bueno que tenían Jonesy y Henry, entre otras cosas, era que no se lo hacían notar.

—¡Jonesy!

Nada. Seguro que no acababa de encontrar la cinta aislante. No había que darle más vueltas.

Al fondo, muy al fondo de la cabeza de Beaver, una vocecita pérfida le decía que la cinta no tenía nada que ver, que Jonesy había tomado las de Villadiego y le había dejado sentado en el váter, como Danny Glover en la peli; pero Beaver se negaba a escucharla, porque Jonesy no era capaz. Entre ellos, lo primero siempre había sido la amistad.

Exacto, convino la malvada vocecita: «había sido». Ya no es.

—¡Jonesy, tío! ¿Dónde estás?

Siguió sin contestar. Quizá la cinta aislante se hubiera caído del clavo.

Debajo tampoco se oía nada. A propósito, ¿a que era imposible que McCarthy hubiera cagado un monstruo en el váter? ¡La Bestia de la Taza! ¡Temblad, mortales! Sonaba a cuando en los programas de humor de la tele hacían parodias del cine de terror. Además, aunque fuera verdad, para entonces la Bestia de la Taza ya debía de haberse ahogado a base de bien, o haberse metido más. De repente le volvió a la cabeza una frase de un cuento que le leían a Duddits; se lo leían por turnos, y menos mal que eran cuatro, porque cuando a Duddits le gustaba algo no había manera de que se cansara.

«¡Leé maguiyot!», vociferaba Duddits, corriendo hacia uno de los cuatro con el libro en alto, encima de la cabeza, como el primer día con la fiambrera. «¡Leé maguiyot, leé maguiyot!» Quería decir «¡Leer McGilligot!». Era un libro que se llamaba *El estanque de McGilligot*, y que empezaba con dos versos: «Muy tonto, jovencito, me pareces / si crees que en el estanque de McGilligot hay peces.» Y sin embargo los había, al menos en la imaginación del niño del cuento. Muchos, muchos peces. Y gordos.

Dentro del váter, en cambio, no se oía movimiento. Tampoco había golpes en la tapa. Ya hacía rato que no. Quizá pudiera arriesgarse a mirar muy deprisa, levantar la tapa y volver a cerrarla en cuanto...

Pero lo último que le había dicho Jonesy era «que no te vea levantarte», y más valía obedecer.

«Seguro que Jonesy ya ha recorrido dos kilómetros de carretera —calculó la voz pérfida—. Dos kilómetros, y aún acelera.»

—Mentira —dijo Beaver—. ¿Jonesy? Nunca.

Cambió un poco de postura, previendo que saltaría el bicho de dentro, pero no fue así. A esas horas quizá estuviera a cincuenta metros, nadando entre cagarros por la fosa séptica. Jonesy había dicho que era demasiado grande para bajar, pero, como no lo había visto ninguno de los dos, era imposible afirmarlo con rotundidad. A pesar de todo, monsieur Beaver Clarendon se quedaría sentadito. Porque lo había dicho. Porque cuando estás preocupado, o tienes miedo, siempre cuesta más que pase el tiempo. Y porque se fiaba de Jonesy. Jonesy y Henry nunca le habían hecho nada malo. Nunca se habían reído ni de él ni de Pete. Tampoco le habían hecho nada malo a Duddits, ni se habían reído de él.

Beav rió por la nariz. Duddits con la fiambrera de Scooby-Doo. Duddits boca abajo, soplando las semillas de diente de león. Duddits corriendo por el patio trasero, más feliz que un pájaro en un árbol. Los que llamaban «especiales» a aquella clase de niños no se enteraban de nada. Aunque para ellos cuatro había sido especial: un regalo de una mierda de mundo que no suele regalarle nada a nadie. Para ellos, Duddits había sido algo muy especial, alguien muy querido.

Están sentados en el rincón de la cocina donde da el sol (se han ido las nubes como por ensalmo), bebiendo té helado y mirando a Duddits, que después de acabarse el Za-Rex (un mejunje naranja que da grima) en tres o cuatro tragos enormes y ruidosos, ha salido a jugar al patio de atrás.

Henry, que actúa un poco como portavoz, le cuenta a la señora Cavell que los mayores sólo «le empujaban de un lado para otro». Dice que se han puesto un poco brutos y le han roto la camiseta, y que por eso Duddits, asustado, se ha puesto a llorar. No menciona que Richie Grenadeau y sus amigos le hayan quitado los pantalones, ni aparece en su explicación la merienda tan asquerosa que le querían hacer comer a Duddits. Cuando les pregunta la señora Cavell si saben quiénes eran, Henry duda un poco y contesta que no, que un grupete de mayores del instituto a quienes no conoce de nombre. Ella mira a Beaver, Jonesy y Pete, pero todos niegan con la cabeza. Quizá esté mal hecho (además de ser un peligro a largo plazo para Duddits), pero no pueden apartarse tanto de las reglas que gobiernan sus vidas. Beaver, para entonces, ya no entiende que hayan tenido las narices de intervenir. Más tarde, los demás dirán lo mismo. Les sorprende su propia valentía. También les sorprende no haber acabado en el hospital.

La señora Cavell les mira con tristeza, y Beaver se da cuenta de que sabe bastante de lo que no cuentan, quizá lo suficiente para pasar la noche en vela. Después, la señora Cavell sonríe. Sonríe directamente a Beaver, haciendo que le cosquillee todo el cuerpo desde la cabeza a los dedos de los pies.

—¡Cuántas cremalleras tienes en la chaqueta! —dice.

Beaver sonríe.

—Sí, muchas. Antes era de mi hermano. Éstos se ríen, pero a mí me gusta. Es como la que lleva Fonzie.

—El de la serie *Happy Days* —dice ella—. A nosotros también nos gusta. Y a Duddits. Si te apetece, ven una noche y la miramos juntos. Con él.

Se le entristece un poco la sonrisa, como si ya supiera que la invitación es en balde.

—Ah, pues estaría bien —dice Beav.

—La verdad es que sí —confirma Pete.

Se quedan un rato callados, mirando cómo juega en el patio de atrás. Hay un columpio con dos asientos. Duddits corre tras ellos y los empuja, haciendo que se columpien solos. De vez en cuando se detiene, cruza los brazos, orienta al cielo la esfera sin agujas de su cara y se ríe.

—Parece contento —dice Jonesy; y, tras acabarse el té—: Ya debe de habérsele olvidado.

La señora Cavell se estaba levantando, pero vuelve a sentarse y le mira casi con asombro.

—No, no, en absoluto —dice—. Se acuerda. No digo que como tú y yo, pero tiene memoria. Seguro que esta noche tiene pesadillas, y cuando entremos en su cuarto, yo y su padre, no podrá explicarlas. Es lo que le afecta más: no poder contar lo que ve, lo que piensa y lo que siente. Le falta vocabulario.

Suspira.

—En todo caso, los que no se olvidarán son los que se han metido con él. ¿Y si le esperan? ¿Y si os esperan a vosotros?

—Sabemos cuidarnos —dice Jonesy con voz firme pero mirada huidiza.

—No lo niego —contesta ella—, pero ¿y Duddits? Claro que siempre tengo la posibilidad de acompañarle al colegio, como antes. Supongo que tendré que volver a hacerlo, al menos una temporada, pero ¡le gusta tanto volver a casa solo!

—Porque se siente mayor —dice Pete.

Ella estira el brazo por encima de la mesa y le toca la mano, haciendo que se ruborice.

—Exacto. Porque se siente mayor.

—¿Sabe qué le digo? —interviene Henry—. Que podríamos acompañarle nosotros. Vamos todos al mismo colegio, al medio, y desde Kansas Street sólo es un salto.

Roberta Cavell, la menuda Roberta, con su aspecto de pájaro y su vestido estampado, se queda sentada y mira a Henry atentamente, como esperando la gracia del chiste.

—¿Le parece bien, señora Cavell? —le pregunta Beaver—. Por nosotros perfecto, aunque si no quiere...

La cara de la señora Cavell experimenta un proceso complicado, con profusión de temblores, sobre todo debajo de la piel. Casi guiña un ojo, y luego el otro, sin casi. Se saca un pañuelo del bolsillo y se suena. Piensa Beaver: está haciendo un esfuerzo para no reírsenos en la cara. Cuando se lo diga a Henry de camino a casa (después de separarse de Jonesy y Pete), Henry le mirará con la mayor de las sorpresas y dirá: «El esfuerzo lo hacía para no llorar.» Luego añadirá, pero con tono afectuoso: «Tarugo.»

—¿Lo decís en serio? —pregunta ella; y, viendo asentir a Henry en representación de los cuatro, añade otra pregunta—: ¿Por qué?

Henry mira alrededor, como queriendo decir: «Esto que lo conteste otro.»

Pete dice:

—Es que nos cae bien, señora.

Jonesy asiente.

—A mí me gusta la manera que tiene de ponerse la fiambrera encima de la cabeza...

—Sí, es la hostia —dice Pete.

Henry le da una patada debajo de la mesa. Pete se repite a sí mismo lo que ha dicho (se le nota en la cara) y empieza a ponerse rojo como un tomate.

No parece que la señora Cavell se dé cuenta. Mira a Henry fijamente, con intensidad.

—Tiene que salir de casa a las ocho menos cuarto —dice.

—A esa hora siempre estamos cerca de aquí —contesta Henry—. ¿A que sí, chicos?

Y, si bien la verdad es que las siete cuarenta y cinco les pilla a todos un poco temprano, asienten los tres con la cabeza y dicen que sí.

—¿Lo decís en serio? —vuelve a preguntar ella, y esta vez Beaver no tiene ninguna dificultad en interpretar su tono: es de incre... incre lo que sea, la palabreja que quiere decir que no te lo crees.

—Que sí, de verdad —dice Henry—. A menos que usted crea que Duddits no... que no le...

—Que no le gustaría —se encarga Jonesy de acabar.

—¿Estáis locos? —pregunta ella. Beaver sospecha que habla consigo misma, intentando convencerse de que es verdad que tiene a cuatro chicos en la cocina, que no es ninguna alucinación—. ¿Ir al cole caminando con los mayores? ¿Con los que van a lo que llama Duddits «el cole de verdad»? Para él sería el paraíso.

—Pues hecho —dice Henry—. Pasaremos a las ocho menos cuarto y le acompañaremos al colegio. También iremos a buscarle a la salida.

—Sale a las...

—Sí, ya sabemos a qué hora acaban las clases del cole de los subnormales —dice alegremente Beaver.

Un segundo antes de ver las caras de susto de los demás, ya se da cuenta de que ha dicho algo mucho peor que «la hostia», y se tapa la boca con las dos manos. Los ojos están abiertos como platos. Jonesy le da una patada tan fuerte en la espinilla, debajo de la mesa, que Beav casi se cae de espaldas.

—No le haga caso, señora —dice Henry hablando deprisa, cosa que sólo hace cuando pasa vergüenza—. Sólo...

—No, si no me ofendo —dice ella—. Ya sabía que lo llamaban así. A veces lo decimos hasta Alfie y yo. —Aunque parezca mentira, no da muestras de que le interese mucho el tema—. ¿Por qué? —vuelve a preguntar.

Y, a pesar de que a quien mira es a Henry, el que contesta, con o sin sonrojo, es Beaver.

—Porque es un tío guay —dice.

Los demás asienten.

Durante cinco años, aproximadamente, acompañarán a Duddits de casa al colegio y del colegio a casa, menos cuando esté enfermo o se hayan ido los cuatro a Hole in the Wall. Al final de esos años Duddits ya no irá al Mary M. Snowe, también conocido como «el cole de los subnormales», sino a un centro de formación profesional donde aprenderá a hacer galletas, cambiar baterías de coche, dar cambio y hacerse el nudo de la corbata (siempre perfecto, aunque a veces lo plante a media camisa). Para entonces ya habrá pasado lo de Josie Rinkenhauer, un milagro que se le habrá olvidado a todo el mundo menos a los padres de Josie, que siempre lo tendrán grabado en la memoria. Durante los años en que le acompañen de casa al cole y del cole a casa, Duddits pegará tal estirón que se convertirá en el más alto de los cinco, en un adolescente larguirucho con una cara de niño de peculiar hermosura. Entonces ya le habrán enseñado a jugar al parchís y a una versión simplificada del Monopoly. También se habrán inventado el «juego de Duddits», y lo habrán jugado sin descanso, con unos ataques de risa tan monumentales que Alfie Cavell (el alto del matrimonio, aunque con la misma pinta de pájaro) se asomará varias veces desde el pie de la escalera de la cocina (la que baja al cuarto de jugar) y, con voz de energúmeno, querrá saber qué pasa, qué tiene tanta gracia, a ver si se lo explican. De vez en cuando intentarán explicarle que Duddits le ha contado catorce a Henry en una carta, o quince a Pete al revés, pero Alfie, por lo visto, no acaba de captarlo; se queda al pie de la escalera con una parte del periódico en la mano, sonriendo con perplejidad, y al final siempre dice lo mismo: «A ver si os troncháis con un poco más de discreción.» Después cierra la puerta, dejando a los cinco con sus diversiones... de las cuales la mejor era el juego de Duddits, la hostia, que habría dicho Pete. Hubo veces en que Beaver tuvo hasta miedo de explotar de risa, y Duddits, mientras tanto, sentado en la alfombra, al lado del tablero viejo de *cribbage*, con las piernas dobladas y sonriendo como un Buda. ¡Qué pasada! Todo eso les espera, pero de momento sólo hay una cocina, un sol inesperado y Duddits fuera empujando los columpios. Duddits, que les ha hecho un favor tan grande apareciendo en sus vidas. Duddits, que (se dan cuenta enseguida) no se parece en nada a las demás personas que conocen.

—No sé cómo han podido —dice Pete de repente—. ¡Con la manera que tenía de llorar! No sé cómo han sido capaces de seguir molestándole.

Roberta Cavell le mira con tristeza.

—Los mayores no le oyen igual —dice—. Espero que no lleguéis a entenderlo.

6

—¡Jonesyyy! —se desgañitó Beaver—. ¡Jonesyyy!

Esta vez hubo respuesta; apenas se oía, pero era inconfundible. El cobertizo de la motonieve formaba una especie de altillo a ras de suelo, y entre su contenido figuraba una bocina vieja de perilla, de las que montaban los repartidores de los años veinte o treinta en el manillar de la bicicleta. Beaver la oyó: ¡Uuua! ¡Uuua! Seguro que a Duddits el ruido le habría hecho llorar de risa. ¡Con su afición a los sonidos escandalosos...!

La cortina azul de la ducha hizo un poco de ruido, poniéndole a Beav la carne de gallina en los dos brazos. Estuvo a punto de saltar, pensando que era McCarthy, pero se dio cuenta de que la había rozado él con el codo (¡qué estrechito se estaba!) y recuperó su postura. Debajo, sin embargo, seguía sin moverse nada. Lo de dentro, o se había ido o estaba muerto. Seguro.

Bueno, casi.

Beav retrasó la mano, toqueteó la palanca del váter y la soltó. Jonesy le había dicho que no se levantara, y obedecería. Pero coño, ¿por qué tardaba tanto? Si no encontraba la cinta, ¿por qué no volvía? No podían haber transcurrido menos de diez minutos. Seguro, aunque parecer parecía una hora. ¡Joder! Y él sentado en el váter con un muerto justo al lado, dentro de la bañera; un muerto con un culo que ni con dinamita, tío. ¡Ganas de cagar! ¡Anda que no!

—Tío, al menos da otro bocinazo, ¿no? —musitó Beaver—. Que sepa que aún estás.

Pero Jonesy no lo hizo.

7

Jonesy no encontraba la cinta.

Había buscado por todas partes, pero no aparecía. Estaba seguro de que tenía que haber un rollo, pero no estaba colgado en ningún clavo, ni entre las herramientas de la mesa de trabajo. Tampoco estaba detrás de los botes de pintura, ni en el gancho de las mascarillas de pintar, tan viejas que la goma elástica se había puesto amarilla. Miró debajo de la mesa, en el montón de cajas de la pared del fondo y en el compartimiento de debajo del asiento trasero de la motonieve. Este último contenía un faro de recambio sin desempaquetar y media cajetilla de Lucky Strike del año de la pera, pero ni rastro de cinta. Sentía pasar los minutos. Tuvo la clara impresión, en un momento dado, de que le llamaba Beav, pero, como no quería volver sin la cinta, usó la bocina vieja que había en el suelo, apretando la perilla de caucho agrietado y haciendo un ruido que seguro que a Duddits le habría encantado.

Cuanto más tardaba en encontrar la cinta, más imprescindible le parecía. Había un rollo de cordel, pero ¿cordel para atar la tapa al váter? No, hombre, no. Jonesy estaba casi seguro de que en un cajón de la cocina había celo, pero lo del váter, a juzgar por el ruido, era algo fuerte, como un pez grande. El celo no daba para tanto.

Se quedó detrás del Arctic Cat con los ojos muy abiertos, mirando alrededor mientras se tocaba el pelo (no había vuelto a ponerse los guantes, y llevaba fuera bastante tiempo para tener los dedos medio insensibles) y exhalaba nubes de vaho blanco.

—¿Dónde coño...? —preguntó en voz alta.

Dio un puñetazo en la mesa, tumbando una pila de cajitas de clavos y tornillos. La cinta aislante, un rollo enorme, estaba detrás. Seguro que la había tenido delante diez o doce veces.

La cogió, se la metió en el bolsillo de la chaqueta (al menos se había acordado de ponérsela, aunque sin molestarse en subir la cremallera) y dio media vuelta, dispuesto a salir. Fue cuando empezó a gritar Beaver. Antes, cuando llamaba, Jonesy casi no le oía la voz, pero no tuvo la menor dificultad en oír sus gritos. Eran verdaderos alaridos de dolor.

Corrió hacia la puerta.

8

La madre de Beaver siempre le había dicho que se moriría por culpa de los palillos, pero jamás había imaginado nada así.

Mientras estaba sentado en la tapa del váter, Beaver quiso entretenerse mordiendo un palillo, y lo buscó en el bolsillo de la pechera del mono, pero no había ninguno: estaban desperdigados por el suelo. Dos o tres no estaban manchados de sangre, pero para cogerlos había que levantarse un poco de la taza. Levantarse e inclinarse.

Beaver se lo pensó. Jonesy le había dicho que no se levantara, pero seguro que la cosa del váter ya se había marchado. «¡Inmersión!», decían en las películas de submarinos. Y, aunque siguiera dentro, sólo había que levantar el culo uno o dos segundos. Si saltaba lo de dentro, Beaver volvería a ejercer todo su peso, y de paso quizá le partiera su cuellecito viscoso (suponiendo que tuviera, por descontado).

Dirigió a los palillos una mirada anhelante. Había tres o cuatro cerca, tanto que bastaba con estirar el brazo, pero Beaver no pensaba meterse en la boca palillos con sangre, y menos teniendo en cuenta de dónde procedía. También había algo más: aquella especie de pelusa rara que crecía en la sangre y entre las baldosas. Ahora la veía más clara que antes. En algunos palillos también había... pero no en los que se habían caído sin mancharse de sangre. Estos últimos estaban limpios y blancos, y Beaver nunca había sentido una necesidad tan imperiosa de procurarse el consuelo de algo en la boca, de un trocito de madera que roer.

—¡Qué coño! —murmuró, inclinándose y tendiendo los brazos.

Estiró los dedos al máximo, pero se quedó a unos centímetros del mondadientes que estaba más cerca. Entonces flexionó la musculatura de los muslos, y se le separó el culo de la tapa del váter. Justo cuando se cerraban los dedos sobre el palillo (¡ya te tengo!), la tapa del váter sufrió un golpe, un fortísimo impacto que la estampó contra los huevos de Beaver, vulnerables a causa de la postura, y transmitió el empujón a todo el cuerpo. Beaver se cogió a la cortina, como último intento para conservar el equilibrio, pero la barra se desprendió con un ruido metálico de anillas entrechocando. Le resbalaron las botas en la sangre, y cayó de bruces como si se hubiera desencadenado el mecanismo de un asiento de eyección. Oyó que a sus espaldas la tapa del váter giraba en sus goznes con tal brutalidad que resquebrajó la cisterna de porcelana.

En la espalda de Beaver cayó algo húmedo y pesado. Se le enroscó entre las piernas algo cuyo tacto se parecía al de una cola, un gusano o un tentáculo segmentado y con músculos, y que sometió a sus huevos, que ya le dolían de antes, a un abrazo de pitón, cada vez más estrecho. Beaver, levantando la barbilla de las baldosas manchadas de sangre (que le dejaron la marca de su entramado), chilló con los ojos desorbitados. Sentía el peso de la cosa desde la nuca a la base de la espalda, húmedo, frío y pesado, como una alfombra enrollada y dotada de respiración. De repente la cosa comenzó a emitir un ruido agudo y febril como de pájaro, aunque se parecía más al de un mono rabioso.

Beaver volvió a gritar, se arrastró boca abajo hacia la puerta y se colocó a cuatro patas, intentando sacudírsela de encima. Entonces volvió a contraerse la cuerda de músculos que le ceñía las piernas, y en la bruma de dolor en que se había convertido su entrepierna se oyó un ruido sordo, como de reventarse algo.

¡Ay, Dios mío!, pensó Beav. Me parece que ha sido un cojón.

Chillando, sudando y humedeciéndose los labios, Beaver hizo lo único que se le ocurría: rodar con todo el cuerpo para ver si aplastaba al engendro entre la espalda y las baldosas. La cosa le trinó en plena oreja, dejándole medio sordo, y empezó a retorcerse como loca. Beaver se apoderó de la cola que tenía enroscada entre las piernas, y que en su extremo era lisa y sin pelos, aunque debajo tenía pinchos, como si estuviera recubierta de ganchos de pelos amazacotados. Estaba mojada. ¿De agua? ¿De sangre? ¿De ambas cosas?

—¡Ahhh! ¡Ahhh! ¡Suelta! ¡Suelta, bicho de mierda! ¡Mis huevos, joder! ¡Me cago en…!

No tuvo tiempo de coger la base de la cola con ninguna mano, porque una boca llena de agujas le mordió un lado del cuello. Beaver se incorporó con un bramido, y de repente la cosa ya no estaba. Beaver intentó levantarse. Tuvo que ayudarse con las manos, porque en las piernas no tenía fuerza, pero le resbalaban constantemente. Ahora, en las baldosas, además de la sangre de McCarthy, corría el agua turbia de la cisterna rota del váter, con el resultado de que el suelo era una pista de patinaje.

Al final consiguió ponerse de pie, y entonces vio algo pegado al marco de la puerta, a media altura. Parecía una especie de comadreja rarísima, sin patas pero con una cola gruesa y de color entre rojizo y dorado. No tenía cabeza de verdad, sino una especie de bulto de aspecto viscoso con dos ojos negros de mirada enloquecida.

La parte inferior del bulto se dividió en dos, dejando a la vista un nido de dientes. La cosa se lanzó sobre Beaver como una serpiente, dándole un latigazo con el bulto, mientras la cola sin pelos se quedaba enroscada en el marco de la puerta. Beaver chilló y se protegió la cara con la mano. Tres de los cuatro dedos (todos menos el meñique) desaparecieron. No dolía, a menos que lo enmascarara el dolor del testículo reventado. Beaver intentó apartarse, pero le chocaron las corvas con la taza del váter roto. No había escapatoria.

¿McCarthy tenía eso dentro?, pensó Beaver. Tuvo el tiempo justo de hacerse la pregunta. ¿Lo tenía dentro?

Entonces la cosa desenroscó la cola, o tentáculo, o lo que fuera, y saltó sobre él. La mitad superior de su cabeza rudimentaria era toda ojos negros, rabiosos y necios, y la inferior un manojo de agujas de hueso. Muy lejos, como en otro universo donde quedara vida cuerda, le llamaba Jonesy por su nombre, pero llegaba tarde, demasiado tarde.

La cosa que había estado dentro de McCarthy aterrizó en el pecho de Beaver con un ruido de bofetada. Olía igual que los pedos de McCarthy: a éter y metano. La parte baja de su cuerpo, un látigo de músculos, se enroscó en la cintura de Beaver. Le echó la cabeza a la cara y le hincó los dientes en la nariz.

Gritando, aporreándola, Beaver cayó de espaldas sobre el váter. La cosa, al salir, había hecho chocar el anillo y la tapa con la cisterna. La tapa se había quedado en posición vertical, pero el anillo había rebotado. Beav cayó sobre él, lo partió y se embutió en la taza por el culo, con aquella especie de comadreja apretándole la cintura y royéndole la cara.

—¡Beaver! ¡Beav! ¿Qué...?

Beaver notó que alrededor de él la cosa se endurecía, que se ponía literalmente tiesa como una polla en erección. Primero aumentó la presión del tentáculo en la cintura, y luego se aflojó. La voz de Jonesy hizo que se girara la estúpida cara del bicho, orientando hacia el recién llegado sus dos ojos negros. Beav, entonces, vio a su viejo amigo como a través de un velo de sangre, y con la vista cada vez más débil: Jonesy estaba en el umbral con la boca abierta, las dos manos colgando y en una de ellas un rollo de cinta aislante (tío, que ya no hace falta, pensó Beaver). El susto, el miedo, le habían dejado indefenso. Segundo plato para el bicho.

—¡Sal, Jonesy! —dijo Beaver con todas sus fuerzas. Le salió un ruido como de hacer gárgaras, porque tenía la boca llena de sangre. Notó que la cosa se preparaba para saltar, y rodeó su cuerpo con los brazos, como si fueran amantes—. ¡Sal! ¡Cierra la puerta! ¡Qué...!

«¡Quémala! —había querido decir—. ¡Enciérrala conmigo y quémala, quémala viva! Yo me quedo aquí con el culo metido en el puto váter, la aguanto con los dos brazos, y si al morirme huelo cómo se achicharra, moriré contento.» Pero la cosa se debatía demasiado, y el capullo de Jonesy no sabía hacer otra cosa que quedarse mirando con el rollo de cinta en una mano y la boca abierta. ¡Joder con el tío! Parecía Duddits: más tonto que la madre que lo parió, y sin posibilidades de mejora. Entonces la cosa volvió a fijarse en Beaver, echando hacia atrás el bulto sin orejas ni nariz de su cabeza, y antes de que se le tirara encima, y de que el mundo explotara por última vez, Beaver tuvo tiempo de pensar algo a medias: ¡La hostia con los palillos! Mamá siempre decía...

Una explosión de rojo, una invasión de negro y, a lo lejos, el sonido de sus propios gritos, los últimos.

9

Jonesy vio a Beaver sentado en el váter con algo enroscado, algo que parecía un gusano gigante entre dorado y rojo. Dijo algo, y la cosa se giró hacia él, aunque no tenía cabeza digna de ese nombre, sino un par de ojos de tiburón y una boca con muchos dientes. En los dientes había algo; no podía ser la nariz de Beaver Clarendon reducida a pulpa, aunque bien pensado...

¡Corre!, se dijo. Y luego: ¡Sálvale! ¡Salva a Beaver!

Los dos imperativos tenían la misma fuerza, y el resultado fue que se quedó paralizado en la puerta con la sensación de pesar cien kilos. Lo que tenía Beaver cogido con los brazos hacía un ruido agudo e histérico que a Jonesy le taladró los tímpanos, despertando el recuerdo de algo perteneciente a un pasado muy remoto, algo que no acababa de saber qué era...

Luego Beaver, despatarrado en el váter, le dijo a gritos que saliera, que cerrara la puerta, y la cosa, oyendo su voz, volvió a girar la cabeza, como si le hubieran recordado una tarea pendiente. Esta vez fue por los ojos de Beaver, ni más ni menos que los ojos, la muy hija de puta. Beaver se retorcía y, entre chillidos, intentaba no soltarla, mientras la cosa chirriaba y mordía contrayendo la cola o lo que fuera, apretándole a Beaver la cintura, sacándole la camisa de los pantalones y, a continuación, deslizándose entre ellos y la piel. Los pies de Beaver pateaban las baldosas, los tacones de sus botas salpicaban agua manchada de sangre, su sombra se agitaba en la pared, y ahora el moho, o lo que fuera aquella mierda, estaba por todas partes, creciendo a una velocidad de mil demonios...

Jonesy vio que Beaver sufría la convulsión final, y que la cosa se desprendía de él y saltaba al suelo, justo en el momento en que Beav se caía de la taza y la mitad superior de su cuerpo se desplomaba en la bañera encima de McCarthy, el de «mira que estoy a la puerta y llamo». El bicho tocó las baldosas, hizo eses de serpiente (¡pero qué rápida, coño!) y se dirigió hacia Jonesy. Éste retrocedió un paso y dio un portazo justo antes de que tocara el bicho la hoja de la puerta, con un golpe casi idéntico al de cuando había chocado con la tapa cerrada del váter. El impacto fue tan violento que hizo temblar la puerta. Después el bicho se deslizó por las baldosas a gran velocidad, creando intermitencias de luz en la rendija del suelo, y golpeó la puerta por segunda vez. Lo primero que se le ocurrió a Jonesy fue ir corriendo en busca de una silla, para trabarla con el pomo, pero era una memez, una idea de descerebrado: la puerta se abría hacia adentro, no hacia afuera. Lo fundamental era saber si el bicho entendía la función del pomo, y si era capaz de alcanzarlo.

Fue como si la cosa le hubiera leído el pensamiento (y ¿quién podía asegurar que no fuese así?), porque justo entonces se oyó ruido de algo deslizándose por el otro lado de la puerta, y Jonesy notó que el pomo se movía. La cosa tenía una fuerza increíble, eso no se podía discutir. Hasta entonces Jonesy había sujetado el pomo con una mano, pero añadió la otra. Hubo un momento difícil en que aumentó la presión sobre el pomo, y en que estuvo seguro de que la cosa de dentro conseguiría vencer la resistencia de sus dos manos unidas. En ese momento, Jonesy estuvo a punto de dejarse vencer por el pánico, dar media vuelta y salir corriendo.

Le retuvo acordarse de lo rápida que era. Me tumbaría antes de haber llegado a la mitad de la sala, pensó (no sin preguntarse, medio inconscientemente, a quién coño se le había ocurrido hacerla tan grande). Me tumbaría, me subiría por la pierna y luego se me metería por…

Redobló la presión sobre el pomo, tanto que se le marcaban los tendones de los antebrazos y el cuello, y que se le contraían los labios hasta las encías. Para colmo le dolía la cadera. ¡Maldito hueso! Si decidía correr, la cadera se encargaría de que fuera todavía más lento, gracias al profesor jubilado. A esa edad, ni carnet. ¡Carcamal de mierda! Gracias, profe, muchas gracias, so cabrón. Y si no podía aguantar la puerta ni correr, ¿qué le pasaría?

Pues qué iba a ser: lo mismo que a Beaver. La cosa tenía en los dientes la nariz de Beav, como un kebab.

Jonesy sujetó el pomo entre gemidos. La presión siguió aumentando, hasta que de repente cesó. Detrás de la hoja fina de madera de la puerta del lavabo, la cosa, enfadada, chilló. Jonesy percibió olor a éter y anticongelante.

¿Cómo se aguantaba a la puerta? Jonesy no había visto que tuviera patas, sólo aquella especie de cola rojiza. ¿Cómo…?

Al otro lado oyó un ruido casi imperceptible de madera astillada, un cric cric cric cuya fuente parecía estar justo delante de su cara, y supo la respuesta. Se aguantaba con los dientes. La idea le produjo un terror irracional. La cosa había estado dentro de McCarthy, de eso estaba seguro al ciento por ciento; dentro de

McCarthy y creciendo como un gusano gigante de película de terror. Como un cáncer, pero con dientes. Y, cuando ya había crecido bastante, cuando había llegado el momento de pasar a más altos objetivos (por decirlo de alguna manera), había hecho algo tan sencillo como abrirse camino a dentelladas.

—No, tío, no —dijo Jonesy con voz temblorosa, casi llorando.

El pomo de la puerta del lavabo quiso girar en sentido contrario. Jonesy se imaginó al bicho al otro lado, pegado con los dientes como una sanguijuela, y con su cola, o su único tentáculo, enroscado al pomo como un dogal, ejerciendo presión...

—No, no, no —dijo jadeando, mientras aplicaba todas sus fuerzas al pomo.

Estaba a punto de escapársele. Jonesy tenía la cara y las manos sudadas.

Frente a sus ojos, desorbitados de miedo, apareció en la madera una constelación de bultos. Era donde tenía clavados los dientes el bicho, cada vez más hondo. Pronto asomarían las puntas (suponiendo que antes no le resbalara el pomo de las manos), y Jonesy no tendría más remedio que ver los colmillos que le habían arrancado a su amigo la nariz de la cara.

Fue lo que le hizo asimilarlo del todo: Beaver estaba muerto. Su amigo de infancia.

—¡Le has matado! —espetó a la cosa que había al otro lado de la puerta. Le temblaba la voz de pena y miedo . ¡Has matado a Beav!

Le ardían las mejillas, pero no tanto como las lágrimas que empezaban a correr por ellas. Beaver con su chaqueta negra de cuero («¡cuántas cremalleras!», había dicho la madre de Duddits al conocerles), Beaver en el baile de fin de curso del instituto, con un cebollón de cuidado y bailando a lo cosaco, con los brazos cruzados y dando puntapiés, Beaver en la boda de Jonesy y Carla, abrazándole y susurrándole al oído con vehemencia: «Tío, que tienes que ser feliz. Tienes que serlo por los cuatro.» Había sido el primer indicio de que él tampoco lo era. En el caso de Henry y Peter siempre había estado clarísimo, pero ¿Beav? Imposible. Y ahora estaba muerto. Beaver estaba medio caído en la bañera y sin nariz sobre Richard McCarthy, con su «mira que estoy a la puerta y llamo» de los huevos.

—¡Le has matado, cabrón de mierda! —gritó con todas sus

fuerzas a los bultos de la madera (antes eran seis y ahora nueve; no, coño, doce).

Se habría dicho que la furia de Jonesy sorprendió a la cosa, porque la presión sobre el pomo volvió a reducirse. Jonesy miró alrededor con ojos de desquiciado, buscando algo que pudiera servirle, pero no encontró nada. Entonces miró hacia abajo y vio el rollo de cinta aislante. Quizá pudiera agacharse y cogerlo, pero ¿y luego? Para desenrollarla le harían falta las dos manos, más los dientes para cortarla, y suponiendo que el bicho le diera tiempo, que ya era suponer, ¿de qué serviría, si la presión era tan fuerte que a Jonesy le costaba sujetar el pomo?

Que volvía a girar. Jonesy, gimiendo, lo retuvo de su lado, pero empezaba a cansarse; la adrenalina, en sus músculos, perdía vigor y se volvía plomo; tenía las palmas más resbaladizas que antes, y el olor a éter se destacaba más, era como más puro, menos contaminado por los residuos y gases del cuerpo de McCarthy. ¿Cómo podía ser tan fuerte en aquel lado de la puerta? ¿Cómo, a menos que...?

En el medio segundo que debió de transcurrir antes de que se partiera la varilla que conectaba los pomos interno y externo de la puerta del lavabo, Jonesy se fijó en que había menos luz: sólo un poco menos, como si alguien se le hubiera colocado detrás, interponiéndose entre él y la luz, entre él y la puerta trasera...

La varilla se partió. El pomo que tenía Jonesy en la mano se soltó, y la puerta cedió un poco movida por el peso de aquella especie de anguila que se le había pegado. Jonesy pegó un grito y soltó el pomo, que chocó con el rollo de cinta y rebotó.

Se volvió para salir corriendo, y vio al hombre gris.

No le conocía de nada, y sin embargo le era familiar. Jonesy había visto representaciones suyas en centenares de programas televisivos sobre «misterios sin explicar», en mil portadas de periódicos sensacionalistas (de los que, cuando estabas prisionero en el supermercado, haciendo cola en la caja, te agredían la vista con titulares terroríficos, pero tan exagerados que daban risa), en películas como *E. T.* y *Encuentros en la tercera fase*... El señor Gray,[1] presencia fija en *Expediente X*.

En algo acertaban todas las versiones: en los ojos, unos ojos negros y muy grandes, idénticos a los de la cosa que había salido

---

1. Mr. Gray, literalmente «el señor Gris». *(N. del T.)*

a mordiscos por el culo de McCarthy. Tampoco se equivocaban mucho en la boca, mera ranura, mientras que la piel gris formaba pliegues fláccidos, como la de un elefante a punto de morirse de viejo. Los pliegues supuraban chorros lentos de una sustancia amarillenta que parecía pus, y que era la misma que salía como lágrimas de las comisuras de los ojos, completamente inexpresivos. En el suelo de la sala principal había manchas y pequeños charcos del mismo líquido, formando un reguero que cruzaba la alfombra navajo, debajo del atrapasueños, y llegaba hasta la puerta de la cocina, que era por donde había entrado el ser. ¿Cuándo había llegado? ¿Había esperado fuera, viendo correr a Jonesy desde el cobertizo de la motonieve a la puerta trasera con el rollo inútil de cinta aislante en la mano?

Jonesy no lo sabía. Sólo sabía que el señor Gray estaba muriéndose, y que era necesario pasar al lado de él, porque el bicho del lavabo acababa de caerse al suelo con un impacto sordo. Ahora intentaría darle caza.

—Marcy —dijo el señor Gray.

Lo pronunció de manera impecable, aunque no se moviera el rudimento de boca. Jonesy oyó el nombre en medio de la cabeza, justo donde siempre había oído llorar a Duddits.

—¿Qué quiere?

La cosa del lavabo serpenteó entre sus pies, pero Jonesy le prestó muy poca atención. Tampoco le hizo caso cuando se enroscó entre los pies del hombre gris, descalzos y sin dedos.

«Basta, por favor», dijo el señor Gray dentro de la cabeza de Jonesy.

Era el clic. No, más: la línea. A veces se veía y otras se oía, como cuando había oído los pensamientos de culpabilidad de Defuniak. «No lo aguanto; que me pongan una inyección. ¿Dónde está Marcy?»

Aquel día me buscaba la Muerte, pensó Jonesy; falló en la calle y falló en el hospital, aunque sólo fuera por una o dos habitaciones, y desde entonces me busca. Al final me ha encontrado.

Entonces explotó la cabeza de la cosa, se abrió entera y soltó una nube anaranjada de partículas con olor a éter.

Jonesy las respiró.

VIII

ROBERTA

A sus cincuenta y ocho años, viuda y con todo el pelo gris (aunque conservaba su aspecto de pajarillo; en eso no había cambiado, ni en su predilección por los estampados de flores), la madre de Duddits estaba sentada delante de la tele en el piso donde vivían ella y su hijo, una planta baja en West Derry Acres. La casa de Maple Street la había vendido a la muerte de Alfie, su marido; no porque no pudiera mantenerla, puesto que Alfie le había dejado mucho dinero, y para mayor holgura tenía una participación en la empresa importadora de componentes automovilísticos creada por su marido en 1975, sino porque era demasiado grande, y la sala de estar donde ella y Duddits pasaban la mayor parte del día estaba rodeada por demasiados recuerdos. Arriba estaba el dormitorio donde ella y Alfie dormían, hablaban, proyectaban el futuro y hacían el amor. Abajo estaba el cuarto de jugar donde tanto tiempo habían pasado Duddits y sus amigos. Para Roberta, los amigos de su hijo habían sido un regalo del cielo, cuatro ángeles de corazón bondadoso, cuatro ángeles malhablados y lo bastante ingenuos para esperar convencerla de que cuando Duddits decía «oño» intentaba decir Toño, nombre (decían muy en serio) del nuevo cachorro de Pete. Ella, como era natural, había fingido creérselo.

Demasiados recuerdos, demasiados fantasmas de días más felices, sobre todo desde que se había puesto enfermo Duddits. Ya hacía dos años que lo estaba, aunque no lo supieran sus amigos. Por dos motivos: que ya no venían a verle y que Roberta no se había atrevido a coger el teléfono y llamar a Beaver, el cual se lo habría contado a los demás.

Ahora estaba sentada delante de la tele, donde el equipo local de informativos, cansado de interrumpir cada dos por tres el serial de la tarde, se había decidido a invadir del todo la programación. Roberta escuchaba las noticias con una mezcla de miedo y fascinación por lo que pudiera estar ocurriendo arriba en el norte. Lo más angustioso era que no acabara de saberse ni el contenido ni el alcance real del problema. En una zona apartada de Maine, unos doscientos cincuenta kilómetros al norte de Derry, habían desaparecido varios cazadores, quizá hasta doce. Hasta ahí, todo claro. Roberta no habría puesto la mano en el fuego, pero estaba casi segura de que los reporteros se referían a Jefferson Tract, que era donde iban a cazar los chicos, y de donde volvían con historias sangrientas que a Duddits le fascinaban tanto como le asustaban.

¿Era posible que a los cazadores se los hubiera llevado el paso de una zona de bajas presiones, la misma que había dejado quince o veinte centímetros de nieve en la región? Tal vez. Nadie se atrevía a asegurarlo, si bien estaba comprobado que en la zona de Kineo había desaparecido una partida de cuatro cazadores. Aparecieron brevemente sus rostros en pantalla, mientras se recitaban sus apellidos con solemnidad: Otis, Roper, McCarthy, Shue. La última era una mujer.

La desaparición de algunos cazadores no justificaba interrumpir los seriales de la tarde, pero había algo más. Se habían visto luces raras de colores en el cielo. Dos cazadores de Millinocket, que dos días antes habían estado por la zona de Kineo, decían haber visto un objeto con forma de puro flotando sobre el bosque, justo encima de un tendido eléctrico. Sostenían que la nave no tenía hélices ni medios visibles de propulsión; que flotaba a unos siete metros de los cables, emitiendo un zumbido muy grave que hacía vibrar los huesos. Por lo visto los dientes también. Ambos cazadores decían haber perdido varios, aunque Roberta, al verles abrir la boca para enseñar los huecos, había pensado que el resto de sus dentaduras también parecía a punto de caerse. Viajaban en una camioneta vieja de marca Chevrolet, y se les había parado el motor al intentar acercarse para ver mejor el artefacto. Uno de los dos cazadores tenía un reloj de pulsera alimentado con pilas que, después de la aventura, se había pasado tres horas girando al revés. Después se había estropeado del todo. (El reloj del otro cazador, que era de los clásicos de cuerda, no había visto alterado su funcionamiento.) Según el reportero, ya hacía una semana que varios cazadores y vecinos de la zona veían objetos volantes no identificados, algunos con forma de puro y otros de platillo, más tradicionales.

Cazadores desaparecidos y ovnis. Jugosa noticia, perfecta para el titular de las noticias de las seis, pero ahora había ocurrido algo más, algo peor. De momento sólo se trataba de rumores, y Roberta rezó por que acabaran siendo falsos, pero eran inquietantes, lo suficiente para haberla tenido pegada casi dos horas al televisor, bebiendo demasiado café y acumulando nervios.

Los rumores más inquietantes partían de los testimonios sobre que algo se había estrellado en el bosque, cerca de donde situaban los dos cazadores la aparición de la nave en forma de puro sobre el tendido eléctrico. Había otras noticias casi igual de inquietantes: el aislamiento preventivo a que había quedado sometido, decían, un sector bastante grande del condado de Aroostook, unos quinientos kilómetros cuadrados cuya propiedad se dividía casi por entero entre las compañías papeleras y el gobierno.

Un hombre alto, pálido y con los ojos hundidos formulaba unas declaraciones breves desde la base aérea de la Guardia Nacional Aérea de Bangor, diciendo que todos los rumores eran falsos, pero que se estaban investigando «varios informes que no coinciden entre sí». El subtítulo le acreditaba lacónicamente como Abraham Kurtz. Roberta no vio qué rango tenía, ni si era un militar de verdad. Llevaba un mono verde muy sencillo que sólo tenía una cremallera. Yendo tan poco abrigado debía de tener frío, pero no se le notaba. Roberta le vio algo raro en los ojos que no le gustó. Eran muy grandes, con pestañas blancas, y parecían de mentiroso.

—¿Al menos podría confirmar que el aparato accidentado no es extranjero ni… de origen extraterrestre? —preguntó un periodista, que por la voz parecía joven.

—ET, teléfono, mi casa —dijo Kurtz, echándose a reír.

Entre los demás enviados también cundió la risa, y aparte de Roberta, que lo veía por la tele en su piso de West Derry Acres, no parecía que se hubiera dado nadie cuenta de que no era ninguna respuesta.

—¿Puede confirmar que no hay cuarentena en la zona de Jefferson Tract? —preguntó otro reportero.

—De momento no estoy en situación de confirmarlo ni de

desmentirlo —dijo Kurtz—. Estamos investigando el tema muy en serio. Que sepan los espectadores que hoy sus impuestos se están usando a fondo.

Dicho lo cual, el hombre del mono se marchó hacia un helicóptero con letras blancas y grandes en un lateral («ANG»), cuyas hélices giraban lentamente.

Según el presentador de las noticias, la entrevista se había grabado a las 9.45 de la mañana. Las siguientes imágenes (que se movían mucho porque estaban filmadas con una videocámara de mano) estaban rodadas desde una avioneta Cessna que sobrevolaba Jefferson Tract por encargo del informativo de Channel Nine. Se notaba que hacía viento, y nevaba en abundancia, pero no tanto como para que no se vieran los dos helicópteros que habían rodeado al Cessna, como libélulas marrones gigantes. A continuación se oía un comunicado por radio, pero tan mal que Roberta tuvo que leer los subtítulos amarillos que aparecieron en la base de la pantalla: «En esta zona está prohibido el paso. Se les ordena volver al punto de despegue. Repetimos: en esta zona está prohibido el paso. Vuelvan.»

Se veían claramente las siglas de los helicópteros: ANG. Quizá uno de los dos fuera el que había llevado a Kurtz hacia el norte.

Piloto del Cessna: «¿Quién está al frente de la operación?»

Radio: «Vuelva, Cessna, o se le obligará a hacerlo.»

El Cessna había vuelto. El presentador informó de que de todos modos tenía poco combustible, como si con eso lo explicara todo. Desde entonces sólo emitían refritos, calificándolos de actualizaciones. Por lo visto las grandes cadenas habían enviado corresponsales.

Justo cuando Roberta se levantaba para apagar la tele, porque empezaba a ponerse nerviosa, gritó Duddits. Primero a Roberta se le paró el corazón, y después le latió al doble de velocidad. Hizo un giro tan brusco que chocó con la mesa y volcó la taza de café, empapando la revista de la programación y sumiendo al reparto de *Los Soprano* en un charco marrón.

El grito dio paso a un lloriqueo de niño, agudo e histérico. Era lo peculiar de Duddits: ya era treintañero, pero se moriría siendo un niño, y mucho antes de cumplir los cuarenta.

Al principio su madre no podía dar un paso. Cuando lo consiguió, pensó que ojalá estuviera Alfie... o mejor alguno de los chicos. Por supuesto que ya no tenían edad para que les llamara así. El único que seguía siendo un chico era Duddits: el síndrome de Down le había convertido en Peter Pan, y pronto moriría en el país de Nunca Jamás.

—¡Ya voy, Duddie! —gritó Roberta.

Era verdad, iba deprisa por el pasillo que llevaba al dormitorio de atrás, pero se notaba vieja, con el corazón dando brincos contra las costillas como si tuviera escapes, y la artritis asestándole pinchazos en las caderas. Para ella no había país de Nunca Jamás que valiera.

—¡Ya voy! ¡Ya viene mamá!

Lloraba, lloraba como si le hubieran desgarrado el corazón. El primer grito de dolor lo había dado al cepillarse los dientes y ver que le sangraban las encías, pero nunca había chillado así, y ya hacía años que no lloraba de aquella manera tan desesperante, que taladraba los tímpanos y se clavaba en el cerebro.

—¿Qué pasa, Duddie?

Roberta irrumpió en la habitación y le miró con los ojos muy abiertos, tan convencida de que era una hemorragia que al principio hasta vio sangre; pero Duddits sólo se balanceaba en su cama reclinable de hospital, con las mejillas empapadas de lágrimas. Sus ojos verdes tenían el mismo brillo de antes, pero era el único color que le quedaba. Tampoco le quedaba pelo, aquel pelo rubio tan bonito que a Roberta siempre le había recordado a Art Garfunkel de joven. La floja luz de invierno que entraba por la ventana le hacía brillar la calva, hacía brillar la hilera de frascos de la mesita de noche (pastillas para la infección, pastillas para el dolor, pero ninguna que evitara lo que le estaba pasando, o que lo retrasara) y hacía brillar el poste del gota a gota, que ahora no se usaba, pero que poco tardaría en volver a funcionar.

Sin embargo, no se observaba ningún cambio a peor, nada que justificase la expresión de dolor casi grotesca de la cara de Duddits.

Roberta se sentó al lado de su hijo, le sujetó la cabeza para que no la sacudiera y se la apoyó en el pecho. No se le calentaba la piel de ninguna manera, ni estando tan nervioso; su sangre, exhausta y moribunda, era incapaz de infundir calor a su cara. Roberta se acordó de haber leído *Drácula* en el instituto; se acordó de cuando se acostaba, apagaba la luz y se le llenaba la habitación de sombras, haciendo que el miedo, tan agradable durante la lectura, lo fuera bastante menos. También se acordó de su alivio por que en el mundo real no hubiera vampiros, aunque ahora matizase esa opinión. Como mínimo había uno, y bastante más terrorífico que cualquier conde transilvano; no se llamaba Drácula, sino leucemia, y no se le podía clavar ninguna estaca en el corazón.

—Duddits, Duddits, cielo, ¿qué te pasa?

Y Duddits, apoyado en su pecho, lo dijo con un grito, haciéndole olvidar los enigmas de Jefferson Tract, helándole el cuero cabelludo y provocándole un hormigueo de pavor en todo el cuerpo.

—¡Za mueto Bibe! ¡Za mueto Bibe! ¡Amá, za mueto Bibe!

No hacía falta pedirle que lo repitiera ni que pronunciara mejor. Roberta le había escuchado toda la vida, y lo entendió a la perfección: «¡Se ha muerto Beaver! ¡Se ha muerto Beaver! ¡Mamá, se ha muerto Beaver!»

IX

PETE Y BECKY

1

Pete permaneció en el surco colmado de nieve donde se había caído, chillando hasta que no pudo más; a continuación se quedó callado y sin moverse, mientras procuraba aguantar el dolor o llegar con él a algún acuerdo. Imposible. Era un dolor intransigente, un sufrimiento de guerra relámpago. No tenía ni idea de que en el mundo hubiera dolores así; si lo hubiera sabido, seguro que se habría quedado junto a la mujer. Con Marcy, aunque no se llamara Marcy. Casi sabía su nombre, pero ¿qué más daba? El que estaba en apuros era él: le subía el dolor de la rodilla en espasmos abrasadores y atroces.

Se quedó temblando en la carretera, al lado de la bolsa de plástico. GRACIAS POR HABERNOS ELEGIDO. Pete la cogió para ver si dentro había alguna botella que no se hubiera roto, y el cambio de postura de la pierna hizo nacer de la rodilla una descarga brutal. Al lado de ella, las demás parecían meros pinchazos. Pete volvió a gritar y se desmayó.

2

Volvió en sí sin saber cuánto tiempo había permanecido inconsciente. Por la luz parecía que poco, pero tenía los pies insensibles, y las manos casi igual de dormidas, a pesar de los guantes.

Se quedó entre de espaldas y de lado junto a la bolsa de las cervezas, sumida en un charco dorado en proceso de congelación.

Ahora le dolía un poco menos la rodilla (también debía de ser efecto del frío), y descubrió que había recuperado la capacidad de pensar. Menos mal, porque se había metido en un lío del copón. Tenía que volver al cobertizo, a la hoguera, y por sus propios medios. Si se limitaba a esperar que pasara Henry con la motonieve, se arriesgaba a quedarse hecho un carámbano; un polo de Pete al lado de una bolsa de botellas rotas de cerveza, gracias por habernos elegido, alcohólico de mierda, muchísimas gracias. Por otro lado, había que pensar en la mujer. También podía morirse, y sólo porque Pete Moore no podía vivir sin sus birritas.

Dirigió a la bolsa una mirada de asco. No podía tirarla al bosque; no podía arriesgarse a que se le volviera a despertar la rodilla. Optó por cubrirla de nieve, como un perro enterrando su propia caca. Luego empezó a arrastrarse.

La rodilla, por lo visto, no estaba tan insensible como parecía. Pete se apoyó en los dos codos y usó el pie sano para empujar, apretando los dientes y con el pelo en los ojos. Ahora ya no había animales. Se había acabado la estampida, y Pete estaba solo; solo con sus resuellos, y los gemidos sordos de dolor a cada nueva sacudida en la rodilla. Se notaba los brazos y la espalda sudados, pero seguía faltándole sensibilidad tanto en los pies como en las manos.

Estuvo a punto de rendirse, pero cuando llegó a la mitad del tramo recto de camino divisó la hoguera que habían encendido entre él y Henry. Empezaba a consumirse, pero aún se veía. Empezó a arrastrarse hacia ella, y, cada vez que le chocaba la rodilla y se le repetían los calambres de dolor, intentaba proyectarlos en la chispa naranja de la hoguera. Quería llegar. Moverse le costaba un dolor infernal al cuadrado, pero ¡qué ganas tenía de llegar! No quería morirse congelado en la nieve.

—Voy a conseguirlo, Becky —murmuró—. Voy a conseguirlo, Becky.

Pronunció su nombre media docena de veces antes de oír que lo empleaba.

Cuando le faltaba poco para llegar a la hoguera, se detuvo para mirar su reloj y frunció el entrecejo. Indicaba las 11.40, lo cual era una locura; se acordaba de haberlo consultado antes de emprender el regreso hacia el Scout, y entonces ponía las doce y veinte. Volvió a mirarlo con mayor detenimiento y descubrió el origen de la confusión. Le funcionaba el reloj al revés: la manecilla de los segundos retrocedía a saltos irregulares y espasmódicos. Pete observó el fenómeno con moderada sorpresa. Había perdido la facultad de valorar algo tan sutil como una mera peculiaridad. Ahora, su principal inquietud ni siquiera era la pierna. Tenía mucho frío, y, a medida que avanzaba a codazos, impulsándose con la pierna sana (que se le cansaba deprisa), empezaron a recorrerle el cuerpo unos escalofríos muy intensos. Faltaban menos de cincuenta metros para llegar a la hoguera medio extinta.

La mujer ya no estaba encima de la lona, sino tendida al otro lado del fuego, como si hubiera querido arrastrarse hasta la leña sobrante y a medio camino se hubiera derrumbado.

—Hola, guapa. Ya he vuelto —jadeó Pete—. Me ha molestado un poco la rodilla, pero aquí me tienes. Y no te quejes, Becky, que lo de la rodilla de los cojones es culpa tuya, ¿vale? ¿Te llamas así? ¿Becky?

Quizá, pero la mujer no contestó. Seguía de espaldas, mirando fijamente hacia arriba. Pete sólo le veía uno de los dos ojos, sin saber si era el mismo de antes. Ya no le parecía que diera tanto repelús, pero quizá se debiera a que ahora tenía otras preocupaciones. Por ejemplo el fuego. Empezaba a parpadear, pero tenía un buen lecho de brasas, y Pete pensó que aún estaba a tiempo. Un poco de leña, dar caña a la hoguerita, y luego a descansar con su novieta, Becky (pero no contra el viento, por favor, que los pedos de la tía eran para morirse). Y a esperar que apareciera Henry. No sería la primera vez que Henry le sacara las castañas del fuego.

Pete fue a rastras hacia la mujer y el montoncito de leña que tenía detrás, y al acercarse (bastante para volver a captar el olor químico a éter) comprendió el motivo de que ya no le diera repelús el ojo. Se había quedado sin vida. El ojo y toda ella. Se había muerto mientras daba la vuelta a la hoguera. La costra de nieve que tenía alrededor de la cintura y las caderas se había puesto granate.

Se incorporó en sus brazos doloridos y la observó unos instantes, pero su interés por ella, viva o muerta, no era muy superior a la curiosidad pasajera que le había inspirado el funcionamiento inverso de su reloj. Lo que quería era coger un poco de leña y calentarse. Quizá dentro de un mes, cuando estuviera sentado en el salón de su casa con la rodilla enyesada y una taza de café bien caliente en la mano.

Logró llegar hasta la leña. Sólo quedaban cuatro troncos, pero eran grandes. Quizá Henry volviera antes de que se hubieran consumido, y fuera a recoger algunos más antes de salir en busca de ayuda. El bueno de Henry. En la época de las lentillas y la cirugía láser, él seguía con sus gafotas de concha, pero se podía contar con él.

El cerebro de Pete quiso volver al Scout, meterse a gatas en el Scout y oler la colonia que Henry, de hecho, no llevaba, pero Pete se lo prohibió. Por ahí no paso, que decía la gente, como si la memoria fuera un espacio geográfico. Basta de colonias fantasmas y de recuerdos de Duddits. Bastantes problemas tenía.

Alimentó la hoguera rama por rama hasta agotar la leña. La arrojaba de lado, con cierta rigidez. Pese al dolor de rodilla, disfrutó del espectáculo de las nubes de chispas subiendo hasta el tejado de cinc del cobertizo y formando remolinos antes de apagarse, como luciérnagas locas.

Pronto volvería Henry. Había que aferrarse a la idea. Contemplar las llamas y quedarse con ella.

Mentira, pensó. No volverá, porque en Hole in the Wall ha pasado algo grave. Algo relacionado con…

—Rick —dijo, frente al espectáculo de las llamas alimentándose de leña fresca. Pronto se elevarían.

Se quitó los guantes con ayuda de los dientes y aproximó ambas manos al calor de la hoguera. El corte que tenía en la base de la mano derecha, el que se había hecho con la botella rota, era largo y profundo. Dejaría cicatriz, pero ¿qué más daba? Entre amigos, ¿qué importaban una o dos cicatrices? Porque eran amigos, ¿verdad? Sí, claro. La pandilla de Kansas Street, los piratas, con sus sables de plástico y sus pistolas a pilas de *La guerra de las galaxias*. Una vez habían hecho algo heroico; una o dos, contando lo de la hija de los Rinkenhauer. Hasta habían salido fotos de los cuatro en el periódico, conque ¿qué más daba que tuviera un par de cicatrices? Y ¿qué más daba que pudieran haber matado a alguien (no era seguro)? Porque si alguien merecía que le matasen, era…

No, por ahí tampoco pasaba. No, señor.

Vio la línea. Le gustase o no, hacía años que no se le aparecía tan claramente. Sobre todo veía a Beaver. Y le oía. Le oía justo en medio de su cabeza.

«¡Jonesy! ¿Estás ahí?»

—Beav, no te levantes —dijo Pete, viendo chisporrotear el

fuego y crecer las llamas. Ahora eran grandes, y le daban tanto calor en la cara que empezaba a entrarle sueño—. Quédate como estás. Que no te vea yo levantarte.

¿De qué se trataba, exactamente? «¿De qué va el chinchirrinchi?», que decía de niño el propio Beav: una expresión carente de significado, pero que les daba risa tonta. La línea era tan nítida que Pete notó que estaba en su mano averiguarlo. Entrevió baldosas azules, una cortina azul de ducha, un gorro naranja chillón (el de Rick, el de McCarthy), y notó que ver el resto era simple cuestión de voluntad. No sabía si era el futuro, el pasado o el estricto presente, pero estaba en su mano averiguarlo. Bastaba…

—No quiero —dijo, rechazándolo en bloque.

En el suelo quedaban ramas pequeñas. Pete las arrojó al fuego y miró a la mujer. Ahora el ojo abierto no tenía nada de amenazador. Estaba empañado, como cuando se le pega un tiro a un ciervo. En cuanto a que el cadáver estuviera rodeado de sangre… Lo atribuyó a una hemorragia. Se le había reventado algo por dentro. ¡Y menudo reventón! Pete supuso que la mujer lo había notado, y que se había sentado al borde de la carretera para estar segura de que la vieran si pasaba alguien. Alguien había pasado, pero a ella de poco le había servido. Pobre, qué mala suerte.

Pete se giró poco a poco hacia la izquierda hasta tener la lona a tiro. Después recuperó la postura inicial. Había servido de trineo, y ahora podría servir de mortaja.

—Perdona —dijo—. Lo siento mucho, Becky, o como te llames, pero bueno, tampoco te habría servido de mucho que me quedara. ¡Soy vendedor de coches, no médico, joder! Y tú ya no tenías…

Quería decir «remedio», pero se le secó la palabra en la boca al verle la espalda a la muerta. Antes de acercarse no se la podía ver, porque había muerto de cara a la hoguera. Tenía destrozado el culo de los vaqueros, como si después de tantos gases hubiera prendido la dinamita. La brisa agitaba pedazos de tela azul. También se movían fragmentos de las prendas de debajo, como mínimo dos calzoncillos largos (uno blanco, de algodón, y el otro de seda rosa). Y tanto en las perneras de los pantalones como en la parte de atrás de la parka crecía algo. Parecía moho, o algún hongo. Tenía un color dorado tirando a rojo, a menos que fuera el reflejo de las llamas.

Le había salido algo de dentro. Algo…

Sí, algo que ahora me vigila.

Pete miró el bosque. Nada. Ya habían pasado los últimos animales. Estaba solo.

No del todo, pensó.

Y era verdad. Había algo cerca, algo mal adaptado al frío, algo que prefería los lugares calientes y húmedos. Pero...

Pero ha crecido demasiado, pensó Pete, y se ha quedado sin comida.

—¿Dónde estás?

Previó que se sentiría tonto preguntándolo, pero no fue así. El único resultado fue tener más miedo.

Se fijó en que el moho dibujaba una especie de rastro. Salía de Becky (sí, seguro que se llamaba así; no podía tener ningún otro nombre) y desaparecía por una esquina del cobertizo. Poco después, Henry oyó un sonido como de escamas, como de algo deslizándose por el tejado de cinc. Levantó la cabeza y siguió el ruido con la mirada.

—Vete —susurró—. Vete y déjame en paz, que estoy... que estoy muy jodido.

La cosa subió un poco más por la chapa, haciendo el mismo ruido de antes. Sí que estaba jodido, sí. Por desgracia también era comestible. La cosa del tejado volvió a deslizarse, y Pete previó que no esperaría mucho tiempo. Quizá no pudiera, a riesgo de sufrir el mismo destino que un lagarto en una nevera. Seguro que optaba por tirársele encima a Pete. Entonces se dio cuenta de algo espantoso: se había obsesionado tanto con las cervezas de mierda que se le habían olvidado las escopetas.

Su primer impulso fue internarse más en el cobertizo, pero podía ser peligroso, como huir por una calle sin salida. Prefirió apoderarse de la punta de una de las ramas con que había alimentado el fuego. De momento no quería sacarla, sino tenerla bien a mano. La otra punta ardía deprisa.

—Venga, baja —dijo a la cosa del tejado—. ¿No te gusta el calor? Pues aquí tengo algo que te encantará. Ven y cógelo, cabrón, que está de rechupete...

Nada. Al menos en el tejado. Las ramas bajas de uno de los pinos de detrás se desprendieron de una masa de nieve, que al caer hizo un ruido esponjoso. Pete apretó los dedos alrededor de su antorcha improvisada y empezó a levantarla del fuego. Después la devolvió a su lugar, levantando algunas chispas.

—Venga, mamón, que aquí me tienes, bien calentito y sabroso.

Nada; pero seguía arriba, y Pete estaba seguro de que no esperaría mucho más. Bajaría pronto.

3

Pasó el tiempo. Pete no supo cuánto, porque el reloj se le había estropeado del todo. A ratos parecía que se le intensificara el pensamiento, como cuando estaban los cuatro con Duddits (aunque a medida que se hacían mayores, y que Duddits se conservaba igual, había bajado la frecuencia de esos episodios, como si los cerebros y cuerpos de los cuatro, al cambiar, hubieran olvidado el truco de captar las extrañas señales de Duddits). Parecía, pero no era del todo lo mismo. Quizá se tratara de algo nuevo. Hasta podía estar relacionado con las luces del cielo. Pete era consciente de que había muerto Beaver, y de que a Jonesy podía haberle ocurrido algo espantoso, pero no sabía qué.

Pensó que también debía de saberlo Henry, aunque de manera confusa. Henry estaba enfrascado en sus propios pensamientos, repitiendo «Banbury Cross, Banbury Cross, Banbury Cross».

La rama siguió ardiendo. Viendo que le quedaba cada vez menos espacio para empuñarla, Pete se preguntó qué haría si se quemaba demasiado y si resultaba que la cosa de arriba podía esperar. Entonces le asaltó una idea nueva, con intensa luz propia y el color rojo del pánico. La idea le llenó la cabeza, y Pete la tradujo en fuertes exclamaciones que ensordecieron el ruido con que la cosa del tejado resbalaba deprisa por la pendiente de la chapa de cinc.

—¡No nos hagáis daño, por favor! *Ne nous blessez pas!*

Pero era inútil: atacarían, porque... ¿Porque qué?

«Porque no son como ET, no son seres indefensos que lo único que quieren es una tarjeta telefónica para llamar a casa; no, chicos, son una enfermedad. Son un cáncer, un puñetero cáncer, y nosotros un chorro radiactivo de quimioterapia. ¿Lo entendéis?»

Pete no sabía si los chicos de quienes hablaba la voz lo oían, pero él sí. Ya venían; venían los piratas, y no se detendrían ni por todas las rogativas del mundo. Rogaban, sin embargo, y Pete con ellos.

«¡No nos hagáis daño, por favor! ¡Por favor! *S'il vous plaît!*

Ne nous blessez pas, nous sommes sans défense!» Ahora lloraban. «¡Por favor! ¡Por amor de Dios, que estamos indefensos!»

Vio en su mente la mano, la caca de perro y al niño medio desnudo llorando. Y la cosa del tejado, durante todo aquel rato, seguía deslizándose, moribunda pero no indefensa, estúpida pero no del todo; seguía deslizándose hasta acercarse a Pete por detrás, mientras Pete gritaba, se tumbaba al lado de la muerta y oía los primeros compases de una masacre apocalíptica.

«Cáncer», dijo el hombre de las pestañas blancas.

—¡Por favor! —exclamó—. ¡Por favor, que estamos indefensos!

Pero, al margen de que fuera verdad o mentira, ya era demasiado tarde.

4

La motonieve había pasado de largo sin frenar, y ahora el ruido se alejaba hacia el oeste. Henry habría podido salir de su escondrijo sin ningún peligro, pero no lo hizo. Era incapaz. La inteligencia que había ocupado el lugar de Jonesy no le había detectado, bien porque estaba distraída, bien porque Jonesy, de alguna manera... Quizá Jonesy aún...

No. La idea de que en aquella nube horrible, rojinegra, quedara algo de Jonesy era una ilusión sin fundamento.

Y ahora que ya no estaba la cosa, o que se alejaba, había voces. Henry las notaba por toda la cabeza, parloteando de tal manera que creía haberse vuelto medio loco, como le pasaba con el llanto de Duddits (al menos hasta la pubertad, que casi había marcado el final de aquellas chorradas). Una de las voces era la de un hombre diciendo algo de un hongo

(«muere enseguida, eso si no encuentra un ser vivo»)

y luego algo de una tarjeta telefónica, y de... ¿quimioterapia? Sí, un chorro radiactivo. Henry pensó que era una voz de loco. De eso él sabía un rato.

Eran las otras voces las que le hacían cuestionarse su propia cordura. No las reconocía a todas, pero sí a algunas: Walter Cronkite, Bugs Bunny, Jimmy Carter y una mujer que le pareció Margaret Thatcher. A veces hablaban en inglés, y otras en francés.

—*Il n'y a pas d'infection ici* —dijo Henry, y rompió a llorar.

El descubrimiento de que en su corazón, vacío (creía) de llanto y risa, quedaban lágrimas, fue una sorpresa que le llenó de júbilo. Lágrimas de miedo, lágrimas de compasión, lágrimas que perforaban el suelo pétreo de la obsesión egocéntrica y resquebrajaban la roca por dentro—. Aquí no hay infección. Basta, Dios mío, por favor, *nous sommes sans défense, NOUS SOMMES SANS...*

Justo entonces, al oeste, se desencadenó el trueno humano, y Henry se llevó las manos a la cabeza porque tenía la impresión de que los gritos y el dolor la harían estallar. Los muy cerdos estaban...

5

Los muy cerdos estaban haciendo una carnicería.

Pete estaba sentado al lado de la hoguera, sin darse cuenta ni del dolor atroz que le subía de la rodilla ni de que había levantado la rama del fuego y ahora la tenía a la altura de la sien. Dentro de su cabeza, los gritos no llegaban a ahogar por completo el ruido de ametralladoras al oeste, de ametralladoras de mucho calibre. Los gritos (no nos hagáis daño, por favor, que estamos indefensos; aquí no hay infección) fueron cediendo al pánico. No servía de nada. Todo era inútil. Estaba decidido.

Notó que se movía algo, y justo cuando se giraba le cayó encima lo que había estado en el tejado. Vio la imagen borrosa de un cuerpo alargado, como de comadreja, pero que no se propulsaba con patas, sino con una cola musculosa. Luego se le clavaron en el tobillo los dientes de la cosa. Pete chilló y sacudió la pierna sana con tanta fuerza que estuvo a punto de darse un golpe de rodilla en el mentón. La cosa se quedó pegada como una sanguijuela, acompañando el movimiento. ¿Los que pedían clemencia eran esos bichos? Pues que se jodiesen. ¡A la mierda!

Entonces, sin pensarlo, intentó coger a su agresor con la mano derecha, la que tenía el corte de la botella de Bud; la izquierda, mientras tanto, que no estaba herida, seguía sosteniendo la antorcha a la altura de la cabeza. Tocó algo frío que parecía gelatina peluda. La cosa le soltó enseguida el tobillo, y Pete captó fugazmente la imagen de unos ojos negros e inexpresivos (de tiburón, de águila). Fue justo antes de que la cosa le clavara en la mano su nido de dientes, abriéndosela por la perforación del corte anterior.

Fue un dolor como de acabarse el mundo. La cabeza de la cosa (si tenía) se le había enterrado en la mano, y profundizaba en la carne arrancándosela a trozos. Pete, en su esfuerzo por sacudírsela de encima, roció de sangre la nieve, la lona cubierta de serrín y la parka de la mujer. Cayeron gotas al fuego, haciendo ruido como de manteca en la sartén. Ahora la cosa emitía un sonido feroz como de pájaro. Su cola, que tenía el grosor de una morena, se le enroscó a Pete en el brazo e intentó detener sus manoteos.

El uso de la antorcha no surgió de ninguna decisión consciente, porque Pete se había olvidado de que la tuviera. Sólo pensaba en arrancarse de la mano derecha aquella cosa horrible que la devoraba; de ahí que, cuando vio la cosa envuelta en llamas (tan inmediatas y vivas como si fuera un rollo de papel de periódico), su reacción inicial fuera de incomprensión. Después soltó un grito, medio de dolor medio de victoria, se levantó de un salto (ya no le dolía nada la rodilla hinchada, al menos de momento) y echó todo el peso de su cuerpo en el brazo derecho, haciéndolo chocar con uno de los postes del cobertizo. Se oyó ruido de algo aplastándose, y los trinos dejaron paso a un chillido en sordina. Por espacio de un momento que parecía eterno, el cúmulo de dientes que se le había hincado a Pete en la mano profundizó con más ímpetu que antes. Después se soltó, y el ser en llamas, desprendido, aterrizó en el suelo helado. Pete lo pisoteó, lo sintió retorcerse en el tacón y le embargó un instante de triunfo puro y salvaje, antes de que cediera del todo su rodilla y se le torciera la pierna hacia afuera por la rotura de los tendones.

Cayó pesadamente de costado y quedó cara a cara con la mortífera autoestopista de Becky, sin darse cuenta de que el cobertizo empezaba a torcerse, ni de que, poco a poco, el poste que había recibido el impacto del brazo se doblaba hacia afuera. Durante unos instantes, la faz rudimentaria del bicho que parecía una comadreja quedó a menos de diez centímetros de la cara de Pete. El cuerpo inflamado le dio un coletazo en la chaqueta. Sus ojos negros eran dos ascuas. No poseía nada tan sofisticado como una boca, pero cuando se escindió el bulto que tenía al final del cuerpo, mostrando los dientes, Pete le gritó («¡No! ¡No! ¡No!») y la arrojó de un golpe a la hoguera, donde se retorció entre chirridos frenéticos de mono.

Mediante un arco breve del pie izquierdo, la metió más en las llamas. La punta de su bota chocó con el poste torcido, justo después de que éste hubiera decidido sostener un poco más el cobertizo. Ya eran demasiadas ofensas: el poste se partió, dejando sin sostén a la mitad del tejado de cinc. Pasados uno o dos segundos también se partió el otro poste, y el resto del tejado se hundió sobre la hoguera, levantando un remolino de chispas.

Parecía el punto final, hasta que la lámina de cinc oxidado empezó a subir y bajar en el suelo, como si respirara, y al poco rato salió Pete. Tenía los ojos vidriosos y la piel blancuzca por la impresión. Se le estaba quemando el puño izquierdo de la chaqueta. Lo contempló unos instantes, sin haber sacado la parte inferior de las piernas de debajo de la chapa. Después se puso el brazo delante de la cara, respiró hondo y apagó soplando las llamas que le quemaban la chaqueta, como si fuera un pastel de cumpleaños gigante.

Oyó acercarse el zumbido de un motor de motonieve por el oeste. Jonesy… o lo que quedara de él. La nube. Pete no esperó beneficiarse de ninguna compasión, virtud que en Jefferson Tract estaba pasando muy mala racha. Tenía que esconderse. Pero la voz que se lo aconsejaba era lejana, irrelevante. Un punto a favor: Pete intuyó que se le había pasado el alcoholismo.

Levantó la mano derecha, la destrozada, y se la puso delante de los ojos. Faltaba un dedo, que debía de estar en la tripa del bicho. Otros dos eran masas de tendones cortados. Vio que en los cortes más profundos (los que le había infligido el monstruo, y el que se había hecho él metiéndose en el Scout para coger la cerveza) ya proliferaba aquella especie de moho amarillo rojizo. Notaba una especie de efervescencia, debida a que la cosa se alimentaba de su carne y su sangre.

De repente Pete tuvo mucha prisa por morirse.

Al oeste ya no se oía ruido de ametralladoras, pero no porque se hubiera acabado, ni mucho menos. De hecho, justo entonces (como si lo concitara la propia idea), el día sufrió el martillazo de una explosión brutal que lo silenció todo, hasta el zumbido de avispa de la motonieve acercándose; todo menos el burbujeo de la mano. Las ronchas hacían un festín de la mano de Pete; en eso se parecían al cáncer que había matado a su padre, comiéndosele el estómago y los pulmones.

Se pasó la lengua por los dientes, tocando los huecos de los que se le habían caído.

Cerró los ojos y aguardó.

SEGUNDA PARTE

LOS GRISES

Sale un fantasma del inconsciente
a tantear mi umbral: ¡Gime por renacer!
Lo que tengo detrás no es amigo mío.
La mano de mi hombro se hace cuerno.

THEODORE ROETHKE

X

KURTZ Y UNDERHILL

1

En la zona de operaciones sólo había una tiendecita que llevaba el nombre de Supermercado Gosselin. Los primeros miembros de la brigada de limpieza de Kurtz llegaron poco después de que empezara a nevar. Cuando llegó el propio Kurtz, lo cual ocurrió a las diez y media, ya acudían refuerzos. La situación empezaba a estar controlada.

La tienda se bautizó como Blue Base One. El cobertizo, el establo contiguo (en mal estado, pero en pie) y el corral llevaban el nombre conjunto de Blue Holding. Era donde ya estaban confinados los primeros detenidos.

Archie Perlmutter, el nuevo ayudante de campo de Kurtz (el de antes, Calvert, había tenido la poca oportunidad de morirse de un infarto hacía menos de dos semanas) tenía una tablilla de clip con una docena de nombres. Perlmutter viajaba con un ordenador portátil y un Palm Pilot, pero resultaba que en Jefferson Tract, de momento, el equipamiento electrónico estaba ESR: Escacharrado Sin Remedio. Los primeros dos apellidos de la hoja eran Gosselin: el viejo que llevaba la tienda y su mujer.

—Están a punto de traer a más —dijo Perlmutter.

Kurtz echó un simple vistazo a los nombres que tenía Pearly en la tablilla y se la devolvió. Detrás de donde estaban había varias caravanas aparcadas, más una serie de remolques en proceso de nivelación. Los operarios también estaban montando postes con focos. Cuando se hiciera de noche, estaría todo tan iluminado que parecería el estadio de los Yankees en una final.

—Se nos han escapado dos por esto —dijo Perlmutter, enseñando la mano derecha y separando un centímetro el pulgar y el índice—. Venían a comprar, más que nada cerveza y salchichas.

Perlmutter tenía la cara blanca, y en cada mejilla una rosita silvestre. Tuvo que hablar muy alto, porque el nivel de ruido aumentaba por momentos. Llegaban helicópteros de dos en dos y aterrizaban en la carretera asfaltada de un carril que iba hasta la interestatal 95, desde donde había dos alternativas: ir hacia el norte hasta un poblacho (Presque Isle) o ir hacia el sur y pasar por varios poblachos (empezando por Bangor y Derry). En sí los helicópteros no tenían ninguna pega. En la medida en que los pilotos no tuvieran que recurrir al sofisticado instrumental electrónico que llevaban instalado, y que también estaba ESR, servirían.

—¿Y han vuelto a entrar o se han marchado? —preguntó Kurtz.

—Han vuelto a entrar —dijo Perlmutter con la mirada huidiza. No conseguía enfrentarse con la de Kurtz—. En el bosque hay una especie de carreterita. Dice Gosselin que se llama Deep Cut Road. En los mapas normales no aparece, pero tengo uno especial que…

—Perfecto. O vuelven o se quedan dentro. Nos van bien las dos cosas.

Más helicópteros, algunos de los cuales, ya a salvo de miradas indiscretas, descargaban las ametralladoras. Podía acabar siendo tan gordo como Tormenta del Desierto. O más.

—Tú entiendes tu misión, ¿verdad, Pearly?

Perlmutter la tenía clarísima. Como era nuevo y quería quedar bien, casi daba brincos. Como un cocker spaniel oliendo comida, pensó Kurtz. Y todo sin mirar a los ojos.

—Señor, mi trabajo es de naturaleza trina.

Trina, pensó Kurt. Trina. Anda que no.

—Debo: a, interceptar, b, poner en manos del equipo médico a las personas interceptadas, y c, contener y aislar hasta nueva orden.

—Exacto. Es lo…

—Pero señor… Perdone, señor, pero es que aquí aún no hay ningún médico, sólo unos cuantos sanitarios, y…

—Cállate —contestó Kurtz.

Aunque no lo dijo en voz muy alta, cinco o seis hombres que

pasaban deprisa para uno u otro menester (todos con mono verde sin nada escrito) aminoraron el paso y giraron la cabeza hacia donde estaban Kurtz y Perlmutter. Después reanudaron su camino a mayor velocidad. En cuanto a Perlmutter, se le marchitaron enseguida las rosas de las mejillas, y retrocedió hasta aumentar en unos treinta centímetros la distancia entre él y Kurtz.

—Como vuelvas a interrumpirme, Pearly, te pego un guantazo, y a la segunda interrupción te mando al hospital. ¿Está claro?

Perlmutter, delatando un grandísimo esfuerzo, desplazó su mirada hacia la cara de Kurtz, concretamente hacia sus ojos, y se cuadró con tanto ímpetu que el gesto casi chisporroteaba de electricidad estática.

—¡Señor, sí, señor!

—Eso también puedes ahorrártelo, que tan tonto no eres. —Y cuando empezaron a bajar los ojos de Perlmutter—: Mírame a los ojos cuando te hablo.

Perlmutter obedeció a regañadientes. Ahora tenía la cara gris. A pesar de la cacofonía de los helicópteros poniéndose en fila al lado de la carretera, imperaba una sensación de estricto silencio, como si Kurtz llevara consigo una especie de burbuja de aire. Perlmutter estaba convencido de que él y Kurtz eran el centro de atención, y de que se daba cuenta todo el mundo del miedo que pasaba. En parte se debía a los ojos de su nuevo superior, a su vacío radical, como si detrás no hubiera cerebro.

Logró, con todo, no desviar la mirada de los ojos de Kurtz, sino clavarla en el vacío. Había empezado con mal pie, y era importante (perentorio) poner coto al desliz antes de que se convirtiera en avalancha.

—Así me gusta más. —Kurtz hablaba en voz baja, pero el ruido de hélices no restó claridad a sus palabras—. No pienso repetírtelo, y sólo te lo digo porque acabas de ponerte a mis órdenes y se te nota que no sabes hacer la o con un canuto. Me han encargado que dirija una operación phooka. ¿Sabes qué es?

—No —dijo Perlmutter.

Casi le dolía físicamente no poder decir «sí, señor».

—Según los irlandeses, que como raza no han acabado de salir de la bañera de superstición donde les meten sus mamás, un phooka es un caballo fantasma que secuestra a los viajeros y se los lleva en el lomo. Uso la palabra en el sentido de que la operación es a la vez secreta y pública. ¡Paradoja, Perlmutter! La parte buena es que este tipo de merienda de negros ya está previsto desde 1947, que es cuando la fuerza aérea recuperó el primer artefacto extraterrestre. La parte mala es que se ha acabado la cuenta atrás, y que ahora tengo que encargarme yo con el apoyo de gente como tú. ¿Captas, chavalote?

—Sí, s... Sí.

—Eso espero. Aquí, Perlmutter, la cuestión es entrar deprisa y a saco, totalmente a lo phooka. Haremos todo el trabajo sucio que haga falta, y saldremos todo lo limpios que podamos. Eso, limpios. Y sonriendo.

Kurtz enseñó los dientes con una sonrisa de intensidad satírica tan brutal que Perlmutter casi tuvo ganas de gritar. Kurtz era alto y tenía los hombros caídos, pero su físico de burócrata escondía algo amedrentador. Se le adivinaba en los ojos, y en la afectación con que enseñaba las manos, pero la razón de que diera tanto miedo, lo que le había valido el sobrenombre de Kurt *el Escalofriante*, era otra cosa. Perlmutter no tenía claro el origen de aquella sensación de repelús, pero tampoco quería saberlo. En aquel momento, de lo único que tenía ganas era de acabar la conversación sin haberla cagado. ¿Qué falta hacía recorrer treinta o cuarenta kilómetros hacia el oeste para entablar contacto con una especie alienígena? Perlmutter tenía a uno justo delante.

Los labios de Kurtz se cerraron sobre sus dientes.

—Estamos en el mismo barco, ¿no?

—Sí.

—¿Hemos jurado la misma bandera? ¿Meamos en la misma letrina?

—Sí.

—¿De esta cómo saldremos, Pearly?

—¿Limpios?

—¡Premio para el nene! ¿Y qué más?

Perlmutter vivió un segundo horrible de no saberlo, hasta que le vino a la cabeza.

—Sonriendo, señor.

—Como vuelvas a llamarme señor te pego un guantazo.

—Lo siento —susurró Perlmutter. Y era verdad.

Estaba llegando un autobús escolar. A fin de no chocar con la batería de helicópteros, iba muy lento, con las ruedas izquierdas en la zanja y tan inclinado que amenazaba con volcar. A un lado, en letras grandes y negras sobre fondo amarillo, ponía: DEPARTA-

MENTO ESCOLAR DE MILLINOCKET. Era un autobús requisado. Dentro iban Owen Underhill y sus hombres. El equipo A. Para Perlmutter fue un alivio verlo. Los dos habían trabajado con Underhill, aunque en momentos diferentes.

—Cuando anochezca habrá médicos —dijo Kurtz—. Todos los que te hagan falta. ¿De acuerdo?

—De acuerdo.

A medio camino del autobús, que frenó delante del único surtidor de gasolina que tenía Gosselin, Kurtz se miró el reloj. (Era de los de cuerda, porque en la zona no funcionaban los de pilas.) Casi las once. ¡Caramba, qué deprisa pasaba el tiempo al divertirse! Le acompañaba Perlmutter, pero en sus pasos ya no quedaba ningún entusiasmo de cocker spaniel.

—De momento, Archie, míralos bien, huélelos, escucha las mentiras que te cuenten y documenta cualquier Ripley que veas. Porque me imagino que sabes lo del Ripley...

—Sí.

—Mejor. No lo toques.

—¡Ni muerto! —exclamó Perlmutter, y enrojeció.

Kurtz esbozó una sonrisa, igual de falsa que la mueca anterior de tiburón.

—¡Muy buena idea, Perlmutter! ¿Tienes máscaras respiratorias?

—Acaban de llegar doce cajas, y han enviado...

—Perfecto. Necesitamos fotos polaroid del Ripley. Y mucha documentación. Prueba A, Prueba B y todo el rollo. ¿Me entiendes?

—Sí.

—Y que no se escape ninguno de los... invitados, ¿eh?

—No, claro.

Se notaba que Perlmutter estaba escandalizado por la idea. Kurtz tensó los labios, haciendo que el esbozo de sonrisa volviera a convertirse en mueca de tiburón. Los ojos vacíos taladraron a Perlmutter, que tuvo la impresión de que alcanzaban hasta el centro de la Tierra. Se le ocurrió la pregunta de si al final de la operación saldría alguien de la base. Aparte de Kurtz, por descontado.

—Prosiga, ciudadano Perlmutter. En nombre del gobierno le ordeno que prosiga.

Archie Perlmutter vio caminar a Kurtz en dirección al autocar, de donde se estaba apeando un personaje achaparrado: Underhill. Nunca se había alegrado tanto de verle a alguien la espalda.

2

—Hola, jefe —dijo Underhill.

Iba igual que los demás, con mono completamente verde, pero coincidía con Kurtz en llevar arma al cinto. El autobús estaba ocupado por unas dos docenas de hombres, la mayoría de los cuales daba los últimos bocados a su temprano almuerzo.

—Oye, ¿qué comen? —preguntó Kurtz.

Su metro noventa y cinco de estatura le daba gran ventaja sobre Underhill, que a su vez debía de sacarle unos treinta kilos.

—Burger King. Nos cogía de paso. Yo tenía miedo de que no cupiéramos, pero ha dicho Yoder que podríamos entrar, y tenía razón. ¿Quieres un Whopper? Ahora ya deben de haberse enfriado un poco, pero seguro que hay un microondas en alguna parte.

Underhill señaló la tienda con la cabeza.

—Paso. Llevo una temporada con el colesterol un poco alto.

—¿Y la ingle?

Seis años antes, jugando a raquetball, Kurtz había sufrido una hernia grave que había sido el catalizador de la única discusión entre él y Underhill; nada serio, a juicio de este último, pero con Kurtz nunca se sabía. Tras el rostro público de Kurtz, tan peculiar, pasaban las ideas casi a la velocidad de la luz, el orden del día estaba en permanente reescritura y las emociones se jugaban a cara o cruz. Para algunos (muchos, a decir verdad), estaba loco. Owen Underhill no lo tenía tan claro, pero era consciente de que con un individuo así convenía andarse con pies de plomo.

—Bien, bien —dijo Kurtz.

Se colocó una mano entre las piernas, dio a sus partes un estirón en broma y obsequió a Owen con el panorama de su dentadura.

—Me alegro.

—¿Y tú? ¿Cómo te va la vida?

—¿Yo? A tope —dijo Owen.

Por la carretera, ahora se acercaba con la misma lentitud que el autobús (pero sin tantas dificultades) un Lincoln Navigator recién estrenado en cuyo interior viajaban tres cazadores vestidos de naranja. Los tres eran fornidos, y el espectáculo de los helicópteros y el tráfago de soldados con mono verde les tenía boquiabiertos. Sobre todo los fusiles. ¡Ha llegado Vietnam al norte de Maine! Tardarían muy poco en reunirse con el resto en la zona de confinamiento.

Cuando el Navigator frenó detrás del autobús, se le acercaron seis hombres. Los de dentro eran tres abogados o banqueros con problemas de colesterol (como Kurtz) y un buen fajo de acciones en bolsa; abogados o banqueros haciéndose pasar por ciudadanos medios bajo la impresión (de la que no tardarían en desengañarles) de que aún estaban en un país en paz. Pronto estarían en el establo (o, si preferían aire fresco, en el corral), donde no se podía pagar con Visa. Se les concedería permiso para conservar los teléfonos móviles; no había cobertura, porque estaban en el quinto pino, pero quizá se entretuvieran dándole al botón de rellamada.

—Oye, Owen, ¿en total cuánta gente hay en la zona azul?

—Calculamos que ochocientos. En las zonas Prioritaria A y Prioritaria B, como máximo cien.

Buena noticia, siempre que no se colara nadie. En términos de riesgo de contaminación poco importaban unos cuantos intrusos. En aquel aspecto la situación era positiva. No lo era, por el contrario, en términos de gestión informativa. Corrían malos tiempos para montar caballos phooka. Demasiada gente con cámaras de vídeo. Demasiados helicópteros de cadenas de televisión. Demasiados ojos.

Dijo Kurtz:

—Ven, vamos a la tienda. Me están instalando un remolque, pero aún no ha llegado.

—Un momento —dijo Underhill, y subió deprisa al autobús.

Volvió a bajar con una bolsa de Burger King manchada de grasa, y en el hombro una grabadora. Kurtz hizo un gesto con la cabeza, refiriéndose a la primera.

—La acabarás palmando.

—¿Hacemos de protagonistas de *La guerra de los mundos* y tú te preocupas por el colesterol?

Tras ellos, uno de los valientes cazadores que acababan de llegar exponía su voluntad de llamar a su abogado, lo cual debía de significar que era banquero. Kurtz acompañó a Underhill al interior de la tienda. Volvía a haber luces en el cielo, luces corriendo por debajo de las nubes, saltando y bailando como dibujos animados de Walt Disney.

3

El despacho de Gosselin olía a salchichón, puros, cerveza y azufre: o pedos o huevos podridos, consideró Kurtz. Quizá ambas cosas. También flotaba un olor casi imperceptible a alcohol etílico. El de «ellos». Ahora lo impregnaba todo. Quizá otra persona hubiera tenido la tentación de atribuir el olor a una combinación de nervios y demasiada imaginación, pero a Kurtz nunca le había sobrado ninguna de las dos cosas. Al margen de ello, como ecosistema viable, los doscientos o trescientos kilómetros cuadrados forestales cuyo centro era la tienda le parecían tener poco futuro. A veces no había más remedio que decapar un mueble hasta la madera y empezar desde cero.

Kurtz se sentó al escritorio y abrió uno de los cajones. Dentro había una caja de cartón donde ponía QUIM. / 10 UNIDADES. Un punto a favor de Perlmutter. La cogió y la abrió. Contenía varias mascarillas de plástico transparente, de las que tapaban la boca y la nariz. Le lanzó una a Underhill y él se puso otra, ajustando las cintas elásticas con rapidez.

—¿Hay que ponérselas? —preguntó Owen.

—No lo sabemos. Y no te sientas privilegiado, ¿eh?, que dentro de una hora las llevará todo el mundo. Menos los de la zona de confinamiento, se entiende.

Underhill se colocó la mascarilla y ajustó las correas sin añadir más comentarios. Kurtz se quedó sentado y apoyó la cabeza en un cartel de la OSHA, la administración de sanidad y seguridad laboral, el de la enésima campaña.

—¿Funcionan?

La voz de Underhill apenas acusó la mediación del plástico, ni lo empañó. No parecía que tuviera poros ni filtros, pero Owen descubrió que podía respirar sin dificultades.

—Funciona con Ébola, con antrax y con el nuevo supercólera. ¿Que si sirve de algo con el Ripley? Supongo. Si no, la joderemos, chavalín. Hasta puede que ya la hayamos jodido, pero está en marcha el cronómetro y ya ha empezado el partido. ¿Qué, tengo que oír la cinta que debes de llevar en el trasto que te cuelga del hombro?

—No hace falta que la oigas entera, pero sería conveniente que te pusiera una muestra.

Kurtz asintió con la cabeza, dibujó un círculo en el aire con el índice y se reclinó en la silla de Gosselin.

Underhill se descolgó la grabadora del hombro, la dejó encima de la mesa delante de Kurtz y apretó el PLAY. Se oyó una voz de robot: «Intercepción radiofónica multibanda. 62914A44. Este material posee el calificativo de reservado. Hora de la intercepción 06266, catorce de noviembre, dos cero cero uno. La grabación del mensaje se inicia después de la señal. Por favor, si carece usted de autorización, pulse STOP inmediatamente.»

—Por favor —dijo Kurtz, asintiendo—. Está bien. ¿A que es buena manera de disuadir al personal no autorizado?

Se produjo una pausa, seguida por un pitido de dos segundos y una voz de mujer joven: «Uno. Dos. Tres. No nos hagáis daño, por favor. *Ne nous blessez pas.*» Dos segundos de silencio, y luego una voz de hombre joven diciendo: «Cinco. Siete. Once. Estamos indefensos. *Nous sommes sans défense.* No nos hagáis daño, por favor, que estamos indefensos. *Ne nous faites...*»

—¡Jo, parece una clase de idiomas de la Berlitz desde el más allá! —dijo Kurtz.

—¿Reconoces las voces? —preguntó Underhill.

Kurtz negó con la cabeza y se puso un dedo en los labios.

La siguiente voz era la de Bill Clinton, con su acento de Arkansas. «Trece. Diecisiete. Diecinueve. Aquí no hay infección. *Il n'y a pas d'infection ici.*» Otros dos segundos de pausa, y luego la voz de un famoso. «Veintitrés. Veintisiete. Veintinueve. Nos estamos muriendo. *On se meurt, on crève.* Nos estamos muriendo.»

Underhill pulsó el STOP.

—La primera voz, por si quieres saberlo, es la de Sarah Jessica Parker, una actriz. El segundo es Brad Pitt.

—¿Quién es?

—Un actor.

—Ah.

—Después de cada pausa hay otra voz. Todas tienen en común que en esta zona hay una parte importante de la población que las reconoce o podría reconocerlas. Sale Alfred Hitchcock, Paul Harvey, Garth Brooks, Tim Sample (un humorista muy famoso, de los que gustan en Maine), y así hasta varios centenares. Algunos no los hemos identificado.

—¿Cómo que centenares? ¿Cuánto dura la intercepción?

—En rigor no es ninguna intercepción, sino una transmisión en banda abierta que llevamos interfiriendo desde las ocho cero cero; o sea, que han podido emitir un fragmento, pero, si lo ha captado alguien, dudamos que haya entendido gran cosa. Y si resulta que sí... —Underhill se encogió un poco de hombros, como diciendo «qué se le va a hacer»—. Todavía sigue. Parece que son voces de verdad. Se han hecho algunas comparaciones y han salido idénticas. No sé qué son, pero con gente así los imitadores se quedarían en paro.

El zum zum zum de los helicópteros se dejaba oír con claridad al otro lado de las paredes. Kurtz, además de oírlo, lo sentía: atravesando los tabiques, el póster de la OSHA y la carne gris que era casi toda agua, y diciéndole: ven, ven, ven, corre, corre, corre. Su sangre reaccionó, pero él se quedó sentado y miró a Owen Underhill sin traicionar ninguna alteración. Le miró y pensó en él. Apresurarse lentamente: buen consejo, sobre todo para tratar con gente como Owen. Conque la ingle, ¿eh?

Tú una vez ya me tocaste los huevos, chavalín, pensó Kurtz. No es que te pasaras, pero te faltó poco. ¿A que sí? Conque ahora más vale tenerte vigilado.

—Repiten constantemente los mismos cuatro mensajes —dijo Underhill, enumerándolos con los dedos de la mano izquierda—: No nos hagan daño, estamos indefensos, aquí no hay infección, y el último...

—No hay infección —dijo Kurtz, pensativo—. Ya. Vaya jeta.

Había visto fotos de una especie de pelusa entre dorada y rojiza que crecía en todos los árboles de la zona. Y en gente. Sobre todo cadáveres, al menos de momento. Los técnicos lo habían bautizado «hongo de Ripley», por el correoso personaje interpretado por Sigourney Weaver en varias películas del espacio. La mayoría eran demasiado jóvenes para acordarse del otro Ripley, el periodista de sucesos que escribía la sección *Aunque parezca mentira*. Ya hacía tiempo que no se publicaba, porque el siglo XXI, con su corrección política, no estaba para delirios así, pero Kurtz pensó que se ajustaba a la situación, y además como un guante. En comparación, los gemelos siameses y las vacas bicéfalas de Ripley parecían lo más normal del mundo.

—El último es «nos estamos muriendo» —dijo Underhill—. Lo que tiene de interesante es que la versión inglesa está emparejada con dos versiones diferentes en francés. La primera está en lenguaje estándar. La segunda (*on crève*) es tirando a coloquial, algo así como «la estamos pringando». —Miró a Kurtz a los ojos, y éste deseó que estuviera presente Perlmutter para ver que era posible—. ¿Es verdad que vayan a pringarla? Digo si no les ayudamos.

—Owen, ¿por qué en francés?

Underhill se encogió de hombros.

—Sigue siendo el otro idioma que se habla aquí arriba.

—Ya. ¿Y los números primos? ¿Sólo para demostrar que tratamos con seres inteligentes? ¡Como si los que no lo fueran pudieran llegar hasta aquí desde otro sistema estelar, otra dimensión o de donde vengan!

—Supongo. ¿Y con las luces qué pasa, jefe?

—Ya se han caído casi todas al bosque. Cuando se quedan sin combustible se desintegran bastante deprisa. Las que hemos podido encontrar parecen latas de sopa con la etiqueta arrancada. Para ser tan pequeñas la arman buena, ¿eh? La gente de aquí está cagada de miedo.

Al desintegrarse, las luces dejaban manchas de moho, hongos o lo que fuera aquella porquería. Al parecer también era el caso de los propios extraterrestres. Los supervivientes se limitaban a rodear la nave como usuarios del transporte público alrededor de un autobús estropeado, dando la lata con que no eran infecciosas, *il n'y a pas d'infection ici*. Y cuando tenías encima el pringue, lo más probable era que estuvieras... ¿Qué había dicho Owen? ¡Ah, sí! A punto de pringarla, y nunca mejor empleado. Claro que aún no estaban seguros, que todavía era pronto, pero había que usar lo de premisa.

—¿Cuántos etés quedan por bajar? —preguntó Owen.

—Que sepamos, puede que unos cien.

—¿Y que no sepamos? ¿Lo ha calculado alguien?

Kurtz se desentendió con un gesto. Lo suyo no era saber. Competía a otro departamento, cuyos miembros no habían sido invitados a aquella fiesta.

—¿Los supervivientes son tripulación? —insistió Underhill.

—No lo sé, pero lo dudo. Para tripulantes son demasiados, y para colonos demasiado pocos. Para tropas de choque ya no te digo lo cortos que se quedan.

—¿Y qué más, jefe? Porque seguro que pasa algo más.

—¿Tan claro lo tienes?

—Sí.

—¿Por qué?

Underhill se encogió de hombros.

—¿Por intuición?

—No, no es intuición —dijo Kurtz, casi con dulzura—. Es telepatía.

—¿Mande?

—De bajo nivel, pero no cabe la menor duda. La gente nota algo, pero aún no le han puesto nombre. Es cuestión de horas. Nuestros amigos grises son telépatas, y parece que lo propagan igual que el hongo.

—Jodeeer —susurró Owen Underhill.

Kurtz permaneció sentado y sereno, viéndole pensar. Le gustaba ver pensar a la gente que tenía un poco de cerebro, y ahora al gusto se sumaba otra cosa: que oía vagamente el pensamiento de Owen, como el ruido del mar en una concha vacía.

—En este medio, el hongo se debilita —dijo Owen—. Ellos también. ¿Y la percepción extrasensorial?

—Aún no se puede decir, pero si resulta que dura, y si sale de esta zona, donde aparte de pinos sólo hay cuatro gatos mal contados, cambia todo. Te das cuenta, ¿no?

Sí, Underhill se daba cuenta.

—No me lo puedo creer.

—Estoy pensando en un coche —dijo Kurtz—. ¿En cuál?

Owen le miró con cara de estar pensando si lo decía en serio. Al ver que sí sacudió la cabeza.

—¿Cómo quieres que...? —Hizo una pausa—. Un Fiat.

—No, pero casi: un Ferrari. Ahora pienso en un sabor de helado. ¿Cuál?

—Pistacho —dijo Owen.

—Te toca.

Owen hizo otra pausa, al término de la cual, vacilante, le preguntó a Kurtz si sabía cómo se llamaba su hermano.

—Kellogg —contestó Kurtz—. Pero hombre, Owen, ¿a quién se le ocurre ponerle eso a un niño?

—Es el apellido de soltera de mi madre. ¡Joder! ¡Telepatía!

—Te digo una cosa: con esto la audiencia de ¿*Quiere ser millonario?* se les va al garete —dijo Kurtz, y repitió—: Eso si sale de aquí.

Se oyó un disparo y un grito fuera del edificio.

—¡No hace falta que dispare! —exclamó alguien con una mezcla de indignación y miedo—. ¡No hace falta que dispare!

Esperaron, pero no se oyó nada más.

—El recuento confirmado de cadáveres de grises es de ochenta y uno —dijo Kurtz—. Lo más probable es que haya más. Después de caerse se descomponen bastante deprisa. Sólo queda un potingue... y luego el hongo.

—¿Por toda la zona?

Kurtz negó con la cabeza.

—Imagínate una cuña con la punta hacia el este. La base es Blue Boy; nosotros estamos en medio, y al este se pasean unos cuantos inmigrantes ilegales de la facción gris. La mayoría de las luces se han quedado por encima de la zona de la cuña.

—Se irá todo al carajo, ¿no? —preguntó Owen—. No sólo los grises, la nave y las luces, sino toda la puta geografía.

—Sobre eso, de momento, no puedo hacer comentarios —dijo Kurtz.

No, claro, pensó Owen, y acto seguido se preguntó si Kurtz le leía el pensamiento. No se podía saber, y menos notárselo en sus ojos azules.

—Lo que te puedo decir es que sacaremos al resto de los grises. En los helicópteros sólo irán hombres tuyos. Eres Blue Boy Leader. ¿Está claro?

—Sí, señor.

Kurtz no le corrigió. En aquel contexto, y dada la aversión manifiesta de Underhill a la misión, bien estaba «señor».

—Y yo soy Blue One.

Owen asintió con la cabeza.

Kurtz se levantó y miró su reloj. Ya eran las doce pasadas.

—Se correrá la voz —dijo Underhill—. En la zona hay muchos ciudadanos estadounidenses. Será imposible que no se entere nadie. ¿Cuántos hay que tengan los... los implantes?

Kurtz estuvo a punto de sonreír. Ah, sí, las comadrejas. Había muchas, a las que en años sucesivos habría que sumar unas cuantas más. Underhill no lo sabía, pero Kurtz sí. Menudos bicharracos. Era una de las ventajas de mandar: que nadie te obligaba a contestar preguntas que no fueran de tu agrado.

—Lo que pase luego ya dependerá de los expertos —dijo—. Nosotros lo que tenemos que hacer es reaccionar a lo que han decidido una serie de personas (la voz de una de las cuales debe de salir en tu cinta) que es un peligro claro e inmediato para la población de Estados Unidos. ¿Me explico?

Underhill sostuvo la mirada de sus ojos claros, pero al final sucumbió.

—Y otra cosa —dijo Kurtz—. ¿Te acuerdas del phooka?

—El caballo fantasma irlandés.

—Caliente, caliente. En cuestión de caballos es mi favorito. De siempre. ¿Verdad que en Bosnia te vieron algunos montando en mi phooka?

Owen no se arriesgó a contestar. No pareció que Kurtz se molestara, pero se notaba que estaba concentrado.

—No pienso repetirme, Owen. El silencio es oro. Cuando montemos en el caballo phooka, tendremos que ser invisibles. ¿Está claro?

—Sí.

—¿Del todo?

—Sí —dijo Owen.

Volvió a preguntarse hasta qué punto le leía Kurtz el pensamiento. Él, en todo caso, leía el nombre que ocupaba el primer plano en los de Kurtz, y supuso que era voluntario. Bosanski Novi.

4

Estaban a punto de salir: cuatro tripulaciones de helicópteros de combate, con hombres de Owen Underhill sustituyendo al personal de la ANG que había traído los CH-47. Ya temblaba el aire con el estruendo de las hélices. Entonces llegó la orden de Kurtz anulando el despegue.

Owen la pasó y movió la cabeza a la izquierda. Ahora estaba en el canal privado de Kurtz.

—¿Qué coño pasa, con perdón? —preguntó.

Ya que había que hacerlo, prefería que fuera deprisa. Era peor, mucho peor que lo de Bosanski Novi. Restarle importancia diciendo que los grises no eran seres humanos no colaba, al menos para él. Unos seres capaces de construir algo como el Blue Boy (o como mínimo pilotarlo) eran más que humanos.

—Oye, que no es culpa mía —dijo Kurtz—. Dicen los meteorólogos de Bangor que esto dentro de nada se despeja. Es lo que se llama un Alberta Clipper. En media hora salimos. Máximo tres cuartos. Ya que se nos ha jodido todo el instrumental de navegación, y que podemos esperar (porque podemos), más vale dejarlo para dentro de un rato. A la larga me lo agradecerás.

Eso lo dudo mucho.

—Recibido. —Owen giró la cabeza a la derecha—. Conklin —dijo.

En aquella misión no había que llamar a nadie por su rango, y menos por radio.

—Sí, s... Le recibo.

—Diles a los hombres que esperamos de treinta a cuarenta y cinco minutos. Repito: de treinta a cuarenta y cinco.

—Recibido. De treinta a cuarenta y cinco.

—Pon un poco de marcha.

—Recibido. ¿Algo en concreto?

—Lo que te guste. Mientras no sea el himno del escuadrón...

—Recibido. No poner el himno del escuadrón.

A Conk no se le animó la voz, señal de que Owen no estaba solo en su rechazo a la misión. Claro que Conklin también había participado en la de Bosanski Novi del 95. Empezó a sonar Pearl Jam en los cascos de Owen, que se los quitó y se los dejó colgando del cuello como un collar de caballo. No le gustaba Pearl Jam, pero estaba en minoría.

Archie Perlmutter y sus hombres iban y venían con tanta prisa que parecían gallinas decapitadas. Algunos esbozaban un saludo con la mano, pero lo dejaban a medias, ponían cara de a ver si me ha visto y miraban de reojo el helicóptero verde de reconocimiento donde estaba sentado Kurtz con los cascos bien ceñidos y el *Derry News* delante de la cara. Parecía enfrascado en la lectura del periódico, pero Owen sospechaba que se estaba fijando en todos y cada uno de los saludos abortados, y tomando nota de todos los soldados que sucumbían al automatismo en detrimento de las instrucciones. El otro asiento, el de la izquierda de Kurtz, estaba ocupado por Freddy Johnson, subordinado suyo desde los tiempos en que el arca de Noé encallaba en el monte Ararat. Johnson era otro de los que habían estado en Bosanski, y cabía suponer que hubiera dado el parte a su superior, en vista de que Kurtz no había podido montar en su querido caballo phooka por culpa de la hernia.

En junio del 95, la fuerza aérea estadounidense había perdido un piloto de reconocimiento cerca de la frontera croata. Los serbios dieron mucho bombo al avión del capitán Tommy Callahan, y más bombo le habrían dado al propio capitán, en caso de encontrarle; los jefazos, que tenían presente el recuerdo de los vietnamitas del norte enseñando (¡y con qué felicidad!) pilotos enemigos a la prensa internacional (previo lavado de cerebro), dieron prioridad al asunto Tommy Callahan.

Justo cuando la expedición de búsqueda se disponía a tirar la toalla, Callahan les envió por radio una señal de baja frecuencia. Su novia del instituto les facilitó un detalle que sirvió para identificar al capitán: éste confirmó que sus amigos le llamaban «el Vomitón» desde tercero de instituto, después de una borrachera descomunal.

Los chicos de Kurtz salieron en busca de Callahan en dos helicópteros mucho menores que cualquiera de los que aguardaban el despegue en la base. Estaba al mando Owen Underhill, a quien consideraban ya todos (incluido él mismo, suponía el propio Owen) como el sucesor de Kurtz. Callahan tenía órdenes de avisarles por humo en cuanto les viera pasar, y esperar a que le recogieran. La tarea de Underhill (la parte phooka de su misión) era llevarse a Callahan sin ser visto. En el fondo no le parecía imprescindible, pero era como le gustaba hacer las cosas a Kurtz: sus hombres eran invisibles. Iban montados en el caballo irlandés.

La extracción había ido como una seda. Se dispararon algunos misiles tierra-aire, pero con nula puntería, porque Milosevic, en general, sólo tenía chatarra. Los únicos bosnios que había visto Owen, al subir a bordo a Callahan, eran cinco o seis niños mirándoles muy serios, el mayor de los cuales no pasaría de diez años. Ni se le había pasado por la cabeza que las instrucciones de Kurtz sobre que no hubiera testigos pudieran aplicarse a un grupo de niños con la cara sucia.

Hasta hoy.

Que Kurtz fuera un hombre despiadado, eso Owen lo tenía clarísimo, aunque ni mucho menos se tratara del único, puesto que el ejército estaba plagado de seres implacables, y muchos estaban enamorados de todo lo secreto. Lo que ya no habría sabido decir Owen era en qué se diferenciaba Kurtz, aquel hombre larguirucho y melancólico, de pestañas blancas y ojos quietos. Costaba mirarlos, porque no contenían nada: ni amor, ni risa, ni una migaja de curiosidad. En el fondo, lo peor era la falta de curiosidad.

Frenó delante de la tienda un Subaru hecho polvo del que se apearon dos hombres mayores con movimientos cautos. La mano de uno, agrietada por la edad, asía un bastón negro. Los dos llevaban ropa de cazador a cuadros rojos y negros, y gorros descoloridos. Viéndose abordados por un contingente militar, pusieron cara de sorpresa. ¿Soldados en la tienda de Gosselin? ¿Qué leches...? Tenían aspecto de pasar de los ochenta años, pero tenían la curiosidad que le faltaba a Kurtz. Se les notaba en el ademán del cuerpo y el ángulo de la cabeza.

Todas las preguntas que no había hecho Kurtz. ¿Qué pretenden? ¿Es verdad que quieran hacernos daño? ¿Lo desencadenará esta operación? ¿Será el viento que, sembrado, germina en tempestades? ¿Qué tenían todos los encuentros anteriores (las luces, las lluvias de cabello de ángel y polvo rojo, las abducciones a partir de los años sesenta) para dar tanto miedo a las autoridades? ¿Se ha hecho algún esfuerzo real de comunicación con esos seres?

Y la última pregunta, la más importante: ¿los grises son como nosotros? ¿Es posible calificarlos de humanos? Lo que estaban a punto de cometer, ¿era un asesinato sin paliativos?

En los ojos de Kurtz tampoco había ninguna pregunta en ese sentido.

5

Empezó a nevar menos, se despejó el día y, a los treinta y tres minutos exactos de que se ordenara el compás de espera, Kurtz dio la señal de despegue. Owen se la transmitió a Conklin, y volvieron a ponerse en marcha los rotores, levantando gasas de nieve y convirtiéndose en fantasmas. Después se pusieron a la altura de las copas de los árboles, se alinearon por detrás de Underhill (Blue Boy Leader) y volaron hacia el oeste, en la dirección de Kineo. El Kiowa 58 de Kurtz volaba por debajo y un poco a estribor, y Owen, de manera fugaz, se acordó de una escena de una película de John Wayne, donde aparecía un destacamento de soldados y, al lado, el explorador indio montado a pelo en un poni. Supuso, sin verlo, que Kurtz aún leía el periódico. Quizá el horóscopo. «Piscis. Quédate en la cama o cometerás una infamia.»

Debajo aparecían y desaparecían los pinos y los abetos, entre vapores blancos. La nieve giraba, chocaba en las dos ventanillas delanteras del Chinook y desaparecía. Estaba siendo un vuelo muy accidentado (como estar dentro de una lavadora), pero Owen lo prefería así. Volvió a ponerse los casos. Otro grupo, quizá Matchbox Twenty. Nada del otro mundo, pero mejores que Pearl Jam. Lo que temía Owen era el himno del escuadrón. Pero lo escucharía. Vaya si lo escucharía.

Debajo de los claros, entre las nubes bajas, vislumbres vaporosas de un bosque que parecía infinito. Oeste oeste oeste.

—Blue Boy Leader, aquí Blue Two.

—Recibido, Two.

—Tengo contacto visual con Blue Boy. ¿Confirmado?

Al principio Owen no podía confirmarlo, hasta que pudo, y lo que vio le dejó sin aliento. Una cosa era una foto, una imagen delimitada, algo que se podía coger con la mano, y otra completamente distinta aquello.

—Confirmado, Two. Blue Group, al habla Blue Boy Leader. Mantengan las posiciones actuales. Repito, mantengan las posiciones actuales.

Fueron llegando una a una las respuestas de cada helicóptero. Sólo faltaba la de Kurtz, que sin embargo no se movió. Los Chinooks y el Kiowa se habían detenido en pleno vuelo a lo que debía de ser poco más de un kilómetro de la nave espacial derribada. Los separaba de ella una franja enorme de árboles medio tumbados, como por una podadora gigante. Al final de aquella especie de camino había una zona empantanada, con árboles muertos que arañaban el cielo blanco como si quisieran reventar las nubes. Había zigzags de nieve derritiéndose, parte de la cual, al mezclarse con el suelo mojado, se había puesto amarilla. En otras zonas había venas y capilares de agua negra.

La nave, un platillo enorme de casi medio kilómetro de diámetro, había arrasado los árboles muertos del centro de la ciénaga, haciéndolos pedazos y diseminando los restos por todo el perímetro. El Blue Boy (que de azul no tenía nada) había encallado al final de la ciénaga, que estaba limitada por un farallón. Parte considerable de su borde curvo estaba enterrada en el barro. La tersa superficie del casco había quedado sembrada de grumos de tierra y trozos de árboles.

Los grises que seguían con vida se repartían alrededor, casi todos en montículos cubiertos de nieve, bajo el borde inclinado de su nave. Con sol habrían estado a la sombra de la nave accidentada; aunque era evidente que para una persona, más que nave accidentada, era un caballo de Troya. Desnudos e inermes, sin embargo, los grises supervivientes no parecían muy peligrosos. «Unos cien», había dicho Kurtz, pero ahora quedaban menos. Owen hizo cálculos y lo dejó en sesenta. Vio un mínimo de doce cadáveres en estado variable de descomposición y enrojecimiento, todos en montículos nevados. Había unos cuantos que tenían hundida la cara en la lámina superficial de agua negra. También había varias manchas rojizas del llamado hongo de Ripley, que contrastaban mucho con la nieve. Sin embargo, al llevarse a los ojos los prismáticos y mirar por ellos, Owen se dio cuenta de que no tenían todas el mismo color vivo. Algunas se habían apagado por efecto del frío, la atmósfera o ambas cosas. No, no les era propicio el ambiente; ni a los grises ni al hongo que habían traído.

¿Propagarse eso? Le pareció imposible.

—¿Blue Boy Leader? —preguntó Conk—. ¿Me oyes?

—Sí, pero calla un momento.

Owen se inclinó, metió la mano debajo del codo del piloto (Tony Edwards, buen elemento) y cambió el botón de la radio al canal común. No se le pasó por la cabeza la mención de Kurtz a Bosanski Novi. Tampoco se le pasó por la cabeza que pudiera estar cometiendo una equivocación gravísima, ni que pudiera haber subestimado en grado sumo la locura de Kurtz. Lo cierto fue que hizo lo que hizo casi sin pensar. Más tarde, en todo caso, al repasar los hechos y analizar el incidente no una sino repetidas veces, se lo pareció. Un simple botón. Por lo visto no hacía falta nada más para cambiarle la vida a una persona.

Era una voz fuerte y nítida, una voz que no reconocería ninguno de los chavalotes de Kurtz. Walter Cronkite pertenecía a otra época. «... fección. *Il n'y a pas d'infection ici*». Dos segundos, y después una voz que podía ser perfectamente la de la propia Barbra Streisand. «Ciento trece. Ciento diecisiete. Ciento diecinueve.»

En un momento dado, Owen se fijó en que habían empezado a contar otra vez los números primos desde el uno. En el autobús, yendo hacia el súper de Gosselin, las voces habían llegado a números primos muy altos de cuatro cifras.

«Nos estamos muriendo —dijo la voz de Barbra Streisand—. *On se meurt, on crève.*» Pausa, y luego la voz de David Letterman: «Ciento veintisiete. Ciento…»

—¡Ya vale! —exclamó Kurtz. Se conocían desde hacía muchos años, pero era la primera vez que Owen le oía enfadado de verdad, casi ultrajado—. Owen, ¿qué ganas tienes de meterles a mis chicos esta porquería por las orejas? Vuelve ahora mismo para explicármelo.

—Sólo quería oír si había cambiado, jefe —dijo Owen.

Era mentira, y por supuesto que Kurtz no sólo lo sabía sino que acabaría por hacérselo pagar. Owen no lo había hecho porque fuera a repetirse la masacre de los niños, o algo peor. Eso le daba igual. Que se fuera al carajo el caballo phooka. Ya que iban a hacerlo, quería que los chavales de Kurtz (en Bosnia Skyhook, esta vez Blue Group, y la siguiente cualquier otro nombre, pero siempre eran las mismas caras jóvenes y duras) oyeran a los grises una vez más, la última. Viajeros de otro sistema estelar, quizá de otro universo o corriente temporal, con conocimientos que nunca tendrían sus anfitriones (aunque eso a Kurtz le importaba un pito). Que oyeran otra vez a los grises en vez de a Pearl Jam, Jar of Flies o Rage Against the Machine: los grises haciendo un llamamiento a una condición que habían tenido la imprudencia de juzgar más clemente.

—¿Y ha cambiado? —chisporroteó en respuesta la voz de Kurtz. El Kiowa verde seguía por debajo, a escasa distancia de la hilera de helicópteros de combate, y sus rotores batían la copa seccionada de un pino grande y viejo, despeinándolo y haciendo que se balanceara—. Di, Owen, ¿ha cambiado?

—No —dijo Underhill—. Está igual, jefe.

—Pues córtales el rollo, hombre de Dios, que se nos va la luz.

Owen hizo una pausa y pronunció con sumo cuidado:

—Sí, señor.

6

Kurtz se irguió en el asiento del Kiowa. El día era gris, con poca luminosidad, pero él se había puesto las gafas de sol. Aun así, Freddy, el piloto, seguía sin atreverse a mirarle más que de reojo. Eran gafas curvadas, de modernillo, gafas que una vez puestas impedían ver dónde miraba el jefe. Del ángulo de su cabeza mejor no fiarse.

En las rodillas de Kurtz estaba el *Derry News* (con el titular PÁNICO EN JEFFERSON TRACT POR UNA SERIE DE LUCES MISTERIOSAS Y CAZADORES DESAPARECIDOS). Kurtz lo cogió y lo dobló con cuidado. Se le daba muy bien la papiroflexia, y en breve el *Derry News* tomaría la forma de un sombrero. Seguro que Underhill preveía enfrentarse con alguna medida disciplinaria (impuesta por el propio Kurtz, puesto que se trataba de una operación secreta, al menos en lo que iba de misión), después de lo cual se le daría otra oportunidad. Por lo visto no se daba cuenta de que acababa de desperdiciar la segunda. (Quizá fuera preferible, porque así no estaría sobre aviso ni a la defensiva.) Kurtz nunca le daba dos oportunidades a nadie, y se arrepintió de haber hecho una excepción con Owen. Se arrepintió como de pocas cosas en la vida. Eso de que Owen le saliera con semejante jugadita después de la conversación en el despacho de la tienda... Habiéndole avisado explícitamente...

—¿Quién da la orden? —dijo la voz de Underhill por el canal privado de Kurtz, entre chisporroteos de estática.

Kurtz estaba sorprendido y un poco consternado por la intensidad de su ira. Nacía esta, en primer lugar, de la mera sorpresa, la emoción más sencilla, la que experimentan los bebés antes que cualquier otra. Lo de poner a los grises por el canal del escuadrón había sido un golpe inesperado. Owen sólo quería saber si seguían diciendo lo mismo de antes. ¡Y un cuerno! Que se metiera el cuento por el culo. Owen tenía muchos puntos para ser el mejor segundo que había tenido Kurtz en toda su carrera, una carrera larga y complicada que se remontaba a Camboya y los años setenta, pero daba igual, porque Kurtz se lo iba a cargar. ¿Por qué? Por la jugarreta de la radio. Porque Owen no aprendía. Ni en Bosanski Novi había sido cuestión de niños, ni ahora de voces. No se trataba de seguir órdenes, ni de cuestión de principios. Se trataba de la línea. La suya, la de Kurtz.

Sin olvidar el «señor».

Aquel «señor» engolado de mierda.

—¿Jefe? —Ahora la voz de Owen traicionaba una pizca de nerviosismo, y con razón—. ¿Quién da...?

—Freddy, ponme por el canal común —dijo Kurtz.

Una ráfaga de viento imprimió una sacudida al Kiowa, que era mucho más ligero que los helicópteros de combate. Kurtz y Freddy no se inmutaron. Freddy efectuó la conexión.

—A ver, a ver, un poco de atención —dijo Kurtz, mirando la hilera de cuatro helicópteros que parecían cuatro libélulas sobrevolando los árboles.

Tenían delante el pantano y el platillo, enorme, inclinado y de color de perla, bajo cuyo borde de popa se resguardaban los supervivientes de la tripulación.

—Escuchad, que papaíto os va a echar un sermón. ¿Me oís? Contestad.

«Sí, sí, afirmativo, recibido» (con algún que otro «señor», pero no pasaba nada, porque no era lo mismo despiste que insolencia).

—Yo, chicos, no soy orador, ni me gano la vida hablando, pero os aviso de que aquí no hay que fiarse para nada, repito, para nada, de lo que se ve con los ojos. Lo que veis son unas seis docenas de humanoides grises, sin distinción de sexos, al menos que se vea, y en pelotas, como Dios los trajo al mundo. No sé si todos, pero algunos seguro que decís: «¡Pobre gente, desnudos y sin armas, sin pollas ni chochos para pasar el rato, y pidiendo clemencia al lado de su trasto intergaláctico, que se les ha estrellado! ¿Qué perro, qué monstruo sería capaz de oírles suplicando y atacar igualmente?» Pues para que lo sepáis: el monstruo soy yo; yo, Abraham Peter Kurtz, oficial retirado de la fuerza aérea, número de serie 241771699, por si le interesa a alguien, y estoy al frente de este ataque. En esta escabechina, el que manda soy yo.

Respiró hondo con la mirada fija en los helicópteros, que no se movían.

—Ahora, chicos, que os digo una cosa: los grises llevan dándonos la lata desde finales de los cuarenta, yo a ellos desde finales de los setenta, y os puedo decir que cuando te viene alguien con las manos levantadas diciendo que se rinde, no tienes ninguna garantía de que no lleve medio litro de nitroglicerina escondido en el culo. Otra cosa: casi todos los cerebrines que estudian estos temas, los grandes asesores, los expertos, dicen que los grises llegaron después de que empezáramos a tirar bombas atómicas y de hidrógeno, como insectos a una bombilla encendida. Yo no lo sé, porque no me dedico a pensar (eso se lo dejo a los sabelotodos), pero tengo buena vista, y os digo yo que los cabrones de los grises tienen tanto de inofensivos como un lobo en un corral. Con tantos años hemos ido cogiendo algunos, pero no han sobrevivido. Al morirse se les descompone deprisa todo el cuerpo y se convierte en lo mismo que veis allí abajo, lo que llamáis el hongo de Ripley. A veces explotan, literalmente, y el hongo que llevan (a menos que sea al revés, que lo principal, lo que mande, sea el hongo, que es lo que creen algunos cerebrines) se muere enseguida. Eso si no encuentra un ser vivo, repito, un ser vivo, y parece que su preferido es el *homo sapiens*, no sé si os suena. Como se te pegue algo, aunque sea un poquito en la uña del meñique, la has pringado.

No era del todo cierto (de hecho ni se acercaba a la verdad), pero el soldado más encarnizado es el que tiene miedo. Kurtz lo sabía por experiencia.

—Resulta, chicos, que esta gente tan simpática, estos grises, tienen telepatía, y se ve que nos la contagian por el aire. Se pega sola, sin depender del hongo. Así, a primera vista, parece cachondo leer un poco el pensamiento, la manera perfecta de triunfar en los guateques, pero que sepáis que por ese camino se llega a lo siguiente: esquizofrenia, paranoia, separación de la realidad y acabar como una puta cabra, para que nos entendamos. Según los cerebrines, de momento la telepatía tiene efectos muy limitados, pero no hace falta que os explique en qué podría acabar si dejamos que se instalen los grises, y que estén a gusto en este planeta. Ahora os diré algo que quiero que escuchéis muy atentamente, como si os fuera la vida, ¿vale? Cuando se nos llevan, digo bien, cuando se nos llevan ellos a nosotros (y ya sabéis que ha habido abducciones, porque los que dicen que los han raptado extraterrestres suelen ser unos comidos de coco y unos neuróticos de la hostia, pero no todos), a algunos les sueltan, pero antes les ponen implantes. En algunos casos sólo son instrumentos (puede que transmisores, o algún tipo de monitores), pero también hay implantes que son seres vivos, que empiezan comiéndose a la persona y después, cuando engordan, la destrozan. Los implantes de que hablo los han puesto seres como los que veis abajo, tan desnuditos e inocentes. Ellos dicen que no hay ninguna infección, pero tenemos clarísimo que están infectados hasta el culo, tíos, hasta las orejas. Yo, que llevo veinticinco años viendo lo que hacen, os digo que ha llegado el gran momento. Esto es la invasión, la superliga de campeones, y vosotros la defensa. No son como ET, no son seres indefensos que lo único que quieren es una tarjeta telefónica para llamar a casa; no, chicos, son una enfermedad.

Son un cáncer, un puñetero cáncer, y nosotros un chorro radiactivo de quimioterapia. ¿Lo entendéis?

Esta vez no hubo expresiones de aquiescencia, sino una aclamación salvaje, gritos nerviosos y neuróticos donde reverberaba una nota de impaciencia. Casi reventaron el canal de transmisión.

—Cáncer, chicos. Son un cáncer. Es la mejor palabra que se me ocurre, aunque ya sabéis que lo mío no es hablar. ¿Qué, Owen, lo has oído?

—Sí, jefe.

¡Qué sereno, el muy cabrón! Bueno, pues que no se alterara; allá él, porque Owen Underhill la había pringado. Kurtz levantó el sombrero de papel de periódico y lo admiró. Owen Underhill la había pringado.

—A ver, Owen, ¿lo de abajo qué es? ¿Qué hay alrededor de la nave? ¿Qué son esas cosas que han salido de casa sin acordarse de ponerse los pantalones y los zapatos?

—Cáncer, jefe.

—Exacto. Ahora da la orden y adelante. Venga, Owen, abre esa boquita.

Acto seguido, sin ninguna prisa, sabiéndose observado por los tripulantes de los helicópteros de combate (nunca había largado un sermón así, jamás de los jamases, como no fuera soñando), se puso la gorra al revés.

7

Owen vio que Tony Edwards se giraba la gorra para ponerse la visera en la nuca. Oyó que Bryson y Bertinelli preparaban las ametralladoras y comprendió lo que ocurría. Se les estaban encendiendo los ánimos. Él, Owen, podía hacer dos cosas: subirse al coche o quedarse en la carretera y que le atropellaran. Eran las únicas opciones que le había dejado Kurtz.

También había otra cosa, un recuerdo del pasado remoto, de cuando tenía… ¿ocho años? ¿Siete? Quizá hasta menos. Jugaba en el césped de su casa, la de Paducah, y ni su padre había vuelto del trabajo ni estaba su madre, que debía de haber ido a la iglesia baptista para preparar la sempiterna venta de pasteles. Entonces había llegado una ambulancia y había frenado delante de la casa de al lado, la de los Rapeloew. No llevaba puesta la sirena, pero sí la tira de intermitentes. Dos hombres con un mono muy parecido al que llevaba ahora Owen se habían puesto a correr hacia la casa, desplegando una camilla que brillaba. Y todo mientras corrían. Parecía un truco de magia.

Pasados menos de diez minutos, volvían a salir con la señora Rapeloew en la camilla. Tenía los ojos cerrados. El señor Rapeloew salió después de ella y ni siquiera se molestó en cerrar la puerta. Tenía la misma edad que el padre de Owen, pero de repente parecía igual de viejo que su abuelo. Otro truco de magia. Mientras los hombres cargaban en la ambulancia a la señora Rapeloew, su marido miró a la derecha, vio a Owen de rodillas en el césped, con pantalones cortos y jugando a pelota, y se dirigió a él: «¡Vamos al St. Mary's Memorial! ¡Díselo a tu madre, Owen!» Después subió a la parte trasera de la ambulancia, que se alejó. Owen siguió jugando unos cinco minutos a tirar la pelota y recogerla, pero entre una cosa y otra no dejaba de mirar la puerta que había dejado abierta el señor Rapeloew, ni de pensar que debía cerrarla. Sería lo que llamaba su madre un acto de caridad cristiana.

Acabó levantándose y yendo del césped de su casa al de la de los Rapeloew. Los vecinos siempre le habían tratado bien; nada del otro jueves (nada para tirar cohetes a las dos de la madrugada, que decía su madre), pero la señora Rapeloew hacía cantidades industriales de galletas y siempre se acordaba de guardarle algunas. Eran muchos los cacharros de masa de pastel que había rascado Owen hasta el último grumo en la cocina de la señora Rapeloew, que era gordita y siempre sonreía. El señor Rapeloew, por su lado, le había enseñado a hacer aviones que volaban de verdad. De tres clases. En resumen, que los Rapeloew se merecían caridad cristiana, pero Owen, al entrar en casa de los vecinos por la puerta abierta, ya sabía que no iba por caridad cristiana. Practicar la caridad cristiana no te ponía duro el pito.

Durante cinco minutos (claro que podían haber sido quince, e incluso media hora, porque el tiempo pasaba como en sueños) Owen no hizo nada que no fuera pasearse por la casa de los Rapeloew, pero durante todo ese tiempo tenía el pito como una piedra, tanto que latía como otro corazón; parecía que tuviera que doler, pero qué va, daba gusto, y ahora, después de tantos años, se dio cuenta de en qué había consistido el paseo silencioso: en un juego erótico. El hecho de que no sólo no tuviera nada contra los Rapeloew, sino que le cayeran bien, de alguna manera lo mejoraba. Si le cogían (que no lo hicieron) y le preguntaban por qué, siempre podía contestar «no sé» sin necesidad de mentir.

Tampoco es que hiciera gran cosa. En el cuarto de baño de la planta baja encontró un cepillo de dientes donde ponía DICK.[1] Era el nombre de pila del señor Rapeloew. Owen intentó mearse en las cerdas del cepillo de dientes del señor Rapeloew, que era lo que le apetecía, pero tenía demasiado duro el pito y no salía ni gota de pipí. Optó por escupir encima de ellas, frotar la saliva en el cepillo y devolverlo al vaso. En la cocina derramó un vaso de agua sobre el fogón eléctrico. A continuación sacó del armario una fuente grande de porcelana, la levantó encima de la cabeza y la arrojó a un rincón, donde se hizo mil añicos, momento en que salió corriendo de la casa. Lo que tenía hasta entonces en la cabeza, lo que le había puesto duro el pito y le había dado la sensación de que no le cabían los ojos en las órbitas, se rompió con el ruido del plato; se reventó como un grano, y seguro que sus padres, de no haber estado tan preocupados por la señora Rapeloew, se habrían dado cuenta de que le ocurría algo. Dadas las circunstancias, debieron de suponer que también se había llevado un susto con lo de la vecina. Pasó una semana durmiendo poco y teniendo pesadillas. Owen estaba atormentado por la sensación de culpa y la vergüenza (aunque no tanto como para confesar, porque a ver qué decía si le preguntaba su madre baptista qué mosca le había picado), pero no se le olvidaba el placer ciego de estar de pie en el cuarto de baño con los pantalones cortos a la altura de las rodillas, intentando hacer pipí en el cepillo de dientes del señor Rapeloew, ni el escalofrío de emoción al romperse la fuente. Supuso que con unos años más se habría corrido en los pantalones. La pureza estaba en la falta de sentido, el gozo en el ruido de la porcelana, y la satisfacción posterior, en regodearse lentamente en el remordimiento de haberlo hecho y el miedo de que le pillaran.

Ahora le volvía todo de golpe a la cabeza.

Esta vez puede que me corra, pensó. Lo que está claro es que será bastante más espectacular que intentar mearse en el cepillo de dientes del señor Rapeloew. A continuación, mientras se ponía la gorra al revés, pensó: aunque en el fondo es la misma idea.

1. *Dick*, además de ser un nombre de pila, quiere decir «polla». (*N. del T.*)

—¿Owen? —La voz de Kurtz—. ¿No me oyes? Como no contestes ahora mismo, me lo tomaré como que no puedes o no...

—Estoy aquí, jefe. —Ni un temblor en la voz. Se le apareció un niño sudoroso con una fuente de porcelana encima de la cabeza—. ¿Qué, chavales, estáis preparados para repartir hostias intergalácticas?

Clamor afirmativo, con un «¡joder que no!» y un «a reventarlos».

—¿Os apetece algo antes de empezar?

«¡El himno del escuadrón!», «¡Himno!», y «¡Venga, coño, que pongan a los Stones!».

—Si hay alguien que quiera rajarse, que avise.

Silencio total en la radio. En otra frecuencia que Owen no volvería a sintonizar, los grises suplicaban con voces famosas. Abajo y a estribor volaba, pequeño, el Kiowa OH-58. A Owen no le hacían falta prismáticos para ver a Kurtz con el gorro al revés, mirándole. Seguía teniendo en las rodillas el periódico, que por alguna razón formaba un triángulo. Por espacio de seis años, Owen Underhill no había necesitado segundas oportunidades; tanto mejor, porque Kurtz no las concedía. Adivinó que en el fondo siempre lo había sabido, pero ya tendría tiempo de pensarlo. Eso si no había más remedio. Se le encendió en la cabeza la chispa de una idea coherente, la última («el cáncer eres tú, Kurtz»), pero se apagó enseguida, tragada por una oscuridad perfecta.

—Blue Group, aquí Blue Boy Leader. Seguidme y abrid fuego a doscientos metros. Intentad no darle al Blue Boy, pero que no quede ni uno de los hijoputas. Pon el himno, Conk.

Gene Conklin accionó un interruptor e introdujo un cedé en el discman que había en el suelo del Blue Boy Two. En el Blue Boy Leader, Owen, que ya estaba fuera de sí, estiró el brazo y subió el volumen.

Se le llenaron los cascos de Mick Jagger, la voz de los Rolling Stones. Owen levantó la mano, vio que Kurtz le devolvía el saludo (poco le importó si en serio o de manera sarcástica) y bajó el brazo. Mientras Jagger cantaba el himno, el que tocaban cada vez que entraban a saco, los helicópteros inclinaron el morro, apretaron filas y volaron hacia el blanco.

8

Los grises (los que quedaban) estaban a la sombra de su nave, que a su vez se hallaba al final de la franja de bosque talada por su último descenso. Al principio, ni emprendieron la huida ni intentaron esconderse; de hecho, la mitad dio unos pasos por la nieve derretida, el cieno y las manchas de musgo rojizo, chapoteando con los pies descalzos y sin dedos, y fue al encuentro de la hilera de helicópteros que se acercaba a ellos. Iban con las manos en alto, para demostrar que no tenían nada entre sus largos dedos. La poca luz que le quedaba al día se reflejaba en sus ojos, grandes y negros.

Los helicópteros de combate mantuvieron su velocidad, a pesar de que hubo un momento en que todos los hombres oyeron en la cabeza las últimas palabras transmitidas: «No nos hagáis daño, por favor, que estamos indefensos, nos estamos muriendo.» La voz de Mick Jagger empezó a trenzarse por ellas: *Please allow me to introduce myself, I'm a man of wealth and taste; I've been around for many a long year, stolen many man's soul and faith...*[1]

---

1. Son los versos de una célebre canción de los Rolling Stones, *Sympathy for the Devil*. En las siguientes páginas aparecerán con frecuencia, por lo que reproducimos las primeras estrofas:

Please allow me to introduce myself	(Permite, por favor, que me presente.
I'm a man of wealth and taste	Soy hombre de riqueza y buen gusto.
I've been around for a long, long year	Llevo aquí muchos, muchos años,
Stolen many a man's soul and faith.	y he robado el alma y la fe de muchos [hombres.
And I was around when Jesus Christ	Estuve presente cuando Jesucristo
Had his moment of doubt and pain	tuvo su momento de duda y aflicción.
Made damn sure that Pilate	Me cercioré de que Pilatos
Washed his hands and sealed his fate.	se lavase las manos y sellase su des- [tino.
Pleased to meet you	
Hope you guess my name	Encantado de conocerte,
But what's puzzling you	espero que adivines mi nombre,
Is the nature of my game.	pero lo que te desconcierta es la naturaleza de mi juego.
I stuck around St. Petersburg	
When I saw it was a time for a [*change*	Rondé por San Petersburgo, cuando vi que era el momento de un [cambio,

Los helicópteros de combate efectuaron una maniobra de cuarenta y cinco grados con la misma eficacia que una banda militar, y abrieron fuego las ametralladoras. Las balas se hundían en la nieve, partían ramas de árboles que ya estaban medio muertos y hacían saltar chispas insignificantes en el borde de la nave. Las balas desgarraban a los grises que estaban de pie y con los brazos en alto, y los reventaban. Cuando los cuerpos rudimentarios perdían un brazo, soltaban un chorro que parecía savia rosa. Las cabezas estallaban como calabazas, salpicando la nave y a los otros seres con una lluvia rojiza; no era sangre, sino aquella sustancia que parecía moho, como si las cabezas, llenas de ella, no fueran verdaderas cabezas, sino cestas truculentas de verdura. Varios grises se partieron por la mitad y cayeron sin bajar los brazos en señal de rendición. Al desplomarse, los cuerpos grises adquirían un color blanco sucio y parecía que hirvieran.

Revelaba Mick Jagger: *I was around when Jesus Christ had His moment of doubt and pain...*

Algunos grises que seguían debajo del ala de la nave dieron media vuelta como queriendo correr, pero no tenían a donde ir. La mayoría sufrió un derribo inmediato. Los últimos supervivientes, que en total debían de ser unos cuatro, se retiraron a las estrechas sombras. Parecía que hicieran algo, que manipularan algo, y Owen tuvo un horrible presentimiento.

«¡No los tengo a tiro!», se oyó por la radio.

Era Deforest en el Blue Boy Four, tan entusiasmado que casi le costaba respirar. Adelantándose a la orden de Owen de ir a por

---

Killed the Czar and his ministers	maté al Zar y a sus ministros,
Anastasia screamed in vain.	Anastasia gritó en vano.
I rode a tank	Conduje un tanque,
Held a general's rank	ocupé un puesto de general
When the Blitzkrieg raged and the	cuando rugía la guerra relámpago y
[*bodies stank.*	[apestaban los cadáveres.
I watched with glee	Observé con alegría
While your kings and queens	a vuestros reyes y reinas
Fought for ten decades	luchando diez décadas por los dioses
For the Gods they made.	que habían creado ellos.
I shouted out «Who killed the	Exclamé: «¿Quién ha matado a los
[*Kennedys?»*	[Kennedy?»,
When after all it was you and me...	cuando, en definitiva,
	habíamos sido todos...)

ellos, el Chinook bajó casi a ras de suelo y levantó un remolino de nieve y agua sucia con las aspas, aplastando el sotobosque.

—¡No, negativo! ¡Deténte y recupera la posición de más cincuenta! —exclamó Owen, dándole a Tony un golpe en el hombro.

Tony, que con la mascarilla transparente tapándole la boca y la nariz presentaba un aspecto ligeramente extraño, dio un tirón a la palanca de mando, y el Blue Boy Leader ascendió en el aire inestable. La música (con sus bongós enloquecidos y el coro haciendo «Hoo-hoo»; *Sympathy for the Devil* aún no había sonado del todo ni la primera vez, pero tiempo al tiempo) no impidió que Owen oyera rezongar a su tripulación. Vio que la distancia ya empequeñecía al Kiowa. Kurtz, al margen de sus peculiaridades mentales, no era tonto. Y poseía un instinto de primera.

—Pero jefe…

Era Deforest, que más que decepcionado estaba hecho una fiera.

—Repito, repito, recupera la posición anterior, Blue Group, recupera…

La explosión le clavó al respaldo del asiento y lanzó al Chinook hacia arriba como si fuera un juguete. En pleno estallido, Owen oyó las palabrotas de Tony Edwards, que forcejeaba con la palanca. Detrás se oían gritos, pero, si bien estaba herida casi toda la tripulación, la única baja fue Pinky Bryson, que se había asomado para tener mejor visión y se había caído por culpa de la onda expansiva.

—Ya lo tengo, ya lo tengo, ya lo tengo —repetía Tony; pero a Owen le pareció que tardaba como mínimo treinta segundos en dominar el aparato, y parecían horas. El himno ya no sonaba por los altavoces: mal presagio para Conk y los del Blue Two.

Tony hizo dar media vuelta al Blue Boy Leader, y Owen vio que el plexiglás estaba agrietado por dos puntos. Detrás seguía chillando alguien. Resultó que Mac Cavenaugh se las había arreglado para quedarse sin dos dedos.

—¡La madre que me parió! —murmuró Tony—. Jefe, nos ha salvado el cuello. Gracias.

Owen apenas le oyó. Miraba hacia atrás, hacia los restos de la nave, que se había partido como mínimo en tres trozos. No se podía ver con claridad, porque se había levantado toda la porquería y el aire estaba turbio y de color naranja. Los restos del helicóptero de Deforest se veían un poco mejor. El aparato estaba tumbado en el barro, rodeado de burbujas que explotaban. En el lado de babor, un pedazo largo de hélice rota flotaba en el agua como un remo gigante de canoa. A unos cincuenta metros había más hélices negras y torcidas sobresaliendo de una bola de fuego blancuzco. Eran Conklin y Blue Boy Two.

En la radio, crepitaciones y pitidos. Blakey, en el Blue Boy Three.

—¡Eh, jefe, jefe, que veo...!

—Tres, aquí Leader. Orden de...

—Leader, aquí Tres. Veo supervivientes, repito, veo supervivientes. Veo supervivientes de Blue Boy Four, como mínimo tres... no, cuatro... voy a bajar y...

—Negativo, Blue Boy Three. Ni hablar. Recupera la posición más cincuenta; no, orden anulada, posición más ciento cincuenta, uno cinco cero. ¡Ahora mismo!

—Señor... digo jefe, es que... veo a Friedman, y ¡coño, que se está quemando...!

—Atento, Joe Blakey.

La voz rasposa de Kurtz era inconfundible. Se había apartado de la porquería roja con bastante antelación. Casi como si supiera lo que iba a pasar, pensó Owen.

—O te piras ahora mismo o te garantizo que la semana que viene estarás limpiando caca de camello en un país donde haga cincuenta grados a la sombra y esté prohibido beber alcohol. Corto.

No hubo más mensajes del Blue Boy Three. Los dos helicópteros de combate que se habían salvado retrocedieron a su punto original de reunión, más ciento cincuenta metros. Owen contemplaba la furiosa vorágine ascendente del hongo de Ripley, preguntándose si Kurtz lo sabía o sólo lo había intuido, y si él y Blakey se habían alejado a tiempo de la zona; y es que, dijeran lo que dijeran los grises, era infeccioso. Owen no sabía si esto último justificaba lo que acababan de hacer, pero consideró probable que los supervivientes del Blue Boy de Ray Deforest fueran muertos vivientes. O peor: hombres vivos transformándose. A saber en qué.

«Owen.»

La radio.

Tony le miró con las cejas arqueadas.

«Owen.»

Owen, suspirando, cambió al canal de Kurtz con un movimiento de la barbilla.

—Estoy aquí, jefe.

9

Kurtz estaba sentado en el Kiowa, y seguía teniendo en las rodillas el periódico doblado en forma de sombrero. Tanto él como Freddy llevaban mascarilla, al igual que los muchachos del grupo de ataque. Incluso los que ahora estaban en tierra, pobres, debían de seguir llevándola. Probablemente fueran innecesarias, pero Kurtz, que no tenía la menor intención de contraer el Ripley, era el gran jefe, y entre otras cosas tenía la obligación de dar ejemplo. De nada servía arriesgarse. En cuanto a Freddy Johnson... para Freddy tenía planes.

—Estoy aquí, jefe —dijo Underhill por los auriculares.

—Muy bien los disparos, el vuelo mejor, y los reflejos, superior. Has salvado unas cuantas vidas. Tú y yo volvemos a estar donde antes, en la primera casilla. ¿Me explico?

—Sí, jefe, y se lo agradezco.

Y si te lo crees, pensó Kurtz, es que eres aún más tonto de lo que pareces.

10

Detrás de Owen, Cavenaugh seguía haciendo ruidos, pero el volumen decrecía. Nada se oía de Joe Blakey; quizá empezara a comprender las consecuencias de la turbia vorágine rojiza que quizá hubieran esquivado y quizá no.

—¿Todo bien, chavalín? —preguntó Kurtz.

—Hay algunos heridos —repuso Owen—, pero en general perfecto. Lo que hay es trabajo para los barrenderos, porque ¡caray! ¡Cómo ha quedado el patio!

La risa estridente de Kurtz hizo vibrar los auriculares de Owen.

11

—Freddy.

—Diga, jefe.

—Tenemos que vigilar a Owen Underhill.

—De acuerdo.

—Si hay que salir huyendo (operación Imperial Valley), Underhill se queda.

Freddy Johnson se limitó a asentir con la cabeza mientras pilotaba el helicóptero. Buen chico. Sabía en qué lado de la línea estaba, a diferencia de otros.

Kurtz se volvió de nuevo hacia él.

—Venga, Freddy, media vuelta y a la tiendecita de mala muerte de donde hemos salido. Y que sea a toda mecha, que quiero llegar como mínimo un cuarto de hora antes que Owen y Joe Blakey. Lo ideal serían veinte minutos.

—Sí, jefe.

Kurtz se apoyó en el respaldo y vio deslizarse el bosque de pinos debajo del helicóptero. Bosque y fauna, los que se quisiera, y seres humanos, un buen puñado (en aquella época del año la gente iba de naranja). En una semana (quizá setenta y dos horas), estaría todo tan muerto como las montañas de la luna. Lástima, pero bueno, en Maine no faltaban bosques.

Cogió el sombrero de papel y lo hizo girar con un dedo. Dentro de lo posible, tenía intención de vérselo puesto a Owen Underhill cuando ya no respirara.

—El tío sólo quería saber si había cambiado algo —dijo quedamente.

Freddy Johnson, que tenía claro su bando, no dijo nada.

12

A medio camino de la tienda de Gosselin, cuando el Kiowa de Kurtz, pequeño y veloz, se hubo reducido como máximo a un punto, los ojos de Owen se fijaron en la mano derecha de Tony Edwards, ceñida a un cuerno de la palanca de mando en forma de i griega del Chinook. La uña del pulgar tenía en la base una línea curva y finísima de color entre rojizo y dorado. Owen se miró las dos manos y se las examinó con la misma escrupulosidad que la señora Jankowski en la clase de higiene personal, en la época remota en que tenían como vecinos a los Rapeloew. De momento no se veía nada, pero Tony tenía su marca, y Owen supuso que la suya tampoco tardaría.

Dada la filiación baptista de la familia Underhill, Owen era buen conocedor de la historia de Caín y Abel. «La sangre de tu hermano clama a mí desde el suelo», había dicho Dios; y había expulsado a Caín al país de Nod, al este del Edén. Sin embargo, antes de dejar errante a Caín, Dios le había puesto una señal para que le reconocieran por lo que era hasta los habitantes de Nod. Ahora que había visto aquel hilo rojizo en la uña del pulgar de Eddie, y que buscaba otro igual en sus propias manos y muñecas, Owen creyó adivinar de qué color había sido la señal de Caín.

XI

El viaje de Henry

1

Henry había descubierto que el suicidio tenía voz, y que quería explicarse. La pega era que no dominaba el inglés; solía conformarse con cuatro palabras mal combinadas, pero bueno, por lo visto era suficiente con que hablara. Desde que Henry le concedía uso de voz al suicidio, su vida había experimentado mejoras enormes. Había noches, incluso, en que conseguía volver a dormir (no muchas, pero suficientes); en cuanto a los días, malos, lo que se decía malos, no había tenido ninguno.

Hasta el de hoy.

El cuerpo que conducía el Arctic Cat era de Jonesy, pero lo que se le había metido dentro estaba lleno de imágenes e intenciones ajenas. Existía la posibilidad de que Jonesy siguiera dentro (Henry tendía a pensar que sí), pero demasiado al fondo, demasiado pequeño y con demasiadas pocas fuerzas para influir. Pronto Jonesy habría desaparecido por completo. Seguro que era lo mejor que podía ocurrirle.

Henry había tenido miedo de ser detectado por la cosa que gobernaba a Jonesy, pero pasó de largo sin frenar. Hacia Pete. ¿Y luego? ¿Luego adónde? Henry no quería pensar ni preocuparse.

Al final reemprendió el camino al campamento, pero no porque en Hole in the Wall quedara algo, sino porque no tenía ningún otro lugar a donde ir. Al llegar a la verja, con su escueto letrero donde ponía CLARENDON, se escupió otro diente en el guante, lo miró y lo tiró al suelo. Ya no nevaba, pero el cielo seguía oscuro, y le pareció que el viento recobraba fuerzas. ¿No habían comentado algo por la radio sobre una tormenta en dos tandas? Ni se acordaba ni estaba seguro de que tuviera importancia.

Oyó a su izquierda una explosión descomunal que lo sacudió todo. Reaccionó con una mirada apagada en aquella dirección, pero no vio nada. Se había estrellado algo, o había explotado. Justo en aquel momento dejaron de molestarle algunas de las voces. Ignoraba si estaban relacionadas las dos cosas, y si a él le afectaba en algo. Franqueó la verja abierta, pisando la nieve prensada del surco que había dejado el Arctic Cat, y se acercó a Hole in the Wall.

Seguía oyéndose el zumbido del generador, y sobre la losa de granito que les servía de felpudo estaba abierta la puerta. Henry permaneció un rato fuera, examinando la losa. Primero le pareció que había sangre, pero ni fresca ni seca tenía la sangre aquel lustre rojizo tan peculiar. No, lo que veía era una especie de sustancia orgánica, como musgo o alguna clase de hongo. Y algo más…

Levantó la cabeza, dilató la nariz y olfateó, despertando en su mente el recuerdo tan claro como absurdo de estar en Maurice's hacía un mes, con su ex mujer, de oler el vino que acababa de servir el *sommelier*, ver a Rhonda al otro lado de la mesa y pensar: nosotros olemos el vino, los perros se huelen mutuamente el culo, y en el fondo viene a ser lo mismo. Después se le encendió el recuerdo de su padre con leche en la barbilla. Con Rhonda habían intercambiado sonrisas, y Henry había pensado que sería un alivio indescriptible acabar con todo, y que, ya que había que hacerlo, más valía que fuera deprisa.

Ahora el olor no era de vino, sino de algo húmedo y sulfuroso. Tardó un poco, pero al final lo identificó: la mujer que les había hecho volcar. Era el mismo olor de descomposición intestinal.

Pisó la losa sabiendo que era la última vez que entraba, y sintió el peso de muchísimos años: risas, conversaciones, cervezas, alguna que otra sesión de porros, el día de 1996 en que habían hecho una guerra de comida (¿o de 1997?), disparos, aquel olor amargo, mezcla de pólvora y sangre, que identificaba la temporada del ciervo, olor a muerte y amistad, a todo el fulgor de la niñez…

Volvió a dilatar la nariz. Ahora el olor era más fuerte, y más químico que orgánico, quizá por su abundancia. Miró hacia adentro. En el suelo volvía a haber la misma especie de moho peludo, pero no tapaba del todo la madera. En cambio en la alfombra navajo había proliferado tanto que costaba distinguir el dibujo. Era evidente que le sentaba bien el calor, pero no dejaba de ser inquietante que se extendiera tan aprisa.

Henry estuvo a punto de entrar, pero se lo pensó mejor y prefirió retroceder dos o tres pasos de la puerta, quedándose en la nieve y pensando en la hemorragia nasal y los agujeros que tenía en las encías, donde por la mañana, al despertarse, había tenido dientes. Lo más probable, en caso de que el moho generara alguna clase de virus de transmisión aérea como el Ébola o el Hanta, era que no tardara en pringarla, y que cualquier medida equivaliera a atrancar la puerta del establo después del robo del caballo, pero tampoco tenía sentido correr riesgos innecesarios.

Dio media vuelta y rodeó Hole in the Wall hacia el lado del Barranco. Seguía caminando por el rastro prensado del Arctic Cat, para no hundirse en la nieve fresca.

2

También estaba abierta la puerta del cobertizo, y Henry vio a Jonesy como si le tuviera delante. Le vio detenerse en el umbral antes de entrar por la motonieve, apoyar una mano en el marco de la puerta y escuchar... ¿Escuchar qué?

Escuchar nada. Ni graznido de cuervos, ni chirrido de arrendajos, ni golpes de pájaros carpinteros, ni pasos de ardillas. Sólo se oía el viento, y de vez en cuando el ruido amortiguado de una masa de nieve resbalando de un pino o un abeto y chocando con la nieve fresca de debajo. La fauna local se había marchado corriendo, como en un dibujo animado.

Se quedó un rato donde estaba, procurando acordarse de cómo era por dentro el cobertizo. Pete lo habría hecho mejor (primero habría cerrado los ojos y habría movido el dedo, y a continuación habría dicho dónde estaba todo, hasta la última cajita de tornillos), pero Henry consideró que en aquel caso no le hacía falta el talento especial de su amigo. Sólo había transcurrido un día desde su última visita al cobertizo, en busca de algún accesorio para abrir la puerta de un armario de cocina que se había dilatado. Entonces había visto lo que le hacía falta ahora.

Respiró varias veces con rapidez, a fin de limpiarse los pulmones. A continuación se aplicó una mano enguantada a la nariz y la boca, la apretó con fuerza y entró. Se quedó parado unos segundos, esperando a que se le acostumbrara la vista a la poca luz. Prefería no exponerse a sorpresas innecesarias.

Realizado el ajuste, cruzó el espacio vacío donde había estado la motonieve. Ahora en el suelo no había nada aparte de un dibujo de manchas de aceite, pero la lona verde que había servido para tapar el vehículo, y que estaba arrugada en un rincón, presentaba más placas de la misma sustancia rojiza de antes.

La mesa de trabajo estaba revuelta, y tumbados dos potes, uno de clavos y otro de tornillos, con el resultado de que lo que siempre había estado ordenado ahora estaba mezclado. En el suelo había un estante viejo para pipas que había pertenecido a Lamar Clarendon, y que se había roto con la caída. Los cajones de la mesa estaban abiertos en su totalidad. Uno de los dos, Beaver o Jonesy, había pasado como un huracán en busca de algo.

Ha sido Jonesy, pensó Henry.

Sí. Quizá Henry no llegara a averiguar cuál era el objeto de su búsqueda, pero estaba seguro de que había sido Jonesy, y saltaba a la vista que o él o los dos le otorgaban una importancia vital. Se preguntó si lo había encontrado. Lo más probable era que tampoco llegara a averiguarlo. En cuanto a lo que buscaba él, estaba a la vista en un rincón del fondo, colgado en un clavo sobre un amasijo de latas de pintura y pistolas pulverizadoras.

Atravesó el interior del cobertizo cubriéndose la boca y la nariz, y sin respirar. Había un mínimo de cuatro mascarillas de pintor, colgadas de unas gomas que casi habían perdido toda su elasticidad. Las cogió y se volvió justo a tiempo para ver que se movía algo detrás de la puerta. Contuvo una exclamación, pero se le aceleró el pulso y de repente le pareció demasiado caliente y pesado el aire que le llenaba los pulmones, y que le había permitido llegar hasta allí. No, no había nada; eran imaginaciones suyas. Después vio que sí, que algo había. Por la puerta abierta entraba luz, y un poco más por la ventana sucia de encima de la mesa, que era la única. Henry, literalmente, se había asustado de su sombra.

Abandonó el cobertizo con cuatro zancadas, colgándole las mascarillas de pintor de la mano derecha, pero siguió aguantando la respiración hasta haber dado otros cuatro pasos por el surco de nieve prensada, y sólo entonces expulsó el aire enrarecido.

Luego se inclinó con las manos en los muslos, justo encima de las rodillas, y fueron disolviéndose los puntitos negros que le ensuciaban la vista.

Llegó del este una ráfaga lejana, demasiado fuerte y rápida para ser de escopetas. Eran armas de fuego automáticas. En el cerebro de Henry apareció una visión igual de nítida que la imagen de su padre con leche en la barbilla o la de Barry Newman huyendo de la consulta como alma que llevara el diablo. Vio ciervos, mapaches, perros salvajes y conejos segados a decenas, a centenares, cuando intentaban escapar de lo que se había convertido en zona de epidemia; vio enrojecerse la nieve con su sangre inocente (pero posiblemente contaminada). La visión le dolió de una manera inesperada, clavándose en una región que no estaba muerta, sino en letargo. Era donde había reverberado con tanta fuerza el llanto de Duddits, generando un tono armónico que daba una sensación de tener la cabeza a punto de explotar.

Henry se incorporó, vio sangre fresca en la palma de su guante izquierdo y clamó al cielo con una mezcla de enfado y risa:

—¡Mierda!

Tanto taparse la boca y la nariz, tanto coger las mascarillas y tantos planes de ponerse como mínimo dos antes de entrar en Hole in the Wall, y se le había olvidado por completo el corte del muslo, el que se había hecho al volcar el Scout. Si en el cobertizo había algún agente de contagio, algo que soltara el hongo, las posibilidades de que se le hubiera metido en el cuerpo eran inmejorables. Tampoco podía decirse que las precauciones que había tomado fueran gran cosa. Henry se imaginó un letrero donde pusiera en letras grandes y rojas: ¡ZONA DE RIESGO BIOLÓGICO! ¡AGUANTE LA RESPIRACIÓN Y TÁPESE CON LA MANO CUALQUIER HERIDA QUE TENGA!

Soltó un gruñido de risa y volvió a encaminarse a la cabaña. Total, tampoco tenía pensado vivir eternamente.

Al este seguían los disparos.

3

Henry volvió a plantarse en la puerta abierta de Hole in the Wall y se metió la mano en el bolsillo para ver si tenía pañuelo, aunque lo dudaba. Con razón: no llevaba. Dos atractivos poco comentados de ir al bosque eran orinar donde se quisiera y, cuando se tenían mocos, agacharse y soplar por la nariz. Dejar salir libremente el pipí y los mocos procuraba una especie de satisfacción primitiva... al menos a los hombres. Bien pensado, no dejaba de ser un milagro que las mujeres fueran capaces de enamorarse, no ya de los mejores, que también, sino del resto.

Se quitó la chaqueta, la camisa y la camiseta térmica que llevaba debajo. La última capa era otra camiseta, ésta de los Red Sox de Boston, descolorida y con la leyenda GARCIAPARRA 5 en la espalda. Henry también se la quitó, la enrolló y se la puso como venda alrededor del corte que tenía en la pernera izquierda del vaquero, con grumos de sangre. Mientras lo hacía, volvió a pensar que cerraba la puerta del establo después del robo del caballo; pero bueno, la cuestión era llenar las casillas, ¿no? Sí, y escribir claramente y en mayúsculas. Tales eran los conceptos en que se basaba la vida. Hasta cuando quedaba poca, como parecía ser el caso.

Volvió a ponerse el resto de la ropa en el torso, donde se le había puesto la piel de gallina, y se colocó dos de las mascarillas de pintor con forma de lágrima. Pensó en ponerse dos más, una en cada oreja, pero al imaginarse las gomas cruzándole el cogote se le escapó la risa. ¿Y qué más? ¿Usar la que quedaba para taparse un ojo? ¡Hay que joderse!

—Si lo cojo, lo cojo —dijo, no sin recordarse que las precauciones nunca estaban de más. Hombre precavido vale por dos, decía el viejo Lamar.

Dentro de Hole in the Wall, el hongo (o moho, o lo que fuera) había hecho progresos muy vistosos, y eso que la ausencia de Henry había sido corta. La alfombra navajo estaba cubierta en toda su superficie, sin que se trasluciera parte alguna del dibujo. También había manchas en el sofá, la barra que separaba la cocina de la zona de comedor y los asientos de dos de los tres taburetes que la complementaban del lado de esta última. En una pata de la mesa del comedor había un hilo torcido de pelusilla rojiza, como si siguiera el reguero de algo derramado, y Henry se acordó de la manera que tienen las hormigas de acudir en grupo a cualquier rastro de azúcar. Lo más inquietante quizá fuera la especie de telaraña de pelusa dorada-rojiza que colgaba muy por encima de la alfombra navajo. Henry la miró fijamente por espacio de varios segundos antes de entender de qué se trataba: del atrapasueños de Lamar Clarendon. Henry no tenía muchas esperanzas de llegar a comprender la naturaleza exacta de lo sucedido, pero de algo estaba seguro: de que esta vez el atrapasueños había cazado una pesadilla de verdad.

¡No pretenderás seguir entrando!, se dijo. ¿Ahora que has visto lo deprisa que crece? Jonesy, al pasar, tenía un aspecto normal, pero era pura apariencia. Ya lo sabes, porque lo has notado. ¿Y sabiéndolo te atreverías a dar un paso más?

—Me parece que sí —dijo Henry. Al hablar se le movía la doble capa de mascarilla—. Si me coge... pues nada, tendré que suicidarme.

Riéndose como Stubb en *Moby Dick*, Henry se adentró más en la cabaña.

4

Con una excepción, el hongo formaba placas delgadas y grumos. La excepción se hallaba delante de la puerta del lavabo, donde había una verdadera montaña de hongos de textura apelmazada y crecimiento vertical, cubriendo de pelusa las dos jambas hasta una altura de más de un metro. La proliferación en forma de montaña parecía nutrirse de una sustancia grisácea y esponjosa. En el lado que daba al salón, lo gris se bifurcaba en dos, formando una uve que a Henry le recordó algo muy desagradable: un par de piernas, como si se hubiera muerto alguien en la puerta y el hongo hubiera tapado el cadáver. Henry se acordó de una separata de la facultad de medicina, un artículo leído por encima cuando buscaba otra cosa. Una de las fotos que contenía, tomada por un forense, era tan truculenta que se le había quedado marcada. Aparecía la víctima de un asesinato que había aparecido desnuda en el bosque al término de unos cuatro días. En la nuca, las corvas y la raja del culo crecían setas.

De acuerdo, cuatro días, pero la cabaña, por la mañana, estaba limpia, y sólo habían pasado...

Henry echó un vistazo a su reloj y vio que se le había parado a las doce menos veinte.

Se volvió para mirar detrás de la puerta, porque de repente estaba convencido de que le acechaba alguien.

Qué va. Lo único que había era la Garand de Jonesy apoyada en la pared.

Empezó a volverse hacia la puerta del lavabo, y otra vez hacia atrás. La Garand parecía limpia de potingues. La cogió. Estaba cargada, con el seguro puesto y una bala en la recámara. Muy bien. Se la colgó en el hombro y volvió a encarar el bulto rojo y repulsivo que crecía fuera del lavabo. En aquella zona era muy fuerte el olor a éter, mezclado con algo todavía más repugnante, como a azufre. Caminó con lentitud hacia el cuarto de baño, y, mientras hacía un esfuerzo de voluntad para dar un paso y luego otro, fue convenciéndose de que el bulto rojo con protuberancias como piernas era lo único que quedaba de su amigo Beaver. Dentro de poco vería los restos enredados de la melena negra de Beav, o sus Doc Martens, a las que se refería Beaver como su «afirmación de solidaridad lesbiana». Le había dado por pensar que las Doc Martens eran una señal secreta que tenían las lesbianas para reconocerse, y no había manera de quitárselo de la cabeza. Otra idea fija que tenía era que el mundo estaba gobernado por gente que se llamaba Rothschild y Goldfarb, quizá desde un búnker enterrado a gran profundidad en Colorado.

Sin embargo, no existía ningún medio para cerciorarse de que el bulto de la puerta hubiera sido Beav u otra persona. El único indicio era la forma. En la masa esponjosa relucía algo. Henry se agachó un poco con la duda de si ya le crecerían trocitos microscópicos de hongo en la superficie húmeda y desprotegida de los ojos. Lo que había visto resultó ser el pomo de la puerta del lavabo. Al lado del bulto había otro más pequeño que se alimentaba de un rollo de cinta aislante. Se acordó de lo desordenada que había encontrado la mesa de trabajo del cobertizo, y de los cajones abiertos. ¿Era lo que buscaba Jonesy? ¿Un rollo miserable de cinta aislante? En su cabeza lo afirmaba algo, algo que podía ser el clic o podía no serlo. Pero ¿por qué? ¿Por qué?

Desde hacía unos cinco meses, a medida que aumentaba la frecuencia y duración de las ideas de suicidio, con su extraña jerigonza, a Henry se le había ido agotando la curiosidad. Ahora estaba desatada, como si se hubiera despertado con hambre, y Henry no tenía nada con que alimentarla. ¿La cinta aislante era para cerrar la puerta? En ese caso, ¿contra qué? Seguro que Jonesy y Beaver ya sabían que contra el hongo no surtiría efecto, puesto que infiltraría sus dedos por debajo de la puerta.

Miró en el lavabo y profirió un sonido gutural. El horror, la locura que había tenido por escenario la cabaña, y cuya naturaleza ignoraba, sólo podía haber empezado allí. Las paredes del lavabo delimitaban una especie de cueva roja donde las placas de moho casi tapaban todas las baldosas azules del suelo. También había subido por el pedestal de la pila y el del váter. La tapa del váter estaba apoyada en la cisterna, y, aunque la cantidad de pelusa impedía asegurarlo, Henry pensó que el anillo se había roto hacia adentro. La cortina de la ducha ya no era azul, sino rojiza y rígida; estaba arrancada casi por entero de las anillas (que lucían sus propias barbas vegetales) y yacía en la bañera.

Del borde de la bañera, otro criadero de hongos, sobresalía un pie calzado con bota. Henry no tuvo la menor duda de que era una Doc Marten. Por lo visto había acabado por encontrar a Beaver. De repente le asaltaron recuerdos del día en que habían rescatado a Duddits, tan nítidos y luminosos que parecía ayer. Beaver con su chaqueta de cuero ridícula, Beaver cogiendo la fiambrera de Duddits y diciendo: «¿Qué, te gusta la serie? ¡Pero si nunca se cambian de ropa!» Y diciendo...

—Hay que joderse —dijo Henry a la cabaña invadida—. Siempre lo decía.

Con lágrimas resbalando por las mejillas. Si el hongo sólo quería humedad (y a juzgar por la selva que desbordaba la taza del váter, le encantaba), que se subiera a Henry y se daría un festín.

Pensó que le importaba bastante poco. Tenía la escopeta de Jonesy. Podía contagiársele el hongo, pero él tenía los medios para asegurarse de estar muerto antes de que hubiera llegado al postre. Si se daba el caso.

Lo cual era probable.

5

Estaba seguro de haber visto algunos restos de alfombra apilados en un rincón de la cabaña. Pensó en salir a buscarlos. Podía distribuirlos por el suelo del lavabo, caminar sobre ellos y ver mejor el interior de la bañera. Aunque ¿para qué? Ya sabía que era Beaver, y, la verdad, no le apetecía ver a su amigo de infancia, autor de perlas como tócame los perendengues, cubierto de hongos como el cadáver blanquecino de la vieja separata médica, con su colonia de setas. Como manera de despejar sus dudas sobre lo ocurrido, quizá sí, pero Henry no lo consideraba probable.

De lo que más ganas tenía era de salir. El hongo no era lo único que daba repelús. Henry tenía la escalofriante sensación de no estar solo.

Retrocedió de la puerta del lavabo. En la mesa del salón comedor había un libro de bolsillo cuyo dibujo de portada era un baile de demonios con horcas en las manos. Seguro que era de Jonesy. Ya alimentaba su propia colonia de pasta rojiza.

Se percató de un ruido procedente del oeste, ruido que no tardó en adquirir intensidad atronadora. Eran helicópteros, y esta vez había más de uno. Eran muchos, y grandes. A juzgar por el ruido, volaban a ras de tejado, y Henry obedeció al impulso de agacharse. Se le llenó la cabeza de imágenes salidas de una decena de películas sobre Vietnam, junto con la seguridad de que abrirían fuego con sus ametralladoras y dejarían la casa como un queso. Eso si no la rociaban de napalm.

Pasaron de largo sin hacer ni lo uno ni lo otro, pero bastante cerca para hacer temblar la vajilla en las alacenas de la cocina. Oyendo que el ruido se alejaba, convertido primero en tableteo y después en zumbido inofensivo, Henry recuperó su posición erguida. Quizá se dirigieran al extremo oriental de Jefferson Tract, para sumarse a la matanza de animales. Allá ellos. Él pensaba darse el piro y...

¿Y qué? ¿Exactamente qué?

Mientras se lo pensaba, oyó ruido en uno de los dormitorios de la planta baja. Ruido de algo deslizándose. Siguió un momento de silencio, con la duración justa para que Henry echara la culpa del ruido a su imaginación. Después sonó una serie de clics y pitidos, casi como un juguete mecánico (quizá un mono o un loro de hojalata) a punto de quedarse sin cuerda. A Henry se le puso la piel de gallina por todo el cuerpo, se le secó la boca y se le erizó el vello de la nuca.

¡Tío, sal corriendo!

Antes de que la voz pudiera adueñarse de sus actos, dio varias zancadas hacia la puerta del dormitorio y se descolgó del hombro la Garand. La descarga de adrenalina en la sangre aguzó los contornos de cuanto le rodeaba. Se suspendió la percepción selectiva, regalo jamás agradecido a las personas que se sienten seguras y a gusto, y vio todos los detalles: el reguero de sangre que iba del dormitorio al cuarto de baño, una zapatilla tirada por el suelo, una mancha de moho rojo en la pared con forma de mano...

Lo que fuera estaba encima de la cama. A Henry le pareció una comadreja o una marmota con las patas amputadas y una cola larga y ensangrentada, prolongándose como placenta. Sin embargo, con la posible excepción de la morena del acuario de Boston, nunca había visto ningún animal con unos ojos negros tan desproporcionados. No era la única similitud: cuando el bicho abrió de par en par la raya rudimentaria que tenía por boca, apareció un nido de dientes largos y finos como alfileres.

Detrás, sobre la sábana empapada de sangre, latían como mínimo cien huevos naranjas y marrones. Eran del tamaño de canicas grandes, y estaban cubiertos por una especie de mucosidad. Henry vio que dentro de cada uno se movía una sombra que parecía un cabello.

El bicho con aspecto de comadreja se irguió como una serpiente saliendo de la cesta del encantador y dirigió a Henry una especie de chirrido. Culebreaba en la cama (la de Jonesy), pero no daba la sensación de poder moverse mucho. Sus ojos, negros y brillantes, rebosaban ira. Su cola (aunque a Henry, más que cola, le pareció una especie de tentáculo prensil) dio varios latigazos. Después cubrió todos los huevos que pudo, como protegiéndolos.

Henry se dio cuenta de que repetía sin descanso la misma palabra, «no», con la monotonía de un caso perdido de neurosis con dosis doble de Thorazine. Se apoyó la escopeta en el hombro, apuntó y siguió por la mira la repelente cabeza en forma de cuña, que no se estaba quieta. Sabe qué es, pensó con frialdad. A eso llega. Apretó el gatillo.

El bicho estaba a pocos metros, y en baja forma para emprender la huida. O estaba agotado de poner los huevos, o le sentaba mal el frío (y había que reconocer que Hole in the Wall, con la puerta principal abierta, era una nevera). La detonación, entre las cuatro paredes, fue brutal. La cabeza levantada de la cosa se desintegró en salpicaduras e hilos que mancharon la pared del fondo. Tenía la sangre del mismo color que el hongo, de un dorado rojizo. El cuerpo decapitado cayó de la cama y fue a parar a un montón de ropa que Henry no reconoció: una chaqueta marrón, un chaleco naranja y unos vaqueros con dobladillo. (Henry y sus amigos nunca los habían llevado de aquella clase; en octavo y noveno, ponérselos significaba granjearse el calificativo de paleto.) Con el cuerpo cayeron rodando varios huevos, la mayoría de los cuales aterrizaron en la ropa o en el montón de libros desordenados de Jonesy y permanecieron íntegros, aunque hubo unos cuantos que se rompieron contra el suelo. Se derramó de ellos algo turbio, como clara de huevo en mal estado, cerca de una cucharada grande por huevo. Los cabellos de dentro se retorcían y, con sus ojos negros del tamaño de una cabeza de alfiler, parecía que miraran a Henry con cara de odio. Verlos le daba ganas de gritar.

Dio media vuelta y salió del dormitorio con paso inestable. Tenía las piernas tan insensibles que parecían patas de mesa. Se sentía como una marioneta manipulada por alguien con buena intención, pero que sólo hiciera sus primeros pinitos. Hasta llegar a la cocina, e inclinarse hacia el armario de debajo del fregadero, no supo adónde iba.

—*I am the eggman, I am the eggman, I am the walrus! Googoo-joob!*[1]

No lo cantó: lo declamó en voz muy alta y con un tono como de sermón, que no se había dado cuenta de tener en su repertorio. Era una voz de histrión decimonónico. La idea, a saber por qué, evocó la imagen del célebre actor shakespeareano Edwin Booth vestido de D'Artagnan, con pluma en el sombrero incluida, recitando la letra de John Lennon, y profirió dos fuertes sílabas de risa:

—¡Ja! ¡Ja!

Me estoy volviendo loco, pensó... pero en fin, mejor D'Artagnan recitando *I am the Walrus* que la imagen de la sangre de la cosa salpicando la pared, o de la Doc Marten cubierta de moho saliendo de la bañera, o lo peor de todo: los huevos abriéndose y soltando un cargamento de pelos movedizos con ojos de cabeza de alfiler. Todos mirándole a él.

Apartó el lavavajillas y el cubo, y apareció lo que buscaba: la lata amarilla de líquido Sparx para encender la barbacoa. El marionetista inepto que le gobernaba adelantó el brazo de Henry con movimientos torpes y cerró sus dedos en la lata de Sparx. Con ella en la mano, Henry volvió a cruzar el salón, pasando al lado de la chimenea para coger la caja de cerillas de madera de la repisa, mientras seguía declamando *I am the Walrus*.

Se dio prisa en volver a entrar en el dormitorio de Jonesy antes de que pudiera tomar el control la persona aterrorizada que había dentro de su cabeza, haciéndole dar media vuelta y huir. Lo

---

1. Es el estribillo de *I am the Walrus*, canción de los Beatles. «Soy el hombre de los huevos, soy el hombre de los huevos, soy la morsa.» (*N. del T.*)

que quería esa persona era hacerle correr hasta caer inconsciente. O muerto.

Los huevos de encima de la cama también se estaban abriendo. Por la sábana empapada de sangre, y en la almohada de Jonesy, pululaban como mínimo dos docenas de cosas con forma de cabello. Una levantó su mínima cabeza y le lanzó un sonido tan débil y agudo que apenas se oía.

Henry, que seguía sin permitirse ninguna pausa (puesto que detenerse significaba no volver a caminar, como no fuera hacia la puerta), dio dos pasos hacia el pie de la cama. Uno de los cabellos se deslizó hacia él por el suelo, impulsándose con la cola como un espermatozoide en el microscopio.

Henry lo pisó, al tiempo que retiraba la tapa de plástico rojo del pitorro de la lata. Lo orientó hacia la cama y roció generosamente tanto esta como el suelo con movimientos de la muñeca. Cuando el líquido mojaba las cosas con forma de cabello, soltaban gritos agudos como de gato recién nacido.

—*Eggman... eggman... walrus!*

Pisó otro par de cabellos y vio que se le había enganchado uno a la pernera del vaquero, cogiéndose con su cola minúscula e intentando traspasar la tela con los dientes, que aún eran blandos.

—*Eggman* —murmuró Henry, quitándoselo de encima con la otra bota y, al ver que quería escapar, pisándolo.

De repente se notó empapado de sudor de la cabeza a los pies. Salir, con el frío que hacía (y no tenía más remedio, porque dentro no podía quedarse), era una muerte casi segura.

Abrió la caja de cerillas, pero le temblaban tanto las manos que se le cayó al suelo la mitad. Ahora reptaban hacia él más gusanos en forma de cabello. Quizá no se enteraran de mucho, pero algo sabían: que era su enemigo.

Consiguió sujetar una cerilla, la levantó y aplicó el pulgar a la punta. Un truco que le había enseñado Pete hacía muchos años. En el fondo, lo mejor siempre te lo enseñan los amigos. Como hacerle un funeral vikingo al amigo Beaver, y de paso cargarse a aquella porquería de serpientes en miniatura.

—*Eggman!*

Rascó la punta de la cerilla, que prendió. El olor a azufre quemándose se parecía al que había encontrado al entrar en la cabaña, y al de los pedos de la mujer gorda.

—*Walrus!*

Arrojó la cerilla al pie de la cama, donde había un edredón arrugado que ahora estaba empapado del líquido. Al principio la llama se puso azul alrededor del palito de madera, y Henry tuvo miedo de que se apagara. Después se oyó una especie de ¡fum!, y el edredón se rodeó de una modesta corona de llamas amarillas.

—*Goo-goo-joob!*

Las llamas treparon por la sábana (ennegreciendo su baño de sangre), llegaron a la acumulación de huevos con cobertura gelatinosa, los probaron y les cogieron gusto. Al encenderse, los huevos chisporrotearon. Más maullidos de gusanos quemándose. Una especie de hervor al resquebrajarse la cáscara y salir el líquido.

Henry retrocedió hacia la puerta rociando el suelo con la lata, que sólo se le vació hacia la mitad de la alfombra navajo. Entonces la tiró al suelo, encendió otra cerilla y la arrojó. Esta vez el ¡fum! fue inmediato, y las llamas que se levantaron, de color naranja. Le ardía la cara sudada, y experimentó el impulso, fuerte y gozoso, de quitarse las mascarillas de pintor y penetrar en la hoguera. Hola, calor, hola, verano, hola, amiga oscuridad.

Lo que le detuvo era tan simple como poderoso. Tirar la toalla, en ese momento, era haber sufrido inútilmente el despertar molesto de todas sus emociones aletargadas. Nunca averiguaría en detalle lo ocurrido en la cabaña, pero quizá los que pilotaban los helicópteros y mataban animales pudieran darle algunas respuestas. Eso si no le pegaban un tiro.

Al llegar a la puerta, Henry tuvo un recuerdo tan claro que le gritó por dentro el corazón: Beaver de rodillas delante de Duddits, que intenta ponerse las zapatillas al revés. «Deja, que te lo arreglo», dice Beaver; y Duddits, mirándole con los ojos muy abiertos y una cara de perplejidad que no puede inspirar otra cosa que no sea ternura, contesta: «¿Adegla tatilla?»

Henry volvía a llorar.

—Hasta otra, Beav —dijo—. Te quiero, tío. Te lo digo con toda el alma.

Y se adentró en el frío.

6

Caminó hacia el fondo de Hole in the Wall, donde estaba la leña. Al lado había otra lona, esta vieja, y que de negra se estaba poniendo gris. Se había pegado con la escarcha, y tuvo que usar las dos manos para arrancarla del suelo. Debajo había una mezcolanza de raquetas, patines y esquíes. También había una barrena de nieve antediluviana.

De repente, mientras miraba aquel amasijo poco llamativo de accesorios invernales salidos de un extenso letargo, Henry se dio cuenta de lo cansado que estaba, aunque decir «cansado» era quedarse corto. Acababa de recorrer quince kilómetros a pie, casi todos corriendo. También había sufrido un accidente de coche, y había descubierto el cadáver de uno de sus tres amigos de infancia. En cuanto a los otros dos, también estaba seguro de haberlos perdido.

Llego a no querer suicidarme y ahora estaría como una puta cabra, pensó; y rió. Le sentó bien reírse, pero no en el sentido de atenuar su sensación de cansancio. A pesar de ella, debía marcharse. Tenía que encontrar a algún representante de las autoridades y contarle lo que había pasado. Quizá ya lo supieran (a juzgar por los ruidos, algo debían de saber, aunque a Henry no acabaran de cuadrarle los métodos con que reaccionaban), pero tal vez no estuvieran al corriente de las comadrejas. Ni de los huevos. Se lo diría él, Henry Devlin.

Las cuerdas de las raquetas, que eran de piel sin curtir, estaban tan roídas por los ratones que casi sólo quedaba el bastidor. Henry, sin embargo, siguió buscando hasta que encontró un par de esquíes cortos para esquí de fondo con toda la pinta de ser la última tendencia de 1954. Las fijaciones estaban oxidadas, pero al empujarlas con los dos pulgares logró moverlas bastante para que le sujetaran más o menos las botas.

Ahora, dentro de la cabaña todo eran chasquidos. Henry tocó la madera con una mano y notó el calor. Debajo del alero había varios bastones de esquí apoyados, con los puños metidos en un cúmulo de telarañas sucias. A Henry no le apetecía nada tocarlos (tenía demasiado fresco en la memoria lo de los huevos y la prole pululante de la comadreja sin patas), pero al menos llevaba guantes. Apartó las telarañas y hurgó entre los bastones con movimientos rápidos. Ya veía saltar chispas detrás de la ventana que tenía al lado de la cabeza.

Encontró un par de bastones que sólo le iban un poco cortos, y esquió con poca gracia hacia la esquina del edificio. Con los esquíes viejos y la escopeta de Jonesy colgada en el hombro, se sentía como un soldado nazi en una película de Alistair MacLean. Justo al doblar la esquina, la ventana que había tenido más cerca explotó hacia afuera con una detonación de fuerza inusitada, como si alguien hubiera tirado una fuente grande de vidrio desde un segundo piso. Henry encogió los hombros y sintió en la chaqueta el impacto de varios trozos de cristal. Le cayeron algunos en el pelo. Pensó que, si se hubiera quedado otros veinte o treinta segundos eligiendo esquíes y bastones, la explosión del cristal le habría destrozado la cara.

Levantó la mirada hacia el cielo, enseñó las dos palmas a la altura de la cara, a lo Al Jolson, y dijo:

—¡Yupi! ¡Me protegen desde arriba!

Ahora salían llamas por la ventana y lamían el alero. Henry oyó que el brusco aumento del gradiente de calor hacía que dentro se rompieran más cosas. El campamento del padre de Lamar Clarendon, que había empezado a construirse justo después de la Primera Guerra Mundial, era un infierno. Seguro que lo soñaba.

Esquió alrededor de la casa, dando un amplio rodeo, mientras la chimenea escupía un torbellino de chispas que se elevaba hacia las nubes. Al este seguía oyéndose el tableteo incesante de las ametralladoras. Estaban cazando el límite de piezas. El límite y más. Lo siguiente, al oeste, fue la explosión. ¡Dios! ¿Qué había sido eso? Imposible saberlo. Si conseguía llegar entero a donde hubiera gente, quizá se lo explicaran.

—Eso si no deciden cazarme a mí —dijo.

Le salió una voz tan estridente que le hizo comprender que se moría de sed. Entonces se agachó con cuidado (porque hacía al menos diez años que no se ponía ninguna clase de esquíes), recogió dos puñados de nieve y se llenó la boca. Dejó fundirse la nieve y bajarle por la garganta. ¡Qué gusto! Henry Devlin, psiquiatra y autor de un viejo artículo sobre la Solución Hemingway, el Henry Devlin que de niño virginal se había convertido en alguien alto y desgarbado a quien siempre le resbalaban las gafas por el puente de la nariz, alguien con bastantes canas y cuyos amigos estaban muertos, se habían escapado o habían cambiado, Henry Devlin, pues, se había detenido al lado de la verja abierta de un lugar adonde jamás regresaría, y, calzado con esquíes, comía nieve como un niño chupando un cornete en el circo, mientras veía quemarse el último escenario positivo de su vida. Las llamas ya atravesaban las tejas de madera de cedro. Se fundía la nieve y, convertida en agua hirviente, corría siseando por los canalones oxidados. Aparecían brazos de fuego por la puerta abierta, como anfitriones entusiastas animando a los recién llegados a darse prisa, caramba, a entrar de una vez antes de que se acabara de quemar todo. A consecuencia del tueste, la alfombra de pelusa rojiza que crecía en la losa de granito había pasado de dorada a gris.

—Así, así —murmuró entre dientes Henry, que sin darse cuenta abría y cerraba los puños alrededor de los bastones de esquí—. Así me gusta.

Siguió mirando otro cuarto de hora, y cuando ya no pudo soportarlo dio la espalda a las llamas y reemprendió en sentido inverso el camino por el que había venido.

7

Ya no le quedaban fuerzas. Tenía ante sí más de treinta kilómetros (para ser exactos, se dijo, treinta y cinco coma siete), y como no cogiera el ritmo jamás llegaría. Se mantuvo en el rastro endurecido de la motonieve e hizo más paradas de descanso que en el camino de ida.

Es que entonces era más joven, pensó con una pizca, sólo una pizca, de ironía.

Se miró dos veces el reloj, sin acordarse de que en Jefferson Tract se había detenido el tiempo. Con aquella capa de nubes que no había manera de que se moviera, sólo estaba seguro de que era de día; y por la tarde, claro, pero no tenía ni idea de si faltaba poco o mucho para el anochecer. En cualquier otra tarde le habría servido de indicio el hambre, pero ahora, con aquella cosa en la cama de Jonesy, y los huevos, y los cabellos con ojos negros y protuberantes... No, imposible. Y menos con el pie en el borde de la bañera. Tenía la sensación de que no podría volver a comer nada en toda su vida, y de que si comía sería algo que no contuviera nada rojo. ¿Setas? Tampoco, gracias.

Descubrió que esquiar era un poco como montar en bicicleta, al menos en desplazamientos así, a campo traviesa: no se olvidaba. En la primera cuesta se cayó una vez y le resbalaron los esquíes, pero la bajada, aparte de un poco de mareo y algunos vaivenes, fue una seda. Supuso que los esquíes no se enceraban desde la presidencia del plantador de cacahuetes, pero, mientras siguiera el rastro prensado de la motonieve, no tenía por qué sufrir ningún percance. Le asombró la cantidad de huellas de animales que punteaban Deep Cut Road. Nunca había visto siquiera una décima parte. Algunos bichos habían seguido la carretera, pero la mayoría de los rastros se limitaban a cruzarla de oeste a este. El parsimonioso trazado de Deep Cut Road estaba orientado al noroeste, y saltaba a la vista que el oeste era un punto cardinal que prefería evitar la fauna de la zona.

Estoy de viaje, se dijo Henry. Puede que un día escriba alguien un poema épico que se llame *El viaje de Henry*.

Rió, y en su garganta reseca la risa se hizo tos de perro. Orientó los esquíes hacia el borde del surco del vehículo, cogió otro par de puñados de nieve y se los comió.

—¡Rica y sana! —proclamó—. ¡Nieve! ¡Algo más que un desayuno!

Miró el cielo, y fue un error. Al principio le rodó de tal modo la cabeza que temió caer de espaldas. Después de un rato se le pasó el vértigo. Las nubes parecían un poco más oscuras. ¿Iba a nevar? ¿O a hacerse de noche? ¿O las dos cosas a la vez? Le dolían las rodillas y los tobillos de tanto arrastrar los esquíes, y más le dolían los brazos de ejercer fuerza en los bastones, pero lo más resentido eran los pectorales. Para entonces ya se había resignado a no llegar a Gosselin antes de que se hubiera hecho de noche. Ahora, mientras comía más nieve, se le ocurrió la posibilidad de que pudiera no llegar.

Se aflojó la camiseta de los Red Sox que se había enroscado en la pierna, y al ver en el vaquero una raya muy roja le entró un miedo cerval. Le latía tan deprisa el corazón que en su campo visual aparecieron manchas blancas y pulsátiles. Acercó a lo rojo unos dedos que temblaban.

¿Qué pretendes hacer?, se preguntó con sorna. ¿Quitarlo como si sólo fuera un hilo o un poco de pelusa?

Fue exactamente lo que hizo, porque de eso se trataba, de un hilo que se había desprendido del logo de la camiseta. Lo soltó y lo vio flotar hacia la nieve. A continuación volvió a atarse la camiseta alrededor del corte del pantalón. Para ser alguien que menos de cuatro horas antes se planteaba todas las opciones finales (la soga, la bañera, la bolsa de plástico, la caída de un puente y, clásico entre clásicos, la Solución Hemingway, que en algunos ambientes también se conocía por Despedida del Policía), había pasado uno o dos segundos cagándose de miedo.

Porque así no quiero acabar, se dijo. No quiero que me coman vivo unas...

—Unas setas del planeta X —dijo.

Volvió a ponerse en camino.

8

El mundo se encogía, como es habitual cuando se pierden las últimas fuerzas sin haber acabado lo que se quería hacer ni estar cerca de la conclusión. La vida de Henry se reducía a cuatro movimientos sencillos y repetitivos: la presión de los brazos en los bastones y el arrastre de los esquíes por la nieve. Era como penetrar en otra zona. Se le marcharon los dolores, al menos de momento. Sólo se acordaba de haber tenido una sensación un poco parecida: en el instituto, jugando en el equipo de baloncesto de los Tigers de Derry. En el transcurso de una final importantísima, se había dado la coincidencia de que expulsaran por faltas a tres de los mejores cuatro jugadores del equipo cuando no habían pasado ni tres minutos del tercer cuarto. El entrenador había dejado que Henry jugara hasta el final. Lo había conseguido, pero, al pitarse el final del partido (perdiendo los Tigers con holgura), flotaba en una especie de nube feliz. Yendo al vestuario de los chicos, se le habían doblado las piernas a mitad del pasillo y se había derrumbado sin que se le borrara la sonrisa tonta, mientras sus compañeros de equipo, con el uniforme rojo de viaje, se reían, le animaban, aplaudían y silbaban.

Ahora no había nadie que aplaudiera ni silbara. El único ruido era el de ametralladoras al este, que quizá se hubiera vuelto un poco más lento, pero seguía dando guerra.

Lo de peor agüero, sin embargo, eran los disparos sueltos que se oían delante. ¿En la tienda de Gosselin? No se podía saber.

Henry se oyó cantar la canción de los Rolling Stones que menos le gustaba, *Sympathy for the Devil* (*Made damn sure that Pilate washed his hands and sealed His fate*, gracias, muchas gracias, sois un público fabuloso, buenas noches), y se obligó a interrumpirla al darse cuenta de que se le mezclaba la canción con recuerdos de Jonesy en el hospital, el Jonesy de marzo de aquel año, que más que demacrado estaba como encogido, como si le hubiera salido toda la esencia para formar un escudo protector en torno a su cuerpo sorprendido y ultrajado. En Jonesy, Henry había visto a una persona con muchas posibilidades de morir, y, si bien había acabado por salvarse, se percató de que la visita al hospital coincidía con el momento en que él había empezado a plantearse el suicidio como algo serio. La galería de imágenes truculentas que atormentaba sus noches (leche azulada en la barbilla de su padre, el bamboleo de las nalgas gigantescas de Barry Newman al huir de la consulta, Richie Grenadeau con una caca en la mano y diciéndole a Duddits Cavell, casi desnudo y llorando, que se la comiera, que tenía que comérsela) tenía una nueva incorporación: la cara chupada y la mirada de desquicio de Jonesy, víctima de un absurdo atropello; un Jonesy con aspecto de estar pidiendo pista para el último vuelo. Decían que estaba estable, pero Henry, en los ojos de su amigo de infancia, había leído otra palabra: crítico. ¿Simpatía por el diablo? Por favor. No había dios, diablo, ni simpatía; y darse cuenta de ello significaba meterse en un berenjenal. Tener contados los días de cliente viable y de pago en el gran parque de atracciones que era América del Norte.

Volvió a oírse cantar (*But what's puzzling you is the nature of my game*) y se impuso silencio. Pues ¿qué cantaba? Algo de encefalograma plano. Una tontería sin ningún contenido, pero jugosa, que chorreara América por los cuatro costados. ¿Qué tal aquella de las Pointer Sisters? Era muy buena.

Miró los esquíes en movimiento y la huella del perfil de los neumáticos de la motonieve, mientras entonaba la canción. En poco tiempo, repetida hasta la saciedad, se había convertido en un susurro monótono y desprovisto de melodía, que Henry recitaba mientras se le empapaba la ropa de sudor y se le helaba en el labio superior el moco líquido que le salía por la nariz:

—*I know we can make it, I know we can, we can work it out, yes we can-can yes we can yes we can...*[1]

Mejor, mucho mejor. Aquella sucesión de *yes we can* era tan americana como una camioneta Ford en el aparcamiento de una bolera, o una estrella del rock muerta en la bañera.

---

1. Simple declaración voluntarista cuyo contenido se reduce a repetir de diferentes maneras «sé que podemos conseguirlo». (*N. del T.*)

Y así, acabó volviendo al refugio donde había dejado a Pete y la mujer. Pete ya no estaba. Había desaparecido sin dejar rastro.

El tejado oxidado del cobertizo se había desplomado. Henry lo levantó para cerciorarse de que no estuviera Pete, como si se tratara de una sábana metálica. La que estaba era la mujer, pero no en el mismo sitio que al marcharse Henry. O bien se había arrastrado, o la habían movido, pero a medio camino había caído víctima de un caso agudo de muerte. Tenía cubiertas la ropa y la cara del moho con color de herrumbre que había invadido la cabaña, pero Henry tomó nota de algo interesante: así como la pelusa que se cebaba en ella estaba en buena forma (sobre todo en los agujeros de la nariz y el ojo que quedaba a la vista, centro de una verdadera selva), la que se había apartado un poco del cadáver, rodeándolo de una especie de corona de pinchos desiguales, pasaba un mal trance. Detrás de la mujer, en el lado opuesto a la hoguera, el hongo se había vuelto gris y ya no crecía. El de la parte de delante no lo pasaba tan mal, gracias a haber dispuesto de calor y de una extensión de suelo donde se había derretido la nieve, pero las puntas de los filamentos estaban poniéndose de un gris como de ceniza volcánica.

Henry estaba casi convencido de que agonizaba.

Y, como el hongo, la luz del día. Ahora ya era indiscutible. Henry soltó la lámina oxidada de cinc, dejándola caer sobre el cadáver de Becky Shue y las últimas brasas de la hoguera. Acto seguido volvió a mirar el rastro de la motonieve y se lamentó de lo mismo que en la cabaña: de no tener consigo al amiguito de Jonesy, Hércules Poirot, para descifrar lo que veía.

El rastro se acercaba al tejado caído del cobertizo y volvía a alejarse en dirección noroeste, hacia la tienda de Gosselin. En la nieve había una zona deprimida que casi dibujaba el contorno de un cuerpo humano, y a cada lado, terrones redondos.

—¿Tú qué dices, Hércules? —preguntó Henry—. ¿Qué quiere decir, *mon ami*?

Hércules, sin embargo, nada dijo.

Henry volvió a cantar en sordina, mientras se acercaba a uno de los terrones redondos sin haberse dado cuenta de que las Pointer Sisters habían vuelto a dar paso a los Rolling Stones.

Quedaba bastante luz para ver que los tres hoyitos situados

a la derecha de la forma humana llevaban impresa una trama, y se acordó de la codera que llevaba Pete en el brazo derecho de su trenca. Pete, con cierto (y peculiar) orgullo, le había contado que se la había cosido su novia, diciendo que cómo iba a ir de caza con la chaqueta rota. Henry recordó que el hecho de que Pete erigiera fantasías de un futuro feliz a partir de un solo gesto de amabilidad le había parecido al mismo tiempo gracioso y triste; gesto, además, que al fin y al cabo podía tener más que ver con la educación que había recibido la mujer en cuestión que con los sentimientos que albergara hacia el borracho de su novio.

En fin, poco importaba. Ahora la cuestión era que Henry consideraba que ya tenía fundamento para una deducción sólida. Pete había salido de debajo del tejado caído. Entonces había llegado Jonesy (o lo que gobernara a Jonesy, la nube), había dado un rodeo hacia los restos del cobertizo y había recogido a Pete.

¿Por qué?

Henry no lo sabía.

Las manchas que crecían en la huella del cuerpo de su amigo, que había conseguido salir de debajo de la chapa apoyándose en los dos codos, no eran exclusivamente de moho. Había algunas de sangre seca. Pete estaba herido. ¿Un corte al caérsele el techo? ¿Sólo eso?

Henry vio un reguero errático con forma de gusano que partía del molde del cuerpo de Pete y se detenía en algo que al principio le pareció un palo chamuscado, pero que, mejor observado, resultó ser otra especie de comadreja. Ésta estaba muerta, quemada y, donde no la había achicharrado el fuego, en proceso de volverse gris. Henry la apartó con la punta de la bota. Tenía debajo una masa congelada. Más huevos. Debía de haberlos puesto en plena agonía.

Henry, de una serie de patadas, cubrió de nieve tanto los huevos como el cadáver del pequeño monstruo. Después, tiritando, se deshizo la venda improvisada para echar otro vistazo a la herida de la pierna. Entonces se dio cuenta de cuál era la canción que le salía de la boca, y la cortó en seco. Poco a poco, caían los primeros copos sueltos de otra nevada.

—¿Se puede saber por qué lo canto? —preguntó—. ¿Por qué me viene todo el rato a la cabeza esta mierda de canción?

No esperaba ninguna respuesta. Más que nada, se lo preguntaba en voz alta para oírse hablar. (Era un lugar muerto, y quizá hasta encantado.) Con todo, recibió una.

«Porque es la nuestra. Es el himno del escuadrón, el que ponemos para entrar a saco.»

Ahora al este se oía bastante menos ruido de ametralladoras. Casi había terminado la matanza de animales, pero había hombres, una fila larga de cazadores que en vez de ir de naranja iban de verde o de negro, y que trabajaban oyendo repetirse la misma canción, mientras acumulaban una cantidad increíble de carne muerta: *I rode a tank, held a general's rank, when the blitzkrieg raged and the bodies stank... Pleased to meet you, hope you guess my name.*

¿Qué ocurría, exactamente? No en el salvaje, inverosímil, prodigioso Mundo Exterior, sino en el interior de su cabeza. Henry siempre había tenido destellos de comprensión (al menos desde Duddits), pero lo de ahora no se parecía en nada. ¿De qué se trataba? ¿Había llegado el momento de examinar aquella manera nueva y poderosa de ver la línea?

No. No, no y no.

Y seguía la canción en su cabeza, como burlándose de él: *general's rank, bodies stank.*

—¡Duddits! —exclamó en la tarde gris, que tocaba a su fin.

Copos perezosos, como plumón saliendo de una almohada rota. Había un pensamiento luchando por nacer, pero era demasiado grande, demasiado.

—¡Duddits! —volvió a exclamar con su voz exhortatoria.

Algo entendía: que le había sido denegado el lujo del suicidio. Era lo más horrible, porque aquellos pensamientos tan extraños (*I shouted out who killed the Kennedys*) le estaban destrozando. Rompió de nuevo a llorar, desconcertado y asustado, solo en el bosque. Se le habían muerto todos sus amigos menos Jonesy, y Jonesy estaba en el hospital. Una estrella de cine en el hospital con el señor Gray.

—¿Qué quiere decir eso? —gimió. Se dio una palmada en cada sien (tenía la sensación de que se le hinchaba la cabeza), y sus bastones de esquí, oxidados y viejos, colgaron inútiles de las anillas para las manos, como hélices rotas—. ¡Dios! ¿Qué quiere decir eso?

La única respuesta fue la canción: *Pleased to meet you! Hope you guess my name!*

Nada, sólo nieve: enrojecida con sangre de animales muertos, animales muertos por doquier, todo un Dachau de ciervos, mapaches, conejos, comadrejas, osos, marmotas y...

Henry chilló, se sujetó la cabeza y chilló con tanta fuerza, desgañitándose tanto, que hubo un momento en que estuvo seguro de desmayarse. Después se le pasó la sensación de mareo y le pareció que se le despejaba la cabeza, al menos un rato. Le quedó una imagen luminosa de Duddits tal como era al conocerlo, bajo una luz que no era la del tema de los Stones, luz de blitzkrieg invernal, sino una luz cuerda de tarde de octubre. Duddits mirándoles con sus ojos rasgados, como de chino sabio. Duddits fue nuestro mejor momento, le había dicho Henry a Pete.

—¿Qué adegla? —dijo Henry—. ¿Adegla tatilla?

Eso, adegla tatilla. Dale la vuelta, póntela bien, adegla tatilla.

Henry, que ahora sonreía un poco (a pesar de que seguía teniendo mojadas las mejillas con lágrimas que empezaban a congelarse), reemprendió su camino por el rastro rugoso de la motonieve.

10

A los diez minutos de esquiar llegó al emplazamiento del accidente, donde estaba volcado el Scout, y de repente se dio cuenta de dos cosas: de que en el fondo sí estaba muerto de hambre, y de que dentro había comida. Había visto huellas tanto de ida como de vuelta, y no le había hecho falta ningún Poirot para deducir que Pete había dejado sola a la mujer para volver al Scout. Tampoco tuvo que consultar al amigo Hércules para saber que la comida que habían comprado en el súper seguiría en el vehículo, o la mayor parte de ella. Ya sabía qué había venido a buscar Pete.

Rodeó el Scout siguiendo las huellas de Pete y, cuando estuvo en el lado del copiloto, se desató los esquíes, casi a riesgo de quedarse congelado. Como era el lado protegido del viento, apenas se habían borrado las palabras escritas en la nieve por Pete mientras se bebía sus dos cervezas: varios DUDDITS. Al ver el nombre en la nieve, Henry tuvo escalofríos. Era como visitar la tumba de un ser querido y oír una voz saliendo de la tierra.

11

Dentro del Scout había trozos de cristal. Y sangre. Dado que la mayoría de las manchas estaban en el asiento de atrás, Henry tuvo la seguridad de que no se había derramado durante el accidente. Pete se había cortado en el viaje de regreso. Lo que le pareció interesante fue que no hubiera ni rastro de moho rojizo. Puesto que crecía con rapidez, la única conclusión lógica era que al venir a por cerveza Pete no estaba infectado. Después quizá sí, pero no entonces.

Cogió el pan, la mantequilla de cacahuete, la leche y el brick de zumo de naranja. A continuación salió de culo del Scout y se sentó con la espalda en la parte trasera volcada, mientras veía descender una gasa de nieve y engullía a dos carrillos pan con mantequilla de cacahuete, usando de cuchillo el dedo índice y chupándoselo antes de volver a hundirlo en el tarro. La mantequilla de cacahuete estaba buena, y el zumo de naranja le duró dos tragos largos, pero no era suficiente.

—Lo que piensas es grotesco —anunció a la tarde casi oscura—. Y encima es rojo. Comida roja.

Sería todo lo rojo que se quisiera, pero lo había pensado, y tan grotesco tampoco debía de ser. Sobre todo por parte de alguien que había dedicado largas noches de insomnio a meditar sobre escopetas, sogas y bolsas de plástico. Ahora mismo parecía todo un poco infantil, pero se trataba de la misma persona, de la preciada identidad de Henry Devlin. Por lo tanto...

—Por lo tanto, damas y caballeros, me permitirán que concluya citando a Joseph *Beaver* Clarendon, que en paz descanse: «Dije "a la puta mierda" y metí diez centavos en el cepillo del Ejército de Salvación. Y, si no te gusta, cógeme la polla y me la chupas.» Muchas gracias.

Finalizado su discurso al Colegio de Psiquiatras, Henry volvió a meterse en el Scout, esquivando por segunda vez los trozos de cristal, y se apoderó de un envoltorio de carnicería donde la mano temblorosa del viejo Gosselin había escrito «$ 2,79». Una vez que se lo hubo metido en el bolsillo, volvió a salir a gatas, lo sacó y partió el cordel. Dentro había nueve salchichas bien gordas. De las rojas.

Durante breves instantes, su cerebro intentó visualizar al reptil sin patas, o lo que fuera, retorciéndose en la cama de Jonesy y mirándole con ojos negros y vacíos, pero Henry lo hizo desaparecer con la rapidez y la facilidad de alguien cuyo instinto de supervivencia siempre había estado a salvo de indecisiones.

A pesar de que las salchichas ya estaban cocidas, las calentó pasándoles la llama de su mechero. En cuanto tenía una más o menos caliente, se la tragaba envuelta en pan. Lo hacía sonriendo, porque se daba cuenta de que era un espectáculo ridículo. En fin, ¿no decían que los psiquiatras acababan igual de mochales o más que sus pacientes?

Haber conseguido tener el estómago lleno: he ahí lo importante, aunque no tanto como que se le hubiera borrado de la cabeza cualquier rastro de ideas inconexas o imágenes fragmentarias. Y que se hubiera callado la canción. Confió en que no volvieran, ni las unas ni las otras. ¡Nunca más, por favor!

Se acordó de lo que había dicho Pete sobre la tertulia de Gosselin (cazadores desaparecidos y luces en el cielo), y de lo a gusto que se había quedado el Gran Psiquiatra Americano despachándolo con un rollo macabeo sobre satanismo en Washington, malos tratos en Delaware e histeria colectiva. Con la boca y la mitad del cerebro, dándoselas de listo y gran experto, y con la otra mitad jugando a suicidarse, como un bebé que acaba de descubrirse los dedos del pie en la bañera. Era un discurso la mar de razonable, digno de cualquier debate televisivo con bastantes ánimos para dedicar una hora al tema de las relaciones entre el subconsciente y lo desconocido, pero ahora había cambiado la situación. Ahora se había convertido él en cazador desaparecido, y había visto cosas que no se podían encontrar en Internet, ni siquiera usando el buscador más potente del mercado.

Se quedó con la cabeza hacia atrás, los ojos cerrados y la barriga llena. La Garand de Jonesy estaba apoyada en un neumático del Scout. La nieve se posaba en sus mejillas y frente como almohadillas de gato, muy ligeramente.

—Pues nada, ya está aquí lo que esperaban todos los pirados —dijo—. Encuentros en la tercera fase. O en la cuarta, o en la quinta... ¡No te jode! Pete, perdona que me riera de ti. Tenías razón tú, no yo. Qué va, mucho peor. El que tenía razón era el carcamal de Gosselin. ¡Para eso no hacía falta ir a Harvard!

Fue decirlo en voz alta y que empezaran a cuadrarle las cuentas. Había aterrizado algo, o se había estrellado, y se había producido una respuesta armada del gobierno de Estados Unidos. ¿Le estaban contando lo ocurrido al mundo exterior? Ni era probable ni era su estilo, pero Henry tenía la sensación de que no podrían retrasarlo mucho.

¿Sabía algo más? Quizá, y acaso fuera un poco más que lo que sabían los tripulantes de los helicópteros y los pelotones armados.

Era obvio que creían hacer frente a un contagio, pero a Henry no le parecía tan peligroso como a ellos. El moho, ciertamente, se asentaba y crecía, pero después se moría. Hasta se había muerto el parásito de dentro de la mujer. Si se trataba de un hongo interestelar, mala época del año y mal lugar había elegido. Otros tantos argumentos a favor de la hipótesis de la nave estrellada, aunque... ¿verdad que los griegos habían tomado el caballo de madera por un regalo? Y ¿qué decir de las luces del cielo? ¿Y de los implantes? Ya hacía muchos años que las mismas personas que se proclamaban víctimas de un rapto extraterrestre aseguraban, además, haber sido desnudadas... examinadas... obligadas a recibir implantes... Ideas, todas ellas, tan freudianas que casi daban risa...

Dándose cuenta de que divagaba, Henry despertó a la realidad de una manera tan brusca que se le cayó de las rodillas el paquete abierto de salchichas, y acabó en la nieve. Más que divagar, cabeceaba. El día había perdido bastante más luz, pintando el mundo de un color mate de pizarra. Henry tenía manchitas de nieve por todos los pantalones. Le había faltado poco para roncar.

Se limpió los copos, y al levantarse le dolieron tanto los músculos que hizo una mueca. Miró las salchichas tiradas por la nieve con algo bastante parecido al asco, pero luego se agachó, volvió a envolverlas y se las guardó en un bolsillo de la chaqueta. Tal vez más tarde recuperaran su atractivo. Esperaba sinceramente que no, pero nunca se sabía.

—Jonesy está en el hospital —dijo bruscamente, sin encontrarle sentido a sus palabras—. Jonesy está en el hospital con el señor Gray. Tiene que quedarse en la UCI.

Palabras de loco. Volvió a ceñirse los esquíes a las botas, rezando por que al agacharse no se le agarrotara la espalda, y regresó al camino bajo una nevada cada vez más espesa y un cielo casi nocturno.

Cuando se percató de que se había acordado de coger las salchichas, pero no la escopeta de Jonesy (por no hablar de la suya), estaba demasiado lejos para volver.

12

Pasados, calculaba, unos tres cuartos de hora, se detuvo y miró el rastro del Arctic Cat con cara de tonto. La luz del día, ahora, era un simple rescoldo, pero bastaba para ver que el rastro (lo que de él quedaba) torcía repentinamente a la derecha y se internaba en el bosque.

¡Coño! ¿Cómo que en el bosque? ¿Para qué se había metido Jonesy en el bosque (y Pete, si estaban juntos)? ¿Qué sentido tenía, si con Deep Cut Road no había pérdida, si era un camino blanco entre unos árboles cada vez más oscuros?

—Deep Cut va hacia el noroeste —dijo, con las puntas de los esquíes tocándose y las salchichas mal envueltas asomando por el bolsillo de la chaqueta—. La carretera que se acaba en lo de Gosselin, la asfaltada, no puede estar a más de cinco kilómetros. Jonesy ya lo sabe. Pete también. En cambio, la motonieve... va hacia... —Sostuvo en alto los brazos como manecillas de reloj, calculando—. La motonieve va casi directa hacia el norte. ¿Por qué?

Quizá supiera la razón. Hacia Gosselin el cielo estaba más claro, como si hubieran instalado baterías de luces. Se oía un ruido de helicópteros de intensidad variable, pero que siempre tendía hacia aquella dirección. Al acercarse, le pareció oír más maquinaria pesada: vehículos de carga, y quizá generadores. Al este persistía alguna ráfaga esporádica de ametralladora, pero se notaba que lo gordo estaba en la dirección que seguía él.

—Han montado un campamento en lo de Gosselin —dijo Henry—. Y Jonesy no quiere tener nada que ver.

Tuvo la sensación de haber dado en el clavo, aunque... ¿no había quedado en que ya no existía ningún Jonesy? Sólo la nube rojinegra.

—No, mentira —dijo—. Jonesy aún existe. Jonesy está en el hospital con el señor Gray. La nube es eso: el señor Gray. —Y luego, sin venir a cuento (al menos que supiera)—: ¿Qué adegla? ¿Adegla tatilla? —Elevó su mirada hacia la cortina de nieve (de momento era mucho menos gruesa que la nevada de antes, pero empezaba a espesarse), como si tuviera fe en que arriba había un Dios que le escrutaba con la curiosidad, pero también con la frialdad, de un científico observando las evoluciones de un paramecio—. ¿De qué coño hablo? ¿Me puedes dar alguna pista?

En lugar de respuesta, un recuerdo suelto. En marzo pasado, él, Pete, Beaver y Carla, la mujer de Jonesy, habían compartido un secreto. Carla era de la opinión de que Jonesy no tenía por qué enterarse de que se le hubiera parado dos veces el corazón, una justo después de llegar la ambulancia al lugar del accidente y otra poco después de ingresar en el hospital. Jonesy ya sabía que le había faltado poco para decir adiós al mundo cruel, pero no hasta aquel punto (al menos que supiera Henry). Por otro lado, si Jonesy había vivido alguna experiencia de verse bañado en luz, a lo Kübler-Ross, se la había guardado o se la habían borrado de la memoria las diversas dosis de anestesia y los calmantes a discreción.

Llegó del sur un ruido tremendo que aumentó a velocidad aterradora. Henry se agachó y se tapó las orejas, mientras pasaba por encima lo que, a juzgar por el sonido, debía de ser todo un escuadrón de cazas. No vio nada, pero al alejarse el fragor de los aviones, tan deprisa como había llegado, se incorporó con el corazón a cien. ¡Caray! ¡Uf! Se le ocurrió que debía de ser el mismo ruido que se había escuchado en las bases aéreas de alrededor de Irak durante los días previos a la operación Tormenta del Desierto.

¿Quería decir que Estados Unidos acababa de entrar en guerra con seres de otro mundo? ¿Que Henry vivía en una novela de Robert Heinlein? Experimentó una palpitación muy intensa que le presionaba la boca del estómago. En ese caso, quizá el enemigo, a la hora de devolverle el golpe al Tío Sam, contara con algo más que algunos centenares de Scuds soviéticos hechos polvo.

No te comas el coco, que no depende de ti. Aquí lo que interesa es decidir el paso siguiente. ¿Qué piensas hacer?

El rugido de los cazas ya se había diluido en un murmullo, pero supuso que volverían, y quizá con amigos.

Sin embargo, la opción de seguir el rastro de la motonieve se descartaba sola. Oscurecería del todo dentro de media hora, lo que tardaría en perder la pista, aparte de que la borraría la nueva nevada. Acabaría yendo sin rumbo por el bosque, tan desorientado como en ese momento debía de estarlo el propio Jonesy, según todas las probabilidades.

Suspirando, se apartó del rastro de la motonieve y siguió por la carretera.

13

Al acercarse a la confluencia de Deep Cut Road y la carretera asfaltada de dos carriles que recibía el nombre de Swanny Pond Road, Henry estaba tan cansado que casi no podía sino tenerse en pie. Se notaba los músculos de los muslos como bolsitas de té mojadas. No había ningún bálsamo para su fatiga, ni siquiera las luces al noroeste del horizonte, que ahora brillaban con mucha más fuerza, ni el ruido de motores y helicópteros. Tenía delante la última cuesta, larga y empinada. Al otro lado acababa Deep Cut Road y empezaba Swanny Pond Road. En la segunda podía haber incluso tráfico, máxime si estaban llegando tropas.

—Venga —dijo—. Venga, venga, venga.

Sin embargo, se quedó un poco más donde estaba. No quería subir a la colina. Se agachó y cogió más nieve. En la oscuridad, la montañita que tenía en las dos manos parecía una almohada pequeña. Le dio unos mordisquitos, no porque le apeteciera, sino porque no tenía ningunas ganas de seguir adelante. Las luces procedentes de Gosselin eran más comprensibles que las que habían visto él y Pete moviéndose en el cielo («¡han vuelto!», había exclamado Becky, como la niña que está delante de la tele en la peli de Spielberg), pero tenían algo que a Henry le gustaba todavía menos. Los motores y generadores hacían un ruido como de… hambre.

A continuación, como era verdad que no había otro camino, empezó a subir por la última colina que le separaba de una carretera auténtica.

14

Al llegar a la cima tomó aliento y se apoyó en los bastones. Arriba hacía más viento, y se metía por la ropa. Notó que le dolía la pierna izquierda en el corte de la varilla del intermitente, y volvió a preguntarse si debajo de la venda improvisada no estaría incubando una pequeña colonia de moho. Era demasiado de noche para verlo. Mejor, porque lo único bueno que podía pasarle era que siguiera todo igual.

Emprendió la bajada hacia el final de Deep Cut Road.

Aquella ladera era más empinada que la otra, y en poco tiempo, más que caminar, esquiaba. Fue acelerando sin saber si lo que sentía era miedo, euforia o una mezcla malsana de ambas cosas. Lo seguro era que iba demasiado deprisa para la visibilidad, que casi era nula, y para sus dotes de esquiador, que estaban tan oxidadas como los fijadores de los esquíes. Corría tanto que ni siquiera veía los árboles, y de repente se dio cuenta de que podían solucionársele de golpe todos sus problemas.

Se le fue volando la gorra y, con el gesto automático de querer cogerla, levantó del suelo uno de los dos bastones. Lo entrevió colgando en la penumbra, y de repente ya no tenía equilibrio. Estaba a punto de caer rodando. Mientras no se rompiera la puta pierna, hasta podía ser bueno. Al menos era una manera de detenerse. Sólo tendría que levantarse y...

Fogonazo de luz al encenderse, de focos grandes montados en camiones. Antes de que el brillo le cegara del todo, Henry distinguió lo que parecía un camión de plataforma, uno de los que llevaban pasta de papel, atravesado al final de Deep Cut Road. No cabía duda de que eran luces con sensor de movimiento. Delante había una hilera de hombres en pie.

—¡ALTO! —le ordenó por amplificación una voz aterradora que parecía la de Dios—. ¡ALTO O DISPARAMOS!

Henry sufrió una caída aparatosa y le salieron despedidos los esquíes. Se le torció un tobillo, gritó de dolor, perdió un bastón y se le partió el otro por la mitad, mientras expulsaba todo el aire que le quedaba en los pulmones, llenando el aire de vaho. Después de mucho resbalar, acumulando nieve entre las piernas abiertas, se detuvo con los brazos y las piernas torcidas, un poco en forma de esvástica.

Mientras recuperaba la visión, oyó ruido de pasos haciendo crujir la nieve. A duras penas consiguió sentarse. Aún no sabía si se había roto algo.

A unos tres metros colina abajo había seis hombres cuyas sombras, proyectadas en el polvillo de diamantes de la nieve fresca, parecían más largas y recortadas de lo normal. Los seis llevaban parka, y mascarillas de plástico transparente en la boca y la nariz. Tenían estas un aspecto de mayor eficacia que las que había encontrado Henry en el cobertizo de la motonieve, pero sospechó que la intención era la misma.

Otra cosa que llevaban eran armas automáticas, todas apuntándole. Ahora Henry consideraba una suerte haberse dejado en el Scout tanto la Garand de Jonesy como su Winchester. Armado, quizá a esas alturas ya tuviera una docena o más de agujeros en el cuerpo.

—Me parece que no lo tengo —dijo con voz ronca—. No sé qué les preocupa, pero me parece que no...

—¡EN PIE!

Volvía a ser la voz de Dios, saliendo del camión. Los hombres de delante de Henry obstaculizaban cierta cantidad de luz, permitiéndole ver que al pie de la colina, donde se juntaban las dos carreteras, había más efectivos. Aparte del encargado del megáfono, iban todos armados.

—No sé si voy a poder lev…

—¡EN PIE AHORA MISMO! —ordenó Dios.

Uno de los hombres que estaban cerca de Henry le hizo un gesto significativo con el cañón de la escopeta.

Henry consiguió levantarse, aunque le temblaban las piernas y le dolía mucho el tobillo que se había torcido. De momento, sin embargo, todo cumplía su función. Aquí acaba el viaje de Henry, pensó, y se echó a reír. Los hombres de delante se miraron con desasosiego y, si bien volvían a apuntarle, para Henry fue un consuelo comprobar que tenían emociones humanas.

Bajo el intenso resplandor de los focos instalados en la plataforma del camión, Henry vio algo tirado en la nieve. Se le había caído del bolsillo durante la caída. Poco a poco, consciente del riesgo de que le pegaran un tiro, se agachó.

—¡NO TOQUE NADA! —exclamó Dios por Su altavoz, que estaba sobre la cabina del camión.

Los hombres de abajo también levantaron las armas, y en cada boca de cañón había un poco de hola, amiga oscuridad.

—Jódete y baila —dijo Henry (de lo más logrado de Beav), recogiendo el paquete. Después se lo enseñó sonriendo a los hombres armados y enmascarados de delante—. Vengo en son de paz para toda la humanidad —dijo—. ¿A alguien le apetece una salchicha?

XII

Jonesy en el hospital

1

Era un sueño.

No lo parecía, pero tenía que serlo. Para empezar, ya había vivido un 15 de marzo, y consideraba una injusticia monstruosa tener que vivir otro. Segunda prueba: los ocho meses entre mediados de marzo y mediados de noviembre le habían dejado muchos recuerdos. Ayudar a los niños a hacer los deberes, oír a Carla hablando por teléfono con sus amigos (muchos del programa de Drogadictos Anónimos), dar una conferencia en Harvard... y, por supuesto, los meses de rehabilitación física. Las flexiones interminables, la fatiga de gritar cada vez que volvían a estirársele las articulaciones, pero con aquella resistencia que... Él diciéndole a Jeannie Morin, su terapeuta, que no podía, y ella a él que sí. Él llorando y ella sonriendo de oreja a oreja (aquella sonrisa odiosa e inexpugnable), y al final había tenido razón ella: podía, en efecto, pero ¡a qué precio!

Se acordaba de todo eso y de más cosas: de levantarse por primera vez de la cama, de limpiarse por primera vez el culo, de la noche de principios de mayo en que se había acostado pensando «voy a superarlo» por primera vez, de la noche de finales de mayo en que él y Carla habían hecho el amor por primera vez desde el accidente, y del chiste que le había contado al acabar (¿Cómo follan los puercoespines? Con mucho cuidado)... Se acordaba de haber presenciado los fuegos artificiales del 30 de mayo, día de los caídos en la guerra, con un dolor horroroso en la cadera y la parte de arriba del muslo. Se acordaba de haber comido sandía el 4 de Julio, fiesta nacional, escupir las pepitas en la hierba y ver a Carla y sus hermanas jugando a badminton, con un poco menos de dolor de cadera y de muslo. Se acordaba de haber hablado por teléfono con Henry en septiembre, y de haberle dicho «vengo seguro» sin prever lo poco que le gustaría la sensación de tener la Garand en la mano. Habían hablado del trabajo (Jonesy había dado clases las tres últimas semanas antes de las vacaciones de verano, hecho un chaval con la muleta), de sus familias respectivas, de los libros que habían leído y las películas que habían visto… Henry había hecho el mismo comentario que en enero, que Pete bebía demasiado, y Jonesy, que con su mujer ya había librado una guerra contra la adicción, no había querido hablar del tema. En cambio había acogido con verdadero entusiasmo la idea, original de Beaver, de que al final de la semana de caza pasaran por Derry para visitar a Duddits Cavell. Ya hacía demasiado tiempo que no se veían, y nada como un poco de Duddits Cavell para levantarle a alguien los ánimos. Además…

—Oye, Henry —había preguntado—, ¿verdad que ya habíamos hecho planes de ir a ver a Duddits? Pensábamos ir para San Patricio. No me acordaba, pero lo tengo escrito en el calendario del despacho.

—Sí —había contestado Henry—, la verdad es que sí.

—Para que hablen de la suerte de los irlandeses.

El resultado de esos recuerdos era que Jonesy estaba convencido de que el 15 de marzo ya había pasado. Se trataba de una tesis abonada por toda clase de pruebas, empezando por el calendario del despacho; y sin embargo volvían a fastidiarle los idus de marras, y ahora… ¡Ay! Hablando de injusticias, ahora el quince parecía más quince que nunca.

Hasta entonces, sus recuerdos de la fecha nunca habían ido más allá de alrededor de las diez de la mañana. Había estado en su despacho tomando café y amontonando libros para llevarlos al departamento de historia, donde había una mesa de GRATIS CON CARNET DE ESTUDIANTE. Por motivos que se le escapaban, esa mañana no estaba contento. Según el mismo calendario que le había recordado la visita fallida a Duddits del 17 de marzo, el 15 tenía hora con un alumno que se llamaba David Defuniak. Jonesy no tenía presente el motivo de la cita, pero más tarde encontró un mensaje de uno de sus ayudantes sobre un trabajo del tal Defuniak para recuperar nota (consecuencias a corto plazo de la conquista normanda), o sea, que debían de haber hablado de eso. De acuerdo, pero ¿en qué podía incomodar al profesor adjunto Gary Jones un trabajo para recuperar nota?

Al margen de su estado de ánimo, se acordaba de haber cantado una canción, primero tarareándola y después con el texto, que casi no tenía sentido: *Yes we can, yes we can-can, great gosh a'mighty yes we can-can*. A partir de entonces sólo quedaban una serie de retazos (desearle buen día de San Patricio a Colleen, la secretaria pelirroja del departamento, comprar el *Boston Phoenix* en el quiosco de delante de la facultad, dejar una moneda de veinticinco centavos en la funda del saxo de un tío rapado justo después de cruzar el puente, en el lado de Cambridge, compadecerse de él porque llevaba jersey fino y soplaba mucho viento del río Charles), pero, desde que había preparado los libros para donarlos, tenía casi toda la memoria en blanco. Había recuperado la conciencia en el hospital, con aquella letanía procedente de una de las habitaciones de al lado: «Basta, por favor, que no lo aguanto; que me pongan una inyección. ¿Dónde está Marcy? ¡Que venga Marcy!» A menos que fuera: «¿Dónde está Joncsy? ¡Que venga Jonesy!» La muerte con sus artimañas de siempre. La muerte haciéndose pasar por un paciente. La muerte fingiendo dolor. La muerte le había perdido la pista. ¿Imposible? No en un hospital tan grande, tan repleto de sufrimiento, tan a reventar de sudores agónicos… Ahora la muerte, la vieja y sigilosa muerte, intentaba volver a encontrarle. Intentaba engañarle. Intentaba que se delatase.

Con la diferencia de que ahora ya no había ningún vacío en la memoria para consolarle. Ahora, además de desearle feliz día de San Patricio a Colleen, le cuenta un chiste. Luego sale, llevando en la cabeza a su futuro yo (el de noviembre) como si fuera un polizón. Su futuro yo decide hacer a pie el camino hacia su cita en Cambridge, oyendo pensar a su yo de marzo: al final se ha arreglado el día. Intenta decirle a su yo de marzo que es mala idea, una idea fatal, y que se ahorrará varios meses de sufrimiento sólo con coger un taxi o el metro, pero le resulta imposible comunicarse. Quizá tuvieran razón todos los relatos de ciencia ficción sobre viajes en el tiempo que leyó en la adolescencia: no se puede cambiar el pasado de ninguna manera.

Cruza el puente, y, si bien hace un viento un poco frío, disfruta tener el sol de cara, y verlo quebrarse en el Charles en mil astillas de luz. Canta un fragmento de *Here Comes the Sun* y vuelve a las Pointer Sisters: *Yes we can-can, great gosh a'mighty*. Marcando el ritmo con el maletín. Dentro lleva el bocadillo. Huevo y lechuga. Ñam, ha dicho Henry. MMDD, ha dicho Henry.

He aquí al saxofonista, y sorpresa: no está al final del puente de Massachusetts Avenue, sino un poco más adelante, al lado del campus del MIT, delante de uno de los restaurantitos indios para gente enrollada. Tirita de frío y es calvo, con unos cortes en el cuero cabelludo que indican que no tiene madera de barbero. Su manera de tocar *These Foolish Things* indica que tampoco tiene madera de saxofonista, y Jonesy siente ganas de decirle que se haga carpintero, actor, terrorista o cualquier cosa menos músico. No sólo no lo hace, sino que le da ánimos, pero no dejándole en la funda (forrada de terciopelo morado con repelones) la moneda de veinticinco centavos que recordaba, sino un buen puñado de calderilla. Lo achaca al primer sol que calienta tras un invierno largo y frío. Lo achaca a lo bien que le ha acabado yendo con Defuniak.

El saxofonista se lo agradece con un movimiento de los ojos, pero no deja de tocar. Jonesy se acuerda de otro chiste: ¿Qué es un saxofonista con tarjeta de crédito? Un optimista.

Sigue caminando y moviendo el maletín sin escuchar al Jonesy de dentro, el que ha venido de noviembre nadando contra la corriente como un salmón. «Para un rato, Jonesy. Sólo hacen falta unos segundos. Átate un zapato, o lo que sea.» (No sirve, porque lleva mocasines. Pronto también llevará un yeso.) «El cruce de ahí delante es donde te pasa todo, el de la parada del metro, Massachusetts Avenue con Prospect. Viene un viejo chocho, un profesor de derecho conduciendo un Lincoln azul marino que va a dejarte como papel de fumar.»

Pero no sirve de nada. Por mucho que grite no sirve de nada. Está cortada la línea telefónica. No se puede volver; nadie puede matar a su propio abuelo, ni pegarle un tiro a Lee Harvey Oswald en el momento en que se pone de rodillas junto a una ventana del tercer piso del Texas Book Depository y apunta a Kennedy con una escopeta comprada por correo, mientras se le enfría el pollo frito que tiene al lado en un plato de cartón; no se pueden detener los propios pasos por el cruce de Massachusetts Avenue y Prospect Street con el maletín en una mano y el *Boston Phoenix* (que acabará sin leer) en la otra. «Perdone, pero es que se ha cortado la línea por Jefferson Tract; la cosa está muy jodida y no puedo pasarle la llamada...»

Pero entonces... ¡Esto es nuevo! ¡El mensaje, al fin y al cabo, alcanza su destino! Al llegar a la esquina y quedarse parado en el bordillo, a punto de bajar al paso de cebra, ¡lo recibe!

—¿Qué? —pregunta.

El hombre que se le ha detenido al lado, el primero en socorrerle en un pasado que, felizmente, parece que se va a poder borrar, le mira con recelo y, como si hubiera con ellos alguien más, dice:

—Yo no he dicho nada.

Jonesy apenas le oye, porque en realidad hay alguien: una voz interior que guarda un parecido sospechoso con la suya, y que le grita que se quede en la acera, que no baje a la calzada...

Entonces oye llorar a alguien, mira al otro lado de Prospect Street y... ¡Por todos los santos! ¡Es Duddits, Duddits Cavell en calzoncillos de Scooby-Doo y con la boca manchada de algo marrón! Parece chocolate, pero Jonesy sabe que no, que es caca de perro. Richie, a pesar de todo, le obligó a comérsela, y los peatones circulan sin fijarse en él, como si Duddits no estuviera.

—¡Duddits! —le llama Jonesy—. ¡Espera, tío, que ahora vengo!

Y salta a la calzada sin mirar; y el pasajero, impotente, no tiene más remedio que dejarse llevar. Acaba de entender exactamente el cómo y el porqué del accidente: es cierto que el viejo tiene síntomas de Alzheimer, y que no tendría ni que conducir, pero sólo es un factor. El otro, escondido en la negrura que durante meses ha rodeado al atropello, es el siguiente: había visto a Duddits y se había lanzado a la calle sin acordarse de mirar.

También entrevé otra cosa: una especie de trama vastísima, como un atrapasueños que une todos los años desde que conocieron a Duddits Cavell, en 1978; algo que también ata el futuro.

El sol se refleja en un parabrisas. Lo ve con el rabillo del ojo. Viene un coche, y demasiado deprisa. El hombre que estaba con él en la acera, el de «yo no he dicho nada», da un grito:

—¡Cuidado!

Jonesy, sin embargo, casi no le oye. Porque en la acera, detrás de Duddits, hay un ciervo, un hermoso ejemplar casi tan grande como un hombre. Después, justo antes de que le atropelle el coche, ve que de hecho el ciervo es un hombre, alguien con gorro naranja y chaleco naranja. Lleva en el hombro una especie de mascota repugnante, un bicho sin patas que recuerda a una marmota y tiene enormes ojos negros. La cola (que podría ser un tentáculo) se ha enroscado en el cuello del hombre. Pero bueno, piensa Jonesy, ¿cómo puedo haberle confundido con un ciervo? Entonces el Lincoln choca con él y le derriba. Oye el chasquido en sordina con que se le rompe la cadera.

2

No hay oscuridad. Esta vez no. Para bien o para mal han instalado fluorescentes en la calle de la Memoria. A pesar de ello, la película es incoherente, como si el montador hubiera regado la comida con unas copas de más y se le hubiera olvidado el argumento. En parte tiene que ver con la deformación extraña que ha sufrido el tiempo: tiene la sensación de vivir a la vez en el pasado, el presente y el futuro.

«Es la manera que tenemos de viajar —dice una voz, y Jonesy se da cuenta de que es la que pedía que viniera Marcy y que le dieran una inyección—. Cuando llega a cierto punto la aceleración, todos los viajes se convierten en viajes en el tiempo. Todos tienen como base la memoria.»

El hombre de la esquina, el de «yo no he dicho nada», se agacha al lado de Jonesy, le pregunta si está bien, ve que no, alza la vista y dice:

—¿Quién tiene un móvil? Este hombre necesita una ambulancia.

Cuando levanta la cabeza, Jonesy ve que tiene un cortecito debajo de la barbilla. Debe de habérselo hecho durante el afeitado matinal, sin darse ni cuenta. Qué entrañable, piensa Jonesy. Entonces salta la película, y aparece alguien con abrigo rojizo y sombrero de fieltro. A este vejete descerebrado le pondremos el nombre de «señor Qué he hecho», porque es lo que se dedica a preguntar a todo el mundo. Dice que se ha despistado un segundo, y que ha notado un golpe. ¿Qué he hecho? Dice que nunca le han gustado los coches grandes. ¿Qué he hecho? Dice que no se acuerda del nombre de su compañía de seguros. ¿Qué he hecho? Tiene una mancha en la entrepierna. Jonesy, tirado en la calle, no puede evitar que el carcamal le inspire una especie de compasión exasperada. Tiene ganas de poder decirle: «¿Quieres saber qué has hecho? Pues mírate los pantalones. Te has hecho pipí encima.»

Otro salto en la película. Ahora se ha congregado todavía más gente alrededor. Parecen muy altos, y Jonesy piensa que es como ver un entierro desde el ataúd. La idea le recuerda un cuento de Ray Bradbury, titulado, cree, «La multitud», en el que la gente que acude a los accidentes (siempre la misma) decide el destino del accidentado con sus comentarios. Si murmuran que no ha sido tan grave, que qué suerte que el coche se haya desviado en el último segundo, la víctima sobrevivirá. En cambio, si los integrantes del corro empiezan a decir cosas como «tiene mal aspecto», o «yo creo que de esta no sale», la víctima muere. Siempre es la misma gente, con las mismas caras vacuas de fascinación; los cotillas que, si no ven la sangre y no oyen quejarse al herido, no viven.

En el grupo apretado de gente rodeándole, justo detrás del de «yo no he dicho nada», Jonesy ve a Duddits Cavell, que ahora va vestido y tiene aspecto normal; vaya, que ya no lleva bigotes de caca. También está McCarthy, el de «mira que estoy a la puerta y llamo», piensa Jonesy. Y alguien más. Un hombre gris. Aunque en realidad no es un hombre, sino el extraterrestre que había aparecido a sus espaldas estando Beaver en la puerta del lavabo. Dos ojos negros muy grandes dominan una cara que por lo demás apenas tiene rasgos. La piel de elefante ya no presenta la misma flaccidez. ET todavía no ha empezado a sucumbir al entorno. Todo llegará. Al final, este mundo lo disolverá como ácido.

«Te explotó la cabeza», intenta decirle Jonesy al hombre gris, pero no le sale ninguna palabra de la boca, que de hecho ni siquiera se abre. Aun así parece que le ha oído, porque inclina ligeramente la cabeza gris.

—Se está desmayando —dice alguien.

Y, entre lamentos del señor Qué he hecho, vuelve a saltar la película.

3

Está inconsciente en la parte de atrás de una ambulancia, pero viéndose a sí mismo desde arriba. He aquí otra novedad, algo que después preferirán no contarle: mientras le cortan los pantalones, dejando a la vista una cadera que está como si le hubieran cosido debajo dos pomos de puerta grandes y mal hechos, sufre un paro cardíaco. Lo reconoce perfectamente porque con Carla nunca se pierden ni un episodio de *Urgencias*; hasta ven las reposiciones. Uno de los de la ambulancia lleva en el cuello un crucifijo de oro, y al inclinarse sobre Jonesy le roza la nariz. El cuerpo que examina está más muerto que vivo. ¡Joder, que se murió en la ambulancia! ¿Por qué no le había dicho nadie que se murió en la puta ambulancia? ¿Qué se creían, que no le interesaría? ¿Que reaccionaría como viniendo de vuelta de todo?

—¡Dale! —vocifera el colega del crucifijo.

Justo antes de la sacudida, el conductor gira la cabeza y Jonesy ve que es la madre de Duddits. Luego le dan con el potingue y le salta todo el cuerpo, todas las carnes, que habría dicho Beaver. Aunque el Jonesy que mira no tenga cuerpo, no deja de acusar la electricidad, un impacto fortísimo que ilumina el árbol de su sistema nervioso como un cohete.

La parte de él que ocupa la camilla salta como un pez fuera del agua. A continuación se queda quieta. El técnico que está de cuclillas detrás de Roberta Cavell mira el monitor y dice:

—Nada, tío, que no. Dale otra vez.

Justo cuando el otro le hace caso, salta la película y Jonesy está en un quirófano.

No, no es del todo verdad. Está en el quirófano una parte de él, pero el resto observa desde detrás de un cristal. Hay dos médicos más, pero no parece que les interesen los esfuerzos del equipo quirúrgico por recomponer a Jonesito. Juegan a cartas, y tienen encima el atrapasueños de Hole in the Wall moviéndose con el chorro del aire acondicionado.

Jonesy no tiene muchas ganas de ver qué ocurre al otro lado del cristal. No le gusta el cráter sangriento de donde había tenido la cadera, ni el hueso roto que se adivina debajo. A pesar de que en su estado incorpóreo no tenga estómago con que marearse, se marea.

Uno de los médicos que juegan a cartas dice detrás:

—Duddits fue nuestra manera de definirnos. Fue el mejor momento del grupo.

Y contesta el otro:

—¿Tú crees?

Entonces Jonesy se da cuenta de que los médicos son Henry y Pete.

Se vuelve hacia ellos, y por lo visto no es tan incorpóreo como creía, porque se ve reflejado vagamente en la ventana que da al quirófano. Tiene la piel gris, la cara sin nariz y unos ojos negros y bulbosos. Se ha convertido en uno de ellos, en uno de los...

Uno de los grises, piensa. Es como nos llaman: los grises. Algunos también nos llaman negros del espacio.

Abre la boca para decirlo, o para pedir a sus amigos de infancia que le ayuden (siempre que han podido se han echado una mano), pero justo entonces vuelve a saltar la película (maldito montador, yendo borracho al trabajo) y está en la cama de una habitación de hospital, y dice alguien:

—¿Dónde está Jonesy? ¡Que venga Jonesy!

¿Ves?, piensa con satisfacción, dentro de la angustia. Ya sabía yo que decía Jonesy y no Marcy. Es la muerte, o la Muerte, llamándome, y para esquivarla tengo que moverme lo mínimo; con tanta gente no ha podido cogerme, en la ambulancia casi me echa la mano encima, y ahora está aquí en el hospital, disfrazado de paciente.

—Basta, por favor, que no lo aguanto; que me pongan una inyección. ¿Dónde está Jonesy? ¡Que venga Jonesy!

La cuestión es quedarse estirado hasta que se calle, piensa Jonesy. De hecho, aunque quisiera no podría levantarme, porque acaban de ponerme un kilo de metal en la cadera y tardaré varios días en poder estar de pie, o toda una semana.

Para horror suyo, sin embargo, se da cuenta de que se está levantando, de que aparta la sábana y baja de la cama; nota que está forzando los puntos que tiene en la cadera y la barriga, nota que se le abren y le empapan la pierna y el pelo púbico con lo que debe de ser sangre de donante, y a pesar de todo camina por la habitación sin asomo de cojera, cruzando una mancha de sol que proyecta en el suelo una sombra corta pero muy humana (ahora ya no es un gris; es de lo poco bueno que le ocurre, porque los grises están pasándolas canutas), y llega a la puerta. Sin nadie que le vea, recorre un pasillo, pasa al lado de una camilla con ruedas y una cuña, de dos enfermeras que miran fotos, hablan y se ríen, y se acerca a la voz. No puede parar. Comprende que está dentro de la nube, aunque no sea una nube rojinegra, como la percibieron tanto Pete como Henry, sino gris, una nube en cuyo interior flota él como partícula diferenciada a la que la nube no modifica, y Jonesy piensa: Soy lo que buscaban. No sé cómo es posible, pero soy justo lo que buscaban. Porque... ¿porque la nube no me cambia?

Sí, más o menos.

Pasa por tres puertas abiertas. La cuarta está cerrada, y lleva un letrero donde pone: ADELANTE, AQUÍ NO HAY INFECCIÓN, *IL N'Y A PAS D'INFECTION ICI.*

Mentira, piensa Jonesy. Cruise, o Curtis, o como se llame, estará como una cabra, pero tiene razón en algo: en que infección sí que hay.

Le corre la sangre a chorros por las piernas, con el resultado de que ahora tiene la mitad inferior de la bata roja como un tomate («ahora sí que corre el clarete», decían en las retransmisiones de boxeo de antes), pero no siente ningún dolor. Tampoco miedo a la infección. Es diferente, único, y la nube sólo puede transportarle, pero no cambiarle. Abre la puerta y entra.

4

¿Le sorprende ver al gris de grandes ojos negros en la cama de hospital? En absoluto. En Hole in the Wall, al dar media vuelta y toparse con él, al muy hijo de puta le había explotado la cabeza. Con un dolor de cabeza así, acaba cualquiera ingresado, la verdad, pero ahora la cabeza está donde tiene que estar. La medicina moderna es una maravilla.

La habitación es un verdadero pulular de hongos, una profusión de rojos y dorados. Crecen en el suelo, en el alféizar y en los listones de la persiana. Han conseguido enturbiar la superficie del interruptor y de la botella de glucosa que hay en la repisa de al lado de la cama (al menos Jonesy da por hecho que es glucosa). El pomo de la puerta del cuarto de baño tiene filamentos rojizos colgando, al igual que la manivela de al pie de la cama.

Al acercarse a la cosa gris que tiene la sábana hasta el pecho (estrecho y sin pelo), Jonesy ve que en la mesita de noche hay una tarjeta, sólo una, donde pone ¡QUE TE MEJORES PRONTO!, encima de una tortuga de cara triste, salida de algún dibujo animado, en cuyo caparazón figura una tirita. Debajo del dibujo pone: DE PARTE DE STEVEN SPIELBERG Y TUS AMIGOS DE HOLLYWOOD.

Estoy soñando, piensa Jonesy; son las típicas metáforas y chistes de los sueños. Pero sabe que no. Su cerebro mezcla cosas y las reduce a puré para poder tragarlas con mayor facilidad. Es como funcionan los sueños. También es propia del fenómeno onírico la ausencia de cualquier distinción entre pasado, presente y futuro. Jonesy, a pesar de todo, sabe que sería un error tomar lo que vive por simples fantasías fragmentadas del subconsciente. Una parte, como mínimo, ocurre.

Los ojos negros bulbosos le están mirando. De repente se forma un bulto en la sábana, al lado de la cosa que hay en la cama, y se retuerce. Luego sale de debajo la especie de comadreja rojiza que se cargó a Beav y mira a Jonesy con los mismos ojos vidriosos y negros, mientras emplea la cola para llegar hasta la almohada y se enrosca al lado de la estrecha cabeza gris. Jonesy no se extraña de que McCarthy se sintiera un poco indispuesto.

Las piernas de Jonesy siguen chorreando una sangre pegajosa como la miel, y caliente como la fiebre, que gota a gota cae al suelo. Lo lógico sería que tardase muy poco en alimentar su propia colonia de moho, hongo o lo que sea, que formara auténticas alfombras, pero Jonesy sabe que no. Es único. La nube puede transportarle, pero no puede cambiarle.

Ni rebotes ni partidos, piensa; e inmediatamente después: Shh, shh, eso guárdatelo.

El ser de color gris levanta la mano con pocas fuerzas, como saludando. Tiene tres dedos largos con uñas rosadas en la punta, dedos que por debajo supuran un pus pastoso y amarillo, la misma sustancia que brilla en los pliegues de la piel y las comisuras de los ojos del... ¿ser? ¿cosa?

—Pues sí que es verdad que te iría bien una inyección —dice Jonesy—. De Drano, de Lysol o de algo así. Al menos no estarías...

Justo entonces se le ocurre algo espantoso, y al principio es una idea de tanta intensidad que consigue resistir la fuerza que le empuja hacia la cama. Después vuelven a movérsele los pies, dejando un rastro rojo muy ancho.

—¡No pensarás chuparme la sangre como un vampiro!

La cosa de la cama sonríe sin sonreír.

«Somos lo que en vuestro lenguaje se llama vegetarianos, aunque no sea la palabra exacta.»

—Sí, ya. ¿Y el chucho? —Jonesy señala la comadreja sin patas, que abre la boca de manera grotesca, enseñando una boca llena de dientes como alfileres—. ¿También es vegetariano?

«Ya sabes que no —dice lo gris, sin que se mueva la raja de su boca. Hay que reconocer que es un ventrílocuo de la hostia—. Pero también sabes que no tienes que tenerle miedo.»

—¿Por qué? ¿En qué me diferencio?

La cosa gris moribunda (¿cómo no va a estarlo si se le pudre el cuerpo por dentro?) no contesta, y Jonesy vuelve a pensar: ni rebotes ni partidos. Intuye que es una idea que al tío gris le encantaría poder leer, pero que no se haga ilusiones, porque otro aspecto que diferencia a Jonesy, que le vuelve único, es la facultad de proteger sus pensamientos. Sólo puede decir una cosa (aunque no la diga de verdad): *vive la différence.*

—¿En qué me diferencio?

«¿Quién es Duddits? —pregunta la cosa gris. Ante la falta de respuesta de Jonesy, vuelve a sonreír sin mover la boca—. ¿Ves? Los dos tenemos dudas que el otro no quiere resolver. ¿Te parece bien si las apartamos? Boca abajo. Son… ¿qué palabra usáis? ¿Cómo se dice en el juego?»

—La reserva —dice Jonesy.

Ahora huele la podredumbre de la cosa. Es el mismo olor que trajo McCarthy al campamento, el de éter. Vuelve a pensar que debería haberle pegado un tiro, al muy repipi y cabrón, y no dejar que entrara donde hacía más calor. Así, a medida que se enfriase el cuerpo, se habría muerto lo de dentro al lado del observatorio del arce viejo.

«Eso, la reserva —dice lo gris. Ahora el atrapasueños está en la habitación, colgado del techo y girando lentamente sobre la cabeza de la cosa gris—. Todo lo que no queramos que sepa el otro, lo apartamos para el recuento final.»

—¿Qué queréis de mí?

El ser gris mira a Jonesy sin pestañear. Jonesy, de hecho, no ve que pueda, porque no tiene párpados ni pestañas.

«Ni lo uno ni lo otro —dice la cosa; pero la voz que oye Jonesy es la de Pete—. ¿Quién es Duddits?»

Oyendo la voz de Pete, Jonesy se lleva una sorpresa tan grande que está a punto de decírselo. Claro, era la intención: descolocarle. La cosa, por muy moribunda que esté, es astuta. Conviene estar en guardia. Jonesy le envía al tío gris la imagen de una vaca grande marrón con un letrero al cuello que pone: LA VACA *DUDDITS*.

El gris vuelve a sonreír sin sonreír de verdad, porque lo hace en la cabeza de Jonesy.

«La vaca *Duddits* —dice—. Me parece que no es eso.»

—¿De dónde venís? —pregunta Jonesy.

«Del planeta X. Venimos de un planeta moribundo, para comer pizzas, comprar cómodamente a plazos y aprender italiano sin esfuerzo con Berlitz.»

Esta vez es la voz de Henry. A continuación, ET recupera su voz propia; al menos lo parece, hasta que Jonesy se da cuenta, con fatiga y sin sorpresa, de que no, de que es la suya. Es la voz de Jonesy. Ya sabe qué diría Henry: que, a consecuencia de la muerte de Beaver, le ha dado un ataque de alucinaciones y está flipando por un tubo.

No, ahora ya no lo diría, piensa Jonesy.

«¿Henry? Da igual, porque no durará mucho», dice con indiferencia el tío gris.

Su mano se desliza por el cubrecama, y el trío de dedos largos y grises envuelve la mano de Jonesy. Tiene la piel caliente y seca.

—¿Cómo que no durará? —pregunta Jonesy, asustado por Henry.

Pero lo que se muere en la cama no contesta. Una carta más para el recuento. Jonesy saca otra:

—¿Para qué me has llamado?

El ser gris expresa sorpresa, a pesar de que siga sin movérsele la cara.

«Nadie quiere morirse solo —dice—. Me apetecía estar acompanado. Ya sé: vamos a mirar la tele.»

—No quiero ver na...

«Hay una película que me encantaría. A ti también te gustará. Se llama *Sympathy for the Grayboys.*[1] ¡Chucho, el mando!»

El chucho obsequia a Jonesy con una mirada que se diría más hostil que de costumbre, si cabe, y baja reptando de la almohada. Su cola flexible hace un ruido como de serpiente yendo por una superficie de piedra. En la mesa hay un mando a distancia que también está cubierto de hongos. El chucho lo coge, da media vuelta y repta de nuevo hacia el ser gris con el mando entre los dientes. El gris suelta la mano de Jonesy (lo cual no deja de ser un alivio, aunque el contacto de su piel no sea repugnante), coge el aparatito, lo dirige hacia la tele y pulsa ON. La imagen que aparece

---

1. «Compasión por los grises», imitando el título de la canción de los Rolling Stones. (*N. del T.*)

(un poco borrosa por culpa de la pelusa que crece en la pantalla) corresponde al cobertizo de detrás de la cabaña. En medio hay una forma oculta por una lona verde; y no hace falta esperar a que se abra la puerta y entre el propio Jonesy para que éste comprenda que lo que se ve ya ha ocurrido. El protagonista de *Sympathy for the Grayboys* es Gary Jones.

«¡Hombre —dice el ser moribundo de la cama, hablando desde su cómoda posición central en el cerebro de Jonesy—, nos hemos perdido los créditos! Pero bueno, acaba de empezar.»

Es lo que teme Jonesy.

5

Se abre la puerta del cobertizo y entra Jonesy hecho un personaje la mar de pintoresco: la chaqueta que lleva es suya, los guantes de Beaver, y el gorro, que es naranja, de los del viejo Lamar. El Jonesy-espectador de la habitación de hospital (que ha cogido la silla para las visitas y se ha sentado al lado del señor Gray) piensa que el Jonesy del cobertizo de Hole in the Wall está, a pesar de todo, infectado, y que tiene pelusilla roja por todo el cuerpo. Eso hasta que se acuerda de que el señor Gray (o su cabeza, en todo caso) le explotó en las narices, y que lleva encima los restos.

—Aunque de hecho no explotó —dice—. Más bien... ¿Cómo habría que decirlo? ¿Que granó?

«¡Shhh! —dice el señor Gray, y el chucho enseña su temible dentadura como diciéndole a Jonesy que no sea tan maleducado—. ¿A ti no te encanta esta canción?»

La banda sonora es *Sympathy for the Devil*, de los Rolling Stones; buena elección, puesto que casi es el título de la película (mi debut en la pantalla, piensa Jonesy; anda, que cuando la vean Carla y los chavales...), pero lo cierto es que a Jonesy no sólo no le gusta sino que, por algún motivo, le entristece.

—¿Cómo le puede gustar tanto? —pregunta sin hacerles caso a los dientes del chucho, porque sabe tan bien como el gris que para él no entraña ningún peligro—. No lo entiendo. Es lo que tocaban cuando les masacraron.

«Siempre nos masacran —dice el señor Gray—. Pero calla y mira la película, que esta parte es lenta, pero después mejora mucho.»

Jonesy junta las manos en su regazo rojo (parece que por fin ha cesado la hemorragia) y mira *Sympathy for the Grayboys*, con el inimitable Gary Jones.

6

El inimitable Gary Jones retira la lona de la motonieve, ve la batería en la mesa de trabajo, dentro de una caja de cartón, y la conecta procurando no equivocarse de cables. Sus conocimientos de mecánica no van mucho más lejos, puesto que en definitiva es profesor de historia y, por mejoras en el hogar, entiende conseguir que los críos vean un documental, aunque sólo sea muy de vez en cuando. Está puesta la llave, y al girarla se encienden las luces del salpicadero (a pesar de todo, ha puesto bien la batería), pero no arranca el motor. Ni siquiera hace ruido. Sólo se oye una especie de pitido.

—Jolines redicz mecachis en la mar —dice, encadenando las palabras de manera inexpresiva.

De hecho no está seguro de poder expresar muchas emociones, aunque quiera. Como gran aficionado a las pelis de terror, que ha visto veintipico veces *La invasión de los ladrones de cuerpos* (y hasta el desastre de *remake* con Donald Sutherland), sabe qué ocurre. Le han robado el cuerpo, literal y completamente, aunque no vaya a haber ningún ejército de zombis, ni vayan a tomar ninguna población. Él es único; intuye que Pete, Henry y Beav también son únicos (en el caso de Beav, era), pero el más único de los cuatro es él. En principio estaría mal dicho, puesto que se supone que único quiere decir que sólo hay uno, pero se trata de uno de los pocos casos en que no se aplica la regla. Pete y Beaver eran únicos, Henry aún más único, y él, Jonesy, el más único de todos. ¡Hasta es protagonista de su propia película!

El tío gris de la cama de hospital deja de mirar la tele donde Jonesy I está montado en el Arctic Cat y se fija en la silla donde está sentado Jonesy II con su bata empapada de sangre.

«¿Qué escondes?», pregunta el señor Gray.

—Nada.

«¿Por qué ves una pared de ladrillo? ¿Qué es 19 aparte de un número primo? ¿Quién dijo "los Tigers son una puta mierda"?

¿Qué significa? ¿Y la pared de ladrillo? ¿Qué es? ¿De cuándo? ¿Qué significa, y por qué la ves constantemente?»

Constata la intromisión del señor Gray, pero de momento, como mínimo, hay un núcleo a salvo. Le pueden transportar, pero no pueden modificarle. Por lo visto tampoco pueden abrirle del todo. Al menos de momento.

Jonesy se pone un dedo en los labios y le devuelve al gris sus propias palabras.

—Calle y mire la película.

La cosa le escruta con las bolas negras que tiene por ojos (Jonesy piensa que son ojos de insecto, de mantis religiosa), y Jonesy siente que su intromisión se prolonga un poco más. Después disminuye la sensación. No hay prisa: tarde o temprano, la cosa disolverá el caparazón del último núcleo de Jonesy puro y sin invadir, y entonces sabrá cuanto quiera saber.

Mientras tanto, miran la película. Y cuando el chucho (con sus dientes afilados y su olor a éter y anticongelante), repta reptando, se le pone a Jonesy en el regazo, éste apenas se da cuenta.

Jonesy I, el Jonesy del cobertizo (o mejor dicho el señor Gray), busca. Hay muchos cerebros con los que conectar; están por doquier, como transmisiones radiofónicas de madrugada, y le cuesta muy poco encontrar uno que contenga la información que le interesa. Es como abrir un archivo en el ordenador personal y no encontrar palabras, sino una película en tres dimensiones y con una resolución fabulosa.

La fuente de información del señor Gray es Emil Brodsky, de Menlo Park, Nueva Jersey, sargentillo de la fuerza aérea a cargo de la división motorizada, aunque ahora, como integrante del equipo táctico de Kurtz, no tenga rango. Ni él ni nadie. A sus superiores les llama «jefe», y a los que están por debajo (que en esta merienda de negros son más bien pocos), «tú». Para los casos en que no sepa quién es quién, basta con un simple «colega».

Sobrevuelan la zona unos cuantos cazas, pero no demasiados (si consiguen que se despejen las nubes podrán hacer todas las fotos que necesiten por satélite), ni es cosa de Brodsky. Los cazas salen de la base aérea de Bangor, y él está en Jefferson Tract. Se encarga de los helicópteros y los camiones, que cada vez son más. (Desde mediodía están cerradas todas las carreteras de aquella parte del estado, y el único tráfico es de camiones verdes con el distintivo tapado.) También dirige la operación de instalar como mínimo cuatro generadores, a fin de suministrar electricidad a los barracones que proliferan alrededor del colmado de Gosselin. Se necesitan, entre otras cosas, sensores de movimiento, focos, luces perimetrales y el quirófano improvisado que está siendo montado a toda prisa en una caravana WindStar.

Kurtz ha dejado clara la importancia de las luces: quiere que esté todo iluminado a tope las veinticuatro horas. La mayor concentración de focos se sitúa alrededor del cobertizo, así como detrás, donde había un corral para caballos y un cercado. En el prado donde solían pasarse la vida pastando las cuarenta vacas lecheras del carcamal de Reggie Gosselin, se han instalado dos tiendas, la mayor de las cuales lleva algo escrito en el techo verde: ECONOMATO. La otra tienda es blanca y sin letras. Dentro, a diferencia de la grande, no hay estufas de queroseno, ni falta que hace. Jonesy comprende que es el depósito provisional de cadáveres. De momento sólo contiene tres muertos (uno de ellos el tonto de un banquero que ha querido escaparse), pero pronto habrá muchos más. A menos que algún accidente vuelva difícil o imposible la recogida de cadáveres. Para Kurtz, el jefe, dicho accidente sería la solución de muchos problemas.

Son detalles al margen. El interés de Jonesy I se centra en Emil Brodsky, de Menlo Park.

Pisando barro y nieve sucia, Brodsky recorre a grandes zancadas la distancia entre la zona de aterrizaje para helicópteros y el cercado donde hay que confinar a los que tienen el Ripley (ahora ya hay bastantes, paseándose con la misma cara de perplejidad de todos los prisioneros recién internados del mundo, llamando a los guardias, pidiendo cigarrillos e información y formulando vanas amenazas). Emil Brodsky es fortachón, lleva el pelo a cepillo y tiene una cara de bulldog que ni pintada para el tabaco barato (en realidad, como sabe Jonesy, se trata de un católico devoto que no ha fumado en su vida). Ahora mismo está más ocupado que un empapelador manco. Lleva auriculares y micro de recepcionista a la altura de la boca. Ha entablado contacto radiofónico con el convoy de suministro de combustible que viene por la interestatal 95 (la situación es crítica, porque los helicópteros que han salido de misión volverán muy bajos), pero al mismo tiempo habla con Cambry, la persona que camina al lado de él. Hablan del centro de control y vigilancia que quiere hecho Kurtz para las nueve de la noche, máximo las doce. Se rumorea que la misión no durará más de cuarenta y ocho horas, pero a ver quién es el listo que se atreve a asegurarlo. Los rumores también dicen que ya se ha alcanzado el objetivo principal, Blue Boy, aunque Brodsky no se lo creerá hasta que vuelvan los helicópteros grandes de combate. Pero bueno, lo de ellos es fácil: tenerlo todo montado para las once.

Y hete aquí que de repente hay tres Jonesys, tres: el que mira la tele en la habitación de hospital que está hecha un criadero de hongos, el del cobertizo de la motonieve... y Jonesy III, que aparece sin avisar en la cabeza católica y con el pelo a cepillo de Emil Brodsky. Brodsky interrumpe sus pasos y mira el cielo blanco.

Cambry da tres o cuatro pasos por su cuenta hasta que ve que Brodsky se ha quedado parado en medio del barro. A pesar de todo el ajetreo (hombres que corren, helicópteros volando, motores en marcha), está parado como un robot sin pilas.

—Jefe —dice—, ¿le pasa algo?

Brodsky no contesta, al menos a Cambry. Le dice a Jonesy I (el del cobertizo):

«Abre la tapa del motor y enséñame las bujías.»

A Jonesy le cuesta un poco encontrar el cierre de la tapa, pero le dirige Brodsky. Una vez que está el motorcito a la vista, Jonesy se agacha, pero no mira, sino que convierte sus ojos en dos cámaras de alta resolución y envía la imagen a Brodsky.

—¡Jefe! —dice Cambry, que empieza a estar preocupado—. ¿Qué pasa, jefe?

—Nada, no pasa nada —dice Brodsky con lentitud y claridad, quitándose los auriculares porque le distrae el parloteo—. Déjame que piense un minuto.

Y a Jonesy:

«Han quitado las bujías. Busca un poco... Ah, sí, ya las veo. Al borde de la mesa.»

Al borde de la mesa de trabajo hay un pote de mayonesa con gasolina hasta la mitad, al que se le han hecho dos agujeros con la punta de un destornillador para que no se acumulen los vapores. Dentro hay dos bujías Champion como dos bichos en formol.

Brodsky dice en voz alta:

—Sécalas bien.

Y cuando Cambry le pregunta:

—¿Que seque qué?

Brodsky, ausente, le dice que no hable.

Jonesy saca las bujías de la gasolina, las seca, se sienta y las conecta, siguiendo instrucciones de Brodsky.

«Ahora a ver si van —dice Brodsky, pero sin mover los labios. La motonieve hace ruido de arrancar—. Comprueba que haya gasolina.»

Jonesy lo hace y le da las gracias.

—No, hombre, no hay de qué —dice Brodsky.

Vuelve a dar zancadas, y tan deprisa que Cambry casi tiene que correr para no quedarse rezagado. Al mismo tiempo, se percata de la cara de sorpresa de Brodksy al darse cuenta de que tiene los auriculares en el cuello.

—¿Qué coño te ha pasado? —pregunta Cambry.

—Nada —dice Brodsky.

Algo, sin embargo, le ha pasado. ¡Coño que no! Hablaba con alguien. ¿Una… consulta? Sí, eso. Lo que ocurre es que no se acuerda bien del tema. De lo que se acuerda es de las instrucciones que han recibido por la mañana, antes de amanecer. Una de ellas, directa de Kurtz, consistía en informar de cualquier cosa rara que ocurriese. ¿Lo que acaba de ocurrir era raro? ¿Qué ha sido, exactamente?

—Debo de haber tenido un calambre cerebral —dice Brodsky—. Con tanto que hacer, y en tan poco tiempo… Venga, sígueme.

Cambry le sigue, y Brodsky reanuda su conversación dividida (por un lado el convoy, por el otro Cambry), pero se acuerda de algo más, de otra conversación (la número tres) que ya ha terminado. ¿Es raro o no? Concluye que probablemente no lo sea. Lo que está claro es que al cabrón incompetente de Perlmutter no podría contárselo, porque para él lo que no esté apuntado en la tablilla no existe. ¿Y a Kurtz? Jamás. Brodsky le tiene aún más miedo que respeto. Como todos. Kurtz es listo, y es valiente, pero también es el mono más chalado de la selva. Por donde ha pasado la sombra de Kurtz, Brodsky prefiere no poner ni el pie.

¿Underhill? ¿Podría contárselo a Owen Underhill?

Quizá… y quizá no. Tal como están las cosas, ni te enteras y ya la has cagado. Durante uno o dos minutos ha oído voces (de hecho sólo una), pero ahora se encuentra bien.

En Hole in the Wall, Jonesy sale a todo trapo del cobertizo y se mete por Deep Cut Road. Al pasar cerca de Henry nota su presencia (está escondido detrás de un árbol, y para no gritar hasta muerde la corteza), pero consigue esconder lo que sabe a la nube que circunda su último núcleo de conciencia. Casi seguro que es la última vez que está cerca de su amigo de infancia, que no logrará salir vivo de aquel bosque.

Jonesy piensa que ojalá hubiera podido despedirse.

7

No sé quién ha hecho esta película, piensa Jonesy, pero para mí que no hace falta que se planchen el esmoquin para los óscars. De hecho...

Mira en derredor y sólo ve árboles nevados. Vuelve a mirar hacia adelante y sólo encuentra Deep Cut Road, y la vibración de la motonieve entre sus muslos. El hospital, el señor Gray, no existen. Ha sido un sueño.

Falso. Y habitación la hay, aunque no sea de hospital ni contenga cama, tele y bolsa de suero. Lo cierto es que no contiene casi nada aparte de un tablón con dos cosas enganchadas con chinchetas: un mapa del norte de Nueva Inglaterra con algunas rutas de transporte marcadas (las de los hermanos Tracker) y una foto Polaroid de una adolescente con la falda levantada, enseñando la pelambrera rubia. Jonesy ve Deep Cut Road por la ventana. Está casi seguro de que es la que había en la habitación de hospital. Pero la habitación de hospital no le servía. Ha tenido que salir, porque...

La habitación de hospital no era segura, piensa Jonesy. ¿Segura? ¿Lo es aquella? ¿Lo es algún lugar? Y sin embargo... es posible que esta lo sea más. Es su último refugio, y lo ha adornado con la foto que, a su entender, esperaban ver todos al meterse por el camino de entrada, allá en 1978. Tina Jean Sloppinger, o como se llamase.

Piensa: una parte de lo que he visto era real; recuerdos válidos recuperados, que diría Henry. Es cierto que aquel día me pareció ver a Duddits. Por eso bajé a la calzada sin mirar. En cuanto al señor Gray... ahora soy yo, ¿verdad? Excepto la parte de mí que está en esta habitación polvorienta, vacía y sin ningún interés, con el suelo lleno de condones usados y la foto de la chica en el tablón, todo yo soy el señor Gray. ¿Verdad?

No hay respuesta. De hecho es la única que necesita.

Pero ¿cómo ha pasado? ¿Cómo he venido? Y ¿por qué? ¿Para qué?

Sigue sin recibir respuestas, ni las tiene él de su cosecha para las preguntas que acaba de formular. Sólo se alegra de disponer de un lugar donde poder seguir siendo él mismo, y le consterna la facilidad con que le han secuestrado el resto de su vida. De nuevo, con una sinceridad amarga y sin límites, se arrepiente de no haberle pegado un tiro a McCarthy.

8

Una explosión descomunal desgarró el día, y, si bien el punto de origen tenía que estar forzosamente a varios kilómetros, conservaba la potencia necesaria para sacudir la nieve de muchos árboles. El conductor de la motonieve ni siquiera movió la cabeza. Era la nave. La habían volado los soldados. Ya no quedaban byrum.

A los pocos minutos apareció ante su mirada el cobertizo con el tejado caído. Delante, tirado en la nieve y sin haber sacado la bota de debajo de la chapa de cinc, estaba Pete. Parecía muerto, pero no. En aquel juego, hacerse el muerto no figuraba entre las opciones. El ocupante de la motonieve oía pensar a Pete. Frenó y dejó el motor en punto muerto. Entonces Pete levantó la cabeza y enseñó los dientes que le quedaban sin ninguna jovialidad. Por lo visto sólo conservaba un dedo en buen estado en la mano derecha. Toda su piel visible estaba cubierta de byrus.

—Tú no eres Jonesy —dijo—. ¿Qué le has hecho?

—Sube, Pete —dijo el señor Gray.

—Contigo no quiero ir a ninguna parte. —Pete levantó la mano derecha (con sus dedos destrozados y grumos rojizos de byrus) y la usó para limpiarse la frente—. Venga, arreando. Que te vayas, coño.

El señor Gray bajó la cabeza que había pertenecido a Jonesy (quien lo observaba todo por la ventana de su refugio en el garaje abandonado de Tracker Hermanos, sin poder ayudar ni intervenir) y miró a Pete fijamente. Pete rompió a gritar, mientras el byrus que le crecía por todo el cuerpo se tensaba y le clavaba las raíces en los músculos y los nervios. La bota que estaba presa debajo del tejado de cinc quedó libre, y Pete, gritando, adoptó una postura fetal. Le salía sangre por la boca y la nariz. Cuando volvió a gritar le saltaron dos dientes más de la boca.

—Sube, Pete.

Llorando, y con la mano destrozada en el pecho, Pete intentó ponerse en pie. El primer intento se saldó en fracaso, y volvió a quedarse tumbado en la nieve. El señor Gray siguió mirándole sin hacer comentarios desde el sillín del Arctic Cat.

Jonesy sentía el dolor de Pete, su desesperación, su miedo abyecto. El miedo era de lejos lo peor. Se decidió a arriesgarse.

«Pete.»

Sólo era un susurro, pero Pete lo oyó y miró hacia arriba con la cara demacrada y manchada de moho (lo que llamaba el señor Gray «el byrus»). Cuando se lamió los labios, Jonesy vio que también le crecía en la lengua. Una vez se había enfrentado con chicos mayores que él para defender a alguien más pequeño y más débil. Se merecía algo mejor.

«Ni rebotes ni partidos.»

Pete casi sonrió. Era al mismo tiempo bonito y estremecedor. Esta vez consiguió levantarse y caminó con lentitud hacia la motonieve.

En el despacho abandonado de su exilio, Jonesy vio que se movía el pomo de la puerta.

«¿Qué significa? —preguntó el señor Gray—. ¿Qué es "ni rebotes ni partidos"? ¿Qué haces dentro? ¿Por qué no vuelves al hospital y miras conmigo la tele? Para empezar, ¿cómo has entrado?»

Ahora le tocaba a Jonesy no contestar. Fue un gran placer.

«Voy a entrar —dijo el señor Gray—. Cuando sea el momento, entraré. Si crees que puedes cerrarme la puerta, te equivocas.»

Jonesy permaneció callado (puesto que no servía de nada provocar a la criatura que gobernaba su cuerpo), pero no consideraba que se equivocase. Por otro lado, tampoco se atrevía a salir, porque le absorberían. Sólo era un grano en una nube, un poco de comida sin digerir en la tripa de un extraterrestre.

Más valía no llamar la atención.

9

Pete se colocó detrás del señor Gray y enlazó la cintura de Jonesy. Transcurridos diez minutos pasaron junto al Scout volcado, y Jonesy comprendió el motivo de que Pete y Henry hubieran tardado tanto en volver de la tienda. Habían sobrevivido de milagro, tanto el uno como el otro. Le habría gustado prolongar un poco más el examen, pero el señor Gray mantuvo el Arctic Cat a la misma velocidad, dando botes con los esquíes y yendo por el centro de la carretera entre los dos surcos colmados de nieve.

Cuando se hubieron alejado unos cinco kilómetros del Scout, superaron un cambio de rasante y Jonesy vio una bola de luz blanca amarillenta flotando a menos de treinta centímetros de la carretera. Les esperaba, y parecía que ardiera a la temperatura de un soplete, pero estaba claro que no, porque, teniendo nieve a pocos centímetros, no la derretía. Casi seguro que era una de las luces que habían visto moverse él y Beaver debajo de las nubes, sobre los animales que salían huyendo del barranco.

«Exacto —dijo el señor Gray—. Es de las pocas que quedan. Puede que sea la última.»

Jonesy, callado, se limitó a mirar por la ventana de su despacho-celda. Sentía en la cintura los brazos de Pete, que ahora se le cogía más que nada por instinto, como el boxeador casi vencido a su oponente, para no besar la lona. La cabeza que tenía apoyada en la espalda pesaba como una piedra. Ahora Pete era un medio de cultivo para el byrus, y el byrus estaba encantado, porque el mundo era frío y Pete caliente. Por lo visto el señor Gray le quería para algo, aunque Jonesy no tenía ni idea de para qué.

La bola luminosa siguió guiándoles por la carretera entre dos y tres kilómetros, hasta que se metió entre dos pinos muy altos y les esperó dando vueltas, casi a ras de nieve. Jonesy oyó al señor Gray dando instrucciones a Pete de que se sujetase con todas sus fuerzas.

El Arctic Cat dio un brinco y descendió a toda velocidad por una pendiente muy poco pronunciada, clavando los esquíes en la nieve y apartándola. Cuando acabó de cubrirles la bóveda del bosque, no sólo la capa era más fina sino que en algunos puntos desaparecía del todo. En aquellas zonas el perfil de las ruedas de la motonieve chirriaba duramente en el suelo congelado, que en su mayor parte se componía de roca bajo una capa delgada de tierra y pinaza. Ahora se dirigían hacia el norte.

A los diez minutos se interpuso una afloración de granito que les hizo saltar, y a Pete caerse rodando con un grito ronco. El señor Gray volvió a poner la motonieve en punto muerto. La luz también se quedó parada, girando encima de la nieve. Jonesy tuvo la impresión de que brillaba menos.

—Levántate —dijo el señor Gray, que se había girado en el sillín para mirar a Pete.

—No puedo —dijo este—. Tío, que ya no puedo más. Me...

Pete volvió a chillar y a retorcerse en el suelo, dando patadas y sacudiendo las manos (una quemada y la otra destrozada).

«¡Para —dijo Jonesy a pleno pulmón—, que le vas a matar!»

El señor Gray se quedó donde estaba sin hacerle el menor caso, observando a Pete con una paciencia mortífera e impasible. El byrus, mientras tanto, se volvía tirante y estrujaba la carne de Pete. Después de un rato, Jonesy notó que el señor Gray aflojaba la presión, y Pete, atolondrado, se levantó. Tenía un corte nuevo en la mejilla, y ya se le había infestado de byrus. Sus ojos, de mirada aturdida y exhausta, estaban anegados en lágrimas. Volvió a subirse a la motonieve, y una vez más deslizó ambas manos por la cintura de Jonesy.

«Cógete a mi chaqueta —susurró este. Cuando el señor Gray se giró y volvió a poner el vehículo en marcha, Jonesy notó que Pete se le ceñía—. ¿Vale?»

«Vale», contestó Pete, pero con pocas fuerzas.

Esta vez el señor Gray no les prestó atención. La luz flotante, que había perdido brillo pero no velocidad, reemprendió el camino hacia el norte... o en una dirección que Jonesy supuso que era el norte. Después de un rato sorteando árboles, matas espesas y rocas, perdió del todo el sentido de la orientación. Detrás de ellos se oía una sucesión de disparos que no decaía ni un solo momento. Alguien, al parecer, se estaba despachando a gusto con la caza, sin encontrar resistencia.

10

Como una hora después, Jonesy acabó por descubrir la razón de que al señor Gray le interesase tanto Pete. Fue cuando la luz, que se había debilitado tanto que era una sombra de la de antes, se apagó del todo. Desapareció con un ruidito oclusivo, como de alguien reventando una bolsa de papel, y sólo dejó una especie de pequeño detrito que cayó al suelo.

Se hallaban en una cresta con árboles, en pleno centro de las quimbambas, y tenían delante un valle de bosques nevados. Al fondo había colinas erosionadas y zonas de espeso matorral donde no había ni brizna de luz. Para redondear el panorama, anochecía.

Ya ha vuelto a meternos en un follón de padre y señor mío, pensó Jonesy; pero no percibía ninguna contrariedad en el señor Gray. Éste detuvo la motonieve, volvió a dejarla en punto muerto y se limitó a quedarse sentado.

«Al norte», dijo el señor Gray. Y no era a Jonesy.

Pete contestó en voz alta, con cansancio y lentitud.

—¿Cómo quieres que sepa dónde está? ¡Si no veo ni por dónde se pone el sol, caray! Y encima tengo un ojo hecho una mierda.

El señor Gray giró la cabeza de Jonesy, que vio que a Pete le faltaba el ojo izquierdo. Tenía el párpado tan levantado que se le había quedado cara de sorpresa, y de tonto. La órbita estaba ocupada por una jungla pequeña de byrus cuyos filamentos más largos colgaban hasta rozar la mejilla sin afeitar. También había otros filamentos que se le enredaban en el pelo ralo, veteándolo de un color entre dorado y rojizo.

«Sí que lo sabes.»

—Puede —dijo Pete—, y puede que no quiera orientarte.

«¿Por qué no?»

—Coño, pedazo de mamón, porque dudo que al resto nos convengan tus intenciones —dijo Pete, llenando a Jonesy de un orgullo absurdo.

Jonesy vio temblar la pelusa de la órbita de Pete, que chilló y se llevó las manos en la cara. Por un momento (corto pero demasiado largo) Jonesy se imaginó perfectamente los zarcillos rojizos metiéndose desde el ojo muerto en el cerebro de Pete, donde se separaban como dedos fuertes ciñendo una esponja gris.

«¡Venga, díselo, Pete! —exclamó—. ¡Díselo, por Dios!»

El byrus volvió a inmovilizarse. La mano de Pete se separó de su cara, que ahora, en las zonas que no estaban rojas, presentaba una palidez mortuoria.

—¿Dónde estás, Jonesy? —preguntó—. ¿Hay sitio para dos?

Por supuesto que la respuesta era un conciso no. Jonesy no entendía lo que le había ocurrido, pero sabía que su supervivencia (el último núcleo de autonomía), de una manera u otra, dependía de que se quedara donde estaba. El simple gesto de entreabrir la puerta entrañaría su pérdida.

Pete asintió con la cabeza.

—Ya me parecía a mí —dijo. Después se dirigió al otro—: Mira, tío, sólo te pido que no me hagas más daño.

El señor Gray siguió sentado en el sillón mirando a Pete con los ojos de Jonesy, y sin hacer promesas.

Pete suspiró, levantó la mano derecha, la quemada, y desplegó un dedo. A continuación cerró los ojos y empezó a moverlo hacia adelante y atrás. Al verlo, Jonesy lo comprendió todo. ¿Cómo se llamaba la niña? Rinkenhauer, ¿no? Sí. No se acordaba del nombre de pila, pero Rinkenhauer era de los apellidos que se te grababan en la memoria. También iba al Mary M. Snowe, alias cole de los subnormales, aunque entonces Duddits ya había entrado en el profesional. ¿Y Pete? Pete siempre había tenido más memoria de lo normal, pero después de Duddits...

Arrodillado en su celda pequeña y sucia, mirando el mundo que le habían robado, Jonesy se acordó de las palabras; aunque en realidad no lo eran, sino formaciones silábicas de extraña belleza:

«¿Bela liña, Pi?» «¿Ves la línea, Pete?»

Pete, con cara de sorpresa y placidez, había dicho que sí, que la veía. Entonces ya hacía lo del dedo, el mismo tictac de ahora.

El dedo dejó de moverse y se quedó temblando un poco en la punta, como una vara de zahorí al borde de un acuífero. Entonces Pete señaló la cresta en una línea ligeramente a estribor de la dirección que había estado siguiendo la motonieve.

—El norte es allá —dijo, bajando la mano—. Hay que guiarse por la pared de roca que tiene un pino en medio. ¿La ves?

«Sí.»

El señor Gray desplazó la vista hacia adelante y volvió a poner en marcha la motonieve. Jonesy se formuló la vaga pregunta de cuánta gasolina quedaba en el depósito.

—¿Ya puedo bajar?

Quería decir, naturalmente, si ya podía morirse.

«No.»

Y de nuevo en camino, con Pete cogiéndose a la chaqueta de Jonesy con las pocas fuerzas que tenía.

11

Bordearon la pared de roca y subieron a la cumbre de la colina más alta de detrás, que fue donde el señor Gray hizo otro alto para que pudiera redirigirles su sucedáneo de luz flotante. Así lo hizo Pete, y enfilaron un sendero que se desviaba un poco hacia el oeste respecto al norte estricto. Seguía oscureciendo. En un momento dado oyeron acercarse entre dos y cuatro helicópteros, y el señor Gray emboscó la motonieve en un matorral muy tupido, sin importarle que las ramas azotaran la cara de Jonesy y le ensangrentasen las mejillas y la frente. Pete volvió a caerse y se quedó gimiendo en el suelo, al borde del desmayo. El señor Gray apagó el motor y llevó a Pete a rastras al grupo más prieto de arbustos, donde aguardaron el paso de los helicópteros. Jonesy notó que el señor Gray entablaba contacto con uno de los tripulantes y le sometía a un rápido examen. Quizá cotejara sus conocimientos con lo que le había dicho Pete. Una vez que el ruido de aspas se alejó hacia el sudoeste (señal de que debían de volver a la base), el señor Gray volvió a arrancar y reemprendieron su camino. Volvía a nevar.

Una hora más tarde se detuvieron en otro montículo, y Pete volvió a caerse del Arctic Cat, esta vez de costado. Levantó la cara, pero había desaparecido casi por entero bajo una barba de vegetación. Quiso decir algo y no pudo: tenía la boca amordazada, y la lengua cubierta por una alfombra lozana de byrus.

«Tío, que no puedo. Ya no puedo más. Déjame, por favor.»

«Sí —dijo el señor Gray—, creo que ya has cumplido tu función.»

«¡Pete! —exclamó Jonesy; y, dirigiéndose al señor Gray—: ¡No, no lo hagas!»

Como era de prever, el señor Gray no le hizo caso. Por un instante, Jonesy vio muda comprensión en el ojo que le quedaba a Pete. Y alivio. Fue un instante en que mantuvo el contacto con la mente de Pete, su amigo de infancia, el que siempre esperaba a la entrada del cole con una mano delante de la boca, escondiendo un cigarrillo inexistente; Pete, que quería ser astronauta y ver el mundo entero desde la órbita terrestre. Uno de los cuatro que habían contribuido a salvar a Duddits de los grandullones.

Por un instante. Después notó que salía algo de la mente del señor Gray, y lo que crecía en Pete hizo algo más que moverse: apretó. Un sonido lúgubre acompañó la rotura del cráneo de Pete por una docena de sitios. Su cara (lo que de ella quedaba) se hundió como si la estirasen desde dentro, envejeciéndole de golpe. Por último cayó de bruces, y empezó a nevar sobre la espalda de su parka.

«Hijo de puta.»

El señor Gray, indiferente al insulto de Jonesy y a su ira, no contestó. Volvió a mirar hacia adelante. El viento, que arreciaba, amainó unos segundos, y se abrió un agujero en la cortina de nieve. Unos ocho kilómetros al noroeste de la posición que ocupaban, Jonesy vio movimiento de luces, pero no eran luces extraterrestres, sino faros. En gran cantidad. Un convoy de camiones por la autopista. Supuso que no había ningún otro vehículo. Aquella parte de Maine había pasado a manos del ejército.

«Y todos te buscan, cabrón», escupió al volver a ponerse en marcha la motonieve.

La nieve volvió a tupirse, cortando la visión momentánea de los camiones, pero Jonesy ya sabía que el señor Gray no tendría la menor dificultad en encontrar la autopista. Pete le había guiado hasta una parte de la zona en cuarentena que, supuso Jonesy, se tenía por poco conflictiva. Para el resto del camino contaba con Jonesy, porque era diferente. Para empezar, se había librado del byrus. Al byrus, por alguna razón, no le gustaba.

«De aquí no sale», dijo Jonesy.

«Sí —dijo el señor Gray—. Siempre morimos, y siempre vivimos. Siempre perdemos y siempre ganamos. Somos el futuro, Jonesy, aunque no te guste.»

«Pues si es verdad, es la mejor razón que conozco para vivir en el pasado», repuso Jonesy.

Del señor Gray, sin embargo, no llegó ninguna respuesta. El señor Gray como entidad, como conciencia, ya no existía, porque había vuelto a mezclarse con la nube. Quedaba lo justo para gobernar las facultades de conducción de Jonesy y asegurarse de que la motonieve siguiera orientada hacia la autopista. Arrastrado sin remedio en la misión de la cosa, Jonesy obtuvo un parco consuelo de dos factores. Uno era que el señor Gray no supiera cómo llegar hasta el último componente de su persona, la parte minúscula que existía en su recuerdo del despacho de los hermanos Tracker. El otro era que el señor Gray tampoco supiera nada de Duddits.

Jonesy pensaba hacer lo necesario para que el señor Gray no se enterase.

Al menos de momento.

XIII

En la tienda de Gosselin

1

A Archie Perlmutter, primero de su promoción (tema del discurso en la ceremonia de licenciatura: «Ventajas y responsabilidades de la democracia»), antiguo Eagle Scout (el grado más alto en los Boy Scouts), presbiteriano practicante y graduado de West Point, el súper de Gosselin ya no le parecía real. Ahora que habían instalado bastante voltaje para iluminar una ciudad pequeña, parecía un decorado cinematográfico, y no de cualquier película, sino de una superproducción a lo James Cameron donde los gastos de catering darían para alimentar dos años a la población de Haití. Ni la nieve, cuya intensidad seguía en aumento, mitigaba gran cosa el resplandor de los focos, como tampoco modificaba la ilusión de que todo, desde el revestimiento cutre del edificio a las dos chimeneas de hojalata que salían torcidas del techo, pasando por la única bomba de gasolina que había a pie de carretera, era simple atrezo.

El primer acto sería así, pensó Pearly, caminando deprisa con la tablilla debajo del brazo. (Archie Perlmutter siempre se había considerado hombre de gran talla artística... y comercial.) Aparece un plano de una tienda en pleno bosque. Los viejos del lugar están sentados alrededor de la estufa de leña (no la pequeña del despacho de Gosselin, sino la grande de la propia tienda), mientras fuera nieva una barbaridad. Hablan de luces en el cielo... de cazadores desaparecidos... de que si se han visto hombrecillos grises escondidos en el bosque... El dueño, que podría llamarse Rossiter, se lo toma a chunga. Dice: «¡Vaya unas nenitas estáis hechos!» ¡Y justo entonces lo baña todo una luz muy fuerte (tipo *Encuentros en la tercera fase*), porque está aterrizando un ovni! ¡Y salen un montón de extraterrestres sedientos de sangre, disparando rayos asesinos! ¡Es como *Independence Day*, pero con la gracia de que pasa en el bosque!

Melrose, pinche tercero (que era lo más cerca que se llegaba en aquella aventurita de tener un rango oficial), intentaba no quedarse rezagado. Como no llevaba zapatos ni botas, sino calzado deportivo (Perlmutter lo había sacado de la tienda de cocinas), resbalaba constantemente. Había mucho tránsito de hombres, y alguna que otra mujer; en su mayoría iban a paso ligero, y muchos hablaban por micros o walkie-talkies. La sensación de que era un escenario artificial se incrementaba a causa de los camiones, los remolques, los helicópteros en marcha pero sin volar (habían vuelto todos por el mal tiempo) y el rugido incesante y mezclado de los motores y los generadores.

—¿Para qué quiere verme? —volvió a preguntar Melrose, jadeando y con una voz todavía más plañidera que antes.

Pasaron junto al cercado y el corral de al lado del establo de Gosselin. La valla, vieja y estropeada (ya hacía diez años o más que no había caballos en el corral, y que no se ejercitaba ninguno en el cercado), se había reforzado mediante una alternancia de alambre con púas y sin púas. El primero estaba electrificado a un voltaje que probablemente no fuera mortal, pero sí suficiente para dejar a alguien retorciéndose en el suelo; la carga, además, podía aumentarse hasta niveles letales en caso de que se pusieran revoltosos los nativos. Veinte o treinta hombres les observaban desde detrás de la alambrada, entre ellos el viejo Gosselin (a quien, en la versión de James Cameron, interpretaría algún curtido veterano, tipo Harry Dean Stanton). Antes, los hombres de detrás de la alambrada les habrían dirigido la palabra, habrían hecho amenazas y planteado exigencias con tono de enfado, pero desde que habían visto lo que le había pasado al banquero de Massachusetts por querer escaparse, a los pobres se les había encogido bastante la pilila. Ver que a alguien le pegan un tiro en la cabeza suele hacer que se tengan bastantes menos cojones. Tampoco había que olvidar que todos los operativos llevaban mascarilla en la nariz y la boca. Con eso, los cojones debían de estar a cero.

—Jefe... —Ahora el tono quejica era total. Por lo visto, ver ciudadanos americanos detrás de una alambrada había agravado la incomodidad de Melrose—. Oiga, jefe, ¿para qué quiere verme el número uno? Me extraña hasta que sepa que existen pinches terceros.

—No lo sé —contestó Pearly, y era verdad.

Más adelante estaban Owen Underhill y alguien de la división motorizada que casi le gritaba al oído, tal era el fragor de los helicópteros. Perlmutter supuso que no tardarían en apagarlos, porque con un tiempo así no volaba ni Cristo. Según Kurtz, aquella nevada anticipada era «un regalo que nos hace Dios». Era la clase de comentarios que, viniendo de él, te dejaban con la duda de si lo decía en serio o irónicamente. El tono siempre era serio, pero a veces le añadía una risa. De las que ponían nervioso a Archie Perlmutter. En la película, Kurtz sería James Woods. O Christopher Walken. No se le parecía ninguno de los dos, pero bueno, George C. Scott tampoco se parecía a Patton… Tema zanjado.

Perlmutter dio un brusco rodeo hacia Underhill. Melrose intentó seguirle y acabó con el culo en el suelo, cagándose en todo. Perlmutter tocó el hombro de Underhill y, al verle la cara, confió en disimular su sorpresa gracias a la mascarilla. Owen Underhill parecía diez años mayor que al apearse del autobús escolar de Millinocket.

Pearly se inclinó hacia él y exclamó con el viento de cara:

—¡Kurtz en quince! ¡No te olvides!

Underhill le hizo un gesto impaciente con la mano, queriendo decir que se acordaría, y volvió a girarse hacia el de la división motorizada. Ahora Perlmutter le tenía identificado: se llamaba Brodsky.

El puesto de mando de Kurtz, una caravana inmensa (siguiendo la comparación con un plató, sería la residencia temporal de la estrella, o del propio James Cameron), estaba justo delante. Pearly apretó el paso, plantando cara a la cortina de copos. Melrose correteó para colocarse a su altura, mientras se limpiaba el mono de nieve.

—Venga, enróllate —suplicó—. ¿No tienes ninguna pista?

—No —dijo Perlmutter.

No tenía ninguna sobre el motivo de que, con mil cosas en marcha, Kurtz quisiera ver a un simple pinche, pero pensó que los dos sabían que no podía ser nada bueno.

Owen orientó la cabeza de Emil Brodsky, le aplicó a la oreja el morro de su mascarilla y dijo:

—Vuelve a contármelo, pero no todo, sólo la parte que has dicho que era como un telele mental.

Brodsky no puso ninguna objeción, pero se tomó diez segundos para ordenar sus ideas. Owen se los concedió. En primer lugar tenía cita con Kurtz y después le tocaba redactar el parte (muchos hombres y un montón de papeleo), más a saber qué truculentas tareas, pero intuía que lo de Brodsky era importante.

En cuanto a que se lo dijera a Kurtz, quedaba por ver.

Brodsky se decidió a girar la cabeza de Owen, ponerle en la oreja la parte de plástico de su mascarilla y hablar. Esta vez dio más detalles, pero la historia se reducía a lo mismo: caminaba por el prado de al lado de la tienda, hablando a la vez con Cambry, que le acompañaba, y con un convoy de suministro de combustible a punto de llegar, y de repente había tenido la sensación de que le secuestraban el cerebro. Había estado en un cobertizo hecho polvo con alguien a quien no veía bien. Ese alguien quería poner en marcha una motonieve, pero no podía. Necesitaba a Brodsky para saber por qué no arrancaba.

—¡Le he pedido que abriera la tapa del motor! —exclamó al oído de Owen—. La ha abierto, y ha sido como ver por sus ojos... pero con mi propio cerebro. ¿Entiende lo que le quiero decir?

Owen asintió.

—He visto el fallo enseguida: habían quitado las bujías. Entonces le he dicho al tío que mirara por el cobertizo, y lo ha hecho. Hemos mirado los dos. Las bujías estaban en un bote de gasolina, encima de la mesa. Mi padre, cuando venía la época de frío, hacía lo mismo con el cortacésped.

Brodsky se tomó un respiro. Se notaba que pasaba vergüenza por lo que decía, o por cómo consideraba que debía de sonar. Owen, que estaba fascinado, le hizo gestos de que siguiera.

—No hay mucho más que contar. Le he dicho que las sacara, que las secara y que las enchufara. Ayudar en algo así lo he hecho un millón de veces, pero la diferencia es que estaba aquí, no allí. En realidad no pasaba.

—¿Y luego? —dijo Owen.

Los motores le obligaban a forzar la voz, pero en el fondo

tenían la intimidad de un cura y su feligrés en un confesionario.

—Ha arrancado a la primera. Ya que estábamos, le he dicho que mirara cómo estaba de gasolina, y tenía el depósito lleno. Luego me ha dado las gracias. —Brodsky, pasmado, sacudió la cabeza—. Y yo voy y le digo: «No, hombre, no hay de qué.» ¿Qué, estoy loco?

—No, pero de momento te pediría que no se lo contaras a nadie.

Una sonrisa ensanchó los labios de Brodsky debajo de la mascarilla.

—¡Uy, tranquilo! Sólo se lo he dicho porque... Como hay orden de informar de cualquier cosa rara...

Owen replicó con rapidez, sin darle tiempo de pensar a Brodsky.

—¿Cómo se llamaba?

—Jonesy Tres —contestó Brodsky. A continuación puso cara de sorpresa—. ¡Joder! No sabía que lo supiera.

—¡Qué nombre más raro!

—Sí, bastante, pero... —Se lo pensó un poco y añadió exaltado—: ¡Ha sido horrible! Cuando pasaba, no, pero después de un rato... al pensarlo... era como si me... —Bajó la voz—. Como si me hubieran violado, señor.

—Bueno, pues ya está —dijo Owen—. Supongo que tienes varias cosas más que hacer.

Brodsky sonrió.

—Sólo dos o tres mil.

—Pues a por ellas.

—Recibido. —Brodsky dio un paso y se volvió. Owen miraba el corral, donde había habido caballos y ahora había personas. La mayoría de los detenidos estaba en el establo, y los que se habían quedado fuera, que andarían sobre las dos docenas, formaban una piña como para darse ánimos. Sólo había uno que fuera a su aire, un tío escuchimizado, alto y seco, con unas gafotas que le daban cara de búho. Brodsky miró al búho condenado, y después a Underhill.

—¡Oiga, no pensará meterme en un follón! ¡A ver si se le ocurre mandarme al psiquiatra!

—Descu... —empezó a decir Owen.

No tuvo tiempo de acabar, porque se oyó un disparo en la caravana de Kurtz y alguien se puso a chillar.

—¡Jefe! —susurró Brodsky. A Owen el ruido de motores le impedía oírle. Le leyó la palabra en los labios, y esta—: Mierda.

—Vete —dijo—, que no es cosa tuya.

Brodsky le miró un poco más, humedeciéndose los labios dentro de la mascarilla. Owen le hizo un gesto con la cabeza, intentando proyectar una impresión de confianza y autoridad, de todo bajo control; quizá funcionase, porque Brodsky le devolvió el gesto y se marchó.

Dentro de la caravana proseguían los gritos. Cuando Owen se encaminó a ella, el hombre que estaba solo en el cercado le dijo:

—¡Eh, oiga! ¡Acérquese un minuto, que tengo que hablar con usted!

Ya, pensó Underhill sin aminorar el paso. Me apuesto lo que sea a que tienes que contarme algo gordísimo, y mil razones para que te suelten enseguida.

—¿Overhill? No, Underhill. Se llama así, ¿no? Tengo que hablar con usted. ¡Es importante para los dos!

Owen se detuvo a pesar de los gritos de la caravana, que se habían convertido en sollozos de dolor. No era buena señal, pero al menos indicaban que no se había muerto nadie. Se fijó en el hombre de las gafas. Era puro pellejo, y, aunque llevaba parka, tiritaba.

—Es importante para Rita —dijo el hombre flaco, haciéndose oír por encima de los motores—. Y para Katrina.

Daba la impresión de que al gafotas le debilitaba pronunciar los nombres, como si los hubiera extraído como piedras de un pozo muy hondo, pero el susto de oír los nombres de su mujer e hija en boca de un desconocido hizo que Owen apenas reparara en el detalle. El impulso de acercarse al hombre y preguntarle cómo los sabía era fuerte, pero Underhill no disponía de tiempo. Tenía una cita. Y que de momento no hubiera ningún muerto no quería decir que no fuera a haberlo.

Miró por última vez al personaje de detrás de la alambrada, memorizando sus facciones, y se apresuró a llegar a la caravana.

3

Perlmutter, lector de *El corazón de las tinieblas* y espectador de *Apocalypse Now*, había pensado a menudo que el apellido

Kurtz era demasiada casualidad. Estaba dispuesto a apostar cien dólares (mucho dinero para alguien artístico y no jugador como él) a que su jefe no se llamaba así de verdad, sino Arthur Holsapple, Dagwood Elgart... o Paddy Maloney, a saber. ¿Kurtz? Inverosímil. Casi seguro que era para hacerse el interesante, como la pistola con culatas de nácar de George Patton. Los hombres, algunos de los cuales llevaban con Kurtz desde Tormenta del Desierto (antigüedad a la que Archie Perlmutter ni se acercaba), le tenían por un hijo de perra fuera de sus cabales. Lo mismo opinaba Perlmutter: loco como Patton. Dicho de otra manera, como una cabra. Seguro que por la mañana, al afeitarse, se miraba en el espejo y hacía imitaciones de Marlon Brando susurrando: «El horror, el horror.»

Por eso, al acompañar al pinche Melrose a la caravana de mando, que era un horno, Pearly no estaba más intranquilo de lo habitual. En cuanto a Kurtz, no se le apreciaba nada extraño. Estaba sentado en una mecedora de mimbre. Se había quitado el mono (que estaba colgado en la puerta por la que habían entrado Perlmutter y Melrose) y les recibió en calzoncillos largos. Uno de los palos de la mecedora tenía colgada su pistola por el cinturón, y no era una cuarenta y cinco con culatas de nácar, sino automática, y de nueve milímetros.

Los aparatos electrónicos echaban humo. El fax de encima de la mesa de Kurtz amontonaba papel sin respiro. Cada quince segundos, más o menos, el Imac de Kurtz anunciaba «¡Tiene un mensaje!» con su voz alegre de robot. Tres radios, todas a bajo volumen, escupían su correspondiente chisporroteo de transmisiones. Detrás del escritorio, en la pared de imitación de pino, había dos fotos enmarcadas. Kurtz nunca se separaba de ellas. La de la izquierda, cuyo título era «INVERSIÓN», mostraba a un chico angelical con uniforme de boy scout, levantando la mano derecha y haciendo el saludo de tres dedos característico de la organización. La de la derecha se titulaba «DIVIDENDO» y era una fotografía aérea de Berlín hecha en primavera de 1945. Quedaban dos o tres edificios en pie, pero la mayor parte de lo que recogía la cámara eran simples escombros.

Kurtz indicó la mesa con un movimiento de la mano.

—No hagáis caso, chavales, que sólo es ruido. Se encarga Freddy Johnson, pero le he mandado al economato a llenarse un poco el estómago. Le he dicho que no se dé prisa y que se coma los cuatro platos, desde la sopa al sorbete, porque aquí la situación… aquí, chicos, la situación está prácticamente… ¡ESTABILIZADA!

Les enseñó los dientes con ferocidad y empezó a mecerse. Al lado de Kurtz, el arma se balanceaba como un péndulo al final del cinturón, dentro de la pistolera.

Melrose y Kurtz aventuraron sendas sonrisas de respuesta, más vacilante la de Melrose. Perlmutter tenía clichado a Kurtz: el jefe era un quiero y no puedo existencial. Brillante descripción, sí señor. En la carrera militar no daba muchas ventajas estar formado en humanidades, pero alguna había, como acuñar expresiones.

—La única orden que le he dado al teniente Johnson… uy, no, rangos no… quería decir a mi buen amigo Freddy Johnson… ha sido bendecir la mesa. ¿Vosotros rezáis?

Melrose asintió con la misma vacilación con la que había sonreído, mientras que Perlmutter lo hizo indulgentemente. Tenía la seguridad de que la fe en Dios que insistía en profesar Kurtz, al igual que su apellido, era plumaje.

Kurtz, risueño, se mecía mirando a los dos hombres, cuyo calzado goteaba nieve derretida que formaba charcos.

—La mejor manera de rezar es la que tienen los niños —dijo—. Cuestión de sencillez. ¿A que sí?

—Sí, j… —empezó Pearly.

—Tú cierra el pico, perro —dijo jovialmente Kurtz. Y sin dejar de mecerse. Ni la pistola de oscilar en el extremo del cinturón. Miró a Pearly, y después a Melrose—. ¿Tú qué opinas, nene? ¿Es una oración bonita, sí o sí?

—Sí, s…

—O *Allah akhbar*, como dicen nuestros amigos árabes: «el único dios es Dios». ¿Se puede ser más sencillo? Es cortar la pizza justo por la mitad. No sé si me explico.

No contestaron. Kurtz se mecía más deprisa, y la pistola se balanceaba a mayor velocidad. Perlmutter empezó a ponerse tan nervioso como hacía unas horas, antes de que llegara Underhill y sosegara un poco a Kurtz. Lo más probable era que sólo fuera más plumaje, pero…

—¡O Moisés delante de la zarza ardiendo! —exclamó Kurtz, y se le iluminó la cara, que era más bien de caballo, con una sonrisa desquiciada—. Pregunta Moisés: «¿Con quién hablo?», y Dios le sale con el típico rollo de «soy el que soy, y nada más que el que soy, bla bla bla». Qué Dios más bromista, ¿eh, señor Melrose? ¿En serio que se ha referido a nuestros emisarios del espacio exterior como «negros del espacio»?

Melrose se quedó boquiabierto.

—Contesta, chavalín.

—Señor...

—Vuelve a llamarme señor y celebrarás tus próximos dos cumpleaños en el cercado. ¿Me explico? ¿Captas de qué voy?

—Sí, jefe.

Melrose se había cuadrado y tenía toda la cara blanca, menos dos manchas rojas de frío en las mejillas que quedaban cortadas en dos por las gomas de la mascarilla.

—Bueno, ¿es o no verdad que hayas llamado «negros del espacio» a nuestros visitantes?

—Señor, puede que se me haya escapado alguna...

Con una velocidad a la que Perlmutter apenas dio crédito (casi era como un efecto especial de película), Kurtz sacó la pistola de la funda en movimiento, la empuñó sin dar la sensación de apuntar y disparó. La mitad superior de la zapatilla deportiva del pie izquierdo de Melrose explotó. Saltaron pedazos de tela. La pernera de Perlmutter quedó salpicada de sangre y trocitos de carne.

No he visto nada, pensó Pearly. No ha pasado nada.

Melrose, sin embargo, estaba gritando, y se miraba el pie izquierdo destrozado con incredulidad, chillando a grito pelado. Perlmutter vio hueso y le dio un vuelco el estómago.

Kurtz no abandonó la mecedora tan deprisa como había sacado la pistola de la funda (al menos lo primero pudo verlo Perlmutter), pero no dejaba de haberse movido deprisa. Escalofriantemente deprisa.

Agarró del hombro a Melrose y clavó una mirada penetrante en el rostro contraído del pinche.

—No berrees tanto, nene.

Melrose siguió berreando. Le chorreaba sangre el pie, y a Pearly le pareció que la parte donde estaban los dedos estaba cercenada de la del talón. Entonces se le puso todo gris y borroso, pero hizo un esfuerzo de voluntad y consiguió despejar la grisura. Como se desmayara, a saber qué le haría Kurtz. Perlmutter había oído contar muchas historias, pero hasta entonces creía que el noventa por ciento eran exageraciones o propaganda orquestada por el propio Kurtz para agigantar su imagen de loco.

Ahora sé que no, pensó Perlmutter. No hay mitificación: hay mito.

Obrando con una precisión escrupulosa y casi quirúrgica, Kurtz apoyó el cañón de la pistola en el centro de la frente de Melrose, blanca como un queso.

—Chavalín, o paras de chillar como una nena o te hago parar yo.

Melrose se las arregló para tragarse los gritos y convertirlos en sollozos guturales, para aparente satisfacción de Kurtz.

—Sólo lo digo para que me oigas, chavalín; es imprescindible que me oigas, porque te va a tocar correr la voz. Considero, Dios me asista, que tu pie, o lo que te queda de pie, expresará el concepto básico, pero los detalles tiene que darlos esta boca tuya bendita. ¿Me oyes o no, chavalote? ¿Estás atento a los detalles?

Melrose seguía lloriqueando y se le salían los ojos como bolas de cristal azul, pero logró asentir con la cabeza.

Veloz como serpiente en ataque, la cabeza de Kurtz se giró, y Perlmutter le vio perfectamente la cara. La locura estaba impresa en las facciones con la nitidez de un tatuaje guerrero. A Perlmutter, en aquel momento, se le cayeron al suelo todas sus convicciones acerca de su superior.

—¿Y tú qué, chavalote? ¿Tú escuchas? Porque eres un mensajero. Lo somos todos.

Pearly asintió. Entonces se abrió la puerta, y con alivio infinito vio que era Owen Underhill. La mirada de Kurtz saltó hacia este último.

—¡Owen! ¡Chavalote mío! ¡Otro testigo! ¡Otro mensajero, Dios bendito! ¿Me escuchas? ¿Propagarás la Palabra?

Underhill asintió con cara de jugador de póker en una jugada de mucho dinero.

—¡Perfecto, perfecto!

Kurtz volvió a fijarse en Melrose.

—Cito el manual, pinche tercero Melrose: parte 16, sección 4, párrafo 3. «El uso de epítetos inapropiados, tanto de índole racial, étnica o sexual, es pernicioso para la moral y contraviene el protocolo del servicio armado. En caso de demostrarse dicho uso, el usuario será castigado de inmediato por un consejo de guerra, o en el campo de batalla por la autoridad competente.» Final de la cita. La autoridad soy yo, y el que usa epítetos inapropiados, tú. ¿Me entiendes, Melrose? ¿Captas de qué voy?

Melrose, gemebundo, quiso hablar, pero le interrumpió Kurtz. Owen Underhill seguía en la puerta sin moverse ni un milímetro, mientras se le derretía la nieve en los hombros y le corría como gotas de sudor por el plástico transparente de la mascarilla. No apartaba la vista de Kurtz.

—Pues bien, pinche tercero Melrose, lo que acabo de citar en presencia de estos testigos, Dios me asista, tiene categoría de orden, y prohíbe hablar con desprecio de cualquier raza o nacionalidad; incluida, en este caso, la negra. ¿Me has entendido?

Queriendo asentir, Melrose se tambaleó al borde del desmayo. Perlmutter le sujetó por el hombro y volvió a ponerle derecho, rezando por que Melrose no se quedara frito antes de hora. A saber qué era capaz de hacerle Kurtz al pinche si tenía la temeridad de desconectar antes de que Kurtz hubiera terminado de leerle la cartilla.

—Mira, chaval, a estos invasores de mierda les daremos un repaso que se van a enterar, y como vuelvan por la Tierra les arrancaremos esa cabecita gris que tienen y nos cagaremos en sus cuellos. ¿Que ni por esas? Entonces usaremos contra ellos su propia tecnología, que ya nos falta poco para dominar, y viajaremos a su lugar de origen en sus propias naves, o en otras parecidas fabricadas por General Electric, DuPont y Microsoft; entonces, Dios me asista, entonces les quemaremos sus ciudades, panales, hormigueros o donde vivan, les echaremos napalm y bombas atómicas, y por Dios todopoderoso, *Allah akhbar*, les llenaremos los lagos y los mares con pipí americano del que escuece. Ahora bien, lo haremos de manera «correcta», con «propiedad» y sin establecer diferencias de raza, sexo, etnia o religión. Lo haremos porque los muy cabrones se han equivocado de barrio, y han llamado a la puerta que no era. No estamos en la Alemania de 1938, ni en el Misisipí de 1963. ¿Qué, señor Melrose? ¿Te ves capaz de difundir el mensaje?

Melrose puso sus ojos llorosos en blanco y le fallaron las rodillas. Perlmutter volvió a cogerle por el hombro, queriendo evitar que se cayera, pero esta vez fue inútil. Melrose se desplomó.

—Pearly —susurró Kurtz.

Al recibir el fuego de los ojos azules de su superior, Perlmutter tuvo la impresión de que jamás había pasado tanto miedo como en ese momento. La vejiga se le había convertido en una bolsa caliente y pesada que sólo pedía vaciársele en el mono. Pensó que si Kurtz veía ensancharse una mancha oscura en la entrepierna de su ayudante de campo, dado su estado de ánimo, era capaz de pegarle un tiro sin contemplaciones, pero pensarlo no mejoró la situación. Al contrario.

—Sí, s... jefe.

—¿Correrá la voz? ¿Será buen mensajero? ¿Consideras que ha estado bastante atento, o pensaba demasiado en el puto pie?

—Pu... Pue... —Viendo que, desde la puerta, Underhill le hacía un gesto casi imperceptible de confirmación con la cabeza, Pearly cobró ánimos—. Sí, jefe, yo creo que lo ha oído todo.

Ante la vehemencia de Perlmutter, la primera reacción visible de Kurtz fue de sorpresa, y la segunda de satisfacción. Se volvió hacia Underhill.

—Sí —dijo este—, a condición de llevarle a la enfermería antes de que se desangre en tu alfombra y se muera.

Las comisuras de los labios de Kurtz se levantaron.

—¿Te encargas tú, Pearly?

—Ahora mismo —dijo Perlmutter, yendo hacia la puerta.

Una vez hubo dejado atrás a Kurtz, le dirigió a Underhill una mirada de ferviente gratitud que o bien pasó desapercibida o se prefirió ignorar.

—A paso ligero, señor Perlmutter. Owen, quiero hablar contigo. —Pasó por encima del cuerpo de Melrose sin mirarlo y entró deprisa en la pequeña cocina—. ¿Café? Como lo ha hecho Freddy, no puedo garantizarte que sea bebible... pero...

—Pues no estaría mal un cafelito —dijo Owen Underhill—. Sírvelo, mientras intento cortar la hemorragia.

Kurtz, que estaba al lado de la cafetera, le miró con una chispa de duda en los ojos.

—¿Tú crees que hace falta?

Fue el momento en que salió Perlmutter de la caravana. Era la primera vez que se metía en una tormenta con la sensación de escapar.

4

Henry estaba al lado de la alambrada (sin tocarla, porque ya había visto qué pasaba), esperando que Underhill (sí, seguro que se llamaba así) volviera de lo que debía de ser el puesto de mando. Sin embargo, al abrirse la puerta, quien salió como una exhalación fue otro de los que había visto entrar Henry, y nada más bajar los escalones se puso a correr. Era un hombre alto, con una de esas caras serias que relacionaba Henry con los mandos intermedios. La cara expresaba terror, y su dueño, antes de acelerar el paso, estuvo a punto de caerse. Henry no deseaba otra cosa.

Después del primer resbalón, el mando intermedio logró conservar el equilibrio, pero a medio camino de dos remolques adosados le salieron despedidos los pies y se cayó de culo. La tablilla que llevaba patinó como un tobogán para duendes.

Henry levantó las manos y aplaudió con todas sus fuerzas, pero, como con tanto ruido de motor no debían de oírse las palmadas, las ahuecó alrededor de la boca y exclamó:

—¡Muy bien, capullo, muy bien! ¡Que pasen la repetición de la jugada!

El mando intermedio se levantó sin mirarle, recuperó su tablilla y siguió corriendo hacia los dos remolques.

Al lado de la alambrada, a unos veinte metros de Henry, había un grupo de ocho o nueve personas de pie. Se le acercó uno de ellos, un hombre tirando a gordo y con una parka naranja acolchada.

—No te lo aconsejo. —Hizo una pausa y añadió en voz baja—: A mi cuñado le han pegado un tiro.

Sí, Henry se lo veía en la cabeza: el cuñado del gordo, que también era gordo, diciendo que si su abogado, que si sus derechos, y que si trabajaba en una sociedad de inversión de Boston; los soldados asintiendo con la cabeza y diciéndole que tuviera paciencia, que estaba normalizándose la situación y que por la mañana se habría arreglado todo, mientras empujaban a los dos temibles cazadores con sobrepeso hacia el cobertizo, donde ya había buena pesca. De repente el cuñado había empezado a correr hacia los vehículos, y pum pum, hasta luego cocodrilo.

El hombre corpulento, con la cara blanca y seria a la luz de los focos recién instalados, estaba contándoselo a Henry, que le interrumpió.

—¿Usted qué cree que nos harán a los demás?

El hombre corpulento le miró escandalizado, y retrocedió un paso como si temiera contagiarse de algo. Pensándolo bien, era gracioso, porque contagiados, de hecho, lo estaban todos. Al menos era de lo que estaba convencido aquel equipo de limpieza sufragado por el gobierno, y a la larga el resultado sería el mismo.

—¡No lo dirá en serio! —dijo el hombre corpulento, y añadió casi con indulgencia—: Oiga, que estamos en América.

—¿Ah, sí? ¿Y usted ve muchas garantías procesales?

—Es porque... Yo creo que sólo nos... —Henry aguardó con interés, pero no hubo continuidad, al menos en aquel registro—. ¿A que ha habido un disparo? —preguntó el hombre corpulento—. Y me parece que también he oído gritos.

Salieron dos hombres de los dos remolques adosados, llevando una camilla entre los dos. Detrás, con clara reticencia, iba el mando intermedio, que había vuelto a ponerse bien la tablilla debajo del brazo.

—Parece que ha oído bien. —Henry y el hombre corpulento vieron subir a los camilleros por los escalones de la caravana del puesto de mando. Cuando el mando intermedio se aproximó a la alambrada, Henry le dijo—: ¿Qué, capullo? ¿Está la cosa animada?

El hombre corpulento se sobresaltó. El de la tablilla miró a Henry con dureza y siguió caminando hacia la caravana.

—Sólo es... Sólo es una situación de emergencia —dijo el hombre corpulento—. Yo creo que mañana por la mañana se habrá arreglado todo.

—Menos para su cuñado —dijo Henry.

El hombre corpulento le miró apretando los labios, que le temblaban un poco. Después regresó con el grupo, donde debía de imperar un punto de vista más afín al suyo. Henry volvió a concentrarse en la caravana y siguió aguardando a que saliera Underhill. Tenía la sensación de que Underhill era su única esperanza... si bien, al margen de las dudas que pudiera albergar sobre la operación, era una esperanza precaria. Y Henry sólo tenía una carta que jugar. La carta era Jonesy. De Jonesy no sabían nada.

La cuestión era decírselo a Underhill, o no. Henry tenía muchísimo miedo de que no sirviera de nada.

5

Cinco minutos después de que el mando intermedio entrara en la caravana detrás de los camilleros, salieron los tres con alguien más en la camilla. A la luz intensa de los focos, la cara del herido estaba tan blanca que parecía morada. Para Henry fue un alivio ver que no se trataba de Underhill, porque Underhill era diferente de los demás chalados.

Pasaron diez minutos y Underhill seguía sin haber salido del puesto de mando. Nevaba cada vez más, y Henry esperaba. Para vigilar a los presos (lo eran, y no tenía sentido usar eufemismos) había soldados, uno de los cuales se decidió a acercarse. Los hombres apostados en el cruce de Deep Cut Road y Swanny Pond Road habían deslumbrado tanto a Henry con sus focos que no reconoció la cara del soldado. Entonces descubrió algo que le llenó de tanta alegría como profunda inquietud: que los cerebros también poseían rasgos, y que eran tan reconocibles como una boca bonita, una nariz rota o un ojo bizco. Se trataba de uno de los hombres que le habían capturado, el mismo que, considerando que no caminaba bastante deprisa hacia el camión, le había dado un golpe en el culo con la culata del rifle. Las nuevas facultades de Henry eran esquizoides: se le escapaba el nombre del soldado, pero sabía que su hermano se llamaba Frank y que, yendo al instituto, le habían absuelto (a Frank) en un juicio por violación. Había más cosas, inconexas y mezcladas como el contenido de una papelera. Henry se dio cuenta de que estaba examinando un verdadero río de conciencia, con los correspondientes desechos flotando en sus aguas. Lo humillante era el prosaísmo general.

—¡Hombre —dijo el soldado con bastante buen tono—, si es el listo! ¿Te apetece una salchicha, tío listo? —Rió.

—Ya tengo una —dijo Henry, que también sonreía. Entonces, como tantas veces, habló Beaver por su boca—. ¿Quieres chuparla un poquito? Igual entras en calor.

El soldado dejó de reir.

—Ya veremos si dentro de doce horas sigues tan ocurrente —dijo. La imagen que pasó flotando en el río de entre las orejas de aquel hombre fue la de un camión lleno de cadáveres, un amasijo de brazos y piernas blancos—. ¿Ya te crece el Ripley, tío listo?

Henry pensó: el byrus. Se refiere al byrus, que es como se llama de verdad. Jonesy lo sabe.

No contestó, y el soldado se alejó con la expresión satisfecha de quien ha ganado por puntos. Henry se concentró por curiosidad y visualizó un rifle; no uno cualquiera, sino la Garand de Jonesy. Pensó: estoy armado, cabrón, y en cuanto me des la espalda te mato.

El soldado volvió a girarse. La cara de satisfacción había sufrido el mismo destino que la sonrisa y la risa, sustituida por una expresión de duda y sospecha.

—¿Qué dices, listillo? ¿Has dicho algo?

Henry respondió sonriente:

—Sólo pensaba si te habría tocado algo de la chica. Sabes, ¿no? La que se tiró tu hermano a la fuerza. ¿Te dejó que se la metieras después de él?

El soldado, de tan sorprendido, se quedó un momento con cara de idiota, expresión que dio paso a la mayor de las iras. Entonces levantó el rifle, cuya boca le pareció a Henry una sonrisa. Henry se bajó la cremallera de la chaqueta y se la dejó abierta a pesar de lo mucho que nevaba.

—Venga —dijo, y rió—. Venga, Rambo, demuestra lo que vales.

El hermano de Frankie siguió apuntándole un poco más, hasta que Henry notó que se le pasaba la rabia. Le había ido de pelos (había visto al soldado intentando pensar cómo lo justificaría, qué excusa creíble podía dar), pero había tardado un poco demasiado, y el cerebro había conseguido reducir a la bestia roja. Qué familiar era todo. En el fondo, los Richie Grenadeau eran inmortales. Eran los dientes del dragón del mundo.

—Mañana —dijo el soldado—. De mañana no pasas, listillo.

Esta vez Henry dejó que se marchara, renunciando a nuevas provocaciones a la bestia roja, a pesar de que las tenía en bandeja. De paso se había enterado de algo… o confirmado una sospecha. El soldado le había oído pensar, pero confusamente, puesto que de lo contrario se habría vuelto mucho más deprisa. Tampoco le había preguntado a Henry de qué conocía a su hermano Frankie. ¿Por qué? Porque el soldado, de uno u otro modo, sabía qué hacía Henry: se les había contagiado la telepatía a todos. La habían contraído como un virus molesto pero de poca gravedad.

—Lo que ocurre es que mi caso es más agudo —dijo, volviendo a cerrarse la cremallera de la chaqueta.

Y, como el suyo, los de Pete, Beaver y Jonesy. Ahora, sin embargo, estaban muertos tanto Pete como Beav, y Jonesy… Jonesy…

—Jonesy es el más contagiado de todos —dijo.

¿Dónde estaría?

En el sur. Jonesy había dado la vuelta hacia el sur. La cuarentena de aquellos tíos, guardada con tanto celo, había sido quebrantada. Henry supuso que tenían prevista la posibilidad, y que no les quitaba el sueño. Creían que no pasaba nada por una o dos infracciones.

Él consideraba que estaban en un error.

6

Con una taza de café en la mano, Owen aguardaba a que se hubieran marchado los de la enfermería con el paquete, mientras la morfina, en clemente inyección, reducía los sollozos de Melrose a murmullos y gemidos. Pearly salió con ellos, dejando a Owen a solas con Kurtz.

Kurtz se quedó un poco en la mecedora, mirando a Owen Underhill con la cabeza ladeada, entre curioso y divertido. Una vez más, nada quedaba del demente de antes, desechado como una careta de Halloween.

—Estoy pensando un número —dijo—. ¿Cuál es?

—El diecisiete —dijo Owen—. Lo ves rojo. Como en el lateral de un coche de bomberos.

Kurtz asintió satisfecho.

—Intenta enviarme uno a mí.

Owen visualizó una señal de límite de velocidad: 100.

—Diez —dijo Kurtz tras un momento—. Negro sobre blanco.

—Caliente, jefe.

Kurtz tomó un poco de café. Owen disfrutaba el suyo a fondo. Era un asco de noche, un asco de faena, y el café de Freddy no era malo.

Kurtz había encontrado tiempo para ponerse el mono. Metió la mano en el bolsillo interior, sacó un pañuelo grande, se arrodilló haciendo una mueca (su artritis no era ningún secreto) y empezó a limpiar las salpicaduras de sangre de Melrose. Owen, que a aquellas alturas se consideraba imposible de impresionar, estaba impresionado.

—Señor... —Mierda—. Jefe...

—Ni pío —dijo Kurtz mirando el suelo. Se movía de mancha a mancha con la hacendosidad de una fregona—. Mi padre siempre decía que la gente tiene que limpiar lo que ensucia. Así, la próxima vez te lo piensas un poco. A ver, chaval, ¿cómo se llamaba mi padre?

Owen lo buscó pero sólo lo entrevió, como el viso debajo de un vestido de mujer.

—¿Paul?

—No, Patrick, pero te ha faltado poco. Anderson opina que es una ola, y que ya está agotando su fuerza. Una ola telepática. ¿Te parece un concepto alucinante, Owen?

—Sí.

Kurtz asintió sin levantar la cabeza, mientras frotaba.

—Aunque más el concepto que la realidad. ¿Eso también te lo parece?

Owen se rió. El viejo no había perdido ni un ápice de su capacidad de sorprender. A veces, refiriéndose a personas incstables, se decía que «no juegan con todas las cartas». Con Kurtz, pensó Owen, el problema era que jugaba varias manos a la vez. Sobraban ases.

—Siéntate, Owen. Bébete el café con el culo apoyado en algún sitio, como la gente normal, y déjame limpiar, que lo necesito.

Owen lo consideró posible. Se sentó y bebió café. Pasaron cinco minutos, hasta que Kurtz hizo el esfuerzo doloroso de volver a levantarse. Después cogió el pañuelo por una esquina, como si le diera asco, lo llevó a la cocina, lo tiró a la basura y regresó a la mecedora. Por último, tomó un sorbo de café, torció el gesto y dejó la taza.

—Frío.

Owen se levantó.

—Ahora te traigo…

—No, siéntate, que tenemos que hablar.

Owen se sentó.

—Antes, cuando volábamos, tú y yo hemos tenido un pique. ¿A que sí?

—Yo no diría…

—No, ya sé que no lo dirías, pero también sé lo que ha ocurrido, igual que tú. En situaciones extremas la gente se exalta. En fin, lo pasado, pasado. Tenemos la obligación de superarlo, porque yo soy el oficial al mando, tú mi segundo y aún no hemos acabado nuestro trabajo. ¿Podremos hacerlo juntos?

—Sí, señor. —Coño, otra vez—. Quería decir jefe.

Kurtz le obsequió con una fría sonrisa.

—Hace unos minutos he perdido el control. —Simpático, franco y honesto. Lo que había engañado a Owen muchos años.

Ya no le engañaba—. Estaba haciendo la caricatura de siempre, dos de Patton, una de Rasputín, añadir agua, remover y servir, y de repente... ¡Paf! Se me ha ido la olla. ¿A que crees que estoy loco?

Cuidado, cuidado. En aquella habitación había telepatía, telepatía de verdad, y Owen ignoraba hasta qué punto era capaz de leerle Kurtz los pensamientos.

—Sí, señor. Un poco, señor.

Kurtz asintió como si se lo esperara.

—Sí. Un poco. Buena manera de resumirlo. Lo mío viene de lejos. Los hombres como yo son necesarios, pero cuesta encontrarlos, y para hacer lo que hago sin acabar creyéndotelo del todo hace falta estar un poco loco. Es una línea muy fina, la famosa línea que es el tema favorito de conversación de los psicólogos de café, y en toda la historia del mundo nunca ha habido ninguna misión de limpieza como esta... Suponiendo que lo de Hércules limpiando los establos de Augias sólo sea un mito, claro. Sólo te pido comprensión, no simpatía. Si nos entendemos, conseguiremos llevar a buen puerto este trabajo, que es el más difícil de nuestra carrera. Si no... —Kurtz se encogió de hombros—. Si no, tendré que arreglármelas sin ti. ¿Ves por dónde voy?

Owen no estaba muy seguro de ver por dónde iba Kurtz, pero sí adónde quería llevarle a él, y asintió. Había leído que existía un tipo de pájaro que vivía en la boca de los cocodrilos, que lo toleraban. Se identificó con él. Kurtz quería hacerle creer que le había perdonado lo de pasar la transmisión extraterrestre al canal común, justificándolo por los nervios del momento. ¿Y lo de hacía seis años en Bosnia? Ya no contaba. Quizá fuera verdad. Y quizá el cocodrilo se hubiera cansado de los picoteos fastidiosos del pájaro, y se estuviera preparando para cerrar las mandíbulas. El cerebro de Kurtz no le dio ninguna pista a Owen sobre la verdad. En ambos casos, además, convenía ser sumamente cuidadoso. Cuidadoso y a punto para emprender el vuelo.

Kurtz volvió a hurgar en el mono y sacó un reloj de bolsillo sin lustre.

—Era de mi abuelo, y funciona a la perfección —dijo—. Creo que porque es de cuerda, no eléctrico. En cambio, mi reloj de pulsera sigue igual de escacharrado.

—Y el mío.

Una sonrisa contrajo los labios de Kurtz.

—Cuando puedas, y cuando tengas estómago, ve a ver a Perlmutter. Esta tarde, entre sus muchas tareas y actividades, ha encontrado tiempo para recibir una partida de trescientos relojes de cuerda Timex. Eso justo antes de que nos cancelara la nieve todas las operaciones aéreas. Pearly es la eficacia personificada. Ahora sólo falta que se saque de la cabeza la idea de que está viviendo dentro de una película.

—Pues esta noche, jefe, no me extrañaría que hubiera dado un paso en esa dirección.

—También es posible.

Kurtz meditó. Underhill esperó.

—Chaval, deberíamos bebernos el whisky. Esto de esta noche se podría decir que es un velatorio irlandés.

—¿Un velatorio?

—Sí. Mi querido phooka está a punto de caerse muerto.

Owen arqueó las cejas.

—Sí. Entonces le quitarán su capa mágica de invisibilidad, y será como el árbol caído, del que todos hacen leña. Sobre todo los políticos, que en eso son los mejores.

—No te sigo.

Kurtz volvió a mirar el reloj de pulsera deslustrado. Debía de haberlo sacado de una casa de empeños; eso si no se lo había robado a un muerto, lo cual a Underhill tampoco le habría extrañado.

—Son las siete. Dentro de unas cuarenta horas, el presidente se dirigirá a la Asamblea General de la ONU. Será el discurso con más público de toda la historia de la humanidad. Formará parte integrante de lo más gordo que ha pasado en toda esa historia... y de la comida de coco más grande desde que Dios Todopoderoso creó el universo y dio un empujoncito a los planetas con la punta del dedo, para ponerlos en órbita.

—¿Comida de coco en qué sentido?

—Pues mira, Owen, es un cuento muy bonito y que incorpora muchos componentes de verdad, como las mejores mentiras. El presidente tendrá como auditorio a un mundo fascinado, a un mundo, Dios me asista, que beberá sus palabras y casi no se atreverá a respirar. ¿Qué le dirá? Pues que el seis o el siete de noviembre de este año, al norte de Maine, se estrelló una nave tripulada por seres de otro planeta. Lo cual es verdad. Dirá que no ha sido del todo una sorpresa, porque tanto nosotros como los jefes de Estado de otros países miembros del Consejo de Seguridad de la

ONU llevamos como mínimo diez años sabiendo que estamos en el punto de mira de ET. También es verdad, aunque hay que puntualizar que aquí en América hay gente que está al tanto de nuestros colegas del espacio exterior desde finales de los años cuarenta, como yo. También sabemos que en 1974 unos cazas rusos destruyeron una nave de los grises que sobrevolaba Siberia, aunque los rusos todavía no se han enterado de que lo sabemos. Es probable que fuera una nave teledirigida, un vuelo de prueba, como ha habido muchos. Los primeros contactos de los grises se han hecho con tanta prudencia que se deduce que debemos de darles mucho miedo.

Owen escuchaba con una fascinación enfermiza, confiando en que no se le notara en la cara ni en el nivel superior de sus pensamientos, al que seguía siendo posible que tuviera acceso Kurtz.

Lo siguiente que sacó Kurtz de su bolsillo interior fue un paquete de Marlboro. Se lo ofreció a Owen, que al principio negó con la cabeza, pero después cogió uno de los cuatro pitillos que quedaban. Kurtz cogió otro y encendió los dos.

—Estoy mezclando la verdad y el cuento —dijo Kurtz después de la primera, y profunda, calada—. Quizá no sea la mejor manera de explicarlo. ¿Nos ceñimos al cuento?

Owen no dijo nada. Hacía varios días que casi no fumaba, y la primera calada le mareó un poco, aunque el sabor era una gozada.

—El presidente dirá que el gobierno de Estados Unidos ha tenido tres razones para aislar el lugar del accidente y sus aledaños. El primero, de pura logística: siendo Jefferson Tract una zona tan apartada, y con tan pocos habitantes, se puede poner en cuarentena, cosa que habría sido imposible si los grises se hubieran estrellado en Brooklyn, o hasta en Long Island. La segunda razón es que no tenemos claras las intenciones de los alienígenas. La tercera, que es la más convincente de las tres, es que los extraterrestres son portadores de una sustancia contagiosa a la que el personal destacado en la zona llama «hongo de Ripley». Aunque los visitantes alienígenas hayan puesto todo su empeño en convencernos de que no son contagiosos, el caso es que han traído una sustancia que lo es, y mucho. El presidente también le dirá al mundo que existe la posibilidad de que el control, en cuanto a inteligencia, lo tenga el hongo, y que los grises sólo sean un medio de cultivo. Pasará el vídeo de un gris que difunde el hongo explotando, literalmente. La cinta está un poco tratada para que se vea mejor, pero a grandes rasgos lo que se ve es verdad.

Mientes, pensó Owen. Es una grabación trucada de principio a fin, tanto como la chorrada de la «autopsia del extraterrestre». Y ¿por qué mientes? Porque puedes. Así de sencillo, ¿verdad? Porque con tu manera de ser te cuesta menos decir mentiras que verdades.

—Vale, vale, es mentira —dijo Kurtz sin alterarse. Tras una breve y pícara mirada a Owen, volvió a concentrarse en el cigarrillo—. Pero los hechos son así, y pueden verificarse. Es verdad que algunos pueden explotar y convertirse en una especie de semillas rojas de diente de león, que son el Ripley. Si se inhala en cantidad suficiente, pasado un período de tiempo que aún no podemos predecir (puede ser tanto una hora como dos días), se te convierten los pulmones y el cerebro en ensalada de Ripley. Pareces una mata ambulante. Luego te mueres.

«Nuestra incursioncita de hace una horas no se mencionará. En la versión del presidente, la nave, que según todos los indicios sufrió daños graves en la caída, explotó sola, o porque la hicieron explotar sus tripulantes. Murieron todos los grises. En cuanto al Ripley, después de propagarse un poco, también se está muriendo, porque el frío, por lo visto, le sienta muy mal. Cosa, dicho sea de paso, que corroboran los rusos. Han sido sacrificados bastantes animales, que también son portadores del contagio.

—¿Y la población humana de Jefferson Tract?

—El presidente dirá que en este momento se están haciendo pruebas a unas trescientas personas (más o menos setenta vecinos y doscientos treinta cazadores) a fin de comprobar si tienen el hongo de Ripley. Dirá que todo apunta a que hay algunos contagiados, pero que parece que responden bien a antibióticos estándar como el Ceftin y el Augmentine.

—Y ahora un mensaje de nuestro patrocinador —dijo Owen.

Kurtz rió a gusto.

—Dejarán pasar el tiempo y anunciarán que el Ripley está demostrando más resistencia al antibiótico de lo que parecía, y que han muerto algunos pacientes. Los nombres que facilitemos serán los de gente que esté muerta de verdad, o por el Ripley o por esa porquería de implantes que les meten. ¿Sabes cómo han empezado a llamarlos?

—Sí, bichos caca. ¿El presidente dirá algo de eso?

—Qué va. Según los mandamases, afectaría demasiado al ciudadano medio. No hace falta que te diga que es la misma razón de que tampoco faciliten datos sobre la solución que le hemos dado aquí al problema, en el marco rústico e incomparable del colmado de Gosselin.

—Se podría llamar la solución final —dijo Owen.

Ya se había fumado el cigarrillo hasta el filtro. Lo aplastó en el borde de su taza de café vacía.

Kurtz miró a Owen a los ojos sin pestañear.

—Sí, se podría llamar así. Vamos a cargarnos aproximadamente a trescientas cincuenta personas; casi todos hombres, algo es algo, aunque no puedo asegurar que en la limpieza no caigan unas cuantas mujeres y niños. La contrapartida es que protegeremos a la humanidad de una pandemia, y casi seguro que de la esclavitud. No es poco.

El pensamiento de Owen (seguro que a Hitler le habría gustado el enfoque) era imparable, pero lo tapó lo mejor que pudo y no observó ningún indicio de que Kurtz lo hubiera oído o percibido. Claro que nunca se podía saber, porque Kurtz era astuto.

—¿Ahora cuántos prisioneros hay? —preguntó Kurtz.

—Unos setenta, y viene el doble de Kineo. Si no empeora el tiempo, llegarán hacia las nueve.

Estaba previsto que empeorase, pero no antes de medianoche.

Kurtz asentía con la cabeza.

—Ya. Hay que sumar cincuenta de la zona más al norte, unos setenta de St. Cap y los pueblecitos del sur… y nuestros hombres. Que no se te olviden. Parece que las mascarillas funcionan, pero los exámenes medicos ya han detectado cuatro casos de Ripley. Sin decírselo, claro.

—¿Y seguro que no lo saben?

—Digámoslo así —contestó Kurtz—: basándose en su comportamiento, no tengo ninguna razón para pensar que lo sepan. ¿Te vale?

Owen se encogió de hombros.

—La versión oficial —prosiguió Kurtz— será que estamos trasladando a los detenidos en avión a una instalación médica de alto secreto para someterles a más pruebas, y, si se tercia, a un tratamiento a largo plazo. Será el último comunicado oficial que se emita sobre ellos, suponiendo que salga todo como está plancado, pero durante dos años habrá un goteo de filtraciones programadas: resistencia de la infección a los esfuerzos médicos… locura… cambios físicos grotescos que mejor no describirlos… y al final la muerte, que estando así es lo mejor. No sólo la gente no se indignará, sino que lo verá como un alivio.

—¿Y en realidad…?

Quería oírselo decir a Kurtz. Vana esperanza, porque a pesar de que no hubiera micros (salvo entre las orejas de Kurtz, quizá), la prudencia, en el jefe, era consustancial. Kurtz levantó una mano, formó una pistola con el pulgar y el índice y bajó tres veces el primero. En ningún momento desvió la mirada de Owen. Ojos de cocodrilo, pensó este.

—¿Todos? —preguntó—. ¿Tanto los que dan positivo del Ripley como los que no? Entonces ¿nosotros qué? ¿Qué les pasará a los soldados que también dan negativo?

—Los chavales que ahora están sanos seguirán estándolo —dijo Kurtz—. Los que dan positivo es porque han tenido algún descuido. Hay uno que… Resulta que tenemos a una niña de unos cuatro años que es más mona que un demonio. Sólo le falta hacer claqué en el suelo del establo y cantar a lo Shirley Temple.

Se notaba que Kurtz creía estar siendo ingenioso, y Owen supuso que en cierto modo lo era, pero sucumbió a una oleada de terror intenso. Hay una niña de cuatro años, pensó. Cuatro añitos de nada.

—Mona y peligrosa —dijo Kurtz—. Tiene el Ripley en una muñeca, en el nacimiento del pelo y en el rabillo de un ojo; los típicos sitios, vaya, y se le ve. Pues va el soldado que digo y le da una barrita de caramelo, como si fuera cualquier cría kosovar, y ella a él un beso. Muy tierno, muy de foto, pero ahora el tío tiene en la mejilla una marca como de pintalabios, pero que no es de pintalabios. —Kurtz hizo una mueca—. Se había cortado al afeitarse, tan poco que casi no se veía, pero nada, que se le ha acabado el cuento. Los otros casos son parecidos. Las reglas, Owen son las mismas de siempre: los descuidos se pagan con la vida. Duras más o menos, según la suerte que tengas, pero al final nunca falla. Los descuidos se pagan con la vida. La mayoría de nuestros chicos sobrevivirán. Me alegro de poder decirlo. Nos espera toda una vida de exámenes médicos programados, y alguna que otra sorpresa, pero tómatelo por el lado bueno: el cáncer de culo te lo detectarán enseguida.

—¿Y los civiles que dan negativo? ¿Qué les pasará?

Kurtz, que enseñaba su cara más amable, cuerda y persuasiva, se inclinó un poco. Se suponía que había que considerarse halagado, que ver a Kurtz sin su máscara («dos de Patton, una de Rasputín, añadir agua, remover y servir») era un privilegio reservado a poca gente. Owen había caído alguna vez en la trampa, pero ya estaba vacunado. La máscara era aquello, no el Rasputín.

Y sin embargo, qué bemoles tendría la cosa que ni siquiera ahora estaba seguro del todo.

—¡Owen, Owen, Owen! ¡Usa ese cerebro que te ha dado Dios! A los nuestros podemos controlarles sin levantar sospechas, ni abrir la puerta a un pánico mundial; y eso que pánico, después de que el presidente mate al caballo phooka, no faltará. Con trescientos civiles sería imposible. Entonces ¿qué? ¿Los llevamos a México de verdad y los metemos cincuenta o sesenta años en un pueblo hecho adrede, pagando los contribuyentes? ¿Y si se escapa uno, o más? ¿Y si resulta, que creo que es de lo que tienen más miedo los cerebrincs, que muta el Ripley? Imagínate que en vez de extinguirse por sí solo se convierte en algo mucho más contagioso y mucho menos vulnerable a los factores medioambientales que lo están matando aquí en Maine. Si el Ripley es inteligente, es que es peligroso, y, aunque no lo sea, ¿y si los grises lo utilizan como una especie de faro, o de baliza intergaláctica para identificar a nuestro mundo? Ñam, ñam, venid a comer, que estos tíos están la mar de ricos... y hay a montones.

—Quieres decir que más vale prevenir que curar.

Kurtz se reclinó en la mecedora y sonrió efusivamente.

—Exacto. Yendo al grano, vendría a ser eso.

Será el grano, pensó Owen, pero el resto de la planta lo pasamos por alto. Protegemos a los nuestros. Podemos ser todo lo despiadados que haga falta, pero hasta Kurtz protege a sus chavales. Por otro lado, los civiles sólo son civiles. Si hay que quemarlos, prenden enseguida.

—Si dudas que haya un Dios, y que dedique siquiera una fracción de su tiempo a cuidar al bueno del *homo sapiens*, te aconsejo que te fijes en cómo está saliendo todo —dijo Kurtz—. Las luces aparecieron pronto, y había testigos. Uno de los que avisaron fue el propio dueño de la tienda, Reginald Gosselin. Luego resulta que llegan los grises durante la única época del año en que hay presencia humana en estos bosques de mala muerte, y que la caída de la nave la vieron dos personas.

—¡Qué suerte!

—No, suerte no: la gracia de Dios. Se les estrella la nave, se divulga su presencia, y el frío les mata tanto a ellos como a la caspa galáctica que traían. —Enumeró con rapidez los puntos sucesivos con sus largos dedos, moviendo las blancas pestañas—. Y no para ahí la cosa. Hacen una serie de implantes, y los muy jodidos no funcionan: ya no es que no establezcan una relación armónica con sus huéspedes, es que se vuelven caníbales y les matan.

»La matanza de animales ha salido bien. Hemos contado como unos cien mil bichejos, y en la frontera del condado de Castle ya están haciendo una barbacoa de la hostia. En primavera o verano habríamos tenido que preocuparnos de que algún animalejo transportara el Ripley fuera de la zona, pero ahora, en noviembre, no.

—Se habrá escapado alguno.

—Se supone que sí, tanto animales como personas, pero el Ripley es lento en propagarse. Nos saldrá bien porque hemos pescado a la gran mayoría de los huéspedes infectados, porque se ha destruido la nave y porque lo que nos han traído, más que un incendio, es una brasa. Les hemos dado un mensaje sencillo: venid como queráis, o en son de paz o con las pistolitas de rayos, pero no volváis a intentar lo de esta vez, porque no funciona. No creemos que vuelvan, al menos a corto y medio plazo. Antes de atreverse a lo de ahora se han pasado medio siglo que si sí que si no. La única lástima es no haber conservado la nave para los científicos, pero bueno, corríamos el riesgo de que dentro también hubiera Ripley. ¿Sabes de qué teníamos más miedo? De que los grises, o el Ripley, encontraran un agente portador capaz de extenderlo sin contagiarse él.

—¿Estáis seguros de que no existe esa persona?

—Casi seguros. Si existe… pues nada, para eso está el cordón. —Kurtz sonrió—. Chico, nos ha tocado el gordo. Hay pocas posibilidades de que exista el agente inmune, los grises están muertos y la totalidad del Ripley está aislado en Jefferson Tract. Suerte o Dios. Tú eliges.

Kurtz inclinó la cabeza y se pellizcó la parte más alta del puente de la nariz, como cuando se tiene sinusitis. Cuando volvió a levantarla tenía los ojos llorosos. Lágrimas de cocodrilo, pensó Owen, pero a decir verdad no estaba seguro. Tampoco tenía acceso al cerebro de Kurtz. Una de dos: o ya se había alejado demasiado la ola telepática, o Kurtz había encontrado la manera de darle con la puerta en las narices. Sin embargo, cuando su superior retomó la palabra, Owen casi habría jurado que oía al Kurtz de verdad, a un ser humano, no a un cocodrilo.

—Me retiro, Owen. Al final de esto me doy de baja. Aquí calculo que hay faena para cuatro días más, máximo una semana, si es tan fuerte la tormenta como dicen; y mala lo será, aunque la pesadilla no es hasta mañana por la mañana. Supongo que haré lo que me toca, pero después... Nada, que ya estoy para retirarme del todo, y les dejaré que escojan: o pagarme o matarme. Yo creo que pagarán, porque sé dónde están enterrados demasiados cadáveres (lo aprendí de J. Edgar Hoover), pero casi he llegado al punto de pasar de todo. Tampoco habrá sido lo peor de mi carrera. En Haití despachamos a ochocientos en media hora (aún tengo pesadillas, y eso que fue en 1989), pero como esto... Ni de lejos. Porque los desgraciaditos de allá fuera, los del establo, el cercado y el corral... son americanos. Gente que va en Chevrolet, compra en Kmart y nunca se pierde *¿Quiere ser millonario?* La idea de matar americanos, de hacer una masacre de americanos... eso me revuelve el estómago. Sólo lo haré porque es la única manera de dar el carpetazo a esta cuestión, y porque la mayoría se moriría igualmente, y de manera mucho más horrible. *Capisci?*

Owen Underhill no dijo nada. Creía estar poniendo una cara desprovista de cualquier expresión, como correspondía, pero cualquier palabra amenazaría con delatar el espanto que se le estaba metiendo hasta el tuétano. Se esperaba algo así, pero oírselo decir a alguien...

Visualizó a los soldados yendo hacia la alambrada con la nieve en contra, y oyó convocar a los presos del establo a través de los altavoces. No había estado en Haití ni en ninguna otra operación de sus características, pero adivinaba su desarrollo. Su inminente desarrollo.

Kurtz le observaba con atención.

—No voy a salirte con que la tontería de esta tarde esté del todo perdonada, porque es agua pasada, pero me debes una, chaval. No me hace falta ninguna percepción extrasensorial para saber cómo te sienta lo que he dicho, ni derrocharé saliva aconsejándote que crezcas y aceptes las cosas como son. Lo único que puedo decirte es que te necesito. En esto tienes que ayudarme.

Los ojos llorosos. El tic casi invisible de la comisura de los labios. Era fácil olvidarse de que diez minutos antes Kurtz le había destrozado a alguien el pie.

Owen pensó: como le ayude, dará lo mismo que apriete o no el gatillo, porque estaré tan condenado como los que llevaron a los judíos a las duchas de Bergen-Belsen.

—Si empezamos a las once, a y media podremos haber acabado —dijo Kurtz—. Como mucho a las doce. Luego habrá pasado.

—Menos en sueños.

—Eso, menos en sueños. ¿Me ayudarás, Owen?

Owen asintió. Quizá se condenase, pero ya no era momento de soltar la cuerda. En el peor de los casos podría contribuir a que fuera menos cruel, en la medida en que pudiera dejar de serlo un asesinato en masa. Más tarde se daría cuenta de la absurdidad mortal de aquella idea, pero con Kurtz cerca, mirada contra mirada, la perspectiva era un chiste. La locura de Kurtz, a fin de cuentas, probablemente fuera mucho más contagiosa que el Ripley.

—Muy bien. —Kurtz volvió a apoyarse en el respaldo de la mecedora, poniendo cara de alivio y cansancio. Volvió a sacar los cigarrillos, miró el interior del paquete y se lo ofreció a Owen—. Quedan dos. ¿Los compartimos?

Owen sacudió la cabeza.

—Esta vez no, jefe.

—Pues sal, y si te hace falta pásate por la enfermería y que te den un somnífero.

—No creo que lo necesite —dijo Owen.

En realidad, no sólo le haría falta sino que ya se la hacía, pero no pensaba tomarlo. Mejor pasar insomnio.

—Bueno, pues ya te puedes ir. —Kurtz dejó que llegara hasta la puerta—. Oye, Owen…

Owen dio media vuelta abrochándose la parka. Ahora oía el viento de fuera; empezaba a cobrar fuerza, la que no había tenido durante la zona de bajas presiones relativamente inofensiva de por la mañana.

—Gracias —dijo Kurtz. Le rebosó del ojo izquierdo una lágrima grande y absurda que le rodó por la mejilla. Parecía que no se hubiera dado cuenta. En ese momento, Owen le tuvo afecto y compasión. A pesar de todo, incluido de saber que era un error—. Gracias, chavalín.

Bajo el arreciar de la nieve, y ofreciendo la espalda a las peores ráfagas de viento, Henry miraba el remolque por encima del hombro izquierdo en espera de que saliese Underhill. Se había quedado solo. Debido a la tormenta, los demás se habían metido en el establo, donde había un calefactor. Supuso que con el calor ya estarían disparándose los rumores. Mejor ellos que la verdad que se les venía encima.

Se rascó la pierna, tomó conciencia de ello y miró alrededor, dando una vuelta completa. Nada, ni prisioneros ni vigilantes. Pese a lo mucho que nevaba, seguía habiendo tanta luz como si fuera mediodía, por lo cual tenía buena visión en todas las direcciones. De momento estaba solo.

Se agachó y deshizo el nudo de la camiseta, que cubría la zona donde se había cortado con la varilla del intermitente. A continuación separó el corte del vaquero. Era el mismo examen que le habían hecho sus captores en la parte trasera del camión donde ya tenían metidos a cinco refugiados más. (De camino a las propiedades de Gosselin habían apresado a otros tres.) Entonces estaba limpio.

Ahora ya no. En medio de la herida, sobre la costra, crecía una hebra muy delicada de encaje rojo. De no haber sabido qué buscaba, quizá la hubiera confundido con un poco de hemorragia.

Byrus, pensó. La jodimos.

En lo alto de su campo de visión parpadeó una luz. Henry se incorporó y vio que Underhill acababa de cerrar por fuera la puerta del remolque. Después de volver a taparse el agujero de los pantalones con la camiseta, cosa que hizo con la mayor prontitud, se acercó a la alambrada. Dentro de su cabeza, le preguntó una voz qué haría si Underhill no se daba por aludido. La voz también quería saber si era verdad que Henry pensaba delatar a Jonesy.

Vio acercarse a Underhill bajo el resplandor de las luces de seguridad, cabizbajo contra la nieve y el viento que arreciaba.

8

La puerta se cerró. Kurtz se quedó sentado, mirándola, fumando y meciéndose con lentitud. ¿Qué porcentaje del discurso se había tragado Owen? Era listo, un superviviente a quien no le faltaba cierto idealismo... y Kurtz pensó que se lo había tragado todo de pe a pa. Por regla general, la gente se creía lo que quería creerse. John Dillinger también era un superviviente, el más astuto de los forajidos de los años treinta, pero eso no le había impedido ir al Biograph Theater con Anna Sage. Ponían *Manhattan Melodrama*, y al final de la obra los federales le habían cosido a balazos como al perro que era. Anna Sage también creía lo que quería creer, pero no le había servido para que no la deportaran a Polonia.

Mañana no saldría nadie de la tienda de Gosselin aparte de su cuadro escogido: los doce hombres y las dos mujeres que integraban Imperial Valley. Owen Underhill no estaría entre ellos, aunque pudiera haberlo estado. Antes de la difusión de los grises por el canal común, Kurtz había estado seguro de incluirle. Pero las cosas cambiaban. Lo había dicho Buda, y en eso, como mínimo, había acertado el chinarro infiel.

—Me has fallado, chaval —dijo Kurtz. Con el movimiento de la garganta, de pelillos grises, se le movía la mascarilla, porque se la había bajado para fumar—. Me has fallado.

Kurtz había dejado impune el primer fallo de Owen Underhill. ¿Y el segundo?

—Jamás —dijo Kurtz—. Jamás de la vida.

XIV

HACIA EL SUR

1

El señor Gray metió la motonieve por un barranco donde corría un riachuelo helado, y lo siguió hacia el norte durante el kilómetro y medio que faltaba para la interestatal 95. A doscientos o trescientos metros de las luces de los vehículos militares (de los que ya quedaban pocos, avanzando lentamente por la nevada), se detuvo el tiempo suficiente para consultar la parte del cerebro de Jonesy a la que tenía acceso. La abundancia de archivos hacía imposible meterlos todos en el despachito donde se había hecho fuerte Jonesy, y al señor Gray le costó poco encontrar lo que buscaba. El Arctic Cat no tenía ningún botón para apagar el faro. El señor Gray bajó las piernas de Jonesy de la motonieve, buscó una roca, la levantó con la mano derecha de Jonesy y de una pedrada apagó el faro. A continuación volvió a subir y puso en marcha el vehículo. El hecho de que estuviera acabándose la gasolina no era ningún problema, puesto que ya había cumplido su función.

La tubería que canalizaba el riachuelo por debajo de la autopista permitía el paso de la motonieve, pero sin conductor. El señor Gray volvió a apearse y dio un acelerón al manillar, haciendo que el vehículo saliera disparado por el conducto. Fue un trayecto breve y lleno de choques, que no llegó a diez metros, pero era bastante para que no la vieran desde el aire, en caso de que amainara la nevada hasta permitir un reconocimiento a baja altura.

El señor Gray hizo que Jonesy subiera por la rampa de acceso a la autopista. Se detuvo a pocos pasos de la barrera de seguridad y se tumbó de espaldas. El emplazamiento le ofrecía un resguardo temporal de los rigores del viento. La subida había liberado reservas ocultas de endorfinas; pocas, pero Jonesy notó que su secuestrador las paladeaba como podría haber hecho él con un cóctel o una bebida caliente cualquier tarde fría de octubre, después de ver un partido de béisbol.

Se dio cuenta de que odiaba al señor Gray, y no le sorprendió.

Después volvió a desaparecer el señor Gray como entidad (objeto de odio posible), cediendo el paso a la nube que había visto Jonesy en la cabaña, al explotarle al ser la cabeza. Estaba saliendo, igual que había salido en busca de Emil Brodsky. Brodsky le había hecho falta porque los archivos de Jonesy no incluían información sobre cómo arrancar la motonieve. Ahora la nube necesitaba algo más, y ese algo, por lógica, debía de estar relacionado con el autostop.

Y ¿qué quedaba? ¿Qué quedó vigilando la oficina donde se había refugiado el último trozo de Jonesy (sacado de su propio cuerpo como la borra de un bolsillo)? Qué sino la nube, lo que había inhalado Jonesy; y que por algún motivo, habiendo debido matarle, no lo había hecho.

La nube no tenía la facultad de pensar, al menos tal como pensaba el señor Gray. Se había ausentado el amo de la casa (cuyo nombre, por desgracia, ya no era Jones, sino Gray), dejándola al cuidado de los termostatos, la nevera y la calefacción. También, por si acaso, del detector de humos y la alarma antirrobos, que avisaba automáticamente a la policía.

En contrapartida, y puesto que ya no estaba el señor Gray, quizá pudiera salir de la oficina. No para recuperar el control, puesto que cualquier intento en dicho sentido significaría ser delatado por la nube rojinegra, con el regreso inmediato del señor Gray. Casi seguro que Jonesy no podría volver a refugiarse en el despacho de los hermanos Tracker, con su tablón de anuncios, su polvo en el suelo, su única ventana legañosa para observar el mundo… ¿A que en la mugre del cristal había marcas? Sí, cuatro huellas semicirculares, las cuatro marcas de los cuatro chavales que tiempo atrás habían apoyado la frente con la esperanza de ver la foto que seguía clavada al tablón: Tina Jean Schlossinger con la falda levantada.

No; hacerse con el control quedaba muy lejos de sus posibilidades. Verdad amarga pero que convenía asumir.

Lo que quizá fuera posible era acceder a sus archivos.

¿Había alguna razón para arriesgarse? ¿Algo que ganar? Quizá, dependiendo de que supiera qué quería el señor Gray. Aparte de que le llevara alguien. A propósito, ¿adónde?

La respuesta fue inesperada en la medida en que la dijo la voz de Duddits. «Zu. Ezeñó Gué quere iralzú.» «El señor Gray quiere ir al sur.»

Jonesy se apartó de la ventana sucia por donde veía el mundo. De todos modos, en ese momento poco había que ver: nieve, oscuridad y árboles borrosos. La nevada matinal había sido un simple aperitivo. Ahora servían el plato fuerte.

«El señor Gray quiere ir al sur.»

¿A qué distancia? Y ¿por qué? ¿Qué plan tenía?

Sobre esos temas, Duddits no dijo nada.

Al girarse, Jonesy se llevó la sorpresa de que el mapa de rutas y la foto de la chica ya no estuvieran en el tablón. Ahora ocupaban su lugar cuatro fotos en color de cuatro chicos, todas con el mismo fondo (el colegio de enseñanza media de Derry) y el mismo pie: EN EL COLE. 1978. El de la izquierda era él, Jonesy, con una sonrisa confiada de oreja a oreja que ahora le dolía en el alma. Al lado estaba Beav, con su típica mueca que dejaba al descubierto la falta de un incisivo (se le había roto patinando, y al año, más o menos, le habían puesto una funda; en todo caso antes de ir al instituto). Luego Pete, con su cara redonda y morena y aquel corte de pelo tan exagerado, imposición de su padre con el argumento de que no había hecho la guerra de Corea para tener un hijo con pinta de hippy. Y el último, Henry, con esas gafas tan gordas que a Jonesy le recordaban a Danny Dunn, el joven detective de las novelas de misterio que leía de niño.

Beaver, Pete y Henry. ¡Qué cariño les había tenido, y qué injusticia cortar tan de repente una amistad tan larga! No había derecho...

De repente, Jonesy se llevó el susto mayúsculo de ver que cobraba vida la foto de Beaver Clarendon. Beav abrió los ojos y dijo algo en voz baja.

—¿Te acuerdas de que tenía cortada la cabeza? Estaba tirada en la cuneta, con los ojos llenos de barro. ¡Cágate lorito!

Dios mío, pensó Jonesy al acordarse del único detalle de la primera cacería en Hole in the Wall que se le había borrado de la memoria. A menos que lo hubiera borrado él. ¿Y los otros tres?

Quizá también. Probablemente, puesto que desde entonces, y ya eran muchos años, lo habían comentado todo de su infancia, todos los recuerdos compartidos… menos uno.

Tenía cortada la cabeza… los ojos llenos de barro…

Había pasado algo, y estaba relacionado con lo de ahora.

Ojalá supiera qué, pensó Jonesy. Ojalá.

2

Andy Janas les había perdido la pista a las otras tres camionetas de su pequeño escuadrón. Se les había adelantado porque no estaban acostumbrados a conducir con un tiempo así de jodido, y él sí. ¡Cómo no iba a estar acostumbrado Andy, habiendo crecido al norte de Minnesota! Iba solo en uno de los mejores vehículos militares de la Chevrolet, una camioneta cuatro por cuatro modificada. Al señor Janas no le había salido ningún hijo tonto.

De todos modos, la autopista estaba bastante despejada. Hacía cosa de una hora que había pasado un par de quitanieves del ejército (supuso que no tardaría en alcanzarlos; entonces frenaría y se colocaría detrás como un buen chico), y desde entonces en el asfalto sólo se había formado una capa de seis o siete centímetros de nieve. El problema serio era el viento, que la levantaba y desdibujaba la carretera. Suerte de los reflectores. El truco, lo que no sabían los tontainas de sus compañeros, era no perderlos de vista; claro que también podía ser que con los camiones y los Humvee, aquellos vehículos robustos y todo terreno, estuvieran los faros demasiado altos para iluminar los reflectores. Además, cuando había una ráfaga fuerte de viento desaparecían hasta ellos; se ponía todo blanco, y, mientras no se calmara la cosa, no había más remedio que soltar el pedal y procurar no salirse de la carretera. Andy no corría peligro. Si le pasaba algo, tenía la radio para avisar. Detrás vendrían más quitanieves, para tener abierto todo el tramo sur de la autopista desde Presque Isle hasta Millinocket.

En la parte trasera de su camioneta viajaban dos paquetes con triple envoltorio. Uno contenía dos ciervos muertos por el Ripley. El contenido del otro (cosa que a Janas le parecía entre un poco y muy truculento), era el cadáver de un gris que poco a poco estaba convirtiéndose en una especie de sopa anaranjada. Ambos debían entregarse a los médicos de la base, instalada en el sitio que se llamaba...

Janas miró hacia arriba, hacia el retrovisor, donde había una nota y un bolígrafo colgados de una goma. El papel tenía escrito a mano: «Tienda de Gosselin, coger la sal. 16 y girar a la I.»

Llegaría en una hora, o menos. Seguro que los médicos le decían que ya tenían bastantes muestras animales, y que los ciervos serían incinerados, pero quizá se quedaran con el gris, suponiendo que no se hubiera hecho del todo papilla. Quizá el frío retrasara un poco el proceso, aunque no era problema de Andy Janas. Lo suyo era llegar, entregar las muestras y esperar a dar el parte al encargado de recabar información sobre el perímetro norte de la zona de cuarentena, el más tranquilo. Aprovecharía la espera para conseguir un cafelito bien caliente y un buen plato de huevos revueltos. Dependiendo de quién hubiera, quizá hasta pudiera agenciarse un chorrito de algo en el café. No estaría mal. Ponerse un poco a tono y

«frena»

Janas frunció el entrecejo, sacudió la cabeza y se rascó una oreja como si le hubiera picado una pulga o algo. ¡Joder con el viento! Soplaba tan fuerte que hacía dar bandazos a la camioneta. Desaparecieron tanto la autopista como los reflectores, poniéndolo otra vez todo blanco. Janas estaba convencido de que les daba a todos un yuyu de la hostia, menos a él, que por algo era de Minnesota y dominaba. Sólo era cuestión de soltar el pedalito (pasando del freno, que el freno, cuando se conduce con nevada, es la mejor manera de meterse en follones), ir piano piano y esperar a que

«frena»

—¿Eh?

Miró la radio, pero, aparte de ruido de estática y conversaciones de fondo, no emitía nada.

«frena»

—¡Ay! —exclamó Janas cogiéndose la cabeza, que de repente le dolía que te cagabas.

La camioneta verde derrapó, pero el gesto automático de girar el volante en la dirección del derrape hizo que el vehículo volviera a obedecer. El pie de Janas seguía levantado del pedal, y el indicador de velocidad del Chevrolet bajaba a gran rapidez.

Los quitanieves habían abierto un caminito por el centro de los dos carriles en dirección sur. Janas viró hacia la capa de nieve que tenía a mano derecha, y las ruedas de la camioneta levantaron una neblina de copos que no tardó en llevarse el viento. Los reflectores de la barrera brillaban tanto en la oscuridad que parecían ojos de gato.

«frena aquí»

Janas gritó de dolor. Se oyó exclamar a sí mismo, desde muy lejos:

—¡Vale, vale, ya freno, pero para! ¡No estires más!

Sus ojos llorosos vieron erguirse un bulto oscuro al otro lado de la barrera, a menos de quince metros. Cuando lo iluminaron los faros, vio que era un hombre con parka.

Andy Janas tenía la sensación de que ya no le pertenecían las manos. Las notaba como guantes conteniendo las de otra persona. Era una sensación muy rara, y muy desagradable. Las manos giraron el volante hacia la izquierda sin que él las ayudara, y la camioneta se quedó parada delante del de la parka.

3

Era su oportunidad. La atención del señor Gray estaba concentrada en otra cosa. Intuyendo que cualquier reflexión desvirtuaría su arrojo, Jonesy no pensó; se limitó a actuar, quitando el cerrojo de la puerta del despacho con el dorso de la mano y abriendo la puerta de un estirón.

De niño nunca había estado dentro del garaje de Tracker Hermanos (desaparecido en la gran tormenta del 85), pero estaba casi seguro de que nunca había tenido el aspecto que se presentó a sus ojos. El despachito cutre daba a una sala tan descomunal que no se veía el fondo. Arriba había una superficie inabarcable de fluorescentes, y debajo, columnas enormes hechas con millones de cajas de cartón.

No, pensó Jonesy, millones no, billones.

Sí, debía de ser más correcto hablar de billones. Estaban separadas por miles de pasillitos. Jonesy tenía delante un almacén infinito, donde era ridículo esperar encontrar algo. Si se alejaba de la puerta de su despacho-refugio, se perdería enseguida. Ni siquiera haría falta que se preocupara el señor Gray, porque Jonesy vagaría hasta la muerte perdido en un desierto inconcebible de cajas y cajas apiladas.

No es verdad, pensó. Es tan difícil que me pierda aquí como en mi dormitorio. Tampoco hace falta buscar para encontrar lo que quiero. Todo esto es mío. Chaval, bienvenido a tu propia cabeza.

Era una idea tan tremenda que le hizo sentirse débil, pero no era el momento de permitirse debilidades ni titubeos. El señor Gray, perfecto invasor de otras galaxias, no estaría ocupado mucho tiempo con el conductor de la camioneta. Si Jonesy tenía intención de poner a salvo alguno de aquellos archivos, le convenía darse prisa. La cuestión era cuáles.

«Duddits —le susurró su cerebro—. Tiene algo que ver con Duddits. Ya lo sabes. Últimamente te has acordado mucho de él; tú y el resto del grupo. Si habéis seguido juntos, tú, Henry, Pete y Beaver, es por Duddits. Siempre lo has sabido, pero ahora sabes algo más. ¿A que sí?»

Sí. Sabía que la causa de su accidente de marzo era que le había parecido ver que Richie Grenadeau y sus amiguetes volvían a molestar a Duddits. Claro que «molestar» era la palabra menos indicada para describir lo de detrás del garaje de Tracker Hermanos. La correcta era «torturar». Jonesy, al ver recreada la tortura, había bajado a la calle sin mirar, y...

«Tenía cortada la cabeza. Estaba tirada en la cuneta, con los ojos llenos de barro. Y tarde o temprano todos los asesinos pagan. ¡Hay que joderse!»

La cabeza de Richie. La cabeza de Richie Grenadeau. Jonesy no tenía tiempo de detenerse en ello. Ahora era un intruso en su propia cabeza, y haría bien en moverse deprisa.

En el primer vistazo al enorme almacén no había visto ninguna diferencia entre las cajas. Ahora vio que las primeras de la fila que tenía más cerca llevaban escrito en negro DUDDITS. ¿Sorpresa? ¿Coincidencia? Para nada. A fin de cuentas, eran sus recuerdos, bien plegaditos y guardados en billones de cajas, y, tratándose de memoria, un cerebro sano era capaz de acceder a ellos casi sin restricciones.

Necesito, pensó Jonesy, algo para transportarlas. Entonces miró en derredor, y no le provocó gran asombro ver una carretilla de color rojo. Había entrado en un lugar mágico, de los que se crean a medida que se visitan. Pensó que lo más fabuloso era que cada persona poseyera uno.

Con movimientos rápidos amontonó en la plataforma una

parte de las cajas donde ponía DUDDITS, y las acarreó a paso ligero hacia el despacho de Tracker Hermanos, donde las depositó con una inclinación de la plataforma, de tal manera que quedaron esparcidas por el suelo. No era el colmo del orden, pero ya habría tiempo para preocuparse de conseguir el certificado de Buen Amo de Casa.

Volvió a salir corriendo, y aprovechó para tantear con la mente al señor Gray, pero seguía con el conductor de la camioneta... un tal Janas... Estaba la nube, eso sí, pero no podía percibirle. Era tonta como... como un hongo, vaya.

Jonesy se apoderó del resto de las cajas donde ponía DUDDITS, y vio que la pila siguiente también estaba rotulada en negro. En todas ponía DERRY, y eran demasiadas para llevárselas al completo. La cuestión era saber si necesitaba coger alguna.

Lo medió mientras llevaba hacia el despacho el segundo cargamento de cajas de memoria. ¿Dónde iban a estar las cajas de Derry, sino cerca de las de Duddits? La memoria era el acto, y al mismo tiempo el arte, de la asociación. Permanecía en pie la cuestión de si tenían importancia sus recuerdos de Derry. ¿Cómo saberlo, si no conocía los planes del señor Gray?

El caso, sin embargo, era que los conocía.

«El señor Gray quiere ir al sur.»

Derry estaba al sur.

Jonesy volvió a meterse corriendo en el almacén de la memoria, empujando la carretilla. Pensaba llevarse el máximo de cajas donde pusiera DERRY con la esperanza de no equivocarse, y la de notar el regreso del señor Gray a tiempo; porque, si le cogían fuera del despacho, le aplastarían como a una mosca.

4

Janas vio, petrificado, que su mano izquierda se movía hacia la puerta del conductor y la abría, dejando entrar el frío, la nieve y el viento incesante.

—Oiga, por favor, no me haga más daño; si quiere que le lleve, le llevo, pero no me haga más daño, que tengo la cabeza...

De repente pasó algo a gran velocidad por el cerebro de Andy Janas. Era como un tornado con ojos. Lo sintió hurgar entre sus órdenes, la hora en que se le esperaba en la base... y lo que sabía de Derry, que era nada. Sus órdenes le habían llevado a cruzar Bangor, pero en Derry no había estado en su vida.

Sintió que el remolino se retiraba y experimentó un gran alivio (no tengo lo que le hace falta, y va a dejar que me marche), hasta entender que lo de dentro de su cabeza no tenía ninguna intención de soltarle. El motivo, que necesitaba dos cosas: la camioneta y que se callara.

Janas plantó cara breve pero empecinadamente, y fue su inesperada resistencia lo que le dio a Jonesy tiempo para llevarse una pila de las cajas donde ponía DERRY. Después el señor Gray volvió a ocupar su puesto al control del motor de Janas.

Janas vio levantarse una de sus manos, subir hacia el retrovisor, apoderarse del bolígrafo y estirarlo hasta romper la goma elástica.

—¡No! —exclamó, pero era demasiado tarde. Vio un rápido destello, correspondiente al momento en que su mano, que asía el bolígrafo como si fuera una daga, se la clavaba en un ojo. Entonces se oyó una especie de reventón, y Janas, detrás del volante, se zarandeó como una marioneta estropeada, hundiéndose el bolígrafo en el ojo hasta la mitad, y luego hasta tres cuartos. El globo ocular reventado le colgaba de la órbita como una lágrima rarísima. La punta del bolígrafo topó con algo que parecía cartílago muy fino, rebotó ligeramente y acabó por clavarse en la sustancia del cerebro.

Qué eres, cabrón, pensó; qué...

Dentro de su cabeza se sucedieron el último fogonazo y la oscuridad total. Janas cayó de bruces en el volante. Empezó a sonar la bocina.

5

El señor Gray no había conseguido gran cosa de Janas (más que nada el forcejeo final inesperado por recuperar el control), pero le había quedado algo muy claro: que no iba solo. La columna de transporte de la que había formado parte se había dispersado por culpa de la tormenta, pero iban todos hacia el mismo lugar, que Janas, en su mente, identificaba por igual como Blue Base y como tienda de Gosselin. En dicho lugar había un hombre de quien Janas había tenido miedo, la persona al mando, pero al señor Gray le importaba poquísimo Kurtz el Escalofriante. Tampoco tenía por qué importarle, puesto que no albergaba la menor intención de pasar, no ya por la tienda de Gosselin, sino por sus inmediaciones. Aquel lugar era distinto, y también aquella especie, pese a que sólo estuviera dotada de percepción a medias. Resistían. El señor Gray ignoraba por qué, pero resistían.

Mejor acabar lo antes posible. A ese fin, el señor Gray había descubierto un excelente sistema de difusión.

Usó las manos de Jonesy para sacar a Janas de detrás del volante y llevarle hasta la barrera de seguridad, por encima de la cual le arrojó sin molestarse en verle deslizarse barranco abajo hasta el lecho helado del arroyo. Después volvió a la camioneta, miró fijamente los dos envoltorios de plástico de la parte de atrás y asintió con la cabeza. Los restos animales no servían de nada, pero el otro… Sí, el otro sí. Tenía vida, la que necesitaba.

De repente alzó la vista, muy abiertos los ojos de Jonesy en la ventisca. El dueño de aquel cuerpo había salido de su escondrijo. Era vulnerable. Buena noticia, porque empezaba a molestarle aquella conciencia, un murmullo constante (que a veces se convertía en chillido de pánico) en el nivel inferior del proceso de su pensamiento.

El señor Gray aguardó un poco más para poner la mente en blanco, porque no quería que Jonesy recibiera ningún aviso. Después atacó.

En ningún caso esperaba aquello.

Aquella luz blanca cegadora.

6

Jonesy estuvo a punto de que le atraparan. De hecho, le salvaron los fluorescentes que había encendido en su almacén mental. Quizá aquella sala no tuviera existencia real, pero, desde el momento en que se lo parecía a él, se lo parecería al señor Gray cuando llegara.

Mientras empujaba la carretilla con los contenedores donde ponía DERRY, vio aparecer al señor Gray en la embocadura de un pasillo de pilas altas de cajas, como por arte de magia. Era el humanoide rudimentario que había estado a sus espaldas en Hole in the Wall, la cosa que le había visitado en el hospital. Los ojos inertes habían acabado por cobrar vida, y avidez. Sigiloso, le había sorprendido fuera del refugio de su despacho, y estaba decidido a echarle el guante.

Sin embargo, echó hacia atrás el bulto de su cabeza y, antes de que se protegiera los ojos (sin párpados ni rastro de pestañas) con una mano de tres dedos, Jonesy vio una expresión en su esbozo gris de cara que sólo podía ser de desconcierto. Quizá incluso de dolor. El ser venía de fuera, de la noche y la nieve, de deshacerse del cadáver del conductor, y no estaba preparado para aquel resplandor de supermercado barato. También vio otra cosa: que el invasor había robado la expresión de sorpresa de su huésped. Hubo un momento en que el señor Gray fue una caricatura espantosa del propio Jonesy.

Su sorpresa concedió el tiempo justo a Jonesy, que, empujando la carretilla casi sin darse cuenta, y sintiéndose como la princesa cautiva de un cuento de hadas retorcido, se metió corriendo en el despacho. Después, notó más que vio que el señor Gray le perseguía con sus manos atroces de tres dedos (la piel gris parecía carne cruda y muy pasada), y cerró de un portazo justo antes de que le dieran alcance. Al girar se dio un golpe con la plataforma en la cadera operada (asumía que estaba dentro de su cabeza, pero no era óbice para que fuera todo muy real), y corrió el pestillo en el preciso instante en que el señor Gray se disponía a accionar el pomo e irrumpir en la oficina. Jonesy, por si acaso, también apretó el seguro que había en medio del pomo. ¿Ya estaba o acababa de añadirlo él? No se acordaba.

Retrocedió sudoroso, y esta vez se le clavó el mango de la plataforma en el culo. Delante, giraba y giraba el pomo. El señor Gray estaba al otro lado, mandando sobre el resto de su cerebro (y de su cuerpo), pero incapaz de entrar. No podía forzar la puerta; le faltaba peso para echarla abajo, y seso para forzar la cerradura.

¿Por qué? ¿Cómo podía ser?

—Duddits —susurró Jonesy—. Tiene que ver con Duddits.

El pomo sufrió una sacudida.

—¡Déjame entrar! —rugió el señor Gray.

Jonesy pensó que no parecía la voz de un emisario de otra galaxia, sino la de cualquier hijo de vecino enfadado por no conseguir lo que quería. ¿Era porque Jonesy interpretaba el comportamiento del señor Gray en términos que le fueran comprensibles? ¿Estaba humanizando al extraterrestre? ¿Le estaba traduciendo?

—¡DÉJAME ENTRAR!

Jonesy pensó en el cuento de los tres cerditos: «¡Soplaré... soplaré... y la casa derribaré!»

Sin embargo, lo único que hizo el señor Gray fue sacudir todavía más el pomo. No estaba acostumbrado a aquella clase de obstáculos (ni a ninguna otra, supuso Jonesy), y se estaba cabreando mucho. La resistencia de Janas le había sorprendido, pero la de Jonesy se situaba por completo a otro nivel.

—¿Dónde estás? —bramó airado el señor Gray—. ¿Se puede saber qué haces dentro? ¡Sal!

Jonesy permaneció a la escucha entre las cajas desperdigadas, sin contestar. Estaba casi seguro de que el señor Gray no podía entrar, pero más valía no provocarle.

Después de algunas sacudidas al pomo, notó que se marchaba el señor Gray.

Entonces se acercó a la ventana, pasando por encima de las cajas donde ponía DUDDITS y DERRY, y miró la noche y la nieve.

7

El señor Gray volvió a sentar el cuerpo de Jonesy al volante de la camioneta, cerró la puerta y pisó el acelerador. La camioneta dio un brinco hacia adelante y perdió agarre. Giraron las cuatro ruedas, y la camioneta derrapó contra la barrera de seguridad con un fuerte impacto.

—¡Mierda! —exclamó el señor Gray, accediendo al repertorio malsonante de Jonesy casi sin darse cuenta—. ¡Hay que joderse! ¡Tócame los perendengues! ¡Hostias en vinagre! ¡Cómeme la pirula!

Luego se contuvo y volvió a acceder a los conocimientos automovilísticos de Jonesy, cuya información sobre cómo había que conducir con un tiempo así, sin embargo, no podía compararse con la de Janas. Por desgracia, Janas ya no estaba, y se habían borrado sus archivos. Había que conformarse con lo que sabía Jonesy. Lo más importante era rebasar lo que en los pensamientos de Janas había recibido el nombre de «zona de cuarentena». Fuera de ella estaría a salvo. A ese respecto, Janas había despejado cualquier duda.

El pie de Jonesy volvió a pisar el acelerador, pero esta vez mucho más suave, y la camioneta se puso en marcha. Las manos de Jonesy encarrilaron la Chevrolet por el camino abierto por los quitanieves, y que empezaba a taparse.

Debajo del salpicadero chisporroteó la radio.

—Atención, se ha salido un camión de la carretera y ha volcado. ¿Me recibes?

El señor Gray consultó los archivos. Casi todo lo poco que sabía Jonesy de comunicación militar lo sacaba de libros y de algo llamado «pelis», pero quizá sirviera. Cogió el micro, palpó en busca del botón que Jonesy, por lo visto, preveía encontrar al lado, lo encontró y lo apretó.

—Te recibo —dijo.

¿Notarían que no era Andy Janas? Basándose en los archivos de Jonesy, el señor Gray lo dudaba.

—Unos cuantos vamos a ir a ver si lo levantamos y podemos devolverlo a la carretera. Lleva la comida, el muy jodido. ¿Me recibes?

El señor Gray apretó el botón.

—Lleva la comida, el muy jodido. Recibido.

Esta vez la pausa fue más larga, tanta que tuvo miedo de haber dicho algo mal o haber caído en una trampa. Después dijo la radio:

—Supongo que habrá que esperar a los próximos quitanieves. Tú más vale que sigas. Corto.

La voz parecía enfadada. Los archivos de Jonesy daban a entender que podía deberse a que Janas, conductor experto, se había adelantado demasiado para prestar ayuda. Perfecto. La intención previa del señor Gray era seguir, pero no estaba de más contar con autorización oficial.

Consultó los archivos (que ahora le ofrecían el mismo aspecto de cajas en una sala grande que a Jonesy) y dijo:

—Recibido. Corto y cambio. —Y en el último momento añadió—: Que paséis buena noche.

Era horrible aquella cosa blanca; horrible y traicionera. Aun así, el señor Gray se atrevió a acelerar un poco más. Mientras permaneciera en la zona controlada por las fuerzas armadas de Kurtz el Escalofriante, podía ser vulnerable; en cambio, fuera de la red, llevar a cabo sus planes sería pan comido.

Lo que necesitaba tenía que ver con un lugar llamado Derry. Al ingresar de nuevo en el inmenso almacén, el señor Gray hizo un descubrimiento inesperado: su huésped forzoso lo sabía o lo había intuido, porque le pilló desplazando los archivos de Derry, justamente.

El señor Gray, que de repente se había puesto nervioso, buscó entre las cajas que quedaban y se relajó.

Aún estaba lo que le hacía falta.

Junto a la caja que contenía la información de mayor importancia había otra muy pequeña y con mucho polvo, con una inscripción lateral a lápiz negro: DUDDITS. Si había más cajas DUDDITS, se las habían llevado. Sólo quedaba una.

El señor Gray la abrió, más que nada por curiosidad (otra emoción tomada del repertorio de Jonesy). Dentro había un recipiente de plástico amarillo chillón con personajes estrafalarios haciendo piruetas. Los archivos de Jonesy los identificaban doblemente como «dibujos animados» y «los Scooby-Doos». También había un adhesivo donde ponía: PERTENEZCO A DOUGLAS CAVELL, 19 MAPLE LANE, DERRY, MAINE. SI SE HA PERDIDO MI DUEÑO, LLAMAR AL...

A continuación, una serie de números demasiado borrosos e ilegibles; debía de tratarse de un código de comunicación que a Jonesy ya se le había olvidado. El señor Gray se desprendió del recipiente de plástico amarillo, que debía de servir para llevar comida. Quizá no tuviera importancia... claro que, en ese caso, ¿qué sentido tenía que Jonesy se hubiera jugado la vida sólo para poner a buen recaudo el resto de las cajas DUDDITS (más una parte de las que estaban marcadas como DERRY)?

DUDDITS = AMIGO DE INFANCIA. El señor Gray lo sabía por su primer encuentro con Jonesy en «el hospital». De haber previsto que Jonesy le daría tanto la lata, habría borrado la conciencia de su huésped sin mayor dilación. Para el señor Gray, las palabras INFANCIA y AMIGO no tenían ninguna resonancia emocional, pero entendía su significado. Lo que no entendía tanto, mejor dicho, lo que no entendía en absoluto, era que el amigo de infancia de Jonesy pudiera estar relacionado con lo que estaba pasando.

Se le ocurrió una posibilidad: que su huésped se hubiera vuelto loco. Verse expulsado de su cuerpo le había hecho perder la cordura. En su desvarío, se había limitado a llevarse las cajas que estaban más cerca de la puerta de su extraño refugio, confiriéndoles una importancia de la que carecían.

—Jonesy —dijo el señor Gray, pronunciando el apellido con las cuerdas vocales de Jonesy. Aquellos seres eran genios de la mecánica (qué remedio, para sobrevivir en un mundo tan frío), pero sus procesos de pensamiento pecaban de raros y defectuosos: una actividad mental oxidada en tanques corrosivos de emoción. Sus facultades telepáticas eran casi nulas. La telepatía transitoria que experimentaban gracias al byrus y el kim (las luces) les causaba desconcierto y miedo. El señor Gray no acababa de entender que todavía no se hubieran masacrado entre sí. Unos seres incapaces de pensar de verdad eran locos. Eso no se podía discutir.

Mientras tanto, el ser atrincherado en su extraña e inexpugnable habitación seguía sin contestar.

—Jonesy.

Nada. Sin embargo, Jonesy le oía. El señor Gray estaba seguro.

—Jonesy, todo este sufrimiento es innecesario. Tienes que vernos como lo que somos: salvadores, no invasores. Amigos.

El señor Gray examinó las cajas. Tratándose de un ser sin grandes capacidades de pensamiento, las de almacenamiento, en Jonesy, eran enormes. Pregunta para otro día: ¿para qué querían tanta capacidad de recuperación unos seres de pensamiento tan pobre? ¿Estaba relacionado con el exceso de emociones en su configuración? Emociones molestas, por otro lado. Al señor Gray las de Jonesy se lo parecían, y mucho. Siempre presentes. Siempre a mano. Y eran tantas…

—Guerra… hambrunas… limpieza étnica… gente que mata en nombre de la paz… gente que masacra a los paganos en nombre de Jesús… homosexuales muertos de una paliza… bichos en frascos, y los frascos en las puntas de misiles apuntando a todas las ciudades del mundo… Francamente, Jonesy, entre amigos, ¿qué es un poco de byrus comparado con antrax del tipo cuatro? ¡Si dentro de cincuenta años os habréis muerto todos! ¡Hay que joderse! ¡Relájate y disfruta!

—Has hecho que se clavara un boli en el ojo.

Mejor una respuesta malhumorada que ninguna. Soplaba el viento, la camioneta derrapaba, conducida por el señor Gray usando los conocimientos de Jonesy. La visibilidad casi era nula.

Había bajado a treinta por hora, y, una vez fuera de la red de Kurtz, quizá le conviniera quedarse parado del todo. Podía entretener la espera charlando con su huésped. El señor Gray no confiaba en persuadir a Jonesy de que saliera de su habitación, pero era una manera de pasar el rato.

—No tenía más remedio, tío. Necesitaba la camioneta. Soy el último.

—Y nunca pierdes.

—Tú lo has dicho —asintió el señor Gray.

—Pero ¿verdad que nunca has estado en una situación así? ¿De no poder pillar a alguien?

¿Era una burla? El señor Gray sintió una punzada de ira. Jonesy, a continuación, dijo algo que ya había pensado el señor Gray.

—Quizá tendrías que haberme matado en el hospital. ¿O sólo era un sueño?

Como no tenía muy claro qué eran los sueños, el señor Gray no se molestó en contestar. Cada vez le incordiaba más hospedar a aquel amotinado en un cerebro que a aquellas alturas debería haber sido exclusivamente suyo, del señor Gray. Para empezar, no le gustaba llamarse a sí mismo «señor Gray»; no era el concepto que tenía de sí mismo, ni de la mente genérica de la que formaba parte; ni siquiera le gustaba concebirse como «sí mismo», en masculino, puesto que era a la vez de los dos sexos y de ninguno. Sin embargo, ahora era prisionero de esos conceptos, y, mientras no absorbiera el núcleo de Jonesy, seguiría siéndolo. Se le ocurrió una idea sobrecogedora: ¿y si los que no tenían sentido eran sus propios conceptos?

Odiaba aquella situación.

—Jonesy, ¿quién es Duddits?

Silencio.

—¿Y Richie? ¿Por qué tiene una caca en la mano? ¿Por qué le mataste?

—¡No le matamos!

Cierto temblor en la voz mental. Ajá, el tiro había dado en el blanco. Y un dato interesante: el señor Gray había hecho la pregunta en singular, pero Jonesy había contestado en plural.

—Sí le matasteis. O creísteis haberle matado.

—Mentira.

—¡Qué tontería negarlo! Tengo aquí los recuerdos, en una de

tus cajas. Dentro hay nieve. Y un mocasín. Un mocasín de ante marrón. Ven a verlo.

Durante un segundo de vértigo, creyó posible que Jonesy le hiciera caso. Entonces el señor Gray se lo llevaría directo al hospital, y Jonesy podría verse morir por la tele. Final feliz para la película que habían estado viendo. A partir de entonces, adiós al señor Gray. Sólo quedaría lo que para Jonesy era «la nube».

El señor Gray miró ansiosamente el pomo de la puerta, poniendo toda su voluntad para que girara, pero no se movió.

—Sal.

Silencio.

—¡Mataste a Richie, cobarde! Tú y tus amigos. Le mataste... soñando.

El señor Gray no sabía qué eran los sueños, pero sabía que lo dicho era verdad. O que Jonesy lo creía.

Silencio.

—¡Sal! Sal y... —Hurgó en los recuerdos de Jonesy. Muchos estaban en cajas con el rótulo PELÍCULAS; a Jonesy, por lo visto, lo que más le gustaba eran las películas. De una de ellas, el señor Gray extrajo una expresión que le pareció dotada de especial potencia—: ¡... y pelea como un hombre!

Silencio.

Cabrón, pensó el señor Gray, metiéndose de nuevo en el tanque tentador de las emociones de su huésped. Hijo de puta. Tozudo de mierda. Tócame los perendengues, tozudo de mierda.

Cuando Jonesy todavía era Jonesy había tenido la costumbre de expresar su rabia dándole a algo un puñetazo. Así lo hizo el señor Gray: golpeó el centro del volante de la camioneta con el puño de Jonesy, bastante fuerte para que sonara la bocina.

—¡Cuéntamelo! No lo de Richie, ni lo de Duddits. ¡Lo tuyo! Hay algo que te diferencia, y quiero saber qué es.

Jonesy no contestó.

—Es algo de las cartas. ¿A que sí?

La misma falta de respuesta, pero el señor Gray oyó moverse los pies de Jonesy al otro lado de la puerta. También le pareció oír respiración. El señor Gray sonrió con la boca de Jonesy.

—Dime una cosa, Jonesy. Así pasamos el rato. ¿Quién era Richie aparte del número diecinueve? ¿Por qué le tenías rabia? ¿Por ser de los Tigers? ¿De los Tigers de Derry? ¿Qué eran? ¿Quién es Duddits?

Nada.

La camioneta atravesaba el vendaval, más lenta que nunca, y sus faros apenas perforaban el muro blanco y móvil. La voz del señor Gray era grave, persuasiva.

—¿Sabes que te has dejado una de las cajas de Duddits? Y resulta que dentro hay otra caja. Es amarilla y con Scooby-Doos. ¿Qué son? ¿Verdad que no es gente real? ¿Son películas? ¿Televisiones? ¿Quieres la caja? Sal, Jonesy. Sal y te doy la caja.

El señor Gray levantó el pie del acelerador y dejó que la camioneta se deslizara lentamente hacia la izquierda, donde era más gruesa la nieve. Estaba ocurriendo algo, y quería dedicarle toda su atención. La fuerza no había desalojado a Jonesy de su baluarte, pero no era la única manera de ganar una batalla, ni la guerra.

La camioneta se quedó al lado de la barrera de protección, inmersa en una tormenta de nieve que había llegado a su apogeo. El señor Gray cerró los ojos, y se encontró enseguida en el almacén de la memoria de Jonesy, con sus luces deslumbrantes. Tenía detrás varios kilómetros de cajas apiladas, una perspectiva cubierta de fluorescentes; delante, la puerta cerrada, vieja, sucia y, por algún motivo, fortísima. El señor Gray apoyó en ella sus manos tridígitas y habló con una voz grave a la vez íntima y apremiante.

—¿Quién es Duddits? ¿Por qué le llamaste después de matar a Richie? Déjame entrar, que tenemos que hablar. ¿Por qué te has llevado algunas cajas de Derry? ¿Qué querías evitar que viera? Da igual, porque ya tengo lo que necesito. Déjame entrar, Jonesy. No te hagas de rogar.

Funcionaría. Sentía los ojos en blanco de Jonesy. Le estaba viendo mover una mano hacia el pomo y el pestillo.

—Siempre ganamos —dijo el señor Gray. Estaba sentado al volante, con los ojos de Jonesy cerrados; en otro universo aullaba el viento, haciendo balancearse la camioneta—. Jonesy, abre la puerta. Abre ahora mismo.

Silencio. Después, unas palabras a menos de diez centímetros, igual de sorprendentes que un cazo de agua fría en la piel caliente:

—Al carajo, comemierdas.

El señor Gray retrocedió de manera tan brusca que la nuca de Jonesy chocó con la ventanilla trasera de la camioneta. Fue un dolor repentino y alarmante, segunda sorpresa desagradable.

Volvió a descargar un puñetazo con una mano, y después con

la otra; después repitió con la primera, y sin darse cuenta ya estaba aporreando el volante y emitiendo bocinazos en morse furibundo. Ser sin apenas emociones, integrante de una especie sin apenas emociones, había sido secuestrado por los fluidos emocionales de su anfitrión, y esta vez no se trataba de mojarse un poquito, sino de un baño en toda regla. Volvió a sentir que sólo se debía a la permanencia de Jonesy, como un tumor turbando lo que debería haber sido una conciencia serena y centrada.

El señor Gray aporreaba el volante. Aquella expansión emocional (lo que identificaba la mente de Jonesy como «rabieta») le desagradaba, pero al mismo tiempo le gustaba. Le gustaba el ruido de la bocina al recibir el impacto de los puños de Jonesy, el latido de la sangre de Jonesy en las sienes de Jonesy, la manera de acelerarse del corazón de Jonesy, y el sonido de la voz ronca de Jonesy repitiendo:

—¡Cabronazo! ¡Cabronazo!

Sin embargo, y a pesar de la ira, hubo una parte fría del señor Gray que comprendió la naturaleza del verdadero peligro. Siempre llegaban y rehacían a su imagen los mundos que visitaban. Siempre había sido así, y seguiría siéndolo.

Ahora, sin embargo...

Me está pasando algo, pensó el señor Gray, y nada más ocurrírsele la idea ya se dio cuenta de que en lo fundamental pertenecía a Jonesy: Empiezo a ser humano.

El hecho de que la idea no careciera de atractivos horrorizó al señor Gray.

8

Jonesy salió de un sueño ligero en que el único sonido era el ritmo relajante, adormecedor de la voz del señor Gray, y vio que tenía las manos en los cierres de la puerta del despacho, listas para girar el pomo y descorrer el cerrojo. El muy hijo de puta intentaba hipnotizarle, y lo estaba consiguiendo.

—Siempre ganamos —dijo la voz del otro lado de la puerta. Era relajante, lo cual, después de un día tan tenso, se agradecía, pero también era asquerosamente fatua. El usurpador no descansaría hasta tenerlo todo; ese todo cuya posesión daba por hecha—. Jonesy, abre la puerta. Abre ahora mismo.

Estuvo a punto de hacerle caso; volvía a estar despierto, pero estuvo a punto. Entonces recordó dos sonidos: el tétrico crujido del cráneo de Pete bajo el apretón de la cosa roja, y aquella especie de ruido a mojado que había hecho el ojo de Janas al ser perforado por la punta del bolígrafo.

Jonesy comprendió que en el fondo no había estado despierto. Ahora, sin embargo, sí.

Ahora sí.

Apartó las dos manos de la puerta, aplicó a ella los labios y, con su mejor pronunciación, dijo:

—Al carajo, comemierdas.

Sintió retroceder al señor Gray, y hasta sintió su dolor al chocar con la ventanilla. Claro que ¿por qué no iba a dolerle, si al fin y al cabo eran sus nervios? Y su cabeza, dicho fuera de paso. Pocas satisfacciones había tenido en su vida como la de percibir la sorpresa e indignación del señor Gray. Comprendió borrosamente lo que ya sabía el señor Gray: que la presencia extraterrestre que había en su cabeza se había vuelto más humana.

Si pudieras volver como entidad física, ¿seguirías siendo el señor Gray?, se preguntó Jonesy. Lo dudaba. Quizá el señor Pink,[1] pero no el señor Gray.

Ignoraba si su antagonista repetiría el numerito de Herr Mesmer, pero, como prefería no arriesgarse, dio media vuelta y caminó hacia la ventana del despacho, tropezando con una de las cajas y saltando por encima del resto. ¡Joder con la cadera, cómo dolía! ¡Qué cosa más rara dolerle algo así estando prisionero en su propia cabeza! (En una ocasión le había explicado Henry que no había nervios, al menos en la materia gris.) El hecho, sin embargo, era que le dolía. Había leído que alguna gente, después de una amputación, sufría unos dolores y unos picores atroces en el miembro seccionado. Por ahí debía de ir la cosa.

La ventana volvía a ofrecer el panorama tedioso de 1978: el camino de entrada al garaje de Tracker Hermanos, con sus dos carriles y sus malas hierbas. El cielo estaba blanco, nublado; al parecer, cuando la ventana daba al pasado, el tiempo se detenía a primera hora de la tarde. El único aliciente de la vista era que mirarla, para Jonesy, significaba alejarse lo más posible del señor Gray.

1. El señor Rosa. *(N. del T.)*

Supuso que cambiarla era cuestión de voluntad, que tenía la posibilidad de mirar hacia afuera y ver lo que veía el señor Gray con los ojos de Gary Jones, pero no tenía prisa. Aparte de la tormenta de nieve no había nada que ver, ni que sentir aparte de la rabia robada del señor Gray.

«Piensa en otra cosa», se dijo.

«¿En qué?»

«No sé, lo que sea. ¿Y si...?»

Sonó el teléfono del escritorio, rareza a escala de *Alicia en el país de las maravillas*, porque unos minutos antes en el despacho no había habido ni teléfono ni mesa que le prestara apoyo. Ahora estaban las dos cosas, mientras que habían desaparecido los condones usados. El suelo seguía sucio, pero en las baldosas ya no había polvo. Debía de tener en la cabeza una especie de conserje, un fanático de la limpieza que, considerando que Jonesy iba a quedarse cierto tiempo, había decidido que se imponía cierto grado de limpieza. Jonesy quedó impresionado por la idea, pero sus implicaciones se le antojaron deprimentes.

Volvió a sonar el teléfono del escritorio. Jonesy levantó el auricular y dijo:

—¿Sí?

La voz de Beaver le provocó un escalofrío de repelús por toda la espalda. Era la llamada telefónica de un muerto, como en las películas que le gustaban. O que le habían gustado.

—Tenía cortada la cabeza, Jonesy. Estaba tirada en la cuneta, con los ojos llenos de barro.

Luego un clic, y un silencio de final de llamada. Jonesy dejó el auricular en su soporte y volvió hacia la ventana. Ahora no estaban ni el camino de entrada ni Derry. Tenía delante una imagen de Hole in the Wall a la luz blanquecina del amanecer. El tejado no era verde, sino negro, señal de que era Hole in the Wall tal como estaba antes de 1982, cuando los cuatro, que para entonces ya eran mozarrones de instituto (claro que en el caso de Henry mozarrón era mucho decir), habían ayudado al papá de Beav a poner las tejas rojas de madera que seguían cubriendo la cabaña.

Lo cierto, sin embargo, era que a Jonesy le hacía tan poca falta aquel indicio para saber en qué época estaba como que le dijeran que ahora ya no existían ni las tejas ni Hole in the Wall, incendiado por Henry. En cualquier momento se abriría la puerta y saldría Beaver. Era 1978, el año que marcaba el verdadero inicio de todo; estaba a punto de salir Beaver con el único indumento de sus calzoncillos largos y su chaqueta de motorista llena de cremalleras, con los pañuelos naranjas al aire. Era 1978, eran jóvenes... y habían cambiado. Era el día en que habían empezado a comprender el alcance del cambio.

Jonesy, fascinado, miraba por la ventana.

Se abrió la puerta.

Beaver Clarendon, de catorce años, salió corriendo.

XV

HENRY Y OWEN

1

Henry vio que Underhill se le acercaba con esfuerzo a la luz cruda de los focos de seguridad. La cabeza de Underhill estaba inclinada, resistiendo a la nieve y el arreciar del viento. Henry abrió la boca para llamarle, pero se lo impidió una percepción repentina de Jonesy, que de tan abrumadora casi le aplastó. Lo siguiente fue un recuerdo que anuló por completo a Underhill y el resto de aquel mundo nevado y luminoso. De pronto volvía a ser 1978, y octubre en lugar de noviembre; ahora había sangre, sangre en las hierbas, cristales rotos en el agua empantanada, y después un portazo.

2

Despertando de una pesadilla confusa (sangre, cristales rotos, olores espesos a gasolina y goma quemada), Henry oye un portazo y percibe una corriente de aire frío. Entonces se incorpora y ve que está al lado de Pete, el cual también se ha incorporado. Se fija en que su amigo tiene la piel de gallina en el pecho sin vello. Henry y Pete están en el suelo con los sacos de dormir, por haber perdido en el sorteo. A Beav y Jonesy les tocó la cama (con el tiempo, Hole in the Wall dispondrá del dormitorio número tres, pero de momento sólo hay dos, uno de los cuales le corresponde a Lamar por el derecho divino de la adultez). Ocurre, sin embargo, que Jonesy está solo en la cama; también se ha incorporado y pone la misma cara de perplejidad y susto que los demás.

Dónde estás, Scooby-Doo, piensa Henry sin que se aprecie el motivo, al tantear el alféizar en busca de las gafas. Sigue percibiendo olor a gas y neumáticos quemados.

—Un accidente —dice Jonesy con voz ronca.

Y aparta la manta. Lleva el torso al descubierto, pero ha dormido igual que Henry y Pete, con calcetines y calzoncillos largos.

—Sí, se ha caído al agua —contesta Pete con cara de no tener ni idea de qué quiere decir—. Tienes tú el zapato, Henry…

—El mocasín… —dice Henry, a pesar de que tampoco le encuentra ningún sentido. Ni quiere.

—Beav —dice Jonesy, bajando de la cama con un movimiento brusco y torpe.

Uno de sus pies, con calcetín interpuesto, aterriza en la mano de Pete.

—¡Ay! —se queja éste—. ¡Me has pisado, inútil! ¡A ver si miras por…!

—Calla, calla —dice Henry, dándole a Pete una sacudida en el hombro—. ¡No despiertes al señor Clarendon!

Lo cual sería fácil, porque la puerta del dormitorio de los chicos está abierta. La del fondo de la sala grande, la de salida, también está abierta. Se entiende que tengan frío, porque hace un biruji de la hostia. Ahora que Henry vuelve a tener los ojos puestos (es su manera de verlo), ve bailar el atrapasueños con la brisa fría de noviembre que entra por la puerta abierta.

—¿Y Duddits? —pregunta Jonesy con voz aturdida de no haberse despertado del todo—. ¿Ha salido con Beaver?

—Pero qué dices, tonto, si está en Derry —contesta Henry mientras se levanta y se pone la camiseta térmica.

Lo cierto es que no le parece ninguna tontería, porque él también tiene la sensación de que hasta hace muy poco estaban con Duddits.

Ha sido el sueño, piensa. Duddits aparecía en el sueño. Estaba sentado en la cuesta, llorando. Estaba arrepentido. Él no quería. Si alguien quería, éramos nosotros.

Y sigue oyéndose llorar a alguien. Lo trae la brisa por la puerta del salón, pero no se trata de Duddits, sino de Beav.

Un punto a favor: a juzgar por la ciudad de hojalata que forman las latas de cerveza en la mesa de la cocina (con suburbio añadido del mismo material en la auxiliar), hará falta algo más que un par de puertas abiertas y algunos susurros de chavales para despertar al papá de Beaver.

La losa grande de granito que hay delante de la puerta le hiela a Henry el pie a través del calcetín; es un frío profundo e insensible, como debe de serlo el de la muerte, pero Henry casi no se fija.

Ve a Beaver enseguida. Está de rodillas al pie del arce del observatorio, como si rezara. Henry repara en que tiene desnudos las piernas y los pies. Lleva su chaqueta de motorista, y a lo largo de los brazos, como galas de pirata al viento, los pañuelos naranjas que le hace llevar el señor Clarendon ante la insistencia de su hijo de ir por el bosque con ropa chorra sin nada que ver con la caza. Es una vestimenta bastante cómica, pero la cara de angustia orientada hacia las ramas casi desnudas del arce no tiene nada de cómica. Las mejillas de Beav chorrean lágrimas.

Henry echa a correr. Le siguen Pete y Jonesy despidiendo vaho por la boca, de lo fría que está la mañana. El suelo de pinaza que pisan los pies de Henry casi está igual de duro y frío que la losa de granito.

Se arrodilla junto a Beaver, cuyo llanto le asusta y en cierto modo le sobrecoge. Beav no tiene los ojos empañados, como el protagonista de una película con permiso para verter una o dos lágrimas viriles cuando se le muere el perro o la novia, sino como las cataratas del Niágara. Le cuelgan de la nariz dos hilos de moco brillante. Eso en las películas nunca se ve.

—Qué asco —dice Pete.

Henry le mira con irritación, pero resulta que Pete no observa a Beaver, sino algo que está un poco más lejos: un charco humeante de vómito. Dentro hay trocitos del maíz de la cena (tratándose de cocina de campamento, Lamar Clarendon tiene una fe apasionada en las virtudes de la comida enlatada), y filamentos de pollo frito. El estómago de Henry reacciona con una contracción; después se va apaciguando, pero entonces vomita Jonesy. El ruido es como un eructo líquido. La sustancia es marrón.

—¡Qué asco! —exclama Pete, esta vez casi gritando.

Beaver no pone cara de haberle oído.

—¡Henry! —dice.

Sus ojos, aumentados por dos lentes de lágrimas, se ven tan enormes que dan miedo. Parece que atraviesen la cara de Henry y penetren en las habitaciones de detrás de la frente, aunque en principio sean privadas.

—Tranquilo, Beav, que sólo has tenido una pesadilla.

—Claro, hombre.

Jonesy tiene la voz ronca, y restos de vómito en la garganta. Intenta aclarársela con un ruido carrasposo que casi es peor que el de antes. Luego se agacha y escupe. Tiene las manos apoyadas en las dos perneras de los calzoncillos largos, y la espalda al aire, erizada de poros.

Beav le presta tan poca atención a Jonesy como a Pete, que se le arrodilla al otro lado y le rodea los hombros desmañadamente, sin atreverse del todo. Beav sigue sin mirar a nadie más que a Henry.

—Tenía cortada la cabeza —susurra.

Jonesy también se pone de rodillas. Ahora rodean los tres a Beav: Henry y Pete a cada lado y Jonesy delante. Jonesy tiene vómito en la barbilla. Hace el gesto de querer limpiárselo, pero Beaver le coge la mano a media trayectoria. Están los cuatro de rodillas debajo del arce, y de repente son uno. La sensación de unión es breve, pero tiene la nitidez del sueño de antes. De hecho *es* el sueño, pero ahora están todos despiertos, la sensación es racional y no pueden no creérsela.

Ahora Beav, con sus ojos llorosos que dan miedo, a quien mira es a Jonesy. Le aprieta la mano.

—Estaba tirada en la cuneta, con los ojos llenos de barro.

—Ya —susurra Jonesy, temblándole la voz sobrecogida—. ¡Jo, es verdad!

—¿Os acordáis de que dijo que volveríamos a vernos? —pregunta Pete—. Uno a uno o todos juntos. Lo dijo él.

Henry lo oye todo a gran distancia, porque ha vuelto al sueño. Al lugar del accidente. Al final de un terraplén lleno de basura donde hay una zona empantanada por culpa de una alcantarilla que se obstruyó. Sabe dónde es: en la carretera 7, lo que antes era la carretera de Derry a Newport. Entre la porquería hay un coche volcado que se está quemando. Apesta a gas y neumáticos quemados. Duddits llora. Está sentado a medio terraplén, con la fiambrera amarilla de Scooby-Doo en el pecho, y llora a moco tendido.

En una de las ventanillas del coche volcado hay una mano. Es fina y tiene las uñas pintadas de un rojo como de manzana caramelizada. Los otros dos ocupantes del coche han salido disparados, uno casi a diez metros. Es el que está boca abajo, pero Henry le reconoce por la melena rubia, que se le ha empapado de barro. Piensa: es Duncan, el que dijo que yo no podría contarle nada a nadie porque estaría muerto. Al final se ha muerto él.

Algo viene flotando y choca con la espinilla de Henry.

—¡No lo recojas! —le advierte Pete.

Henry, sin embargo, no le hace caso. Es un mocasín de ante marrón. Casi no tiene tiempo de fijarse, porque de repente Beaver y Jonesy prorrumpen en una armonía horrible de chillidos infantiles. Están juntos, con barro hasta el tobillo, y llevan ropa de caza: Jonesy su parka nueva de color naranja chillón, comprada en Sears especialmente para la excursión (la señora Jones, inconsolable, sigue sin dejarse convencer de que a su hijo no le matará en el bosque una bala de cazador, en la flor de la vida) y Beaver su chaqueta gastada de motorista («¡cuántas cremalleras!», había dicho con admiración la mamá de Duddits, ganándose de por vida la de Beaver, y su cariño), con los pañuelos naranjas atados a lo largo de los brazos. Ninguno de los dos mira el tercer cadáver, el que está tirado justo al lado de la puerta del conductor, pero Henry sí, aunque sólo sea unos segundos (conserva el mocasín en la mano como una canoíta inundada), porque hay algo raro, algo espantoso; tanto, que al principio no identifica la causa. Entonces se da cuenta de que no hay nada encima del cuello de la chaqueta del cadáver. Beaver y Jonesy chillan porque han visto lo que debería estar encima. Han visto la cabeza de Richie Grenadeau mirando el cielo fijamente desde un grupo de hierbas salpicadas de sangre. Henry sabe enseguida que es la de Richie. Aunque ya no esté la tirita en el puente de la nariz, no cabe duda de que se trata del mismo tío que intentaba dar de comer una caca a Duddits cuando el episodio de detrás de Tracker Hermanos.

Duddits está en la cuesta, llorando y llorando con ese llanto que se te mete en la cabeza como un dolor de cabeza. Como siga, Henry acabará loco. Suelta el mocasín y, caminando por el barro, rodea la parte trasera del coche incendiado hacia donde están Beaver y Jonesy cogidos por el brazo.

—¡Beaver! ¡Beav! —dice Henry con todas sus fuerzas; pero Beaver sigue contemplando la cabeza cortada como si estuviera hipnotizado, y sólo le saca de su ensimismamiento una fuerte sacudida. Entonces mira a Henry.

—Tiene la cabeza cortada —dice, como si no saltara a la vista—. Henry, que tiene la cabeza...

—¡No pienses tanto en la cabeza y ocúpate de Duddits! ¡Que pare de llorar, caray!

—Eso —dice Pete. Mira la cabeza de Richie, con su mirada fija de muerto, y aparta la vista con una mueca—. Se me mete en el coco que te cagas.

—Como la tiza en la pizarra —murmura Jonesy. Su piel, encima de la chaqueta nueva naranja, tiene un color como de queso muy curado—. Haz que pare, Beav.

—Eh... eh... eh...

—¡No seas gilipuertas y cántale la cancioncita, hostia! —le espeta Henry a Beaver, notando que le sube agua sucia entre los dedos de los pies—. ¡La nana, joder!

Beaver mira un rato como si siguiera sin entenderlo, hasta que se le aclaran un poco los ojos y dice:

—¡Ah!

Entonces camina por el barro hacia el terraplén donde está sentado Duddits con la fiambrera amarilla y el mismo llanto de cuando le conocieron. Henry, por su parte, ve algo, pero casi no tiene tiempo de fijarse: alrededor de los agujeros de la nariz de Duddits hay sangre seca, y en su hombro izquierdo una venda de la que sobresale algo que parece plástico blanco.

—Duddits —dice Beav escalando la cuesta—, Duddie, majo, no llores; no lo mires más, que es una marranada y no tienes que mirarlo...

Al principio Duddits sigue llorando sin prestarle atención. Henry piensa: le ha sangrado la nariz de tanto llorar. Por eso la tiene así. Pero ¿y lo blanco que le sale del hombro? ¿Qué es?

Jonesy ha llegado al extremo de taparse las orejas con las manos, mientras que Pete se ha puesto una en la cabeza, como para que no le explote. Beaver coge en brazos a Duddits, como semanas antes, y empieza a cantar con aquella voz aguda y cristalina que no esperaría nadie en un tiarrón como él.

—*El barco de mi niño es un sueño de plata...*

Y Duddits, milagro de milagros, empieza a tranquilizarse. Pete dice algo por un lado de la boca:

—Henry, ¿dónde estamos? ¿Esto qué carajo es?

—Un sueño —dice Henry.

Y de repente vuelven a estar los cuatro al pie del arce de Hole in the Wall, arrodillados, en ropa interior y temblando de frío.

—¿Qué? —dice Jonesy, y se suelta para limpiarse la boca.

Entonces se quiebra el contacto entre los cuatro y vuelve a campar la realidad por sus fueros—. ¿Qué has dicho, Henry?

Henry percibe el retroceso de sus mentes, lo percibe como algo real, y piensa: no teníamos por qué ser así ninguno de los cuatro. A veces es mejor estar solo.

Solo, sí. Solo con tus pensamientos.

—He tenido una pesadilla —dice Beaver. Parece que se lo explique a sí mismo, más que a los otros tres. Luego, con la misma lentitud que si siguiera soñando, abre la cremallera de un bolsillo de la chaqueta, hurga dentro y saca un chupachups. En lugar de desenvolverlo se mete en la boca la punta del palo y empieza a pasárselo de un lado a otro con pequeños mordisqueos—. He soñado que...

—No te esfuerces —dice Henry, ajustándose las gafas—, que ya sabemos qué has soñado.

En los labios le tiembla «a la fuerza, porque estábamos», pero no lo dice. Ni siquiera ha cumplido quince años, pero ya tiene bastante sensatez para saber que lo dicho no puede desdecirse. Carta echada, carta jugada, como dicen cuando juegan a algún juego de baraja y uno de los cuatro comete una tontería. Si lo dice, tendrán que enfrentarse con ello. Si no, quizá... quizá se vaya. Quizá.

—La verdad, yo no creo que el sueño haya sido tuyo —dice Pete—. Para mí que era de Duddits, y que hemos...

—Piensa lo que quieras. Me importa un pepino —dice Jonesy con una rudeza que les sorprende a todos—. Ha sido un sueño, y pienso olvidarlo. Yo y todos. ¿A que sí, Henry?

Henry asiente de inmediato.

—Venga, a casa —dice Pete con cara de alivio—. Se me están helando los pie...

—Una cosa —dice Henry.

Todos le miran con nerviosismo, porque cuando necesitan un líder siempre es Henry. Y si no os gusta mi manera de hacerlo, piensa él con resentimiento, que lo haga otro; pero os aviso de que tiene su intríngulis.

—¿Qué? —pregunta Beaver, queriendo decir: «¿Y ahora qué?»

—Cuando entremos en la tienda de Gosselin, que llame alguien a Duds. Por si está agobiado.

Nadie contesta. Les ha dejado mudos la idea de llamar por

355

teléfono a su nuevo amigo retrasado. A Henry se le ocurre que lo más probable es que Duddits nunca haya recibido ninguna llamada. Será la primera.

—Sí, no estaría mal —dice Pete, y se tapa la boca como si acabara de decir algo comprometedor.

Beaver, que aparte de los calzoncillos y la chaqueta, dos prendas de lo más absurdas, no lleva nada puesto, está temblando. En la punta del palo mordisqueado se agita la bola de caramelo.

—Un día se te atragantará algo —le dice Henry.

—Sí, es lo que me dice mi madre. ¿Podemos entrar? Es que me pelo de frío.

Emprenden el camino de vuelta hacia Hole in the Wall, donde a los veintitrés años exactos de esa fecha concluirá su amistad.

—¿Será verdad que se ha muerto Richie Grenadeau? —pregunta Beaver.

—Ni lo sé ni me importa —dice Jonesy, y mira a Henry—. Vale, pues luego llamamos a Duddits. Yo tengo teléfono. Podemos cargarlo a mi número.

—¿Un teléfono para ti solo? —dice Pete—. ¡Joder, Gary, qué suerte! Mimado, más que mimado.

A Jonesy suele sacarle de quicio que le llamen Gary, pero esta mañana no. Está demasiado absorto.

—No te pases, que es un regalo de cumpleaños, y las llamadas de larga distancia me las pago yo con la semanada. Y otra cosa: aquí no ha pasado nada. Nada, ¿eh?

Todos asienten. No ha pasado nada. Qué coño va a haber pa...

3

Una ráfaga de viento empujó a Henry con tanta fuerza que estuvo a punto de chocar con la alambrada eléctrica. Volvió en sí y se sacudió el recuerdo como un abrigo de mucho peso. No podía haberle vuelto a la cabeza en un momento más inoportuno. (Claro que para algunos recuerdos no había momento oportuno.) Tanto esperar a Underhill con los cataplines congelados, tanto acechar su única oportunidad de escaparse, y ahora podría haberle pasado Underhill por delante de las narices y él con la cabeza en las nubes, condenado a comerse el marrón con patatas.

Pero no, no había pasado Underhill. Estaba al otro lado de la alambrada, con las manos en los bolsillos y mirando a Henry. Le caían copos de nieve en el bulbo transparente de la mascarilla que llevaba puesta, como de insecto, pero los fundía el calor del aliento y resbalaban por la superficie como…

Como ese día las lágrimas de Duddits, pensó Henry.

—Le aconsejo que se meta en el establo, como los demás —dijo Underhill—. Aquí fuera se convertirá en hombre de nieve.

Henry tenía la lengua pegada al paladar. Su vida dependía literalmente de lo que le dijera a aquel hombre, pero no se le ocurría ninguna manera de empezar. Ni siquiera podía soltar la lengua.

«¿Para qué? —preguntó la voz interior, la de su amiga de siempre, la oscuridad—. Seamos francos: ¿qué sentido tiene? ¿Por qué no dejas que te hagan lo mismo que pensabas hacerte tú, que es lo más fácil?»

Porque ya no era él solo. Sin embargo, seguía sin poder hablar.

Underhill se quedó un rato más donde estaba, mirándole con las manos en los bolsillos y la capucha lo bastante retrasada para que se le viera el pelo corto, entre rubio y castaño. Nieve fundiéndose en las mascarillas que llevaban los soldados; en cambio los detenidos no llevaban, porque no les harían falta. Para los detenidos, como para los grises que estaban más al este, había una solución final.

Henry se esforzó por hablar, pero no había manera. Lástima que no estuviera Jonesy para sustituirle, porque siempre había tenido más labia que él. Underhill estaba a punto de marcharse, dejándole con lo que pudo ser y no fue.

Underhill, sin embargo, se quedó un poco más.

—No me sorprende que haya sabido mi nombre, señor… ¿Henreid? ¿Se apellida Henreid?

—Devlin. Lo que ha captado es mi nombre de pila. Me llamo Henry Devlin.

Henry, cauteloso, introdujo una mano por el hueco entre un alambre de púas y otro liso, pero electrificado. En vista de que pasaban cinco segundos sin que Underhill hiciera nada más que mirarla inexpresivamente, Henry volvió a retirarla hacia su parte del mundo recién dividido, con la impresión de haber hecho el gilipollas. Se dijo que menos chorradas, que no era como si le hubieran hecho un feo en un cóctel.

A continuación, Underhill asintió con amabilidad, como si fuera verdad que estaban en un cóctel y no a merced de una tormenta desatada, a la luz de unos focos de seguridad recién montados.

—Sabía mi nombre porque la presencia de extraterrestres en Jefferson Tract ha provocado un efecto telepático de baja intensidad. —Underhill sonrió—. ¿A que dicho así parece una tontería? Pues es verdad. Es un efecto transitorio, inofensivo y demasiado superficial para servir de algo más que para juegos de sociedad, y esta noche estamos un poco demasiado ocupados para jugar a según qué cosas.

Por fin se desató la lengua de Henry. ¡Menos mal!

—No ha venido aquí, con lo que nieva, porque le haya adivinado yo el nombre —dijo—. Ha venido porque también sabía el de su mujer. Y los de sus hijas.

La sonrisa de Underhill no se alteró.

—Puede que sí, puede que no —dijo—. La cuestión es que considero que va siendo hora de que nos pongamos los dos a cubierto y descansemos un poco. Ha sido un día largo.

Underhill dio unos pasos, pero hacia los otros remolques y caravanas, y sin apartarse de la alambrada. A Henry le costó bastante no quedarse rezagado, porque ahora casi había treinta centímetros de nieve en el suelo, seguía acumulándose y en el lado de los condenados no la había pisado nadie.

—Señor Underhill... Owen... Escúcheme. Tengo que decirle algo importante.

Underhill siguió avanzando por su lado de la alambrada (que también era el lado de los condenados; ¿se daba cuenta?). Tenía inclinada la cabeza contra el viento, y la misma sonrisa de cortesía de antes. Lo más grave, lo que también sabía Henry, era que Underhill quería detenerse, pero que de momento no le habían dado ninguna razón para no seguir caminando.

—Kurtz está loco —dijo Henry. Seguía a la altura de Underhill, pero ahora se le oía jadear y le dolían las piernas de cansancio.

Underhill continuó caminando con la cabeza inclinada y una sonrisita debajo de aquella ridícula mascarilla. Caminaba igual o más deprisa que hasta entonces. Pronto Henry tendría que correr por su lado de la alambrada. Suponiendo que todavía fuera capaz.

—Nos apuntarán con las ametralladoras —dijo sin aliento—. Luego se meten los cadáveres en el establo... se rocía el establo de gasolina... puede que hasta del surtidor del propio Gosselin, porque tampoco hace falta gastar suministros del gobierno... y luego puf, una humareda... doscientos... cuatrocientos... Apestará como una barbacoa infernal...

Underhill, que ya no sonreía, caminó todavía más deprisa. Henry sacó fuerzas de flaqueza y consiguió adoptar un paso casi de carrera, respirando con dificultad y esquivando dunas de nieve que llegaban hasta la rodilla. El viento le hería el rostro congestionado como un cuchillo.

—Pero Owen... Te llamas así, ¿no?... Owen... ¿Te acuerdas de una canción infantil... que dice que a las moscas gordas... las muerden otras moscas más pequeñas... y que lo repite mil veces? Pues se ajusta a tu caso... porque Kurtz ya tiene hecho su cuadro... El segundo al mando, que creo que se llama Johnson...

Underhill le dirigió una mirada rápida y severa y aceleró todavía más. Henry consiguió adaptarse a su paso, pero dudó que pudiera mantenerlo mucho tiempo. Sentía pinchazos en un lado, y cada vez le dolían más.

—Se suponía... que te tocaba a ti... la segunda parte de la operación de limpieza... Imperial Valley... es el nombre en clave... ¿Te suena de algo?

Henry vio que no. Kurtz, al parecer, no le había contado nada a Underhill acerca de la operación que destruiría a casi todo el Blue Group. A Owen Underhill, Imperial Valley le sonaba a chino. Ahora, además de los pinchazos, Henry notaba una especie de cinta de hierro alrededor del pecho, cada vez más apretada.

—Espera... Pero hombre, Underhill... ¿No podrías...?

Underhill no interrumpió sus zancadas. Quería conservar las pocas ilusiones que le quedaban. ¿Cómo criticárselo?

—Johnson... y unos cuantos más... como mínimo una mujer... tú podrías haber estado, pero la cagaste... él lo ve como que te pasaste de la raya... y, no siendo la primera vez... ya lo hiciste en un sitio que se llamaba algo así como Bossa Nova...

La reacción fue una mirada incisiva. ¿Buena señal? Quizá.

—Creo que al final... la pringa hasta Johnson... el único que sale vivo de aquí es Kurtz... el resto... nada, ceniza y huesos... ¿A que eso no te lo dice... tu mierda de telepatía? Ese truquito que tienes... de leer los pensamientos... no llega a tanto.

El pinchazo del flanco se alargó, hundiéndose en la axila derecha como una garra. Al mismo tiempo le resbalaron los pies, y cayó de bruces en un montón de nieve, aparatosamente. Sus pulmones quisieron llenarse de aire, pero sólo consiguieron aspirar una bocanada de nieve en polvo.

Henry se debatió hasta ponerse de rodillas. Tosiendo, atragantándose, vio desaparecer la espalda de Underhill detrás de una pared de copos. Entonces, sabiendo que era su última oportunidad (pero no qué diría), exclamó:

—¡Querías mearte en el cepillo de dientes del señor Rapeloew, pero, como no podías, les rompiste la fuente! ¡Y luego saliste corriendo! ¡Que es lo mismo que haces ahora, cobardica de mierda!

A unos pasos, casi invisible por culpa de la nieve, Owen Underhill se detuvo.

4

Al principio se quedó de espaldas a Henry, que estaba de rodillas en la nieve como un perro, con la cara enrojecida y empapada de nieve derretida. Henry tuvo una conciencia a la vez lejana e inmediata de que había empezado a escocerle el corte de la pierna donde crecía el byrus.

Al final Underhill volvió sobre sus pasos.

—¿Cómo sabes lo de los Rapeloew? La telepatía está disminuyendo. Lo normal sería que no pudieras profundizar tanto.

—Sé muchas cosas —dijo Henry, que se levantó y se quedó de pie tosiendo y recuperando el aliento—. Porque lo llevo muy hondo. Soy diferente. Lo éramos todos, mis amigos y yo. Antes éramos cuatro. Ahora hay dos que están muertos, y yo aquí dentro. El cuarto... Señor Underhill, su problema es el cuarto, no yo, ni la gente que han metido y siguen metiendo en el establo. Él es el único problema, no el Blue Group, ni el cuadro Imperial Valley de Kurtz. Él.

Hizo el esfuerzo de no pronunciar el nombre, porque con Jonesy siempre había tenido una relación muy especial. Beaver y Pete eran unos tíos fabulosos, pero el único a su altura en cuestiones mentales, el único capaz de seguirle libro a libro, idea a idea, era Jonesy. Claro que ahora ya no existía. Eso Henry lo tenía bastante claro. Antes sí. En el momento en que Henry había notado el paso de la nube rojinegra, todavía quedaba una parte ínfima de Jonesy, pero a esas alturas a su amigo ya debían de habérselo zampado vivo. Era posible que aún le latiera el corazón, y que sus ojos vieran, pero la esencia de Jonesy estaba tan muerta como Pete y Beav.

—Su problema es Jonesy, señor Underhill. Gary Jones, de Brookline, Massachusetts.

—Kurtz también es un problema.

Underhill hablaba demasiado bajo para el viento que hacía, pero Henry le oyó mentalmente.

Underhill miró en derredor. Henry siguió el movimiento de su cabeza y vio un grupito de hombres corriendo por la avenida creada por las dos hileras de caravanas y remolques. No había nadie cerca, pero toda la zona de alrededor de la tienda y el establo estaba bañada por una luz inmisericorde, y ni siquiera el viento ensordecía del todo el ruido de motores en marcha, de generadores zumbando y de gente berreando. Alguien daba órdenes por un megáfono. El efecto de conjunto era espectral, como si, atrapados por la tormenta, Henry y Underhill se hallaran en un lugar poblado por fantasmas. De hecho, el grupo de hombres corriendo se fundió de tal manera con la vorágine de copos que parecían auténticos fantasmas.

—Aquí no podemos hablar —dijo Underhill—. Abre bien las orejas, y no me obligues a repetirte ni una palabra, chavalín.

En la cabeza de Henry, que ahora recibía tantos datos que casi todo se le confundía en una sopa indescifrable, se alzó de repente con llaneza y claridad un pensamiento de Owen Underhill: «Chavalín. La palabra que dice él. No me puedo creer que haya usado una palabra suya.»

—Soy todo oídos —dijo Henry.

5

El cobertizo estaba al otro lado de la zona de confinamiento, lo más lejos posible del establo, y, si bien por fuera estaba tan iluminado como el resto de aquel campo de concentración de mil demonios, el interior era oscuro y con olor dulzón a paja vieja. También se percibía otro olor un poco más acre.

Había cuatro hombres y una mujer, sentados y con la espalda apoyada en la pared del fondo. Los cinco llevaban ropa de caza, y estaban pasándose un porro. En el cobertizo sólo había dos ventanas. Respecto a la zona de confinamiento, una era interior y daba al corral, y la otra era exterior y tenía vistas a la alambrada y el bosque. La suciedad de los cristales mitigaba un poco el resplandor brutal de las luces de sodio. En la penumbra, las caras de los presos fumadores de maría se veían grises, como si ya estuvieran muertos.

—¿Te apetece? —preguntó con tono forzado el que tenía el porro.

El gesto de ofrecerlo parecía sincero. Henry vio que era de los gordos, como un purito.

—No. Lo que quiero es que salgáis.

Le miraron todos con perplejidad. La mujer estaba casada con el que tenía el porro en la mano, y tenía a la izquierda a su cuñado. Los otros dos sólo se habían apuntado.

—Volved al establo —dijo Henry.

—No, tío —dijo uno de los hombres—, que hay demasiada gente. Preferimos estar menos apretados. Además, teniendo en cuenta que hemos llegado antes que tú, lo lógico sería que...

—Yo lo tengo —dijo Henry, poniéndose una mano en la camiseta que llevaba anudada a la pierna—. El byrus. Lo que llaman ellos Ripley. De vosotros puede que haya alguno que también lo tenga... Creo que tú, Charles...

Señaló al quinto hombre, tirando a calvo y con un barrigón que le llenaba toda la parka.

—¡No! —exclamó Charles.

Los otros, sin embargo, ya se apartaban de él, incluido el del purito de maría (que se llamaba Darren Chiles y era de Newton, Massachusetts).

—Sí, tío —dijo Henry—. Fijo que sí. Y tú también, Mona. ¿Mona? No, Marsha. Te llamas Marsha.

—¡Mentira, no lo tengo! —dijo la mujer. Se levantó con la espalda pegada a la pared y miró a Henry con los ojos muy abiertos, ojos atemorizados de cierva. Pronto estarían muertas todas las ciervas de la zona, y estaría muerta Marsha. Henry confió en que no pudiera leerle la idea—. Yo estoy limpia. ¡Estamos todos limpios menos tú!

Miró a su marido, que no era un hombre de especial corpulencia, pero sí más fuerte que Henry. Como todos, a decir verdad. Quizá no fueran más altos, pero sí más fornidos.

—Échale, Dare.

—Hay dos tipos de Ripley —dijo Henry, exponiendo un dato del que no tenía pruebas, aunque, cuanto más lo pensaba, más lógica le encontraba—. Podríamos llamarlos Ripley principal y Ripley secundario. Estoy casi seguro de que el que no haya recibido una dosis fuerte (en algo que haya comido o respirado, o que haya entrado vivo en una herida abierta) puede curarse. No es invencible.

Ahora le miraban todos con ojos de cierva, y Henry vivió un momento de angustia indescriptible. ¿Por qué no se había suicidado tranquilamente?

—Yo tengo el Ripley principal —dijo, y se desató la camiseta.

Lo máximo que dedicaron al desgarrón de los vaqueros, espolvoreados de nieve, fue una mirada fugaz, pero Henry se ocupó de examinarlo por ellos. La herida de la varilla del intermitente se había llenado de byrus. Algunas hebras tenían varios centímetros, con puntas que se movían como algas a merced de la corriente. Notaba cómo se le hundían cada vez más las raíces de la cosa, provocando escozor y efervescencia. Intentando pensar. Era lo peor: que intentaba pensar.

Los cinco ocupantes del cobertizo empezaron a desfilar hacia la puerta. Henry previó que saldrían corriendo al primer contacto con el aire frío, pero se quedaron parados.

—¿Tú puedes ayudarnos? —preguntó Marsha con voz temblorosa de nina. Su marido Darren la rodeó con el brazo.

—No lo sé —dijo Henry—. Supongo que no... pero es posible que sí. Salid. Lo más probable es que no me quede dentro ni media hora, pero es aconsejable que os quedéis con los demás en el establo.

—¿Por qué? —preguntó Darren Chiles, de Newton.

Y Henry, que no tenía nada parecido a un plan, sino una idea inconcreta, dijo:

—No lo sé. Me lo parece.

Salieron todos, y Henry quedó dueño del cobertizo.

6

Debajo de la ventana orientada a la alambrada de la zona de confinamiento había una vieja bala de heno. Era donde Henry había encontrado sentado a Darren Chiles (que, como posesor de la maría, se había agenciado el mejor asiento), y pasó a ocuparla él. Se sentó con las manos en las rodillas, y le entró enseguida sueño, a pesar de las voces que se le acumulaban en el cerebro y del profundo escozor de la pierna izquierda. (También empezaba a picarle la boca, donde ya le faltaba un diente.)

Oyó llegar a Underhill antes de que éste le dijera algo desde el otro lado de la ventana. Oyó la proximidad de su mente.

—Tengo el viento de cara, y casi me tapa el edificio —dijo Underhill—. Estoy fumando. Si viene alguien, tú no estás.

—Vale.

—Como me digas alguna mentira, me marcho y no vuelves a dirigirme la palabra en lo poco que te quedará de vida, ni en voz alta ni... de la otra manera.

—Vale.

—¿Cómo has conseguido que salieran los de dentro?

—¿Por qué? —Henry tenía la impresión de estar demasiado cansado para enfadarse, pero por lo visto no—. ¿Era una prueba?

—No seas gilipollas.

—Les he dicho que tengo el Ripley principal, lo cual es verdad. Han salido pitando. —Henry hizo una pausa—. Tú también lo tienes, ¿no?

—¿Por qué te lo parece? —Henry no notó tensión en la voz de Underhill, y como psiquiatra conocía los síntomas. Al margen de la clase de persona que fuera Underhill, Henry le adivinaba una sangre fría fuera de lo común. Buena señal. Además, pensó, conviene que entienda que la verdad es que no tiene nada que perder.

—Lo tienes en los bordes de las uñas, ¿no? Y un poco en una oreja.

—Tío, vete a Las Vegas, que alucinarán.

Henry vio levantarse la mano de Underhill, enguantada y con un cigarrillo entre los dedos. Supuso que acabaría fumándoselo el viento.

—El Ripley principal se contagia directamente de la fuente. Estoy casi seguro de que para contraer el secundario hay que tocar algo donde crezca: un árbol, musgo, un ciervo, un perro, otra persona... Funciona como con las ortigas. Ya deben de saberlo vuestros expertos médicos. Sospecho que me he enterado por ellos. Tengo la cabeza como una antena parabólica, con todos los canales en el mismo satélite y sin codificar. Ni puedo distinguir de dónde procede la mitad de los datos, ni me importa un carajo. Ahora voy a decirte algo que no saben vuestros expertos. A lo rojo, los grises lo llaman «byrus», que significa «el material de la vida». En determinadas circunstancias, la versión principal puede formar los implantes.

—Quieres decir los bichos caca.

—Ah, pues no está mal pensado. Me gusta. Se forman a partir del byrus, y después se reproducen poniendo huevos. Se extienden a base de puestas. Al menos es como tendría que funcionar. Aquí se les mueren casi todos los huevos. No sé si es por el frío, por la atmósfera o por alguna otra cosa, pero en nuestro medio ambiente, Underhill, depende todo del byrus. Es el único recurso que les funciona.

—El material de la vida.

—Sí, pero escucha: en este planeta, los grises están teniendo problemas muy gordos. Debe de ser la razón de que les haya costado tanto decidirse, medio siglo. Las comadrejas son un buen ejemplo. En principio son saprofitos... ¿Sabes qué quiere decir?

—Oye, Henry... Te llamas Henry, ¿no? Henry, ¿esto tiene algo que ver con la presente...?

—¿Con la presente situación? Muchísimo, y, a menos que te apetezca ser uno de los culpables principales de que en la Tierra, aparte de una especie de hiedra intergaláctica, desaparezca cualquier señal de vida, te aconsejo que te estés calladito y escuches.

Una pausa, y luego:

—Ya escucho.

—Los saprofitos son parásitos benéficos. Los tenemos en el intestino, y nos tragamos más de manera voluntaria comiendo algunos productos lácteos. Por ejemplo el yogur. Les damos a los bichos un hábitat, y ellos nos lo pagan con otra cosa. En el caso de las bacterias lácteas, digerir mejor. En circunstancias normales (supongo que normales en algún otro mundo con diferencias ecológicas que ni me puedo imaginar), las comadrejas alcanzan un tamaño que no debe de ser más grande que el de la punta de una cuchara de café. Creo que en las hembras pueden afectar a la reproducción, pero no son mortales. Normalmente no. Sólo viven en el intestino. Les damos comida, y ellos a nosotros telepatía. En principio el trato es ese. Lo que pasa es que también nos convierten en televisores. Somos Canal Grises.

—Y ¿cómo sabes tanto? ¿Porque tienes uno viviendo dentro

de ti? —La voz de Underhill no delataba repulsión, pero Henry se la detectó con claridad en el cerebro, como un tentáculo moviéndose—. ¿Una de las comadrejas normales, entre comillas?

—No.

Al menos no me lo parece, pensó Henry.

—Entonces ¿cómo sabes lo que sabes? ¿O te lo estás inventando? ¿Quieres escribirte tú mismo el pase de salida?

—Lo menos importante es cómo me haya enterado, Owen, aunque sabes que no miento. Puedes leerme.

—Lo único que sé es que crees que no mientes. La parida esta de leer el pensamiento, ¿hasta dónde puede llegar?

—No lo sé. Si se propaga el byrus, lo más probable es que aumente, aunque a mí no me afectará.

—Porque tú eres diferente.

Escepticismo, tanto en la voz como en los pensamientos de Underhill.

—Ríete, pero hasta hoy no he sabido hasta qué punto. Ya hablaremos del tema. Por ahora sólo quiero que entiendas que aquí los grises se han encontrado un marrón. Puede que se hayan enzarzado en la primera batalla por el control de toda su historia. Primero, porque, cuando se meten en la gente, las comadrejas no son saprofíticas, sino violentamente parásitas. No paran de comer ni de crecer. Son un cáncer, Underhill.

»Segundo: el byrus. En otros mundos crece bien, pero en el nuestro, de momento, no. Los científicos y los expertos médicos que dirigen este circo consideran que es por el frío, pero yo creo que tiene que haber algo más. No puedo asegurarlo, porque ellos no lo saben, pero…

—¡Para el carro! —Apareció unos segundos una llama reflejada en una mano, debido a que Underhill encendía otro cigarrillo para que se lo fumara el viento—. Ahora no te refieres al equipo médico, ¿verdad?

—No.

—Crees que estás en contacto con los grises. En contacto telepático.

—Sí, creo que con uno. A través de un intermediario.

—¿El que decías que se llama Jonesy?

—No lo sé, Owen. No estoy del todo seguro. La cuestión es que están perdiendo la batalla. Tú y yo, y los que te han acompañado en la misión del Blue Boy, puede que no duremos ni para celebrar las siguientes navidades. En eso no quiero engañarte: tenemos dosis altas y concentradas. Pero...

—Yo lo tengo —dijo Underhill—. Y Edwards. Le salió como por arte de magia.

—Bueno, pero, aunque en ti llegue a arraigar, dudo que consiga propagarse mucho. No es tan contagioso. Dentro del establo hay gente que no llegará a cogerlo nunca, independientemente de la cantidad de personas infectadas con la que se mezcle. En el caso de quienes lo cogen como un resfriado, se trata del byrus secundario... o, si lo prefieres, del Ripley.

—No; está bien byrus.

—De acuerdo. Cabe la posibilidad de que puedan contagiárselo a alguien más, que en tal caso contraería una versión muy débil que podríamos llamar byrus tres. Hasta es posible que se contagie un grado más, pero yo creo que para detectar el byrus cuatro ya haría falta un microscopio o un análisis de sangre. Luego desaparece.

»Atento, que te paso la repetición de la jugada.

»Punto uno. Los grises (que probablemente sólo sean sistemas de reparto del byrus) ya han desaparecido. A los que no les mató el medio ambiente (como al final de *La guerra de los mundos*, cuando los microbios matan a los marcianos), les habéis matado vosotros con las ametralladoras. Ahora sólo queda uno, supongo que mi fuente de información, y en sentido físico también ha desaparecido.

»Punto dos. Las comadrejas no trabajan. Como todos los cánceres, últimamente se comen a sí mismas hasta morir. Las comadrejas que escapan del intestino grueso o de las entrañas mueren rápidamente en un entorno que ellos encuentran hostil.

»Punto tres. El byrus tampoco funciona muy bien, pero si le dan una oportunidad, tiempo de esconderse y de proliferar, podría pasar por una mutación. Aprender a adaptarse.

—No podrá —dijo Underhill—, porque vamos a dejar chamuscado todo Jefferson Tract.

Henry tuvo ganas de gritar de rabia, y debió de notársele, porque se oyó un golpe: era Underhill, que se había sobresaltado, y cuya espalda había chocado con la endeble pared del cobertizo.

—Lo que hagáis aquí al norte no tiene ninguna importancia —dijo Henry—. Vuestros reclusos no pueden propagarlo, las comadrejas tampoco, y el byrus, por sí solo, tampoco. Si los vuestros desmontaran las tiendas ahora mismo y dejaran esto vacío, se las arreglaría el medio ambiente para borrar toda esta tontería como una ecuación mal hecha. Para mí que los grises se han presentado de la manera que se han presentado porque... coño, es que no se lo creen. Sospecho que era una misión suicida, con una versión gris de vuestro Kurtz al mando. Es algo tan fácil como que no les entra el fracaso en la cabeza. Piensan: «Siempre ganamos.»

—¿Como...?

—Pero en el último minuto, o a saber si en el último segundo, uno de ellos ha encontrado a una persona que casi no se parece en nada a las demás con quienes habían tenido contacto los grises, las comadrejas y el byrus. Es el agente de contagio, y ya ha salido de la zona de cuarentena; o sea, que es indiferente lo que hagáis aquí.

—Gary Jones.

—Exacto.

—Y ¿en qué se diferencia tanto?

Henry tenía muy pocas ganas de entrar en ese tema, pero se dio cuenta de que debía explicarle algo a Underhill.

—Hace años, él, yo y los otros dos amigos que teníamos, los que se han muerto, conocimos a alguien que era muy diferente. Mucho. Un telépata de nacimiento, sin necesidad de byrus. Y nos hizo algo. Con unos años más, dudo que hubiera sido posible, pero le conocimos a una edad en que éramos especialmente... supongo que dirías vulnerables... a lo que tenía esa persona. Después de varios años le pasó algo a Jonesy, algo que no tenía nada que ver con... con ese chico tan especial.

Henry, sin embargo, sospechaba que no era verdad. Aunque el atropello que había estado a punto de matar a Jonesy se hubiera producido en Cambridge, y aunque Duddits, que él supiera, nunca hubiera viajado al sur de Derry, algo tenía que ver Duds con el cambio decisivo de Jonesy. Sí, también. Henry estaba seguro.

—Y ¿qué se supone que tengo que hacer? ¿Creérmelo porque sí? ¿Tragármelo como jarabe para la tos?

En la oscuridad del cobertizo, cargada de un olor dulce, los labios de Henry esbozaron una sonrisa amarga.

—Ya te lo crees, Owen —dijo—. ¿No te he dicho que tengo

poderes telepáticos? En eso no me gana nadie. Pero la pregunta...
la pregunta es...

Henry la formuló con su mente.

7

En un momento así, al otro lado de la alambrada, casi pegado a la pared trasera del cobertizo viejo de las provisiones, con los huevos ateridos y la mascarilla filtradora colgada del cuello para poder fumarse sin ganas varios cigarrillos (había conseguido un paquete nuevo en el economato), Owen tuvo la impresión de que nunca le había apetecido tan poco reír en toda su vida. A pesar de ello, cuando el hombre de dentro del cobertizo dio una respuesta tan directa e impaciente a su sensata pregunta («Ya te lo crees, Owen. ¿No te he dicho que tengo poderes telepáticos?»), Owen sorprendió en sus propios labios una risa. Kurtz había dicho que la conversión de la telepatía en permanente, y su propagación, destruirían la sociedad a la que estaban acostumbrados. Entonces Owen había captado la idea, pero ahora la entendió a nivel visceral.

—Pero la pregunta... la pregunta es...

«¿Qué podemos hacer para remediarlo?»

Con lo cansado que estaba, Owen sólo vio una respuesta.

—Pues digo yo que habrá que perseguir a Jones ¿Servirá de algo? ¿Tenemos tiempo?

—Me parece justo, pero no imposible.

Owen quiso usar sus humildes poderes para leer lo que había detrás de la respuesta de Henry, pero no pudo. Sin embargo, estaba convencido de que la mayor parte de lo que le había contado era verdad. O es verdad, pensó, o él cree que es verdad. A mí, en todo caso, me encantaría que lo fuera. Con tal de marcharse antes de que empiece la carnicería, cualquier excusa es buena.

—No —dijo Henry. Owen, por primera vez, tuvo la impresión de que estaba nervioso, y no del todo seguro de sí mismo—. De carnicería ni hablar. No puede ser que Kurtz se cargue a entre doscientas y ochocientas personas, gente que en definitiva no puede influir de ninguna manera en el problema, ni para bien ni para mal. ¡Pero hombre, si son inocentes! ¡Sólo pasaban por aquí!

Para Owen sólo fue una sorpresa relativa notar que disfrutaba con la turbación de su nuevo amigo. Bastante le había turbado Henry a él.

—¿Qué sugieres? Partiendo de que has dicho tú mismo que el único importante es tu amigo Jonesy...

—Sí, pero...

Vacilación. La voz mental de Henry era más segura que antes, pero sólo un poco. «No quería decir que nos marchásemos tranquilamente dejando que se murieran.»

—Tanto como tranquilamente... —dijo Owen—. Saldremos corriendo como dos ratas de un granero.

Después de la última calada, puramente simbólica, tiró al suelo el tercer cigarrillo y vio que se lo llevaba el viento. Detrás del cobertizo pasaban cortinas de nieve que barrían el corral vacío y acumulaban verdaderas montañas al pie del establo. Era una locura pretender ir a algún sitio. Nos hará falta un Sno-Cat,[1] al menos para empezar, pensó Owen; a medianoche, un cuatro por cuatro no serviría de nada. Con este tiempo...

—Matar a Kurtz —dijo Henry—. Es la respuesta. Sin nadie que dé órdenes será más fácil escapar, y es una manera de dejar en suspenso la... la limpieza biológica.

Owen profirió una risa seca.

—Lo dices como si fuera facilísimo —dijo—. Underhill cero cero, licencia para matar.

Encendió otro cigarrillo, juntando las manos alrededor del mechero y la punta del pitillo. Más vale que lleguemos deprisa a algunas conclusiones, pensó, o me moriré congelado.

—¿Por qué es tan complicado? —preguntó Henry, a pesar de que ya lo sabía. Owen notó (y oyó a medias) que intentaba no verlo, para no empeorar aún más las cosas—. Entras y le pegas un tiro.

—No funcionaría. —Owen le envió a Henry una imagen rápida: Freddy Johnson (y otros miembros de lo que recibía el nombre de cuadro de Imperial Valley) vigilando la caravana de Kurtz—. Tiene micros. A la que le pase algo, vendrán corriendo los tíos duros. No digo que no se le pueda pegar un tiro; lo más probable es que no, porque va igual de protegido que un capo colombiano del narcotráfico, sobre todo estando de servicio, pero

1. Vehículo para ir por la nieve, con orugas y cabina para dos ocupantes. (*N. del T.*)

no es imposible. Me precio de no ser del todo malo. La pega es que sería una misión suicida. Si ha reclutado a Freddy Johnson, es que debe de tener a Kate Gallagher y Marvell Richardson... Carl Friedman... y Jocelyn McAvoy. Son duros, Henry, tanto ellos como ellas. Yo mato a Kurtz, ellos me matan a mí, y los jefazos que dirigen este circo envían a otro limpiador, algún clon de Kurtz que remate la faena. Eso si no eligen directamente a Kate, que, con lo chalada que está, no me extrañaría. Es posible que los del establo tuvieran doce horas de prórroga para morderse las uñas, pero no se salvarían de la quema. La única diferencia es que tú, en vez de tener la oportunidad de darte un paseíto conmigo por la nieve, te quemas con el resto, mientras tu amigo, el que dices que se llama Jonesy, se va a... ¿adónde?

—Eso de momento me lo guardo por prudencia.

Owen buscó el dato con sus dotes de telepatía, y hubo un momento en que captó una visión borrosa y desconcertante: un edificio alto y blanco en medio de la nieve, cilíndrico, como un silo. Después la imagen desapareció en beneficio de otra, la de un caballo blanco pasando al lado de un letrero. En el letrero ponía en letras rojas BANBURY CROSS, y encima una flecha.

Soltó un gruñido entre humorístico y exasperado.

—Estás haciendo interferencias.

—Es una manera de verlo. Otra es que te enseño una técnica que te conviene aprender, suponiendo que quieras mantener en secreto nuestra conversación.

—Ya.

A Owen no le desagradaba del todo lo que acababa de ocurrir. Por un lado, no estaba mal disponer de una técnica de interferencia; por otro, se corroboraba que Henry conocía el destino de su amigo infectado. Owen le había sorprendido en la cabeza una imagen fugaz de ese destino.

—Presta atención, Henry.

—Di.

—Te cuento lo más seguro que podemos hacer los dos. En primer lugar, si el tiempo no es un factor absolutamente crucial, nos convendría dormir un poco.

—No te lo niego. Yo estoy medio muerto.

—Luego, hacia las tres, puedo ponerme yo en marcha. Mientras no se desmonte esta instalación, estará en alerta máxima, pero, si hay alguna posibilidad de que al Gran Hermano se le empañe un poco el ojo, será entre las cuatro y las seis de la mañana. Puedo distraerles un poco y provocar un cortocircuito en la alambrada; de hecho es la parte más fácil. Desde que salten los plomos, puedo tardar cinco minutos en venir con un Sno-Cat...

La telepatía, según estaba descubriendo Owen, presentaba ciertas ventajas taquigráficas respecto a la comunicación verbal. Mientras hablaba, le envió a Henry la imagen de un helicóptero MH-6 Little Bird quemándose y de un grupo de soldados corriendo a apagar el fuego.

—... y marchando.

—Y dejamos a Kurtz con todo un establo de civiles inocentes a los que tiene intención de convertir en palomitas. Y no hablemos del Blue Group. ¿Cuántos son? ¿Doscientos o trescientos?

Owen, cuya dedicación completa a las fuerzas armadas se remontaba a los diecinueve años, y que llevaba ocho con Kurtz, envió dos palabras duras por el canal mental que habían establecido entre los dos: «Bajas aceptables.»

Detrás del cristal sucio, la forma borrosa de Henry Devlin se movió un poco y envió la respuesta:

«No.»

8

«¿No? ¿Cómo que no?»

«Pues que no.»

«¿Tienes alguna idea mejor?»

Y Owen comprendió algo horrible: que Henry creía tenerla. Por el cerebro de Owen pasaron fragmentos de esa idea (que habría sido demasiado generoso calificar de plan), como la cola brillante y fragmentada de un cometa. Se quedó sin aliento. Ni siquiera se dio cuenta de que el viento se le llevaba el cigarrillo de los dedos.

«Tú estás mal de la cabeza.»

«Para nada. Ya sabes que para escaparnos necesitamos una distracción. Pues ya la tienes.»

«¡Pero si les matarán igual!»

«A algunos. Hasta puede que a la mayoría, pero es una oportunidad, y a ver qué oportunidad tendrían en un establo incendiado.»

Henry dijo en voz alta:

—Luego está Kurtz. Si tiene que ocuparse de cien o doscientos fugitivos (casi todos impacientes por contarle al primer periodista que encuentren que el gobierno de Estados Unidos tiene tanto pánico que ha dado el visto bueno a una masacre como la de Mei Lai, y aquí mismo, en suelo americano), pensará bastante menos en nosotros.

No conoces a Abe Kurtz, pensó Owen, ni sabes qué es la línea de Kurtz. Claro que él tampoco lo sabía. Hasta ese día no había tenido una noción exacta de ella.

A pesar de todo, la propuesta de Henry poseía una especie de lógica desquiciada, además de que contenía un ingrediente de desagravio. A medida que se aproximaba la medianoche de aquel 14 de noviembre interminable, y que aumentaban las probabilidades de sobrevivir hasta el final de la semana, para Owen no fue ninguna sorpresa descubrir varios atractivos en la idea de desagravio.

—Henry...

—Sí, Owen, estoy aquí.

—Siempre me he sentido culpable por lo que hice en casa de los Rapeloew.

—Ya lo sé.

—Y, en cambio, he vuelto a hacerlo varias veces. Qué retorcido, ¿no?

Henry, a quien la idea del suicidio no le impedía seguir siendo muy buen psiquiatra, no dijo nada. En la conducta humana lo retorcido era normal. Triste pero cierto.

—Vale, vale —acabó diciendo Owen—. Tú compras la casa, pero los muebles los pongo yo. ¿Trato hecho?

—Trato hecho —repitió enseguida Henry.

—¿Va en serio lo de que puedes enseñarme la técnica de las interferencias? Porque podría hacerme falta.

—Casi seguro que sí.

—Bueno, pues escucha.

Owen habló durante tres minutos, a ratos en voz alta, a ratos de cerebro a cerebro. Habían llegado a un punto en que ya no diferenciaban entre modalidades de comunicación. Pensamientos y palabras eran lo mismo.

XVI

DERRY

1

La tienda de Gosselin es un horno. ¡Jo, qué calor hace! A Jonesy le suda la cara casi enseguida, y para cuando han llegado los cuatro al teléfono de pago (que, oh casualidad, está al lado de la estufa), le chorrean las mejillas y los sobacos como la selva después de una lluvia tropical. Aunque a decir verdad, con los catorce años que tiene, poca selva hay.

Vaya, que hace calor, y él aún está un poco dentro del sueño, que, a diferencia de las pesadillas normales, no se ha borrado. (Sigue percibiendo olor a gasolina y goma quemada, sigue viendo a Henry con el mocasín en la mano... y la cabeza, sigue viendo la cabeza cortada de Richie Grenadeau, tan truculenta.) Entonces lo empeora la telefonista poniéndose borde. Cuando Jonesy dicta el número de los Cavell, al que tienen costumbre de llamar para preguntar si pueden ir (Roberta y Alfie siempre les dan permiso, pero en casa les han enseñado a los cuatro que es de buena educación pedirlo), ella pregunta:

—¿Tus padres saben que haces una llamada de larga distancia?

No lo pronuncia con gangueo yanqui, sino con el acento ligeramente afrancesado de alguien crecido en aquella parte del país, donde hay más gente que se llame Letourneau y Bissonette que Smith o Jones. El padre de Pete los llama «rácanos franceses». Y ahora tiene a uno al teléfono. ¡Vaya por Dios!

—Mientras me pague yo las conferencias, me dan permiso —dice Jonesy.

Al final le ha tocado a él hacer la llamada. Era previsible. Se baja la cremallera de la chaqueta. Pero ¡qué calor! ¡Es para morirse! Jonesy no concibe que se pueda estar sentado tan cerca de la estufa como el grupo de vejetes. Él también está en el centro de una piña de amigos, y se entiende que quieran enterarse de las novedades, pero preferiría que se apartaran un poco. Tenerles tan cerca le da todavía más calor.

—Y si llamara yo a tu *mère et père, mon fils*, ¿dirían lo mismo?

—Sí —dice Jonesy. Le entra una gota de sudor en un ojo, y se la quita como si fuera una lágrima, porque escuece—. Mi padre está trabajando, pero mi madre debe de estar en casa. Nueve cuatro nueve, seis seis cinco ocho. Sólo le pediría que se diera prisa, porque...

—Deja, deja, que ya hago la llamada que has pedido —contesta ella con voz de decepcionada.

Jonesy se quita la chaqueta mediante el procedimiento de cambiarse el teléfono de oreja, y la deja caer al suelo. Los otros todavía la llevan puesta. De hecho Beav ni siquiera se ha desabrochado su chaqueta de motorista. Jonesy alucina con que puedan soportarlo. Ahora, aparte del calor, empiezan a agobiarle los olores: judías, aceite limpiasuelos, café y salmuera del barril de encurtidos. Los olores de la tienda de Gosselin siempre le habían gustado, pero ahora le dan ganas de vomitar.

Oye los clics de la centralita. ¡Qué lentitud! Sus amigos le acorralan contra la pared del fondo donde está el teléfono. A dos o tres pasillos de distancia, Lamar mira fijamente el estante de los cereales y se toca la frente como si tuviera mucho dolor de cabeza. Jonesy piensa que, con la de cerveza que se tomó antes de acostarse, sería lo más normal. A él también le está empezando una migraña, pero no tiene nada que ver con la cerveza. ¡Puñeta, es que hace tanto cal...!

—Ya suena —les dice a sus amigos.

Pero se arrepiente de haber abierto la boca, porque ahora se apretujan todavía más. Pete tiene un aliento de cagarse. Jonesy piensa: ¿qué, Petesky, te los lavas una vez al año, aunque estén limpios?

Cogen el teléfono a la tercera señal.

—¿Diga?

Es Roberta, pero con voz de agobio en sustitución de su habitual buen humor. El motivo es evidente, porque en segundo plano se oye berrear a Duddits. Jonesy sabe que a Alfie y Roberta el llanto de Duds no les afecta de la misma manera que a él y sus amigos, porque son adultos, pero también son sus padres, y algo notan. Duda que la señora Cavell esté pasando una mañana muy agradable.

Pero bueno, ¿cómo puede hacer tanto calor? ¿Qué coño han metido en la estufa? ¿Plutonio?

—¡Diga! ¡Diga!

Otra anomalía en el tono de la señora Cavell: la impaciencia. Les ha explicado más de una vez que si algo se aprende siendo la madre de una persona especial, como Duddits, es a ser paciente. Pues bien, parece que ha empezado el día con una excepción, porque, aunque parezca inconcebible, pone voz casi de cabreo.

—Si quiere venderme algo, no tengo tiempo. Ahora mismo estoy muy ocupada, y...

Duddits, al fondo, llora a pleno pulmón, y piensa Jonesy: sí que estás ocupada, sí. Está así desde que se ha hecho de día, o sea, que debes de estar de un desquicio que no te cuento.

Henry le clava un codo en las costillas y le hace gestos con la mano (¡venga, date prisa!); el codazo duele pero se agradece. Como le cuelgue la señora Cavell, Jonesy tendrá que volver a hablar con la bruja de la telefonista.

—Señora Cavell... Roberta, soy Jonesy.

—¿Jonesy? —Percibe la profundidad de su alivio. Roberta tenía tantas ganas de que llamaran los amigos de Duddie, que tiene miedo de que sean imaginaciones suyas—. ¿Eres tú? ¿De verdad?

—Sí —dice él—, yo y los demás.

Les acerca el auricular.

—Hola, señora Cavell —dice Henry.

—¿Qué tal?

Ha sido la contribución de Pete.

—Hola, guapa —dice Beaver con sonrisa de lelo.

Desde que conocieron a la señora Cavell, está más o menos enamorado de ella.

Al oír la voz de su hijo, Lamar Clarendon echa un vistazo al grupo. Después reanuda su contemplación de los Cheerios y el resto de las marcas. «Pues adelante —le ha dicho a Beav al enterarse de que querían llamar a Duddits—. No sé para qué quieres hablar con ese cabeza de merengue, pero bueno, allá cada cual con su dinero.»

Cuando Jonesy vuelve a ponerse el auricular en la oreja, la señora Cavell está diciendo:

—¿... vuelto a Derry? Creía que estabais cazando en Kineo, o no sé dónde.

—Estamos, estamos —dice Jonesy. Mira a sus amigos, y le asombra que casi no suden; un poco de brillo en la frente de Henry, algunas gotitas en el labio superior de Pete, pero nada más. Alucinante—. Pero es que... mmm... nos ha parecido que teníamos que llamar.

—O sea, que ya lo sabéis.

El tono, sin ser seco, no es de interrogación.

—Pues... —Jonesy se abomba la camisa de franela para que entre aire—. Sí.

En un momento así, la mayoría de la gente tendría mil preguntas, empezando probablemente por «¿cómo os habéis enterado?» o «¿y se puede saber qué le pasa?», pero Roberta no pertenece a ninguna mayoría, y ya ha dispuesto de casi un mes para observar la relación que tienen con su hijo. Dice lo siguiente:

—Espera, Jonesy, que le aviso.

Jonesy espera, mientras sigue oyendo a Duddits muy al fondo, y a Roberta diciéndole algo en voz más baja, marrullerías para que se acerque al teléfono. Emplea palabras mágicas de introducción reciente en el domicilio de los Cavell: «Jonesy, Beaver, Pete, Henry.» Los berreos se aproximan, y Jonesy nota que hasta por teléfono se le clavan en la cabeza como un cuchillo mal afilado que no corta, sino que hace estropicios. Ay. Comparado con el llanto de Duddits, el codazo de Henry parece una caricia. Entretanto, le baja por el cuello una catarata de sudor selvático. Concentra la mirada en los dos letreros que hay encima del teléfono. En uno pone: POR FAVOR, LIMITEN LAS LLAMADAS A 5 MIN. En el otro, PROIBIDO DEZIR PALABROTAS. Debajo alguien ha grabado «porque lo digas tú, cabrón». A continuación se pone Duddits, y a Jonesy se le meten los berridos directamente en la oreja. Hace una mueca de dolor, pero con Duddits es imposible enfadarse. Ellos están juntos y son cuatro. Él se ha quedado en Derry; sólo es uno, y qué uno más peculiar. Dios, al mismo tiempo, le ha hecho daño y le ha impartido un don. Sólo de pensarlo, a Jonesy le da vértigo.

—Duddits —dice—; Duddits, que somos nosotros. Jonesy...

Le pasa el auricular a Henry.

—Hola, Duddits, soy Henry...

Henry se lo pasa a Pete.

—Hola, Duds, soy Pete; no llores, que no pasa nada.

Pete le pasa el auricular a Beaver, que mira alrededor y estira el cable lo más lejos que puede. Después cubre el auricular con una mano para que no le oigan los viejos de la estufa (además de su padre, por supuesto) y entona los primeros dos versos de la nana. Después se queda callado, escuchando. Pasado un rato les enseña a los demás un círculo con el pulgar y el índice. Por último, le devuelve a Henry el auricular.

—¿Duds? Vuelvo a ser Henry. Sólo ha sido un sueño, Duddits. No era verdad. No era verdad y ya ha pasado. Sólo...

Henry escucha, y Jonesy aprovecha para quitarse la camisa. La camiseta de debajo está empapada.

Jonesy ignora miles de millones de cosas (empezando por la naturaleza del vínculo con Duddits que tienen él y sus amigos), pero sabe que no puede quedarse mucho más tiempo en la tienda. Tiene la sensación de estar dentro de la estufa, no fuera y mirándola. Los carcamales de alrededor del tablero de ajedrez deben de tener hielo en los huesos.

Henry asiente con la cabeza.

—Exacto, como en una película de miedo. —Escucha con el entrecejo fruncido—. No, ni tú ni nosotros. No le hemos hecho nada. A los demás tampoco les hemos hecho daño.

Y de repente Jonesy sabe que es mentira. No se puede decir que haya sido voluntario, pero el caso es que les han hecho daño. Como tenían miedo de que Richie cumpliera su amenaza... se lo han cargado antes que él a ellos.

Pete tiene la mano levantada, y Henry dice:

—Dud, que Pete quiere hablar contigo.

Le pasa el auricular a Pete, quien le dice a Duddits que tranqui, que no piense más en el tema, que volverán en pocos días y jugarán a lo de siempre; que se divertirán, que se lo pasarán de la hostia, pero que mientras tanto...

Jonesy mira hacia arriba y ve que ha cambiado uno de los letreros. En el de la izquierda sigue poniendo POR FAVOR, LIMITEN LAS LLAMADAS A 5 MIN., pero ahora en el de la derecha se lee: ¿Y SI SALES, QUE ESTARÁS MÁS FRESCO? Buena idea, sí señor. De hecho no hay ninguna razón para quedarse, porque se nota que lo de Duddits está controlado.

No tiene tiempo de dar el primer paso, porque Pete le tiende el teléfono y le dice:

—Quiere hablar contigo, Jonesy.

Jonesy está a punto de pasar de todo y marcharse, pensando que a Duddits que le zurzan, y a los demás también, pero son sus amigos, juntos se han visto atrapados en la misma pesadilla y han hecho algo sin querer

(mentiroso, mentiroso de mierda, qué va a haber sido sin querer)

y le retienen los ojos de los tres a pesar del calor, que ahora se le ha pegado al torso con una venda sofocante. Los seis ojos insisten en que es algo que le atañe, y que no puede marcharse mientras esté al teléfono Duddits. Así no se juega.

«El sueño es de los cinco, y todavía no ha acabado —insisten los ojos de los tres, sobre todo los de Henry—. Empezó el mismo día de encontrarle detrás de Tracker Hermanos de rodillas y medio desnudo. Él ve la línea, y ahora nosotros también. Quizá la percibamos de maneras diferentes, pero una parte de nosotros siempre verá la línea. La veremos hasta que nos muramos.»

En los seis ojos también hay algo más, algo que les obsesionará toda la vida sin darse ellos cuenta, y que proyectará su sombra hasta en sus días de mayor felicidad. El miedo a lo que han hecho. A lo que han hecho en la parte del sueño compartido de la que no se acuerdan.

Es lo que retiene a Jonesy, lo que le hace ponerse al teléfono a pesar de estar asándose, quemándose, derritiéndose, coño.

—Duddits —dice. Se le nota el calor hasta en la voz—. Que no pasa nada, en serio. Oye, vuelvo a ponerte con Henry, porque aquí dentro hace mucho calor y tengo que salir a respirar...

Duddits le interrumpe con un tono lleno de fuerza y urgencia.

—¡No zaga! ¡Yonci, no zaga! ¡Gue! ¡Gue! ¡E zeñó Gue!

Siempre han entendido su balbuceo, desde el primer momento, y ahora Jonesy también lo entiende: «¡No salgas! ¡Jonesy, no salgas! ¡Gray! ¡Gray! ¡El señor Gray!»

Jonesy se queda boquiabierto. Mira al otro lado de la asfixiante estufa, por el pasillo donde el padre de Beaver, con su resaca a cuestas, se dedica a examinar con languidez las latas de judías. No mira al señor Gosselin, que está delante de su caja registradora del año de Maricastaña, sino más lejos, por la ventana. Tiene el cristal sucio y lleno de pegatinas anunciando de todo, desde cigarrillos

Winston y marcas de cerveza a cenas parroquiales y picnics del 4 de Julio de cuando aún era presidente el cultivador de cacahuetes... pero queda bastante cristal para ver la cosa que le espera fuera. Es la que se le puso detrás cuando intentaba mantener cerrada la puerta del lavabo, la que le ha robado el cuerpo. Desnuda, gris, sin dedos en los pies, le mira con ojos negros desde el surtidor de gasolina. Y Jonesy piensa: «En realidad no son así, pero es la única manera de que podamos verlos.»

Parece que el señor Gray quiera subrayar sus palabras, porque levanta una mano y vuelve a bajarla. Flotan hacia arriba unas cositas entre rojas y doradas que le cuelgan de las puntas de los tres dedos.

Byrus, piensa Jonesy.

Surte el mismo efecto que las palabras mágicas de los cuentos de hadas, porque se inmoviliza todo. La tienda de Gosselin se convierte en un cuadro. Después pierde color y pasa a ser una fotografía en tonos sepia. Sus amigos se vuelven transparentes, y Jonesy les ve disolverse. Sólo quedan dos cosas que parezcan reales: el auricular negro y pesado del teléfono de monedas, y el calor. El calor asfixiante.

—¡Depieta! —le grita Duddits en la oreja. Jonesy oye una respiración larga y entrecortada, y la reconoce enseguida: es Duddits disponiéndose a hablar de la manera más clara que pueda—: ¡Yonci! ¡Yonci, despieta! ¡Despieta! ¡Des...!

2

«... pierta! ¡Despierta! ¡Jonesy, despierta!»

Jonesy levantó la cabeza, pero no vio nada. Le tapaba los ojos el pelo, pesado y empapado de sudor. Lo apartó con la esperanza de encontrar su propio dormitorio (o el de Hole in the Wall o el de su casa de Brookline, preferiblemente el segundo), pero no tuvo tanta suerte. Seguía en el despacho de Tracker Hermanos. Se había dormido en la mesa, y había soñado con la llamada a Duddits. Desde la llamada habían pasado muchos años, pero era real, no como el calor soporífero. En la tienda de Gosselin, que era un avaro, siempre había hecho más frío que calor. Jonesy había soñado con calor porque en el despacho hacía mucho. ¡Qué temperatura! Debía de rondar los cuarenta grados.

Se ha estropeado la calefacción, pensó, y se levantó. A menos que se haya incendiado el edificio. En los dos casos, o salgo o me achicharro.

Rodeó el escritorio casi sin darse cuenta de que el mueble había cambiado, ni de que yendo deprisa hacia la puerta algo le rozó la coronilla. Justo cuando tenía el pomo en una mano y el pestillo en la otra, se acordó de Duddits diciéndole en el sueño que no saliera, que fuera le estaba esperando el señor Gray.

Y era verdad. Justo detrás de aquella puerta. Esperando en el almacén de recuerdos, donde ahora gozaba de libre acceso.

Jonesy aplicó la mano abierta a la superficie de madera, sin dar importancia a que hubiera vuelto a caérsele el pelo en los ojos.

—Señor Gray —susurró—. ¿Está fuera? Sí, ¿verdad?

Silencio, pero seguro que estaba. Ladeando la bola pelona que le servía de cabeza, y con los ojos negros como canicas fijos en el pomo, esperando que girara. Esperando la irrupción de Jonesy. ¿Y después?

Adiós, pensamientos humanos latosos. Adiós, emociones humanas que no dejaban concentrarse.

Adiós, Jonesy.

—¿Qué intenta, señor Gray? ¿Sacarme con humo?

Esta vez tampoco hubo respuesta, ni la necesitaba Jonesy. El señor Gray, a fin de cuentas, debía de tener acceso a todos los controles, incluidos los de la temperatura. ¿Cuánto los había subido? Jonesy no lo sabía, pero estaba seguro de que seguían subiendo. La opresión del pecho cada vez era más asfixiante, hasta el punto de que le costaba respirar y sentía un martilleo en las sienes.

La ventana, pensó. ¿Y por la ventana?

Se giró hacia ella con renovada esperanza, dando la espalda a la puerta. Ahora la ventana estaba oscura (señal de que la tarde de octubre de 1978 no tenía nada de eterna), y la vía de acceso lateral a Tracker Hermanos había quedado sepultada por cortinas de nieve superpuestas. A Jonesy la nieve nunca le había parecido tan tentadora, ni siquiera de niño. Se vio a sí mismo rompiendo el cristal como Errol Flynn en una película antigua de piratas; se vio saliendo a la nieve, arrojándose a ella, hundiendo la cara en su maravilloso frío blanco para aliviarse el ardor…

Sí, claro, y después las manos del señor Gray apretándole el cuello. Sólo tenían tres dedos, pero serían dedos fuertes, capaces de matarle de asfixia en cuestión de segundos. Sólo con que Jonesy abriera un resquicio en la ventana, sólo con que quisiera ventilar un poco el despacho, tendría encima al señor Gray como un vampiro. El motivo: que aquella parte de Jonesylandia no era segura. Era territorio conquistado.

De la sartén al fuego, pensó. No hay manera de no cagarla.

—Sal —se decidió a decir el señor Gray al otro lado de la puerta, y añadió con la propia voz de Jonesy—: Seré rápido. ¡No querrás achicharrarte dentro!

De repente Jonesy vio que el escritorio, mueble que ni siquiera figuraba en la primera versión del despacho, estaba delante de la ventana. Antes de quedarse dormido era una simple mesa de madera, de las de oferta en las tiendas de muebles de oficina. En un momento dado, que no recordaba con exactitud, se había dotado de un teléfono, un modelo negro puramente utilitario y sin veleidades decorativas, como la propia mesa.

Vio que ahora el escritorio era de roble y con tapa corrediza, idéntico al de su estudio de Brookline, mientras que el teléfono era un Trimline azul como el de su despacho de Emerson. Al pasarse la mano por la frente, mojándosela con un sudor caliente como pipí, descubrió qué le había rozado la coronilla.

Era el atrapasueños.

El de Hole in the Wall.

—¡Coño! —susurró—. ¡Pero si me estoy decorando el despacho!

Pues claro. ¿Por qué no, si hasta los presos del corredor de la muerte se decoraban la celda? Si estando dormido era capaz de incorporar un escritorio, un atrapasueños y un teléfono Trimline, quizá...

Cerró los ojos y se concentró, intentando evocar una imagen de su estudio de Brookline. Al principio le costaba, porque le importunó una pregunta: ¿cómo podía seguir teniendo a mano sus recuerdos si estaban fuera? Se dio cuenta de que la respuesta debía de ser muy fácil. Seguía teniendo los recuerdos donde siempre, en la cabeza. Las cajas del almacén eran lo que habría llamado Henry una externalización, su manera de visualizar todo lo que le era accesible al señor Gray.

No importa, pensó. Tú atento a lo que hay que hacer. El estudio de Brookline. Tienes que ver el estudio de Brookline.

—¿Qué haces? —quiso saber el señor Gray, con una voz que había perdido la seguridad melosa de antes—. ¿Qué leches haces?

Oyendo la expresión, Jonesy no pudo reprimir una sonrisita, pero se aferró a la imagen; no la del estudio en general, sino de una pared... la de la puerta del aseo... sí, ya lo veía. El termostato. ¿Ahora qué tenía que decir? ¿Había alguna palabra mágica?

Pues sí.

Jonesy, con los ojos cerrados y un rastro de sonrisa en la cara chorreante de sudor, susurró:

—Duddits.

Abrió los ojos y miró la pared, una pared como cualquier otra, sucia de polvo.

Estaba el termostato.

3

—¡Para! —exclamó el señor Gray. Jonesy, que estaba cruzando el despacho, quedó sorprendido por la familiaridad de la voz. Era como oír grabado en una cinta uno de sus frecuentes berrinches (muchos de los cuales nacían de ver patas arriba el cuarto de los niños)—. ¡Ni un paso más! ¡Que no se te ocurra seguir!

—Tócame los perendengues —replicó Jonesy con una sonrisa burlona. ¡Qué ganas habrían tenido sus hijos de contestar así a los rollos de papá! ¡Seguro que mil veces! Después tuvo una idea que le dio repelús. En el caso poco probable de que volviera a ver por dentro su dúplex de Brookline, sería a través de unos ojos que ahora pertenecían al señor Gray. La mejilla que besaran sus hijos (con Misha diciendo «¡ay, papá, que rasca!») sería del señor Gray, al igual que los labios que besara Carla. Y en la cama, cuando ella le cogiera y le guiara a su interior...

Jonesy tuvo escalofríos, pero acercó la mano al termostato... y vio que casi estaba graduado en cincuenta. Debía de ser el único modelo del mundo que podía subir hasta tanto. Le imprimió medio giro a la izquierda sin saber qué ocurriría, y se llevó la agradable sorpresa de notar una corriente de aire fresco en las mejillas y la frente. Entonces, aliviado, volvió un poco la cabeza para recibir la brisa más de lleno, y vio que en otra pared había una rejilla de aire acondicionado.

—¿Cómo lo haces? —se desesperó el señor Gray al otro lado de la puerta—. ¿Cómo puede ser que tu cuerpo no incorpore el byrus? ¿Cómo es posible que resistas?

Jonesy rió a carcajada limpia. Imposible retenerlas.

—Me alegro de que te haga tanta gracia —dijo el señor Gray. Ahora su voz era de gran frialdad, como la de Jonesy en su ultimátum a Carla: o rehabilitación o divorcio. Tú misma, cielo—. Aunque te aviso que sé hacer algo más que subir la calefacción. Puedo quemarte, o hacer que tú mismo te dejes ciego.

Jonesy se acordó del bolígrafo en el ojo de Andy Janas, del ruido repugnante que había hecho el globo al reventar, y se estremeció. Sin embargo, sabía reconocer un farol. Eres el último, pensó, y yo tu sistema de reparto. No eres tan tonto como para estropear demasiado la maquinaria, al menos antes de haber acabado tu misión.

Caminó lentamente hacia la puerta, diciéndose que había que tener cuidado.

—¿Señor Gray? —dijo en voz baja.

Silencio.

—Una pregunta, señor Gray. Ahora, cuando es usted mismo, ¿qué aspecto tiene? ¿Un poco menos gris y más rosado? ¿Con un par de dedos más en las manos? ¿Con pelusilla en la cabeza? ¿Empiezan a salirle dedos en los pies, y un par de huevecitos entre las piernas?

Silencio.

—¿Empieza a parecerse a mí, señor Gray? ¿Y a pensar como yo? ¿A que no le gusta? ¿O sí?

Ante la falta de respuesta, Jonesy comprendió que el señor Gray se había marchado. Entonces dio media vuelta y corrió hacia la ventana, reparando en nuevos cambios: en una pared un grabado de Currier e Ives, y en otra uno de Van Gogh (regalo de navidad de Henry). Jonesy no se detuvo en ellos. Quería saber a qué se dedicaba el señor Gray, en qué volcaba su atención.

4

Para empezar había cambiado el interior de la camioneta. Ahora, en contraste con el verde soso del vehículo gubernamental de Andy Janas (con documentos y formularios en el sujetapapeles del lado del copiloto, y una radio debajo del salpicadero), estaba en un Dodge dotado de todos los lujos, con asientos de terciopelo gris y casi tantos controles como en un avión. La tapa de la guantera tenía un adhesivo con una declaración de amor a la raza border collie. El perro que la representaba seguía presente, durmiendo al pie del asiento del copiloto con la cola enrollada. Se trataba de un macho de nombre *Lad*. Jonesy notó que el nombre y la suerte del dueño de *Lad* le eran accesibles, pero ¿para qué los quería? La camioneta militar de Janas se había quedado volcada en un lugar indeterminado al norte de su presente localización, y seguro que el conductor de la de ahora yacía en las proximidades. Jonesy no entendía que se hubiera salvado el perro.

Hasta que *Lad* levantó la cola y se tiró un pedo.

5

Descubrió que, si miraba por la ventana del despacho de Tracker Hermanos y se concentraba, podía ver con sus propios ojos. Nevaba más que nunca, pero el Dodge tenía tracción en las cuatro ruedas, al igual que su antecesor, y no encontraba grandes obstáculos. Por encima de la carretera, y en sentido contrario (yendo, pues, en dirección al norte con respecto a Jefferson Tract), circulaba una cadena de faros: camiones del ejército. En un momento dado surgió de la nieve un letrero iluminado (letras blancas sobre fondo verde): PRÓXIMAS 5 SALIDAS DERRY.

Habían estado trabajando los quitanieves municipales, y a pesar de que prácticamente no había tráfico (a aquellas horas era normal que hubiera poco, con o sin nieve), la autopista estaba en condiciones aceptables. El señor Gray incrementó la velocidad hasta sesenta y cinco kilómetros por hora, y después de tres salidas que Jonesy, de niño, había visto mil veces (KANSAS STREET, AEROPUERTO, UPMILE HILL / STRAWFORD PARK), la redujo.

Jonesy, de repente, tuvo la sensación de que lo entendía todo.

Miró las cajas que había metido en el despacho, casi todas con el rótulo de DUDDITS menos las pocas donde ponía DERRY, y que se había llevado en el último momento. El señor Gray creía conservar los recuerdos que le hacían falta, pero, si iban adonde creía Jonesy (y de hecho parecía lo más lógico), le esperaba una sorpresa. Jonesy no sabía si alegrarse o tener miedo. Notó que le pasaban las dos cosas.

Ya estaban a la altura de un letrero verde donde ponía SALI-

DA 25, WITCHAM STREET. Su mano activó el intermitente de la camioneta.

A llegar al final del acceso giró a la izquierda por Witcham, y, cuando faltaba poco para haber recorrido un kilómetro, se metió por Carter Street a mano derecha. Carter Street, que en aquel tramo era muy empinada, volvía hacia Upmile Hill y Kansas Street por el lado opuesto de lo que había sido sierra, zona de bosques y asentamiento de una próspera aldea de indios micmac. Hacía varias horas que no pasaba ningún quitanieves, pero la tracción integral superó el reto. La camioneta sorteaba montones de nieve tanto a izquierda como a derecha, coches cuyos dueños, contraviniendo las ordenanzas municipales para casos de nevada fuerte, habían aparcado en la calle.

Al llegar a media cuesta, el señor Gray volvió a meterse por otra calle. Era más estrecha y se llamaba Carter Lookout. La camioneta derrapó y dio unos cuantos bandazos con la parte trasera. *Lad* levantó la cabeza, gimió y, al poco rato, volvió a apoyar el morro en la alfombrilla, mientras los neumáticos recuperaban su agarre en la nieve e impulsaban al vehículo por el resto de la subida.

Jonesy, fascinado, seguía mirando por la ventana de su observatorio, en espera del momento en que el señor Gray descubriera... lo que había que descubrir.

Cuando la camioneta llegó a la cumbre y sus luces largas no alumbraron nada aparte de copos de nieve, el señor Gray tardó un poco en dar señas de contrariedad. Tenía tanta confianza que se otorgó unos segundos de margen. Sí, seguro que en pocos segundos divisaría la torre blanca que presidía el descenso hacia Kansas Street, la de las ventanas formando una espiral ascendente. Unos segundos más y...

Pero ya no quedaban más segundos. Metro a metro, la camioneta había llegado al punto más elevado de la colina. Era donde Carter Lookout, junto con tres o cuatro calles parecidas, moría en una explanada circular. Habían llegado a la cota más alta de Derry, su principal atalaya. El viento soplaba como alma en pena, sin bajar de los ochenta kilómetros por hora y con rachas de ciento diez y hasta ciento treinta. Las luces largas del vehículo iluminaban copos de trayectoria horizontal, como bandadas de cuchillos.

El señor Gray no se movía. Las manos de Jonesy resbalaron

del volante y cayeron en su regazo como dos pájaros recién abatidos. Al fin murmuró:

—¿Dónde está?

Su mano izquierda se elevó, manipuló el tirador de la puerta y consiguió abrirla. Primero sacó una pierna, y a continuación, como el viento le arrancaba la puerta de las manos, cayó de rodillas en la nieve. Volvió a levantarse y caminó encogido hasta el morro de la camioneta, con la chaqueta y los vaqueros chasqueando como velas de barco en un temporal. Con tanto viento, la sensación de frío era de bajo cero (en el despacho de Tracker Hermanos la temperatura pasó en pocos segundos de fresca a fría), pero a la nube rojinegra que ocupaba casi todo el cerebro de Jonesy y conducía su cuerpo le daba igual.

—¿Dónde está? —chilló el señor Gray con el vendaval de cara—. ¿Dónde coño está la torre?

Jonesy no tuvo necesidad de gritar, puesto que a pesar de la tormenta el señor Gray le habría oído el mínimo susurro.

—Ja, ja, señor Gray —dijo—. Me muero de risa. Se ve que le han tomado el pelo. La torre-depósito no está desde 1985.

6

Jonesy pensó que si el señor Gray se hubiera quedado quieto habría protagonizado una auténtica rabieta de párvulo, con revolcón y pataleo incluidos. A pesar de sus tentativas de resistencia, el señor Gray se había emborrachado con la química emocional de Jonesy, y ahora le costaba tanto resistir a la tentación como a un alcohólico que tuviera la llave del bar.

Al final no sufrió ningún ataque, sino que impulsó el cuerpo de Jonesy por el descampado hacia el pedestal de piedra que estaba donde había esperado encontrar el depósito de agua potable de la población, con capacidad para dos mil setecientos litros. Se cayó en la nieve, volvió a levantarse como pudo, cojeó apoyándose en la cadera mala de Jonesy, volvió a caerse, a levantarse... y ni un solo momento interrumpió la letanía de insultos infantiles que, procedentes de Beaver, dirigía al vendaval: hostias en vinagre, tócame los perendengues, jódete y baila, chúpame el rabo, hazte una paja y me lo cuentas... En boca de Beaver (o de Henry, o de Pete) siempre habían tenido gracia. En aquella colina despoblada, gritados con el viento de cara por aquel monstruo medio cojo con aspecto de ser humano, ni por asomo.

El ser o cosa que era el señor Gray acabó llegando al pedestal, que se veía con bastante claridad gracias a las luces de la camioneta. Su altura venía a ser la de un niño, más o menos un metro cincuenta, y estaba construido con la misma piedra sencilla de tantos muros de Nueva Inglaterra. Encima había dos esculturas de bronce, un niño y una niña con las manos enlazadas y la cabeza inclinada como si rezaran o estuvieran tristes.

Casi estaba tapado por la nieve, pero aún se veía la parte superior de la placa atornillada al frente. El señor Gray se apoyó en las rodillas de Jonesy, escarbó nieve y leyó lo siguiente:

A LAS VÍCTIMAS DE LA TORMENTA

31 DE MAYO DE 1985

Y A LOS NIÑOS

A TODOS LOS NIÑOS

CON EL CARIÑO DE BILL, BEN, BEV, EDDIE, RICHIE, STAN Y MIKE

EL CLUB DE LOS PERDEDORES

Encima habían escrito algo con spray rojo y mala letra. El mensaje también se leía perfectamente a la luz de los faros:

PENNYWISE ESTÁ VIVO

7

El señor Gray permaneció casi cinco minutos de rodillas leyendo la placa, sin importarle que se estuvieran durmiendo las extremidades de Jonesy. (¿Por qué iba a importarle? En el fondo Jonesy era como un coche de alquiler, que se conduce sin ningún miramiento, tirando al suelo las colillas.) Intentaba encontrarle algún sentido. ¿Tormenta? ¿Niños? ¿Perdedores? ¿Quién, o qué, era Pennywise? Y lo más importante: ¿dónde estaba la torre-depósito que localizaban los recuerdos de Jonesy en aquella elevación?

Se decidió a levantarse, regresó a la camioneta, entró y subió la calefacción. Con el chorro de aire caliente, el cuerpo de Jonesy empezó a temblar. Tardó muy poco en volver a estar delante de la puerta cerrada del despacho pidiendo explicaciones.

—¿Por qué me lo pregunta con tan mal tono? —preguntó Jonesy con afabilidad, aunque sonreía. ¿Lo notaría el señor Gray?—. ¿Qué esperaba, que le ayudase? ¡Por favor! No conozco los detalles, pero tengo bastante claro el plan general: veinte años y todo el planeta será como una bola roja. Es eso, ¿no? Ya no habrá agujero en la capa de ozono, pero tampoco habrá gente.

—¡Conmigo no te hagas el listo! ¡Ni te atrevas!

Jonesy reprimió la tentación de seguir excitando al señor Gray y provocarle otra rabieta. Consideraba que ningún enfado le daría a su huésped involuntario la capacidad de echar abajo la puerta que les separaba, pero ¿qué sentido tenía hacer la prueba? Además, estaba emocionalmente agotado, con los nervios de punta y un sabor a cobre quemado en la boca.

—¿Cómo es posible que no esté la torre? —El señor Gray apoyó una mano en el centro del volante, haciendo sonar la bocina. *Lad*, el perro de raza border collie, levantó la cabeza y miró nerviosamente al conductor con ojos grandes—. ¡A mí no me puedes mentir! ¡Tengo tus recuerdos!

—Es que… No sé si se acuerda, pero me he llevado unos cuantos.

—¿Cuáles? Dímelo.

—¿Por qué voy a decírselo? —preguntó Jonesy—. ¿Qué me da a cambio?

El señor Gray se quedó callado. Jonesy notó que consultaba varios archivos. A continuación y de repente, empezaron a entrar olores por debajo de la puerta y por la rejilla de aire acondicionado. Eran los preferidos de Jonesy: palomitas de maíz, café y la sopa de pescado de su madre. Le hizo ruido enseguida el estómago.

—Desde luego que no puedo prometerte la sopa de pescado —dijo el señor Gray—, pero te daré de comer. Porque tienes hambre, ¿verdad?

—Con usted al mando de mi cuerpo, y poniéndose ciego de emociones mías, sería muy raro que no tuviese —repuso Jonesy.

—Al sur de aquí hay un local que se llama Dysart's. Según tú está abierto las veinticuatro horas del día, que es una manera de decir siempre. A menos que sea otra mentira…

—Yo no he dicho ninguna —replicó Jonesy—. No puedo. Acaba de decirlo usted. Los controles y el fondo de recuerdos están en sus manos. Lo tiene todo menos lo de aquí dentro.

—¿Dónde es «aquí»? ¿Cómo puede haber un «aquí»?

—No lo sé —dijo Jonesy con sinceridad—. ¿Cómo sé que me dará de comer?

—Porque no tengo más remedio —dijo el señor Gray al otro lado de la puerta, y Jonesy comprendió que también era sincero. O se le ponía gasolina al motor de vez en cuando, o llegaba un momento en que ya no funcionaba—. Pero si satisfaces mi curiosidad te daré las cosas que te gustan. Si no…

—Vale, vale —dijo Jonesy—. Yo le digo lo que puedo y usted me da creps y beicon de Dysart's. Desayuno las veinticuatro horas del día. ¿Acepta?

—Acepto. Abre la puerta y cerramos el trato con un apretón de manos.

Jonesy, tomado por sorpresa, sonrió. Era la primera incursión del señor Gray en el humor, y había que reconocer que no le había salido demasiado mal. Miró por el retrovisor y vio una sonrisa idéntica en la boca que ya no le pertenecía. Eso ya le pareció un poco más inquietante.

—Lo de darse la mano, si le parece, nos lo saltamos —dijo.

—Habla.

—Voy, voy, pero le aviso de algo: como incumpla su promesa, será la última que me haga.

—Lo tendré presente.

La camioneta seguía en la cima de la colina, a merced de un ligero vaivén y proyectando cilindros de luz nevada, uno por cada faro. Jonesy le contó al señor Gray lo que sabía, pensando que era un lugar ideal para historias de miedo.

8

1984 y 1985 fueron años malos para Derry. En verano de 1984, tres adolescentes de la población mataron a un homosexual arrojándole al canal. Durante los siguientes diez meses fueron asesinados seis niños. Por lo visto el culpable era un psicópata que a veces se disfrazaba de payaso.

—El caso —dijo Jonesy— es que lo último malo que ocurrió fue una especie de huracán que cayó el 31 de mayo de 1985. Hubo más de sesenta víctimas, y se derrumbó la torre-depósito. Bajó rodando hasta Kansas Street.

Señaló a la derecha de la camioneta, donde empezaba una falda muy escarpada que se perdía en la oscuridad.

—Por Upmile Hill bajaron casi tres millones de litros, y al llegar al centro lo destruyeron casi todo. Yo entonces iba a la universidad. La tormenta coincidió con la semana de los exámenes finales. Me llamó mi padre para contármelo; claro que yo ya lo sabía, porque era una noticia a escala nacional.

Jonesy hizo una pausa para pensar, mientras miraba el despacho, que ya no estaba vacío ni sucio sino amueblado con muy buen gusto. (Su subconsciente había incorporado un sofá de su casa y un sillón de un catálogo del MOMA, precioso pero fuera de sus posibilidades económicas.) La verdad era que le había quedado muy acogedor; más, en todo caso, que la nevada a la que estaba teniendo que hacer frente el usurpador de su cuerpo.

—Henry también iba a la universidad. A Harvard. Pete rondaba por la costa Oeste, en plan hippy. Beaver intentaba sacarse una diplomatura en el sur del estado. Después dijo que había elegido la especialidad de hachís y videojuegos.

El único en presenciar el paso por Derry de la gran tormenta había sido Duddits... pero Jonesy descubrió que no quería pronunciar su nombre.

El señor Gray no dijo nada, pero Jonesy tuvo una clara percepción de su impaciencia. Sólo le importaba la torre-depósito. Y que Jonesy le hubiera engañado.

—Oiga, señor Gray, que si aquí ha habido algún engaño se lo ha hecho usted mismo. Mi único papel ha sido llevarme algunas cajas DERRY y meterlas aquí mientras mataba usted al pobre soldado.

—Los pobres soldados bajaron del cielo con sus naves y masacraron a todos los de mi especie que pudieron encontrar.

—Yo con eso no tengo nada que ver, y tampoco es que los suyos vinieran a inscribirnos en el Círculo de Lectores de las Galaxias.

—¿Habría cambiado algo?

—No me venga con hipótesis —dijo Jonesy—. Después de lo que le ha hecho a Pete y al del ejército, me apetece poquísimo tener discusiones intelectuales con usted.

—Hacemos lo que tenemos que hacer.

La mirada del perro se había vuelto todavía más nerviosa. No debía de estar acostumbrado a tener dueños que conversaran solos con tanta animación.

—La torre-depósito se cayó en 1985, hace diecisiete años. ¿Y tú has robado el recuerdo?

—Sí, más o menos, aunque no creo que sea un buen argumento para los tribunales, porque los recuerdos siempre han sido míos.

—¿Qué más has robado?

—Eso me lo guardo. Piense, piense.

Se oyó en la puerta un golpe brusco y malhumorado, y Jonesy volvió a acordarse del cuento de los tres cerditos. Sopla, sopla, señor Gray; disfruta los dudosos placeres de la rabia.

Sin embargo, parecía que el señor Gray se hubiera marchado.

—Señor Gray —le llamó Jonesy—. ¡Oiga, que tampoco es para irse de esa manera!

Jonesy supuso que debía de haber emprendido otra búsqueda de información. Ya no estaba la torre-depósito, pero quedaba el conjunto de Derry, de manera que el agua de la población debía de proceder de alguna parte. ¿De dónde? ¿Lo sabía Jonesy?

No, no lo sabía. A lo sumo, tenía el vago recuerdo de haber vuelto de la universidad para las vacaciones de verano y haber bebido mucha agua embotellada. Con el tiempo habían recuperado la de grifo, pero eso, a un chico de veintiún años que sólo pensaba en quitarle las bragas a Mary Shratt, le importaba muy poco. Para beber, se abría el grifo y punto. La única razón para indagar su procedencia habría sido tener retortijones o diarrea.

¿Percibía frustración en el señor Gray? ¿O se lo imaginaba? Jonesy deseó fervientemente que no. Había sido un buen golpe.

9

Roberta Cavell despertó de una pesadilla y miró a la derecha previendo la posibilidad de encontrarlo todo oscuro, pero le alivió comprobar que no se había ido la luz, puesto que en el reloj de al lado de la cama seguían brillando los números azules de siempre. Con tanto viento, era raro.

Los números azules indicaban 1.04. Aprovechando que podía, encendió la lámpara de la mesita de noche y bebió un poco de agua del vaso. ¿Se había despertado por el viento? ¿Por el sueño? Era una pesadilla en toda regla, con extraterrestres, rayos asesinos y gente corriendo, pero no le pareció la razón.

Entonces amainó el vendaval, y oyó lo que la había desperta-do: la voz de Duddits en el piso de abajo. ¿Qué hacía? ¿Cantar? ¿Era posible que cantara? Teniendo en cuenta la tarde tan horri-ble que habían pasado los dos, le pareció que no.

«¡Za mueto Biiibe!» (¡Se ha muerto Beaver!). Y así entre las dos y las cinco, casi sin parar. Duddits estaba tan desesperado que al final le había sangrado la nariz. Roberta temía sus hemorragias. A veces sólo podían cortárselas en el hospital. En aquella ocasión había conseguido detenerla metiéndole algodones en los dos agu-jeros de la nariz y presionando muy arriba, entre los ojos. Des-pués había llamado al doctor Briscoe para preguntarle si podía dar a Duddits una de las pastillas amarillas de valium que se tomaba ella, pero el doctor estaba en Nassau de vacaciones. No se molestó en llamar al sustituto, porque debía de ser cualquier medicucho enteradillo que a Duddits nunca le había visto el pelo. Se limitó a darle el valium a su hijo y mojarle los labios secos y el interior de la boca con una de las pastillas de glicerina con sabor a limón que le gustaban. Siempre tenía la boca llena de úlceras y llagas, aunque ya no hiciera quimioterapia. Porque lo de la quimio se había acabado. Como no querían admitirlo los médicos, ni Bris-coe ni el resto, le habían dejado el catéter, pero nada, que Rober-ta no estaba dispuesta a que su hijo volviera a pasar por un infier-no así.

Después de administrarle la pastilla, Roberta se había ido a la cama con él, le había abrazado (procurando no apretarle el lado izquierdo, que era donde tenía escondido el catéter debajo de una venda) y le había cantado una nana, pero no la de Beaver. Hoy no.

A la larga Duddits se había tranquilizado. Después de un rato, considerando que ya debía de dormir, Roberta le había sacado los algodones de la nariz. La resistencia del segundo había hecho que Duddits abriera los ojos. ¡Qué hermoso color verde! A veces Roberta pensaba que el verdadero don eran sus ojos, no lo otro... ver la línea y lo que comportaba.

—Amá...

—Qué, Duddie.

—¿Bibe tanecielo?

A Roberta le había dado mucha pena la pregunta, y acordar-se de la chaqueta de cuero de Beaver, tan ridícula pero que a él le gustaba tanto que se la había puesto hasta dejarla casi transparen-te. De haberse tratado de alguien más, de cualquiera menos de uno de sus cuatro amigos de infancia, Roberta habría puesto en duda la premonición de Duddie, pero, si decía que se había muerto Beaver, era que debía de estar muerto.

—Sí, cariño, seguro que está en el cielo. Ahora duerme.

Los ojos verdes habían seguido mirando largo rato los de Roberta. Parecía a punto de volver a llorar, pero no, sólo le había rodado un lagrimón perfecto por la mejilla sin afeitar. Ahora casi no podía afeitarse, porque había veces en que hasta el Norelco le hacía cortecitos que sangraban durante horas. Después había vuelto a cerrarlos, y Roberta había salido de puntillas de la habitación.

De noche, haciéndole la papilla (ahora sólo aceptaba sin vomitar los alimentos más sosos, otra señal de que se aproximaba el fin), la pesadilla había vuelto al ataque. Roberta, que ya estaba bastante asustada con aquellas noticias cada vez más extrañas de Jefferson Tract, había vuelto corriendo a la habitación de Duddits con el corazón a cien. Volvía a estar sentado en la cama, sacudiendo la cabeza con un gesto infantil de negación. Como volvía a sangrarle la nariz, sus movimientos bruscos lo salpicaban todo de gotitas rojas: la almohada, la foto dedicada de Austin Powers y los frascos de la mesita: enjuague para la boca, Compazine, Percocet, los complejos vitamínicos sin utilidad visible y el bote grande de pastillas de glicerina.

Esta vez decía que el muerto era Pete, el encantador (y algo corto de luces) Peter Moore. ¡Cielo santo! ¿Podía ser verdad? ¿En parte? ¿Del todo?

El segundo ataque de histeria no había sido tan largo. Aún debía de durarle el cansancio del primero. Roberta había vuelto a cortar la hemorragia nasal (qué suerte la suya) y le había cambiado las sábanas, no sin antes ayudarle a ocupar la silla de al lado de la ventana. Duddits se había quedado sentado y mirando la tormenta, con algún que otro sollozo y algún que otro suspiro con ruido de mocos que a su madre le llegaba al alma. Le dolía hasta mirarle: qué flaco estaba, qué blanco, qué… calvo. Pensando que tan cerca del cristal debía de hacer frío, le había dado su gorra de los Red Sox, firmada en la visera por el gran Pedro Martínez (a veces pensaba que a los moribundos les regalaban de todo), pero Duddits, por una vez, no había querido ponérsela. Se había limitado a tenerla en las rodillas y contemplar la oscuridad con los ojos muy abiertos y cara de pena.

Al final Roberta le había acostado, y los ojos verdes de su

hijo habían vuelto a mirarla con su brillo sobrecogedor, que se apagaba.

—¿Pi tambié tanecielo?

—Yo creo que sí.

Roberta no quería llorar por nada del mundo (corría el peligro de provocarle a Duddits otro ataque), pero había notado que le subían las lágrimas. Le llenaban toda la cabeza, y cada vez que respiraba le sabía la nariz a mar.

—¿Enecielo cobibe?

—Sí, cariño.

—¿Yo beré a Pitibibe necielo?

—Sí, claro, pero falta mucho tiempo.

Se le habían cerrado los ojos. Roberta se había quedado sentada en la cama mirándole las manos, más triste que triste y más sola que sola.

Bajó corriendo por la escalera, y en efecto, cantaba. Como Roberta dominaba el duddités (¿cómo no, si hacía más de treinta años que era su segunda lengua?), tradujo las sílabas sin necesidad de concentrarse: era la canción de Scooby-Doo.

Entró en el dormitorio sin saber qué esperar. Cualquier cosa menos lo que encontró: todas las luces encendidas, y a Duddits vestido de pies a cabeza por primera vez desde su última remisión (la que, según el doctor Briscoe, probablemente fuera la última en todo el sentido de la palabra). Se había puesto sus pantalones de pana favoritos, el chaleco encima de la camiseta del Grinch y la gorra de los Red Sox. Estaba sentado en la silla de al lado de la ventana, mirando la noche. Ahora no fruncía el entrecejo, ni lloraba. Miraba la tormenta con un interés, un brillo en los ojos que a Roberta le recordaron la época de antes de la enfermedad, antes de los síntomas con que se había anunciado, sigilosos y fáciles de pasar por alto: lo cansado que se quedaba después de un partido corto de frisbee en el patio de atrás, lo grandes que le salían los morados con cualquier golpecito, lo mucho que tardaban en desaparecer... Era el mismo aspecto de cuando...

Pero no podía pensar. Estaba demasiado nerviosa.

—¡Duddits! Duddie, ¿qué...?

—¡Amá! ¿Dodetá mi fambera?

(¡Mamá! ¿Dónde está mi fiambrera?)

—En la cocina; ¡pero Duddie, si es de noche! ¡Nieva! No puedes...

El final de la frase era «salir», por descontado, pero se le resistía la palabra. Duddits tenía los ojos tan brillantes, con tanta vida... Quizá Roberta hubiera debido alegrarse de verlos tan llenos de luz y de energía, pero lo cierto era que tenía miedo.

—¡Nececito mi fambera! ¡Nececito mi fambera!

(Necesito mi fiambrera, necesito mi fiambrera.)

—No, Duddits. —Un esfuerzo de firmeza—. Lo que necesitas es quitarte la ropa y volver a la cama. Aparte de eso, no necesitas nada más. Ven, que te ayudo.

Sin embargo, cuando se le acercó su madre, Duddits levantó los brazos y se los cruzó en el pecho, poniéndose la palma de la mano derecha en la mejilla izquierda y la de la mano izquierda en la mejilla derecha. Desde muy pequeño nunca había sabido plantar cara de ninguna otra manera. Solía ser suficiente, y volvió a serlo. Roberta no quería disgustarle otra vez, exponiéndose a otra hemorragia; pero tampoco pensaba prepararle comida para la fiambrera de Scooby-Doo a la una y cuarto de la noche. Ni pensarlo.

Retrocedió hacia la cama y se sentó. La habitación estaba caldeada, pero ella tenía frío, a pesar de que llevaba la bata de franela. Duddits bajó los brazos poco a poco y con mirada recelosa.

—Si quieres siéntate —dijo ella—. Pero ¿por qué? ¿Has soñado algo, Duddie? ¿Has tenido pesadillas?

Sí, quizá se tratara de un sueño, pero no de una pesadilla. Habría sido incompatible con aquella cara de ilusión, cara que Roberta acabó reconociendo: era la que había puesto tantas veces en los años ochenta, los años buenos antes de que Henry, Pete, Beaver y Jonesy fueran cada uno por su lado y, en su carrera hacia la vida adulta, llamaran menos a menudo y espaciaran sus visitas, olvidando a la persona que había tenido que quedarse.

Era la mirada de cuando su sentido especial le decía que vendrían a jugar sus amigos. A veces se marchaban todos juntos a Strawford Park o los Barrens. (En principio tenían prohibido ir, pero se saltaban la prohibición a sabiendas tanto de Roberta como de Alfie. Una de sus incursiones les había hecho aparecer en primera plana del periódico.) En ocasiones, Alfie o algún otro padre o madre les llevaban al minigolf del aeropuerto, o al parque de atracciones de Newport; en días así, Roberta siempre le metía a Duddits en la fiambrera varios bocadillos, galletas y un termo de leche.

Cree que van a venir sus amigos, pensó. Debe de pensar en Henry y Jonesy, porque dice que Pete y Beav...

De repente, cuando estaba sentada en la cama de Duddits con las manos en el regazo, vio una imagen horrible. Se vio a sí misma abriendo la puerta a las tres de la madrugada, sin querer abrirla pero sin poder evitarlo. Y en lugar de los vivos eran los muertos. Eran Beaver y Pete, que habían vuelto al mismo momento de transición entre la infancia y la pubertad del día en que la habían conocido a ella, el día en que habían salvado a Duddie de a saber qué broma de mal gusto y le habían acompañado a casa sano y salvo. En la imagen, Beaver llevaba la chaqueta de motorista de las mil cremalleras, y Pete el jersey de cuello redondo que tanto le gustaba lucir, el que tenía la sigla NASA en el lado izquierdo del pecho. Roberta les vio fríos, pálidos y con unos ojos mates y muy negros, como de cadáver. Vio que Beaver daba un paso hacia ella, pero sin sonrisas, sin saludos. Al tender las manos blancas, manos de estrella de mar, Joe *Beaver* Clarendon tenía muy claro su objetivo. «Venimos a buscar a Duddits, señora Cavell. Estamos muertos, y ahora él también.»

Roberta apretó las manos, mientras la recorría un largo escalofrío. Duddits no lo vio; volvía a mirar por la ventana, como esperando algo. Y, muy suavemente, volvió a cantar.

—Cubidú, dondetá...

10

—¿Señor Gray?

Silencio. Jonesy, que estaba de pie al lado de la puerta de lo que ahora, con toda claridad, era su despacho, sin ningún rastro del de Tracker Hermanos aparte de la suciedad de las ventanas (la foto de la chica con la falda levantada había sido sustituida por las caléndulas de Van Gogh), se estaba poniendo nervioso. ¿Qué buscaba el capullo de su secuestrador?

—¿Dónde está, señor Gray?

Tampoco esta vez hubo respuesta, pero sí la sensación de que volvía el señor Gray... y de que estaba contento. El muy cabrón estaba contento.

A Jonesy no le gustó.

—Oiga —dijo, manteniendo las manos en la puerta de su refugio, y añadiéndoles la frente—, voy a hacerle una propuesta entre amigos. Puesto que ya es medio humano, ¿por qué no se nacionaliza del todo? Yo creo que podemos coexistir. Le haré de guía. El helado está muy bueno, y la cerveza no digamos. ¿Qué le parece?

Sospechó que el señor Gray tenía la tentación de aceptar, como sólo podía tenerla un ser básicamente amorfo cuando le ofrecían una forma. Era una propuesta de cuento de hadas.

Pero no fue suficiente.

Se oyó girar el estárter, y ponerse en marcha el motor de la camioneta.

—¿Qué, colega, adónde vamos? Eso suponiendo que podamos bajar de la colina, claro.

La única respuesta siguió siendo la sensación inquietante de que el señor Gray había salido en busca de algo... y lo había encontrado.

Jonesy corrió hacia la ventana y tuvo tiempo de ver que los faros de la camioneta recorrían la columna erigida en memoria de las víctimas. Debía de haber transcurrido cierto tiempo, porque la placa había vuelto a taparse.

Lentamente, con precaución y esquivando montones de nieve que ya le llegaban al parachoques, el Dodge emprendió el descenso de la colina.

A los veinte minutos volvían a estar en la autopista en dirección sur.

XVII

HÉROES

1

Como Henry estaba tan cansado que dormía como un tronco, Owen no pudo despertarle de viva voz, y optó por llamarle mentalmente. Al hacerlo, descubrió que se lo facilitaba la proliferación del byrus. Ahora le crecía en tres dedos de la mano derecha, y casi le había taponado el pabellón de la oreja izquierda con su textura esponjosa, que picaba. También se le habían caído dos dientes, aunque de momento no parecía que le creciera nada en los agujeros de las encías.

Kurtz y Freddy se habían librado gracias a la aguzada intuición del primero, pero los tripulantes de los dos helicópteros de combate supervivientes (al mando, respectivamente, de Owen y Joe Blakey) eran criaderos de byrus. Desde su conversación del cobertizo con Henry, Owen oía las voces de sus compatriotas llamándose por un vacío que hasta entonces no habían sospechado. De momento escondían la infección, igual que él, sacándole partido al grosor de la ropa de invierno, pero la estratagema tenía un límite, y no sabían qué hacer.

Desde detrás del cobertizo, al otro lado de la valla electrificada, Owen, que volvía a fumarse un cigarrillo sin que le apeteciera, fue en busca de Henry y le encontró bajando con cautela por una cuesta llena de matojos. Arriba se oía un griterío de niños jugando a béisbol o softball. Henry, adolescente, llamaba a alguien por su nombre. ¿Janey? ¿Jolie? Daba igual. Estaba soñando, y Owen le necesitaba en el mundo real. Ya le había dejado dormir al máximo (casi una hora más de lo que tenía previsto), pero, si pensaban poner el plan en marcha, era el momento indicado. Le llamó:

«Henry.»

El adolescente se giró con cara de sorpresa. Le acompañaban otros chavales: tres… no, cuatro. Uno miraba por una especie de tubería. Costaba verles bien, porque estaban borrosos. De todos modos, a Owen no le importaban. Buscaba a Henry, no a la versión sorprendida y con granos, sino al adulto.

«Despierta, Henry.»

«No, que está dentro y tenemos que sacarla. Nos…»

«No sé de quién hablas ni me importa tres carajos. Despierta.»

«No, que…»

«Es la hora, Henry. Despierta. Despierta. ¡Despierta

2

de una puta vez!»

Henry se incorporó sobresaltado, y sin estar seguro ni de quién era ni de dónde estaba. Sin embargo, no era lo peor. Lo peor era que no sabía cuándo estaba. ¿Tenía dieciocho años, casi treinta y ocho o una edad intermedia? Notaba olor a porro, oía el impacto de un bate y una pelota (un bate de softball; jugaban niñas, niñas con blusas amarillas), y seguía oyendo los gritos de Pete: «¡Está aquí dentro! ¡Tíos, que me parece que está aquí dentro!»

—Pete también la veía. La línea —murmuró Henry.

No tenía una noción exacta del sentido de la frase. Empezaba a borrársele el sueño, cuyas imágenes claras dejaban paso a algo oscuro. Algo que tenía que hacer o intentar él. Olía a heno, con un trasfondo de algo agridulce: maría.

«¿Tú puedes ayudarnos?»

Ojos grandes de cierva. Se llamaba Marsha. Empezaba a verse todo más nítido. Henry le había contestado «supongo que no», y después había añadido: «Pero puede que sí.»

«¡Despierta, Henry! Son las cuatro menos cuarto, hora de que no te sobes más la picha y te pongas los calcetines.»

Era una voz más fuerte e inmediata que las demás, tanto que casi las silenciaba. Parecía salida de un walkman con pilas nuevas y el volumen en diez. La voz de Owen Underhill. Él era Henry Devlin; y, si pensaban intentarlo, era el momento.

Henry se levantó con una mueca, porque le dolía todo: piernas, espalda, hombros y cuello. Donde no le dolían los músculos le picaba horrores el byrus, que se propagaba. Antes de dar el primer paso en dirección a la ventana sucia, se sentía como un hombre de cien años. Después de haberlo dado, aumentó la estimación a ciento diez.

3

Owen vio aparecer una silueta de hombre al otro lado de la ventana, y asintió con alivio. Henry caminaba como Matusalén en un día malo, pero Owen le tenía preparado un remedio, al menos provisional. Lo había robado de la enfermería nueva, donde tenían tanto trabajo que ni siquiera se habían fijado en que entrara y saliera. Desde entonces Owen protegía la parte delantera de su cerebro con alguno de los mantras de bloqueo que le había enseñado Henry, como la canción de las Pointer Sisters. De momento parecía que funcionaba, porque no le habían dirigido ninguna pregunta, sólo algunas miradas extrañas. Hasta el clima seguían teniendo a favor, porque la tormenta no amainaba.

Vio la cara de Henry en la ventana: un óvalo blanquecino y borroso mirándole.

«No lo veo muy claro —le transmitió Henry—. ¡Tío, que casi no puedo caminar!»

«Espera que te ayudo. Apártate de la ventana.»

Henry retrocedió sin rechistar.

Owen llevaba en un bolsillo de la parka la cajita de metal (con la sigla de los marines grabadas en la tapa) donde, estando de servicio, guardaba todos sus documentos de identidad. Se la había regalado el mismísimo Kurtz después de la misión del año anterior en Santo Domingo. ¡Qué ironía! El otro bolsillo contenía tres piedras recogidas detrás de su helicóptero, donde era fina la capa de nieve.

Cogió una, un pedazo respetable de granito de Maine, pero justo entonces le llenó la cabeza una imagen muy clara, que le dejó en suspenso. Mac Cavanaugh, el del Blue Boy Leader que se había quedado sin tres dedos en la operación, estaba sentado dentro de uno de los remolques del recinto. Le acompañaba Frank Bellson, del Blue Boy Three, el otro helicóptero de combate que había conseguido regresar a la base. Uno de los dos había encendido una linterna muy potente y la había apoyado en vertical como una vela eléctrica, perforando la oscuridad con el haz luminoso. Ocurría en aquel mismo instante, a menos de doscientos metros de donde estaba Owen con una piedra en una mano y la caja metálica en la otra. Cavanaugh y Bellson estaban juntos en el suelo del remolque. Los dos tenían una especie de barba roja muy tupida. La feracidad del hongo había roto las vendas de los muñones de los dedos de Cavanaugh. Los dos tenían las pistolas de reglamento con el cañón en la boca; unidos por la mirada, lo estaban también por la mente. Bellson desgranaba la cuenta atrás: «Cinco… cuatro… tres…»

—¡No, chicos! —exclamó Owen; pero no captaron ninguna percepción de su voz. Su vínculo, forjado en una decisión irreversible, era demasiado fuerte. Entre los miembros del comando de Kurtz, serían ellos los encargados de inaugurar así la noche. Owen dudaba que fueran los últimos.

«¿Owen?» Era Henry. «Owen, ¿qué…?»

A media pregunta sintonizó lo que veía Owen, y el susto le hizo callar.

«… dos… uno.»

Dos disparos ahogados por el rugir del viento y cuatro generadores eléctricos Zimmer. Dos abanicos de sangre y tejido cerebral blancuzco aparecidos como por arte de magia a la poca luz del remolque, sobre las cabezas de Cavanaugh y Bellson. Owen y Henry vieron que el pie derecho de Bellson se movía por última vez. Chocó con la linterna, y aparecieron brevemente los rostros contraídos y manchados de byrus de Cavanaugh y Bellson. Después la linterna rodó por el suelo del remolque, haciendo círculos de luz en la pared de aluminio, y la imagen se oscureció como la de un televisor cuando se desenchufa.

—Joder —susurró Owen—. Joder.

Henry había vuelto a aparecer en la ventana. Owen le hizo señas de que retrocediera, y a continuación arrojó la piedra. Falló el primer tiro, a pesar de que la distancia era corta. La piedra rebotó a la izquierda del blanco, en la madera castigada por el clima. Cogió la segunda, respiró hondo para serenarse y repitió el lanzamiento. Esta vez rompió el vidrio.

«Henry, tienes correo. Te lo paso.»

Tiró la caja metálica por el agujero del cristal.

Rebotó varias veces en el suelo del cobertizo. Henry la recogió y abrió el cierre. Contenía cuatro paquetes envueltos con papel de aluminio.

«¿Qué son?»

«Misiles de bolsillo —repuso Owen—. ¿Cómo tienes el corazón?»

«Que yo sepa, bien.»

«Mejor, porque al lado de esto la cocaína parece valium. En cada paquete hay dos. Tómate tres, y el resto te lo guardas.»

«No tengo agua.»

«Pues mastícalos, guapo. ¡Te quedará algún diente, digo yo!» El tono rezumaba irritación; al principio Henry no lo entendió, pero después sí. ¡Cómo no! A aquellas horas tan intempestivas, si algo podía entender era la pérdida brusca de uno o varios amigos.

Las pastillas eran blancas y no llevaban grabado ningún nombre de laboratorio farmacéutico. Al deshacerse en la boca, dejaban un sabor amarguísimo, tanto que al tragarlas notó que su garganta intentaba vomitarlas.

El efecto fue casi instantáneo. Cuando Henry tuvo la caja de Owen en el bolsillo de los pantalones, ya le latía el corazón dos veces más deprisa, y al volver a mirar por la ventana se le habían triplicado las pulsaciones. Cada pálpito en el pecho iba acompañado por una sensación pulsátil en los globos oculares. Sin embargo, no era desagradable. A decir verdad, incluso disfrutaba. Ya no tenía sueño, y se le habían aliviado todos los dolores como por ensalmo.

—¡Uau! —exclamó—. ¡Tendrían que pasarle un par de latas de esto a Popeye!

Y se rió, tanto por lo raro que se le hacía hablar (ahora casi parecía un arcaísmo) como por el bienestar que sentía.

«Oye, ¿y si no gritaras tanto?»

«¡Vale! ¡VALE!»

En sus pensamientos también se percibía una fuerza nueva y cristalina, y Henry lo adjudicó a algo más que a imaginaciones suyas. A pesar de que detrás del cobertizo hubiera un poco menos de luz que en el resto del recinto, le bastó para ver que Owen hacía una mueca y se sujetaba un lado de la cabeza, como si le hubieran soltado un grito al oído.

«Perdona», transmitió.

«No pasa nada. Como emites tan fuerte... Ya debes de tener la mierda esa por todo el cuerpo.»

«Pues la verdad es que no», contestó Henry.

Le volvió un retazo del sueño: los cuatro en la hierba de la cuesta. No, los cinco, porque también estaba Duddits.

«Henry... ¿Te acuerdas de dónde he dicho que estaría?»

«En la esquina sudoeste del recinto. En diagonal desde el establo. Pero...»

«Pero nada. Es donde estaré, y si quieres que te saquen de este sitio te aconsejo que también estés. Se tarda...» Pausa de mirar el reloj. Henry pensó que si seguía funcionando debía de ser de los de cuerda. «... entre dos y cuatro minutos. Te concedo media hora. Después, si los del establo no han dado señales de vida, haré un cortocircuito en la alambrada.»

«Puede que con media hora no haya bastante», protestó Henry. Estaba quieto, asomado a la ventana y mirando la silueta de Owen por la nieve, pero respiraba tan deprisa como si corriera. De hecho, se notaba el corazón como en los cien metros lisos.

«Pues no hay más remedio —le envió Owen—. La alambrada tiene alarma. Saltarán las sirenas, y se encenderán todavía más focos. Alerta general. Te concederé cinco minutos a partir de que salte la liebre (es decir, una cuenta atrás de trescientos). Si para entonces no has aparecido, me voy y santas pascuas.»

«Sin mí no podrás encontrar a Jonesy.»

«Bueno, pero tampoco es razón para quedarme y que la palmemos juntos. —Un tono paciente, como de hablar con un niño—. Además, da igual, porque si en cinco minutos no te reúnes conmigo la habremos cagado todos.»

«Los dos que acaban de suicidarse... no son los únicos que están tan mal.»

«Ya lo sé.»

Henry entrevió mentalmente un autobús escolar amarillo en uno de cuyos lados se leía DEPARTAMENTO ESCOLAR DE MILLINOCKET. Dentro había cuatro decenas de calaveras enseñando los dientes por las ventanillas. Se dio cuenta de que pertenecían a los compañeros de Owen Underhill, los que habían llegado con él durante la mañana anterior; hombres que ahora estaban muertos o a punto de morirse.

«No pienses en ellos —contestó Owen—. Los que tienen que

preocuparnos son los del personal de apoyo de Kurtz, sobre todo los de Imperial Valley. Te digo una cosa: si existen, será gente muy entrenada y que obedece órdenes. Entre el entrenamiento y la confusión, siempre prevalece lo primero. De eso sirve. Como remolonees, se te cepillarán. Cuando se disparen las alarmas, dispondrás de cinco minutos justos. Una cuenta de trescientos.»

La lógica de Owen era tan desagradable como irrefutable.

«Vale —dijo Henry—. Cinco minutos.»

«La verdad es que lo haces porque quieres —le dijo Owen. Henry recibió la idea incrustada en una compleja filigrana de emociones: frustración, culpabilidad e, inevitablemente, miedo (en el caso de Owen Underhill, no de morirse, sino de fracasar)—. Si es verdad lo que dices, todo depende de que consigamos salir de aquí limpios. Eso de que te arriesgues a poner el mundo en peligro por cien o doscientos gilipollas metidos en un establo...»

«Ya, ya sé que tu jefe no lo haría.»

La reacción de Owen fue de sorpresa. Henry no captó palabras, sino una especie de «!» de tebeo. A continuación oyó reír a Owen, a pesar de que el viento no interrumpía ni un segundo sus aullidos.

«Me has pillado.»

«Y no te preocupes, que les haré desfilar. Sé motivar como nadie.»

«Cuento con que te esforzarás.»

Henry no le veía la cara, pero captó que sonreía. Entonces Owen habló en voz alta:

—¿Y después? Repítemelo.

«¿Por qué?»

—No sé. Supongo que porque los soldados también necesitan que se les motive, sobre todo cuando se descarrían. Y menos telepatía, que quiero oírte decirlo. Quiero oír la palabra.

Henry miró al hombre que tiritaba al otro lado de la alambrada, y dijo:

—Después seremos héroes; y no porque queramos, sino porque no hay alternativa.

Fuera, bajo la nieve y el viento, Owen asentía con la cabeza. Y seguía sonriendo.

—¡Coño! —dijo—. ¿Y por qué no?

Henry vio brillar en su cerebro la imagen de un niño pequeño levantando una bandeja. Lo que quería el adulto era que el niño volviera a dejarla donde la había cogido; que dejara la bandeja que tanto y tantos años le había obsesionado, y que estaba rota sin remedio.

5

Kurtz, que desde niño no soñaba y por consiguiente no estaba cuerdo, despertó como todos los días: con un salto de la nada a la conciencia y la percepción lúcida del entorno. Aleluya. Seguía vivo, y en primera línea. Giró la cabeza para mirar el despertador, pero el muy cabrón se había vuelto a estropear, y eso que era lo último de lo último, con revestimiento antimagnético. 12, 12, 12... Parpadeaba como un tartamudo atascado en la misma palabra. Encendió la lámpara de al lado de la cama y cogió el reloj de bolsillo que había en la mesita de noche. 4.08.

Volvió a dejarlo en la mesita, apoyó en el suelo los pies descalzos y se levantó. Lo primero que constató fue que seguía haciendo un viento de mil demonios. Lo segundo fue que en su cabeza había desaparecido por completo el murmullo lejano de voces. Ya no había telepatía, y Kurtz se alegraba, porque la había vivido como una ofensa tan profunda como elemental, a la manera de determinadas prácticas sexuales. La idea de que pudieran meterse en su cabeza, de que pudieran visitar los niveles superiores de su cerebro... le había parecido horrible. Sólo por eso, por ser portadores de un don tan asqueroso, los grises ya se merecían que se los cargasen. Menos mal que había resultado efímero.

Kurtz se quitó los shorts grises de gimnasia y se quedó desnudo frente al espejo de la puerta del dormitorio, dejando que sus ojos le recorrieran por entero desde los pies (donde empezaban a verse los primeros ovillos de venitas rojas) hasta la coronilla, donde se le había puesto tieso de dormir el pelo canoso. Para ser un hombre de sesenta años, no tenía demasiado mal aspecto. Lo peor eran las venas de los lados de los pies. Tampoco tenía mal badajo, no; al contrario, aunque no lo había usado mucho. Por lo general, las mujeres eran seres inmundos e incapaces de lealtad. Agotaban a los hombres. En lo más íntimo de su corazón de hombre no cuerdo, donde hasta su locura se presentaba bien planchada, almidonada y sin particular interés, Kurtz consideraba que el sexo en general era un mal rollo. Incluso cuando se practicaba para procrear, solía tener como resultado un tumor dotado de cerebro que no se diferenciaba mucho de los bichos caca.

Al llegar a la coronilla, Kurtz dejó que sus ojos hicieran el recorrido al revés, atentos a cualquier punto rojo, cualquier congestión de la piel. No había nada. Dio media vuelta, miró lo que se podía ver forzando al máximo la cabeza y siguió sin ver nada. Entonces se separó las nalgas, metió los dedos entre ellas, se introdujo un dedo en el ano hasta la segunda falange y sólo palpó carne.

—Estoy limpio —dijo con voz grave, mientras se daba prisa en lavarse las manos en el exiguo cuarto de baño de la caravana—. Como una patena.

Después volvió a enfundarse los shorts y se sentó para ponerse los calcetines. Limpio. Menos mal. Bonita palabra: «limpio». Había desaparecido la sensación desagradable de la telepatía, similar al contacto entre dos pieles sudadas. Su cuerpo no alimentaba una sola hebra de Ripley. Hasta se había inspeccionado la lengua y las encías.

Entonces ¿qué le había despertado? ¿Por qué se le habían disparado alarmas en la cabeza?

Porque la telepatía no era la única modalidad de percepción extrasensorial. Porque, mucho antes de que se enteraran los grises de la existencia de la Tierra, escondida en un rincón polvoriento y poco visitado de la galaxia de la Vía Láctea, existía algo que se llamaba intuición, especialidad de los *homo sapiens* uniformados como él.

—La corazonada de toda la vida —dijo Kurtz—. Ni extraterrestres ni pollas.

Se puso los pantalones. Después, a pecho descubierto, cogió el walkie-talkie que tenía en la mesita de noche, al lado del reloj de bolsillo. (Ahora marcaba 4.16. ¡Caramba, cómo corría el tiempo! Parecía un coche sin frenos bajando por una montaña hacia un cruce muy transitado.) El walkie-talkie era un modelo especial, digital, encriptado y se suponía que imposible de interceptar, aunque a Kurtz le bastó con echar un vistazo a su reloj digital, presuntamente impermeable, para comprender que, en cuestión de aparatos, nada era del todo antinada.

Presionó dos veces el botón de llamada, y en cuestión de segundos contestó Freddy Johnson sin demasiada voz de sueño... aunque, ahora que había llegado el momento de la verdad, ¡cuánto echaba Kurtz (bautizado Robert Coonts) de menos a Underhill! Owen, Owen, hijo mío, pensó, ¿por qué has tenido que descarriarte justo cuando me hacías más falta?

—¿Jefe?

—Paso Imperial Valley a seis. Imperial Valley en cero seis cero cero. Espero confirmación.

Tuvo que oír las razones por las que era imposible. Owen no le habría soltado una chorrada así ni en las peores pesadillas. Le concedió a Freddy unos veinte segundos para explayarse, pasados los cuales le espetó:

—Cierra el morro, hijo de puta.

Silencio por parte de Freddy, impactado.

—Aquí se está cociendo algo. No sé qué, pero me ha disparado todas las alarmas cuando estaba más dormido que una marmota. Si os reúno a todos es por algo, y, si para la hora de la cena aún quieres respirar, te aconsejo que les pongas en posición de firmes. Dile a Gallagher que sea puntual. ¿Recibido, Freddy?

—Recibido. Una cosa, jefe: me consta que ha habido cuatro suicidios, y es posible que me falte enterarme de alguno.

Para Kurtz no constituyó ni una sorpresa ni un disgusto. En determinadas circunstancias, el suicidio no sólo era aceptable, sino noble: la decisión final de un caballero.

—¿Gente de los helicópteros?

—Afirmativo.

—Ninguno de Imperial Valley.

—No, jefe, de Imperial ninguno.

—Está bien. Pon el turbo, chavalín, que tenemos un problema. No sé cuál, pero noto que se acerca, y es algo gordo.

Kurtz tiró el walkie-talkie a la mesa y siguió vistiéndose. Le apetecía otro cigarrillo, pero ya no quedaban.

6

En otros tiempos, el establo de Gosselin había dado cobijo a una vacada respetable. Tal como estaba el interior, quizá no hubiera pasado la inspección de las autoridades sanitarias, pero el edificio se mantenía en buen estado. Los soldados habían colgado una serie de bombillas de muchos vatios, cuya luz se repartía por los compartimientos, los ordeñaderos del espacio central y los pajares superior e inferior. También habían instalado bastantes calefactores, con el resultado de que reinaba en el establo un calor casi febril. En cuanto estuvo dentro, Henry se bajó la cremallera, pero no pudo evitar que le sudara enseguida la cara. En parte lo atribuyó a las pastillas de Owen, porque se había tomado otra antes de entrar.

Al ver el establo por dentro, lo primero que pensó fue que se parecía mucho a todos los campos de refugiados que había visto: de serbios bosnios en Macedonia, de rebeldes haitianos después de la llegada de los marines a Puerto Príncipe, y de exiliados africanos que habían abandonado sus países de origen por enfermedad, hambruna o guerra civil (o por una combinación de las tres cosas). La costumbre de ver las noticias acababa por acostumbrar a aquella clase de imágenes, pero siempre procedían de muy lejos, y el sobrecogimiento con que se presenciaban lindaba con lo aséptico. La diferencia era que para llegar al establo no hacía falta pasaporte. Estaba en Nueva Inglaterra. La gente hacinada en el interior no iba vestida con harapos, sino con parkas, pantalones de Banana Republic (perfectos para los cartuchos de recambio) y ropa interior de Fruit of the Loom. El aspecto, sin embargo, era el mismo. La única diferencia que vio Henry fue la cara de sorpresa general. Se suponía que en América no pasaban esas cosas.

Los prisioneros casi no dejaban ningún resquicio en el suelo, que tenía una capa de paja (y encima otra de chaquetas). Dormían en grupitos o familias. En los pajares había más gente, y entre tres y cuatro personas en cada uno de los cuarenta compartimientos. Todo eran ronquidos, ruidos de garganta y gemidos de gente con pesadillas. Había un niño llorando. E hilo musical, que para Henry fue el no va a más de lo estrafalario. En aquel momento, los condenados del establo de Gosselin dormitaban arrullados por la orquesta de Fred Waring, que ejecutaba una versión de *Some Enchanted Evening* sobrecargada de violines.

Bajo los efectos de la pastilla, todo le saltaba a los ojos con una nitidez inhabitual. ¡Cuántas chaquetas y gorras naranjas!, pensó. ¡Esto es Halloween en el infierno!

También había una cantidad bastante elevada de moho rojizo. Henry vio manchas en varias mejillas y orejas, y entre varios dedos; también vio colonias creciendo en las vigas y los cables de varias bombillas. El olor dominante era de heno, pero Henry no tuvo ninguna dificultad en notar que encubría otro de alcohol etílico con rastros de azufre. Aparte de los ronquidos, también se oían varios pedos. Parecían seis o siete músicos con graves carencias de talento tocando la tuba y el saxofón. En otras circunstancias habría sido gracioso… y podía serlo incluso en aquellas, siempre que no se hubiera visto aquella especie de comadreja retorciéndose en la cama ensangrentada de Jonesy.

¿Cuántos la estarán incubando?, se preguntó Henry. Sospechó que la respuesta no tenía importancia, porque a la larga las comadrejas eran inofensivas. Quizá el establo les diera la oportunidad de sobrevivir fuera de sus huéspedes, pero a merced de la tormenta, con viento huracanado y una sensación de frío bajo cero, no tendrían ninguna.

Tenía que hablar con aquella gente…

No, mal dicho. Lo que tenía que hacer era pegarles un susto de muerte. Había que ponerles en movimiento, a pesar del calor de dentro y el frío de fuera. El establo había contenido vacas, y volvía a contenerlas. Era necesario volver a convertirlas en personas, en personas asustadas y furiosas. Sólo podría conseguirlo con ayuda, y pasaban los segundos. Owen Underhill le había concedido media hora. Henry calculó que ya había transcurrido una tercera parte.

Necesito un megáfono, pensó. Es el primer paso.

Miró alrededor, se fijó en un hombre grueso y calvo que dormía de costado a la izquierda de la puerta que llevaba a la sala de ordeño, y se acercó a él para verle mejor. Le pareció que era uno de los que había expulsado del cobertizo, pero no estaba seguro. Tratándose de cazadores, corpulencia, calvicie y sexo masculino eran moneda corriente.

Sin embargo, se trataba de Charles, y el byrus le estaba repoblando lo que el bueno de Charlie debía de llamar «mi placa solar sexual». Teniendo encima este pringue, pensó Henry, ¿qué falta hace un crecepelo? Y se sonrió.

Charles le iba de perlas, pero no tanto como Marsha, que dormía al lado cogiéndole las manos a Darren, el de los maxiporros. Ahora Marsha tenía byrus en una de sus mejillas de melocotón. Su marido se mantenía limpio, pero su cuñado (¿podía ser que se llamara Bill?) estaba infestado.

Se arrodilló junto a Bill, le tomó una mano manchada de byrus y penetró en la selva intrincada de sus pesadillas.

«Despierta, Bill. Venga, arriba, que tenemos que salir de aquí. Podemos, pero sólo si me ayudas. Despierta, Bill.»

«Despierta y sé un héroe.»

7

Ocurrió a tonificante velocidad.

Henry notó que la mente de Bill ascendía al encuentro de la suya, desprendiéndose de las pesadillas donde había estado enredada. Intentaba llegar hasta él como alguien a punto de ahogarse y que ve que se acerca nadando un socorrista. Los dos cerebros se conectaron como los enganches de dos vagones de mercancías.

«No hables —le dijo Henry—. No intentes decir nada. Limítate a sujetarme. Necesitamos a Marsha y a Charles. Con nosotros cuatro debería haber bastante.»

«¿Qué...?

«No tenemos tiempo. Venga, Billy.»

Bill cogió la mano de su cuñada. Los ojos de Marsha se abrieron enseguida, como si lo estuviera esperando, y Henry notó que todos los indicadores de su cabeza le subían un grado más. Estaba menos contaminada que Bill, pero tal vez tuviera más capacidad innata. Marsha cogió la mano de Charles sin hacer ninguna pregunta. Henry tuvo la sensación de que ya lo entendía todo, tanto lo que ocurría como lo que había que hacer. Por suerte, también captaba la necesidad de actuar deprisa. Primero bombardearían a los demás, y a continuación les levantarían como un bate.

Charles se incorporó de golpe con los ojos muy abiertos, casi saliéndole de las órbitas adiposas. Se levantó como si le hubiera metido mano alguien. Ya estaban los cuatro de pie, cogiéndose las manos como en una sesión de espiritismo... y no se trataba, pensó Henry, de algo muy diferente.

«Venga, todos hacia mí», le dijo.

Lo hicieron, y fue una sensación como de recibir una varita mágica en la mano.

«Escuchadme», dijo.

Se levantaron varias cabezas. Hubo gente muy dormida que se despertó tan bruscamente como si estuviera electrizada.

«Escuchadme y dadme fuerza... ¡Mucha fuerza! ¿Me entendéis? ¡Dadme fuerza, porque es vuestra única oportunidad! ¡ADE-LANTE, DADME FUERZA!»

Lo hicieron por puro instinto, como cuando se silba una canción o se acompaña un ritmo con palmadas. Si les hubiera dado tiempo de pensárselo, probablemente habría sido más difícil, por no decir imposible, pero no se lo dio. La mayoría dormía, y pilló a los infectados, los telépatas, con el cerebro completamente disponible.

Henry, que también seguía su instinto, transmitió una serie de imágenes: soldados con máscaras rodeando el establo, la mayoría con armas de fuego y algunos con mochilas conectadas a palos largos. Las caras de los soldados las convirtió en caricaturas crueles, como las de los periódicos. Siguiendo una orden amplificada, los palos soltaban chorros de fuego líquido: napalm. El fuego prendía enseguido en los laterales y el techo del establo.

Henry pasó al interior y envió la imagen de un remolino de gente gritando. El fuego líquido traspasaba el techo en llamas por una serie de agujeros y prendía en el heno de los pajares. Aquí un hombre con el pelo ardiendo, allá una mujer a quien estaba quemándose la parka de esquiar, que conservaba como adorno los tíckets de varios telesillas.

Henry, y sus amigos cogidos de la mano, se habían convertido en el centro de atención. Los únicos en recibir las imágenes eran los telépatas, pero el índice de infectados del establo podía ascender perfectamente al sesenta por ciento, y el resto no dejaba de mostrarse sensible al pánico. La marea creciente levanta todas las barcas.

Estrechando las manos de Bill y Marsha, Henry volvió a sintonizar las imágenes del exterior del establo. Fuego, un cerco de soldados y una voz amplificada impartiéndoles órdenes de que no dejaran salir a nadie.

Ahora los prisioneros estaban de pie, y en el murmullo general cada vez se notaba más miedo. (La excepción eran los telépatas profundos, que se limitaban a mirar a Henry con fijeza y una expresión de angustia en sus caras manchadas por el byrus.) Les mostró el establo como una gran tea en la nevada nocturna, el viento convirtiendo el incendio en explosión, en tormenta de fuego, y las mangueras de napalm que no le daban tregua, mientras seguían las exhortaciones de la voz. ASÍ, MUY BIEN, A TODOS. QUE NO SE ESCAPE NI UNO. ¡SON EL CÁNCER, Y NOSOTROS LA CURA!

Henry, cuya imaginación había llegado a su cenit y se nutría de sí misma en una especie de frenesí, envió imágenes de la poca gente que lograba encontrar salidas o escabullirse por las ventanas. Muchos ardían. Había una mujer con un niño en brazos. Los soldados ametrallaban a todos menos a la mujer y el niño, que al correr se convertían en antorchas de napalm.

—¡No! —exclamaron varias mujeres al unísono.

Con una mezcla de angustia y admiración, Henry se dio cuenta de que todas le habían puesto su propia cara a la mujer que se quemaba, incluidas las que no tenían hijos.

Ahora estaban de pie y se arremolinaban como ganado en una tormenta. Era necesario moverles antes de que tuvieran tiempo de pensárselo, no ya dos veces sino una.

Reuniendo la fuerza de las mentes conectadas a la suya, les envió una imagen de la tienda.

¡POR ALLÍ! ¡ES VUESTRA ÚNICA OPORTUNIDAD! ¡SI PODÉIS, PASAD POR LA TIENDA, Y SI ESTÁ BLOQUEADA LA PUERTA DERRIBAD LA ALAMBRADA! ¡NO OS PARÉIS, NI DUDÉIS! ¡METEOS EN EL BOSQUE! ¡ESCONDEOS EN EL BOSQUE! ¡VIENEN A INCENDIARLO TODO, EL ESTABLO Y LA GENTE DE DENTRO, Y LA ÚNICA SALVACIÓN ES EL BOSQUE! ¡AHORA, AHORA!

Como estaba sumergido en su imaginación, volando en alas de las pastillas que le había dado Owen y transmitiendo con todas sus fuerzas (imágenes de salvación segura en tal lugar y de muerte segura en tal otro, con la sencillez de un libro infantil), sólo se dio cuenta muy remotamente de que había empezado a recitar en voz alta:

—Ahora, ahora, ahora.

Marsha Chiles se sumó a la letanía, seguida por su cuñado y después por Charles, el de la placa solar sexual repoblada.

—¡Ahora! ¡Ahora! ¡Ahora!

A pesar de que Darren era inmune al byrus, y no tenía, por lo tanto, más telepatía que un simple oso, no era inmune a la exaltación que se iba apoderando del establo, y también se sumó.

—¡Ahora! ¡Ahora! ¡Ahora!

Era una infección transmitida por el pánico, más contagiosa que el byrus; una infección que saltaba de persona en persona y de grupo en grupo.

Vibraba el establo entero. Todos los puños se levantaban al mismo tiempo, como en un concierto de rock.

—¡AHORA! ¡AHORA! ¡AHORA!

Henry dejó que se apoderaran de la letanía y la nutrieran, mientras, sin darse cuenta, levantaba el puño como los demás, extendiendo al máximo su brazo dolorido. Al mismo tiempo, se recordaba la necesidad de no quedar atrapado por el ciclón de la mente-masa por él creada: cuando ellos fueran hacia el norte, él iría hacia el sur. Se hallaba a la espera de que se alcanzara un punto crítico e irreversible, el de la ignición y la combustión espontánea.

Llegó.

—Ahora —susurró.

Aglutinó las mentes de Marsha, Bill, Charlie… y, en segundo lugar, las de los que estaban más cerca, más comprometidos en la fusión. Las mezcló, las comprimió y, como bala de plata, disparó una palabra a los cerebros de las trescientas setenta personas del establo de Gosselin:

AHORA.

Se produjo un momento de silencio absoluto, justo antes de que se abrieran las puertas del infierno.

8

Antes de que anocheciera se había procedido a instalar una docena de garitas para dos soldados a lo largo de la valla de seguridad. (En realidad eran lavabos portátiles de donde habían sido arrancados los urinarios y las tazas.) Estaban equipados con calefactores que, dado lo reducido del espacio, infundían una sensación de sopor; de ahí que a los centinelas les apeteciera muy poco salir. De vez en cuando abrían la puerta para que entrara un poco de aire fresco acompañado de nieve, pero la exposición de los guardias al mundo exterior no iba más allá. La mayoría eran soldados que no habían participado en ningún conflicto ni tenían una comprensión visceral de lo que estaba en juego. Por eso, lo máximo que hacían era contarse anécdotas de sexo, coches, destinos, sexo, sus familias, su porvenir, sexo, borracheras, drogas y sexo. Les habían pasado inadvertidas las dos visitas de Owen Underhill al cobertizo (y eso que tanto el puesto 9 como el 10 estaban bien orientados para verle), y fueron los últimos en darse cuenta de que acababa de estallarles una rebelión en las manos.

Al fondo de la tienda había siete soldados un poco más curtidos, por haber pasado más tiempo a las órdenes de Kurtz. Estaban al lado de la estufa, jugando a cartas en el mismo despacho donde, como dos siglos antes, Owen le había puesto a Kurtz las cintas de *ne nous blessez pas.* De los siete jugadores, seis eran centinelas, y el séptimo Gene Cambry, colega de Emil Brodsky. Cambry no había conseguido pegar ojo. El motivo quedaba oculto por una muñequera elástica de algodón, aunque no sabía si le duraría mucho tiempo más, porque lo rojo de debajo se extendía. En cuanto se despistase lo vería alguien; entonces ya no jugaría a cartas en el despacho, sino que pasaría a engrosar el grupo de desgraciados del establo.

¿Sólo él? Ray Parsons tenía un trozo de algodón en una oreja. Decía que porque le dolía, pero a saber. Ted Trezewski tenía vendado el antebrazo, según él porque se había pinchado al poner la alambrada. Quizá fuera verdad. George Udall, que en tiempos más normales era el superior inmediato de Brodsky, se cubría la calva con un gorro de punto que le daba aspecto de rapero blanco madurito. Quizá debajo sólo hubiera piel, pero ¿no hacía un poco de calor para llevar gorro? Sobre todo de punto.

—Un dólar más —dijo Howie Everett.

—Lo veo —dijo Danny O'Brian.

Lo mismo hicieron Parsons y Udall. Cambry casi no lo oyó. Acababa de aparecérsele la imagen mental de una mujer con un niño en brazos corriendo por la nieve del cercado, y de un soldado convirtiéndola en antorcha de napalm. Cambry se estremeció de espanto, considerando que la imagen nacía de su sentimiento de culpa.

—Gene —dijo Al Coleman—. ¿Tú qué haces?

—¿Qué es eso? —preguntó Howie con ceño.

—¿Qué es qué? —dijo Ted Trezewski.

—Escucha y lo oirás —repuso Howie.

«Polaco atontado»: Cambry oyó mentalmente la coletilla inexpresa, pero no le dio importancia. Prestando atención se oía el cántico con gran claridad, por encima del viento y ganando fuerza con rapidez.

—¡Ahora! ¡Ahora! ¡Ahora! ¡Ahora! ¡AHORA!

Procedía del establo, justo detrás de donde estaban ellos.

—¿Qué coño pasa ahora? —preguntó Udall, intrigado y parpadeando ante el revoltijo de cartas, ceniceros, fichas y dinero que había en la mesa. De repente, Gene Cambry entendió que debajo de aquella ridiculez de gorra sólo había piel. En principio, el mando del grupito le correspondía a Udall, pero no se enteraba de nada. No veía los puños en alto, ni oía la poderosa voz mental que dirigía el cántico.

Cambry vio inquietud en los rostros de Parsons, Everett y

Coleman. Ellos también lo veían. Fue saltando de uno a otro la comprensión, mientras los que no estaban contagiados ponían cara de perplejidad.

—Van a salir, los muy hijos de puta —dijo Cambry.

—No digas chorradas, Gene —dijo George Udall—. ¡Si no tienen ni idea de la que les espera, y encima son civiles! Sólo se están desfo...

Cambry se perdió el final de la frase, porque una palabra (AHORA) le estaba partiendo el cerebro como una sierra. Ray Parsons y Al Coleman hicieron sendas muecas. Howie Everett gritó de dolor llevándose las manos a las sienes, mientras le chocaban las rodillas con la mesa y lo dejaban todo perdido de fichas y cartas. En la estufa aterrizó un billete de dólar y empezó a arder.

—¡Me cago en la leche! ¡Mira lo que has...! —empezó a decir Ted.

—Ya vienen —dijo Cambry—. Vienen hacia aquí.

Parsons, Everett y Coleman saltaron de sus sillas y fueron en busca de las carabinas M-4 que tenían apoyadas detrás del perchero de Gosselin. Los demás, que seguían sin enterarse de nada, les miraban con sorpresa. Justo entonces se oyó un impacto descomunal, el de sesenta o más prisioneros forzando las puertas del establo. Estaban atrancadas por fuera con cerrojos de acero de fabricación militar. Los cerrojos resistieron, pero la madera vieja cedió con un crujido de astillas.

Los reclusos se abalanzaron por el hueco al grito de «¡ahora! ¡ahora!», pisoteando entre la nieve a varios de los suyos.

Cambry también se abalanzó, pero hacia los fusiles de asalto. De repente le arrebataron el que había cogido.

—Mamón, que es el mío —rugió Ted Trezewski.

Entre las puertas destrozadas del establo y el fondo de la tienda había menos de veinte metros de distancia. La multitud los cubrió gritando ¡AHORA! ¡AHORA! ¡AHORA!

La mesa de póker se volcó ruidosamente y esparció su contenido por el suelo. El choque de los primeros reclusos con la alambrada hizo saltar la alarma de la cerca. Algunos quedaron fritos, y otros ensartados como peces en las enormes pelotas de púas. Al cabo de unos momentos, se sumó al rebuzno ululante de la alarma un ruido de sirena, la alerta del cuartel general que a veces recibía el nombre de Situación Triple Seis, el fin del mundo. En las garitas fabricadas con lavabos portátiles de plástico emergieron varias caras aturdidas de sorpresa y miedo.

—¡Al establo! —exclamó alguien—. ¡Todos al establo! ¡Es una fuga!

Los centinelas salieron a la nieve a paso ligero, muchos de ellos sin botas, y bordearon la cerca sin saber que había sufrido un cortocircuito debido al peso de más de ochenta cazadores de ciervos kamikazes, todos gritando AHORA a pleno pulmón, aunque estuvieran achicharrándose hasta morir.

Nadie se fijó en que por detrás del establo salía un hombre solo (alto, flaco y con gafas anticuadas de montura de carey) y cruzaba en diagonal el manto de nieve del cercado. A pesar de que Henry no veía ni notaba que se fijara nadie en él, echó a correr. La luz intensa de los focos le hacía sentirse horriblemente vulnerable, y la cacofonía de la sirena y la alarma de la cerca le hacían sucumbir al pánico, como si estuviera medio loco. Era la misma sensación que oír llorar a Duddits detrás del garaje de Tracker Hermanos.

9

Cuando se disparó la alarma y se encendieron los focos de emergencia, iluminando lo poco que quedaba por iluminar en aquel pedazo de tierra dejado de la mano de Dios, a Kurtz sólo le faltaba por ponerse una bota. Su reacción, ni de sorpresa ni de disgusto, se limitó a una mezcla de alivio y desilusión. Alivio por tener delante, sin disimulos, lo que le había puesto los nervios tan de punta. Desilusión por que el follón no hubiera tardado un par de horas más en desencadenarse. Dos horas más y podría haber hecho cuadrar las cuentas de la transacción.

Empujó la puerta de la caravana con la mano derecha, conservando la otra bota en la izquierda. Llegaba del establo un bramido salvaje, un grito de guerra de los que le tocaban la fibra en cualquier circunstancia. El vendaval lo atenuaba un poco, pero no mucho. Por lo visto actuaban de mutuo acuerdo. De entre sus rangos timoratos y bien alimentados, rangos de «aquí no puede pasar», había surgido un Espartaco. ¡Y parecían tontos!

Es la telepatía del carajo, pensó. Su intuición, siempre tan fabulosa, le dijo que era un problema grave, que estaba viendo irse al garete toda una operación, pero Kurtz sonreía a pesar de los pesares, pensando: sólo puede ser la telepatía del carajo. Se han olido lo que les esperaba… y alguien ha decidido tomar medidas.

Mientras estaba asomado, por las puertas del establo, desgoznadas y hechas astillas, irrumpió una masa anárquica de individuos con parkas y gorros naranjas. Uno de ellos cayó en una tabla rota y quedó empalado a la manera de un vampiro. Otros tropezaron con la nieve y fueron pisoteados. Ahora estaban encendidas todas las luces, y Kurtz tenía la sensación de asistir a un combate de boxeo desde primera fila. Lo veía todo.

Fueron despegando sucesivos escuadrones con dotaciones de cincuenta o sesenta hombres, y, con la disciplina de unas prácticas aéreas, cargaron contra la cerca por ambos lados de la mísera tienducha. O no sabían que el alambre liso condujera una dosis letal de electricidad, o no les importaba. El resto, el grueso de los efectivos, embistió directamente la parte trasera de la tienda. Se trataba del punto más débil del perímetro, pero no importaba. Kurtz preveía que no quedaría nada en pie.

A la hora de hacer planes para cualquier eventualidad, no le había pasado por la cabeza nada así: doscientos o trescientos guerreros otoñales con sobrepeso formando una carga banzai. Les había creído incapaces de cualquier otra cosa que de quedarse quietecitos exigiendo un juicio justo hasta el momento mismo de pasar por la barbacoa.

—No está mal, chavales —dijo.

Olió que empezaba a quemarse algo más (su puta carrera, probablemente), pero bueno, de alguna manera había que acabar, y ¡vaya operación había escogido para despedirse! Por lo que a Kurtz respectaba, los hombrecillos grises eran estrictamente secundarios. Si escribía él los titulares, el principal anunciaría lo siguiente: ¡SORPRESA! ¡LOS AMERICANOS DE LA NUEVA ERA DEMUESTRAN QUE TIENEN AGALLAS! Increíble. Casi daba pena aguarles la fiesta.

La sirena del cuartel general subía y bajaba de volumen en la nevada nocturna. La primera oleada de hombres golpeó la tienda por detrás. A Kurtz le faltó poco para ver temblar el edificio entero.

—Me cago en la telepatía —dijo sonriendo.

Vio la reacción de los suyos, la primera oleada procedente de las garitas, seguida por refuerzos de la sección motorizada, el economato y los remolques que servían de barracones. A continuación, la sonrisa de Kurtz empezó a trocarse en una expresión de perplejidad.

—Disparad —dijo—. ¿Por qué no disparáis?

Algún que otro soldado disparaba, pero era insuficiente. A Kurtz le olió a pánico. Sus hombres no disparaban porque estaban hechos unos caguetas. O porque sabían que después les tocaría a ellos.

—Me cago en la telepatía —repitió.

De repente se oyeron disparos de fusil automático dentro de la tienda. Las ventanas del despacho donde se había celebrado la original conferencia entre él y Owen Underhill se iluminaron con destellos de traca. Hubo dos que reventaron. Por la segunda quiso salir alguien, y Kurtz tuvo tiempo de reconocer a George Udall antes de que le estiraran por las piernas.

Al menos peleaba alguien: los de dentro del despacho, pero tenía su lógica, porque se jugaban la vida. La mayoría de los chavales que habían acudido corriendo seguían en las mismas. Kurtz se planteó soltar la bota, coger la nueve milímetros y cargarse a unos cuantos fugitivos (mejor dicho al máximo). ¿Por qué no, si aquello era el sálvese quien pueda?

Por Underhill. He ahí el porqué. Owen Underhill tenía mucho que ver con aquella cagada. Como que se llamaba Kurtz. Apestaba a cruzar la línea, que era la especialidad de Owen Underhill.

Más disparos en el despacho de Gosselin... gritos de dolor... y alaridos finales de victoria. Habían ocupado el objetivo, pese a ser una panda de memos que sólo sabían de ordenadores, bebían Evian y comían ensaladitas. De un portazo, Kurtz se desentendió del panorama y se apresuró a volver al dormitorio para llamar a Freddy Johnson. Seguía con la bota en la mano.

10

Estando Cambry de rodillas detrás del escritorio de Gosselin, irrumpió la primera oleada de prisioneros. Cambry se dedicaba a abrir cajones, buscando como loco una pistola. El hecho de que no encontrara ninguna bien pudo ser el motivo de que salvara la vida.

—¡AHORA! ¡AHORA! ¡AHORA! —berreaban cada vez más cerca los prisioneros.

Al fondo de la tienda se produjo un impacto descomunal, como si hubiera chocado un camión con la pared. Se oyó un chisporroteo en el exterior, el de los primeros reclusos chocando con la alambrada. Empezaron a parpadear las luces del despacho.

—¡No os separéis! —exclamó Danny O'Brian—. ¡Por amor de Dios, no os sepa…!

La puerta trasera saltó de sus goznes con tal ímpetu que recorrió una parte de la sala, sirviéndole de escudo al primero de los vociferantes intrusos que obstruían la entrada. Cambry se agachó con las dos manos en la nuca, al mismo tiempo que la puerta chocaba de lado con el escritorio, pillándole debajo.

En la estrechez de la sala, el ruido de fusiles en posición de disparo automático resultaba tan ensordecedor que ni siquiera se oían los gritos de los heridos. Cambry, sin embargo, se dio cuenta de que no disparaban todos. Trezewski, Udall y O'Brian sí, pero Coleman, Everett y Ray Parsons se limitaban a aguantar el arma contra el pecho con expresión aturdida.

Desde su refugio accidental, Gene Cambry presenció la embestida de los presos, vio caer a los primeros como espantapájaros bajo el impacto de las balas, y les vio salpicar de sangre las paredes, los carteles publicitarios y los avisos de las autoridades sanitarias. Vio que George Udall les arrojaba el arma a dos tíos jóvenes y cachas con ropa naranja, giraba sobre sus talones y corría hacia una de las ventanas. Le estiraron hacia dentro cuando ya había sacado medio cuerpo. Un hombre que tenía en la mejilla una mancha de Ripley que parecía de nacimiento le clavó los dientes en la pantorrilla como si fuera un muslo de pavo, mientras otro, en el otro extremo del cuerpo de George, silenciaba los gritos de la cabeza torciéndola a la izquierda. El humo azul de la pólvora llenaba toda la sala, pero Cambry reconoció a Al Coleman y vio que arrojaba el fusil al suelo y se sumaba al cántico: «¡Ahora! ¡Ahora! ¡Ahora!» También vio que Ray Parsons, que siempre había destacado por pacífico, apuntaba a Danny O'Brian y le volaba la cabeza.

Ahora era todo muy fácil. Ahora se reducía a una lucha entre contagiados e inmunes.

Un golpe en la mesa, que chocó con la pared. A Cambry se le cayó la puerta encima, y antes de que pudiera levantarse le aplastó el peso de varias personas corriendo encima de la hoja. Se sentía como el típico vaquero que se cae del caballo durante una estampida. Aquí me muero, pensó; pero al poco rato notó que se aligeraba el peso asesino. Entonces, con toda la adrenalina que tenía en los músculos, se puso de rodillas. En ese momento la puerta resbaló hacia la izquierda, y a guisa de despedida le clavó el pomo en toda la cadera. Cambry recibió en las costillas el puntapié de alguien que pasaba. Después de que otra bota le rozara la oreja derecha, se levantó. La sala estaba cargada de humo, y era un desvarío de gritos. Cuatro o cinco fornidos cazadores fueron arrojados al interior de la estufa, que, arrancada de la chimenea, se derrumbó escupiendo al suelo ramas de arce encendidas. El fuego prendió en los billetes y los naipes. Apareció un olor rancio, el del plástico de las fichas de póker quemándose. Eran las de Ray, pensó Cambry con incoherencia; ya las tenía en el Golfo, y en Bosnia.

Imperaba tal alboroto que no se fijaron en él. Los reclusos fugitivos no tenían ninguna necesidad de salir por la puerta de entre el despacho y la tienda, porque se había caído toda la pared (simple tabique, de hecho). El fuego de la estufa volcada estaba extendiéndose a algunos trozos.

A un individuo viejo y canijo, con gorra de borlas y trenca, le estamparon contra la estufa y le pisotearon. Cambry oyó los gritos agudos que soltaba al adherírsele la cara al metal y empezar a cocérsele la carne.

Los oyó y los *sintió*.

—¡Ahora! —exclamó Cambry, señal de que se rendía y se integraba en el grupo—. ¡Ahora!

Saltó por encima de las llamas de la estufa, cada vez más altas, y corrió perdiendo su mente pequeña en la grande.

A efectos prácticos, la operación Blue Boy había concluido.

11

Cuando llevaba recorridas tres cuartas partes del cercado, Henry hizo una pausa para respirar, llevándose la mano al martilleo del pecho. Dejaba a sus espaldas el apocalipsis de bolsillo que había desencadenado él. Delante sólo veía oscuridad. El cabrón de Underhill le había dejado en la estacada, y ahora...

«Tranqui, tío.»

Se encendió dos veces una luz. Henry, sencillamente, había mirado en la dirección equivocada. Owen estaba aparcado un poco a la izquierda de la esquina sudoeste del cercado. Henry distinguió con nitidez el contorno anguloso del Sno-Cat. Detrás se oían gritos, órdenes, disparos... De estos últimos había previsto más, pero ya tendría tiempo de extrañarse.

«¡Date prisa! —exclamó Owen—. ¡Tenemos que salir de aquí!»

«No puedo correr más. Espera.»

Henry reemprendió la marcha. Ahora que empezaba a declinar el efecto de las pastillas de Owen, se sentía el corazón pesado. Le picaba una barbaridad tanto el muslo como la boca. Sentía crecer el moho en la lengua. Era como el burbujeo de un refresco, pero duradero.

Owen había cortado la alambrada, tanto la parte de púas como la lisa. Ahora estaba de pie delante del Sno-Cat (como era blanco, y se confundía con la nieve, no tenía nada de raro que no lo hubiera visto Henry), con un rifle automático apoyado en la cadera y procurando mirar al mismo tiempo en todas las direcciones. La abundancia de focos le daba media docena de sombras, que irradiaban de sus botas como extravagantes manecillas de reloj.

Owen cogió a Henry por los hombros.

«¿Estás bien?»

Henry asintió con la cabeza. Cuando Owen empezaba a conducirle en dirección al vehículo, se produjo una explosión fuerte y aguda, como si acabara de disparar alguien la escopeta más grande del mundo. Henry agachó la cabeza y se enredó los pies. Sin la ayuda de Owen, se habría caído.

«¿Qué…?»

«Gas de petróleo licuado, y puede que también gasolina. Mira.»

Owen le puso las manos en los hombros y le hizo girar. Henry vio destacarse en la nevada nocturna una columna muy alta de fuego. Volaban pedazos de tienda (planchas, tejas de madera, cajas de galletas ardiendo, rollos de papel de váter incendiados…). El espectáculo tenía fascinados a cierto número de soldados, en contraste con otros que corrían hacia el bosque. Henry supuso que en persecución de los presos, a pesar de que oía en su cabeza el pánico de los soldados («¡Corred! ¡Corred! ¡Ahora! ¡Ahora!») sin darle del todo crédito. Más tarde, cuando tuviera tiempo de pensar, comprendería que muchos también huían. En aquel momento no entendía nada. Ocurría todo demasiado deprisa.

Owen le obligó a dar otra media vuelta y le empujó hacia el asiento del copiloto, haciéndole apartar una lona que olía mucho a aceite de motor. Daba gusto el calor que hacía en la cabina. Una radio clavada con tornillos en el rudimentario salpicadero estaba encendida. A Henry, lo único que le pareció inteligible fue el pánico de las voces, que le provocó una alegría salvaje, la mayor desde la tarde en que los cuatro habían asustado a Richie Grenadeau y los abusones de sus amigos. De hecho, a su manera de ver, la operación la dirigían un puñado de Richie Grenadeaus adultos, con armas de fuego sustituyendo las cacas secas de perro.

Entre los dos asientos había algo, una caja con dos pilotos naranjas que parpadeaban. Justo cuando Henry se agachaba por curiosidad, Owen Underhill apartó la lona de al lado del asiento del conductor y entró saltando en el vehículo. Tenía la respiración pesada, y miraba el incendio sonriendo.

—Hermano, ten cuidado con eso —dijo—. Ojo con los botones.

Henry levantó la caja, que tenía más o menos las mismas medidas que la fiambrera tan amada por Duddits. Los botones estaban debajo de los pilotos intermitentes.

—¿Qué son?

Owen le dio a la llave, y el motor caliente del Sno-Cat arrancó sin dilación. Había un palo muy alto saliendo de la caja de cambios. Owen lo usó para meter la marcha. Seguía sonriendo. La luz intensa que entraba por el parabrisas del vehículo le permitió a Henry ver que su acompañante tenía debajo de cada ojo una hebra anaranjada de byrus, como rímel. En los párpados había más.

—Aquí hay demasiada luz —dijo Owen—. Vamos a rebajarlas un poco.

Describió un círculo con el Sno-Cat, con una suavidad tan sorprendente que les pareció ir en lancha motora. Henry volvió a apoyarse en el respaldo con la caja de los intermitentes en las rodillas. Pensó que, tal como estaba, no le molestaría no volver a caminar en cinco años.

Owen, que conducía en diagonal hacia una zanja entre paredes de nieve —que en eso se había convertido Swanny Pond Road—, le miró de reojo.

—Lo has conseguido —dijo—. Reconozco que tenía mis dudas, pero de puta madre, tío.

—Ya te lo había dicho —contestó Henry—: Sé motivar como nadie.

Y añadió en transmisión mental: «De todos modos, la mayoría se morirá.»

«Da igual. Les has dado una oportunidad. Y ahora…»

Seguían oyéndose disparos, pero Henry sólo se dio cuenta de que ellos eran el blanco cuando el techo de metal de la cabina desvió una bala. Otra, con un ruido seco, rebotó en una oruga del Sno-Cat, y Henry bajó la cabeza. ¡Como si sirviera de algo!

Owen, que conservaba la sonrisa, señaló a la derecha con una mano enguantada. Justo cuando Henry giraba la cabeza, otras dos balas mordieron la carrocería cuadrada del vehículo. Henry se encogió ambas veces, a diferencia de Owen, que ni se inmutó.

Henry vio un grupo de remolques, y delante una colonia de caravanas. Frente a la mayor, que a Henry le pareció una mansión sobre ruedas, había seis o siete hombres disparándole al Sno-Cat. A pesar de la distancia y el viento, y de que seguía nevando mucho, acertaban demasiado a menudo. Se les estaban sumando algunos hombres más, que en algunos casos sólo iban medio vestidos. (Apareció corriendo por la nieve un chicarrón con unos pectorales dignos de un tebeo de superhéroes.) El del medio del grupo era alto y tenía el pelo gris; el de al lado, más fornido y pelirrojo. Henry vio que el más delgado de los dos levantaba el rifle y disparaba como si no hubiera apuntado. Oyó una especie de silbido, y notó que le pasaba justo por delante de la nariz algo peligroso que zumbaba.

Por increíble que pareciera, Owen se rió.

—El del pelo gris es Kurtz, que es el que manda. ¡Qué puntería tiene, el muy cabrón!

Varias balas más rebotaron en los neumáticos y el chasis del Sno-Cat. Henry notó la presencia en la cabina de otro objeto zumbante, y de repente se quedó callada la radio. Crecía la distancia entre ellos y los tiradores arracimados alrededor de la caravana mayor, pero no parecía servir de nada. Henry no veía diferencias: para él, todos tenían la misma puntería. En un momento u otro daría uno en el blanco... y, sin embargo, Owen ponía cara de contento. Henry sospechó que se había asociado con alguien todavía más suicida que él, y pensó: cuando se haya acabado todo esto podremos saltar juntos y cogidos de la mano.

—El pelirrojo es Freddy Johnson, y el resto son los chicos de Kurtz, los que en principio tenían que... ¡Ojo!

Otro silbido, otra abeja de acero (esta vez entre los dos), y de repente faltaba el botón del cambio de marchas. Owen estalló en carcajadas.

—¡Kurtz! —vociferó—. ¡Te apuesto lo que sea! ¡Ya hace tres años que debería estar en el retiro, pero sigue teniendo una puntería que te cagas! —Dio un puñetazo en la palanca de mando—. Bueno, ya está bien. Se acabó lo que se daba. Apágales la luz, guapetón.

—¿Eh?

Owen, sonriendo, señaló con el pulgar la caja de los intermitentes. Ahora a Henry las líneas de byrus que tenía debajo de los ojos le parecían pinturas de guerra.

—Que aprietes los botones. Apriétalos y baja las cortinas.

12

De repente (siempre era igual de repentino, igual de mágico) el mundo desapareció. Los alaridos del viento, los copos como proyectiles, el ulular de la sirena, la vibración de la alarma... Todo borrado. Kurtz perdió conciencia de tener al lado a Freddy Johnson, y al resto de los de Imperial Valley congregándose. Se concentró con exclusividad en el Sno-Cat que se alejaba, y en el asiento izquierdo vio a Owen Underhill; le vio a través de la cabina de acero, como si de repente la visión de rayos equis de Supermán se le hubiera trasferido a él, Abe Kurtz. La distancia era exagerada, pero daba igual. Su siguiente disparo se metería directamente en la nuca del traidor de Owen Underhill. Levantó el fusil, apuntó...

Dos explosiones rasgaron la noche, una de ellas lo bastante cercana para que Kurtz y sus hombres recibieran el impacto de la onda expansiva. Salió volando un remolque donde ponía INTEL INSIDE, dio un vuelco y cayó sobre la tienda donde estaba la cocina.

—¡Hostia! —exclamó uno de los hombres.

No se apagaron todas las luces, porque media hora era poco y Owen sólo había tenido tiempo de instalar cargas en dos generadores (murmurando en todo momento «Banbury Cross, Banbury Cross»), pero de repente el Sno-Cat fugitivo desapareció en las fauces de una oscuridad salpicada de llamas, y Kurtz dejó caer el rifle en la nieve sin apretar el gatillo.

—La cagamos —dijo sin entonación—. Alto el fuego. He dicho que alto el fuego, mamonazos. Ni un tiro más. Adentro. Todos menos Freddy. Juntad las manos y rezadle a Dios Todopoderoso para que nos saque de este berenjenal. Freddy, ven. ¡Camina, hombre!

Los otros, casi una docena, subieron en orden por la escalerilla de la caravana grande, entre miradas inquietas a los generadores ardiendo y la tienda en llamas de los cocineros. (Ya empezaba a comunicarse el incendio a la enfermería. Después le tocaría al depósito de cadáveres.) Se habían apagado la mitad de los focos del recinto.

Kurtz le pasó a Freddy Johnson un brazo por la espalda y le hizo dar veinte pasos bajo la nevada. El viento arrastraba cortinas de copos con misterioso aspecto de vapor. Justo encima de los dos ardía a plena llama lo que quedaba de la tienda de Gosselin. Ya se había incendiado el establo, con las cuencas vacías de sus puertas destrozadas.

—Freddy, ¿tú amas a Jesús? Dime la verdad.

Freddy ya se lo sabía de otras veces. Era un mantra. El jefe estaba despejándose las ideas.

—Sí, jefe, le amo.

—¿Me lo juras? —La mirada de Kurtz era penetrante. Seguro que miraba a través de Freddy. Debía de hacer planes, suponiendo que los seres intuitivos hicieran planes—. Ten presente que te expones a la condena eterna.

—Se lo juro.

—Y le amas mucho, ¿no?

—Mucho, jefe.

—¿Más que al grupo? ¿Más que a entrar a saco? —Una pausa—. ¿Más que a mí?

Convenía no equivocarse de respuesta, porque se la jugaba. Suerte que no eran preguntas difíciles.

—No, jefe.

—Freddy, ¿ya se te ha pasado la telepatía?

—Algo he notado, aunque no sé si era telepatía. Como unas voces en la cabeza…

Kurtz hacía gestos de aquiescencia. Una serie de llamas anaranjadas, del mismo color que el hongo de Ripley, perforaron el tejado del establo.

—… pero ahora ya no.

—¿Y a los demás del grupo?

—¿Se refiere a Imperial Valley?

Freddy señaló la caravana con un gesto de la cabeza.

—No, a los bomberos, si te parece. ¡Pues claro!

—Están todos limpios, jefe.

—Me alegro… y no me alegro. Freddy, nos hacen falta un par de infectados. Digo «nos» refiriéndome a ti y a mí. Quiero gente que esté de aquello rojo hasta el culo. ¿Me entiendes?

—Sí.

En cambio, no entendía por qué, pero de momento no importaba. Se notaba, se veía, que Kurtz empezaba a dominar la situación, motivo de alivio para Freddy. Kurtz se lo explicaría cuando fuera el momento. Miró con inquietud la tienda en llamas, el establo en llamas, las cocinas en llamas... Era un desbarajuste.

Pero no, porque Kurtz estaba dominando la situación.

—La culpa de casi todo lo ocurrido la tiene la puta telepatía —reflexionó en voz alta Kurtz—, pero no de desencadenarlo. Pongo a Dios por testigo de que esa cabronada ha sido humana. Freddy, ¿quién traicionó a Jesús? ¿Quién le dio el beso?

Freddy había leído la Biblia, más que nada por habérsela dado Kurtz.

—Judas Iscariote, jefe.

Kurtz asentía con movimientos rápidos. Su mirada se posaba por doquier, levantando acta de las destrucciones y calculando las medidas a tomar, que quedarían gravemente limitadas por la tormenta.

—Exacto, chavalín. A Jesús le traicionó Judas, y a nosotros Owen Philip Underhill. Judas recibió treinta monedas de plata. ¿Verdad que no es gran cosa?

—No, jefe.

Freddy había contestado dando a Kurtz parcialmente la espalda, debido a que acababa de explotar algo en el economato. Una mano de acero le cogió por el hombro y le obligó a recuperar su posición anterior. Los ojos de Kurtz estaban muy abiertos, y quemaban. Sus pestañas blancas hacían que parecieran ojos de fantasma.

—Mírame cuando te hablo —dijo Kurtz—. Cuando te diga algo, escúchame. —Se llevó la otra mano a la culata de la pistola de nueve milímetros—. Si no, te reviento las tripas aquí mismo. He tenido mala noche, o sea, hijo de perra, que no me la empeores, ¿vale? ¿Captas de qué voy?

Johnson estaba dotado de gran coraje físico, pero notó que algo se le retorcía en el estómago, como si quisiera escapar.

—Sí, jefe. Perdone.

—Perdonado. Hay que hacer como Dios: perdonar. No sé cuántas monedas de plata le habrán dado a Owen, pero te digo una cosa: le vamos a coger, le vamos a abrir bien el culo y le vamos a hacer una preciosidad de ojete nuevo. ¿Cuento contigo?

—Sí. —Freddy se moría de ganas de encontrar a la persona que había desbaratado el orden de su mundo, y machacarle—. ¿Usted de cuánto cree que es responsable, jefe?

—De bastante para cepillármelo —dijo Kurtz con serenidad—. Mira, Freddy, tengo la sensación de que esta vez me hundo...

—No, jefe.

—... pero no pienso hundirme solo.

Kurtz mantuvo el brazo en la espalda de su nuevo lugarteniente y empezó a llevarle de regreso a la caravana. Los generadores incendiados se habían convertido en tocones de fuego casi consumidos. El culpable era Underhill, uno de los chicos de Kurtz. A Freddy seguía costándole aceptarlo, pero empezaba a caldearse. ¿Cuántas monedas de plata, Owen? ¿Cuántas te han dado, traidor?

Kurtz se quedó con el pie en la escalerilla.

—Freddy, ¿a quién quieres poner a las órdenes de una misión de búsqueda y destrucción?

—A Gallagher, jefe.

—¿Kate?

—Exacto.

—¿Es caníbal, Freddy? Porque tenemos que poner al mando a un caníbal.

—Se los come crudos con patatas, jefe.

—Bien —dijo Kurtz—. Porque esto va a ser sucio. Necesito dos casos de Ripley. Al resto... como animales, Freddy. Ahora Imperial Valley es una misión de búsqueda y destrucción. Gallagher y el resto cazarán al máximo que puedan, tanto soldados como civiles. Desde ahora hasta mañana a mediodía, será hora de comer; después, cada uno a la suya. Menos nosotros, Freddy.

—La luz de las llamas pintaba de byrus la cara de Kurtz, poniéndole ojos de comadreja—. Vamos a cazar a Owen Underhill y enseñarle a amar al Señor.

A pesar de la capa de nieve dura y resbaladiza, Kurtz subió por los escalones de la caravana con agilidad de cabra montés, seguido por Freddy Johnson.

13

El Sno-Cat bajaba tan deprisa hacia Swanny Pond Road que Henry se mareó. Después viraron hacia el sur. Manejando el embrague y la palanca, Owen fue cambiando de marchas hasta meter la más alta. Con tantas galaxias de nieve rompiéndose en el parabrisas,

Henry tenía la impresión de estar viajando más o menos a la velocidad del sonido. Calculó que en realidad debían de ir a unos cincuenta por hora; bastante deprisa para alejarse del complejo de Gosselin, pero intuía que Jonesy les aventajaba mucho.

«¿Tenemos delante la autopista? —preguntó Owen—. Sí, ¿verdad?»

«Sí, a unos seis kilómetros.»

«Cuando lleguemos, habrá que cambiar de medio de transporte.»

«De acuerdo, pero sólo habrá heridos si es indispensable. Y de víctimas, cero.»

«Henry… No sé cómo explicártelo, pero esto no es un partido de baloncesto.»

«Ni heridos ni muertos. Al menos al cambiar de vehículo. O lo aceptas, o salto ahora mismo por la puerta.»

Owen le miró de reojo.

«Eres capaz. Pasando de los planes que tenga tu amigo para el mundo.»

«Mi amigo no tiene la culpa de nada de lo que está pasando. Le han secuestrado.»

«Bueno, vale, pues cambiaremos de medio de transporte procurando no hacerle daño a nadie. Y sin víctimas, como no seamos nosotros dos. ¿Adónde vamos?»

«A Derry.»

«¿Es adonde ha ido él? ¿El último extraterrestre?»

«Creo que sí. En todo caso, en Derry tengo un amigo que puede ayudarnos. Ve la línea.»

«¿Qué línea?»

—Da igual —dijo Henry, pensando: «Es complicado.»

—¿Complicado en qué sentido?

«Te lo diré de camino. Si puedo.»

El Sno-Cat prosiguió rumbo a la autopista, precedido por el resplandor de los faros.

—Vuelve a decirme qué vamos a hacer —dijo Owen.

—Salvar el mundo.

—Y dime en qué nos convierte, que necesito oírlo.

—Nos convierte en héroes —dijo Henry.

A continuación reclinó la cabeza y cerró los ojos. Sólo tardó unos segundos en dormirse.

TERCERA PARTE

QUABBIN

Me encontré por la escalera
con un hombre que no estaba.
Hoy igual: ¡tampoco estaba!
Qué alegría si se fuera.

HUGHES MEARNS

XVIII

EMPIEZA LA PERSECUCIÓN

1

Cuando apareció entre la nieve el letrero verde de DYSART'S, Jonesy no tenía el menor indicio sobre la hora (el reloj del tablero de mandos del cuatro por cuatro se había ido al carajo y sólo parpadeaba «12.00 AM»), pero aún era de noche y nevaba mucho. Fuera de Derry, los quitanieves estaban perdiendo la batalla contra la tormenta. La camioneta robada era «de las que tiran», como habría dicho el papá de Jonesy, pero también estaba perdiendo la suya: cada vez resbalaba más a menudo con la nieve, que ganaba espesor, y le costaba cada vez más esquivar los montones. Jonesy lo ignoraba todo del destino escogido por el señor Gray, pero dudaba que pudiera llegar. Nevando así y con aquella camioneta, imposible.

La radio funcionaba, pero de aquella manera; de momento sólo llegaban señales débiles y difusas. Jonesy no captó ninguna información horaria, pero sí un boletín meteorológico. Ahora al sur de Portland, en vez de nevar, llovía, pero entre Augusta y Brunswick, a decir de la emisora, la precipitación era una mezcla peligrosa de aguanieve y granizo. La mayoría de las poblaciones se habían quedado sin luz, y el tráfico rodado se restringía a los vehículos con cadenas.

Jonesy se alegró de oírlo.

2

Cuando el señor Gray dio un golpe de volante para meterse por la rampa en dirección al letrero verde, la camioneta resbaló de

433

costado y levantó nubes de nieve. Jonesy pensó que él se habría salido de la calzada y se habría caído en la cuneta, pero no conducía él, sino el señor Gray, y, aunque éste ya no fuera inmune a las emociones de Jonesy, en situaciones de peligro demostraba una propensión al pánico mucho menor; por eso, lejos de contrarrestar ciegamente la dirección del patinazo, primero se dejó llevar con el volante bien sujeto, y luego, cuando ya no resbalaban, volvió a enderezar el rumbo. Ni siquiera despertó al perro que dormía al pie del asiento del copiloto, y a Jonesy apenas se le aceleró el pulso. Jonesy sabía que, conduciendo él, le habría latido el corazón como loco; claro que su idea de lo que había que hacer con el coche nevando así era meterlo en el garaje.

El señor Gray acató el stop del final de la rampa, a pesar de que no circulaba ni un alma por la carretera 9. Al otro lado había una zona enorme de estacionamiento muy iluminada por fluorescentes, en cuya luz, llevados por el viento, los copos parecían la respiración helada de un animal gigantesco pero escondido. Jonesy sabía que en una noche normal el aparcamiento habría estado lleno de coches con el motor y los intermitentes encendidos. En cambio ahora no había casi ninguno, salvo en la zona donde se leía ESTACIONAMIENTO PROLONGADO: DIRIGIRSE AL ENCARGADO. TICKET OBLIGATORIO, en cuyo interior había más de una docena de camiones difuminados por la nieve. Los conductores debían de estar dentro, comiendo, jugando al milloncete, mirando una peli porno o intentando conciliar el sueño en el dormitorio cutre de la parte de atrás, donde por diez dólares tenían derecho a catre, manta limpia y una vista privilegiada de la pared de hormigón. Seguro que pensaban todos las mismas dos cosas: «¿Cuándo tardaré en poder seguir?», y «¿va a salirme muy cara la broma?».

El señor Gray apretó el acelerador y, a pesar de que lo hizo suavemente tal como le indicaba el archivo de Jonesy sobre conducción invernal, giraron las cuatro ruedas de la camioneta, que empezó a moverse de lado y a hundirse en la nieve.

«¡Eso, eso! —le animó Jonesy desde su observatorio de la ventana del despacho—. ¡Embarránquese bien, que luego en un cuatro por cuatro no hay manera de salir!»

Pero las ruedas mordieron: primero las de delante, donde el peso del motor daba un poco más de tracción al vehículo, y después las de detrás. La camioneta cruzó la carretera con dificultad hacia el letrero de ENTRADA. Detrás había otro: BIENVENIDOS A LA

MEJOR ÁREA DE CAMIONEROS DE TODA NUEVA INGLATERRA. Por último, los faros de la camioneta iluminaron el tercero, cubierto de nieve pero no hasta el extremo de haber quedado ilegible: QUÉ COÑO, BIENVENIDOS A LA MEJOR ÁREA DE CAMIONEROS DEL MUNDO.

«¿Es la mejor área de camioneros del mundo?», preguntó el señor Gray.

«Pues claro», dijo Jonesy, sin poder aguantarse una carcajada.

«¿Por qué haces ese ruido?»

Jonesy se dio cuenta de algo asombroso, al mismo tiempo conmovedor y aterrador: el señor Gray sonreía con su boca. Sólo un poco, pero era una sonrisa. Pensó: lo pregunta en serio. No sabe qué es reírse. Claro que tampoco había sabido qué era enfadarse, pero había demostrado que aprendía deprisa. Ahora era un experto en rabietas.

«Me ha hecho gracia lo que ha dicho.»

«¿Qué significa exactamente "gracia"?»

Jonesy no sabía qué contestar. Quería que el señor Gray viviera toda la gama de emociones humanas, sospechando que a la larga su única esperanza de sobrevivir podía ser humanizar a su usurpador. Como había dicho Pogo, el personaje de cómic, hemos visto al enemigo y somos nosotros. Pero ¿cómo explicar «gracia» a un conjunto de esporas de otro planeta? Y, en el fondo, ¿qué gracia tenía que el área de servicio de Dysart's se proclamara la mejor del mundo?

Estaban pasando al lado de otro letrero con dos flechas. Debajo de la de la izquierda ponía VEHÍCULOS GRANDES, y debajo de la otra VEHÍCULOS PEQUEÑOS.

«¿Nosotros qué somos?», preguntó el señor Gray, que había frenado delante.

Jonesy podría haberle obligado a buscar la información, pero ¿de qué habría servido?

«Pequeños», contestó.

El señor Gray giró a la derecha. Los neumáticos derraparon un poco y la camioneta dio un bandazo. *Lad* levantó la cabeza, despidió otro pedo largo y fragante y gimió. Se le había hinchado la mitad inferior del abdomen. Una persona poco informada lo habría confundido con una hembra a punto de parir una abundante camada.

En la zona de vehículos pequeños debía de haber unas dos docenas de turismos y camionetas. Los más hundidos en la nieve eran los de los mecánicos (siempre había uno o dos de servicio), las camareras y los cocineros de comida rápida. A Jonesy le llamó mucho la atención que el vehículo más limpio fuera un coche patrulla azul de la policía del estado con nieve acumulada en la sirena. Un arresto no era mala manera de obstaculizar los planes del señor Gray. Por otro lado, contando la cabina de la camioneta, Jonesy ya había estado en tres lugares del crimen. En los dos primeros no había testigos, ni era probable que hubiera huellas dactilares de Gary Jones, pero ¿y aquí? Muchísimas, seguro. Ya se veía en algún juzgado diciendo: «Oiga, señor juez, que los ha asesinado el extraterrestre que estaba dentro de mí. Ha sido el señor Gray.» Otro chiste que se le escaparía al señor Gray.

Ilustre personaje que no se cansaba de hurgar.

«Dry Farts[1] —dijo—. ¿Por qué llamas a esto Dry Farts si en el letrero pone Dysart's?»

«Es como lo llamaba Lamar —dijo Jonesy, acordándose de cuando iban o volvían de Hole in the Wall y se paraban a desayunar en el área de servicio: largas, hilarantes sesiones—. Mi padre también lo llamaba así.»

«¿Tiene gracia?»

«Alguna tendrá. Es un juego de palabras basado en sonidos parecidos. Por juegos de palabras se entiende la modalidad más baja de humor.»

El señor Gray aparcó en la hilera más cercana al islote de luz del restaurante, pero lejos del coche patrulla. Jonesy no sabía si su secuestrador entendía el significado de la sirena en el techo. Puso la mano en el botón del faro de la camioneta y lo apretó. Después la puso en la llave y profirió una serie de carcajadas secas:

—¡Ja, ja, ja, ja!

«¿Has notado algo?», preguntó con bastante curiosidad. Y un poco de aprensión.

—No —dijo el señor Gray inexpresivamente, apagando el motor.

A pesar de ello, ahora que estaba sentado a oscuras y con el viento soplando alrededor de la cabina del vehículo, Jonesy lo hizo por segunda vez y con un poco más de convicción.

---

1. «Pedos secos», por similitud fónica con el nombre del establecimiento. (N. del T.)

—¡Ja, ja, ja, ja!

Se estremeció en su refugio del despacho. Era un sonido que ponía los pelos de punta, como un fantasma intentando acordarse de ser humano.

A *Lad* tampoco le gustó. Volvió a gemir y a mirar con nerviosismo al hombre que estaba al volante de la camioneta de su amo.

3

Owen sacudía a Henry para despertarle, pero éste se hacía el sueco. Tenía una sensación como de llevar durmiendo sólo unos segundos, como si tuviera los brazos y las piernas metidos en cemento.

—Henry.

—Ya te oigo.

Un picor en la pierna izquierda, y otro más pronunciado en la boca. Ahora el puto byrus también le crecía en el labio. Se rascó con el dedo índice, llevándose la sorpresa de que se soltara con gran facilidad, como una costra.

—Escucha. Y mira. ¿Puedes mirar?

Henry levantó la cabeza y miró la carretera, que ahora, entre la poca luz (Owen había frenado en el arcén y tenía apagados los faros) y la nieve, presentaba un aspecto fantasmal. Más adelante, en la oscuridad, había voces mentales, el equivalente auditivo de una reunión alrededor de una hoguera. Henry fue hacia ellas. Había cuatro, correspondientes a jóvenes sin jerarquía en el... el...

«Blue Group —susurró Owen—. Esta vez somos Blue Group.»

Cuatro jóvenes sin jerarquía en el Blue Group, intentando no tener miedo... intentando ser duros... voces en la oscuridad... una hoguerita y voces en la oscuridad...

Henry descubrió que la luz de las llamas le permitía ver algo: nieve, por descontado, y una serie de intermitentes amarillos iluminando una entrada de autopista invadida por la nieve. También había una tapa de caja de pizza, vista a la luz de un tablero de mandos. La usaban de cenicero, y tenía encima varios cortes de queso y un cuchillo militar. Este último pertenecía al tal Smitty, y todos lo usaban para cortar queso. Cuanto más miraba Henry, mejor veía. Era como acostumbrar los ojos a la oscuridad, pero con algo más: lo que veía tenía una profundidad de vértigo, una profundidad alarmante, como si de repente el mundo físico no se compusiera de tres dimensiones, sino de cuatro o cinco. El motivo era fácil de entender: Henry veía al mismo tiempo por cuatro pares de ojos. Estaban arrimados al...

«Humvee —dijo Owen, entusiasmado—. ¡Henry, coño, que es un Humvee! ¡Y encima equipado para la nieve! ¡Te apuesto lo que sea!»

En efecto, los jóvenes estaban muy juntos, pero, como no dejaban de ocupar cuatro lugares distintos, tenían cuatro puntos de vista, y cuatro calidades de visión distintas, desde el ojo de lince (Dana, de Maybrook, Nueva York) a lo meramente correcto. A pesar de ello, el cerebro de Henry las estaba procesando como cuando convertía en imágenes animadas los fotogramas de una bobina, con la diferencia de que no se trataba de ninguna película o truco en tres dimensiones. Era una manera de ver completamente nueva, como la que generaría una manera completamente nueva de pensar.

Como se difunda esta mierda, pensó entre asustado y exaltado, como llegue a propagarse...

Se le clavó en las costillas el codo de Owen, que dijo:

—¿Y si dejas la conferencia para otro día? Mira al otro lado de la carretera.

Henry obedeció, empleando su excepcional visión cuádruple y dándose cuenta con retraso de que no se había limitado a mirar, sino·que había movido los globos oculares de los cuatro jóvenes con el objetivo de observar el lado opuesto de la autopista. En donde vio más intermitentes bajo la tormenta.

—Es una barrera —murmuró Owen—. Una de las medidas de seguridad de Kurtz: se cierran las dos salidas, y no puede circular nadie por la autopista sin autorización. Yo quiero el Humvee. Nevando así, es lo mejor que podemos tener. Lo que no quiero es que se enteren los tíos del otro lado. ¿Se puede conseguir?

Henry volvió a experimentar con los ocho ojos y, a base de moverlos, descubrió que en cuanto no miraban los cuatro el mismo punto desaparecía la visión en cuatro o cinco dimensiones, dejando paso a una perspectiva fragmentada y mareante que excedía a su equipo de procesamiento. Sin embargo los movía. No mucho, sólo los ojos, pero...

«Creo que sí, pero sólo si colaboramos —le dijo a Owen—. Acércate. Y no digas nada más en voz alta. Métete en mi cabeza. Conéctate.»

De repente Henry notó que tenía más llena la cabeza. Volvió a aclarársele la vista, pero esta vez la perspectiva no era igual de profunda. Sólo dos pares de ojos en lugar de cuatro: el suyo y el de Owen.

Owen puso el Sno-Cat en primera y avanzó muy despacio con las luces apagadas. El chillido constante del viento se tragaba el zumbido del motor. A medida que recortaban distancias, Henry sintió afianzarse su influencia sobre los cerebros de delante.

«¡Coño!», dijo Owen, medio riendo medio aguantando la respiración.

«¿Qué? ¿Qué pasa?»

«Tú, tío. Es como ir en una alfombra mágica. Pero ¡qué fuerza!»

«Pues si te parezco fuerte yo, cuando conozcas a Jonesy alucinarás.»

Owen frenó al pie de una colina que les separaba tanto de la autopista como de Bernie, Dana, Tommy y Smitty, que estaban sentados en su Humvee al principio de la salida sur, cogiendo queso y galletas saladas de su bandeja improvisada. Los cuatro ocupantes del Humvee estaban limpios de byrus, y no sospechaban que estuviera espiándoles nadie.

«¿Listo?», preguntó Henry.

«Supongo. —Ahora la otra persona que tenía Henry en la cabeza, la que había esquivado los disparos de Kurtz y sus muchachos sin despeinarse, estaba nerviosa—. Mandas tú, Henry. Yo en esta misión soy puro apoyo logístico.»

«Pues adelante.»

Lo siguiente que hizo Henry fue por intuición: vinculó a los cuatro de dentro del Humvee, pero no con imágenes de muerte y destrucción, sino imitando a Kurtz. Con ese fin recurrió tanto a la energía de Owen Underhill (que a esas alturas era mucho mayor que la suya) como a lo mucho que conocía a su superior. La acción de cerrar el vínculo le procuró una punzada de intensa satisfacción. También de alivio. Una cosa era moverles los ojos, y otra muy diferente dominarles por completo. Además, no estaban contagiados de byrus, cosa que podría haberles inmunizado. Suerte que no.

Dijo Kurtz: «A vuestra derecha, detrás de aquella colina, hay un Sno-Cat. Quiero que lo devolváis a la base, y ahora mismo, sin rechistar. Que no oiga ningún comentario. Venga, a moverse. Os parecerá un poco estrecho en comparación con donde estáis ahora, pero me parece que cabréis, Dios mediante. Venga, almas de Dios, a mover el culo.»

Henry vio que salían con las facciones tranquilas e inexpresivas. Él también empezó a salir, hasta que vio que Owen permanecía en el asiento del Sno-Cat con los ojos muy abiertos. Se le movían los labios, formando las palabras que pensaba: «Venga, almas de Dios, a mover el culo.»

«¡Owen, espabila!»

Owen miró alrededor con desconcierto, asintió con la cabeza y apartó la lona que colgaba por su lado del vehículo.

4

Henry tropezó, cayó de rodillas, volvió a levantarse y, cansado, miró la tormentosa oscuridad. No estaba lejos, ni mucho menos, pero se consideró incapaz de arrastrarse por la nieve, no ya cincuenta metros, sino seis o siete. Lo he conseguido, pensó. Claro, tiene que ser la respuesta. Me he suicidado, y ahora estoy en el infierno.

Le rodeó el brazo de Owen... pero era algo más que un simple brazo, porque le estaba inyectando su fuerza.

«Graci...»

«Ya me las darás. Y ya dormirás. Por ahora concéntrate.»

Bernie, Dana, Tommy y Smitty desfilaban debajo de la nieve, muda fila de sonámbulos con monos y parkas dotadas de capuchas. Se trasladaban al este de Swanny Pond Road, en dirección al Sno-Cat, mientras Owen y Henry se encaminaban al oeste, donde se había quedado abandonado el Humvee. Henry cayó en la cuenta de que también se habían quedado el queso y las galletas, y le crujió el estómago.

De repente tenían el Humvee justo delante. Al principio se lo llevarían sin encender los faros, en primera y muy, muy discretamente, esquivando las luces amarillas de la base de la rampa. Con algo de suerte, los que vigilaban la salida norte no se percatarían de su paso.

«Si les vemos —preguntó Owen—, ¿podremos hacer que se olviden? Darles... no sé, amnesia.»

Henry comprendió que era posible.

«Owen...»

«¿Qué?»

«Si algún día se divulga esto, lo cambiará todo. Todo.»

Owen se tomó un tiempo para meditarlo. Henry no se refería al conocimiento, que era la moneda de uso entre los jefazos de Kurtz en la cadena trófica, sino a una serie de facultades que por lo visto iban mucho más allá de la simple telepatía.

«Ya —acabó contestando—, ya lo sé.»

5

Pusieron rumbo al sur a bordo del Humvee, penetrando en la tormenta. En pleno festín de galletas saladas y queso, Henry Devlin se quedó frito de cansancio. Su cabeza, inundada de estímulos, cerró la persiana.

Durmió.

Y soñó con Josie Rinkenhauer.

6

A la media hora de haberse incendiado, el establo de Reggie Gosselin se reducía a un ojo agonizante de dragón en la noche de truenos, creciendo y decreciendo en una órbita negra de nieve derretida. En el bosque del otro lado de Swanny Pond Road se oían detonaciones de fusil: pum, pum, pum... Al principio eran fuertes, pero fueron disminuyendo tanto en frecuencia como en volumen a medida que los de Imperial Valley (ahora con Kate Gallagher al mando) se alejaban en persecución de los reclusos fugitivos. Se trataba de un combate desigual, al que sobrevivirían pocos de los segundos; acaso bastantes para contarlo y delatarles a todos, pero ya habría tiempo de preocuparse.

Mientras los chicos persistían en la caza (y mientras el traidor de Owen Underhill acrecentaba su ventaja), Kurtz y Freddy Johnson se hallaban en el puesto de mando (aunque Freddy supuso que volvía a ser una simple caravana, ya desprovista del halo de poder), metiendo naipes en una gorra.

Kurtz, que ya no era telépata, pero que en lo tocante a sus hombres conservaba la perspicacia de siempre (poco importaba, en realidad, que ahora sólo tuviera una persona a sus órdenes), miró a Freddy y dijo:

—Apresurarse lentamente, chavalín: el dicho sigue siendo válido. Otro: actúa deprisa y arrepiéntete cuando te convenga.

—Sí, jefe —dijo Freddy sin gran entusiasmo.

Kurtz sacó el dos de picas, que revoloteó por el aire y aterrizó en la gorra. Kurtz se ufanó como un chaval y se dispuso a repetir el lanzamiento. Entonces llamó alguien a la puerta de la caravana. Freddy se volvió hacia ella, recibiendo de Kurtz una mirada severa que le hizo recuperar su posición original y observar el nuevo lanzamiento de cartas. Empezó bien, pero pasó de largo y acabó en la visera. Kurtz masculló algo y señaló la puerta con la cabeza. Freddy fue a abrirla rezando una oración mental de gratitud.

Jocelyn McAvoy, una de las dos mujeres de Imperial Valley, estaba en el escalón de arriba. Tenía acento de Tennessee, el pelo rubio y cortado a lo varón y un rostro granítico. Sujetaba la correa de una metralleta ligera israelí que se apartaba por completo de lo reglamentario. Freddy se preguntó de dónde la sacaba, hasta que decidió que daba igual. Había muchas cosas que ya no importaban, sobre todo desde hacía una o dos horas.

—Joss —dijo—. ¿Qué cuentas de malo?

—Orden cumplida: traemos dos casos de Ripley.

Se oyeron más disparos en el bosque, y Freddy reparó en que los ojos de la soldado se movían un poquito en esa dirección. Jocelyn tenía ganas de volver a cruzar la carretera y cazar el máximo de piezas antes de que se alejaran. Freddy comprendía su estado de ánimo a la perfección.

—Que pasen —dijo Kurtz. Seguía de pie al lado de la gorra depositada en el suelo (donde no se habían borrado del todo las manchas de sangre del pinche tercero Melrose), y con la baraja en la mano, pero se le habían iluminado los ojos de interés—. A ver a quién habéis encontrado.

Jocelyn hizo gestos con el arma, y al pie de la escalerilla dijo una voz rasposa de hombre:

—Arriba, joder, y que no tenga que repetíroslo.

El primer hombre en pasar al lado de Jocelyn y entrar era alto y muy negro. Tenía dos cortes, uno en la mejilla y otro en el cuello, y ambos estaban llenos de Ripley. Le crecía más pelusa en las arrugas de la frente. Freddy le conocía de cara, pero no de nombre. El jefe, como era natural, tenía presentes ambas cosas. Freddy supuso que conocía de nombre a todos los soldados que habían estado a sus órdenes, pasados o presentes, vivos o muertos.

—¡Cambry! —dijo Kurtz con los ojos aún más encendidos. Dejó caer la baraja en la gorra, se acercó a Cambry, hizo ademán de estrecharle la mano, se lo pensó mejor y optó por un saludo militar. Gene Cambry no lo devolvió. Se le veía huraño y desorientado—. Bienvenido al club de los justicieros.

—Le hemos visto corriendo por el bosque con los prisioneros, y eso que en principio tenía que vigilarlos —dijo Jocelyn McAvoy.

Su cara era inexpresiva. Todo el desprecio se le concentraba en la voz.

—¿Por qué no? —preguntó Cambry, mirando a Kurtz—. Total, pensaba usted matarme como al resto. Y no se moleste en disimular, que se lo leo en la cabeza.

Kurtz no se dejó amilanar. Se frotó las manos y le sonrió a Cambry de manera amistosa.

—Pórtate bien y puede que cambie de idea. Los corazones son para partirse, y las decisiones para cambiarlas. Es como nos ha hecho Dios. ¿A qué otro me has traído, Jossie?

Al ver al segundo personaje, Freddy se quedó de piedra. Además de contento. A su humilde parecer, el Ripley no podía haber escogido mejor. Ya de por sí, el muy hijo de puta no le caía bien a nadie.

—Señor... jefe... No sé qué hago aquí... Estaba persiguiendo a los fugitivos como Dios manda y esta... esta... perdone, pero tengo que decirlo: esta zorra, y perdón por la palabra, se me ha llevado de la zona de caza y...

—Se escapaba con ellos —dijo McAvoy con voz de aburrimiento—. Corría, y está de la cosa esa hasta el ojete.

—¡Mentira! —exclamó el de la puerta—. ¡Mentira podrida! ¡Yo estoy limpio! ¡Al ciento por cien...!

McAvoy levantó el gorro de punto que llevaba en la cabeza el segundo prisionero. La calva incipiente había vuelto a poblarse, y parecía teñida de rojo.

—Jefe, se lo puedo explicar —dijo Archie Perlmutter, con una voz suave que perdió ímpetu a media frase—. Es que hay... un...

Y se le apagó del todo.

443

Kurtz le sonreía con gran efusión, pero había vuelto a ponerse la mascarilla (como todos), la cual prestaba un toque siniestro a su sonrisa tranquilizadora, una expresión peculiar como de pederasta invitando a pastel a una criatura.

—No va a pasarte nada, Pearly —dijo—. Sólo vamos a dar una vuelta. Tenemos que encontrar a alguien, y tú le conoces...

—Owen Underhill —susurró Perlmutter.

—Exacto, nene —dijo Kurtz; y, girándose hacia la soldado—: McAvoy, tráele su tablilla. Le sentará bien tenerla en las manos. Después te doy permiso para seguir cazando, porque debes de estar impaciente.

—Sí, jefe.

—Pero antes mira esto. Es un truquito que aprendí en Arkansas.

Kurtz abrió la baraja y dejó que el viento huracanado que entraba por la puerta desperdigara todas las cartas. Sólo cayó una en la gorra, pero estaba boca arriba y era el as de picas.

7

El señor Gray tenía la carta en las manos y estaba absorto en las listas (bola de carne picada, remolacha en rodajas, pollo a la brasa, pastel de chocolate), pese a no entender prácticamente ni jota. Jonesy se dio cuenta de que no se limitaba a ignorar el sabor de los platos. El señor Gray desconocía lo que era el sabor. Y era lógico que así fuera, pues en el fondo sólo era una espora, o como máximo una seta con alto coeficiente intelectual.

Apareció una camarera desplazándose bajo una vasta meseta de cabello rubio ceniza petrificado. En la chapa de la pechera, de no desdeñables proporciones, ponía: BIENVENIDO A DYSART'S. SOY DARLENE, SU CAMARERA.

—Hola, majo. ¿Qué te pongo?

—Por apetecer, huevos revueltos con beicon, pero que estén pasaditos.

—¿Con tostada?

—¿Pueden ser unas *precs*?

Darlene arqueó las cejas y le miró por encima de la libreta. El policía estaba detrás, en la barra, comiendo un bocadillo con alguna salsa y hablando con el cocinero.

—Perdona, quería decir *sprec*.

Las cejas subieron un poco más. La pregunta era evidente, y le parpadeaba en la frente como el letrero luminoso de un bar: ¿trataba con alguien con problemas de habla, o le tomaban el pelo?

Jonesy, que estaba sentado junto a la ventana del despacho y sonreía, cedió un poco.

—Creps —dijo el señor Gray.

—Ya. Me lo había imaginado. ¿Café para beber?

—Sí, por favor.

La camarera cerró la libreta y se alejó. El señor Gray volvió enseguida a la puerta cerrada del despacho de Jonesy, rabiando igual que las otras veces.

«¿Cómo lo has hecho? —preguntó—. ¿Cómo, si estás aquí dentro?» Dio un golpe de rabia en la puerta. Jonesy se dio cuenta de que no sólo estaba enfadado, sino asustado; porque, si Jonesy estaba en situación de interferir, se la jugaba.

«No lo sé —dijo, fiel a la verdad—. Pero no se lo tome tan a la tremenda; desayune a gusto, hombre, que sólo ha sido una broma.»

«¿Por qué? —Todavía enfadado, todavía bebiendo en el pozo de las emociones de Jonesy, y disfrutando sin querer—. ¿De qué te sirve?»

«Digamos que de vengarme por cuando estaba durmiendo y casi me achicharra», dijo Jonesy.

Como en el restaurante del área de servicio casi no había clientes, Darlene volvió en un santiamén. Jonesy tuvo la ocurrencia de comprobar si podía apoderarse de su propia boca bastante tiempo para decir algo insultante (por ejemplo sobre el pelo), pero no lo consideró oportuno.

Darlene le dejó el plato en la mesa y se marchó, no sin mirarle con cara de sospecha; la misma que sintió el señor Gray al ver por los ojos de Jonesy la masa amarilla de huevos y las tiras oscuras de beicon (no sólo pasadas, sino casi incineradas, en la mejor tradición de Dysart's).

«Adelante, coma», dijo Jonesy.

Estaba de pie al lado de la ventana del despacho, observando y a la expectativa, entre divertido y curioso. ¿Había alguna posibilidad de que los huevos con beicon mataran al señor Gray? Probablemente no, pero al menos era una manera de provocarle un buen cólico al muy cabrón de su secuestrador.

El señor Gray consultó los archivos de Jonesy que versaban sobre el uso correcto de la cubertería. A continuación levantó un trocito de huevo revuelto con el tenedor y lo introdujo en la boca de Jonesy.

Ocurrió algo tan digno de sorpresa como de hilaridad: el señor Gray comía a dos carrillos, y las únicas pausas que hacía eran para inundar las creps de falso jarabe de arce. Le encantaba todo, pero en especial el beicon.

«¡Carne! —le oyó exultar Jonesy. Casi era la voz de un monstruo de película cutre de los años treinta—. ¡Carne! ¡Carne! ¡Es el sabor de la carne!»

Tenía su gracia... aunque, pensándolo bien, tampoco tanta. Hasta resultaba un poco horrible. El grito de alguien recién convertido en vampiro.

El señor Gray miró alrededor para cerciorarse de que no le observase nadie (ahora el agente atacaba una porción grande de pastel de cerezas), levantó el plato y chupó la grasa que caía con generosos lengüetazos de la lengua de Jonesy. El toque final fue lamerse el pegajoso jarabe de las puntas de los dedos.

Darlene volvió, sirvió más café, miró los platos vacíos y dijo:

—¡Hombre, medalla para el caballero! ¿Quiere algo más?

—Más beicon —dijo el señor Gray, y tras consultar la terminología correcta en los archivos de Jonesy añadió—: Ración doble.

Así te atragantes, pensó Jonesy, aunque ya no tenía muchas esperanzas.

El señor Gray se puso dos sobres de azúcar en el café, miró la sala para estar seguro de no ser visto y se echó al gaznate el contenido del tercero. Por unos segundos se entrecerraron los ojos de Jonesy, mientras el señor Gray se dejaba inundar por la gozosa dulzura.

«Puede comerlo cada vez que le apetezca», dijo Jonesy por la puerta.

Pensó que ahora ya conocía la sensación de Satán al llevarse a Jesús a la cima de la montaña y tentarle con todas las ciudades del mundo. Nada especial, ni agradable ni malo; simple trabajo de comercial.

Aunque... oído al parche. Sí que era una sensación agradable, porque se daba cuenta de que convencía. No podía decirse que estuviera asestando puñaladas, pero al menos pellizcaba al señor Gray. Le hacía sudar gotitas de sangre de deseo.

446

«Ríndase —insistió—. Hágase terrestre y podrá pasarse el resto de la vida experimentando con los sentidos. Están muy finos, porque aún no he cumplido los cuarenta.»

El señor Gray no contestó. Miró alrededor, vio que no se fijaba nadie en él, se echó jarabe en el café, lo sorbió y volvió a mirar hacia arriba para ver si le traían el suplemento de beicon. Jonesy suspiró. Era como estar de vacaciones en Las Vegas con un musulmán estricto.

Al fondo del restaurante había un arco con el letrero SALÓN DE CAMIONEROS Y DUCHAS. El pasillo corto de detrás estaba equipado con una batería de teléfonos de pago donde había varias personas hablando. Debían de contarles a sus cónyuges y jefes que no podrían llegar puntuales porque les había sorprendido una tormenta en Maine, estaban en un área de servicio para camioneros al sur de Derry que se llamaba Dysart's y calculaban que no podrían proseguir hasta el día siguiente a mediodía.

Jonesy dio la espalda a la ventana del despacho, desde donde se veía el área de servicio, y miró su mesa, que ahora estaba cubierta con el mismo desorden que en casa, sempiterno y tranquilizador. También estaba el teléfono azul. ¿Se podía llamar a Henry? ¿Seguía vivo Henry? Consideró que sí. Pensó que si hubiera muerto se habría notado el momento de su defunción, quizá por un aumento de la oscuridad de la sala. «Elvis ha abandonado el edificio —había dicho Beaver varias veces al reconocer un nombre en las necrológicas—. Hay que joderse.» Jonesy dudaba que Henry hubiera abandonado el edificio. Hasta podía ser que tuviera previsto un bis.

8

El señor Gray no se atragantó con el segundo plato de beicon, pero de repente tuvo retortijones en la parte baja de la barriga y bramó, contrariado:

«¡Me has envenenado!»

«Tranquilo —dijo Jonesy—. Sólo tiene que desalojar un poco.»

«¿Desalojar? ¿Qué...?»

Dejó la frase a medias por otro retortijón en las tripas.

«Quiero decir que convendría ir corriendo al servicio de caballeros —dijo Jonesy—. ¡Pero hombre! ¿Tantas abducciones en los años sesenta y no habéis aprendido nada de anatomía humana?»

Darlene había dejado la cuenta. El señor Gray la cogió.

«Déjale el quince por ciento encima de la mesa —dijo Jonesy—. Es la propina.»

«¿Cuánto es el quince por ciento?»

Jonesy suspiró. ¿Eran esos los señores del universo que nos habían enseñado a temer las películas? ¿Conquistadores despiadados, viajeros estelares que no sabían cagar ni dejar propina?

Otro retortijón, seguido por un pedo silencioso. Apestaba, pero no a éter. «Alabado sea Dios», pensó Jonesy, y dijo al señor Gray:

«Enséñeme la cuenta.»

Examinó la nota verde por la ventana del despacho.

«Déjele un dólar y medio. —Como el señor Gray no parecía muy convencido, Jonesy añadió—: Fíese, que es buen consejo. Si deja más, se acordará de usted como del más generoso de la noche; menos, y le tendrá clasificado de tacaño.»

Notó que el señor Gray consultaba el significado de «tacaño» en los archivos. Acto seguido, y sin discutir, dejó en la mesa un dólar y dos monedas de veinticinco centavos, resuelto lo cual se encaminó hacia la caja, que estaba de camino hacia el lavabo.

El poli seguía dándole al pastel (con una lentitud que a Jonesy le pareció sospechosa). Cuando el señor Gray pasó cerca de la barra, Jonesy le sintió disolverse como entidad (entidad cada vez más humana) y meterse en la cabeza del agente. Sólo quedó la nube rojinegra a cargo de los sistemas de mantenimiento de Jonesy.

Cogió el teléfono del escritorio a la velocidad del rayo, pero tuvo un momento de vacilación.

Marca 1-800-HENRY y ya está, pensó.

Al principio no ocurrió nada. Luego, en algún otro lugar, empezó a sonar un teléfono.

9

—Idea de Pete —murmuró Henry.

Owen, que estaba al volante del Humvee (vehículo enorme y ruidoso, pero equipado con unos neumáticos descomunales para la nieve que le permitían surcar la tormenta) le miró. Henry dormía. Se le habían bajado las gafas hasta la punta de la nariz. Sus párpados, que ahora exhibían una pelusilla de byrus, delataban el movimiento de los globos oculares. Soñaba. ¿Con qué?, se preguntó Owen. Consideró posible hacer una zambullida en la cabeza de su nuevo acompañante, pero le pareció perverso.

—Idea de Pete —repitió Henry—. La vio primero.

Y profirió tal suspiro de cansancio que a Owen le dio pena. Decidió que no, que no quería saber nada de lo que ocurría en la cabeza de Henry. Para llegar a Derry faltaba una hora, o más, si seguía haciendo el mismo viento. Era preferible dejarle dormir.

10

El instituto de Derry tiene detrás el campo de fútbol americano donde solía jugar Richie Grenadeau, pero ahora Richie lleva cinco años en su tumba de héroe adolescente: otro James Dean de provincias muerto en accidente de coche. Entretanto han aparecido otros héroes, que después de unos pases han ido haciendo mutis por el foro. Resulta, además, que no ha empezado la temporada. Es primavera, y el campo está ocupado por algo que parece una congregación de pájaros, muy grandes, rojos y con la cabeza negra. Los cuervos mutantes ríen y conversan en sus sillas plegables, pero al director, el señor Trask, no le cuesta nada que le oigan, porque ocupa el podio del improvisado escenario y está en posesión del micro.

—¡Otra cosa antes de dejaros marchar! —truena—. No os diré que no tiréis el birrete al final de la ceremonia, porque tengo bastantes años de experiencia para saber que sería como hablar con una pared...

Risas, vítores, aplausos.

—¡Lo que os pido es recogerlos y devolverlos, porque, si no, os los cobraremos!

Algunos abucheos y pedorretas, la más ruidosa la de Beaver Clarendon.

El señor Trask realiza su última inspección del público.

—Jóvenes de la promoción del ochenta y dos, creo hablar en nombre de todo el profesorado si os digo que estoy orgulloso de vosotros. Con esto se acaba el ensayo, o sea, que...

449

A pesar de la amplificación, el resto es inaudible. Los cuervos rojos se levantan con aletazos de nailon y emprenden el vuelo. Mañana a mediodía abandonarán el nido de veras; aunque no se den cuenta los tres cuervos que siembran de risas y bromas el camino hacia el aparcamiento donde está el coche de Henry, a la fase infantil de su amistad sólo le quedan unas horas de vida. Probablemente sea mejor que no se den cuenta.

Jonesy le quita a Henry el birrete, se lo pone encima del suyo y se aleja a toda leche por la zona de estacionamiento.

—¡Devuélvemelo, mamón! —exclama Henry.

Después le quita a Beaver el suyo. Beav suelta un graznido de gallina, se ríe y sale corriendo en persecución de Henry. Los tres sobrevuelan el césped de detrás de las gradas, con un remolino de togas alrededor de los vaqueros. Jonesy tiene dos birretes en la cabeza, con las borlas bailando en sentidos opuestos; Henry lleva uno (que le va tan grande que se le apoya en las orejas), y Beaver corre con la cabeza descubierta, la larga y negra cabellera al aire, y en la boca un mondadientes.

Jonesy corre mirando hacia atrás, provocando a Henry («¡venga, que corres como las nenas!»), y está a punto de chocar con Pete, que se ha detenido para mirar el tablón de anuncios acristalado que hay en la entrada norte del aparcamiento. Este año, Pete sólo acaba tercer curso. Coge a Jonesy, le echa hacia atrás como un bailarín de tango a su bella pareja y le da un beso en toda la boca. A Jonesy se le caen de la cabeza los dos birretes, y chilla de sorpresa.

—¡Maricón! —berrea, restregándose la boca; pero también empieza a cogerle risa.

Pete es un caso peculiar: es capaz de estar tranquilo varias semanas seguidas, como la persona más gris del mundo, y de repente se arranca con alguna chaladura. Lo normal es que antes se haya tomado un par de cervezas, pero no es el caso.

—Hace mucho tiempo que tenía ganas —dice Pete con sentimiento—. Ahora ya sabes lo que siento.

—¡Si me has contagiado la sífilis te mato, mariconazo!

Llega Henry, recoge del césped el birrete y lo usa para golpear a Jonesy.

—Tiene manchas de hierba —dice—. Como tenga que pagarlo, te daré algo más que un morreo.

—No seas tan bocas, borde, que eres un borde —dice Jonesy.

—Yo también te quiero —dice Henry, muy serio.

Beav llega jadeando, pero con el palillo en la boca. Coge el birrete de Jonesy, lo mira por dentro y dice:

—En éste hay una mancha de semen. Seguro, porque he visto muchas en mi cama. —Respira hondo y declama en dirección a los de último curso que se marchan sin haberse quitado la toga roja de Derry—: ¡Gary Jones se ha hecho una paja en su birrete! ¡Atento todo el mundo, que Gary Jones se ha hecho una pa…!

Jonesy se le echa encima y le derriba. Ruedan los dos por el césped, como un remolino de nailon rojo. Los dos birretes se caen al suelo, y Henry los recoge para evitar que sean aplastados.

—¡Suéltame! —exclama Beaver—. ¡Que me aplastas! ¡Te digo que…!

—Duddits la conocía —dice Pete. Ya no le interesan las bromas de sus amigos, ni participa mucho de su buen humor. (Es posible que sea Pete el único de los cuatro que sienta la proximidad de cambios importantes.) Está mirando otra vez el tablón—. Y nosotros. Era la que siempre estaba delante del cole de los subnormales, diciendo: «Hola, Duddie.»

Al reproducir el saludo, la voz de Pete se aflauta un momento y se vuelve de niña, pero con más ternura que burla; y, aunque Pete no destaque por sus dotes de imitador, Henry la reconoce enseguida. Se acuerda de la niña, de pelo rubio y suave, ojos grandes y marrones, arañazos en las rodillas y un bolso de plástico blanco donde llevaba la comida y sus BarbieKen. Siempre los llamaba BarbieKen, como si formaran una sola entidad.

Jonesy y Beav también saben a quién imita Pete. Y Henry. Ya hace varios años que están unidos por el vínculo; unidos entre ellos y con Duddits. Jonesy y Beav se acuerdan tan poco como Henry del nombre de la niña. Sólo saben que el apellido era largo y muy difícil de pronunciar. Y de que estaba enamorada de Duddits, que era la razón de que siempre le esperara a la puerta del cole de los subnormales.

Se reúnen los tres alrededor de Pete, con sus togas de graduación, y miran el tablón de anuncios del instituto.

Como siempre, rebosa de noticias: ventas de pasteles, pruebas para el grupo de teatro del pueblo, cursos de verano y gran cantidad de anuncios de alumnos escritos a mano: compro tal, vendo tal, busco a alguien que me lleve a Boston después de la graduación, busco compañero de piso en Providence…

En una esquina hay una foto de una chica sonriendo, con cantidades industriales de pelo rubio (ahora más rizado) y unos ojos muy grandes, ligeramente perplejos. Ha dejado de ser una niña (a Henry nunca deja de sorprenderle la desaparición de los niños de su edad, él incluido), pero es imposible no reconocer aquellos ojos marrones y perplejos.

SE BUSCA, pone en mayúsculas y letra grande al pie de la foto; y debajo, en letra un poco más pequeña: «Josette Rinkenhauer. vista por última vez el 7 de junio de 1982 en el campo de softball de Strawford Park.» Hay más texto, pero Henry no se molesta en leerlo. Prefiere reflexionar en lo raro que es que en Derry desaparezcan tantos niños, más que en otras poblaciones. Están a 8 de junio, es decir, que la hija de los Rinkenhauer sólo lleva desaparecida un día, pero el aviso está clavado en una esquina del tablón (o ha sido desplazado a ella) como si hubieran pasado siglos. Y algo más: el periódico no llevaba nada sobre el tema. Henry lo sabe porque lo ha leído, o mejor dicho hojeado al devorar los cereales. Piensa: quizá estuviera perdido en la sección de noticias regionales. Comprende enseguida que ha acertado. La palabra clave es «perdido». En Derry se pierden muchas cosas, empezando por los niños. En los últimos años se han extraviado muchos; lo saben los cuatro, y está claro que el día de conocer a Duddits Cavell se les pasó por la cabeza, pero no es un tema que se comente. Parece que el precio de vivir en un pueblo tan agradable y tranquilo sea el extravío de algún que otro chaval. Henry reacciona a la idea con una punta de indignación que va eclipsando la felicidad inconsciente de hace unos minutos. Era un encanto, piensa; como Duddits. Siempre con sus BarbieKen... Se acuerda de cuando llevaban a Duddits al cole (¡cuántas veces!), y de la frecuencia con que veían fuera a la niña. Josie Rinkenhauer, con las rodillas arañadas y el bolso grande de plástico blanco: «Hola, Duddie.» Un encanto.

Y sigue siéndolo, piensa Henry. Aún está...

—Está viva —suelta Beaver así como así. Se saca de la boca el mondadientes roído, lo mira y lo tira al césped—. Y cerca de aquí. ¿Verdad?

—Sí —dice Pete, que sigue fascinado por la foto. Henry le adivina el pensamiento, que es casi el mismo que el suyo: la niña ha crecido. Hasta Josie, que en una vida más justa podría haber sido novia de Doug Cavell—. Pero creo que... Ya me entendéis.

—Que se ha metido en un lío de la hostia —dice Jonesy, que se ha quitado la toga y se la está doblando en el brazo.

—Está atascada —dice Pete con tono soñador sin apartar la mirada de la foto. Ha empezado a movérsele el dedo, tictac, tictac.

—¿Dónde? —pregunta Henry.

Pete, sin embargo, niega con la cabeza, y Jonesy lo imita.

—Vamos a preguntárselo a Duddits —dice Beaver de repente.

Todos saben por qué. No hace falta discutirlo. Porque Duddits ve la línea. Duddits

11

—... ve la línea! —exclamó Henry de manera brusca, incorporándose en el asiento del copiloto del Humvee y pegándole un susto a Owen, que se había sumido en un espacio íntimo donde sólo estaban él, la tormenta y la línea interminable de reflectores indicándole que seguía en la carretera—. ¡Duddits ve la línea!

El Humvee derrapó un poco, pero se dejó dominar.

—¡Jo, tío! —dijo Owen—. Al próximo arranque, me avisas, ¿vale?

Henry se pasó la mano por la cara y respiró hondo.

—Ya sé adónde vamos y qué tenemos que hacer...

—Ah, pues muy bien...

—... pero tengo que explicarte algo para que lo entiendas.

Owen le miró de reojo.

—¿Tú lo entiendes?

—No del todo, pero más que antes, sí.

—Pues adelante. Para Derry falta una hora. ¿Tendrás tiempo?

Henry pensó que le sobraría, sobre todo si la comunicación era mental. Empezó por el principio, por lo que acababa de entender que era el principio; no la llegada de los grises, ni el byrus o las comadrejas, sino cuatro niños con ganas de ver una foto de la reina de la fiesta de ex alumnos levantándose la falda. Nada más. Mientras conducía Owen, la cabeza de Henry se pobló de una serie de imágenes conectadas entre sí, pero más como en un sueño que como en una película. Le habló de Duddits, del primer viaje a Hole in the Wall, y de Beaver vomitando en la nieve. Le explicó a Owen las caminatas para llevar a Duddits al cole, y la versión dudditesca del juego: ellos jugaban y él ponía las clavijas.

La vez que le habían llevado a ver a Papá Noel, y el mal rato que habían pasado. Y cuando habían visto la foto de Josie Rinkenhauer en el tablón de anuncios del instituto, el día antes de graduarse los tres mayores. Owen les vio ir a Maple Lane, a casa de Duddits, en el coche de Henry, con las togas y birretes amontonados detrás. Les vio saludar a los señores Cavell, que estaban en el salón en compañía de un hombre de tez lívida con mono de la compañía de gas y una mujer que lloraba. Roberta Cavell rodea los hombros de Ellen Rinkenhauer con el brazo y le dice que no se preocupe, que ella está segura de que Dios no dejará que le pase nada malo a la pequeña Josie.

Es fuerte, pensó Owen, un poco como soñando; ¡jo, qué fuerza tiene, el tío! ¿Cómo es posible?

Los Cavell apenas se fijan en los cuatro chavales, dada la frecuencia con que se dejan caer por el 19 de Maple Lane. En cuanto a los Rinkenhauer, están tan asustados que casi no reparan en ellos. Ni siquiera han tocado el café que les ha servido Roberta. «Está en su habitación», les dice Alfie Cavell con una vaga sonrisa. Duddits, que está jugando con sus soldados de plástico (tiene toda la colección), se levanta en cuanto los ve en la puerta. Cuando está en su habitación nunca se pone zapatos, sino las zapatillas de conejo que le regaló Henry para su último cumpleaños (le gustan tanto que las llevará hasta haberlas dejado como dos trozos de tela rosa apuntaladas con cinta aislante), pero ha hecho una excepción. Les estaba esperando, y, aunque sonríe con la misma efusividad de siempre, tiene la mirada seria. «¿Adode bamo?», pregunta («¿Adónde vamos?»). Y...

—¿Todos erais así? ¿Todos? —susurró Owen. Supuso que Henry ya debía de habérselo dicho, pero entonces no lo había entendido—. ¿Antes de esto?

Se tocó un lado de la cara, donde había pelusilla de byrus.

—Sí. No. No lo sé. Escucha y no hables, Owen.

12

Cuando llegan a Strawford Park son las cuatro y media, y en el campo de softball hay un grupo de chicas con camisetas amarillas, todas con colas de caballo casi idénticas, metidas por la parte de detrás de la gorra. La mayoría lleva aparatos de ortodoncia.

—Qué patosas —dice Pete.

Es posible, pero se nota que se divierten, no como Henry, que tiene calambres en el estómago. Suerte que Jonesy es el mismo de siempre, serio y asustado. La imaginación que les falta a Pete y Beaver, a Jonesy y a él les sobra. Pete y Beav se lo toman como si fuera un caso detectivesco, pero Henry lo ve diferente. No encontrar a Josie Rinkenhauer sería malo (y sabe que existe la posibilidad), pero encontrarla muerta...

—Beav —dice.

Beaver, que estaba mirando a las chicas, se gira hacia él.

—¿Qué?

—Es que... —A Beav se le borra la sonrisa, y pone cara de preocupación—. No sé, tío. ¿Pete?

Pete, sin embargo, niega con la cabeza.

—Yo creía que había vuelto al cole. ¡Coño, si en la foto parecía que me hablase! Pero ahora...

Se encoge de hombros.

Henry mira a Jonesy, que hace el mismo gesto y enseña las palmas: ni idea. Por lo tanto, se vuelve hacia Duddits.

Duddits lo mira todo a través de lo que llama «gafadezó uay», es decir, «gafas de sol guays»: curvadas y de espejo. También lleva el birrete de Beaver. Lo que más le gusta es soplar la borla.

Duddits carece de percepción selectiva; para él son igual de fascinantes el borracho que busca envases retornables en la basura, las jugadoras de softball y las ardillas corriendo por las ramas de los árboles. Forma parte de su peculiaridad.

—Duddits —dice Henry—, ¿te acuerdas de una niña que iba contigo al primer cole? Una que se llamaba Josie, Josie Rinkenhauer.

Duddits escucha a su amigo con cara de interés, pero es por educación, porque no le suena el nombre. ¿Por qué iba a sonarle? Teniendo en cuenta que Duds ni siquiera es capaz de memorizar lo que ha desayunado, ¿cómo va a acordarse de una compañera de clase de hace tres o cuatro años? Henry siente una oleada de impotencia, mezclada, cosa rara, con cierta diversión. ¿Cómo se les ha ocurrido?

—Josie —dice Pete con énfasis, a pesar de que tampoco parece muy esperanzado—. ¿No te acuerdas de que siempre te tomábamos el pelo diciendo que era tu novia? Tenía los ojos marrones... un pedazo de peluca rubia... y... —Suspira, disgustado—. Mierda.

—Mima mieda difentedia —dice Duddits, porque a sus amigos suele hacerles gracia: Misma mierda, diferente día. Como esta vez no funciona, hace otro intento—: Ni debote ni patido.

—Eso —dice Jonesy—. Tú lo has dicho: ni rebotes ni partido. Tíos, mejor que nos lo llevemos a casa, porque esto no...

—No —dice Beaver. Se lo quedan mirando. Tiene los ojos a la vez brillantes y preocupados, y mordisquea tan deprisa el palillo de la boca que se le mueve entre los labios como un pistón—. Atrapasueños —dice.

13

—¿Atrapasueños? —preguntó Owen.

Tuvo la sensación de hablar desde muy lejos. Delante, los faros del Humvee barrían un páramo nevado e infinito cuya similitud con una carretera se limitaba a la sucesión de reflectores amarillos. Atrapasueños, pensó, y volvió a ocuparle el cerebro el pasado de Henry, anegándole con imágenes, sonidos y olores correspondientes a aquel día prácticamente estival.

Atrapasueños.

14

—Atrapasueños —dice Beav, y se entienden los cuatro entre sí, tal como (equivocadamente, según acabará averiguando Henry) creen que hacen todos los amigos. A pesar de que nunca han abordado de manera directa el tema del sueño que compartieron durante su primera estancia en Hole in the Wall, saben que Beaver considera que en el fondo lo provocó el atrapasueños de Lamar. Nadie ha intentado convencerle de lo contrario, en parte porque no quieren romper la superstición de Beaver respecto a la inofensiva telaraña de cordel, pero sobre todo porque es un día del que no les apetece hablar. Sin embargo, al oírle, comprenden que Beaver ha entrevisto una verdad. En efecto, les ha unido un atrapasueños, aunque no sea el de Lamar.

Su atrapasueños es Duddits.

—Venga —dice Beaver con serenidad—. Venga, tíos, no tengáis miedo. Cogedle.

Lo hacen, aunque miedo tienen, como mínimo un poco. Incluido Beaver.

Jonesy coge la mano derecha de Duddits, tan diestra en manipular maquinaria desde que cursa formación profesional. Duddits pone cara de sorpresa, pero después sonríe y estrecha la mano de Jonesy. Pete le coge la izquierda. Beaver y Henry le rodean y le introducen los brazos a ambos lados de la cintura.

Los cinco se quedan en la misma postura debajo de uno de los robles grandes y viejos que hay en Strawford Park, con un encaje de luces y sombras de junio dibujado en las caras. Parecen críos formando una piña antes de un partido importante. No les miran las jugadoras de softball, con sus camisetas de color amarillo chillón, ni les miran las ardillas; tampoco el laborioso borracho, empeñado en amontonar latas vacías de refresco hasta tener bastante para la botella que será su cena.

Henry se siente penetrar por la luz, y comprende que la luz son sus amigos y él; el bellísimo encaje de luz y sombras verdes lo forman ellos cinco, y de los cinco es Duddits el más luminoso. Es su atrapasueños: les une. Henry siente el corazón henchido como nunca, ni antes ni después (y el vacío que deje ese nunca crecerá y se oscurecerá a medida que le cerque la acumulación de los años), y piensa: ¿Es para encontrar a una niña retrasada que se ha perdido, y que aparte de a sus padres lo más probable es que no le importe a nadie? ¿Fue para matar a un abusón descerebrado, juntándonos para conseguir que se saliera de la carretera (y soñando, ¡Dios!, soñando)? ¿No hay nada más? ¿Algo tan grande y maravilloso, sólo para objetivos tan pobres? ¿No hay nada más?

Porque, si no lo hay (piensa en pleno éxtasis unitivo), ¿de qué sirve? ¿Qué sentido tiene todo?

De repente, la intensidad de la experiencia barre cualesquiera ideas. Surge ante los cinco la cara de Josie Rinkenhauer, imagen movediza que al principio se compone de cuatro percepciones y memorias... hasta que pasan a ser cinco, porque Duddits ha entendido por quién se toman tantas molestias.

Con la intervención de Duddits se multiplican por cien la luminosidad y nitidez de la imagen. Henry oye que se le corta la respiración a alguien (Jonesy). A él también se le cortaría, pero ya hace unos segundos que no respira. Porque puede que Duddits sea retrasado en algunos aspectos, pero no en este. En este son ellos los débiles mentales, los torpes, y Duddits el genio.

—¡Dios mío! —oye exclamar Henry a Beaver, con una voz donde se mezclan a partes iguales el éxtasis y la consternación.

Porque tienen a Josie al lado. Las cinco percepciones diferentes de su edad la han convertido en una niña de unos doce años, mayor que cuando la encontraban esperando delante del cole de los subnormales, pero seguro que menor que ahora. Se han decidido por un traje de marinero cuyo color no acaba de asentarse, oscilando entre el azul, el rosa y el rojo, y viceversa. Tiene en la mano el bolso grande de plástico blanco, con los BarbieKen asomando por arriba, y gloriosos arañazos en ambas rodillas. Le aparecen y desaparecen en los lóbulos dos pendientes en forma de mariquitas, y piensa Henry: ah, sí, me acuerdo de que los llevaba. Entonces se solidifican.

La niña abre la boca y dice: «Hola, Duddie.» Mira alrededor y dice: «Hola, chicos.»

Y de repente ya no está. Vuelven a ser cinco en lugar de seis, cinco chicos mayores debajo del roble viejo, con la luz antigua de junio impresa en la cara, y en los oídos el griterío de las jugadoras de softball. Pete está llorando. Jonesy también. El borracho se ha marchado (ya debe de tener bastante para comprarse la botella), pero ha venido otro hombre. Se trata de un individuo de aspecto muy serio que lleva parka de invierno, a pesar de que hace calor. Tiene una mancha roja por toda la mejilla izquierda, como de nacimiento, aunque Henry sabe que no es tal, sino byrus. Owen Underhill se ha reunido con ellos en Strawford Park, y les mira, pero no pasa nada; aparte de Henry, nadie ve al visitante del otro lado del atrapasueños.

Duddits sonríe, pero le extrañan las lágrimas de dos de sus amigos.

—¿Poqué yora? —le pregunta a Jonesy. (¿Por qué lloras?)

—No te preocupes —dice Jonesy.

Al soltar la mano de Duddits, se rompe lo que quedaba de conexión. Jonesy se seca la cara, al igual que Pete. Beav profiere una risita que tiene mucho de sollozo.

—Me parece que me he tragado el palillo —dice.

—No, burro, que está aquí —dice Henry señalando la hierba, donde está tirado el mondadientes roído.

—¿Contrá a Yosi? —pregunta Duddits.

—¿Puedes, Duds? —pregunta Henry.

Duddits se encamina hacia el terreno de juego, seguido respetuosamente por su grupo de amigos. Pasa al lado de Owen, pero claro, no le ve; para Duds, Owen Underhill no existe, al menos de momento. Deja atrás las gradas, la tercera base y el chiringuito, hasta que se detiene.

Pete, que está al lado, ahoga una exclamación.

Duddits se vuelve hacia él y le mira con ojos brillantes de interés, casi riendo. Pete tiene un dedo en alto y lo mueve como un péndulo, con la mirada en el suelo. Henry se la sigue, y tiene la breve impresión de haber visto algo (un destello amarillo en el césped, como de pintura). Después sólo está Pete, haciendo lo característico de cuando usa su facultad especial de recordar.

—¿Belaliña, Pi? —inquiere Duddits con un tono paternal que a Henry casi le hace reír. (¿Ves la línea, Pete?)

—Sí —dice Pete con los ojos muy abiertos—. ¡Sí, coño! —Y mira a los demás—. ¡Tíos, que estaba aquí! ¡Justo aquí!

Cruzan Strawford Park siguiendo una línea que sólo ven Duddits y Pete, seguidos por un hombre a quien sólo ve Henry. Al fondo del parque hay una valla de madera hecha polvo con un letrero: PROPIEDAD DE D. B. & A. R. R. ¡PROHIBIDO EL PASO! Ya hace años que los niños se saltan la prohibición a la torera; de hecho, también hace años que no pasan camiones de Derry, Bangor y Aroostook por los Barrens; a pesar de ello, al meterse por donde está rota la valla, ven las vías de tren. Están situadas al pie de la cuesta, brillando herrumbrosas al sol.

Es una cuesta muy empinada y llena de ortigas y plantas que pican. Cuando han bajado la mitad encuentran el bolso grande de plástico de Josie Rinkenhauer. Ahora está viejo, y da pena verlo tan gastado (con varios arreglos de celo), pero Henry lo reconocería donde fuera.

Duddits se lanza alegremente sobre él y lo abre sin miramientos.

—¡BabiKe! —anuncia, sacando los muñecos.

Pete, que ha seguido rastreando el terreno con el torso inclinado, está serio como Sherlock Holmes tras las pistas del profesor Moriarty. De hecho, quien la encuentra es Pete Moore, que mira a los cuatro con cara de loco desde un desagüe sucio de hormigón que sobresale del follaje enmarañado de la cuesta.

—¡Está aquí dentro! —exclama en pleno delirio. Tiene blanquísima toda la cara, menos dos manchas muy rojas en las mejillas—. ¡Tíos, que me parece que está aquí dentro!

Debajo de Derry, localidad que se asienta en antiguas marismas donde no habían querido instalarse ni los indios micmac que poblaban los alrededores, hay un sistema de alcantarillas que no sólo tiene muchos años, sino una complejidad increíble. La mayor parte se construyó en los años treinta con dinero del New Deal, y se desplomará casi entera en 1985, durante la inundación que destruirá la torre-depósito. Ahora todavía existen los conductos. El que ha encontrado Pete hace bajada y se mete en la colina. A Josie Rinkenhauer se le ocurrió meterse por ella, y resbaló con cincuenta años de hojas secas acumuladas. Bajó como en trineo, y está al fondo. Ha hecho tantos intentos de volver a subir por el tubo húmedo y medio deshecho que ya no le quedan fuerzas. Se ha comido las dos o tres galletas que llevaba en el bolsillo de los pantalones, y ya hace varias horas (doce o catorce interminables horas) que se limita a quedarse tendida en la oscuridad y el hedor, escuchando los ecos de un mundo exterior que se le hurta, y aguardando la muerte.

Ahora que ha oído la voz de Pete, levanta la cabeza y emplea la poca energía que le queda en contestar:

—¡Ayudadmee! ¡No puedo salir! ¡Por favor, ayudadmee!

No se les ocurre que convenga ir en busca de un adulto, como el agente Nell, que es quien tiene asignado el vecindario. Sólo piensan en sacar a Josie, que se ha convertido en responsabilidad suya. Al menos tienen la cordura de oponerse a que entre Duddits, pero a los otros cuatro no les cuesta ni medio minuto de debate formar una cadena en la oscuridad: primero Pete, luego Beav, a continuación Henry, y por último, como ancla, Jonesy, que es quien pesa más.

Es como penetran en la negrura apestosa a cloaca (también apesta a algo más, algo inconcebiblemente viejo y asqueroso). Después de unos tres metros, Henry encuentra en el fango una de las zapatillas deportivas de Josie, y se la mete sin pensárselo en el bolsillo de atrás de los vaqueros.

A los pocos segundos oye detrás la voz de Pete:

—Para, tío.

Ahora el llanto y los gritos de socorro de la chica se oyen con gran proximidad, tanta que Pete la ve sentada al fondo de la pendiente de hojas, mirándoles con una cara que se destaca en la oscuridad como un círculo blanco con manchas.

Estiran un poco más la cadena, sin que los nervios les impidan extremar las precauciones. Jonesy se apoya con los dos pies en un bloque de cemento caído. Josie tiende una mano… intenta coger la que le ofrece Pete… no llega… Justo cuando parece que tendrán que rendirse, consigue recorrer unos centímetros, y Pete la coge por la muñeca, sucia y con arañazos.

—¡Bien! —exclama, triunfante—. ¡Ya te tengo!

Entonces la llevan con mucho cuidado hacia la boca del tubo, donde espera Duddits con el bolso en una mano y los dos muñecos en la otra, diciéndole a Josie en voz muy alta que no se preocupe, que tiene él a los BarbieKen. Hay sol, aire puro, y cuando la ayudan a salir del desagüe…

15

En el Humvee no había teléfono. Tenía dos radios, pero ningún teléfono. A pesar de ello sonó uno, haciendo añicos el nítido recuerdo tejido por Henry entre él y Owen, y pegándoles un susto de muerte.

Owen se sobresaltó como si le hubieran despertado de un sueño muy profundo, y el Humvee perdió un agarre que de por sí ya era precario. Al principio derrapó, y en segundo lugar inició un movimiento giratorio muy lento, como el baile de un dinosaurio.

—Me cago en…

Intentó seguir la dirección del giro, pero lo único que hizo la rueda fue girar con una facilidad angustiosa, como la de un barco que ha perdido el timón. El Humvee retrocedió por la superficie traicionera del único carril que quedaba en la I-95 para ir hacia el sur, y acabó chocando de lado con el banco de nieve más interior, abriendo con los faros, en la dirección de donde venían, un cono de luz manchado de nieve.

¡Riiing! ¡Riiing! ¡Riiing! Y sin teléfono a la vista.

Suena en mi cabeza, pensó Owen; lo proyecto, pero me parece que lo oigo en mi cabeza. Ya estamos otra vez con la telepatía de los…

En el asiento de en medio había una pistola, una Glock. Justo cuando la cogía Henry, dejó de sonar el teléfono. Entonces se aplicó a la oreja el cañón como si quisiera suicidarse, con la diferencia de que tenía todos los dedos en la culata.

Claro, pensó Owen, pura lógica. Le llaman por la pistola. No tiene nada de raro.

—¿Sí? —dijo Henry. Owen no pudo oír la respuesta, pero vio iluminarse con una sonrisa la cara cansada de su acompañante—. ¡Jonesy! ¡Sabía que eras tú!

¿Y quién iba a ser?, se dijo Owen. ¿Oprah Winfrey?

—¿Dónde…?

Henry permaneció a la escucha.

—¿Buscaba a Duddits, Jonesy? ¿Por eso…? —Volvió a escuchar y añadió—: ¿El qué? ¿El depósito del agua? ¿Y por qué…? ¡Jonesy! ¡Jonesy!

Se quedó unos segundos más con la pistola en la oreja, hasta que la miró como si no la reconociera y la devolvió al asiento. Ya no sonreía.

—Ha colgado. Me parece que volvía el otro. Él le llama señor Gray.

—O sea que tu amigo está vivo. Pues no te veo muy contento.

Más que en la cara, se lo notaba en los pensamientos, pero a aquellas alturas ya no hacía falta decirlo. Al principio se había alegrado, como cualquiera que reciba una llamadita por la pistola, pero ya no estaba contento. ¿Por qué?

—Está… están al sur de Derry. Han parado a comer algo en un área de servicio para camioneros que se llama Dysart's… aunque Jonesy la ha llamado Dry Farts, como de niños. Para mí que no se ha dado ni cuenta. Ponía voz de asustado.

—¿Por él o por nosotros?

Henry miró a Owen con mala cara.

—Dice que tiene miedo de que el señor Gray piense matar a un policía y robarle el coche patrulla. Supongo que más que nada es eso. Mierda.

Se dio un puñetazo en el muslo.

—Pero está vivo.

—Sí, eso sí —dijo Henry con muy poco entusiasmo—. Es inmune. Duddits… ¿Ahora ya entiendes lo de Duddits?

«No, y dudo que lo entiendas tú, Henry… pero es posible que ya entienda bastante.»

Henry pasó a la comunicación mental, que era más fácil.

«Duddits nos cambió, o nos cambió estar con él. Cuando a Jonesy le atropellaron en Cambridge, volvió a cambiar. Muchas

462

veces, a la gente que ha pasado por el trance de ver la muerte le cambian las ondas cerebrales. El año pasado vi un artículo en el *Lancet* sobre el tema. En el caso de Jonesy, debe de querer decir que el señor Gray en cuestión puede utilizarle sin contagiarle ni desgastarle. Otra cosa que le ha permitido es que no le absorban, al menos de momento.»

—¿Absorberle?

«Apropiársele. Tragársele.» Y en voz alta:

—¿Tienes alguna manera de sacarnos de la nieve?

«Me parece que sí.»

—Me lo temía —dijo Henry con desánimo.

Owen se volvió hacia él, con la luz verdosa del salpicadero en la cara.

—¿Se puede saber qué te pasa?

«¿No lo entiendes? ¿En serio? ¿De cuántas maneras tengo que explicártelo?»

—¡Sigue dentro! ¡Jonesy sigue dentro!

Por tercera o cuarta vez desde el inicio de su fuga con Henry, Owen no tuvo más remedio que saltar encima del abismo entre lo que sabía su cabeza y lo que sabía su corazón.

—Ah, ya. —Se quedó un rato callado—. Está vivo. Piensa, y hasta llama por teléfono. —Otra pausa—. Caray.

Intentó poner el Humvee en primera y consiguió avanzar unos quince centímetros, pero volvieron a girar las cuatro ruedas. Entonces puso marcha atrás y se metió más en la nieve, pero estaba tan dura que el culo del Humvee se subió un poco a ella, que era lo que quería Owen; así, cuando volviera a meter la primera saldrían del banco de nieve como un corcho de una botella. Sin embargo, se quedó unos segundos con la suela de la bota en el freno. La vibración del Humvee era tan potente que hacía temblar todo el chasis. Fuera rugía el viento, haciendo resbalar por la autopista vacía copos de nieve como sierras.

—Supongo que te das cuenta de que no hay más remedio que seguir —dijo Owen—. Eso partiendo de la hipótesis de que podamos cogerle. Porque no conozco los detalles, pero casi seguro que el plan general es contaminarlo todo. Haciendo números...

—Ya, ya sé hacerlos —dijo Henry—. Seis mil millones de terrícolas contra un Jonesy.

—Exacto.

—Pero los números engañan —alegó Henry.

Sin embargo, lo dijo con mal tono. Al llegar a determinadas cantidades, los números no engañaban ni podían engañar, y seis mil millones era una cantidad muy alta.

Owen soltó el freno y apretó el acelerador. El Humvee avanzó (esta vez casi un metro), empezó a derrapar, se afianzó en la calzada y salió de la barrera de nieve con un rugido de dinosaurio. Owen lo enderezó rumbo al sur.

«Cuéntame qué pasó después de sacar a la niña de la tubería.»

Henry no tuvo tiempo de empezar, porque se oyó ruido en una de las radios de debajo del tablero. Después habló una voz fuerte y clara, como si procediera de otro ocupante del vehículo.

—¿Owen? ¿Me oyes, chaval?

Kurtz.

16

Tardaron casi una hora en cubrir los primeros veinticinco kilómetros al sur de Blue Base (o ex Blue Base), pero Kurtz no estaba preocupado. Tenía la seguridad de que les ayudaría Dios.

El conductor (de otro Humvee donde se apretujaba el feliz cuarteto) era Freddy Johnson. Perlmutter estaba en el asiento del copiloto, esposado al tirador de la puerta. Cambry lo mismo, pero detrás. Kurtz estaba sentado detrás de Freddy, y Cambry de Pearly. Kurtz se preguntó si los dos reclutas forzosos conspiraban por telepatía. Allá ellos, porque no les serviría de nada. Tanto Kurtz como Freddy habían bajado las ventanillas, aunque fuera al precio de tener el Humvee a temperatura de nevera. Habían puesto la calefacción a tope, pero no era suficiente. Con todo, era imprescindible bajar las ventanas, puesto que de lo contrario el interior del vehículo habría tardado muy poco en volverse inhabitable, más cargado de azufre que una mina de hulla contaminada. La diferencia era que no olía a azufre, sino a éter. Casi toda la peste, al parecer, procedía de Perlmutter, que cambiaba de postura cada dos por tres y gemía con disimulo. Cambry era un criadero de Ripley, que le crecía encima como un campo de trigo después de las lluvias de primavera, y olía (hasta con la mascarilla puesta lo notaba Kurtz), pero el más apestoso de los dos, el que no se estaba quieto y procuraba tirarse pedos sin hacer ruido (Kurtz recordaba vagamente que de niño lo llamaban el truco de «levanta la nalga cuando salga»), intentando desentenderse de ellos, era Pearly. Gene Cambry criaba Ripley, pero Kurtz sospechaba que el bueno de Pearly criaba algo más.

Hizo todo lo posible por ocultar sus pensamientos con un mantra de su cosecha.

—¿Podría decir otra cosa, por favor? —preguntó Cambry—. Me estoy volviendo tarumba.

—Y yo —dijo Perlmutter.

Se movió un poco y se le escapó un ruidito de «pfff», parecido al de algo de goma deshinchándose.

—¡Pearly, coño! —exclamó Freddy, y bajó un poco más la ventanilla, dejando entrar una ráfaga de nieve y aire frío. El Humvee derrapó, y Kurtz se preparó para el golpe, pero había sido una falsa alarma—. ¿Podrías no seguir echando perfume anal, o es demasiado pedir?

—¿Cómo dices? —dijo Perlmutter con frialdad—. Si insinúas que he soltado una ventosidad, te diré que...

—Yo no insinúo nada —dijo Freddy—. Sólo digo que ya hace bastante peste, o sea, que o paras o...

A falta de una manera satisfactoria de concretar la amenaza por parte de Freddy (puesto que de momento necesitaban a dos telépatas, uno principal y otro de refuerzo), intervino Kurtz con buenas maneras.

—Hay un caso muy interesante, en el sentido de que demuestra que todo tiene precedentes: el de Edward Davis y Franklin Roberts. Ocurrió en Kansas, en la época en que Kansas era Kansas...

Kurtz, que era un narrador más que aceptable, les retrotrajo a la época del conflicto de Corea. Ed Davis y Franklin Roberts eran de Kansas, dueños de sendas y pequeñas granjas en proximidad de Emporia, no demasiado lejos de la de la familia de Kurtz (cuyo nombre de pila no era exactamente Kurtz). Ed Davis, que siempre había tenido los tornillos un poco sueltos, fue convenciéndose de que su vecino, el maleducado de Roberts, pensaba robarle la granja. Se quejaba de que Roberts hablaba mal de él cuando iba a la ciudad, que le echaba veneno en los campos y presionaba al banco de Emporia para que le embargaran la granja.

La solución de Ed Davis, contó Kurtz, fue capturar un mapache enfermo de rabia y meterlo en el gallinero. El suyo. El animal mató gallinas a diestro y siniestro, y, cuando se cansó de matar, el bueno de Davis le voló la cabecita blanca y gris.

Todos los ocupantes del gélido Humvee, que proseguía su viaje, escuchaban en silencio.

Ed Davis cargó todas las gallinas muertas en la cosechadora, sin olvidarse del mapache muerto, montó en ella, fue de noche a la finca de su vecino y arrojó la carga de bichos muertos en los dos pozos de Franklin Roberts, el de riego y el de uso doméstico. La noche siguiente, con whisky hasta las cejas, Davis llamó por teléfono a su enemigo y le explicó su fechoría entre carcajadas de loco. El muy chalado preguntó: «¿Verdad que hoy ha hecho mucho calor?», riéndose tanto que a Roberts le costó entenderle. «¿Tú y tus chavalas cuál habéis bebido? ¿La del mapache o la de las gallinas? ¡Yo no sé decírtelo, porque no me acuerdo de qué puse en cada pozo! Lástima, ¿no?»

A Gene Cambry le temblaba la comisura izquierda de los labios, como si hubiera sufrido una grave apoplejía. El Ripley que le crecía por la arruga de la frente ya estaba tan avanzado que parecía que Cambry tuviera partida la cabeza.

—¿Qué quiere decir? —preguntó—. ¿Que yo y Pearly no valemos más que un par de gallinas con rabia?

—Cambry, ojo con cómo le hablas al jefe —dijo Freddy, haciendo subir y bajar la mascarilla.

—¡Qué jefe ni qué hostias! ¡La misión se ha acabado!

Freddy levantó una mano como para darle a Cambry un bofetón de espaldas. Cambry, cuya expresión era a la vez agresiva y de temor, adelantó la cabeza para acortar la distancia.

—Eso, guapo, pega, pega; aunque te aconsejo que esperes hasta haber comprobado que no tengas ningún corte en la mano. Porque no hacen falta más.

La mano de Freddy quedó suspendida a medio camino, hasta que volvió a apoyarse en el volante.

—Y hablando del tema, Freddy, también te aconsejo que tengas cuidado. Si crees que el «jefe» piensa dejar testigos, es que estás loco.

—Eso, loco —dijo Kurtz de corazón, y se rió entre dientes—. Hay muchos granjeros que se vuelven locos. Será que es una vida muy sufrida. Frank Roberts vendió la granja poco después de lo de los pozos, se fue a vivir a Wichita y entró de representante en una empresa, pero resulta que los pozos ni siquiera estaban contaminados. Hizo pruebas un inspector de aguas del estado, y salió que era potable. El inspector dijo que no era una vía de transmisión de la rabia. Me gustaría saber si lo es del Ripley.

—Al menos podría usar el nombre de verdad —dijo, o escupió, Cambry—. Se llama byrus.

—Byrus, Ripley... ¿Qué más da? —dijo Kurtz—. Están intentando envenenar nuestros pozos, contaminar nuestros preciosos fluidos, como dijo no sé quién.

—¡Eso a usted le importa un carajo! —soltó Perlmutter con tanta animosidad en la voz que Freddy se sobresaltó—. Sólo le importa pillar a Underhill. —Y añadió apenadamente, después de una pausa—: Usted sí que está loco, jefe.

—¡Owen! —exclamó Kurtz, más alegre que unas pascuas—. ¡Casi se me había olvidado! ¿Dónde está, nenes?

—Delante —dijo Cambry, resentido—. Atascado en la puta nieve.

—¡Fabuloso! —tronó Kurtz—. ¡Nos acercamos!

—No se emocione, que está saliendo. Tiene un Humvee, igual que nosotros. Con un trasto así y sabiendo conducirlo, se puede cruzar el infierno. Y parece que sabe.

—Lástima. ¿Nos hemos acercado algo?

—No mucho —dijo Pearly.

Cambió de postura, hizo una mueca y se tiró otra ventosidad.

—¡Jodeer! —dijo Freddy en voz baja.

—Freddy, dame el micro. Por el canal común, que es el que le gusta a nuestro amigo Owen.

Freddy estiró el cable, que se había enrollado, le pasó el micro a Kurtz, hizo un ajuste en el transmisor fijado con tornillos al salpicadero y dijo:

—Ya puede hablar, jefe.

Kurtz presionó el botón lateral del micro.

—¿Owen? ¿Me oyes, chaval?

Silencio, estática y el aullido monótono del viento. Cuando Kurtz se disponía a volver a apretar el botón de transmisión y realizar otro intento, se oyó la voz de Owen con poco ruido de estática y nula distorsión. Kurtz no cambió de cara (conservó la misma expresión de afabilidad interesada), pero se le aceleró bastante el pulso.

—Aquí estoy.

—¡Hombre, chaval, qué gusto oírte! ¡Qué alegría! Calculo

que estás en nuestra posición más ochenta. Acabamos de pasar por la salida 39. ¿Me equivoco?

En realidad acababan de dejar atrás la 36, y Kurtz consideraba que faltaban bastante menos de ochenta kilómetros. Quizá la mitad.

No hubo respuesta.

—Frena, nene —le aconsejó Kurtz a Owen con su tono más amable y cuerdo—. Aún estamos a tiempo de que no se vaya a la mierda absolutamente todo. Supongo que nuestras carreras ya no hay quien las salve (son gallinas muertas en un pozo envenenado), pero, si tienes una misión, déjame compartirla. Ya estoy viejo, y lo único que pido es sacar algo un poco decente de...

—Corta el rollo, Kurtz.

Los seis altavoces del Humvee lo reprodujeron con la misma fuerza y nitidez. Cambry tuvo la desfachatez de reírse, ganándose una mirada venenosa de Kurtz. En otras circunstancias, una mirada así le habría puesto los pelos de punta, pero ya no había otras circunstancias, estaban canceladas, y Kurtz experimentó algo tan poco habitual como una punzada de miedo. Una cosa era saber que se les había jorobado todo, y otra notar el peso de la verdad como un gran saco de harina oprimiendo las tripas.

—Owen... chaval...

—Escucha, Kurtz. No sé si te queda alguna neurona cuerda en la cabeza, pero en caso afirmativo espero que esté atenta. Me acompaña una persona que se llama Henry Devlin, y tenemos delante (yo diría que a unos ciento cincuenta kilómetros) a un amigo suyo que se llama Gary Jones. Aunque ya no es él de verdad. Le ha raptado una inteligencia extraterrestre a la que llama señor Gray.

Gray... Gray..., pensó Kurtz. Por sus anagramas les conocerás.

—Lo que haya pasado en Jefferson Tract no tiene importancia —dijo por los altavoces la voz de Owen—. La masacre que tenías planeada era superflua, Kurtz. Lo mismo da matarles o dejar que se mueran, porque no representan ningún peligro.

—¿Oís? —preguntó Perlmutter, histérico—. ¡Ningún peligro! Ningún...

—Calla —dijo Freddy, dándole un golpe con la mano.

Kurtz apenas se fijó. Estaba muy tieso en el asiento, con una mirada de odio. ¿Superflua? ¿Owen Underhill diciéndole que la misión más importante de su vida había sido superflua?

—… entorno, ¿entiendes? No pueden vivir en este ecosistema. La única excepción es Gray. ¿Por qué? Porque resulta que ha encontrado un huésped con diferencias radicales. Conque ya lo sabes, Kurtz: si tienes algún principio, renunciarás ahora mismo a perseguirnos y nos dejarás en paz. Deja que nos ocupemos nosotros de Jones y de Gray. Con suerte nos cogerías a nosotros, pero a ellos, lo dudo. Están muy al sur, y creemos que el señor Gray tiene un plan. Algo que esta vez funcionará.

—Estás exaltado, Owen —dijo Kurtz—. Frena y haremos juntos lo que haya que hacer. Lo…

—Si te importa algo, renuncia —dijo Owen con inexpresividad—. Y punto. No tengo nada más que decir. Corto.

—¡No cortes, chaval! —vociferó Kurtz—. ¡Te lo prohíbo!

Se oyó un clic de gran nitidez, y el altavoz se cargó de un ruido de fondo de estática.

—Ha cortado —dijo Perlmutter—. Tiene desconectado el micro y ha apagado el receptor.

—Bueno, pero ya le habéis oído —dijo Cambry—. Esto no tiene sentido. Renunciad.

A Kurtz le palpitaba una vena en medio de la frente.

—Claro, como que voy a creerme lo que diga ese. Después de la que ha montado en la base…

—¡Pero ha dicho la verdad! —se exasperó Cambry. Por primera vez miró a Kurtz abriendo mucho los párpados, en cuyas comisuras había manchas de Ripley, o byrus, o como se quisiera llamar, y le roció de baba las mejillas, la frente y la superficie de su mascarilla protectora—. ¡Le he oído los pensamientos! ¡Los suyos y los de Pearly! ¡DECÍA LA PURA VERDAD! ¡DECÍA…!

Kurtz dio otra prueba de su increíble rapidez de movimientos, desenfundando la pistola de nueve milímetros de la cartuchera del cinturón y disparando. Dentro del Humvee, la detonación fue ensordecedora. Freddy gritó de sorpresa y dio otro golpe de volante, haciendo que el vehículo iniciara un derrape en diagonal por la nieve. Perlmutter, chillando, giró la cabeza, horrorizada y manchada de rojo, para mirar el asiento de detrás. Cambry no había tenido ninguna oportunidad. Le habían salido los sesos por el cogote y la ventanilla rota. Antes de que tuviera tiempo de levantar una mano en señal de protesta, ya se los llevaba la tormenta.

No te lo esperabas, ¿eh, chaval?, pensó Kurtz. ¿A que esta vez no te ha servido de nada la telepatía?

—No —dijo Pearly, gemebundo—. Alguien que no sabe qué va a hacer hasta que lo hace es un caso perdido. Con los locos no hay gran cosa que hacer.

Kurtz le apuntó con el arma.

—Venga, dímelo otra vez. Que te oiga volver a llamarme loco.

—Loco —dijo enseguida Pearly, y le ensanchó la boca una sonrisa que dejó a la vista varios huecos en la dentadura—. Loco, loco, loco. Por mucho que te lo diga no me pegarás un tiro. Ya has matado al refuerzo, que era lo máximo que podías permitirte.

Empezaba a levantar demasiado la voz. El cadáver de Cambry chocó con la puerta. El viento frío que entraba por la ventanilla le despeinaba su cabeza deforme.

—Calla, Pearly —dijo Kurtz. Ahora estaba más tranquilo y volvía a tenerlo todo controlado. Al menos Cambry había tenido alguna utilidad—. Sujeta tu tablita y calla. ¿Freddy?

—Sí, jefe.

—¿Aún cuento contigo?

—Para lo que sea, jefe.

—Owen Underhill es un traidor. Eso se merece un amén como una casa. ¿Me lo das?

—Amén.

Freddy se quedó más tieso que una escoba, mirando fijamente la nieve y los conos que formaban los faros del Humvee.

—Owen Underhill ha traicionado a su país y a sus camaradas. Ha…

—Te ha traicionado a ti —dijo Perlmutter con poco más que un susurro.

—Exacto, Pearly; y una cosa, chaval: no sobrestimes tu importancia, que es lo que menos te conviene. Ya has dicho que los locos son imprevisibles.

Kurtz volvió a mirar la ancha nuca de Freddy.

—A Owen Underhill le vamos a machacar; a él y al tal Devlin, suponiendo que les encontremos juntos. ¿De acuerdo?

—De acuerdo, jefe.

—Aunque lo primero es soltar lastre, ¿no? —Kurtz se sacó del bolsillo la llave de las esposas, pasó un brazo por detrás de Cambry, metió la mano en el pringue tibio que no había salido por la ventana y acabó por encontrar el tirador de la puerta. Entonces abrió con la llave las esposas, y unos cinco segundos después el señor Cambry, Dios le tuviera en su gloria, se reintegró a la cadena alimentaria.

Mientras tanto, Freddy se había puesto una mano en la entre-pierna, que le picaba la hostia. Por cierto, que también le picaban las axilas y…

Movió un poco la cabeza y topó con la atenta mirada de Perl-mutter, ojos grandes y oscuros en una cara pálida con manchas rojas.

—¿Qué miras? —preguntó Freddy.

Perlmutter giró la cabeza sin decir nada más y contempló la noche.

XIX

Sigue la persecución

1

El señor Gray disfrutaba a fondo de las emociones humanas, y le gustaba mucho la comida de aquellos seres, pero le estaba gustando bastante menos vaciar los intestinos de Jonesy. Negándose a mirar lo que había evacuado, se levantó los pantalones y se los abrochó con un ligero temblor en las manos.

«¡Pero bueno! ¿No piensa usar papel? —preguntó Jonesy—. ¡Coño, al menos podría tirar de la cadena!»

El señor Gray, sin embargo, no veía el momento de salir del váter. Hizo una pausa para mojarse las manos debajo de uno de los grifos (Jonesy oía aullar el viento al otro lado de la pared de baldosas del lavabo, donde no había nadie más) y se encaminó a la puerta.

Para Jonesy no fue del todo una sorpresa ver que la empujaba el policía.

—Oiga, que se le ha olvidado subirse la cremallera —dijo éste.

—Ah, pues es verdad. Gracias, agente.

—¿Viene del norte? Por la radio dicen que ha pasado algo gordo. Eso cuando se coge. Dicen que podría haber extraterrestres.

—Ni idea. Es que sólo vengo de Derry —dijo el señor Gray.

—Y, si no es indiscreción, ¿por qué ha salido de casa, con la nochecita que hace?

Dígale que para ir a ver a un amigo enfermo, pensó Jonesy; pero le acometió la desesperación. No sólo no quería ver el desarrollo de la escena, sino que habría preferido no participar.

—Un amigo, que está enfermo —dijo el señor Gray.

—Ah, un amigo. Haga el favor de enseñarme el permiso de conducir y el do...

De repente el policía abrió mucho los ojos y caminó deprisa y con paso forzado hacia la pared donde ponía en un cartel: LAS DUCHAS ESTÁN RESERVADAS PARA LOS CAMIONEROS. Permaneció contra ella, intentando resistir... y empezó a dar cabezazos convulsos y brutales en las baldosas. El primero le quitó el sombrero Stetson. Al tercero empezó a correr la sangre, que al principio manchaba las baldosas, hasta que las salpicó con verdaderos chorros.

Como no estaba en su mano evitarlo, Jonesy quiso coger el teléfono del escritorio.

No había. En algún momento, bien fuera comiendo el segundo plato de beicon, bien cagando por primera vez como un ser humano, el señor Gray había cortado la línea. Estaba solo.

2

A pesar del horror que sentía (a menos que fuera la causa), Jonesy acompañó con grandes carcajadas el gesto de limpiar con una toalla la sangre de la pared del servicio. El señor Gray había accedido a los conocimientos de Jonesy sobre la ocultación y/o eliminación de cadáveres, y había encontrado una mina. Como aficionado a las películas de terror y las novelas de suspense y policíacas, con muchos años de afición a sus espaldas, Jonesy, en cierto modo, era una autoridad. De hecho, mientras el señor Gray dejaba caer la toalla ensangrentada sobre el uniforme empapado del agente (la chaqueta había servido para envolver la cabeza, francamente maltrecha), una parte del cerebro de Jonesy repasaba la eliminación del cadáver de Freddy Miles en *El talento de Mr. Ripley*, tanto la película como la novela de Patricia Highsmith. Ni mucho menos era el único vídeo puesto; había tantos que a Jonesy le daba vértigo mirarlos demasiado, como cuando estaba al borde de un precipicio. Y no era lo peor. Con ayuda de Jonesy, el señor Gray había descubierto algo que le gustaba más que el beicon muy hecho, y hasta que dar rienda suelta a las reservas de rabia de Jonesy.

El señor Gray había descubierto el asesinato.

Detrás de las duchas había un vestuario, y detrás de este un pasillo que daba al dormitorio para camioneros. En el pasillo no había nadie. Al fondo había una puerta por la que se salía a la fachada trasera del edificio, abocada a un callejón sin salida donde se había acumulado mucha nieve. Sobresalían dos contenedores verdes de basura. La luz débil de una farola proyectaba sombras largas y afiladas. El señor Gray, que aprendía deprisa, registró el cadáver del policía buscando las llaves del coche, y las encontró. También le quitó la pistola y la metió en uno de los bolsillos con cremallera de la parka de Jonesy. Usó la toalla manchada de sangre para evitar que se cerrara sola la puerta del callejón. Después arrastró el cadáver y lo dejó detrás de un contenedor.

Todo, desde la truculenta inducción al suicidio hasta el reingreso de Jonesy en el pasillo, duró menos de diez minutos. El cuerpo de Jonesy respondía con ligereza y agilidad, sin acusar el cansancio anterior: él y el señor Gray estaban disfrutando de otro episodio de euforia por endorfinas. En cuanto a la responsabilidad del crimen, a Gary Ambrose Jones le correspondía como mínimo una parte, que englobaba algo más que los conocimientos sobre cómo deshacerse del cadáver: los impulsos sanguinarios de ello, bajo una capita de «sólo es ficción». Al volante estaba el señor Gray (al menos Jonesy no tenía que agobiarse con la idea de ser el autor directo del asesinato), pero el motor era él.

A ver si resulta que nos merecemos que nos borren de la faz de la Tierra, pensó Jonesy mientras el señor Gray volvía por la sala de duchas (buscando salpicaduras de sangre con los ojos de Jonesy, y usando una mano de este para jugar con las llaves del policía). Quizá nos merezcamos que nos conviertan en esporas rojas. Quizá sea lo mejor.

4

La cajera, de aspecto cansado, le preguntó si había visto al agente.

—¡Que si le he visto! —dijo Jonesy—. Hasta he tenido que enseñarle el carnet de conducir.

—Desde finales de la tarde pasan muchos de la montada

—dijo la cajera—, y eso que hace un día... Están con los nervios de punta. Como todo el mundo. Yo, para ver gente de otro planeta, prefiero alquilar un vídeo. ¿Han dicho algo más?

—En la radio dicen que era todo falsa alarma —contestó Jonesy, cerrando la cremallera de la chaqueta.

Miró las ventanas del restaurante que daban a la zona de estacionamiento, verificando lo que ya había visto: que la combinación de escarcha en el cristal y nieve exterior impedía cualquier visibilidad. Desde dentro no veía nadie a bordo de qué vehículo se marchaba.

—¿En serio?

Con el alivio parecía menos cansada, y más joven.

—Sí. Y otra cosa, guapa: no te preocupes si tarda un poco el amigo, porque ha dicho que tenía que echar algo gordo.

Apareció una arruga en el entrecejo de la mujer.

—¿Lo ha dicho así?

—Buenas noches. Feliz navidad. Feliz año nuevo.

Jonesy confió en estar participando en la respuesta, en influir en algo para llamar la atención.

No tuvo tiempo de ver si la llamaba, porque el señor Gray le hizo dar la espalda a la caja, y el panorama de la ventana del despacho pivotó. Cinco minutos más tarde volvía a circular hacia el sur por la autopista; el coche patrulla, con gran estrépito de cadenas, le permitía no bajar de los sesenta o setenta kilómetros por hora.

Jonesy notó que el señor Gray se proyectaba hacia atrás. El señor Gray podía tocar el cerebro de Henry, pero no podía meterse dentro. Henry tenía algo diferente, como Jonesy. Daba igual, porque Henry iba con otra persona, un tal Overhill o Underhill, que se lo dejaría sonsacar. Como mínimo les llevaba cien kilómetros de ventaja. ¿Estaban saliendo de la autopista? Sí, por Derry.

El señor Gray retrocedió todavía más y descubrió a más perseguidores. Eran tres... pero Jonesy percibió que el objetivo principal de su persecución no era el señor Gray. Cosa que a éste le sentó muy bien. Ni siquiera se molestó en buscar el motivo de que pararan Overhill/Underhill y Henry.

Para el señor Gray, lo principal era cambiar de vehículo y conseguir un quitanieves, a condición de que las capacidades de conducción de Jonesy le permitieran maniobrarlo.

Y sólo era el precalentamiento.

Owen Underhill está de pie en la cuesta, muy cerca del tubo que sobresale de los hierbajos, viéndoles ayudar a salir a la niña con barro en la ropa y miedo en los ojos (Josie). Ve que Duddits (un joven corpulento con hombros de jugador de fútbol americano y un pelo rubio, como de estrella de cine, que desentona con el resto) la levanta con un fuerte abrazo y le da besos sonoros en la cara sucia. Luego oye las primeras palabras de la chica:

—Quiero ir con mi mamá.

Los chicos consideran que está bien. No avisan a la policía ni a una ambulancia. Sólo la ayudan a subir por la cuesta, meterse por el agujero de la valla y cruzar el parque (donde ya no están las jugadoras de amarillo, sino otras de verde que se fijan tan poco como la entrenadora en los chicos y la criatura sucia y despeinada a quien han rescatado). Después la acompañan por Kansas Street hasta Maple Street. Saben dónde está la mamá de Josie. Y su papá.

Los Rinkenhauer no están solos. Al volver, los chicos se encuentran con que hay toda una hilera de coches aparcados en la manzana de la casa de los Cavell. La idea de avisar a los padres de los amigos y compañeros de clase de Josie ha sido de Roberta. Propone buscarla cada uno por su lado, y pegar los carteles por toda la ciudad, no en puntos escondidos y apartados (que en Derry es donde tienden a aparecer esa clase de avisos), sino donde no haya más remedio que verlos. El entusiasmo de Roberta es suficiente para alumbrar una chispa de esperanza en los ojos de Ellen y Hector Rinkenhauer.

Los otros padres también responden, como si hubieran estado esperando que se lo pidiesen. Las llamadas han empezado poco después de salir por la puerta Duddits y sus amigos (ha supuesto Roberta que para jugar, porque aún está la tartana de Henry en el camino de entrada). Para cuando vuelven los chicos, en el salón de los Cavell ya se apretujan casi dos docenas de personas tomando café y fumando. En ese momento tiene la palabra un hombre que a Henry le suena, un tal Phil Bocklin, abogado. A veces juega con Duddits su hijo Kendall, que también tiene síndrome de Down; majo, pero no es como Duds. Claro que como Duds no hay nadie.

Los chicos están en la puerta del salón acompañados por Josie, que ya vuelve a llevar su bolso con los BarbieKen dentro. Hasta tiene la cara casi limpia, porque Beaver, al ver tantos coches, se la ha adecentado un poco antes de entrar con su pañuelo. («La verdad es que me ha dado una sensación un poco rara —reconoce más tarde, cuando ya ha pasado todo el follón—. Eso de limpiarle la cara a una tía con cuerpo de modelo de *Playboy* y cerebro más o menos de regadera...») Al principio sólo les ve el señor Bocklin, que no debe de haberles reconocido, porque sigue hablando como si nada.

—En definitiva, que tenemos que dividirnos en equipos, digamos que de tres parejas... tres por... por equipo... y luego... luego...

El señor Bocklin parece un juguete perdiendo cuerda, hasta que se queda callado del todo delante de la tele de los Cavell, mirando fijamente. La reacción de los padres, reunidos en cuestión de minutos, es de cierta agitación, porque no entienden qué le pasa. Con lo bien que estaba hablando...

—Josie —dice el señor Bocklin con un tono que no se parece nada al que usa en los juicios, teatral y confiado.

—Sí —dice Hector Rinkenhauer—, es como se llama. ¿Qué te pasa, Phil? ¿Qué os pasa a...?

—Josie —repite Phil levantando una mano temblorosa.

A Henry (y por lo tanto a Owen, que mira por sus ojos) le recuerda el fantasma de las siguientes navidades señalando la tumba de Scrooge.

Se gira una cara... dos... cuatro... los ojos de Alfie Cavell, ojos de incredulidad magnificados por las gafas... y por último los de la señora Rinkenhauer.

—Hola, mamá —dice Josie tan tranquila, enseñando el bolso—. Duddie ha encontrado mi BarbieKen. Me había quedado metida en...

El grito de alegría de su madre impide oír el resto. Henry nunca ha oído un grito similar en toda su vida; es maravilloso, pero también tiene algo de sobrecogedor.

—Cágate lorito —dice Beaver (en voz baja).

Jonesy tiene sujeto a Duddits, que se ha asustado del grito.

Pete mira a Henry y le hace un gesto con la cabeza: «Lo hemos hecho bien.»

Y Henry se lo devuelve. «Sí.»

Si no es el mejor momento del grupo, es el segundo mejor, y

con poca diferencia. Cuando la señora Rinkenhauer, que ahora llora, coge en brazos a su hija, Henry le toca a Duddits el brazo para que se gire, y le da un besito en la mejilla. «Duddits, majo —piensa Henry—. Duddits...»

6

—Ya estamos —dijo Henry en voz baja—. Salida 27.

La visión que tenía Owen de la sala de estar de los Cavell reventó como una burbuja de jabón. Miró el letrero: SALIDA 27 KANSAS STREET. PÓNGANSE A LA DERECHA. Aún le resonaban en los oídos los gritos de la mujer, entre felices e incrédulos.

—¿Te pasa algo? —preguntó Henry.

—No; vaya, me parece que no. —Owen metió el Humvee por la rampa de salida, entre paredes de nieve. El reloj del salpicadero se había quedado tan parado como el de pulsera de Henry, pero tuvo la impresión de que fuera había un poco más de luz—. ¿Después de la rampa es a la izquierda o la derecha? Dímelo ahora, para no arriesgarme a frenar.

—A la izquierda, a la izquierda.

Owen viró en la dirección indicada, pasando por debajo de una señal intermitente, superó otro derrape y se metió hacia el sur por Kansas Street. No hacía mucho tiempo que habían pasado los quitanieves, pero volvía a acumularse nieve.

—Ya va nevando menos —dijo Henry.

—Sí, pero ¡qué viento más cabrón! Debes de tener muchas ganas de verle, ¿no? Me refiero a Duddits.

Henry enseñó los dientes.

—Sí, pero también estoy un poco nervioso. —Sacudió la cabeza—. Jo, es que Duddits... Duddits te pone a gusto. Ya lo verás. Lo único que me da rabia es ir a su casa a una hora tan indecente.

Owen se encogió de hombros, gesto que quería decir: «No hay más remedio.»

—Me parece que llevan unos cuatro años en este barrio, y ni siquiera conozco la casa nueva.

Sin darse cuenta, siguió en telepatía: «Se mudaron al morirse Alfie.»

«¿Tú...?» La continuación no fueron palabras, sino una imagen: gente vestida de negro con paraguas negros. Un cementerio con lluvia. Un ataúd encima de unos caballetes, y en la tapa la inscripción «R. I. P. ALFIE».

«No —dijo Henry, avergonzado—. Ninguno de los cuatro.»

«¿?»

Henry no sabía por qué no habían ido, pero intuía por dónde iban los tiros. Duddits había sido una parte importante de la infancia de los cuatro (supuso que la palabra que buscaba era «crucial»); roto el eslabón, habría sido doloroso regresar. Doloroso, sin embargo, no quería decir inútil. Ahora Henry entendía algo: que las imágenes que asociaba con su depresión, y con estar cada vez más convencido del suicidio (la leche en la barbilla de su padre, el culo enorme de Barry Newman bamboleándose hacia la puerta de la consulta), escondían desde siempre otra imagen más potente: el atrapasueños. ¿Acaso no era el verdadero origen de su desesperación? ¿La majestad del concepto del atrapasueños contrastando con la banalidad de los usos que se le habían destinado? Usar a Duddits para encontrar a Josie había sido como descubrir la física cuántica y usarla para hacer un videojuego. O peor: descubrir que en el fondo la física cuántica no servía para nada más. Por supuesto que habían realizado una buena acción (sin ellos Josie Rinkenhauer se habría muerto en el tubo como una rata atascada en un desagüe), pero bueno, que... que no era como haber rescatado a un futuro premio Nobel...

«No he podido seguir todo lo que acaba de pasarte por la cabeza —dijo Owen, que de repente estaba muy metido en el cerebro de Henry—, pero me ha parecido como muy pretencioso. ¿Qué calle es?»

Henry le miró con mala cara, picado.

—Ya hace tiempo que no vamos a verle. ¿Vale? ¿Lo podemos dejar así?

—Bueno —dijo Owen.

—Pero le enviábamos felicitaciones de navidad cada año. Es como me enteré de que se habían mudado al 41 de Dearborn Street, en la parte oeste de Derry. Coge la tercera a la derecha.

—Vale, vale, tranquilo.

—Que te folle un pez.

—Henry...

—Perdimos el contacto. ¡Tampoco es tan raro! A un don perfecto como tú seguro que nunca le ha pasado, pero a los demás... a los demás...

Henry bajó la mirada, vio que tenía cerrados los puños y les ordenó abrirse.

—He dicho vale.

—Claro, seguro que don perfecto aún tiene contacto con todos sus amigos del instituto. Debéis de reuniros cada año para poner los discos viejos de Motley Crue y comer bocadillos de atún igualitos a los que vendían en el bar del cole.

—Perdona que te haya ofendido.

—¡Joder, es que viéndote la cara parece que le hayamos abandonado!

Que venía a ser lo que habían hecho, naturalmente.

Owen no dijo nada. Aguzaba la vista para ver si entre la nieve, a la luz grisácea del alba, aparecía la señal de Dearborn Street. En efecto: la tenían justo delante. Pasando por Kansas Street, un quitanieves había bloqueado la boca de Dearborn, pero Owen consideró que el Humvee era capaz de superar el obstáculo.

—¡Ni que me hubiera olvidado de él! —dijo Henry. Iba a seguir mentalmente, pero lo hizo de palabra porque pensar en Duddits era demasiado revelador—. Nos acordábamos todos. De hecho, Jonesy y yo pensábamos ir a verle esta primavera, pero tuvo el accidente Jonesy y se me fue de la cabeza. ¿Tan raro es?

—No, qué va —dijo Owen, moderado.

Dio un golpe brusco de volante a la derecha, luego otro en sentido contrario para controlar el derrape y pisó a fondo el acelerador. El impacto del Humvee contra la pared de nieve prensada fue tan violento que arrojó a ambos ocupantes contra los cinturones de seguridad. Después se encontraron al otro lado, y Owen hizo maniobras para no chocar con los coches aparcados en las dos aceras de la calle.

—Paso de que me haga sentir culpable un tío que tenía pensado asar a la parrilla a doscientos o trescientos civiles —gruñó Henry.

Owen pisó el freno con los dos pies, y esta vez se vieron proyectados todavía con más fuerza. El Humvee derrapó hasta quedarse parado en diagonal en mitad de la calle.

—Calla, joder.

«No hables de lo que no entiendes.»

—Lo más seguro es que me

«maten por tu»

—puta culpa, o sea, que al menos podrías guardarte

«tus paridas pseudorracionales de»

(la imagen de un niño con cara de mimado)

«y no darme a mí la vara.»

Henry se le quedó mirando, escandalizado y perplejo. ¿Cuándo había sido la última vez que le habían hablado así? La respuesta probablemente fuera que nunca.

—A mí sólo me interesa una cosa —dijo Owen, que estaba pálido y tenía cara de crispación y cansancio—. Quiero encontrar al agente de contagio y pararle los pies. ¿Vale? Aparte de eso, me importan cuatro hostias tus sentimientos, lo cansado que estés y tú en general.

—Bueno, bueno —dijo Henry.

—Y paso de escucharle lecciones de moral a un finolis llorica que tenía pensado pegarse un tiro en la cabeza.

—Vale.

—Total: que te folle un pez a ti.

Dentro del Humvee se hizo el silencio. El único ruido de fuera era el zumbido monótono del viento, como de aspiradora.

Al final dijo Henry:

—Propongo lo siguiente: primero me folla a mí el pez, y luego a ti.

Owen empezó a sonreír, y Henry hizo lo propio.

«¿Qué están haciendo Jonesy y el señor Gray? —preguntó Owen—. ¿Lo sabes?»

Henry se mojó los labios. Casi ya no le picaba la pierna, pero su lengua había adquirido la textura de un felpudo viejo.

—No. Se ha cortado la comunicación. Debe de ser culpa del señor Gray. ¿Y tu líder indómito, Kurtz? ¿Verdad que se acerca?

—Sí. Mejor que nos demos un poco de prisa, porque no nos queda mucho tiempo de llevarle la delantera.

—Pues adelante.

Owen se rascó lo rojo de la cara, miró los pedacitos que se le quedaban en los dedos y volvió a poner el vehículo en marcha.

«¿Has dicho el número 41?»

«Sí. Oye, Owen…»

«¿Qué?»

«Tengo miedo.»

«¿De Duddits?»

«Pues… sí, más o menos.»

«¿Por qué?»

«No lo sé.»
Henry miró a Owen con cara de preocupación.
«Me parece que le pasa algo.»

7

Parecía que se hubiera hecho real su fantasía nocturna. Al oír llamar a la puerta, Roberta no pudo levantarse. Tenía las piernas de gelatina. Ya no era de noche, pero la mañana era tan oscura y tétrica que poco habían avanzado. Estaban fuera Pete y Beav. Los muertos venían a por su hijo.

Volvió a caer el puño, haciendo temblar los cuadros de las paredes, entre ellos una portada enmarcada del *Derry News* con una foto de Duddits, sus amigos y Josie Rinkenhauer cogiéndose todos por la espalda y sonriendo como desquiciados. (¡Qué buen aspecto, el de Duddits en la foto! ¡Qué fuerte, y qué normal!) Estaba debajo del siguiente titular: UN GRUPO DE AMIGOS DEL INSTITUTO HACE DE DETECTIVES Y ENCUENTRA A UNA CHICA DESAPARECIDA.

¡Bum, bum, bum!

No, pensó Roberta, yo me quedo aquí sentada, y ya se marcharán. Seguro que a la larga se marchan, porque los muertos sólo entran si les dejas, y con que me quede sentada...

Fue antes de que pasara Duddits al lado de la mecedora donde estaba su madre. Ni más ni menos que corriendo, cuando ya hacía tiempo que no podía caminar sin cansarse; corriendo y con la luz de antes en los ojos. ¡Qué buenos chicos habían sido! ¡Cómo le habían alegrado la vida! Pero ahora estaban muertos, y venían en plena tormenta...

—¡¡No, Duddie!! —exclamó.

Su hijo no obedeció. Pasó corriendo al lado de la foto vieja enmarcada (Duddits Cavell en portada del periódico, Duddits Cavell un héroe... ¡qué cosas tiene la vida!), y Roberta le oyó gritar algo justo cuando abría la puerta, dejando entrar los últimos rigores de la tormenta:

—¡Enni! ¡Enni! ¡ENNI!

Henry abrió la boca, pero no llegó a saber para qué, porque no le salió ningún sonido. Se había quedado mudo, estupefacto. No podía estar viendo a Duddits, sino a algún tío o hermano mayor suyo con mala salud. La persona que tenía delante estaba muy pálida, y la gorra de los Red Sox sólo le tapaba a medias la calva. Estaba mal afeitado, con sangre seca en los agujeros de la nariz y unas ojeras muy oscuras. Y sin embargo...

—¡Enni! ¡Enni! ¡ENNI!

El desconocido de la puerta, alto y pálido, se echó en brazos de Henry como siempre lo había hecho Duddits, sin medida, y estuvo a punto de derribarle, pero no por el peso (pesaba menos que una pluma), sino porque a Henry el asalto le pillaba desprevenido. De no haber sido por Owen, que le sujetó, se habrían caído él y Duddits.

—¡Enni! ¡Enni!

Reía. Lloraba. Cubría a Henry de besos de Duddits, ruidosos y babosos. En las profundidades del almacén de la memoria de Henry, susurró Beaver Clarendon: «Como le contéis a alguien lo que me ha hecho...» Y Jonesy: «¡Que sí, joder, que sí, que no volverás a dirigirnos la palabra!» La persona que llenaba de besos la mejilla de Henry, manchada de byrus, sólo podía ser Duddits... pero ¿qué decir del poco color de las suyas? Estaba tan flaco... No, flaco no, demacrado. ¿Por qué? ¿Y la sangre en la nariz? ¿Y el olor de su piel? No se parecía al de Becky Shue, ni al del interior de la cabaña invadida por el moho, pero no dejaba de ser olor a muerte.

Apareció Roberta en el pasillo, debajo de una foto de Duddits y Alfie montando en los caballitos de plástico del carnaval de Derry (desproporcionados jinetes) y riendo.

Llorosa, se retorcía las manos, pero era ella, seguía siendo ella aunque hubiera ganado peso en el pecho y las caderas, aunque ahora casi tuviera todo el pelo blanco. Mientras que Duddits... Duddits...

Henry, abrazado al viejo amigo que seguía repitiendo su nombre, la miró. Le dio a Duddits una palmada en un omoplato, y de tan frágil, de tan insustancial, le pareció un ala de pájaro.

—Roberta —dijo—. Roberta, por Dios, ¿qué tiene?

—ALL —dijo ella, con fuerzas para esbozar una sonrisa—.

¿A que parece una marca de detergente? Son las siglas de leucemia linfocítica aguda. Se la diagnosticaron hace nueve meses, en una fase en que ya no se podía curar. Desde entonces sólo retrasamos lo inevitable.

—¡Enni! —exclamó Duddits, con la sonrisa tonta de siempre iluminando un rostro gris y cansado.

Henry se puso a llorar.

—Ya sé a qué vienes —dijo Roberta—, pero Henry, por favor... Te lo suplico... No te lleves a mi niño. Se está muriendo.

9

Justo cuando Kurtz se disponía a pedirle a Perlmutter las últimas noticias sobre Underhill y su nuevo amigo (que se llamaba Henry, de apellido Devlin), Pearly levantó la cabeza hacia el techo del Humvee y emitió un grito largo. A Kurtz, que en Nicaragua había ayudado a dar a luz a una mujer (para que luego nos echen la culpa de todo, pensó, sentimental), le recordó el de entonces, oído a orillas del hermoso río La Juvena.

—¡Tranquilo, Pearly! —exclamó Kurtz—. ¡Resiste, nene! ¡Respira hondo!

—¡Vete a la mierda! —contestó Pearly—. ¡Mira qué me pasa por tu culpa, cabrón! ¡Vete a la mierda!

Kurtz no le guardó rencor por sus exabruptos. Las mujeres de parto decían barbaridades, y, aunque no hubiera dudas sobre la condición de varón de Pearly, Kurtz sospechó que estaba lo más cerca de parir que se podía estar siendo hombre. También sabía que lo más prudente quizá fuera ahorrarle sufrimientos...

—Ni se te ocurra —gimió Pearly, con lágrimas de dolor en las mejillas con pelusa roja—. Ni se te ocurra, sabandija con galones.

—Tranquilo, nene —le aplacó Kurtz, dándole palmadas en el hombro, que temblaba.

Delante se oía el ruido metálico del quitanieves que ahora, gracias a la capacidad de persuasión de Kurtz, les abría el camino. (Con el regreso al mundo de una luz gris, la velocidad de la comitiva había subido a cincuenta y cinco vertiginosos kilómetros por hora.) Las luces traseras del quitanieves parecían estrellas rojas sucias.

Kurtz se inclinó para mirar a Perlmutter con interés. Desde que tenían una ventanilla rota, en el asiento trasero del Humvee hacía mucho frío, pero Kurtz no se dio cuenta. Por delante, el abrigo de Pearly se hinchaba como un globo. Kurtz volvió a desenfundar la pistola.

—Como reviente, jefe...

Freddy no tuvo tiempo de acabar la frase, porque justo entonces Perlmutter se tiró un pedo ensordecedor. La peste fue inmediata y enorme, pero no parecía que Pearly se hubiera dado cuenta. Tenía la cabeza floja en el respaldo, los ojos entrecerrados y una expresión de alivio sublime.

—¡Me cago en LA PUTA! —exclamó Freddy, bajando la ventanilla al máximo, aunque dentro del Humvee ya hubiera mucha corriente.

Kurtz, fascinado, observó deshincharse la barriga distendida de Perlmutter. O sea, que todavía no. Mejor. Tal vez pudieran sacarle alguna utilidad a lo que crecía dentro de las tripas de Perlmutter. No era lo más probable, pero tampoco podía descartarse. Según las Sagradas Escrituras, para Dios no hay nada inútil, incluidos, quizá, los bichos caca.

—Aguanta, soldado —dijo Kurtz, usando una mano para dar palmadas en el hombro de Perlmutter, y la otra para ponerse la pistola al lado de la pierna—. Tú aguanta y piensa en Dios.

—Dios se puede ir a la mierda —dijo Perlmutter, malhumorado.

Kurtz se llevó una pequeña sorpresa, porque Perlmutter nunca le había parecido tan malhablado.

Parpadearon las luces traseras del quitanieves, que frenó en el arcén de la derecha.

—¡Anda! —dijo Kurtz.

—¿Qué hago, jefe?

—Ponte detrás —dijo Kurtz, con jovialidad pero volviendo a recoger la nueve milímetros del asiento—. A ver qué quiere nuestro nuevo amigo.

—Aunque creía saberlo—. ¿Y de los viejos qué sabes, Freddy? ¿Les tienes sintonizados?

Freddy contestó muy a regañadientes:

—Sólo a Owen. Ni al que va con él ni a los que persiguen. Owen está en una casa hablando con alguien.

—¿Una casa de Derry?

—Sí.

Llegó el conductor del quitanieves dando zancadas por la nieve con botas grandes de goma verde y una parka con capucha digna de un esquimal. Se protegía la parte inferior de la cara con una bufanda enorme de lana cuyos extremos le revoloteaban por detrás. A Kurtz no le hizo falta ser telépata para saber que se lo había hecho su mujer o su madre.

El conductor acercó la cabeza a la ventanilla y arrugó la nariz, porque dentro seguía oliendo a azufre y alcohol etílico. Su mirada, que expresaba ciertas reservas, empezó fijándose en Freddy, luego en Perlmutter (que estaba medio inconsciente) y por último en el asiento de atrás, donde le observaba Kurtz con sumo interés y ojos alertas. Kurtz juzgó prudente esconder la pistola debajo de la rodilla izquierda, al menos de momento.

—¿Qué pasa, capitán? —preguntó.

—Acabo de recibir un mensaje por radio de uno que dice que se llama Randall. —El conductor elevó la voz para que se oyera más que el viento. Tenía puro acento de la costa nordeste—. General Randall. Ha dicho que hablaba desde Cheyenne Mountain, en Wyoming, y que la transmisión era por satélite.

—¿Randall? No me suena de nada, capitán —dijo Kurtz con la misma jovialidad de antes, ignorando los gemidos de Perlmutter: «Mentira, mentira, mentira.»

El conductor del quitanieves se fijó un poco en Perlmutter y volvió a dirigirse a Kurtz:

—Me ha dado un mensaje en clave: Blue exit. ¿Le dice algo?

—Me llamo Bond, James Bond —dijo Kurtz, y se rió—. Le están tomando el pelo, capitán.

—Me ha pedido que le diga que ha acabado su parte de la misión, y que el país se lo agradece.

—¿Y no han dicho nada de un reloj de oro, chaval? —preguntó Kurtz con los ojos chispeantes.

El conductor se humedeció los labios, y Kurtz pensó que era interesante. Detectó el momento en que el otro llegaba a la conclusión de estar hablando con un loco. El momento exacto.

—¿Un reloj de oro? Ni idea. Sólo he salido para decirle que no puedo llevarles más lejos, al menos sin autorización.

Kurtz se sacó la pistola de debajo de la rodilla y apuntó al conductor a la cara.

—Aquí está la autorización, chavalete, firmada y por triplicado. ¿Te parece bien?

El conductor miró el arma, pero no parecía muy asustado.

—Pues sí, se ve correcta.

Kurtz se rió.

—¡Muy bien, chaval! ¡Así me gusta! Venga, arreando; y, ya que estamos, haz el favor de ir un poco más deprisa, hombre de Dios. Tengo que encontrar a alguien en Derry para darle... —Kurtz buscó *le mot juste* y lo encontró—. El parte.

Perlmutter profirió algo a medio camino entre un gemido y una risa, llamando la atención del conductor del quitanieves.

—No le hagas caso, que está embarazado —dijo Kurtz con aplomo—. Dentro de poco se pondrá a gritar pidiendo ostras y pepinillos en vinagre.

—Embarazado —dijo el conductor inexpresivamente.

—Sí, pero no le des más vueltas, que no es problema tuyo. La cuestión, chavalín... —Kurtz se inclinó y adoptó un tono afable y confidencial por encima del cañón de la pistola—. La cuestión es que tengo que llegar a Derry lo antes posible, o se me escapará. Y dudo que se quede mucho tiempo más. Será que sabe que voy a por él...

—Sí, sí que lo sabe —dijo Freddy Johnson. Se rascó un lado del cuello, bajó la mano a la entrepierna y siguió rascándose.

—... pero creo —continuó Kurtz— que aún puedo ganarle un poco de terreno. Bueno, ¿qué, mueves el culo?

El conductor asintió y se alejó hacia la cabina del quitanieves. Seguía clareando. Es la luz del último día de mi vida, pensó Kurtz con moderado asombro.

Perlmutter profirió un sonido grave de dolor que al poco rato se convirtió en alarido. Volvía a sujetarse la barriga.

—¡Joder! —dijo Freddy—. Jefe, mírele la barriga. Le está subiendo como el pan en el horno.

—Respira hondo —dijo Kurtz, dando palmaditas benévolas en el hombro de Pearly. El quitanieves había vuelto a ponerse en marcha—. Respira hondo, nene. Relájate. Relájate y piensa en cosas positivas.

10

Sesenta kilómetros para Derry. Sesenta kilómetros entre Owen y yo, pensó Kurtz. No está mal, no. Voy a por ti, chaval. Tengo que enseñarte un par de cosas. Lo que olvidaste al cruzar la línea de Kurtz.

Treinta kilómetros después, seguían en la casa, según testimonio tanto de Freddy como de Perlmutter, si bien el primero estaba un poco menos seguro de sí mismo. En cambio Pearly dijo que hablaban con la madre, refiriéndose a Owen y su acompañante. La madre no quería que se lo llevaran.

—¿Llevarse a quién? —preguntó Kurtz, a pesar de que le importaba muy poco. ¿Que la madre les retenía en Derry, y gracias a ella acortaban la distancia? Pues bravo por la madre, con indiferencia de quién fuera y qué motivos tuviera.

—No lo sé —dijo Pearly, quien, desde la conversación de Kurtz con el conductor del quitanieves, casi no había sufrido movimientos intestinales. Eso sí: a juzgar por la voz estaba agotado—. No puedo verlo. Hay alguien, pero es como si no tuviera cerebro.

—¿Freddy?

Freddy negó con la cabeza.

—Yo con Owen ya no conecto. Casi no oigo ni al del quitanieves. Parece... no sé... como perder una señal de radio.

Kurtz se inclinó para examinar de cerca el Ripley de la mejilla de Freddy. La pelusa del centro seguía igual de roja, pero la de los bordes se ponía cenicienta.

Se está muriendo, pensó Kurtz. O la mata el organismo de Freddy, o el medio ambiente. Tenía razón Owen. ¡Caray!

Sin embargo, no cambiaba nada. La línea seguía siendo la línea, y Owen la había cruzado.

—El del quitanieves —dijo Perlmutter con la misma voz de cansancio.

—¿Qué le pasa, nene?

Perlmutter, sin embargo, se ahorró la respuesta. Justo delante, parpadeando entre la nieve, vio una señal: SALIDA 32 GRANDVIEW/ESTACIÓN. De repente el quitanieves aceleró levantando la pala, y el Humvee volvió a correr por una capa de polvo resbaladizo cuyo grosor rebasaba los treinta centímetros. El conductor del quitanieves ni siquiera puso el intermitente. Se limitó a meterse por la salida a ochenta por hora dejando un pasillo en la capa de nieve.

—¿Le seguimos, jefe? —preguntó Freddy—. ¡Podemos cogerle!

Kurtz reprimió el violento impulso de decirle a Freddy que adelante, que se enterase el muy hijo de puta de cómo se castigaba cruzar la línea. Nada mejor que una dosis de la medicina de Owen Underhill. Ocurría, sin embargo, que el quitanieves era mayor, mucho mayor que el Humvee, y a saber cómo acabaría la partida de autochoques.

—Sigue por la autopista, nene —dijo Kurtz, volviendo a apoyarse en el respaldo—. No nos distraigamos.

Y eso que le daba verdadera lástima ver marcharse el quitanieves a la luz de aquella mañana fría y de viento. Ni siquiera podía esperar que el cabrón del conductor se hubiera contagiado de Freddy y Archie Perlmutter, porque el Ripley no duraba.

Siguieron adelante con trechos de viento en que tenían que reducir la velocidad a poco más de treinta por hora, pero Kurtz calculó que a medida que bajaran al sur mejoraría el tiempo. Casi había pasado la tormenta.

—Ah, y felicidades —dijo a Freddy.

—¿Eh?

Kurtz le dio una palmada en el hombro.

—Parece que mejoras. —Se giró hacia Perlmutter—. En tu caso no sé, nene.

11

Ciento cincuenta kilómetros al norte de la posición de Kurtz, y a unos tres de la confluencia de carreteras secundarias donde habían apresado a Henry, la nueva comandante de los Imperial Valley (mujer atractiva aunque seria, de algo menos de cincuenta años) estaba al lado de un pino, en un valle cuyo nombre en clave era Clean Sweep One, «Barrido Uno». Era literalmente el valle de la muerte. Estaba sembrado en toda su extensión de cadáveres amontonados y enredados, en su mayoría con ropa naranja de caza. En total pasaban de los cien. Los cadáveres con documento de identidad encima lo tenían enganchado al cuello con cinta adhesiva. La mayoría de los muertos llevaban permiso de conducir, pero también había tarjetas Visa y Discover, y permisos de caza. A una mujer con un boquete negro en la frente le habían puesto en el cuello el carnet del videoclub Blockbuster.

Kate Gallagher estaba al lado del montón más grande, haciendo un recuento aproximado para la redacción del segundo informe. Tenía en una mano un ordenador Palm Pilot, herramienta que le habría envidiado con seguridad Adolf Eichmann, el célebre contable de la muerte. Hasta hacía unas horas no funcionaban los Palm Pilots, pero el instrumental electrónico había vuelto a activarse.

Kate tenía puestos unos auriculares, y un micro colgando delante de la mascarilla. De vez en cuando pedía aclaraciones o daba órdenes. Kurtz había escogido una sucesora entusiasta y eficiente. Gallagher sumó los cadáveres de todas las zonas y calculó que habían cazado como mínimo al sesenta por ciento de los fugitivos. Habían plantado cara, lo cual no dejaba de ser una sorpresa, pero el balance final era sencillo: la mayoría de ellos no eran supervivientes.

—¡Yuju, Katie!

Jocelyn McAvoy apareció entre los árboles del fondo sur del valle con la capucha bajada, una bufanda amarilla de seda tapándole el pelo corto y el arma al hombro. Se había salpicado de sangre la parte delantera de la parka.

—Te he asustado, ¿eh? —preguntó a la nueva comandante.

—No te digo que no me haya subido la presión uno o dos puntos.

—Bueno, pues el cuadrante cuatro está limpio. Así puede que sean menos. —McAvoy tenía los ojos brillantes—. Nos hemos cargado a cuarenta. El total puro y duro lo sabe Jackson. Hablando de cosas duras, me muero de ganas de...

—Perdonen, señoritas...

Se giraron las dos. En los matorrales nevados del extremo norte del valle había aparecido un grupo de media docena de hombres y dos mujeres. Casi todos iban de naranja, pero el cabecilla, un tío muy cuadrado, llevaba debajo de la parka un mono reglamentario de Blue Group. Tampoco se había quitado la mascarilla transparente, pese a tener debajo de la boca una mancha de Ripley que era cualquier cosa menos reglamentaria. Todo el grupo iba armado con fusiles automáticos.

Gallagher y McAvoy tuvieron tiempo de mirarse con los ojos muy abiertos y cara de nos han pillado en bragas. A continuación, Jocelyn McAvoy corrió en busca de su arma y Kate Gallagher de la Browning que tenía apoyada en el árbol. No llegó ninguna de las dos. Las detonaciones fueron ensordecedoras. McAvoy voló seis o siete metros, y se le cayó una bota.

—¡Va por Larry! —gritaba una de las mujeres de naranja del grupo—. ¡Va por Larry, hijas de perra!

Al final del tiroteo, el hombre cachas con perilla de Ripley reunió a su grupo cerca del cadáver prono de Kate Gallagher, número nueve de su promoción de West Point antes de enredarse en la enfermedad llamada Kurtz. Le había quitado el arma, que era mejor que la que llevaba antes.

—Yo creo mucho en la democracia —dijo— o sea, que haced lo que queráis, pero yo voy al norte. No sé cuánto tardaré en aprender la letra del himno canadiense, pero pienso averiguarlo.

—Te acompaño —dijo uno de los hombres.

Quedó claro enseguida que le acompañaban todos. Antes de que abandonaran el claro, el cabecilla se agachó y sacó el Palm Pilot de un montón de nieve.

—Siempre he querido tener uno —dijo Emil Brodsky—. Me chiflan las nuevas tecnologías.

Salieron del valle de la muerte hacia el norte, por donde habían entrado. De vez en cuando se oía algún disparo alrededor, pero a efectos prácticos la operación Clean Sweep también había finalizado.

13

El señor Gray había cometido otro asesinato y el robo de otro vehículo. Se trataba esta vez de un quitanieves. Jonesy no lo presenció. El señor Gray debía de haberse resignado a no poder sacarle del despacho (al menos hasta que pudiera abordar el problema con todo su tiempo y energía), porque optó por la segunda opción, consistente en aislarle del mundo exterior. Jonesy pensó que ya sabía cómo debía de sentirse Fortunato cuando Montressor le emparedaba en la bodega.

Ocurrió al poco tiempo de que el señor Gray hubiera vuelto a poner el coche patrulla en el carril de la autopista que iba hacia el sur. (De momento sólo había uno, lo cual era peligroso.) Jonesy, mientras tanto, estaba en un armario, llevando a cabo una idea que le parecía brillantísima.

¿Que el señor Gray le había cortado la línea telefónica? Bueno, pues crearía otra forma de comunicación, igual que había creado un termostato para enfriar el ambiente cuando el señor Gray había intentado sacarle a base de calor. Decidió que lo más apropiado era un fax. ¿Por qué no? Todos los aparatos eran simbólicos, puras visualizaciones que ayudaban a enfocar y ejercer unos poderes que llevaban más de veinte años dentro de él. El señor Gray había detectado dichos poderes, y, tras la inicial contrariedad, había tomado medidas del todo eficientes para impedirle su uso a Jonesy. El truco era seguir encontrando maneras de circundar los bloqueos del señor Gray, de la misma manera que éste seguía encontrándolas de desplazarse hacia el sur.

Jonesy cerró los ojos y visualizó un fax como el del despacho del departamento de historia, con la diferencia de que lo instaló en el armario de su nueva oficina. Acto seguido, sintiéndose Aladino en el momento de robar la lámpara mágica (sólo que en su caso los deseos de los que se acordaba parecían infinitos, siempre y cuando no se pasara de la raya), también visualizó un fajo de papel y un lápiz negro Black Beauty. Por último, entró en el armario para ver cómo le había salido.

A primera vista bastante bien... aunque el lápiz era un poco raro: afilado y sin usar, pero con marcas de dientes a lo largo. Aunque bueno, era como tenía que ser, ¿no? El que usaba lápices Black Beauty siempre había sido Beaver, hasta en primaria, cuando iban a Witcham Street. Los demás siempre habían tenido los típicos Eberhard Faber amarillos.

El fax se veía irreprochable, bien asentado en el suelo, debajo de un lío de perchas vacías y sólo una chaqueta (la parka naranja chillón que le había comprado su madre para la primera excursión de caza, y que Jonesy, con la mano en el corazón, había prometido llevar «cada vez que salga»), y zumbaba tentador.

La decepción fue arrodillarse delante y leer el mensaje de la ventanilla iluminada: JONESY RÍNDETE Y SAL.

Levantó el auricular del lateral del aparato y oyó la voz grabada del señor Gray: «Jonesy, ríndete y sal. Jonesy, ríndete y sa...»

Una serie de golpes, tan brutales que parecían truenos, le hizo gritar y levantarse. Lo primero que pensó fue que el señor Gray estaba intentando tirar la puerta.

Pero no se trataba de la puerta, sino de la ventana, lo cual, según cómo se mirara, aún era peor. El señor Gray había montado persianas grises industriales (parecían de acero) al otro lado del cristal. Ahora Jonesy, además de encerrado, estaba ciego.

Por dentro había unas palabras que se leían sin problemas: JO-

NESY RÍNDETE Y SAL. Jonesy se acordó de *El mago de Oz* (RÍNDETE, DOROTHY escrito en el cielo) y tuvo ganas de reír, pero no podía. Aquello no tenía ni gracia ni ironía. Era una atrocidad pura y dura.

—¡No! —exclamó—. ¡Bájalas! ¡Que las bajes, coño!

Silencio. Jonesy levantó las manos con la intención de romper el cristal y aporrear la persiana de acero, pero pensó: ¿Estás loco? ¡Es lo que quiere él! A la que rompas el cristal desaparecerán las persianas y entrará el señor Gray. Y adiós Jonesy.

Notó que se movía algo. Era el traqueteo del quitanieves. ¿Ahora a qué altura estaban? ¿Waterville? ¿Augusta? ¿Todavía más al sur? ¿Dentro de la zona donde había llovido pelusa? No, probablemente no, porque de no haber nieve el señor Gray habría acelerado. Ahora bien, no tardaría en no haberla. Porque iban hacia el sur.

¿Adónde?

Daría lo mismo estar muerto, pensó Jonesy, mirando con desconsuelo la persiana cerrada y la inscripción burlona. Daría lo mismo haberme muerto ya.

14

Fue Owen, al final, quien cogió a Roberta de los brazos y (atento al reloj, muy consciente de que cada minuto —y pasaban deprisa— acercaba otro kilómetro a Kurtz) le explicó por qué tenían que llevarse a Duddits aunque estuviera tan enfermo. Ni siquiera en aquellas circunstancias confiaba Henry en poder pronunciar las palabras «quizá esté en sus manos el destino del mundo» sin que se le escapara la risa. Underhill, que se había pasado la vida armado, podía y lo hizo.

Duddits seguía abrazando a Henry y mirándole extasiado con sus ojos verdes brillantes. Eran de lo poco que no había cambiado, al igual que la sensación de tener cerca a Duddits: la de que no pasaba nada malo, ni pasaría.

Roberta miraba a Owen como si cada frase que le oía pronunciar la envejeciera. Era como asistir al funcionamiento de un mecanismo maligno de fotografía a intervalos.

—No —dijo—, si ya entiendo que queráis encontrar a Jonesy y cogerle, pero ¿él qué quiere hacer? Y ¿por qué no lo ha hecho aquí, si ya ha pasado por el pueblo?

—Eso, señora, no se lo puedo contestar...

—Aua —dijo Duddits de pronto—. Yonsy quere aua.

«¿Qué ha dicho?» —preguntó a Henry el cerebro de Owen.

«Ya te lo explicaré —contestó Henry. De repente Owen le oía como de muy lejos—. Tenemos que marcharnos.»

—Señora... Señora Cavell... —Owen volvió a cogerle los brazos con dulzura. Henry le tenía mucho cariño a aquella mujer, aunque durante diez o doce años la hubiera sometido a un olvido tan cruel. Owen comprendía sus sentimientos. No había más remedio que quererla—. Tenemos que irnos.

—No... No, por favor.

Más lágrimas, y Owen queriéndole decir: «No llore, señora, que bastante mal están las cosas. Por favor, no llore.»

—Viene un hombre, un hombre muy malo. No puede encontrarnos aquí.

El rostro acongojado de Roberta reflejó una firme decisión.

—Bueno, si no hay más remedio... Pero yo también voy.

—No, Roberta —dijo Henry.

—¡Sí! Así puedo cuidarle... darle las pastillas... la Prednisona... Me llevaré las pastillas de limón, y...

—Tute queda, mamá.

—¡No, Duddie, no!

—¡Tute queda, mamá!

Duddits empezaba a ponerse nervioso.

—Perdone, pero es que se nos acaba el tiempo.

—Roberta —dijo Henry—. Por favor.

—¡Dejadme venir! —exclamó ella—. ¡No tengo a nadie más!

—Amá —dijo Duddits, con una voz que no tenía nada de infantil—. Tute... queda.

Ella le miró fijamente, y se le aflojó toda la cara.

—Bueno —dijo—. Sólo un minuto, que tengo que ir a buscar algo.

Entró en la habitación de Duddits, volvió con una bolsa de plástico y se la dio a Henry.

—Son las pastillas —dijo—. A las nueve tiene que tomarse la Prednisona. Que no se te olvide, porque entonces le cuesta respirar y le duele el pecho. Si pide un Percocet, que casi seguro que lo pedirá, porque lo pasa mal con el frío, se lo das.

Miró a Henry con pena, pero sin reproche. Henry casi lo habría preferido. Nunca había hecho nada que le diera tanta vergüenza, y no sólo porque Duddits tuviera leucemia, sino por haberla tenido tanto tiempo sin que se enterara ninguno de los cuatro.

—También puedes ponerle glicerina, pero sólo en los labios, porque ahora le sangran mucho las encías y le escuece. Te he puesto algodón por si le sangra la nariz. Ah, y el catéter. ¿Ves que lo tiene en el hombro?

Henry asintió con la cabeza. Un tubo de plástico sobresaliendo de unas vendas. Al mirarlo tuvo una sensación extraña y muy potente de *déjà vu*.

—Si salís, que esté tapado... El doctor Briscoe se ríe, pero siempre tengo miedo de que se meta el frío por el tubo. Con que le pongáis una bufanda... o un pañuelo, no sé...

Volvía a llorar, y se le escapaban los sollozos.

—Roberta... —dijo Henry, que ahora también miraba el reloj.

—Tranquila —dijo Owen—, que yo cuidé a mi padre hasta que se murió, y ya sé cómo hay que dar la Prednisona y el Percocet.

Eso y otras cosas: esteroides y analgésicos más potentes. Después marihuana y metadona, y, al final de todo, morfina pura, mucho mejor que la heroína. Morfina: el motor último modelo de la muerte.

Entonces notó a Roberta en su cabeza. Era una sensación extraña, un cosquilleo como de pies desnudos que casi no pesaran. Extraña pero no desagradable. Roberta intentaba averiguar si era verdad o mentira lo que había dicho de su padre. Owen comprendió que era el regalito que le había hecho un hijo fuera de lo común, y que lo usaba desde hacía tanto tiempo que ya no se daba cuenta... como Beaver, el amigo de Henry, mordiendo los palillos. No era tan potente como lo de Henry, pero existía, y Owen se alegró más que nunca en su vida de haber dicho la verdad.

—Pero no era leucemia —dijo ella.

—No, cáncer de pulmón. Señora Cavell, tenemos que...

—Aún tengo que traerle otra cosa.

—Roberta, que no... —empezó a decir Henry.

—Es un segundo.

Roberta salió disparada hacia la cocina. Por primera vez, Owen tuvo miedo de verdad.

—Kurtz, Freddy y Perlmutter... ¡Henry, ya no sé dónde están! ¡Les he perdido!

Henry había desenrollado la parte de arriba de la bolsa para mirar qué había dentro, y lo que vio encima de la caja de pastillas de glicerina con sabor a limón le dejó de piedra. Contestó a Owen, pero como si le saliera la voz del fondo de un valle cuya existencia, hasta entonces, no se sospechaba. Ahora sabía que existía ese valle. Una hondonada de años. No negaría que alguna vez hubiera sospechado su existencia, no podía negarlo, pero por Dios, ¿cómo era posible que hubiera sospechado tan poco?

—Acaban de pasar por la salida 29 —dijo—. Les tenemos a treinta kilómetros. Como máximo.

—¿Qué te pasa?

Henry metió la mano en la bolsa marrón y sacó la red de cordeles, parecidísima a una telaraña, que había estado colgada sobre la cama de Duddits, y sobre la de Maple Lane antes de morir Alfie.

—¿De dónde lo has sacado, Duddits? —preguntó.

Claro que ya lo sabía. Era un atrapasueños más pequeño que el de la sala de Hole in the Wall, pero no se diferenciaba en nada más.

—Bibe —dijo Duddits. No había dejado de mirar a Henry ni un segundo. Era como si no acabara de creer en su presencia—. Me lonbió Bibe. Pada mi nabidá, hazuna zemana.

Aunque la victoria de su cuerpo sobre el byrus estuviera diluyendo sus facultades telepáticas, Owen lo entendió sin problemas. Duddits había dicho: «Me lo envió Beaver para mi Navidad, hace una semana.» Las personas con síndrome de Down tenían dificultades para expresar conceptos de pasado y futuro, y Owen sospechaba que el pasado, para Duddits, siempre era hacía una semana, y el futuro dentro de otra. Se le ocurrió que un mundo donde pensaran todos como él albergaría menos sufrimiento y rencor.

Henry siguió mirando el atrapasueños pequeño de cordel. Después volvió a meterlo en la bolsa marrón, justo cuando volvía Roberta. Al ver lo que traía, Duddits sonrió de oreja a oreja.

—¡Cubidú! —exclamó—. ¡La fambera Cubidú!

La cogió y le dio a su madre un beso en cada mejilla.

—Owen —dijo Henry con los ojos brillantes—, tengo una noticia buenísima.

—Pues dímela.

—Acaban de encontrar un desvío. Un tractor con remolque que se la ha pegado justo antes de la salida 28. Será un retraso de entre diez y veinte minutos.

—¡Alabado sea Dios! Pues venga, a aprovecharlos. —Miró el perchero del rincón. Había una parka enorme de color azul, con letras muy rojas en la espalda: RED SOX—. ¿Es tuyo, Duddits?

—¡Mío! —dijo Duddits, sonriendo y asintiendo—. Miabigo. —Y, cuando Owen lo cogía—: Novite encontá ayoci.

Owen también lo entendió, y le dio escalofríos: «Nos viste encontrar a Josie.»

En efecto, y Duddits le había visto a él. La noche anterior. ¿O el mismo día, hacía veinte años? ¿También tenía el don de viajar en el tiempo?

No era el momento indicado para preguntas así. Owen casi se alegró de que no lo fuera.

—Le he dicho que no le pondría nada en la fiambrera, pero era mentira. He acabado llenándosela.

Roberta la miró, y miró a Duddits cambiándosela de mano mientras hacía el esfuerzo de ponerse aquella parka enorme, otro regalo de los Red Sox de Boston. Era increíble lo blanca que tenía la cara en contraste con la intensidad del azul, pero sobre todo del amarillo de la fiambrera.

—Ya sabía que se iría. Y sin mí. —Miró a Henry a la cara inquisitivamente—. Por favor, Henry, ¿me dejas venir?

—No, que podrías morirte delante de él —dijo Henry, aborreciendo la crueldad de sus palabras y lo bien que le había preparado la vida para accionar los resortes indicados—. ¿Querrías que lo viera, Roberta?

—Claro que no —contestó ella con un tono de reproche que le dolió a Henry en todo el corazón.

Se acercó a Duddits, apartó a Owen y le cerró la cremallera a su hijo con un movimiento rápido. Después le cogió por los hombros, le hizo agacharse y le miró con fijeza. Ella, menuda como un pajarito, pero con fuego interior. Su hijo, alto, pálido y flotando dentro de la parka. Roberta ya no lloraba.

—Pórtate bien, Duddie.

—Vale, mamá.

—Y cuida a Henry.

—Vale, mamá.

—Quédate bien abrigado.

—Vale.

La obediencia de Duddits se había teñido de unas gotas de impaciencia, porque ya tenía ganas de salir. ¡Qué recuerdos le trajo a Henry la escena! De cuando salían a comprar helado, a jugar a minigolf (a Duddits, cosa extraña, se le daba tan bien que el único en ganarle con cierta asiduidad había sido Pete), al cine... Y siempre lo mismo: «Cuida a Henry», «cuida a Jonesy», «cuida a tus amigos»... Siempre «pórtate bien, Duddie», y él «vale, mamá».

Roberta le miró de arriba abajo.

—Te quiero, Douglas. Siempre has sido buen hijo, y te quiero como a nadie. Ven, dame un beso.

Se lo dio. La mano de Roberta acarició su mejilla con barba de varios días. A Henry le costaba mirar, pero lo hizo. No podía evitarlo: era como una mosca en una telaraña. Los atrapasueños también eran trampas.

Duddits dio otro besito a su madre, pero sus ojos verdes y brillantes ya miraban a Henry y la puerta. No veía el momento de salir. ¿Porque sabía lo cerca que estaban los perseguidores de Henry y su amigo? ¿Porque era una aventura como las de los cinco en los viejos tiempos? ¿Por ambas cosas? Sí, probablemente por ambas. Roberta le soltó. Sus manos soltaron a su hijo por última vez.

—Roberta —dijo Henry—, ¿por qué no nos dijiste cómo estaba? ¿Por qué no llamaste?

—¿Y vosotros? ¿Por qué no vinisteis ni una vez?

Henry podría haber hecho otra pregunta (¿por qué no les había llamado Duddits?), pero habría sido falsa. Duddits les había llamado varias veces desde marzo, cuando el accidente de Jonesy. Se acordó de Pete sentado en la nieve al lado del Scout volcado, bebiendo cerveza y escribiendo DUDDITS una y otra vez. Duddits abandonado a su suerte en el país de Nunca Jamás, muriéndose, mandando mensajes cuya única respuesta era el silencio. Al final había venido uno de los cuatro, pero sólo para llevársele sin otro equipaje que una bolsa de pastillas y la fiambrera amarilla de siempre. El atrapasueños no tenía bondad para nadie. Siempre, desde el primer día, le habían deseado a Duddits lo mejor. Le habían querido de corazón. Y sin embargo, en qué paraba todo.

—Cuídale, Henry. —La mirada de Roberta se desplazó hacia Owen—. Y usted también. Cuide a mi hijo.

Henry dijo:

—Lo intentaremos.

15

En Dearborn Street no había espacio para dar media vuelta; los caminos de entrada a las casas estaban obstruidos por el paso de los quitanieves. Ya era de día, y el barrio dormido presentaba el aspecto de un pueblo de Alaska en plena tundra. Owen puso el Humvee en marcha atrás y recorrió toda la calle de culo, dando bandazos con la voluminosa parte trasera del vehículo. El parachoques de acero chocó con un coche aparcado en la acera debajo de la nieve, haciendo ruido de cristales rotos. El siguiente choque volvió a ser con la barrera de nieve helada de la bocacalle, superada la cual salieron derrapando a Kansas Street con el morro apuntando a la autopista. Duddits, que estaba sentado detrás, lo aguantó todo sin inmutarse, con la fiambrera en las rodillas.

«Henry, ¿qué ha dicho Duddits que quería Jonesy?»

Henry intentó contestar por telepatía, pero Owen ya no le oía. Las manchas de byrus que tenía en la cara se le habían puesto blancas, y al rascarse desprendía trozos grandes con las uñas. La piel de debajo se veía agrietada e irritada, pero sin grandes destrozos. Como después de un resfriado, se sorprendió Henry. En el fondo no es más grave.

—Ha dicho...

—Aua —dijo Duddits desde atrás. Se inclinó para mirar la señal grande de color verde donde ponía 95 SENTIDO SUR—. Yonci quere aua.

La frente de Owen se contrajo, y cayó un polvillo de byrus muerto, como caspa.

—¿Qué...?

—Agua —dijo Henry, girándose un poco para darle a Duddits una palmadita en la rodilla huesuda—. Intenta decir que Jonesy quiere agua, aunque en realidad no la quiere Jonesy, sino el que llama señor Gray.

16

Roberta entró en el dormitorio de Duddits y empezó a recoger ropa del suelo. Le desesperaba aquella manera de dejarlo todo tirado, aunque supuso que era la última vez. Cuando no llevaba ni cinco minutos notó una debilidad en todas las piernas y tuvo que sentarse en la silla de al lado de la ventana. Ver la cama, donde Duddits había ido pasando cada vez más tiempo, la afectaba mucho. La luz gris del amanecer en la almohada, que conservaba la depresión circular de la cabeza, era de una crueldad indecible.

Henry creía que les había dejado llevarse a Duddits por aquella idea de que el futuro del mundo podía depender de que encontraran a Jonesy, y lo antes posible, pero no: les había dado permiso porque era lo que quería Duddits. Cuando se está muriendo alguien, tiene derecho a gorras de béisbol firmadas. También tiene derecho a salir de excursión con los amigos.

Aunque era duro.

Era tan duro perderle...

Se puso el ovillo de camisetas en la cara para no seguir viendo la cama, pero encontró su olor: champú Johnson's, jabón Dial, y sobre todo (lo peor) la crema de árnica que le aplicaba en la espalda y las piernas cuando tenía dolores musculares.

La desesperación hizo que tendiera los brazos para tocarle, tratando de encontrarle en compañía de los dos hombres que se lo habían llevado, como una visita de los muertos, pero ya no había contacto mental.

Se ha aislado de mí, pensó. Ella y Duddits habían vivido muchos años disfrutando (con algún que otro disgusto) de la telepatía que en ellos era normal, y que quizá se diferenciara poco de la de cualquier madre con hijos especiales (la compenetración que tantas veces había oído nombrar en las reuniones de ayuda, de las que ella y Alfie no eran asiduos), pero ahora ya no. Duddits se había aislado, señal de que sentía la inminencia de algo terrible.

Duddits lo sabía.

Con las camisetas en la cara, aspirando su aroma, Roberta volvió a llorar.

17

Kurtz estuvo contento (dentro de lo que cabía) hasta que vieron las balizas y las luces azules de policía llenando de parpadeos el flojo amanecer, y detrás un vehículo enorme, volcado como un dinosaurio muerto. Delante de todo había un policía tan abrigado que no se le veía la cara, dirigiéndoles hacia una salida.

—¡Mierda! —escupió Kurtz. Tuvo que reprimir el impulso de desenfundar la pistola y liarse a tiros, consciente de que sería un desastre (el camión estaba rodeado de polis). Aun sabiéndolo, el impulso casi no se dejó dominar. ¡Con lo cerca que estaban! ¡Y ganando terreno, por los clavos de Cristo! ¡Y ahora les paraban!—. ¡Mierda, mierda y mierda!

—¿Qué quiere que haga, jefe? —preguntó Freddy, impasible al volante, aunque también había sacado el arma (un fusil automático) y la tenía en las rodillas—. Para mí que si sigo podemos pasar de largo por la derecha, y en un minuto ya no nos ven el pelo.

Kurtz tuvo que reprimir otro impulso, el de contestar: «Eso, Freddy, acelera, y si se te pone delante algún chorra de azul le pegas un tiro.» Quizá Freddy consiguiera pasar... y quizá no. Se parecía a demasiados pilotos, con quienes compartía la errónea creencia de que sus habilidades aéreas se correspondían a las terrestres. Para más inri, si pasaban les tendrían fichados, y eso, después de la orden de punto final del general Randall de los huevos, no se podía aceptar. Le habían anulado el permiso de salida inmediata de la cárcel. Ahora iba por libre.

Seamos astutos, pensó, que para eso me pagan tanto.

—Sé buen chico y ve por donde te dice —contestó Kurtz—. De hecho, al coger la salida quiero que le saludes con toda la simpatía del mundo y le enseñes los pulgares. Luego sigue hacia el sur y métete en la autopista en cuanto puedas. —Suspiró—. ¡Hay que tener mala leche! —Se inclinó hacia Freddy para verle la pelusa blanquecina de Ripley de la oreja derecha, y susurró con ardor de amante—: Y como la cagues, nene, te meto una bala por la nuca. —Tocó la zona donde se juntaban lo blando del cuello con lo duro del cráneo—. Justo aquí.

No hubo cambios en la cara de palo de Freddy y sus facciones indias.

—Sí, jefe.

A continuación, Kurtz cogió por el hombro a Perlmutter, que estaba medio en coma, y le sacudió hasta conseguir que abriera un poco los ojos.

—Déjame en paz, jefe, que tengo que dormir.

Kurtz aplicó el cañón de su pistola al cogote de su antiguo ayudante.

—Nanay. Venga, nene, arriba. Toca dar el parte.

Pearly gruñó, pero incorporándose. Al abrir la boca para hablar se le cayó un diente por la parte de delante de la parka. A Kurtz le pareció un diente perfecto, sin caries.

Pearly dijo que Owen y su nuevo amigo seguían en Derry. Excelente noticia. ¡Yuju! La situación empeoró al cuarto de hora, cuando Freddy volvió a meterse en la autopista por una vía de acceso nevada. Era la salida 28, sólo dos antes de su meta, pero equivocarse significaba un par de kilómetros.

—Han vuelto a ponerse en marcha —dijo Perlmutter, que, a juzgar por la voz, estaba débil y rendido.

—¡Me cago en la leche!

Kurtz estaba furibundo, supurando odio inútil a Owen Underhill, quien había pasado a simbolizar el conjunto de la desgraciada operación (al menos para Abe Kurtz).

Pearly profirió un gemido grave, un sonido de desesperación completa. Volvía a hinchársele la barriga. Se la cogía con las dos manos y tenía mojadas las mejillas de sudor. Su cara, que nunca había destacado por apuesta, ganaba atractivo por el dolor.

Se le escapó otro pedo largo y repulsivo, tan largo que parecía que no fuera a acabarse nunca. Oyéndolo, Kurtz retrocedió mil años y volvió a cuando había ido de campamentos y construían una especie de dispositivo con latas y cordel para montar escándalo.

La peste que llenó el Humvee era la del cáncer rojo que crecía en la planta de tratamiento de aguas residuales de Pearly, el cáncer que había empezado alimentándose de sus desechos y ahora se comía lo bueno. Una atrocidad, pero todo tenía su lado bueno. Freddy estaba mejorando, y Kurtz no había llegado a contagiarse del Ripley (quizá fuera inmune; el caso es que se había quitado la mascarilla hacía un cuarto de hora y la había tirado sin darle importancia). En cuanto a Pearly, por enfermo que estuviera (y era evidente que lo estaba), conservaba el valor que le confería tener un radar metido en el culo. Kurtz, por lo tanto, le dio una palmada en el hombro sin quejarse del olor. Tarde o temprano saldría la cosa de dentro, con efectos que cabía suponer terminantes para la utilidad de Pearly, pero ya llegaría el momento de preocuparse.

—Aguanta —dijo Kurtz con ternura—. Dile que vuelva a dormirse.

—¡Cretino… de… mierda! —dijo Perlmutter con voz entrecortada.

—Eso, eso —asintió Kurtz—. Lo que tú digas, chavalín.

¿Qué era Kurtz, a fin de cuentas, sino un cretino de mierda? Owen le había salido un zorro cobardica, y ¿quién le había metido en el gallinero?

Ya estaban a la altura de la salida 27. Kurtz miró la vía de acceso y le pareció ver las huellas del Humvee que llevaba Owen. Arriba, a izquierda o derecha del paso elevado, estaría la casa objeto del desvío inexplicable de Owen y su amigo. ¿Para qué lo habían hecho?

—Han pasado a recoger a Duddits —dijo Perlmutter.

Volvía a deshinchársele la barriga, y parecía que se le hubiera pasado el dolor más agudo. Al menos de momento.

—¿Duddits? ¿Y eso qué nombre es?

—No lo sé. Se lo he captado a su madre. A él no puedo verle. Es diferente, jefe. Casi parece que en vez de humano sea un gris.

Al oírlo, Kurtz notó un cosquilleo en la espalda.

—La imagen que tiene la madre es a la vez de niño y de adulto —dijo Pearly.

Era el comentario más espontáneo que le había hecho a Kurtz desde que habían salido de lo de Gosselin. ¡Dios, si hasta parecía que le interesase!

—Igual es retrasado —dijo Freddy.

Perlmutter le miró.

—Podría ser. En todo caso está enfermo. —Suspiró—. Yo ya sé cómo se siente.

Kurtz le dio otra palmadita en el hombro.

—Arriba esos ánimos, chaval. ¿Y los otros, Gary Jones y el que se supone que se llama Gray?

No le importaba gran cosa, pero existía la posibilidad de que la trayectoria de Jones (y de Gray, en el supuesto de que existiera al margen de la imaginación enfebrecida de Underhill) colisionara con la de Underhill, Devlin y... ¿Duddits?

Perlmutter sacudió la cabeza, cerró los ojos y volvió a descansar la cabeza en el respaldo. Debía de habérsele pasado el brote de energía e interés.

—Nada —dijo—. Está bloqueado.

—¿Y si no existe?

—Algo hay —dijo Perlmutter—. Es como un agujero negro. —Y añadió con tono soñador—: Oigo muchas voces. Ya mandan refuerzos.

Dicho y hecho, porque de repente apareció en los carriles de la I-95 en sentido norte el convoy más grande que había visto Kurtz en veinte años. En cabeza y a la misma altura iban dos quitanieves enormes, dos elefantes con palas levantando la nieve y despejando hasta el mismísimo asfalto los dos carriles. Seguían dos camiones de arena, asimismo en tándem, y detrás doble hilera de vehículos militares y material pesado. Kurtz vio camiones que llevaban bultos envueltos en lonas, y supo que sólo podían ser misiles. Había otros camiones transportando radares, telémetros y a saber qué más cacharros. Entre medio iban camiones de transporte de tropas con unos faros deslumbrantes, a pesar de que casi era de día. Los efectivos no se contaban por cientos, sino por miles. A saber para qué se preparaban: la Tercera Guerra Mundial, luchar cara a cara con seres de dos cabezas, con los insectos inteligentes de *Starship Troopers*, la peste, la locura, la muerte, el día del juicio... Kurtz pensó en los Imperial Valley de Kate Gallagher, y esperó que no tardaran en abandonar la operación (suponiendo que siguieran con ella) y se fueran a Canadá. Estaba claro que no les serviría de gran cosa levantar los brazos y decir *Il n'y a pas d'infection ici*. Eso ya lo habían probado otros. Y ¡qué absurdo era todo! Kurtz, en lo más hondo, sabía que Owen tenía razón como mínimo en una cosa: en que al norte ya no pasaría nada. Ahora podía cerrar la puerta del establo y encomendarse a Dios, pero ya les habían robado el caballo.

—Van a cerrarlo del todo —dijo Perlmutter—. Jefferson Tract acaba de convertirse en el estado número cincuenta y uno. Y es un estado policial.

—¿Todavía puedes sintonizar con Owen?

—Sí —dijo Perlmutter, distraído—, pero por poco tiempo. Él también se está curando, y pierde la telepatía.

—¿Dónde está, chavalín?

—Acaban de pasar por la salida 25. Nos llevarán unos veinticinco kilómetros de ventaja. No puede ser mucho más.

—¿Le meto un poco de caña? —preguntó Freddy.

Ya habían perdido la oportunidad de pillar a Owen por culpa del camión de los cojones. Lo último que quería Kurtz era perder otra estrellándose en el arcén.

—Negativo —dijo—. De momento, creo que les dejaremos correr.

Se cruzó de brazos y vio pasar el mundo, blanco como una

sábana. Sin embargo, ya no nevaba, y seguro que cuanto más al sur estuvieran mejor carretera encontrarían.

Habían sido veinticuatro horas muy accidentadas. Kurtz había hecho explotar una nave extraterrestre, le había traicionado la persona a quien consideraba su sucesor lógico, había sobrevivido a un motín de civiles, y por si fuera poco le había apartado del mando un soldadito de pega. Se le cerraron los ojos, y al poco tiempo se quedó dormido.

18

Jonesy se quedó bastante tiempo sentado a la mesa y de mal humor, repartiendo miradas al teléfono, que ya no funcionaba, al atrapasueños del techo (agitado por una corriente de aire que casi no se notaba) o a las persianas nuevas de acero que había usado el puerco de Gray para taparle la vista. Y siempre el mismo ruido sordo, tanto en los oídos como haciéndole temblar las nalgas en la silla. Se parecía al ruido de una caldera un poco escandalosa, pendiente de reparación, pero no lo era. Era el quitanieves abriéndose camino hacia el sur, hacia el sur, siempre hacia el sur; y al volante el señor Gray, sin duda con la gorra de la compañía, robada a su más reciente víctima, maniobrando el quitanieves, manejando el volante con los músculos de Jonesy y usando los oídos de Jonesy para escuchar las noticias por el canal interno.

«Bueno, Jonesy, ¿hasta cuándo piensas quedarte sentado y compadeciéndote?»

Jonesy, que estaba repantigado en la silla (de hecho casi dormía), se puso derecho al oírlo. Era la voz de Henry, pero no le llegaba por telepatía, puesto que el señor Gray las había bloqueado todas menos la suya. No, procedía de su propio cerebro. No por ello dejó de escocerle.

«¡No es que me compadezca, es que estoy aislado!» No le gustó el aspecto defensivo del pensamiento. Seguro que en caso de pronunciarlo en voz alta le habría salido tono de quejica. «No puede oírme nadie, no puedo ver nada y no puedo salir. No sé dónde estás, Henry, pero yo estoy en una celda de castigo.»

«¿Te ha quitado el cerebro?»

—Calla.

Jonesy se frotó la sien.

«¿Se ha llevado tus recuerdos?»

No, claro. Ni siquiera estando separado de los miles de millones de cajas por una puerta a cal y canto dejaba de acordarse de cuando yendo a primer curso le había pegado a Bonnie Deal un moco en la punta de la trenza (la misma Bonnie Deal con quien había pedido bailar seis años más tarde), de cuando Lamar Clarendon les había explicado cómo se jugaba al *cribbage*, y de cuando había visto salir del bosque a Rick McCarthy y le había confundido con un ciervo. Se acordaba de todo. Quizá tuviera alguna ventaja, pero no la veía. Tal vez se tratara de algo demasiado grande, demasiado obvio para verlo.

«¡Anda, que dejarte atrapar así habiendo leído tantas novelas policíacas! —se burló la versión mental de Henry—. Y no te digo las pelis de ciencia ficción con extraterrestres, desde *Ultimátum a la Tierra* a *El ataque de los tomates asesinos*. ¿Tantos libros y pelis y no se te ocurre ninguna manera de pararle los pies? ¿No sabes ver de dónde sale el humo y localizar su campamento?»

Jonesy se frotó la sien con energías redobladas. No era percepción extrasensorial, sino su propio cerebro. ¿Por qué no podía hacerle callar? Total, ¿de qué servía, si estaba más aislado que la hostia? Era un motor sin transmisión, un carro sin caballo; era el cerebro de la película *Donovan's Brain*, mantenido con vida en un tanque de líquido turbio y soñando sueños inútiles.

«¿Qué quiere? Empieza por ahí.»

Jonesy miró el atrapasueños, movido por flujos imprecisos de aire caliente. Notaba el traqueteo del quitanieves, que era tan fuerte que hacía vibrar hasta los cuadros. ¿Cómo se llamaba? Ah, sí, Tina Jean Schlossinger, y se suponía que había una foto levantándose la falda y con el chocho al aire. ¿Cuántos adolescentes se habían dejado engatusar por el mismo sueño?

Jonesy se levantó (casi de un salto) y empezó a dar vueltas por el despacho casi sin cojear. Había pasado la tormenta y le dolía un poco menos la cadera.

Piensa como Hércules Poirot, se dijo; ejercita tus células grises. De momento descarta tus recuerdos y concéntrate en el señor Gray. Piensa con lógica. ¿Qué quiere?

Detuvo sus pasos. En realidad era obvio lo que quería el señor Gray. Había ido a la torre-depósito (o a su antiguo emplazamiento) porque quería agua; y no cualquier agua, sino la que acababa saliendo por los grifos de mucha gente. Agua potable. Pero la torre-depósito ya no estaba, porque la había destruido la tormenta del 85 (ja, ja, señor Gray, por fin te pillo), y el suministro de agua corriente de Derry se encontraba al nordeste. Lo más probable era que el camino estuviera cortado por la tormenta, además de que el suministro no estaba concentrado en un solo lugar. Por eso, después de consultar el almacén de conocimientos accesibles de Jonesy, el señor Gray había vuelto a ir al sur. Hacia...

De repente lo tuvo clarísimo. Perdió toda la fuerza de sus piernas y se cayó en la alfombra sin notar el pinchazo de dolor de la cadera.

El perro. *Lad*. ¿Seguía teniéndolo?

—Pues claro que lo tiene —susurró—. Claro que lo tiene, el muy hijo de puta. Se le huelen los pedos hasta aquí. Son clavados a los de McCarthy.

Aquel planeta era hostil al byrus, y sus habitantes luchaban con un vigor sorprendente, surgido de hondos pozos de emoción. Mala suerte. Sin embargo, el último gris superviviente había tenido una sucesión de golpes de suerte, como el típico cazurro que va a Las Vegas y empiezan a salirle sietes a los dados: cuatro, seis, ocho... ¡coño, doce seguidos! Primero había encontrado a Jonesy, su agente de contagio, y le había invadido y conquistado. Después había encontrado a Pete, que le había llevado a donde quería después de apagarse la luz flotante (el kim). Luego a Andy Janas, el de Minnesota, que transportaba dos ciervos que se habían muerto de Ripley. Al señor Gray no le habían servido de nada los ciervos... pero Janas también transportaba el cuerpo en descomposición de un extraterrestre.

El cuarto siete del señor Gray había sido el Dodge con su canino pasajero. ¿Qué había hecho? ¿Darle de comer al perro un trozo de cadáver de gris? ¿Ponerle el cadáver en la nariz y obligarle a respirarlo? No, era mucho más verosímil que se hubiera comido un trozo; el proceso que daba nacimiento a las comadrejas no empezaba en los pulmones, sino en el intestino. Jonesy vio una imagen fugaz de McCarthy perdido en el bosque. Beaver le había preguntado: «¿Se puede saber qué has comido? ¿Cacas de marmota?» ¿Y McCarthy? ¿Qué había contestado? «Arbustos, musgo... No sé, cosas. Es que me entró un hambre...»

Cómo no. Perdido, asustado y hambriento, no se había fijado en las manchas rojas de byrus que había en las hojas de algunos arbustos, ni en las del musgo que se había metido en la boca y que se había tragado venciendo las ganas de vomitar, por el simple motivo de que en algún momento de su vida de dócil abogado, de cristiano de misa semanal, había leído que cuando se estaba perdido en el bosque lo mejor era comer musgo, porque seguro que no era venenoso. ¿Tragar un poco de byrus (motas casi invisibles flotando en el aire) equivalía en todos los casos a incubar un monstruo sanguinario como el que había destrozado a McCarthy y matado a Beav? Quizá no, como no se quedaban embarazadas todas las mujeres que mantenían relaciones sexuales sin protección, pero en el caso de McCarthy había funcionado... Como en el de *Lad*.

—Sabe lo de la casa —dijo Jonesy.

Por supuesto. La casa de Ware, unos cien kilómetros al oeste de Boston. Y seguro que sabía la historia de la rusa, como todo el mundo. Jonesy se acordaba de haberla contado. Era demasiado truculenta, demasiado buena para no divulgarla. Corría por Ware, por New Salem, por Cooleyville, por Belchertown, por Hardwick, por Packardsville, por Pelham... Por todos los alrededores. ¿Alrededores de qué, si podía saberse?

Pues de qué iba a ser, del Quabbin. El embalse de Quabbin, que suministraba agua a Boston y su área metropolitana. ¿Cuánta gente bebía agua del Quabbin a diario? ¿Dos millones? ¿Tres? Jonesy no estaba seguro, pero muchísima más que la que había bebido la del depósito de Derry en toda su historia. El señor Gray sacando sietes seguidos, haciendo historia y a punto de conseguir que saltara la banca.

Dos o tres millones de personas. El señor Gray quería presentarles al collie *Lad*, y al nuevo amigo de *Lad*.

Y, una vez introducido en el nuevo medio, el byrus arraigaría.

XX

Acaba la persecución

1

Sur y sur y sur.

Cuando el señor Gray llegó a la altura de la salida de Gardiner, la primera por debajo de Augusta, la capa de nieve era bastante más fina, y, si bien la autopista estaba enfangada, había recuperado sus dos carriles. Había llegado el momento de cambiar el quitanieves por algo menos llamativo, y no sólo porque ya no lo necesitase, sino porque le dolían los brazos de Jonesy, poco acostumbrados a manejar un vehículo tan grande. Al señor Gray le importaba bastante poco el cuerpo de Jonesy (al menos quería convencerse de ello, aunque en realidad fuera difícil no cogerle como mínimo un poco de afecto a algo capaz de proporcionar placeres tan inesperados como los de «beicon» y «asesinato»), pero lo necesitaba para unos cuantos centenares de kilómetros más. Sospechaba que Jonesy, para un varón en la mitad de la vida, no estaba en muy buena forma. En parte se debía al accidente, pero también a su trabajo, que era de naturaleza «académica». Debido a él, había prestado escasa atención a los aspectos más físicos de la vida, cosa que al señor Gray le extrañaba, porque aquellos seres eran sesenta por ciento emoción, treinta por ciento sensación y diez por ciento pensamiento (diez calculando por lo alto, pensó el señor Gray). Aquella manera de no hacerle caso al cuerpo le parecía una tontería. Claro que no era problema suyo. Ni de Jonesy. Ya no. Ahora Jonesy era lo que siempre había querido ser, según todos los indicios: puro cerebro; y, a juzgar por su reacción, no le hacía mucha gracia haberlo conseguido.

Lad, el perro, estaba en el suelo del quitanieves, entre colillas, tazas de café de cartón y bolsas de patatas arrugadas, gimiendo de dolor. Tenía el cuerpo hinchado hasta extremos grotescos, con el torso del tamaño de un barril. Pronto le volvería a salir aire y se le deshincharía otra vez la barriga. Como el señor Gray había establecido contacto con el byrum que crecía dentro del perro, podría controlar la gestación.

El perro sería su versión de lo que su huésped tenía conceptuado como «la rusa». Después de colocar al perro, vendría todo rodado.

Retrocedió con la mente para buscar a los demás. De Henry y su amigo Owen ya no recibía nada. Eran como una emisora de radio después del final de la programación. Inquietante. Detrás (acababan de pasar al lado de las salidas de Newport, unos cien kilómetros al norte de donde estaba el señor Gray) había un grupo de tres con un contacto claro: «Pearly.» El tal Pearly incubaba un byrum, como el perro. Por eso el señor Gray le sintonizaba con tanta claridad. Antes también había recibido a otro del segundo grupo («Freddy»), pero ya no le captaba. Se le había muerto el byrus. Lo decía «Pearly».

Vio otra de las señales verdes de la autopista: ÁREA DE SERVICIO. Había un Burger King, identificado en los archivos de Jonesy con la doble descripción de «restaurante» y «fast-food». Tendrían beicon. La idea le despertó ruidos en el estómago. Sí, en muchos sentidos sería difícil renunciar a aquel cuerpo; pero bueno, no era momento de comer beicon, sino de cambiar de vehículo. Y con cierta discreción.

El acceso al área de servicio se bifurcaba en una vía para TURISMOS y otra para CAMIONES Y AUTOBUSES. El señor Gray metió el quitanieves naranja en la zona de estacionamiento de camiones (temblándole los músculos de Jonesy por el esfuerzo de girar aquel volante tan grande) y se alegró sobremanera de ver otros cuatro quitanieves aparcados juntos, y casi sin diferencias con el suyo. Aparcó detrás de la fila y apagó el motor.

Buscó a Jonesy y le encontró donde siempre, escondido en aquella zona de seguridad que no se entendía.

«¿Qué, socio, qué te ronda por la cabeza?», murmuró el señor Gray.

Silencio… pero notó que Jonesy le escuchaba.

«¿Qué haces?»

Siguió sin recibir respuesta. En realidad, poco podía hacer Jonesy, porque estaba encerrado y ciego; de todos modos, convenía no olvidarse de él. De Jonesy... con su propuesta, no desprovista de fascinación, de que el señor Gray eludiera sus obligaciones (la necesidad de sembrar) y disfrutara de la vida en la Tierra. De vez en cuando aparecía una idea en la mente del señor Gray, una carta deslizada bajo la puerta del refugio de Jonesy. Según los archivos de Jonesy, los pensamientos de esa clase se llamaban «consignas». Eran ideas simples y que iban al grano. La más reciente decía: EL BEICON SÓLO ES EL PRINCIPIO. El señor Gray estaba seguro de que era verdad. Incluso aquí, en su habitación de hospital («¿qué habitación de hospital?, ¿quién es Marcy?, ¿quién quiere que le den una inyección?»), entendía que la vida en el planeta era una pura delicia. La obligación, no obstante, era profunda e inquebrantable: sembraría aquel mundo, y después moriría. ¿Que de camino se le presentaba la ocasión de picar un poco de beicon? Pues mucho mejor.

«¿Quién era Richie? ¿Era uno de los Tigers? ¿Por qué le matasteis?»

Silencio. Pero Jonesy escuchaba. Y con gran atención. El señor Gray *odiaba* tenerle ahí dentro. Era (la comparación procedía del almacén de Joncsy) como tener una espina de pescado clavada en la garganta, demasiado pequeña para atragantarse pero bastante grande para «dar la lata».

«Jonesy, me tienes hasta los huevos.» Se puso los guantes, los que habían sido del conductor del Dodge. El dueño de *Lad*.

Esta vez hubo respuesta. «Lo mismo digo, socio. Oiga, y ¿por qué no se va a algún sitio donde sea mejor recibido? ¿Por qué no hace los bártulos y se las pira?»

«No puedo», dijo el señor Gray.

Acercó una mano al perro, que levantó la cabeza y husmeó con gratitud el olor de su dueño en el guante. El señor Gray envió un pensamiento de estate quieto, salió del quitanieves y se encaminó hacia el lateral del restaurante. Al otro lado debía de estar el «aparcamiento de empleados».

«Cabrón, que están a punto de llegar Henry y el otro. Los tienes pegaditos al culo, conque tranqui y pásate en el Burguer el rato que haga falta. Pide ración triple de beicon, no doble.»

«No pueden captarme —dijo el señor Gray, exhalando una nube de vaho. (La sensación del aire frío en la boca, la garganta y los pulmones era deliciosa, tonificante; hasta le parecía fabuloso el olor a gasolina.)—. Si no les capto yo, es que tampoco me captan ellos a mí.»

Jonesy se rió. ¡Se rió! El señor Gray se quedó helado a pocos pasos del contenedor.

«Han cambiado las reglas, amigo. Han pasado a buscar a Duddits, y Duddits ve la línea.»

«No sé qué quiere decir.»

«Lo sabe perfectamente, so cabrón.»

«¡No vuelvas a llamarme eso!», replicó el señor Gray.

«Vale, pero a condición de que no insulte más a mi inteligencia.»

El señor Gray siguió caminando, dobló la esquina y en efecto, había unos cuantos coches, casi todos viejos y cascados.

«Duddits ve la línea.»

Era verdad: el señor Gray sabía lo que quería decir. El que se llamaba Pete había tenido lo mismo, el mismo «don», aunque casi seguro que no tan fuerte como el otro, el misterioso «Duddits».

Al señor Gray no le gustaba la idea de dejar un rastro visible para «Duddits», pero sabía algo que ignoraba Jonesy. «Pearly» consideraba que Henry, Owen y Duddits sólo estaban veinticinco kilómetros más al sur que él. De ser cierto, Henry y Owen tenían más de setenta kilómetros de retraso y estaban entre Pittsfield y Waterville. No era, juzgó el señor Gray, lo que se entendía por tenerles «pegaditos al culo».

Aunque tampoco era cuestión de entretenerse.

Se abrió la puerta trasera del restaurante y salió un hombre joven con un uniforme blanco que los archivos de Jonesy identificaron como «de cocinero», llevando dos bolsas grandes de basura con destino, cabía suponer, de los contenedores. Se llamaba John, pero sus amigos le llamaban «Butch». El señor Gray pensó que daría gusto matarle, pero Butch parecía bastante más fuerte que Jonesy, además de más joven y seguro que mucho más veloz. Por otro lado, el asesinato también tenía su cara molesta; lo peor, la velocidad con que perdían vigencia los coches robados.

«Oye, Butch.»

Butch paró y le miró con expresión despierta.

«¿Cuál es tu coche?»

En realidad no era suyo, sino de su madre. Mejor. La tartana de Butch se había quedado en casa por culpa de la batería. El de la madre era un Subaru cuatro por cuatro. Jonesy habría dicho que al señor Gray acababa de salirle otro siete.

Butch le entregó las llaves sin rechistar. Conservaba la expresión despierta, pero ya no estaba consciente.

«De esto no te acordarás», dijo el señor Gray.

—No —convino Butch.

«Seguirás trabajando como si nada.»

—Eso —dijo Butch.

Recogió las bolsas de basura y siguió caminando hacia los contenedores. Para cuando acabara el turno y viera que ya no estaba el coche de su madre, seguro que habría terminado todo.

El señor Gray abrió la puerta del Subaru rojo y entró. En el asiento había media bolsa de patatas con sabor barbacoa. El señor Gray las devoró mientras conducía en dirección al quitanieves, y remató la faena chupando los dedos de Jonesy, que estaban aceitosos. Muy bueno, como el beicon. Recogió al perro, y a los cinco minutos volvía a estar en la autopista.

Sur y sur y sur.

2

La noche es un estruendo de música, risas y voces; todo huele a salchichas a la brasa, chocolate y cacahuetes tostados; florece el cielo con fuegos de colores. Y todo lo une, lo identifica y firma como el autógrafo del propio verano, un rock and roll amplificado por los altavoces instalados en Strawford Park.

Entonces aparece el tío más alto del mundo, un vaquero de casi tres metros contra el cielo en llamas, empequeñeciendo al gentío y dejando boquiabiertos y ojiabiertos a los niños, con la boca manchada de helado. Los padres se ríen y les levantan para que tengan mejor visión, o se los ponen en los hombros. El vaquero tiene el sombrero en una mano, saludando, y en la otra un cartel donde pone FIESTA DE DERRY 1981.

—¿Poqué etanato? —pregunta Duddits.

Tiene en una mano un cucurucho de algodón de azúcar azul, pero ya no se acuerda. Ve andar con zancos al vaquero contra los fuegos artificiales que incendian el cielo, y abre los ojos como cualquier niño de tres años. A un lado tiene a Pete y Jonesy, y al otro a Henry y Beav. El vaquero encabeza un séquito de vírgenes vestales (alguna virgen debe de haber, hasta en el año de gracia de 1981). Llevan faldas tejanas con lentejuelas, y botas blancas de vaquero, y desfilan lanzando y recogiendo bastones.

—No sé por qué es tan alto, Duddits —dice Pete entre risas. Luego arranca un pedazo de algodón de azúcar del cucurucho que tiene Duddits en la mano y aprovecha que su amigo tiene la boca abierta para ponérselo dentro—. Debe de ser magia.

Todos se ríen de que Duddits mastique sin apartar la vista del vaquero con zancos. Ahora Duds es el más alto de todos, hasta más alto que Henry, pero no deja de ser un niño y les llena a todos de felicidad. El mágico es él. Todavía falta un año para que encuentre a Josie Rinkenhauer, pero ya saben los cuatro que es mágico. Por mucho miedo que les diera enfrentarse con Richie Grenadeau y sus amigos, fue el día de más suerte de toda su vida. En eso están todos de acuerdo.

—¡Eh, grandullón! —berrea Beaver, saludando al vaquero alto con su gorra, que es de los Tigers de Derry—. ¡Tócame los perendengues!

Se mueren todos de risa (hay que decir que es un recuerdo de los que hacen época: la noche en que Beaver empezó a soltarle barbaridades al vaquero con zancos del desfile de las fiestas de Derry, con el cielo lleno de pólvora); todos menos Duddits, que sigue mirando con los ojos como platos, y Owen Underhill (¡Owen!, piensa Henry; ¿cómo has llegado tú aquí?), que parece preocupado.

Owen le está zarandeando. Owen está diciéndole que se despierte. ¡Henry, despier

3

ta, por Dios!

Lo que acabó sacando a Henry de su sueño fue el tono de miedo de Owen. Le duró unos segundos el olor a cacahuetes y al algodón de azúcar de Duddits, hasta que se impuso la realidad: un cielo blanco, los carriles nevados de la autopista y una señal verde de PRÓXIMAS DOS SALIDAS AUGUSTA. La realidad de Owen sacudiéndole, y de una especie de ladridos desesperados que llegaban de detrás. Duddits tosiendo.

—¡Despierta, Henry, que sangra! Coño, tío, haz el favor de…

—Que sí, que ya estoy despierto.

Henry se desabrochó el cinturón de seguridad y se puso de rodillas hacia atrás. Se le quejaron los músculos de los muslos, que habían trabajado demasiado, pero no les hizo caso.

Se esperaba algo peor. El pánico de la voz de Owen le había preparado para alguna especie de hemorragia, pero sólo eran gotas en un agujero de la nariz, y que Duddits, al toser, salpicaba un poco de sangre. Owen debía de pensar que el pobre Duds estaba echando los pulmones, cuando en realidad lo más probable era que se hubiera hecho una heridita en la garganta. Claro que no dejaba de ser peligroso, porque en su estado, cada vez más endeble, podía ser grave cualquier cosa. Podía matarle un simple microbio de resfriado. Nada más verle, Henry había sabido que estaba en las últimas.

—¡Duds! —le interpeló con dureza. Algo diferente. Algo diferente en él, en Henry. ¿Qué? No tenía tiempo de pensarlo—. ¡Duddits, respira por la nariz! ¡Por la nariz, Duds! ¡Así!

Henry hizo una demostración, respirando hondo varias veces con la nariz muy dilatada... y al espirar le salieron hilitos blancos. Como la pelusa de algunas plantas, al estilo del diente de león. Byrus, pensó Henry; me crecía por dentro de la nariz, pero se ha muerto. Lo estoy sacando cada vez que respiro. Entonces comprendió la diferencia: ya no le picaba nada, ni el muslo, ni la boca, ni la ingle. Seguía notándose la boca como si estuviera forrada de moqueta, pero no le picaba.

Duddits empezó a imitarle con respiraciones por la nariz, y enseguida se le alivió la tos. Henry cogió la bolsa de papel, encontró un frasco de jarabe inofensivo para la tos y se lo dio a beber a Duddits con el tapón, diciendo:

—Con esto mejorarás.

Confianza no sólo en las palabras, sino en el tono. Con Duddits importaba mucho el tono.

Duddits se bebió la dosis de jarabe, hizo una mueca y sonrió a Henry. Ya no tosía, pero seguía goteándole sangre en un lado de la nariz... y Henry vio que también le sangraba el rabillo de un ojo. Mala señal, como la palidez extrema de su amigo, que ahora llamaba mucho más la atención que en casa. El frío... una noche sin dormir... la excitación, mala para alguien tan enfermo... No anunciaba nada bueno, no. Duddits empezaba a pillar algo, y, como estaba en fase terminal de leucemia, podía morirse hasta de una infección nasal.

—¿Cómo está? —preguntó Owen.

—¿Duds? Es de hierro. ¿A que sí, Duddits?

—Deyero —asintió Duddits, flexionando un brazo tan flaco que daba pena.

Viéndole tan demacrado y con cara de cansancio (pero haciendo el esfuerzo de sonreír), Henry tuvo ganas de gritar. La vida era injusta. Pensó que ya hacía muchos años que debía de saberlo, pero lo de Duddits iba más allá. No era una simple injusticia, sino una rotunda monstruosidad.

—A ver qué te han puesto para beber, guapetón.

Cogió la fiambrera amarilla.

—Cubidú —dijo Duddits. Sonreía, pero se le notaba el agotamiento en la voz.

—Pues sí, tenemos trabajo —asintió Henry, abriendo el termo.

Le dio a Duddits la pastilla matinal de Prednisona, aunque faltara un poco para las ocho, y a continuación le preguntó si también quería Percocet. Duddits se lo pensó y enseñó dos dedos. A Henry se le cayó el alma a los pies.

—Estás un poco hecho polvo, ¿eh? —dijo, pasándole a Duddits dos tabletas de Percocet por encima del respaldo.

No necesitaba respuesta. La gente como Duddits no pedía una pastilla de más porque tuviera ganas de ponerse a tono.

Duddits movió la mano como un balancín: *comme ci comme ça*. En su memoria, Henry tenía el gesto tan vinculado a Pete como a Beaver los lápices y los palillos mordidos.

Roberta había llenado el termo de lo que le gustaba más a Duddits, leche con cacao. Henry le llenó una taza, la sujetó mientras el Humvee derrapaba en un tramo resbaladizo de autopista y se la dio. Duddits se tomó las pastillas.

—¿Dónde te duele, Duddits?

—Aquí. —La mano en la garganta—. Yaquí. —La mano en el pecho; después se puso un poco rojo, vaciló y se la puso en la entrepierna—. Yaquí.

Una infección del tracto urinario, pensó Henry. Fantástico.

—¿Lapatilla mecudan?

Henry asintió con la cabeza.

—Sí, las pastillas te curan. Tú déjalas que hagan lo que tienen que hacer. ¿Aún estamos en la línea, Duddits?

Duddits asintió con énfasis y señaló la ventanilla. Henry (por enésima vez) tuvo curiosidad por saber qué veía. Se lo había preguntado a Pete, y Pete le había dicho que era como un hilo, y que en general costaba verlo. «Lo mejor es cuando es amarillo —le había dicho—. El amarillo siempre destaca más. No sé por qué.» Si Pete veía un hilo amarillo, quizá Duddits viera toda una franja amarilla, y hasta el camino amarillo de Dorothy en *El mago de Oz*.

—Si se mete por otra carretera, nos avisas, ¿vale?

—Vale.

—¿Seguro que no te dormirás?

Duddits sacudió la cabeza. A decir verdad, con los ojos brillándole en la cara demacrada, parecía más vivo y despierto que nunca. Henry pensó que a veces las bombillas brillaban con una misteriosa intensidad poco antes de fundirse.

—Bueno, pero si notas que te entra sueño me avisas y paramos a por café. Te necesitamos despierto.

—Vale.

Cuando Henry empezaba a girarse hacia adelante, moviendo su cuerpo dolorido con la mayor precaución, Duddits dijo algo más.

—Ezeñó Gué quere becon.

—¿En serio? —dijo Henry, pensativo.

—¿Qué? —preguntó Owen—. No le he entendido.

—Dice que el señor Gray quiere beicon.

—¿Es importante?

—No lo sé. Oye, ¿este trasto tiene radio normal? Es que me gustaría oír las noticias.

La radio normal estaba debajo del salpicadero y parecía recién instalada, como un accesorio añadido. Justo cuando iba a tocarla, Owen frenó de golpe porque se les había cruzado un Pontiac (sin cadenas ni tracción en las cuatro ruedas). El Pontiac dio unos cuantos bandazos, y al final decidió quedarse un poco más en la carretera. En cuestión de segundos cogió los cien por hora (cálculos de Henry) y se alejó. Owen lo miraba con el entrecejo fruncido.

—No quiero meterme, porque conduces tú —dijo Henry—, pero, si ese tío puede ir sin cadenas, ¿por qué no hacemos lo mismo? No sería mala idea ganar un poco de terreno.

—Los Humvee van mejor con barro que con nieve. Hazme caso.

—Ya, pero...

—Además, en diez minutos le adelantaremos. Te apuesto una botellita de whisky bueno. O choca con la barrera y se cae por la cuesta, o se empotra en la del medio. Si tiene suerte no dará una vuelta de campana. Y otra cosa, aunque sólo sea un tecnicismo: somos fugitivos escapando de la autoridad, y no podremos salvar el mundo en una cárcel de... ¡Coño!

Les adelantó a toda leche, levantando la nieve, un Ford Explorer con tracción en las cuatro ruedas, pero que iba demasiado deprisa para las condiciones de la carretera (a unos ciento diez por hora). Tenía mucho bulto en la baca. Como la lona azul que la tapaba estaba atada de cualquier manera, Henry vio qué había debajo: maletas. Adivinó que no tardarían en caerse.

Después de haberse encargado de Duddits (ya surtía efecto el jarabe), Henry miró la carretera con detenimiento y no acabó de sorprenderle lo que vio. Aunque en sentido norte siguiera sin circular casi nadie por la autopista, los dos carriles contrarios estaban llenándose deprisa... y en efecto, por todas partes se habían salido coches.

Owen encendió la radio justo cuando les adelantaba un Mercedes salpicando barro. Tocó el botón de búsqueda, encontró música clásica, volvió a apretarlo, salieron los arrullos de Kenny G, y a la tercera pulsación... salió una voz.

«... un porro que te cagas, como un misil», decía la voz.

Henry y Owen se miraron.

—Dice caga elarayo —comentó Duddits desde el asiento trasero.

—Exacto —contestó Henry. Se oyó que el de la voz inhalaba en pleno micro—. Y para mí que se está fumando uno gordo.

«No sé qué pensará la Comisión de Comunicaciones —dijo el locutor, tras una exhalación larga y ruidosa—, pero, como sea verdad la mitad de lo que oigo, pasaré bastante de comisiones. Hermanos y hermanas, anda suelta ni más ni menos que una epidemia intergaláctica. Os aconsejo que canceléis cualquier viaje al norte.»

Otra inhalación larga y ruidosa.

«Queridos oyentes, ya tenemos aquí a los marcianetes. Es la noticia que nos llega de los condados de Somerset y Castle. Epidemias, rayos mortales... Va a ser la rehostia. Iba a poner publicidad de neumáticos Century, pero que se jodan. —Ruido de algo rompiéndose. Parecía plástico. Henry estaba fascinado. Había vuelto su amiga, la oscuridad, y no en su cabeza, sino en la puta radio—. Hermanos, si estáis yendo en coche más al norte de Augusta, allá va un consejito de vuestro colega Dave *el Solitario*, por la WWVE: dad media vuelta. Y ahora mismo, tíos. Os pongo un disquete para ambientar la maniobra.»

Como era de esperar, Dave *el Solitario* puso a los Doors. Jim Morrison recitando *The End*. Owen pasó a onda media.

Consiguió encontrar noticias. El que las daba no ponía voz de flipado. Algo era algo. Otro paso en la buena dirección: dijo que no había razón para que cundiera el pánico. Después puso declaraciones del presidente y el gobernador Baldacci, que venían a decir lo mismo: tranquis, no os pongáis nerviosos que está todo controlado. Muy bonito y muy relajante, jarabe para el organismo político. A las once de la mañana, horario este, tenía que comparecer el presidente para dar un informe completo a la ciudadanía.

—Será el discurso que decía Kurtz —señaló Owen—. Sólo lo han adelantado uno o dos días.

—¿Qué discurso...?

—Shhh.

Owen señaló la radio.

Después de tranquilizar los ánimos de su audiencia, el locutor procedió a encenderlos de nuevo repitiendo gran parte de los rumores que ya le habían oído al flipado de la FM, pero en lenguaje más fino: epidemia, invasores del espacio, rayos... A continuación, el tiempo: nevadas ocasionales, seguidas de lluvia y viento por la llegada de un frente cálido (y de los marcianos asesinos). Se oyó un pitido, y empezó desde el principio el mismo boletín.

—¡Mira! —dijo Duddits—. ¡Ede ante! ¿Tacueda?

Señalaba por la ventana sucia, temblándole el dedo y la voz. Ahora tiritaba y le castañeteaban los dientes.

Owen echó un vistazo al Pontiac (en efecto, se había empotrado en la barrera de separación entre los dos grupos de carriles; no había volcado del todo, pero estaba de lado, con los desconsolados pasajeros rodeándolo), y después se volvió para mirar a Duddits. Lo vio más pálido que antes, temblando y con un trozo de algodón en la nariz, manchado de sangre.

—¿Está bien, Henry?

—No lo sé.

—Saca la lengua.

—¿No sería mejor que miraras la...?

—No protestes, que voy bien. Saca la lengua.

Henry obedeció. Owen se la miró e hizo una mueca.

—Tiene peor pinta, aunque debe de estar mejor. Se ha puesto blanca toda la porquería.

—Sí, como en el corte que tengo en la pierna —dijo Henry—. Y tú igual, en la cara y las cejas. Menos mal que no se nos ha metido en los pulmones. —Hizo una pausa—. A Perlmutter se le puso en el intestino, y ahora le crece una cosa de esas.

—¿A cuánto están, Henry?

—Yo creo que a unos treinta kilómetros. Puede que alguno menos. Vaya, que si pudieras acelerar... aunque sólo fuera un poquito...

Owen pisó el pedal con la seguridad de que Kurtz haría lo mismo en cuanto se enterara de que ahora formaba parte de un éxodo general, y de que por lo tanto corría mucho menos riesgo de que le parara la policía, civil o militar.

—Sigues oyendo a Pearly —dijo Owen—, y eso que se te está muriendo el byrus. ¿Es por...?

Señaló hacia atrás con el pulgar, refiriéndose a Duddits, que estaba reclinado y de momento ya no temblaba.

—Sí, claro —dijo Henry—. Lo de Duddits lo recibí mucho antes de empezar todo esto. Igual que Jonesy, Pete y Beaver. No nos dábamos ni cuenta. Era una parte más de la vida. —Claro, claro, como todo eso de pensar en bolsas de plástico, puentes y escopetas en la boca. Una parte más de la vida—. Ahora es más fuerte. Puede que a la larga disminuya, pero lo que es ahora...
—Se encogió de hombros—. De momento oigo voces.

—Pearly.

—Por ejemplo —asintió Henry—. Y otros con el byrus en fase activa. La mayoría está detrás.

—¿Y tu amigo Jonesy? ¿O Gray?

Henry negó con la cabeza.

—El que oye algo es Pearly.

—¿Pearly? Y ¿cómo puede ser?

—Ahora mismo tiene más radio mental que yo, por el byrum...

—¿El qué?

—Lo que tiene en el culo —dijo Henry—. El bicho caca.

—Ah.

Owen tuvo un momento de náuseas.

—Lo que oye no parece humano. Dudo que sea el señor Gray, pero tampoco es imposible. En todo caso, lo capta.

Condujeron un rato en silencio. Había bastante tráfico, con algunos conductores haciendo salvajadas (encontraron el Explorer justo al sur de Augusta, en la cuneta, sin nadie dentro y con las maletas en el suelo), pero Owen se consideró afortunado. Supuso que la tormenta había hecho que se quedara mucha gente en casa. Existía la posibilidad de que quisieran huir aprovechando que había pasado el mal tiempo, pero él y Henry se habían adelantado al grueso de la ola. En muchos aspectos les había beneficiado la nevada.

—Voy a decirte una cosa —acabó anunciando Owen.

—No hace falta que lo digas. Te tengo justo al lado, a corto alcance, y aún recibo una parte de lo que piensas.

Lo que pensaba Owen era que, si creyera que Kurtz se daría por satisfecho cogiéndole a él, frenaría y se apearía del Humvee. En realidad no creía tal cosa. Owen Underhill era el principal objetivo de Kurtz, pero éste comprendía que Owen no habría incurrido en tan monstruosa traición sin verse obligado a ello. No; le pegaría un tiro a Owen en la cabeza y seguiría. Al menos, con Owen, Henry tenía alguna oportunidad. Sin él, casi seguro que era hombre muerto. Y Duddits igual.

—Seguiremos juntos —dijo Henry—. Amigos hasta el final, como suele decirse.

Se oyó en el asiento de atrás:

—Tenemo tabajo.

—Exacto, Duds. —Henry desplazó el brazo hacia atrás y dio un apretón a la mano fría de Duddits—. Tenemos trabajo.

4

Diez minutos después, Duddits recuperó toda su animación y les hizo meterse en la primera área de descanso de la autopista pasada Augusta. De hecho faltaba muy poco para Lewiston.

—¡Liña! ¡Liña! —exclamó antes de otro ataque de tos.

—Tranquilo, Duddits —dijo Henry.

—Deben de haber parado a tomarse un café y una pasta —dijo Owen—. O un bocadillo de beicon.

Duddits, sin embargo, les guió hacia la parte trasera, el aparcamiento de empleados. Frenaron, y Duddits bajó. Al principio se quedó quieto, murmurando y con aspecto frágil bajo el cielo nublado, como si cada ráfaga de viento amenazara su estabilidad.

—Henry —dijo Owen—, no sé en qué está tan enfrascado, pero si es verdad que Kurtz está muy cerca...

Justo entonces, sin embargo, Duddits asintió con la cabeza, volvió a meterse en el Humvee e indicó la señal de salida. Se le veía más cansado que nunca, pero también satisfecho.

—¡Pero bueno! —dijo Owen, desconcertado—. ¿Qué ha sido eso?

—Me parece que ha cambiado de coche —dijo Henry—. ¿Es eso, Duddits? ¿Ha cambiado de coche?

Duddits asintió con énfasis.

—¡Obado! ¡A dobado uno!

—Ahora irá más deprisa —dijo Henry—. Owen, hay que meter un poco más de caña. Pasando de Kurtz. Tenemos que coger al señor Gray.

Owen miró a Henry de reojo... y después con mayor atención.

—¿Qué te pasa? Te has quedado blanco.

—He sido muy estúpido. Debería haber sabido qué planes tenía desde el principio. La única excusa que tengo es que estaba cansado y tenía miedo, pero no me servirá de nada, porque como... Owen, tienes que cogerle. Va hacia el oeste de Massachusetts, y tienes que cogerle antes de que llegue.

Ahora rodaban por nieve medio deshecha. La conducción era engorrosa, pero mucho menos arriesgada. Owen llegó hasta noventa y cinco, porque no se atrevía a más.

—Voy a intentarlo —dijo—, pero, como no tenga un accidente o una avería... —Negó con movimientos lentos de la cabeza—. Cosa que dudo. Lo dudo mucho.

5

De niño (cuando se llamaba Coonts) lo había soñado con frecuencia, pero, desde las poluciones y sudores de la adolescencia, sólo una o dos veces. Corría por un campo, con luna llena, y tenía miedo de mirar hacia atrás porque le perseguía... la cosa.

Corría con todas sus fuerzas, pero claro, en los sueños nunca se corre bastante. Llegó un momento en que lo tuvo tan cerca que oía su respiración seca y percibía su olor seco peculiar.

Llegó a la orilla de un lago grande y tranquilo, a pesar de que en el pueblo de Kansas seco y miserable de su niñez nunca había habido ningún lago, y aunque era bonito (ardía la luna en sus profundidades como una lámpara) le dio mucho miedo porque le cortaba el camino y no sabía nadar.

Cayó de rodillas a la orilla del lago (el sueño, en ese sentido, era idéntico a los de su infancia), pero en lugar de ver el reflejo de la cosa en el agua inmóvil, el horrible hombre espantapájaros con la cabeza de arpillera rellena y las manos hinchadas, con guantes azules, esta vez vio a Owen Underhill con la cara llena de manchas. A la luz de la luna, las manchas de byrus parecían grandes lunares negros, esponjosos y amorfos.

De niño siempre se había despertado en ese momento (y muchas veces con la picha tiesa, por raro que fuera que a un niño se la pusiera dura un sueño tan angustioso), pero esta vez la cosa (Owen) llegó a tocarle, y en el reflejo de los ojos en el agua había una mirada de reproche. Quizá una pregunta.

«¡Porque has desobedecido órdenes, chaval! ¡Porque has cruzado la línea!»

Levantó la mano para empujar a Owen, apartar aquella mano... y vio la suya a la luz de la luna. Estaba gris.

No, se dijo, sólo es la luna.

Ahora bien, sólo tenía tres dedos. ¿Eso también era la luna?

La mano de Owen encima de él, tocándole, contagiándole su asquerosa enfermedad... y atreviéndose aun así a llamarle...

6

—... jefe. ¡Jefe, despierte!

Kurtz abrió los ojos y se incorporó gruñendo, al mismo tiempo que apartaba la mano de Freddy. No la tenía en el hombro, sino en la rodilla. Freddy estaba al volante, con el brazo hacia atrás sacudiéndole la rodilla, pero seguía siendo intolerable.

—Ya estoy despierto, ya estoy despierto.

Se puso las manos delante de la cara para demostrarlo. No

tenía piel rosada de niño, ni mucho menos, pero tampoco estaban grises, y poseía cada una los cinco dedos preceptivos.

—¿Qué hora es, Freddy?

—Ni idea, jefe. Sólo puedo decirle que aún es por la mañana.

Naturalmente. Se habían escacharrado todos los relojes. Hasta se le había quedado sin cuerda el de bolsillo. Como era tan víctima de los tiempos modernos como cualquier hijo de vecino, se había olvidado de dársela. Kurtz, cuyo sentido del tiempo nunca había dejado que desear en cuanto a precisión, intuyó que eran sobre las nueve; o sea, que le había durado unas dos horas el sueñecito. No era mucho, pero tampoco necesitaba mucho. Se encontraba mejor; bastante bien, en todo caso, para notarle a Freddy la preocupación en la voz.

—¿Qué te pasa, chavalote?

—Dice Pearly que ahora ya no tiene contacto con ninguno. Dice que el último era Owen, y que ahora tampoco le recibe. Dice que Owen debe de haber rechazado el hongo de Ripley, señor.

Kurtz, de reojo y por el retrovisor, vio la mueca de burla de Perlmutter, como diciendo: «Os he engañado.»

—¿Qué pides, Archie?

—Nada —dijo Pearly, con tono bastante más lúcido que antes de la cabezadita de Kurtz—. Aunque... es verdad que me iría bien beber un poco de agua. Hambre no tengo, pero...

—Supongo que se podría hacer una paradita —dijo Kurtz—; eso si tuviéramos contacto, porque si les hemos perdido a todos, tanto al que se llama Jones como a Owen y Devlin... Tú ya me conoces, chavalote: me moriré mordiendo, y hasta entonces harán falta dos cirujanos y un tiro para que abra la boca. Te espera un día largo y de mucha sed, porque Freddy y yo vamos a tener que buscarle por todas las carreteras que van al sur. Menos si nos ayudas, Archie; entonces le ordenaré a Freddy que se meta por la primera salida y entraré personalmente en el primer súper de carretera para comprarte la botella más grande de agua mineral que tengan en la nevera. ¿A que te apetecería?

Kurtz notó que sí en que Perlmutter se mojó los labios, primero por dentro y luego sacando la lengua (el Ripley de sus labios y mejillas seguía igual de lozano, con mayoría de manchas de color rojo claro y otras más vinosas), pero volvió a verle cara de travieso. Movía mucho los ojos, con costras de Ripley en los bordes. De repente Kurtz comprendió la situación: el pobre Pearly había enloquecido. Nada como un loco, quizá, para reconocer a otro.

—Juro por Dios que le he dicho la verdad. Ya no tengo contacto con nadie.

Archie, sin embargo, se puso un dedo al lado de la nariz y volvió a mirar el retrovisor con cara de pícaro.

—Yo creo que si les cogemos tendrás bastantes posibilidades de curarte, nene. —Kurtz lo dijo con el tono más seco de su repertorio, tono de pura constatación—. ¿Bueno, qué? ¿A cuál sigues recibiendo? ¿A Jonesy? ¿O al nuevo, Duddits?

—No, a ese no. A ninguno.

Pero el dedo paralelo a la nariz, la cara de travieso...

—Dímelo y te doy agua —dijo Kurtz—. Como sigas tocándome los huevos, te pego un tiro y te suelto en la nieve. Venga, léeme el coco y dime que es mentira.

Pearly le miró un poco más por el retrovisor con mala cara. Luego dijo:

—Jonesy y el señor Gray aún van por la autopista. Ahora están por Portland. Jonesy le ha explicado al señor Gray cómo se rodea la ciudad por la 295. Bueno, tanto como explicar... Tiene en la cabeza al señor Gray, que cuando quiere algo lo coge.

Oyéndolo, Kurtz se quedó cada vez más pasmado, pero sin interrumpir sus cálculos.

—Hay un perro —dijo Pearly—. Van con un perro que se llama *Lad*. Es con el que estoy en contacto. Está... como yo. —Volvieron a encontrarse sus ojos con los de Kurtz en el retrovisor, pero esta vez sin malicia, sino con una especie de media cordura angustiada—. ¿En serio ve alguna posibilidad de que vuelva a...? A ser yo, vaya.

El hecho de saber que Perlmutter podía leerle el pensamiento hizo que Kurtz procediera con cautela.

—Como mínimo, creo que se te podría quitar lo de dentro. ¿Con un médico que entienda la situación? Sí, yo creo que sí. Una buena dosis de cloroformo, y cuando te despiertes... ¡Nada! —Kurtz se dio un beso en las puntas de los dedos y miró a Freddy—. Si están en Portland, ¿cuánto nos llevan?

—Yo diría que unos ciento diez kilómetros, jefe.

—Pues acelera un poco, hombre de Dios; sin salirnos de la carretera, pero corre un poco más.

Ciento diez kilómetros. Y si Owen, Devlin y Duddits sabían lo mismo que Archie Perlmutter, continuarían la persecución.

—A ver si me aclaro, Archie. El señor Gray está dentro de Jonesy...

—Sí.

—¿Y van con un perro que puede leerles el pensamiento?

—El perro oye lo que piensan, pero sin entenderlo. De momento no pasa de ser un perro. Jefe, que tengo sed.

¡Coño! ¡Escucha al perro como si fuera la radio!, pensó Kurtz sin salir de su asombro.

—Freddy, la próxima salida. Barra libre.

Le molestaba tener que parar (le molestaba cualquier ventaja de Owen, aunque sólo fueran tres o cuatro kilómetros), pero necesitaba a Perlmutter, y a ser posible contento.

Tenían delante el área de descanso donde el señor Gray había cambiado el quitanieves por el Subaru del cocinero, y donde también habían hecho una breve parada Owen y Henry porque pasaba la línea por dentro. El aparcamiento estaba repleto, pero entre los tres tenían bastante calderilla para las máquinas de bebidas de fuera.

Gracias a Dios.

7

Más allá de los triunfos y fracasos de la llamada «presidencia de Florida» (cuestión de la que queda casi todo por escribir), hay algo que no puede negarse: aquella mañana de noviembre, con su discurso, el presidente acabó con el «pánico espacial».

Respecto a por qué funcionó el discurso hubo diversas opiniones («más que dotes de liderazgo, fue elegir bien el momento», dijo, desdeñosa, una voz crítica), pero funcionó. Hubo gente que ya había emprendido la huida, pero que tenía tanta hambre de noticias claras que salió de la carretera para ver hablar al presidente. Las tiendas de electrodomésticos de los centros comerciales se llenaron de gente silenciosa y muy atenta. En las estaciones de servicio de la interestatal 95 cerraron las tiendas, y se instalaron televisores al lado de las cajas registradoras inactivas. Se llenaban los bares. En muchas partes hubo gente que abrió las puertas a cualquier persona que quisiera oír el discurso. Podrían haberlo escuchado por la radio del coche (como fue el caso de Jonesy y el señor Gray), y así no habrían tenido que parar, pero sólo lo hizo una minoría. En general había ganas de verle la cara al líder. Según los detractores del presidente, el único efecto del discurso fue romper la inercia del pánico. «En un momento así podría haber salido Porky a hacer un discurso y habría conseguido el mismo resultado», opinó uno de ellos. Distinto parecer expresó otro: «Era el momento decisivo de la crisis. Debía de haber unas seis mil personas yendo en coche. Si el presidente hubiera dicho algo mal, por la tarde habrían sido seis mil por dos, y a saber si para cuando llegase la oleada a Nueva York (la mayor cantidad de desplazados desde la recesión de los treinta) no habrían sido seiscientos mil. Los americanos, sobre todo los de Nueva Inglaterra, acudieron al presidente que habían elegido por la mínima buscando ayuda, consuelo, seguridad... y él reaccionó con un discurso a la nación que puede haber sido el mejor de la historia. Así de sencillo.»

La cuestión, sencilleces, sociología y liderazgos al margen, fue que el discurso se ajustó bastante a las expectativas de Owen y Henry, mientras que Kurtz podría haber adivinado cada palabra, cada expresión. El discurso giró en torno a dos ideas simples, presentadas como hechos irrefutables y calculadas para paliar el miedo que palpitaba en el pecho del americano medio, tan satisfecho, por lo general. La primera idea era que, aunque los visitantes no hubieran venido con ramitas de olivo y regalos, tampoco habían dado ninguna muestra de comportamiento agresivo u hostil. La segunda, que, si bien eran portadores de una especie de virus, se había logrado confinarlo a la zona de Jefferson Tract. (El presidente la señaló en una pantalla con la pericia de un meteorólogo indicando una zona de bajas presiones.) No sólo estaba aislado, sino que se moría solo, sin intervención de los científicos y expertos militares que habían acudido a la zona.

«Aún no está comprobado del todo —dijo el presidente a una audiencia sin aliento (es posible que los que menos aliento tuvieran fueran los que se encontraban en la zona de Nueva Inglaterra, lo cual no carecía de justificación)—, pero tendemos a pensar que nuestros visitantes traían consigo el virus como hay gente que viaja al extranjero y vuelve a su país de origen con algún insecto en el equipaje, o en las compras que ha hecho. Lo normal es que lo detecte el personal de aduanas, pero claro —[gran sonrisa del gran padre blanco]—, los visitantes a los que me refiero no han pasado ningún control aduanero.»

En efecto, se conocían víctimas mortales del virus, en su mayoría personal militar, pero la gran mayoría de los que lo habían contraído («el hongo presenta un aspecto parecido al del pie de atleta», dijo el gran padre blanco) lo rechazaban sin dificultad. La zona había sido puesta en cuarentena, pero fuera de ella nadie estaba en peligro. «A los que estén en Maine y se hayan marchado de casa —dijo el presidente— les sugeriría que volvieran. Como dijo Franklin Delano Roosevelt, sólo hay que tenerle miedo al propio miedo.»

La masacre de grises, la explosión de la nave, los cazadores enterrados, el incendio en la tienda de Gosselin y la evasión, ni mentarlos. No se dijo nada de que a los últimos Imperial Valley de Gallagher les abatieran como perros (porque eran eso, perros, y para muchos peores que perros). Kurtz y el agente de contagio (Jonesy) no merecieron una sílaba. El presidente soltó lo justo para pararle los pies al pánico y evitar que se descontrolara.

La mayoría de la gente siguió su consejo y volvió a casa.

Claro que algunos no podían.

Algunos se habían quedado sin casa.

8

El pequeño desfile se desplazaba hacia el sur bajo un cielo muy gris, encabezado por el Subaru rojo oxidado que no volvería a ver Marie Turgeon, vecina de Litchfield. Henry, Owen y Duddits le seguían a unos noventa kilómetros, o unos cincuenta y cinco minutos. Al salir del área de descanso y reintegrarse al tráfico (con Pearly tragándose su segunda botella de agua mineral), Kurtz y sus hombres estaban a unos ciento veinte kilómetros de Jonesy y el señor Gray, y a unos treinta de la presa principal de Kurtz.

Sin la capa de nubes, un observador que volara bajo habría podido ver al mismo tiempo el Subaru y los dos Humvee a las 11.43 hora este, que fue cuando el presidente dio colofón a su discurso con la siguiente despedida: «Que Dios os bendiga, americanos, y que Dios bendiga a América.»

Jonesy y el señor Gray entraban en New Hampshire por el

puente Kittery-Portsmouth; Henry, Owen y Duddits pasaban al lado de la salida 9, por donde se accede a las localidades de Falmouth, Cumberland y Jerusalem's Lot; Kurtz, Freddy y Perlmutter (cuyo abdomen volvía a inflarse, y que estaba estirado soltando gases nocivos, posible comentario crítico al discurso del gran padre blanco) se hallaban no muy al norte de New Brunswick. La razón de que fuera tan fácil detectar los tres vehículos era la cantidad de gente que se había parado a ver al presidente impartiéndoles su clase sedante y con pantalla.

Valiéndose de la memoria de Jonesy, cuya organización era admirable, el señor Gray pasó de la interestatal 95 a la 495 justo después de cruzar la frontera entre New Hampshire y Massachusetts... y, dirigido por Duddits, que veía el paso de Jonesy como una línea de color amarillo chillón, lo mismo, a su tiempo, haría el primer Humvee. En la localidad de Marlborough, el señor Gray cambiaría la 495 por la 90, una de las grandes arterias este-oeste del país. En Massachusetts recibe el nombre de Mass Pike. Según Jonesy, en la salida 8 ponía Palmer, UMass, Amherst y Ware. El Quabbin estaba a seis kilómetros de Ware.

Lo que buscaba era el tubo 12. Lo decía Jonesy, que, aunque quisiera mentir, no podía. Las oficinas de la compañía de aguas de Massachusetts estaban en la presa de Winsor, al extremo sur del embalse de Quabbin. Llegar sería cosa de Jonesy; el resto, del señor Gray.

9

Jonesy no podía seguir sentado al escritorio, porque empezaría a lloriquear; del lloriqueo pasaría al berreo, del berreo al pataleo, y se arriesgaba a que el pataleo le hiciera salir y echarse en brazos del señor Gray, tarado perdido y a punto para la extinción.

¿Y ahora dónde estamos?, se preguntó. ¿Ya hemos llegado a Marlborough? ¿Ya hemos salido de la 495 para coger la 90? Sí, yo diría que sí.

Claro que con la persiana era imposible cerciorarse. Jonesy miró la ventana... y no pudo evitar una sonrisa. ¡Qué remedio! Ahora, en lugar de RÍNDETE Y SAL, ponía lo que había pensado él: RÍNDETE, DOROTHY.

Lo he hecho yo, pensó, y seguro que si quisiera podría hacer desaparecer la persiana.

Muy bien, y ¿entonces qué? El señor Gray instalaría otras, o se contentaría con embadurnar el cristal con pintura negra. Mientras quisiera evitar que Jonesy mirara afuera, Jonesy seguiría igual de ciego. La cuestión era que el señor Gray controlaba su parte exterior. Le había explotado la cabeza, había esporulado en las narices de Jonesy (el doctor Jekyll convirtiéndose en Mr. Byrus), y Jonesy le había inhalado. Ahora el señor Gray era...

Un incordio, pensó Jonesy.

La idea suscitó un conato de protesta; no sólo eso, sino que Jonesy tuvo una idea coherente en contra («no; es al revés; el que ha salido, el que se ha escapado has sido tú»), pero la rechazó. Eran chorradas seudointuitivas, alucinaciones cognitivas que no se diferenciaban mucho de los oasis que hacía ver la sed en el desierto. Él estaba encerrado. El señor Gray estaba fuera comiendo beicon y llevando la batuta. Dejarse convencer por ideas así era como hacerse una inocentada a sí mismo.

Tengo que hacer que vaya menos deprisa, pensó. Ya que no puedo pararle, ¿no habrá alguna manera de poner una piedra en el engranaje?

Se levantó y empezó a dar vueltas por el perímetro del despacho. Eran treinta y cuatro pasos. ¡Coño, qué ronda más corta! Aunque bueno, supuso que era más que en las celdas normales de cárcel. A los de Walpole, Danvers o Shawshank les habría parecido de puta madre. En medio de la habitación bailaba y daba vueltas el atrapasueños. Una parte del cerebro de Jonesy contaba los pasos, y la otra quería saber cuánto faltaba para que llegaran a la salida 8 de Mass Pike.

Treinta y uno, treinta y dos, treinta y tres, treinta y cuatro. Ya volvía a estar detrás de la silla, listo para la segunda vuelta.

Tardarían muy poco en llegar a Ware, y no se detendrían. A diferencia de la rusa, el señor Gray tenía muy claro adónde quería ir.

Treinta y dos, treinta y tres, treinta y cuatro, treinta y cinco, treinta y seis. Otra vez con el respaldo delante, listo para otra ronda.

A los treinta años, él y Carla ya eran padres de tres hijos (el cuarto lo habían tenido hacía menos de un año), sin esperanzas a corto plazo de comprarse una casa de campo, aunque fuera tan modesta como la de Ware, en Osborne Road. Un buen día, el departamento de Jonesy había sufrido un movimiento sísmico, y el nuevo director, amigo de Jonesy, le había nombrado profesor adjunto tres años antes que en sus previsiones más optimistas. El sueldo había experimentado un salto considerable.

Treinta y cinco, treinta y seis, treinta siete, treinta y ocho, y otra vez detrás de la silla. Le estaba sentando bien. Era un simple paseo por la celda, pero le tranquilizaba.

El mismo año se había muerto la abuela de Carla, y, como en la generación intermedia no quedaba vivo ningún pariente cercano, ella y su hermana se habían repartido una herencia respetable. La casa se la habían comprado entonces, y el primer verano se habían llevado a los críos a la presa de Winsor, a una visita guiada. El guía, un funcionario con uniforme verde, les había contado que ahora los alrededores del embalse habían recuperado la condición de naturaleza virgen, y que era donde anidaban más águilas en toda Massachusetts. (John y Misha, los mayores de los tres niños, esperaban ver alguna, pero se habían quedado con las ganas.) El embalse se había hecho en los años treinta inundando tres comunidades de granjeros, cada una con su pueblecito. Entonces las tierras de alrededor del nuevo lago aún acusaban la mano del hombre, pero en sesenta y pico años habían recuperado el aspecto que debía de tener toda Nueva Inglaterra antes del siglo XVII, el del inicio de los cultivos y las primeras industrias. Al este del lago (que era uno de los embalses de aguas más puras de toda Norteamérica, según el guía) había una red de caminos sin asfaltar, pero nada más. El que quisiera alejarse mucho del tubo 12 tendría que ponerse botas de montaña. Lo había dicho el guía, que se llamaba Lorrington.

En la visita guiada, aparte de la familia de Jonesy, participaban unas doce personas. Casi habían vuelto al punto de partida. Estaban al borde de la carretera que cruzaba la presa de Winsor, mirando hacia el norte del embalse (con el azul intenso del Quabbin, el sol erizándolo con miríadas de puntos de luz, y Jonesy con Joey en la espalda, durmiendo como un tronco). Justo cuando Lorrington se disponía a cortar el rollo y despedirse, había levantado alguien la mano como un niño en el cole y había dicho: «¿En el tubo 12 no es donde una rusa...?»

Treinta y ocho, treinta y nueve, cuarenta, cuarenta y uno, y otra vez a la silla. Siempre hacía lo mismo: contar sin fijarse en los números. Según Carla era algo obsesivo-compulsivo. A saber. Lo que tenía claro Jonesy era que le tranquilizaba, conque inició otro circuito.

Oyendo la palabra «rusa», Lorrington había apretado los labios. Se veía que no formaba parte de la conferencia, que no cuadraba con el buen recuerdo que quería que se llevaran la compañía de aguas. El agua corriente de Boston, dependiendo de por qué tuberías municipales recorriera los últimos diez o quince kilómetros, podía ser la más pura, la más buena del mundo: tal era la buena nueva que quería difundir la compañía.

«Pues no sé decírselo», había contestado Lorrington, haciendo pensar a Jonesy: «¡Anda! Me parece que nuestro guía acaba de soltar una mentirijilla.»

Cuarenta y uno, cuarenta y dos, cuarenta y tres, otra vez con el respaldo delante y en el punto de partida de otra ronda. Ahora un poco más deprisa, con las manos en la espalda como un capitán de barco dando zancadas por la cubierta… o en la bodega del barco, después de tener éxito un motín. A eso, pensó, se limitaba el asunto.

Jonesy había sido profesor de historia casi toda la vida, y tenía el reflejo de la curiosidad. Un par de días después había ido a la biblioteca, había buscado la noticia en el periódico local y al final la había encontrado. Era corta y concisa (en el mismo número había artículos sobre fiestas de sociedad más detallados y retóricos), pero el cartero sabía más, y tenía ganas de contarlo. El señor Beckwith. Jonesy aún se acordaba de lo último que había dicho antes de que volviera a arrancar la camioneta azul y blanca de correos, y de que continuara por Osborne Road hacia la próxima casa. En verano, el extremo sur del lago recibía mucho correo. Caminando de vuelta hacia el regalo inesperado de él y Carla, la casa, Jonesy había pensado que se entendía que Lorrington no hubiera querido decir nada de la rusa.

Malo, muy malo para las relaciones públicas.

10

Se llama Ilena o Elaina Timarova. Al parecer no lo tiene claro nadie. Aparece en Ware a principios de otoño de 1995 en un Ford Escort con una pegatina discreta de Hertz en el parabrisas.

Resulta que el coche es robado, y corre el rumor (sin fundamento, pero jugoso) de que ha conseguido las llaves en el aeropuerto a cambio de favores sexuales. A saber.

El caso es que se nota que está desorientada y un poco mal de la cabeza. Quién se acuerda del morado que tenía en un lado de la cara, quién de que llevaba mal abrochada la blusa. Habla mal inglés, pero bastante para que se le entienda lo que quiere: que le expliquen cómo se va al embalse de Quabbin. Escribe el nombre en un trozo de papel (en ruso). Por la tarde, al cerrarse la carretera que cruza la presa de Winsor, encuentran el Escort abandonado en la zona de picnic del dique de Goodnough. Como a la mañana siguiente sigue en el mismo sitio, empiezan a buscar a la mujer dos empleados de la compañía de aguas (hasta podría ser que uno de los dos fuera Lorrington) y dos guardas forestales.

Recorren tres kilómetros de East Street y encuentran sus zapatos. Otros tres, hasta donde se acaba lo asfaltado (East Street viene y va por el bosque de la orilla este del embalse, y aunque se llame «street» no es ninguna calle, más bien una especie de versión de Deep Cut Road), y encuentran su blusa... Uy. Tres kilómetros después de donde estaba la blusa, se acaba East Street y hay un camino de leñadores con muchos baches (Fitzpatrick Road) que se aparta del lago. Cuando estaban a punto de meterse por él, uno de los que buscan ve algo rosa colgado en la rama de un árbol, cerca del agua. Resulta que es el sostén de la mujer.

En aquella zona el suelo está mojado, sin llegar a ser pantanoso, y se ven tanto las huellas de la mujer como las ramas que ha roto, y que, aunque no les agrade imaginárselo, deben de haberle hecho cosas bastante feas en la piel desnuda. Les guste o no, la prueba de ellas está a la vista: una parte del rastro se compone de sangre en las ramas, y después en las piedras.

A un kilómetro y medio de donde acaba East Street, llegan a un edificio de piedra construido sobre la roca. El edificio está orientado hacia el embalse, y tiene delante, en la otra orilla, Mount Pomery. Es la construcción que alberga el tubo 12, y sólo se puede llegar en coche viniendo del norte. Por qué Ilena o Elaina no hizo lo más fácil, empezar por el norte, es una pregunta que no llegará a contestarse.

Hasta llegar a Boston, el acueducto que arranca del Quabbin recorre ciento cinco kilómetros, siempre hacia el este, y recoge más agua de los embalses de Wachusett y Sudbury (que no son, sin embargo, ni tan grandes ni tan puros). No hay bombas. La canalización del acueducto, que tiene cuatro metros de alto y tres y medio de ancho, se las basta sola. El suministro de agua de Boston se asegura mediante la simple gravedad, técnica que ya usaban los egipcios hace treinta y cinco siglos. Entre el suelo y el acueducto hay doce tubos verticales que sirven de reguladores de presión. También ejercen la función de puntos de acceso, por si se emboza el acueducto. El tubo 12, el que está más cerca del embalse, también recibe el nombre de «tubo de prueba». Es donde se hacen los tests de pureza del agua. También ha visto poner a prueba la virtud de muchas mujeres. (El edificio de piedra no está cerrado con llave, y a menudo sirve de lugar de descanso para las parejas que van en canoa.)

En el peldaño más bajo de los ocho que llevan a la puerta, encuentran los vaqueros de la rusa bien doblados. En el escalón superior hay unas bragas blancas de algodón sin nada de encaje. Está abierta la puerta. Los hombres se miran, pero nadie dice nada. Tienen una idea bastante clara de qué encontrarán dentro: una rusa muerta y sin ropa.

Pero no. La tapa circular de encima del tubo 12 ha sido desplazada lo justo para abrir un arco de oscuridad en el lado del embalse. Un poco más lejos se ve la palanca que ha usado la mujer para mover la tapa, y que debía de estar apoyada detrás de la puerta, con el resto de las herramientas. Más al fondo, el bolso de la rusa, con el billetero encima, abierto y con el documento de identidad a la vista. El vértice de la pirámide, valga la comparación, es el pasaporte, de donde sobresale un papelito cubierto de garabatos. Debe de ser ruso, o cirílico, o como lo llamen. Lo toman por una nota de suicidio, pero la traducción demuestra que sólo son las indicaciones que usaba la rusa. En la última línea pone: «Cuando se acabe la carretera, caminar por la orilla.» Es lo que hizo, quitándose la ropa sin importarle que la pincharan las ramas y le hicieran rasguños los arbustos.

Los hombres rodean la boca del tubo, que no está tapada del todo, y se rascan la cabeza, oyendo el murmullo del agua al emprender el camino hacia los grifos, fuentes y mangueras de Boston. Es un ruido con mucho eco, y con razón: el tubo 12 tiene una profundidad de cuarenta metros. No les entra en la cabeza que la rusa haya elegido una manera así de suicidarse, pero tienen muy claros sus movimientos. Se la imaginan sentada en el suelo de piedra, desnuda y con las piernas colgando. Antes de tirarse, quizá mire hacia atrás para estar segura de que no se hayan movido el billetero ni el pasaporte. Quiere que se entere alguien de la identidad de la persona que ha muerto de aquella manera. Es un deseo de una tristeza inconsolable, atroz. Mira hacia atrás y se desliza por el eclipse que hay entre la tapa desplazada y el lateral del conducto. Tal vez se tape la nariz, como los niños tirándose a la piscina municipal. Tal vez no. El caso es que desaparece en un segundo. Hola, amiga oscuridad.

11

Lo último que había dicho el señor Beckwith antes de seguir repartiendo el correo había sido lo siguiente: «Por lo que dicen, para San Valentín se la beberán los de Boston con el café del desayuno. —Una sonrisa burlona—. Yo no bebo agua. Prefiero la cerveza.»

12

Jonesy ya llevaba doce o catorce vueltas por el despacho. Se detuvo un momento detrás de la silla del escritorio, tocándose la cadera distraídamente, y emprendió la enésima ronda sin interrumpir el recuento de pasos. Siempre tan obsesivo-compulsivo, este Jonesy.

Uno... dos... tres...

Lo de la rusa era una historia muy buena, el típico cuento de terror elevado a sus mayores cotas (donde se codeaba con otros del tipo casas encantadas que han presenciado asesinatos múltiples, accidentes de carretera horrendos...). Por otro lado, era indudable que aclaraba los planes del señor Gray referentes al pobre collie *Lad*, pero ¿de qué le servía a Jonesy saber adónde iba el señor Gray? En el fondo...

Otra vez a la silla, cuarenta y ocho, cuarenta y nueve, y... eh, eh, un momento. ¿Aquí qué coño pasa? ¿La primera vuelta del despacho no la había hecho en sólo treinta y cuatro pasos? Entonces ¿cómo podía ser que ahora hicieran falta cincuenta? Ni arrastraba los pies ni daba pasitos cortos, conque...

Lo has estado agrandando, pensó. A cada vuelta se ha hecho un poco mayor. La habitación es tuya, ¿no? Seguro que si quisieras podrías hacerla tan grande como la sala de baile del Waldorf-Astoria... y sin poder remediarlo el señor Gray.

—¿En serio? —susurró Jonesy detrás de la silla y con una mano en el respaldo, como posando para un retrato. La pregunta no requería respuesta. Bastaba con mirar. En efecto, la habitación había crecido.

Venía Henry. Si le acompañaba Duddits, sería facilísimo seguir al señor Gray, aunque cambiara mil veces de vehículo, porque Duddits veía la línea. Primero les había llevado en sueños hasta Richie Grenadeau, después, en la realidad, hasta Josie Rinkenhauer, y ahora le costaría tan poco orientar a Henry como a un lebrel encontrar la madriguera del zorro. El problema era la puñetera ventaja del señor Gray, como mínimo de una hora. En cuanto el señor Gray hubiera arrojado al perro por la tubería, ya no habría nada que hacer. En teoría quedaría tiempo para cerrar el suministro de agua de Boston, pero sólo si Henry conseguía convencer a alguien de que tomara una medida tan drástica, y eso Jonesy lo dudaba. Además, ¿y toda la gente que bebería agua casi enseguida a medio camino? Seis mil quinientos en Ware, mil cien en Athol, y en Worcester más de quince mil. En todos esos casos, el margen no sería de meses, sino de semanas, y en algunos de días.

¿Había alguna manera de entorpecer el avance de aquel hijo de puta, y de darle a Henry la oportunidad de recortar distancias?

Jonesy miró el atrapasueños, y en ese momento cambió algo en la sala: se oyó una especie de suspiro, como los que se supone que hacen los fantasmas en las sesiones de espiritismo. Pero no era ningún fantasma, y Jonesy notó un cosquilleo en el brazo. Al mismo tiempo se le pusieron los ojos llorosos.

—¿Duddits? —susurró. Se le había erizado el vello de la nuca—. ¿Eres tú, Duddits?

Silencio... pero, al mirar el escritorio, vio que había aparecido algo nuevo en el lugar del inservible teléfono. Un tablero y una baraja.

Alguien quería jugar.

Ahora duele casi todo el rato. Mamá ya lo sabe, porque se lo ha dicho. Cristo ya lo sabe, porque también se lo ha dicho. A Henry no se lo dice, porque Henry también tiene pupa, está cansado y se pondría triste. Beaver y Pete están en el cielo, a la diestra del Señor Todopoderoso, creador del cielo y la tierra por los siglos de los siglos, amén. Le da mucha pena, porque eran amigos suyos, y jugaban con él sin tomarle el pelo. Un día encontraban a Josie, otro veían a aquel hombre tan alto, el vaquero, y otro jugaban.

Esto también es un juego, como cuando jugaban y le decía Pete «Duddits, da igual perder o ganar, la cuestión es jugar», lo que pasa es que esta vez sí que importa, lo dice Jonesy, que cuesta oírle, aunque pronto se le oirá mejor, bastante pronto. Aunque qué rabia que haga tanto daño. No mejora ni con el Percocet. Tiene seca la garganta, le tiembla el cuerpo, y tiene pupa en la barriga, como cuando tiene que ir a hacer caca, más o menos parecido, lo que pasa es que ahora no tiene que ir, y a veces tose y le sale sangre. Tiene ganas de dormir, pero están Henry y su nuevo amigo Owen, el que estaba el día que encontraron a Josie, y dicen «Ojalá pudiéramos hacer que fuera menos deprisa», y «Ojalá podamos cogerle»; y tiene que quedarse despierto y ayudarles, aunque para oír a Jonesy tiene que cerrar los ojos, y se creen que está durmiendo, y dice Owen: «¿No habría que despertarle?, ¿y si el cabrón se desvía?», y dice Henry: «Te digo que Duddits sabe adónde va, pero bueno, le despertaremos en la I-90 para estar seguros. De momento déjale dormir, pobre. ¿No ves la cara de cansancio que tiene?» Y luego otra vez «Ojalá pudiéramos hacer que fuera menos deprisa, el muy cabrón», pero esta vez pensándolo.

Los ojos cerrados. Los brazos cruzados en el pecho, que le duele. Respirando poco a poco. Dice mamá que cuando tosas respira poco a poco. Jonesy no está muerto, no está en el cielo con Beaver y Pete, pero el señor Gray dice que Jonesy está encerrado, y Jonesy se lo cree. Jonesy está en el despacho sin teléfono ni fax, y cuesta hablar con él porque el señor Gray es malo y tiene miedo. Jonesy también. Ahora sabrá Jonesy cuál de los dos está encerrado de verdad.

¿Cuándo hablaban más?

Cuando jugaban.

Le da un escalofrío. Tiene que pensar mucho, y le duele, nota que se queda sin fuerzas, las pocas fuerzas que le quedan, pero esta vez es más que un juego, esta vez importa quién gana y quién la caga, por eso entrega su fuerza, hace el tablero y hace las cartas, Jonesy llora, pero Duddits Cavell ve la línea, la línea va hacia el despacho y esta vez hará algo más que mover las clavijas.

«Jonesy, no llores —dice. Las palabras son claras, en su cerebro siempre lo son, la culpa siempre es de la tonta de su boca, que las estropea—. No llores, que estoy aquí.»

Los ojos cerrados. Los brazos cruzados.

En el despacho de Jonesy, debajo del atrapasueños, Duddits juega.

14

—Recibo al perro —dijo Henry con voz de agotamiento—. El que tiene sintonizado Perlmutter. Ahora lo cojo yo. Estamos un poco más cerca. ¡Ojalá hubiera alguna manera de que no fueran tan deprisa!

Ahora llovía. Owen confió en estar bastante al sur para salvarse del aguanieve. Hacía tanto viento que costaba mantener el Humvee en línea recta. Era mediodía, y estaban entre Saco y Biddeford. Echó un vistazo al retrovisor y vio que Duddits tenía cerrados los ojos y la cabeza apoyada en el respaldo, con los brazos cruzados en el pecho como dos palos. Asustaba verle tan amarillo. Le salía un hilo de sangre de la comisura de los labios.

—¿Tu amigo puede ayudarnos de alguna manera? —preguntó.

—Me parece que ya lo intenta.

—¿No habías dicho que dormía?

Henry se giró, miró a Duddits y contestó:

—Me había equivocado.

15

Jonesy repartió las cartas, apartó dos de las suyas, cogió la otra mano y apartó otras dos.

«Jonesy, no llores. No llores, que estoy aquí.»

Jonesy miró el atrapasueños con la certeza de que era de donde procedían las palabras.

—No lloro, Duds. Es la mierda de la alergia. Tranquilo. Creo que te conviene sacar el...

«Dos», dijo la voz del atrapasueños.

Jonesy sacó el dos de las cartas de Duddits (reconociendo que no era mala manera de empezar) y contestó con un siete. Total, nueve. Duddits tenía un seis. Quedaba por ver si lo...

«Seis para quince —dijo la voz del atrapasueños—. Quince para dos. ¡Tócame los perendengues!»

A Jonesy se le escapó la risa. Era Duddits, pero casi le había confundido con Beaver.

—Pues venga, mueve la clavija.

Le fascinó ver levantarse del tablero una de las clavijas, flotar y volver a colocarse en el segundo agujero de la primera calle.

De repente entendió algo.

—Oye, Duds, ¿verdad que siempre has sabido jugar? Sólo contabas de cualquier manera porque nos hacía reír.

La idea alimentó el llanto. Tantos años creyendo que jugaban con Duddits, y era al revés. ¿Y el día de detrás de Tracker Hermanos? ¿Quién había encontrado a quién? ¿Quién había salvado a quién?

—Veintiuno.

«Treinta y dos para dos. —Desde el atrapasueños. Por segunda vez, la mano invisible levantó la clavija y la desplazó dos agujeros—. Para mí está bloqueado, Jonesy.»

—Ya lo sé.

Jonesy sacó un tres, Duddits pidió trece, y Jonesy lo sacó de las cartas que le correspondían.

«Pero para ti no. Tú puedes hablar con él.»

Jonesy sacó su dos y avanzó dos agujeros. Duddits jugó, avanzó una posición con la última carta, y Jonesy pensó: «Me está ganando un retrasado. ¡Anda que no!» Sólo que Duddits no era ningún retrasado. Estaba cansado y se moría, pero no era ningún retrasado.

Hicieron el recuento y Duddits llevaba mucha ventaja.

«Jonesy, ¿qué quiere aparte del agua?»

«Matar —pensó Jonesy—. Le gusta matar gente.» Pero basta de asesinatos. Basta, por amor de Dios.

—Beicon —dijo—. Le encanta el beicon.

Empezó a barajar… hasta que Duddits le dejó de piedra llenándole la cabeza. El Duddits de verdad, joven, fuerte y dispuesto a luchar.

16

En el asiento trasero, Duddits gimió. Henry se volvió para mirarle y vio que le salía de la nariz una sangre tan roja como el byrus. Tenía la cara crispada por una mueca tremenda de concentración, y se le movían los ojos muy deprisa debajo de los párpados.

—¿Qué le pasa? —preguntó Owen.

—No lo sé.

Duddits sufrió un brote de tos convulsiva, con ruido de bronquios, y le salieron disparadas varias gotitas de sangre entre los labios.

—¡Despiértale, Henry, haz el favor!

Henry miró a Owen Underhill con cara de susto. Estaban acercándose a Kennebunkport, a unos treinta kilómetros de la frontera de New Hampshire y ciento ochenta del embalse de Quabbin. Jonesy tenía una foto del Quabbin en la pared de su despacho. La había visto Henry. Y una casita cerca, en Ware.

Entre los ataques de tos, Duddits exclamó tres veces la misma palabra. Aún no escupía mucha sangre, y sólo le salía de la boca y la garganta, pero si empezaban a abrírsele heridas en los pulmones…

—¿Qué dice? ¿Le duele algo?

—Dice «beicon».

17

La entidad que ahora se denominaba a sí misma «señor Gray» (y que se concebía como tal) tenía un problema grave, pero al menos era consciente de tenerlo.

«Hombre prevenido vale por dos», decía Jonesy. Las cajas del almacén de Jonesy contenían dichos así a centenares, o a millares. Algunos, al señor Gray, le parecían incomprensibles (como «cada oveja con su pareja», o «a río revuelto, ganancia de pescadores»), pero «hombre prevenido vale por los dos» estaba bien.

El mejor resumen de su problema eran los sentimientos que le merecía Jonesy. Claro que ya era bastante grave tener sentimientos. Podía pensar: «Ahora Jonesy está aislado y tengo el problema resuelto; le he puesto en cuarentena como querían ponernos a nosotros los militares. Me están siguiendo, o persiguiendo, pero, como no me falle el motor o tenga un pinchazo, ninguno de los grupos de perseguidores tiene muchas posibilidades de cogerme. Les llevo demasiada ventaja.»

Eran datos, verdades, pero insípidas. Lo sabroso era la idea de acercarse a la puerta que tenía aprisionado a su huésped a la fuerza y gritarle: «¿Qué? Estás jodido, ¿eh? ¿A que te he hecho una putada?» El señor Gray no veía ninguna relación con las putas, pero, dentro del arsenal de Jonesy, era una bala de calibre emocional bastante alto, con ecos de infancia profundos y satisfactorios. Después metería entre los dientes la lengua de Jonesy («que ahora es mía», pensó con innegable satisfacción) y le haría «una pedorreta de las buenas».

Respecto a los que le perseguían, tenía ganas de bajarse los pantalones de Jonesy y enseñarles el culo de Jonesy. Tampoco tenía mucho sentido, pero le apetecía.

El señor Gray se dio cuenta de que se le había contagiado el byrus de aquel mundo. Empezaba por las emociones, progresaba hacia la conciencia sensorial (el sabor de la comida, el placer salvaje pero indiscutible de hacer que el policía se partiera la cabeza en la pared de baldosas del lavabo, con aquel «pum, pum, pum» que sonaba a hueco) y terminaba en lo que llamaba Jonesy «pensamiento elevado». Al señor Gray le parecía un chiste, como llamar comida reprocesada a la mierda o limpieza étnica al genocidio, pero el «pensamiento» no carecía de atractivos para un ser que siempre había formado parte de una mente vegetativa, de una especie de no-conciencia muy inteligente.

Antes de quedar aislado, Jonesy le había propuesto que renunciara a su misión y disfrutara siendo humano. Ahora el señor Gray estaba descubriendo el mismo deseo en su interior, a medida que su mente «no-consciente», que hasta entonces había sido armónica, empezaba a fragmentarse y se convertía en un guirigay de voces encontradas, algunas de las cuales querían A, otras B y otras Q al cuadrado y dividido por Z. Lo previsible habría sido aborrecer tanta cháchara, considerarla una locura, pero empezaba a descubrir que no, que le iba la marcha.

Estaba el beicon. Estaba el «sexo con Carla», identificado por la mente de Jonesy como un gozo superlativo, con aportaciones tanto sensoriales como emocionales. Estaba conducir deprisa, jugar a billar en el bar de O'Leary, la cerveza y los conciertos en directo a todo volumen. Estaba ver el paisaje saliendo de la niebla en una mañana de verano. Y el asesinato, por descontado. Todo eso.

El problema del señor Gray era que, si no ejecutaba el plan deprisa, corría el peligro de no ejecutarlo. Ya no era byrum, sino el señor Gray. ¿Cuánto faltaba para decirle adiós al señor Gray y convertirse en Jonesy?

No, eso jamás, pensó. Pisó el acelerador, y el Subaru le dio lo poco que tenía. En el asiento de atrás, el perro soltó un ladrido agudo... y aulló de dolor. El señor Gray proyectó su mente y tocó el byrum que crecía dentro del perro. Crecía deprisa, casi demasiado. Otro problema: que los contactos mentales con el byrum no entrañasen ningún placer, ni gota de la calidez propia de los encuentros entre iguales. La mente del byrum se tocaba fría... repugnante...

—Como de extraterrestre —murmuró.

Aun así la apaciguó. Era necesario mantenerlo dentro del perro hasta el momento de arrojar a éste al suministro de agua. Le haría falta tiempo para adaptarse. El perro se ahogaría, pero el byrum aún tendría un plazo de vida para alimentarse del cadáver del animal hasta que llegara la hora. Sin embargo, en primer lugar había que meterlo en la tubería.

Ya no faltaba mucho.

Mientras seguía conduciendo en dirección oeste por la I-90, y veía pasar pueblos (de mala muerte, como decía, no sin afecto, Jonesy) como Westborough, Grafton y Dorothy Pond (ya estaba cerca, sólo faltaban unos setenta kilómetros), buscó algún sitio donde guardar su nueva conciencia, para que no le incomodara ni le metiera en líos. Probó con los hijos de Jonesy, pero se arredró: demasiado emocional. Volvió a intentarlo con Duddits, pero seguía estando en blanco. Jonesy le había robado los recuerdos. Acabó decidiéndose por el trabajo de Jonesy, que consistía en dar clases de historia, y su especialidad, dotada de una truculenta seducción. Al parecer, entre 1860 y 1865 Estados Unidos se había partido en dos, como las colonias de byrus antes del final de cada ciclo de crecimiento. Entre las causas, harto diversas, la principal tenía que ver con la «esclavitud», aunque volvía a ser como referirse a la mierda o el vómito como comida reprocesada. «Esclavitud» no quería decir nada. «Derecho de secesión», tampoco. «Proteger la Unión» no tenía sentido. En el fondo habían hecho lo que sabían hacer mejor: «enfadarse». Pero ¡a qué escala!

Mientras el señor Gray investigaba cajas y más cajas de armamento fascinante (balas de cañón, bayonetas, minas de tierra), se entrometió una voz.

beicon

Rechazó la idea, aunque se quejara el estómago de Jonesy. En efecto, le apetecía un poco de beicon, que era carnoso, graso y provocaba una satisfacción primitiva y física, pero no era el momento adecuado. Quizá después de haberse librado del perro; entonces, si tenía tiempo antes de que llegaran los otros, podría comer lo que le diera la gana. Como si quería matarse de un empacho. Pero en otro momento. Pasando al lado de la salida 10 (sólo faltaban dos), se concentró en la guerra civil, en hombres azules y hombres grises corriendo por el humo, gritando y clavándose cosas en la barriga, dando culatazos en el cráneo a sus enemigos, con aquel pum pum pum embriagador, y...

beicon

Volvió a hacerle ruido el estómago. En la boca de Jonesy se dispararon chorros de saliva, y se acordó de Dysart's, las tiras marrones y crujientes en el plato azul, que se cogían con las manos y tenían una textura dura, de carne muerta y sabrosa...

Tengo que pensar en otra cosa.

Sonó irritadamente una bocina que sobresaltó al señor Gray e hizo gemir a Lad. Se había equivocado de carril y se había metido en el «de adelantar», como lo identificaba el cerebro de Jonesy. Dejó paso a un camión grande con más potencia que el Subaru. Las ruedas del camión salpicaron el parabrisas del coche con agua sucia, haciendo perder visibilidad al señor Gray, que pensó: «Como te pille te enteras, gilipollas, a ver si te parto la cara, inútil, más que inútil, no sabes ni conducir, pedazo de»

bocadillo de beicon

Había sido como un disparo dentro de la cabeza. Se resistió, pero era diferente, con más fuerza. ¿Podía ser Jonesy? No, seguro que no. Jonesy no era tan fuerte. De repente, sin embargo, parecía que el señor Gray fuera todo estómago, un estómago vacío que dolía y pedía comida. Seguro que tenía tiempo de hacer una parada y matar el hambre, porque si seguía así se saldría

¡bocadillo de beicon!
¡con mayonesa!

El señor Gray profirió una exclamación inarticulada, sin darse cuenta de que babeaba sin remedio.

18

—Le oigo —dijo Henry de repente, y se aplicó los puños a las sienes como si le doliera la cabeza—. ¡Jo, tío, cómo duele! Tiene un hambre...

—¿Quién? —preguntó Owen. Acababan de cruzar la frontera de Massachusetts. Delante del coche llovían rayas plateadas que desviaba el viento—. ¿El perro? ¿Jonesy? ¿Quién?

—Él —dijo Henry—. El señor Gray. —Miró a Owen, y de repente le brillaba en los ojos una esperanza irracional—. Me parece que frena. Me parece que frena.

19

—Jefe.

Justo cuando Kurtz estaba a punto de quedarse dormido por segunda vez, Perlmutter giró la cabeza (no sin esfuerzo) y le dijo algo. Acababan de superar el peaje de New Hampshire, donde Freddy Johnson había tenido la precaución de meterse por el automático. (Tenía miedo de que un cobrador humano se fijara en la peste que hacía dentro del Humvee, en que tenía rota la ventanilla de detrás, en el armamento... o en las tres cosas.)

Kurtz observó con interés, y hasta fascinación, el rostro sudado y demacrado de Archie Perlmutter. ¿El anodino burócrata, el administrativo de maletín o tablilla, siempre repeinado y con la raya a la izquierda hecha como con regla? ¿El hombre que no conseguía evitar el uso de la palabra «señor»? Ni rastro de aquella persona. Pensó que la cara de Pearly, si bien demacrada, había ganado en otras cosas.

—Jefe, aún tengo sed.

Pearly dirigió una mirada anhelante a la Pepsi de Kurtz y se tiró otro pedo asqueroso. Freddy soltó un taco, pero con menos indignación que al principio. Ahora parecía resignado, casi aburrido.

—Perdona, nene, pero es mía. —Kurtz—. Y también tengo un poco de sed.

Perlmutter inició otra frase y la dejó a medias con una mueca de dolor. Volvió a tirarse un pedo, pero, si el anterior había sido de trompeta, éste fue una nota desafinada de flautín. Entrecerró los ojos y puso cara de pillo.

—Si me das de beber, te cuento algo que te interesa. —Pausa—. Algo que necesitas saber.

Kurtz se lo pensó. Llovía contra el lateral del coche, y entraba agua por la ventanilla rota. ¡Qué lata, por Dios! Se le había empapado toda la manga de la chaqueta, pero no tenía más remedio que aguantar. A fin de cuentas, ¿de quién era la culpa?

—Tuya —dijo Pearly, sobresaltando a Kurtz. Lo de leer el pensamiento ponía los pelos de punta. Tenías la sensación de acostumbrarte, pero de golpe notabas que no—. La culpa es tuya; o sea que dame algo de beber de una puta vez. Jefe.

—Ese vocabulario —rezongó Freddy.

—Si me dices lo que sabes, te doy lo que queda. —Kurtz levantó la botella de Pepsi y la agitó ante la mirada fija y torturada de Pearly.

En sus palabras no faltaba cierto desprecio humorístico hacia sí mismo. Kurtz había estado al frente de unidades enteras, y las había utilizado para cambiar el paisaje geopolítico de más de una región. Ahora, de quien estaba al frente era de dos hombres y un refresco. Había caído muy bajo, y por Dios que la culpa era del orgullo. Tenía el orgullo de Satanás, y, si era un defecto, costaba renunciar a él. El orgullo era el cinturón con que aguantarse los pantalones después de haberse quedado sin pantalones.

—¿Me lo prometes?

A Pearly le salió la lengua de la boca, una lengua con pelusa roja, y lamió sus labios agrietados.

—Si es mentira, que me muera aquí mismo —dijo Kurtz con solemnidad—. ¡Coño, chavalín, léeme el coco!

Pearly le miró fijamente, y Kurtz casi notó sus dedos dentro de la cabeza (ahora con pelusa roja debajo de cada uña). Era una sensación asquerosa, pero la soportó.

Perlmutter debía de haber quedado satisfecho, porque asintió con la cabeza.

—Ahora capto más —dijo. Entonces se le redujo la voz a un susurro confidencial y horrorizado—. ¿Sabes que se me está comiendo? Se me come los intestinos. Lo noto.

Kurtz le dio unas palmaditas en el brazo. Estaban pasando al lado de una señal de BIENVENIDOS A MASSACHUSETTS.

—Tranquilo, nene, que te cuido yo. Te lo he prometido, ¿no? Mientras tanto, dime qué recibes.

—El señor Gray para. Tiene hambre.

Kurtz, que había dejado la mano en el brazo de Perlmutter, se lo apretó con más fuerza, convirtiendo sus uñas en garras.

—¿Dónde?

—Cerca de su objetivo. Es una tienda. Jonesy sabe que vienen Henry, Owen y Duddits. Por eso ha hecho que pare el señor Gray.

La idea de que Owen diera alcance a Jonesy/señor Gray produjo pánico a Kurtz.

—Escúchame bien, Archie.

—Tengo sed —se quejó Perlmutter—. ¡Cabrón, que tengo sed!

Kurtz le puso la botella de Pepsi delante de los ojos, pero apartó la mano de Perlmutter en cuanto la vio acercarse.

—¿Henry, Owen y Duddits saben que Jonesy y el señor Gray han parado?

Perlmutter gritó de dolor y se cogió la barriga, que volvía a inflársele.

—¡Sí, ya lo saben! ¡Duddits ha ayudado a Jonesy a meterle hambre al señor Gray! ¡Lo han hecho entre él y Jonesy!

—Esto no me gusta —dijo Freddy.

Anda, guapo, ni a mí, pensó Kurtz.

—Jefe, por favor —dijo Pearly—, que me muero de sed.

Kurtz le dio la botella y miró con mala cara cómo se la bebía.

—495, jefe —anunció Freddy—. ¿Qué hago?

—Cógela —dijo Perlmutter—. Y luego la 90 hacia el oeste. —Soltó un eructo, ruidoso pero por suerte inodoro—. La cosa quiere otra Pepsi. Le gusta el azúcar. Y la cafeína.

Kurtz meditó. Owen sabía que su presa había parado, al menos un rato. Ahora Owen y Henry acelerarían para aprovechar al máximo el margen de entre noventa y cien minutos. Por lo tanto, también debían acelerar ellos.

Los polis que se cruzaran en su camino tendrían que morir.

Dios los tuviera en su gloria. El desenlace, fuera cual fuese, estaba cerca.

—Freddy.

—Sí, jefe.

—Pisa a fondo. Dale caña a este trasto, y que te lo pague Dios. Venga, a fondo.

Freddy Johnson hizo lo que le ordenaban.

20

No había establo, corral ni cercado, y en el escaparate no había ningún letrero anunciando CERVEZA CEBOS BEBIDAS LOTERÍA, sino una foto del embalse de Quabbin. Por lo demás, la tiendecita no se diferenciaba de la de Gosselin: la misma vía de acceso cutre, la misma suciedad en los muros, la misma chimenea torcida goteando humo en el cielo lluvioso, y la misma bomba de gasolina oxidada. La bomba tenía apoyado un letrero donde ponía: NO HAY GASOLINA. CULPA DE LOS MOROS.

Por ser noviembre, y dada la hora, el único ocupante de la tienda era el dueño, un tal Deke McCaskell que se había pasado toda la mañana pegado al televisor, como la mayoría de la gente. La cobertura informativa (estaba compuesta casi por entero de repeticiones y, como tenían acordonada aquella zona del norte, las únicas imágenes buenas eran de armamento de tierra y aire) había tenido como colofón el discurso del presidente. Deke llevaba muchos años sin ejercer su derecho al voto, pero su opinión del presidente (y del último follón electoral; ¿qué pasaba, que abajo no sabían contar?) era bajísima: le tenía por un hijo de puta melifluo, de poco fiar y dentudo (aunque la mujer era guapa), y consideraba que el discurso de las once había sido el bla bla bla de siempre. A su modo de ver, todo debía de ser un montaje calculado para asustar al contribuyente y que diera el visto bueno al incremento de gastos de defensa (y, por lo tanto, de impuestos). En el espacio no había nadie. Lo había demostrado la ciencia. En Estados Unidos, los únicos extra algo (aparte del propio presidente, claro) eran los que cruzaban nadando la frontera mejicana. Aun así, la gente tenía miedo y se había quedado en casa mirando la tele. Luego pasarían unos cuantos a por cerveza o vino, pero de momento el local estaba más muerto que un gato atropellado en la autopista.

Hacía media hora que Deke había apagado la tele (porque ya estaba bien de paridas). A la una y cuarto, cuando sonó la campanilla de encima de la puerta, se hallaba al fondo de la tienda, mirando una revista debajo de un rótulo que prohibía la entrada a los menores de veintiún años. La revista que había cogido se denominaba *Lasses in Glasses*, «tías con gafas», y era justo que así se llamara, puesto que si algo llevaban las tías de dentro (lo único), eran gafas.

Miró a la persona que había entrado y se dispuso a decir algo como «qué tal» o «¿qué, aún resbala tanto?», pero al final no lo dijo. Se había puesto nervioso. De repente estaba seguro de que iban a atracarle, y tendría suerte con que no le ocurriera nada más. En sus doce años al frente del establecimiento, no le habían atracado ni una sola vez. Los que quisieran arriesgarse a que les metieran en la cárcel por unos billetitos de nada disponían de otros locales de la zona donde había más negocio. Como no fuera...

Deke tragó saliva. Había pensado «como no fuera un loco». Pues bien, quizá hubiera entrado uno. Quizá el nuevo cliente fuera de aquellos psicópatas que acababan de cargarse a toda la parentela y tenían ganas de dar un paseíto y pelarse a unos cuantos más antes de ponerse el cañón en la boca.

Deke, de por sí, no era paranoico (su ex mujer habría dicho que de por sí era gilipollas), pero de repente se sintió amenazado por el primer cliente de la tarde. No tenía demasiada afición a la típica gente que aparecía por la tienda sólo para dar una vuelta y quedarse hasta las tantas comentando el último partido de los Patriots o los Red Sox, o el pedazo de bicho que había pescado en el embalse (mentira), pero ahora le habría gustado tener dentro a alguien así. Todo un grupo, si no era mucho pedir.

Al principio, el cliente se quedó al lado de la puerta, y un poco raro sí era. No porque llevara chaqueta naranja de cazador y en Massachusetts no se hubiera levantado la veda del ciervo. No tenía por qué ser mala señal. Lo que le hizo menos gracia a Deke fueron los arañazos que tenía en la cara, como si hiciera como mínimo dos días que rondaba por el bosque, y lo chupado que le vio, con cara de no estar muy bien de la cabeza. Movía la boca como hablando solo. Y otra cosa: la luz gris que entraba por el escaparate sucio se le reflejaba de manera extraña en los labios y la barbilla.

Babea, el muy cabrón, pensó Deke. Fijo que babea.

La cabeza del recién llegado se movía como por tics, a diferencia de su cuerpo, que se mantenía inmóvil, recordándole a Deke la inmovilidad de los búhos acechando presas desde una rama. Deke tuvo la ocurrencia de bajar de la silla y esconderse detrás del mostrador, pero no tuvo tiempo de valorar los pros y los contras de la idea (otra cosa que habría dicho su mujer era que no destacaba por su rapidez de reflejos mentales), porque la cabeza del desconocido efectuó otro movimiento rápido y se orientó hacia él.

La parte racional del cerebro de Deke había albergado la esperanza (que no llegaba a idea coherente) de que fueran imaginaciones suyas, de que hubieran acabado por afectarle tantas noticias raras y rumores aún más raros del norte de Maine, debidamente recogidos por la prensa. A lo mejor era una persona normal que quería un paquete de tabaco, un pack de cervezas o una botella de licor de café y una revista porno para pasar la noche en un motel de los alrededores de Ware o Belchertown.

La esperanza sucumbió a la mirada del presunto cliente.

No era la mirada obsesiva del psicópata que acaba de matar a toda la familia y se pasea sin rumbo. Casi habría sido preferible. No era una mirada inexpresiva, enajenada, sino demasiado expresiva. Se le adivinaban millones de pensamientos e ideas, como en un teletipo con demasiadas revoluciones. Casi parecía que estuvieran a punto de saltar de las órbitas.

Y eran los ojos más hambrientos que había visto Deke McCaskell en su vida.

—Está cerrado —dijo Deke, pero no le salió su voz normal, sino una especie de graznido—. Hemos cerrado hasta mañana. Tengo al socio aquí detrás. Es por lo del norte. Lo que pasa es que se me ha... se nos ha olvidado girar la placa. Hemos...

Podría haber hablado durante horas, por no decir días, pero le interrumpió el de la chaqueta naranja.

—Beicon —dijo—. ¿Dónde está?

De repente Deke tuvo la certeza absoluta de que, si no tenía beicon, le mataría. Quizá acabara matándole de todos modos, pero sin beicon... sin beicon, seguro. Menos mal que tenía. Gracias a Dios, a Cristo, al presidente gilipollas y a todos los moros del mundo que tenía beicon.

—En la nevera de atrás —dijo con aquella voz tan rara que le salía.

Tenía la mano de encima de la revista como un cubito de hielo. Oía susurros en su cabeza, pero no parecían suyos. Pensamientos rojos y pensamientos negros. Pensamientos hambrientos.

Preguntó una voz inhumana: «¿Qué es una nevera?» Y contestó una voz cansada, humana a más no poder: «Vaya por el pasillo y la encontrará.»

Ahora oigo voces, pensó Deke. ¡Ay, Dios mío! Es lo que le pasa a la gente justo antes de volverse loca.

El hombre pasó al lado de Deke y se metió por el pasillo central. Cojeaba mucho.

Al lado de la caja había un teléfono. Deke lo miró, pero sólo unos segundos. Lo tenía al alcance, y había grabado el 911 en la memoria, pero como si fuera la luna. Aunque pudiera reunir fuerzas para llegar al teléfono...

«Me enteraré», dijo la voz inhumana. Deke profirió un gemidito de impotencia. La tenía dentro de la cabeza, como si le hubieran implantado una radio en el cerebro.

Encima de la puerta había un espejo convexo, especialmente útil en verano, cuando se llenaba la tienda de criajos yendo al embalse con sus padres (el Quabbin sólo estaba a veintinueve kilómetros) a pescar o sólo de picnic. Siempre intentaban llevarse alguna cosita, sobre todo caramelos y revistas de tías. Deke miró por el espejo y observó los pasos del hombre de la chaqueta naranja hacia la nevera con una mezcla de fascinación y horror. El hombre miró el contenido y acabó cogiendo beicon, pero no un paquete, sino cuatro.

Volvió por el pasillo central con el beicon en la mano, cojeando y mirando los estantes. Parecía peligroso, hambriento y con un cansancio descomunal, como un corredor de maratón en el último kilómetro. Al mirarle, Deke tuvo la misma sensación de vértigo que cuando miraba desde gran altura. Era como si no viera a una sola persona, sino a varias solapadas, enfocándose y desenfocándose. Se acordó de una película que había visto, sobre un gilipuertas que tenía como cien personalidades.

El hombre se detuvo y cogió un tarro de mayonesa. Al llegar al final del pasillo, volvió a detenerse y se quedó un poco de pan. A los pocos segundos volvía a estar delante del mostrador. Deke casi olía el cansancio que le salía por los poros. Y la locura.

El hombre depositó sus compras y dijo:

—Bocadillos de beicon con mayonesa y pan de molde. Es lo mejor.

Y sonrió. Era una sonrisa de una sinceridad tan cansada y desgarradora que a Deke se le olvidó un poco el miedo.

Tendió el brazo sin pensárselo.

—Oiga, ¿se encuentra bien?

Se le quedó la mano a medio camino como si hubiera chocado con una pared. Después le tembló en el mostrador, y por último saltó y le dio una bofetada en su propia cara. ¡Plaf! La mano se retiró con lentitud y se quedó flotando. Poco a poco se doblaron los dedos anular y meñique.

«¡No le mates!»

«¡Sal a impedírmelo!»

«A ver si lo intento y te llevas una sorpresa.»

Eran voces dentro de su cabeza.

La mano siguió deslizándose en su cojín de aire, y el índice y el corazón se le metieron a Deke en los agujeros de la nariz. Al principio se quedaron quietos, pero después empezaron a hurgar. ¡Dios mío! Y Deke McCaskell tenía muchos hábitos reprobables, pero no el de morderse las uñas. Al principio los dedos no querían meterse mucho, pero, cuando empezó a correr la sangre lubricante, se pusieron francamente juguetones. Parecían gusanos. Las uñas sucias se clavaban como garras. Siguieron penetrando, excavando hacia el cerebro… notó que se rompía el cartílago… lo oyó…

«¡Basta, señor Gray! ¡Basta!»

Y de repente Deke recuperó la posesión de sus dedos. Los sacó con un ruido húmedo y cayeron gotas de sangre en el mostrador, la alfombrilla de goma para el cambio y la tía desnuda pero con gafas cuya anatomía había estado examinando Deke al entrar aquel ser.

—¿Qué le debo, Deke?

—¡Lléveselo! —El mismo graznido, pero ahora nasal, porque tenía sangre tapándole la nariz—. ¡Lléveselo gratis y márchese! ¡Que se vaya, coño!

—No, insisto. Esto es comercio, intercambio de artículos con valor por moneda de cambio.

—¡Tres dólares! —exclamó Deke.

Empezaba a reaccionar. Le latía muy deprisa el corazón, y la adrenalina le hacía palpitar los músculos. Vio posible que se marchara el ser, lo cual empeoraba las cosas en grado infinito: estar tan cerca de seguir viviendo, pero sabiendo que dependía del capricho de aquel loco de mierda.

El loco sacó un billetero hecho polvo, lo abrió y se pasó una eternidad buscando. Al inclinarse le caía un hilo de saliva. Al final sacó tres dólares y los dejó en el mostrador. La cartera volvió al bolsillo. El loco hurgó en sus vaqueros mugrientos, sacó calderilla y dejó tres monedas en la alfombrilla. Dos de veinticinco y uno de diez.

—Yo de propina doy el veinte por el ciento —dijo el cliente con evidente orgullo—. Jonesy da el quince. Esto es mejor. Es más.

—Sí, claro —susurró Deke con la nariz llena de sangre.

El hombre de la chaqueta naranja se quedó con la cabeza inclinada. Deke le oía comparar despedidas, y tuvo ganas de gritar. Al final dijo el hombre:

—Que pase un buen día. —Otra pausa, y a continuación—: Oiga, no se le ocurra llamar a nadie.

—Descuide.

—¿Me lo jura por Dios?

—Se lo juro por Dios.

—Yo soy como Dios —comentó el cliente.

—Ya. Si usted lo…

—Como llame a alguien, me enteraré, y volveré para darle su merecido.

—¡Que no, que no llamaré!

—Buena idea.

Abrió la puerta. Sonó la campanilla. Salió.

Deke se quedó unos segundos donde estaba, como pegado al suelo. Después corrió alrededor del mostrador y se dio un golpe en el muslo con la esquina. Por la noche le habría salido un morado enorme, pero de momento no le dolía. Corrió el pestillo y miró por el cristal. El coche aparcado delante era una mierdecita de Subaru con salpicones de barro. El hombre se puso la compra en un brazo, abrió la puerta y se sentó al volante.

Arranque y váyase, pensó Deke. Por favor, váyase. Por amor de Dios.

Pero el hombre no se marchó, sino que cogió algo (el pan), abrió la bolsa y sacó unas doce rebanadas. A continuación destapó el tarro de mayonesa y, usando el dedo de cuchillo, empezó a untar las rebanadas de pan. Después de acabar cada rebanada se chupaba el dedo, y a cada ocasión cerraba los ojos, echaba la cabeza hacia atrás y le aparecía en la cara una expresión de éxtasis que irradiaba desde la boca. Cuando se hubo comido todo el pan, cogió uno de los paquetes de carne y desgarró el papel. Después abrió el envoltorio interior de plástico con los dientes, sacó el medio kilo de beicon, lo dobló, lo puso encima de una rebanada de pan y colocó otra encima. Mordió el bocadillo con hambre de lobo, sin que en ningún momento desapareciera su expresión de gozo divino. Era la cara de alguien dándose el gran ágape de su vida. Cada vez que engullía un mordisco enorme, se le movía el cuello. El bocadillo sólo duró tres. Cuando el hombre del coche cogió otras dos rebanadas, apareció una idea en el cerebro de Deke McCaskell y parpadeó como un anuncio luminoso: «¡Así aún es mejor! ¡Casi vivo! ¡Frío, pero casi vivo!»

Deke retrocedió con lentitud, como si buceara. Parecía que la grisura del día hubiera invadido la tienda, quitándole luz. Notó que se le doblaban las piernas, y, antes de que subiera a su encuentro el suelo sucio de madera, lo gris se había vuelto negro.

21

Cuando Deke volvió en sí era más tarde, pero no sabía cuánto, porque el reloj digital Budweiser de encima de la nevera de las cervezas parpadeaba 88:88. En el suelo había tres dientes suyos, supuso que rotos por la caída. Se le había secado la sangre de alrededor de la nariz y la barbilla, adquiriendo una textura esponjosa. Intentó levantarse, pero no le sostenían las piernas. Optó por arrastrarse hacia la puerta, con el pelo en la cara y rezando.

Su oración fue escuchada. Ya no estaba el Subaru rojo. Su lugar lo ocupaban cuatro paquetes de beicon, todos vacíos, el tarro de mayonesa, vacío a tres cuartos, y medio paquete de pan de molde. Varios cuervos (por los alrededores del embalse los había enormes) habían encontrado el pan y sacaban rebanadas con el pico a través del envoltorio roto. Más lejos (casi en la carretera 32, la principal) había otros dos o tres, ensañándose con un revoltillo congelado de beicon y trozos de pan apelmazado. Por lo visto, a *monsieur le gourmet* no le había sentado bien la comida.

¡Dios!, pensó Deke. Espero que hayas vomitado tanto que te hayas destrozado las tuberías, pedazo de...

Justo entonces experimentó un brinco extraño en la barriga y se tapó la boca con la mano. Se le apareció una imagen de nitidez repugnante, la de los dientes del hombre clavándose en la carne cruda y grasienta que colgaba entre las rebanadas de pan, carne gris con vetas marrones como una lengua cortada de caballo muerto. Deke empezó a tener arcadas y a hacer ruidos con la mano en la boca.

Apareció un coche. Lo que faltaba, un cliente justo cuando iba a echar las papas. Bien mirado, en realidad no era un coche. Tampoco un camión. Era uno de esos trastos tan feos que se llamaban Humvee, pintado con colores de camuflaje. Delante iban dos hombres, y detrás (Deke estaba casi seguro) otro.

Levantó la mano, giró la placa de la puerta (poniendo hacia el cristal el lado de CERRADO) y se apartó. Había conseguido levantarse (algo era algo), pero volvió a notar que estaba a punto de caerse. Fijo que me han visto, pensó. Ahora entrarán y me preguntarán adónde ha ido el otro, porque le siguen. Buscan al de los bocadillos de beicon. Y yo se lo diré. Me obligarán. Entonces me…

Se puso la mano delante de los ojos. Los primeros dos dedos, ensangrentados hasta los nudillos, formaban un garfio, y temblaban. A Deke casi le pareció que le saludaban. «Hola, ¿qué tal? Disfruta al máximo de que ves algo, porque pronto vendremos a por ti.»

El ocupante del asiento trasero del Humvee se inclinó como diciéndole algo al conductor. Entonces el vehículo volvió a arrancar, cruzando el charco de vómito que había dejado el último cliente de la tienda con una de las ruedas de atrás. Dio la vuelta, se quedó parado unos segundos y salió en dirección a Ware y el Quabbin.

Cuando desapareció al otro lado de la colina, Deke McCaskell rompió a llorar. Volviendo hacia el mostrador (caído de hombros, inestable, pero de pie), se fijó en los dientes que había en el suelo. Tres, y suyos. Al final le había salido barato. A continuación se detuvo mirando los tres billetes de un dólar que se habían quedado en el mostrador. Les había salido una capa de moho rojizo.

22

—¡Notaquí! ¡Zeguí!

Owen entendió bastante bien lo que decía Duddits. (En el fondo sólo había que acostumbrarse.) «¡No está aquí! ¡Seguid!»

Se metió por la carretera 32, mientras Duddits se apoyaba (o se caía) en el respaldo y sufría otro ataque de tos.

—Mira —dijo Henry, señalando—. ¿Lo ves?

Owen lo veía. Unos cuantos envoltorios aplastados contra el suelo por la fuerza del chaparrón. Y un tarro de mayonesa. Volvió a poner el Humvee en dirección al norte. Las gotas de lluvia que se estrellaban en el parabrisas tenían un peso especial, que reconoció: pronto volverían a helarse, y después, lo más probable era que nevase. Owen, que ahora estaba casi exhausto, y a quien el paso de la ola telepática había dejado un poco triste, descubrió que lo que más le indignaba era tener que morirse en un día así.

—¿Ahora a cuánto está? —dijo, sin atreverse a preguntar lo que de veras importaba: «¿Ya es demasiado tarde?» Supuso que cuando lo fuera se lo diría Henry.

—Ya ha llegado —dijo Henry, distraído.

Se había girado hacia el asiento de atrás y le limpiaba la cara a Duddits con un trapo mojado. Duddits le miró con gratitud e intentó sonreír. Ahora tenía sudadas las mejillas, y se le habían agrandado tanto las ojeras que parecían ojos de mapache.

—Pues, si ya ha llegado, ¿para qué nos hemos desviado? —preguntó Owen.

Tenía puesto el Humvee a ciento diez por hora, lo cual, en aquel tramo de dos carriles tan resbaladizo, era muy, pero que muy peligroso. Sin embargo, ya no había alternativa.

—No quería arriesgarme a que Duddits perdiera la línea —dijo Henry—. Si llega a perderla...

Duddits exhaló un profundo suspiro, cruzó los brazos debajo del pecho y dobló el cuerpo. Henry, que seguía de rodillas en su asiento, le acarició la esbelta columna del cuello.

—Tranquilo, Duds —dijo—, que estás bien.

Pero no, no lo estaba, y tanto Owen como Henry lo sabían de sobra. Duddits Cavell tenía fiebre, seguía sufriendo calambres a pesar de haberse tomado otra pastilla de Prednisona y dos Percocets más, y ahora escupía sangre por la boca con cada tos. Duddits Cavell estaba muy lejos de encontrarse bien. El premio de consolación era que la combinación Jonesy-Gray también se hallaba muy lejos del bienestar físico.

Era el beicon. Ellos sólo habían querido recortar la ventaja del señor Gray, sin sospechar lo prodigiosa que resultaría ser su glotonería. El efecto sobre la digestión de Jonesy había sido bastante previsible. El señor Gray ya había vomitado en la zona de estacionamiento de la tienda, y de camino hacia Ware había tenido que parar otras dos veces, sacar la cabeza por la ventanilla y descargar un par de kilos de beicon crudo con una fuerza casi convulsiva.

Paso siguiente, la diarrea. Se había detenido en la gasolinera Mobil de la carretera 9 y casi no había tenido tiempo de llegar al servicio de caballeros. Fuera de la gasolinera ponía GASOLINA BARATA SERVICIOS LIMPIOS, pero, al marcharse el señor Gray, lo de los «servicios limpios» ya estaba desfasado. Henry consideró un plus que no matara a nadie durante su estancia en la gasolinera.

Antes de desviarse por la carretera de acceso al Quabbin, el señor Gray había tenido que parar otras dos veces y meterse corriendo en el bosque llovido, para intentar evacuar los castigados intestinos de Jonesy. Para entonces ya no caían gotas de lluvia, sino copos enormes de nieve medio fundida. El cuerpo de Jonesy se había debilitado tanto que Henry ponía sus esperanzas en un desmayo, que de momento no se producía.

El señor Gray estaba muy enfadado con Jonesy; al volver a ponerse al volante, después de la segunda incursión forestal, rabiaba sin parar. Todo era culpa de Jonesy. Le había tendido una trampa. Ni palabra de su hambre, ni de la tragonería con que había comido, parando entre bocado y bocado lo justo para chuparse los dedos. Henry ya estaba acostumbrado a ver en sus pacientes aquella manera de manipular los hechos (exagerar unos e ignorar otros). El señor Gray era una reedición de Barry Newman.

¡Qué humano se está volviendo!, pensó. ¡Qué cambio más interesante!

—Cuando dices que ha llegado —preguntó Owen—, ¿hasta qué punto ha llegado?

—No lo sé. Vuelve a estar bastante bloqueado. Duddits, ¿tú oyes a Jonesy?

Duddits miró a Henry con cara de cansado y negó con la cabeza.

—Ezeñó Gue nozaquitado la baraja —dijo. «El señor Gray nos ha quitado la baraja.» Era una manera de hablar. Duddits no tenía vocabulario para explicar lo que de veras había pasado, pero Henry le leía los pensamientos. A pesar de que el señor Gray no pudiera acceder al refugio de Jonesy y llevarse las cartas, había conseguido dejarlas en blanco.

—¿Y tú, Duddits? ¿Cómo vas? —dijo Owen, mirando por el retrovisor.

—Yo bie —dijo Duddits, poniéndose a temblar. Tenía la fiambrera amarilla en las rodillas, con la bolsa marrón de medicamentos dentro y aquella cosa extraña de cordel. Llevaba puesta la parka grande, que le abrigaba todo el cuerpo, y sin embargo tiritaba.

Se nos va deprisa, pensó Owen, mientras Henry volvía a humedecerle la cara a su amigo.

El Humvee derrapó en un tramo resbaladizo, estuvo a punto de provocar un desastre (casi seguro que un choque a ciento diez por hora les habría matado a todos, y, en el mejor de los casos, el accidente habría dado al traste con todas las opciones de parar al señor Gray) y volvió a dejarse conducir.

Owen notó que se le iban los ojos hacia la bolsa de papel, y los pensamientos hacia la cosa de cuerda. «Me lo envió Beaver para mi navidad, la semana pasada.»

Pensó que, ahora, intentar comunicarse por telepatía era como meter un mensaje en una botella y arrojarla al mar, pero lo hizo: envió un pensamiento, confiando en encauzarlo hacia Duddits. «¿Cómo lo llamas?»

De repente, inesperadamente, vio un espacio grande, al mismo tiempo sala de estar, comedor y cocina. Las planchas doradas de pino estaban barnizadas y brillaban. En el suelo había una alfombra de los indios navajo, y en una pared un tapiz: cazadores indios muy pequeñitos rodeando a un personaje gris, el típico extraterrestre de la prensa sensacionalista. También había una chimenea de piedra y una mesa grande de roble, pero lo que más poderosamente llamó la atención de Owen (a la fuerza, porque era el centro de la imagen que le había enviado Duddits, y brillaba con una luz especial) era lo que había colgado en la viga central. Era lo de la bolsa de medicinas de Duddits, pero en grande, y el cordel era de colores, no blanco. Por lo demás, idénticos ambos. A Owen se le empañaron los ojos. Era la sala más bonita del mundo. La sensación era un reflejo de la que tenía Duddits. Veía así la sala porque era donde iban sus amigos, y él les quería.

—Atrapasueños —dijo el moribundo del asiento de atrás, pronunciando sin tacha.

Owen asintió. Atrapasueños, sí.

«Eres tú —dijo, adivinando que les oía Henry, pero sin importarle. El mensaje era para Duddits, nadie más—. ¿Verdad que el atrapasueños eres tú? El de ellos cuatro. Desde siempre.»

Duddits sonrió en el espejo.

23

Vieron una señal donde ponía EMBALSE DE QUABBIN 13 KILÓMETROS. PROHIBIDO PESCAR. NO HAY SERVICIOS. ÁREA DE PICNIC ABIERTA. SENDEROS ABIERTOS. ENTRE POR SU CUENTA Y RIESGO. Ponía algo más, pero, a ciento treinta por hora, Henry no tuvo tiempo de leerlo.

—¿Hay alguna posibilidad de que aparque y vaya caminando? —preguntó Owen.

—No —dijo Henry—. Conducirá lo más deprisa que pueda. Como máximo, se le parará el coche. Esperemos. Está flojo, y no podrá ir muy deprisa.

—¿Y tú, Henry? ¿Podrás caminar deprisa?

Teniendo en cuenta lo entumecido que tenía Henry todo el cuerpo, y lo que le dolían las piernas, la pregunta era pertinente.

—Mientras tengamos alguna posibilidad —dijo—, me forzaré al máximo. La cuestión es Duddits. No creo que esté en condiciones de pegarse una caminata así.

Podría haber dicho que ni así ni asá.

—Oye, Henry, ¿y Kurtz y Perlmutter? ¿A cuánto están?

Henry pensó. A Perlmutter le recibía bastante bien… y también podía tocar al caníbal voraz que tenía dentro. Era como el señor Gray, con la diferencia de que la comadreja vivía en un mundo hecho de beicon. Su beicon era Archie Perlmutter, que había sido capitán del ejército de Estados Unidos. A Henry no le gustaba proyectarse hacia ellos. Demasiado dolor. Demasiada hambre.

—Veinticuatro kilómetros —dijo—. O a saber si sólo veinte. Da igual, Owen, porque les vamos a ganar. La única cuestión es saber si podremos alcanzar al señor Gray. Nos va a hacer falta suerte. O ayuda.

—¿Y si le cogemos, Henry, ¿seguiremos siendo héroes?

Henry le sonrió con cansancio.

—Habrá que intentarlo, digo yo.

XXI

EL TUBO 12

1

El señor Gray recorrió casi cinco kilómetros de East Street (con barro, baches y diez centímetros de nieve reciente), hasta que se le atascó el vehículo en una falla provocada por una alcantarilla obstruida. El animoso Subaru había cruzado varios fangales al norte del dique de Goodnough, y había rascado de tal manera unas piedras que le habían arrancado el silenciador y casi todo el tubo de escape, pero la última falla fue la gota que colmó el vaso. El coche se metió de morro en la grieta y chocó con la tubería, con el motor haciendo un ruido de mil demonios, ahora que ya no tenía silenciador. El cuerpo de Jonesy se proyectó hacia adelante, trabando el cinturón de seguridad. La presión en el diafragma le obligó a vomitar en el salpicadero, pero sólo escupió hilos de bilis y saliva, debido a que ya no quedaba nada sólido. Durante un momento se puso todo en blanco y negro, y el traqueteo salvaje del motor se perdió en la distancia. El señor Gray se empeñó en no perder la conciencia, aferrándose a ella con uñas y dientes, porque tenía miedo de que Jonesy aprovechara el desmayo, por breve que fuera, para recuperar el control.

El perro gimió. Seguía teniendo los ojos cerrados, pero sufría convulsiones en las patas traseras y se le movían las orejas. Tenía la barriga hinchada, y ondas le surcaban la piel. Se acercaba el momento.

Poco a poco volvieron el color y la realidad. El señor Gray respiró hondo varias veces para imponer algún rastro de serenidad a un cuerpo mareado y sin fuerzas. ¿Cuánto faltaba para llegar? Dudaba que fuera mucho, pero, si era verdad que se le había quedado atascado el coche, tendría que caminar… y el perro no podía. Tenía que seguir durmiendo, y el peligro de que despertara ya era bastante grande.

Acarició la zona de su cerebro rudimentario que controlaba el sueño, mientras se limpiaba la boca de saliva. Una parte de su mente tenía presente a Jonesy, tan recluido como antes, igual de ciego a lo de fuera, pero acechando cualquier oportunidad de sabotear la misión. Aunque pareciera increíble, otra parte de la misma mente pedía más comida: beicon, ni más ni menos que la causa de su intoxicación.

«Duerme, bonito.» Hablaba tanto al perro como al byrum. Y escuchaban ambos. *Lad* dejó de quejarse, y no movió las patas. El movimiento de debajo de la piel de la barriga fue haciéndose más lento… más lento… y cesó. No sería una calma duradera, pero de momento iba todo bien. Dentro de lo posible.

«Ríndete, Dorothy.»

—¡Calla! —dijo el señor Gray—. ¡Tócame los perendengues!

Dio marcha atrás al Subaru y pisó el acelerador. El estruendo del motor espantó a los pájaros de los árboles, pero no sirvió de nada. Las ruedas de delante estaban muy metidas; las de detrás giraban sin tocar el suelo.

—¡Mierda! —exclamó el señor Gray, dando un puñetazo al volante con el puño de Jonesy—. ¡Hay que joderse!

Se proyectó hacia atrás, hacia los que le perseguían, pero lo único claro que captó fue una sensación de proximidad. Había dos grupos, y el que estaba más cerca contaba con Duddits. El señor Gray le tenía miedo. Notaba que era el mayor responsable de que aquella misión se hubiera convertido en un engorro tan grande, en algo tan irritante. La cuestión era conservar la ventaja sobre Duddits. Habría sido útil conocer la distancia exacta, pero le estaban bloqueando los tres: Duddits, Jonesy y el que se llamaba Henry. Entre todos, generaban una fuerza que el señor Gray nunca había experimentado, y que le daba miedo.

—Aunque aún tengo bastante ventaja —le dijo a Jonesy saliendo del coche.

Resbaló, soltó una palabrota de Beaver y dio un portazo. Volvía a nevar. El cielo estaba lleno de copos gruesos y blancos, como de confeti; copos que aterrizaban en las mejillas de Jonesy. A duras penas consiguió el señor Gray ponerse detrás del automóvil, porque el barro estaba muy resbaladizo. Dedicó unos segundos a examinar el conducto metálico que sobresalía del fondo de la zanja donde se había quedado atascado el coche. (Hasta cierto punto, el señor Gray también había caído víctima de la curiosidad de su huésped, una curiosidad que de bien poco servía, pero que se contagiaba a velocidad de escándalo.) A continuación se desplazó hacia la puerta del copiloto, diciendo:

—A los capullos de tus amigos les voy a dar una paliza que se van a enterar.

La provocación quedó sin respuesta, pero percibía tanto a Jonesy como a los demás. Aunque estuviera callado, seguía siendo la misma espina en la garganta de antes.

Que se fuera a la mierda. El problema era el perro. Estaba a punto de salir el byrum. ¿Cómo transportar al animal?

Volvió al almacén de Jonesy. Al principio no encontró nada... hasta que apareció una imagen de «catequesis», algo que hacía Jonesy de niño para aprender sobre «Dios» y «el hijo de Dios». Por lo visto, el tal hijo había sido un byrum, creador de una cultura byrus que la mente de Jonesy identificaba al mismo tiempo como «cristianismo» y «gilipollez». La imagen, muy nítida, procedía de un libro titulado «la Biblia», y enseñaba al «hijo de Dios» llevando un cordero. Las patas delanteras del animal le colgaban al «hijo de Dios» en un lado del pecho, y las traseras en el otro.

Serviría.

El señor Gray sacó al perro dormido y se lo echó a la espalda. Ya pesaba mucho (daba rabia lo débiles que eran los músculos de Jonesy), y pesaría más cuando llegara el señor Gray a su meta. Pero llegaría.

Se internó por East Street, pisando una capa de nieve en aumento y con el collie dormido en el cuello, como una estola de piel.

2

La nieve recién caída resbalaba en grado extremo. Una vez que estuvieron en la carretera 32, Freddy no tuvo más remedio que bajar hasta sesenta y cinco kilómetros por hora. Kurtz se llevó un disgusto tan grande que tuvo ganas de gritar, pero lo peor era que Perlmutter se le escapaba por culpa de una especie de semicoma. ¡Maldición! ¡Justo cuando había entablado contacto con el objetivo de la persecución de Owen y sus nuevos amigos, el tal señor Gray!

—Está demasiado ocupado para esconderse —dijo Pearly con voz amodorrada, como a punto de dormirse—. Tiene miedo. En el caso de Underhill, jefe, no sé, pero Jonesy... Henry... Duddits... le dan miedo. Con razón, porque mataron a Richie.

—¿Qué Richie, nene?

A Kurtz le era bastante indiferente, pero quería mantener despierto a Perlmutter. Sentía que faltaba poco para que ya no les hiciera falta, pero de momento seguía siendo necesario.

—No lo... sé...

La última palabra se convirtió en ronquido. El Humvee derrapó casi en sentido lateral. Freddy soltó una palabrota, peleó con el volante y consiguió recuperar el control justo antes de que el vehículo acabara en la cuneta. Kurtz no se fijó. Inclinado, dio a Perlmutter una bofetada muy fuerte en la mejilla. Al mismo tiempo pasaron al lado de la tienda con la foto del embalse en el escaparate.

—¡Aaaay! —Los párpados de Pearly temblaron y se abrieron. Ahora tenía amarillento lo blanco de los ojos, cosa que a Kurtz le importaba tan poco como el tal Richie—. ¡Jefe, no me...!

—¿Dónde están?

—El agua —dijo Pearly sin fuerzas, con voz de inválido malhumorado. Su barriga, cubierta por la chaqueta, era una montaña que de vez en cuando se movía. De nueve meses, pensó Kurtz—. El aaa...

Volvieron a cerrársele los ojos, y Kurtz volvió a levantar la mano para otra bofetada.

—Déjele que duerma —dijo Freddy.

Kurtz le miró con las cejas arqueadas.

—Debe de referirse al embalse. En ese caso ya no le necesitamos. —Señaló las huellas de las ruedas de los pocos coches que les habían precedido por la 32 en el transcurso de la tarde. En contraste con lo blanco de la nieve fresca, estaban muy negras—. Hoy, arriba, no habrá nadie aparte de nosotros, jefe. Nadie.

—Dios mediante. —Kurtz se recostó en el asiento, cogió la pistola de nueve milímetros, la miró y volvió a meterla en la funda—. Dime una cosa, Freddy.

—Si puedo...

—Cuando se haya acabado todo esto, ¿te apetecería ir a México?

—No estaría mal. Mientras no bebamos agua del grifo…

Kurtz estalló en carcajadas y dio una palmada en el hombro de Freddy, a cuyo lado estaba Archie Perlmutter, cada vez en un coma más profundo. En el tramo final de su intestino, dentro de un amasijo de comida desechada y células muertas, se abrieron por primera vez unos ojos negros.

3

Dos postes de piedra señalaban la entrada a la extensa zona natural del embalse de Quabbin. A partir de ellos, la carretera se reducía a un solo carril, y Henry tuvo la sensación de completar un círculo. No era Massachusetts, era Maine, y, aunque el letrero atestiguara que entraban en el Quabbin, en realidad volvía a ser Deep Cut Road. Era una sensación tan poderosa que hasta miró el cielo gris con cierta previsión de encontrar luces moviéndose. En lugar de ellas vio un águila calva volando tan bajo que casi se podía tocar. El ave se posó en la rama inferior de un pino y les vio pasar.

Duddits separó la cabeza del cristal frío y dijo:

—Ora ezeñó Gue camina.

El corazón de Henry dio un brinco.

—¿Has oído, Owen?

—Sí —dijo Owen, y aceleró un poco más.

La nieve medio deshecha de la calzada presentaba el mismo peligro que el hielo. Ahora que habían abandonado las carreteras estatales, sólo quedaba un carril que llevara hacia el norte, hacia el embalse.

Ahora dejaremos rastro, pensó Henry. Si Kurtz llega hasta aquí, no le hará falta telepatía.

Duddits gimió, se tocó la barriga y tiritó de pies a cabeza.

—Eni, etoy enfemo. Duddi tanfemo.

Henry le acarició la frente sin pelo, y no le gustó que estuviera tan caliente. ¿Y ahora? Casi seguro que lo siguiente serían ataques. Con lo flojo que estaba Duddits, no sobreviviría a uno grave. En el fondo era lo mejor que podía pasarle, pero la idea era dolorosa. Henry Devlin, el aspirante a suicida. Y, al final, la oscuridad no se lo tragaba a él, sino a sus amigos, uno por uno.

—Tranquilo, Duds, que falta poco.

No obstante, intuía que ese poco era lo peor.

Volvieron a abrirse los ojos de Duddits.

—Ezeñó Gué... zatacao.

—¿Qué? —preguntó Owen—. No lo he entendido.

—Dice que el señor Gray se ha atascado —contestó Henry, que acariciaba la frente de Duddits deseando que hubiera pelo y acordándose de cuando lo había. El pelo rubio de Duddits, tan bonito. Su llanto les había dolido, se les había clavado en la cabeza como un cuchillo desafilado, pero ¡qué felices les hacía su risa! Oyendo reír a Duddits Cavell, volvían a creerse los cuentos chinos de toda la vida: que era buena la vida, que tenía sentido vivir, tanto de niños como de adultos. Que, además de oscuridad, había luz.

—Y ¿por qué no tira el perro al embalse, que sería más fácil? —preguntó Owen, con una voz que delataba fatiga—. ¿Por qué considera que tiene que hacer todo el camino hasta el tubo 12? ¿Sólo porque lo hizo la rusa?

—No creo que el embalse sea bastante seguro para sus intenciones —dijo Henry—. Habría sido suficiente la torre-depósito, pero el acueducto aún es mejor. Es un intestino de cien kilómetros de largo, y el tubo 12 es la garganta. Duddits, ¿podemos cogerle?

Duddits le miró con unos ojos de cansancio extremo y sacudió la cabeza. El disgusto hizo que Owen se golpeara la pierna. Duddits se humedeció los labios y susurró dos palabras roncas. Owen las oyó, pero sin entenderlas.

—¿Qué? ¿Qué ha dicho?

—«Sólo Jonesy».

—¿Qué quiere decir? «Sólo Jonesy» ¿qué?

—Supongo que sólo puede pararle Jonesy.

El Humvee volvió a derrapar, y Henry se cogió al asiento. Sintió una mano fría encima de la suya. Duddits le miraba con una intensidad desesperada. Intentó decir algo, pero sufrió otro espasmo de tos. Algunas gotas de sangre que le salían por la boca eran bastante más claras, espumosas y casi rosadas. Henry pensó que era sangre de los pulmones. En pleno ataque de tos, Duddits no aflojaba su presión sobre la mano de Henry.

—Piénsamelo —dijo Henry—. ¿Puedes pensármelo, Duds?

Al principio, la única respuesta fueron la mano fría y la mirada fija de Duddits. Después desaparecieron tanto él como el interior caqui del Humvee, con su vago olor a cigarrillos fumados a escondidas. En su lugar, Henry ve un teléfono de pago de los de antes, con varias ranuras encima para las monedas de veinticinco, de diez y de cinco. Un murmullo de voces y un clac clac extrañamente familiar. Al poco rato comprende que es el de las fichas en el damero. Está viendo el teléfono de monedas de la tienda de Gosselin, el que usaron para llamar a Duddits después de la muerte de Richie Grenadeau. Su autor material fue Jonesy, porque era el único con número de teléfono para cargar la llamada. Los otros se reunieron alrededor sin quitarse la chaqueta, por el frío que hacía dentro de la tienda. El carcamal de Gosselin no quería malgastar la leña, y eso que vivía en pleno bosque, rodeado de árboles. ¡Qué tocada de cojones! Encima del teléfono hay dos letreros. En uno pone: POR FAVOR, LIMITEN LAS LLAMADAS A 5 MIN. En el otro…

Se oyó un impacto. Duddits se vio proyectado contra el respaldo del asiento de Henry, y este contra el salpicadero. Sus manos se soltaron. Owen había salido de la carretera. Estaban en la cuneta con las huellas del Subaru delante, aunque empezaba a borrarlas la nieve.

—¡Henry! ¿Estás bien?

—Sí. ¿Tú estás bien, Duds?

Duddits asintió, pero la mejilla donde se había dado el golpe se le estaba poniendo negra más deprisa de lo normal. Cosas de la leucemia.

Owen redujo la transmisión del Humvee y empezó a subir por la zanja. El vehículo se había inclinado mucho, pero, en cuanto lo puso en marcha Owen, respondió la mar de bien.

—Ponte el cinturón, pero pónselo primero a él.

—Intentaba decirme a…

—Me importa un pepino lo que intentara decirte. Esta vez no nos ha pasado nada, pero a la siguiente quizá demos una vuelta de campana. Ponle a él el cinturón, y después ponte el tuyo.

Henry obedeció pensando en el otro letrero de encima del teléfono de monedas. ¿Qué ponía? Algo sobre Jonesy. Ahora el único que podía detener al señor Gray era Jonesy. Palabra de Duddits. Amén.

¿Qué ponía en el otro letrero?

4

Owen no tuvo más remedio que bajar a treinta y pocos kilómetros por hora. Le ponía histérico ir tan lento, pero ahora nevaba mucho y la visibilidad era casi igual a cero.

Justo antes de que desaparecieran del todo las huellas del Subaru, encontraron el propio automóvil metido de morros en una zanja transversal hecha por el agua, con la puerta del copiloto abierta y las ruedas traseras en el aire.

Owen pisó el freno de emergencia, sacó la pistola y abrió la puerta.

—Tú quédate, Henry —dijo al salir.

Corrió agachado hacia el Subaru.

Henry se desabrochó el cinturón y se giró hacia Duddits, que ahora estaba reclinado en el asiento trasero y respiraba con dificultad. Sólo permanecía sentado gracias al cinturón. Tenía una mejilla amarillenta, como de cera, mientras que la otra se había inundado de sangre debajo de la piel. Volvía a sangrarle la nariz, y se le habían empapado de rojo los algodones que tenía metidos en los agujeros.

—Lo siento mucho, Duds —dijo Henry—. Esto es una tocada de cojones.

Duddits asintió y levantó los brazos. Sólo pudo mantenerlos en alto unos segundos, pero a Henry le pareció evidente el significado del gesto. Henry abrió la puerta y salió justo cuando volvía corriendo Owen, que ahora llevaba la pistola metida en el cinturón. Caía tal cortina de nieve, y eran tan enormes los copos, que costaba respirar.

—¿No tenías que quedarte dentro? —dijo Owen.

—Sólo quería ir detrás, con él.

—¿Por qué?

Henry habló con bastante serenidad, a pesar de que le temblaba un poco la voz.

—Porque se está muriendo —dijo—. Se está muriendo, pero me parece que primero tiene que decirme algo.

5

Owen miró por el retrovisor, vio a Henry abrazando a Duddits, vio que llevaban los dos el cinturón puesto y se abrochó el suyo.

—Sujétale fuerte —dijo—, que esto va a dar un salto de la hostia.

Retrocedió una treintena de metros, cambió de marcha y avanzó hacia el espacio que había entre el Subaru abandonado y la cuneta de la derecha. En aquel lado parecía un poco más estrecha la falla transversal.

En efecto, el salto fue la hostia. A Owen se le trabó el cinturón de seguridad, y vio saltar el cuerpo de Duddits entre los brazos de Henry. La cabeza calva de Duddits rebotó en el pecho de Henry. Después la zanja quedó a sus espaldas, y volvían a circular por East Street. A Owen le estaba costando mucho ver las últimas huellas fantasmales de calzado en la cinta blanca de la carretera. El señor Gray iba a pie, y ellos todavía estaban motorizados. Si pudieran darle caza antes de que el muy cerdo cortara por el bosque...

Pero no pudieron.

6

Haciendo un último y tremendo esfuerzo, Duddits levantó la cabeza, y Henry quedó consternado al ver que ahora también se le llenaban de sangre los ojos.

Clac. Clac clac. Risas secas de viejos viendo realizar a alguien el mítico triple salto. Poco a poco volvió a flotar el teléfono en su campo de visión, y los letreros de encima.

—No, Duddits —susurró Henry—. No te esfuerces. Ahorra energías.

Energías, pero, si no para aquello, ¿para qué?

El letrero de la derecha: POR FAVOR, LIMITEN LAS LLAMADAS A 5 MIN. Olor a tabaco, olor al humo de la estufa y la salmuera de los pepinillos. Los brazos de sus amigos rodeándole.

Y el letrero de la derecha: LLAMA AHORA MISMO A JONESY.

—Duddits... —Su voz flotando en la oscuridad. Su vieja amiga—. Es que no sé cómo, Duddits.

Por última vez, cansadísima pero serena, le llegó la voz de Duddits:

«Deprisa, Henry. Me queda muy poco aguante. Tienes que hablar con él.»

Henry levanta el auricular. Piensa algo tan absurdo (pero ¿no es absurda toda la situación?) como que no tiene cambio... ni una mísera moneda de cinco. Se pone el auricular en la oreja.

Se oye la voz de Roberta Cavell, seria, impersonal:

—Hospital General de Massachusetts. ¿Qué desea?

7

El señor Gray empujaba el cuerpo de Jonesy por el sendero que nacía al final de East Street y recorría la orilla este del embalse. Resbalaba, se caía, cogía las ramas, volvía a levantarse... Las rodillas de Jonesy estaban llenas de arañazos, y sus pantalones de agujeros y sangre. Le ardían los pulmones, y le latía el corazón como un martillo pilón. Sin embargo, lo único que le preocupaba era la cadera de Jonesy, la que se había roto en el accidente. Era como una bola de calor y palpitaciones que irradiaba dolor tanto en el muslo y la rodilla como en la mitad inferior de la espalda, por la columna. El peso del perro empeoraba la situación. Seguía durmiendo, pero lo de dentro estaba muy despierto y sólo lo retenía la voluntad del señor Gray. En una ocasión, al levantarse, la cadera se atascó del todo y, para conseguir que se soltara, el señor Gray tuvo que darle varios golpes mediante el puño de Jonesy, con el guante interpuesto. ¿Cuánto faltaba? ¿Qué trecho de aquella nieve maldita, asfixiante, deslumbrante e interminable quedaba por cubrir? ¿Y Jonesy? ¿Qué hacía? ¿Hacía algo? El señor Gray no se atrevía a dejar suelta el hambre voraz del byrum (no tenía nada remotamente parecido a un cerebro), aunque sólo fuera para acercarse a la puerta del despacho y escuchar.

Apareció una silueta fantasmal sobre la nieve. El señor Gray detuvo sus pasos y la miró sin respirar. Después hizo el esfuerzo de seguir caminando, sujetando las patas inertes del perro y arrastrando el pie derecho de Jonesy.

Había un letrero clavado al tronco de un árbol: TERMINANTEMENTE PROHIBIDA LA PESCA DESDE LA CASETA. Otros quince metros y se desviaban unos escalones del camino. Había seis... no, ocho, y llevaban a la edificación de muros y base de piedra que se proyectaba en la nada gris donde estaba el embalse. Sobre el latido acelerado y laborioso de su corazón, los oídos de Jonesy captaron un ruido de olas chocando con piedra.

Había llegado.

Con el perro bien sujeto, y usando las últimas fuerzas de Jonesy, el señor Gray se tambaleó por la nieve, escalón a escalón.

8

Cuando pasaron entre los postes de piedra que marcaban el ingreso al embalse, dijo Kurtz:

—Para, Freddy. Ponte en el arcén.

Freddy no cuestionó sus órdenes.

—¿Tienes la automática, nene?

Freddy la levantó. Una M-16 de toda la vida, de eficacia y fidelidad demostrada. Kurtz asintió.

—¿Pistola?

—Una Magnum, jefe.

Y Kurtz la nueve milímetros, su favorita para trabajar de cerca. Era como quería trabajar: de cerca. Quería ver qué color tenían los sesos de Owen Underhill.

—Freddy.

—Sí, jefe.

—Sólo quería decirte que es mi última misión, y que no podría tener mejor compañero.

Levantó la mano y le dio a Freddy un apretón en el hombro. Al lado de Freddy, Perlmutter roncaba boca arriba. Unos cinco minutos antes de llegar a los pilares de piedra, se había tirado varios pedos largos y de peste espectacular. Luego había vuelto a deshinchársele la barriga, suponía Kurtz que por última vez.

Entretanto, los ojos de Freddy habían adquirido un brillo de gratitud. Kurtz estaba encantado. Por lo visto no había perdido del todo sus facultades.

—Bueno, chavalín —dijo Kurtz—, pues a toda pastilla. ¿Oído?

—Sí, señor.

Kurtz consideró que ya no había objeciones al «señor». Ya podían olvidarse de los protocolos de la misión. Ahora eran dos forajidos cabalgando por las montañas de Massachusetts, como la banda de Bradley.

Freddy señaló a Perlmutter con el pulgar, haciendo una mueca de evidente asco.

—¿Quiere que intente despertarle, señor? Quizá ya no se pueda, pero...

—¿Para qué? —preguntó Kurtz sin soltar el hombro de Freddy. Señaló a través del parabrisas, hacia donde la ruta de acceso se fundía en una pared blanca: la nieve. Aquella nieve de mil demonios que les había perseguido sin descanso, como la puta muerte pero de blanco en vez de negro. Ahora ya no se veía ni rastro del paso del Subaru, pero seguían apreciándose las huellas del Humvee que había robado Owen. Seguirlas sería pan comido, Dios mediante y yendo deprisa—. Creo que ya no nos hace ninguna falta, y me alegro. Venga, Freddy, arranca.

El Humvee dio un par de coletazos y enderezó el rumbo. Kurtz sacó la nueve milímetros y se la aplicó a la pierna. Voy a por ti, Owen. Te voy a coger, chaval. Y te aconsejo que tengas preparado lo que quieras decirle a Dios, porque no tardarás ni una hora en recitárselo.

9

El despacho, tan bien amueblado y decorado (con materiales de su cerebro y memoria), se caía a pedazos.

Jonesy cojeaba sin descanso por la habitación, mirándola y apretando tanto los labios que se le habían puesto blancos. Tenía la frente sudada, a pesar de que hacía un frío de cojones.

No era la caída de la casa Usher, sino la caída del despacho de Jonesy. Debajo hacía tanto ruido la caldera que Jonesy sentía temblar el suelo. Entraban cosas blancas por la rejilla (quizá fueran cristales de hielo), dejando en la pared un triángulo de polvillo. Su efecto sobre el forro de madera era doble: la pudría y la alabeaba. Fueron cayéndose los cuadros al suelo, como si se suicidasen. La silla Eames (la que siempre había soñado con tener) se partió en dos como si le hubieran asestado un hachazo invisible. Las planchas de caoba de las paredes empezaron a resquebrajarse y a desprenderse como piel muerta. Los cajones del escritorio cayeron uno a uno al suelo. Las persianas que había instalado el señor

Gray para taparle la visión del mundo exterior vibraban con un ruido metálico incesante que a Jonesy le daba dentera.

No habría servido de nada llamar a gritos al señor Gray y preguntarle qué ocurría. Por otro lado, Jonesy tenía toda la información que necesitaba. Había hecho perder tiempo al señor Gray, pero éste no sólo le había plantado cara, sino que le había vencido. Hurra por el señor Gray, que, o bien había alcanzado su meta, o estaba a punto de alcanzarla. La caída de los paneles de madera dejaba a la vista el pladur sucio de debajo: las paredes del despacho de Tracker Hermanos tal como lo habían visto cuatro chavales en 1978, muy juntos y con la frente en el cristal, mientras su nuevo amigo, que les había hecho caso y se había quedado detrás, esperaba que acabasen y le llevaran a casa. Se desprendió otra placa y se cayó de la pared con ruido de papel rompiéndose. Debajo había un tablón de anuncios, sólo con una foto Polaroid. No era ninguna guapa oficial del instituto, no era Tina Jean Schlossinger, sino una mujer cualquiera con la falda levantada hasta las bragas. Qué tontería. De repente se arrugó la alfombra como si fuera piel, descubriendo las baldosas sucias de Tracker Hermanos, así como una serie de renacuajos blancos, condones de parejas que venían a follar bajo la mirada de desinterés de la mujer de la foto, que no era nadie en concreto, sólo el producto de un deseo hueco.

Jonesy daba vueltas cojeando. Desde los primeros días del accidente no había vuelto a dolerle tanto la cadera, y se comprendía: la tenía llena de astillas y cristales rotos, y le dolían una barbaridad los hombros y el cuello. En su último sprint, el señor Gray le estaba matando el cuerpo sin poder evitarlo Jonesy.

Al atrapasueños no le había pasado nada, aunque se balanceaba con trayectorias pronunciadísimas. Jonesy lo miró fijamente. Había pensado que quería morirse, pero no de aquella manera ni en aquel despacho apestoso. Fuera, en una ocasión, habían hecho algo bueno, casi noble. Morirse dentro, observado con indiferencia y una capa de polvo por la mujer del tablón... le parecía una injusticia. Sin entrar en lo que se mereciese el resto del mundo, él, Gary Jones, de Brookline, Massachusetts (antes de Derry, Maine, y últimamente de Jefferson Tract), se merecía algo mejor.

—¡Por favor, que esto no me lo merezca! —exclamó a la telaraña que se balanceaba encima. Entonces sonó el teléfono en el escritorio medio desmontado.

Jonesy giró sobre sus talones, y el dolor de cadera, brutal y con muchas ramificaciones, le arrancó un gemido. Antes había llamado a Henry con el teléfono de su despacho, el azul. Ahora el de la superficie quebrada de la mesa era un trasto negro de los de disco, con una pegatina donde ponía QUE LA FUERZA TE ACOMPAÑE. Era el de su habitación de niño, el regalo de cumpleaños de sus padres. 949-7784, el número donde había cargado la llamada a Duddits.

Se abalanzó sobre el aparato olvidándose del dolor de cadera, y rezando por que no se desintegrase y se desconectase la línea antes de poder contestar.

—¿Diga? ¡Diga!

La vibración, las sacudidas del suelo le hacían balancearse. Ahora se movía todo el despacho como un barco en mala mar.

Esperaba cualquier voz menos la de Roberta.

—Un momento, doctor. Le paso una llamada.

Un clic tan fuerte que le dolió la cabeza, seguido por nada, silencio. Jonesy gimió, pero, justo cuando iba a colgar, oyó otro clic.

—¿Jonesy?

Era Henry. Se le oía muy mal, pero seguro que era él.

—¿Dónde estás? —bramó Jonesy—. ¡Henry, coño, que se me cae todo encima! ¡Y yo estoy igual, cayéndome a trozos!

—Te llamo desde la tienda de Gosselin —dijo Henry—. Bueno, no. Tú tampoco estás donde estás. Estamos en el hospital donde te ingresaron después de que te atropellaran... —Ruido en la línea, un zumbido. Después volvió a oírse la voz de Henry, cada vez más cercana y más fuerte. En medio de aquella desintegración, sonaba a salvavidas—. ¡... tampoco es donde estás!

—¿Qué?

—¡Jonesy, estamos dentro del atrapasueños! ¡Siempre hemos estado dentro, desde 1978! ¡El atrapasueños es Duddits, pero se está muriendo! Todavía aguanta, pero no sé cuánto...

Otro clic seguido por otro zumbido duro y eléctrico.

—¡Henry! ¡Henry!

—¡... salir! —La voz de Henry volvía a oírse mal, y tenía un tono desesperado—. ¡Tienes que salir, Jonesy! ¡Reúnete conmigo! ¡Corre por el atrapasueños y reúnete conmigo! ¡Aún estamos a tiempo! ¡Aún podemos darle una paliza al muy hijo de puta! ¿Me oyes? Aún...

Se oyó otro clic y se cortó la comunicación. El teléfono de su infancia se partió por la mitad y vomitó un amasijo absurdo de cables. Todos eran naranjas, todos contaminados de byrus.

Jonesy soltó el auricular y levantó la mirada hacia el atrapasueños, telaraña efímera. Según lo que acababa de decirle Henry por teléfono, no estaban donde creían estar.

Estaban dentro del atrapasueños.

Se fijó en que el que daba vueltas sobre las ruinas del escritorio tenía cuatro radios simétricos saliendo del centro. Los cuatro unían muchos hilos, pero lo que les unía a ellos era el centro, el núcleo de donde emergían.

«¡Corre por el atrapasueños y reúnete conmigo! ¡Aún estamos a tiempo!»

Jonesy dio media vuelta y corrió hacia la puerta.

10

El señor Gray también estaba delante de una puerta, la de la caseta del tubo, y estaba cerrada con llave. Teniendo en cuenta lo que le había ocurrido a la rusa, no le sorprendió. Jonesy disponía de una expresión que ni pintada: cerrar la puerta del establo después del robo del caballo. Con un kim habría sido fácil. El señor Gray no tenía ninguno, pero tampoco estaba muy nervioso. Había descubierto que uno de los efectos secundarios más interesantes de tener emociones era que obligaban a pensar con antelación y confeccionar planes, para que en caso de que saliera algo mal no se desencadenara un ataque emocional en toda regla. Quizá fuera uno de los motivos por los que habían sobrevivido tanto tiempo aquellos seres.

La propuesta de Jonesy de renunciar a la misión (había usado la palabra «nacionalizarse», que para el señor Gray tenía resonancias de misterio y exotismo) no acababa de borrársele de la cabeza, pero el señor Gray la apartó. Cumpliría su misión, su obligación, ahí mismo. Después... a saber. Quizá se dedicara a los bocadillos de beicon, o a lo que identificaba el cerebro de Jonesy como «cóctel». Se trataba de una bebida fría y refrescante que mareaba un poco.

Llegó una ráfaga de viento del embalse y le arrojó nieve deshecha a la cara, provocando una ceguera momentánea. Tuvo el efecto de un golpe hecho con una toalla mojada: devolverle al presente, a la misión inconclusa.

Se desplazó hacia la izquierda de la losa rectangular de granito que había delante de la puerta, resbaló y cayó de rodillas, ignorando el dolor de la cadera de Jonesy. No había hecho un camino tan largo (años luz negros y kilómetros blancos) para rodar por los escalones y partirse el cuello, o caerse al Quabbin y morir de hipotermia en aquel agua tan fría.

Se inclinó hacia el lado izquierdo de la losa, apartó la nieve y palpó la base de piedra buscando un pedazo suelto. Al lado de la puerta había ventanas, y eran estrechas, pero no demasiado.

La cortina de copos medio deshechos amortiguaba los sonidos. A pesar de ello, oyó acercarse un motor. Era el segundo que oía, pero el de antes ya había parado. Debía de haberse quedado al final de East Street. Venían, pero era demasiado tarde. Había casi dos kilómetros de sendero resbaladizo e invadido por la maleza. Cuando llegaran, el perro ya estaría dentro del tubo, ahogándose y trasladando el byrum al acueducto.

Encontró una piedra suelta y la extrajo con cuidado, a fin de que no se le cayera de los hombros el cuerpo palpitante del perro. Después retrocedió de rodillas del borde e intentó levantarse, pero al principio no pudo. Había vuelto a tensarse la bola de la cadera de Jonesy. Al final consiguió apoyarse en las dos piernas, aunque al precio de un dolor increíble que parecía subir hasta los dientes y las sienes.

Se quedó de pie, levantando un poco la pierna derecha de Jonesy como un caballo con una piedra en el casco, y apoyándose en la puerta cerrada de la caseta. En cuanto el dolor remitió un poco, usó la piedra para romper el cristal de la ventana de la izquierda e infligió algunos cortes en la mano de Jonesy, uno de ellos profundo, pero les hizo tan poco caso como al hecho de que en la parte de arriba del marco hubieran quedado varios trozos rotos de cristal, que colgaban sobre la inferior como una guillotina. Tampoco notó que Jonesy se hubiera decidido a salir de su refugio.

El señor Gray se metió por la ventana, aterrizó en el suelo de cemento frío y miró alrededor.

Se hallaba en una habitación rectangular de unos diez metros de largo. Al fondo había una ventana que en días despejados debía de ofrecer un panorama espectacular del embalse, pero que ahora estaba blanca, como si le hubieran colgado una sábana por fuera. Al lado de la ventana había una especie de cubo enorme de metal manchado de rojo. No era byrus, sino un óxido que Jonesy identificaba como «herrumbre». Supuso el señor Gray, sin estar del todo seguro, que servía para bajar hombres por la tubería en casos de emergencia.

La tapadera de hierro, con más de un metro de diámetro, estaba en pleno centro de la habitación, bien encajada. El señor Gray vio el agujero cuadrado del borde e inspeccionó la estancia. En la pared había unas cuantas herramientas, entre ellas una que estaba rodeada por trozos de cristal de la ventana rota: una palanca. Caía dentro de lo posible que fuera la misma que había usado la rusa para los preparativos del suicidio.

Por lo que dicen, pensó el señor Gray, para San Valentín los de Boston se beberán el byrum con el café del desayuno.

Cogió la palanca, fue hacia el centro de la sala cojeando y con muchos dolores, precedido por la nube blanca de su respiración, e introdujo el extremo de la herramienta, en forma de espátula, en la ranura de la tapadera.

Encajaba a la perfección.

11

Henry cuelga el teléfono, respira hondo, aguanta la respiración... y corre hacia la puerta donde pone dos cosas: DESPACHO y PRIVADO.

—¡Eh! —dice Reenie Gosselin, que está sentada delante de la caja—. ¡Vuelve, chaval, que no se puede entrar!

Henry sigue corriendo a la misma velocidad, pero al entrar por la puerta se da cuenta de que es un chaval, en efecto, como mínimo treinta centímetros más bajo que de adulto, y que lleva gafas, pero mucho menos gruesas que con el paso de los años. Es un chaval, pero debajo de todo aquel pelo (que, para cuando cumpla los treinta, habrá clareado un poco) hay un cerebro de adulto. Dos en uno, piensa, e irrumpe en el despacho de Gosselin riendo como loco, como en los viejos tiempos, cuando los hilos del atrapasueños estaban cerca del centro y Duddits les movía las clavijas. Casi me meo de risa, decían. Casi me meo.

Conque entra en el despacho, pero no es el mismo donde un tal Owen Underhill le reproducía a alguien que no se llamaba Abraham Kurtz una cinta de los grises hablando con voces de famosos, sino un pasillo, un pasillo de hospital, y a Henry no le sorprende en absoluto. Es el General de Massachusetts. Ha conseguido llegar.

Hay más humedad y hace más frío que en un pasillo de hospital normal, y las paredes están salpicadas de byrus. En alguna parte se queja una voz: «No quiero que vengas tú, no quiero que me den una inyección, quiero a Jonesy. Jonesy conocía a Duddits, Jonesy se murió, se murió en la ambulancia; Jonesy es el único que me sirve. No vengas. Quiero a Jonesy.»

Henry, sin embargo, no piensa renunciar. Es la muerte, astuta y vieja, y no piensa renunciar. Tiene trabajo.

Camina por el pasillo sin que le vea nadie, y hace tanto frío que le sale vaho de la boca. Es un chaval con una chaqueta naranja que pronto se le quedará pequeña. Piensa que ojalá tuviera su escopeta, la que le prestaba el padre de Pete, pero ya no existe, se ha quedado atrás, enterrada en los años, como el teléfono de Jonesy con la pegatina de *La guerra de las galaxias* (qué envidia les daba), y la chaqueta de Beaver con las cremalleras, y el jersey de Pete con el logo de la NASA en el pecho. Enterrados en los años. Hay sueños que mueren y se desprenden: se trata de otra de las verdades amargas de la vida. Cuántas verdades amargas.

Pasa al lado de dos enfermeras que hablan y se ríen. Una de las dos es Josie Rinkenhauer, y la otra la mujer de la foto Polaroid que vieron por la ventana del despacho de Tracker Hermanos. No le ven porque para ellas no está. Ahora está dentro del atrapasueños, corriendo por el hilo en dirección al centro.

Henry siguió yendo por el pasillo hacia donde se oía la voz del señor Gray.

12

Kurtz lo oyó con claridad por la ventanilla rota. Era el tartamudeo de un fusil automático, suscitando una vieja sensación de desasosiego e impaciencia: la rabia de que hubiera empezado el tiroteo sin él, y el miedo de que acabara antes de llegar, y de que sólo quedaran los heridos pidiendo a gritos un médico.

—Acelera, Freddy.

Justo delante de Kurtz, Perlmutter, comatoso, roncaba más fuerte que antes.

—Esto resbala bastante, jefe.

—Da igual, acelera. Tengo la sensación de que casi hemos...

Vio una mancha rosada en la cortina blanca y limpia de la nieve, una mancha difusa como la sangre de un corte en la cara filtrándose por la espuma de afeitar. A los pocos segundos tenían delante el Subaru con el morro hundido y las ruedas en el aire. En los instantes que siguieron, Kurtz retiró cualquier idea desfavorable que le hubieran merecido las facultades de conducción de Freddy. Su subordinado se limitó a girar el volante a la derecha y pisar el acelerador cuando empezaba a derrapar el Humvee. El voluminoso vehículo ganó agarre, saltó sobre la falla de la carretera y chocó con el suelo. Fue una sacudida tan brutal que Kurtz se dio un golpe en la cabeza y vio una lluvia de estrellas. Los brazos de Perlmutter se zarandearon como brazos de cadáver. El movimiento echó su cabeza hacia atrás, y después hacia adelante. El Humvee pasó tan cerca del Subaru que le arrancó el tirador de la puerta del copiloto. Después siguió rodando a toda pastilla, por huellas relativamente frescas pero sólo de un vehículo.

Me tienes casi encima, Owen, pensó Kurtz. ¿No notas mi aliento en la nuca?

Lo único que le preocupaba era la ráfaga de disparos. ¿Qué había sido? Fuera lo que fuera, no se repitió.

Otra mancha en la nieve a algunos metros. Esta vez era verde. El otro Humvee. Seguro que habían bajado, pero...

—Frena y carga —dijo Kurtz a Freddy con voz apenas estridente—. Va siendo hora de que pague alguien el pato.

13

Cuando Owen llegó al punto donde finalizaba East Street (o se convertía en la sinuosa Fitzpatrick Road, según se mirara), oía detrás a Kurtz y suponía que Kurtz le oía a él, porque, aunque los Humvee no hicieran tanto ruido como las Harley, no podía decirse que fueran silenciosos.

Se había perdido el rastro de las pisadas de Joncsy, pero seguía viéndose el sendero que nacía en la carretera y proseguía por la orilla del embalse.

Apagó el motor.

—Henry, parece que vamos a tener que ca...

Dejó la frase a medias. Se había estado concentrando demasiado en conducir para mirar, no ya atrás, sino por el retrovisor, y lo que vio le pilló por sorpresa. Sorpresa y susto.

Henry y Duddits estaban enlazados en lo que Owen, al principio, interpretó como un abrazo mortal, con las mejillas juntas, los ojos cerrados y las caras y chaquetas manchadas de sangre. No vio que respirara ninguno de los dos, y creyó que habían muerto al mismo tiempo, Duddits de leucemia y Henry… a saber, quizá de un infarto debido al agotamiento y la tensión constante de las últimas treinta y pico horas. Entonces detectó un temblor casi imperceptible en los párpados. Los cuatro.

Abrazados, manchados de sangre, pero vivos. Durmiendo.

Soñando.

Owen se dispuso a repetir el nombre de Henry, pero cambió de idea. Henry se había negado a salir del recinto de Jefferson Tract sin liberar a los reclusos. ¿Que les había salido bien el plan? Sí, pero por pura suerte… o gracias a la providencia, para quien creyera en ella. El caso era que tenían a Kurtz en los talones, que Kurtz se les había pegado como una sanguijuela, y que ahora estaba mucho más cerca que si Owen y Henry se hubieran satisfecho con escapar disimuladamente al amparo de la tormenta.

Bueno, no me arrepiento, pensó al abrir la puerta y salir al exterior. Llegó del norte el grito de un águila quejándose del mal tiempo, y del sur el ruido de Kurtz, el loco y pesado de Kurtz, acercándose. No se podía saber a qué distancia estaba, por culpa de la nieve de los huevos. Caía tanta, y tan deprisa, que despistaba al oído. Podía estar tanto a tres kilómetros como mucho más cerca. Seguro que Kurtz iba con el gilipollas de Freddy, el soldado perfecto, el doble infernal de Dolph Lundgren.

Entre resbalones y palabrotas, Owen rodeó el vehículo y abrió la puerta trasera con la previsión de encontrar armas automáticas y la esperanza de que hubiera un lanzacohetes portátil. No había lanzacohetes ni granadas, sino cuatro fusiles automáticos MP5 y una caja con cartucheras largas, de las de ciento veinte proyectiles.

En el recinto se había sometido a las reglas de Henry, con el resultado, supuso, de unas cuantas vidas salvadas, pero ahora lo haría a su manera. Si no estaba saldada la deuda de la bandeja de los Rapeloew, no había más remedio que vivir con ese peso; mucho o poco, dependiendo de que Kurtz se saliera con la suya.

Henry dormía, estaba inconsciente o se había fusionado con su amigo en una extraña mezcla mental. Mejor. Despierto, quizá protestara contra lo que había que hacer, sobre todo si tenía razón en que su amigo aún estaba vivo y se escondía en la mente del extraterrestre al mando. En cambio Owen no tenía reparos... y, ahora que se le había pasado la telepatía, tampoco oiría a Jonesy pidiendo que no le matara (suponiendo que siguiera dentro). La Glock era buena arma, pero no del todo de fiar.

La MP5 destrozaría el cuerpo de Gary Jones.

Owen cogió una y se metió tres cartucheras de reserva en los bolsillos de la chaqueta. Kurtz ya estaba muy cerca, muchísimo. Se volvió para mirar East Street, temiendo presenciar la materialización de un fantasma marrón y verde (el segundo Humvee), pero de momento no aparecía. Gracias a Dios, habría dicho Kurtz.

Las ventanillas del Humvee ya tenían una capa de hielo, pero, al pasar deprisa al lado del vehículo, Owen reconoció las siluetas borrosas de los dos ocupantes del asiento trasero. Seguían abrazados.

—Adiós —dijo—. Que descanséis.

Y, si tenían suerte, seguirían dormidos cuando llegaran Kurtz y Freddy y acabaran con sus vidas antes de emprender la persecución de su presa principal.

Owen frenó de manera tan brusca que resbaló en la nieve, y asió la capota del Humvee para no caerse. Estaba claro que Duddits no sobreviviría, pero quizá fuera posible salvar a Henry Devlin. Posible, no más.

¡No!, protestó una parte de su cerebro mientras volvía hacia la puerta de atrás. ¡No, que no hay tiempo!

Owen, sin embargo, decidió apostar (¿qué?, el mundo entero) a que sí. Quizá para pagar un poco más de lo que debía por la bandeja de los Rapeloew, o por lo del día de antes (los cuerpos grises desnudos alrededor de la nave accidentada, levantando los brazos como si se rindieran), o bien, lo más probable, sólo por Henry, que le había dicho que serían héroes, y había hecho magníficos esfuerzos por cumplir la promesa.

¿Simpatía por el diablo? Y un cuerno, pensó al abrir la puerta trasera.

Tenía más cerca a Duddits. Le cogió por el cuello de la parka azul y la estiró. Duddits se quedó tumbado en el asiento y se le cayó el sombrero, dejando a la vista una calva reluciente. Henry, que seguía abrazándole los hombros, se le cayó encima. No abrió los ojos, pero gimió un poco. Owen se inclinó hacia él y le susurró al oído con mucha fuerza:

—No te levantes. ¡Henry, no te levantes por nada del mundo!

Owen retrocedió, dio un portazo y tres pasos hacia atrás, se apoyó la culata del fusil en la cadera y disparó una ráfaga. Las ventanas del Humvee se pusieron blancas, y a continuación se hundieron. Se oyó un ruido metálico, el de los cartuchos cayéndose alrededor de los pies de Owen, que volvió a acercarse al Humvee y miró por la ventana reventada. Henry y Duddits seguían tumbados; entre los trozos de cristal y la sangre de Duddits, Owen pensó que nunca había visto a dos personas que parecieran más muertas. Confió en que Kurtz tuviera demasiada prisa para fijarse. Él no podía hacer nada más.

Oyó una sacudida metálica y se sonrió. Ya tenía localizado a Kurtz: acababan de llegar al final del recorrido del Subaru. Rezó por que Kurtz y Freddy hubieran chocado con él, pero por desgracia no había hecho tanto ruido. En todo caso, ya les tenía localizados. Casi dos kilómetros de ventaja. Mejor de lo que pensaba.

—Te sobra tiempo —murmuró.

Podía ser verdad en el caso de Kurtz, pero ¿y en el otro extremo? ¿Dónde estaba el señor Gray?

Cogiendo la MP5 por la correa, se metió por el sendero que llevaba al tubo 12.

14

El señor Gray había descubierto otra emoción humana poco grata: el pánico. Después de un camino tan largo (años luz por el espacio y kilómetros por la nieve), le traicionaban los músculos de Jonesy, débiles y en baja forma, y la tapadera de hierro del conducto, que pesaba mucho más de lo esperado. Empujó la palanca hasta que los músculos de la espalda de Jonesy no pudieron más... y acabó obteniendo la recompensa de un guiño de oscuridad debajo del borde del hierro oxidado. Y un chirrido, el de la tapa moviéndose un poco (quizá entre tres y cinco centímetros) y rascando el cemento. Después se agarrotaron los músculos lumbares de Jonesy, y el señor Gray se apartó del tubo gritando entre dientes (gracias a la inmunidad, Jonesy los conservaba todos) y con la mano en la base de la columna vertebral de Jonesy, como queriendo evitar que explotase.

Lad emitió una serie de ruidos agudos. El señor Gray lo miró y vio que había llegado el momento crítico. El perro seguía durmiendo, pero ahora tenía una hinchazón tan grotesca en el abdomen que se le había puesto tiesa una pata. La piel de la parte baja de la barriga estaba tan tensa que amenazaba con partirse, y las venas de encima palpitaban con la rapidez de un reloj. Debajo de la cola le salía un hilo de sangre muy roja.

El señor Gray miró la palanca metida en la ranura de la tapadera con cara de odio. En la imaginación de Jonesy, la rusa era esbelta y muy guapa, con el cabello oscuro y ojos negros y trágicos. En realidad, pensó el señor Gray, debía de tratarse de alguien musculoso y ancho de hombros. De lo contrario, ¿cómo podía haber...?

Se oyó una ráfaga de disparos a proximidad alarmante. El señor Gray contuvo una exclamación y miró alrededor. Ahora, gracias a Jonesy, la corrosión humana de la duda había pasado a formar parte de su constitución, y se dio cuenta por primera vez de que podían detenerle. Sí, aunque estuviera tan cerca de su meta que oía el ruido con que el agua iniciaba su viaje subterráneo de cien kilómetros. Entre el byrum y todo aquel mundo sólo se interponía una placa circular de hierro que pesaba cincuenta kilos.

El señor Gray, desesperado, recitó en voz baja una retahíla de tacos de Beaver y se lanzó hacia adelante, haciendo que el cuerpo de Jonesy, casi sin fuerzas, se agitara sobre el eje defectuoso de su cadera derecha. Venía alguien, el que se llamaba Owen, y el señor Gray no se atrevía a esperar que se apuntara a sí mismo con el arma. Habría hecho falta más tiempo y el factor sorpresa, cosas ambas de las que carecía. Para colmo, la persona que se acercaba estaba entrenada para matar. Era su carrera.

El señor Gray dio un salto, y se oyó con bastante claridad el chasquido de la cadera de Jonesy, que, por exceso de presión, se había salido de la cuenca hinchada que la sujetaba. Volvió a levantarse el borde, y esta vez la tapadera se deslizó casi treinta centímetros por el cemento. Reapareció el arco negro por donde se había metido la rusa. Era como una ce mayúscula de trazo fino... pero bastaba para el perro.

La pierna de Jonesy ya no aguantaba el peso de Jonesy (por cierto, ¿dónde estaba Jonesy? El molesto anfitrión seguía sin dar señales de vida), pero daba igual. Se podía hacer a rastras.

Fue como avanzó el señor Gray por el suelo frío de cemento. Al llegar donde estaba dormido el collie, lo cogió por el collar y empezó a arrastrarlo hacia el tubo 12.

15

La sala de recuerdos (aquel almacén enorme de cajas) también se está cayendo a trozos. El suelo tiembla como si lo sacudiera un terremoto interminable y de baja intensidad. Arriba se encienden y se apagan los fluorescentes, creando un ambiente de alucinación. Hay lugares donde han caído varios montones de cajas, bloqueando una parte de los pasillos.

Jonesy corre con todas sus fuerzas y va de pasillo en pasillo, recorriendo el laberinto con una orientación puramente instintiva. Se exhorta repetidamente a ignorar la cadera, y más habiéndose convertido en puro cerebro, pero es tan poco persuasivo como un lisiado intentando convencer a un miembro amputado de que deje de dolerle.

Pasa corriendo al lado de unas cajas donde pone GUERRA AUSTROHÚNGARA, POLÍTICA DEL DEPARTAMENTO, CUENTOS INFANTILES y CONTENIDO DEL ARMARIO DE ARRIBA. Salta por encima de varias cajas volcadas con el rótulo CARLA, aterriza en la pierna mala y chilla de dolor. Para no caerse, se coge a unas cajas donde pone GETTYSBURG, y al final ve el fondo del almacén. ¡Gracias a Dios! Tiene la sensación de haber corrido varios kilómetros.

En la puerta pone UCI y PROHIBIDAS LAS VISITAS SIN PASE. En efecto, es donde le llevaron; es donde despertó y oyó a la muerte, astuta y vieja, fingiendo llamar a Marcy.

Empuja la puerta e irrumpe en otro mundo, un mundo conocido: el pasillo blanquiazul de la UCI donde dio sus primeros, dolorosos y frágiles pasos a los cuatro días de la operación. Recorre con dificultad unos tres metros de baldosas, ve las manchas de byrus en las paredes y oye el hilo musical, a decir verdad impropio de un hospital. El volumen está muy bajo, pero parece que son los Rolling Stones cantando *Sympathy for the Devil*.

Justo después de haber identificado la canción, le estalla la cadera sin previo aviso. Jonesy da un grito de sorpresa y se cae en las baldosas negras y rojas de la UCI, hecho un ovillo. Es como después de que le atropellaran: un estallido de dolor rojo. Rueda en el suelo mirando los paneles luminosos, los altavoces circulares por donde sale la música (*Anastasia screamed in vain*), música de otro mundo, cuando llega el dolor a estos extremos es todo de otro mundo, el dolor convierte la sustancia en sombra, y en farsa hasta al amor, es lo que aprendió en marzo, lo que tiene que volver a aprender. Rueda, rueda con las manos apretándose la cadera hinchada, saliéndosele los ojos de las órbitas, contrayendo la boca en un rictus, y tiene muy claro qué ha pasado: el señor Gray. El hijo de puta del señor Gray ha vuelto a romperle la cadera.

Entonces reconoce una voz que se oye muy lejos en aquel otro mundo, una voz de niño.

«¡Jonesy!»

Distorsionada, con eco... pero menos lejana de lo que parecía. Está en otro pasillo, pero de los contiguos. ¿De quién es? ¿De un hijo suyo? ¿De John? No...

«¡Jonesy, tienes que darte prisa! ¡Viene a matarte! ¡Owen viene a matarte!»

No sabe quién es Owen, pero sabe de quién es la voz: de Henry Devlin. Sin embargo, no es su voz de ahora, ni la de la última vez que le vio Jonesy (marchándose con Pete hacia la tienda de Gosselin), sino la voz del Henry compañero de estudios, del Henry que le dijo a Richie Grenadeau que se chivarían, y que Richie y sus amigos no conseguirían coger a Pete porque corría como una gacela.

«¡No puedo!», contesta, rodando por el suelo. Se da cuenta de que ha cambiado algo, de que todavía está cambiando, pero no sabe de qué se trata. «No puedo, el muy cabrón me ha vuelto a romper la cade...»

Entonces comprende qué le ocurre: el dolor va al revés. Es como ver rebobinarse una cinta de vídeo: la leche corre desde el vaso al tetrabrik; se cierra la flor que debería abrirse por el milagro de la fotografía a intervalos.

Descubre el motivo con un simple vistazo a la chaqueta naranja que lleva. Es la que le compró su madre en Sears para la primera caza en Hole in the Wall, la misma en que Henry abatió su primer ciervo y mataron entre todos a Richie Grenadeau y sus amigos. Le mataron con un sueño. Poco importa que no fuera queriendo.

Vuelve a ser un chaval de catorce años, y no le duele nada. ¿Por qué iba a dolerle? Todavía faltan veintitrés años para que se le rompa la cadera. Entonces se le junta todo en la cabeza, con un efecto explosivo: en realidad nunca ha habido ningún señor Gray. El señor Gray vive únicamente en el atrapasueños. Es tan poco real como el dolor de cadera. Yo era inmune, piensa al levantarse. No tenía ni gota de byrus. Lo que tengo en mi cabeza no es del todo un recuerdo. Soy yo. Dios mío. El señor Gray soy yo.

Jonesy se incorpora y echa a correr tan deprisa que al doblar una esquina está a punto de perder el equilibrio, pero se mantiene de pie; es ágil y veloz como sólo se puede serlo a los catorce años, y no hay dolor, ningún dolor.

Reconoce el siguiente pasillo. Hay una camilla con ruedas, y encima una cuña. Al lado se mueve algo con delicadeza, algo de finas patas: el ciervo que vio en Cambridge antes de que le atropellaran. Jonesy pasa corriendo al lado del animal, que le mira con ojos dulces de sorpresa.

«¡Jonesy!»

Falta muy poco.

«¡Date prisa, Jonesy!»

Jonesy corre más deprisa, casi sin tocar el suelo, y sus pulmones jóvenes respiran con facilidad; no hay byrus porque es inmune, ni hay señor Gray, al menos dentro de él; el señor Gray está donde siempre, en el hospital, el señor Gray es el miembro fantasma que todavía se siente, el que se podría jurar que aún se tiene.

Dobla otra esquina. Ahora hay tres puertas abiertas, y en la de detrás, que es la única que está cerrada, espera Henry. Tiene la misma edad que Jonesy, catorce años, y lleva chaqueta naranja, como él. Como siempre, se le han bajado las gafas por la nariz, y le hace señales urgentes.

«¡Deprisa! ¡Deprisa, Jonesy, que Duddits no puede aguantar mucho más! Si se muere antes de que matemos al señor Gray…»

Jonesy se reúne con Henry al lado de la puerta. Tiene ganas de echarle los brazos al cuello, de abrazarle, pero no tienen tiempo.

«Todo es culpa mía», dice a Henry con una voz que no ha sido tan aguda en muchos años.

«Mentira», dice Henry, y mira a Jonesy con la impaciencia que de niños les impresionaba tanto a los tres, Jonesy, Pete y

Beaver. Siempre parecía que Henry estuviera muy por delante, a punto de correr hacia el futuro y dejarles atrás. Siempre parecía que le retuvieran.

«Pero…»

«También podrías decir que Duddits mató a Richie Grenadeau, y que nosotros fuimos cómplices. Él era como era, Jonesy, y nos hizo lo que somos… pero no fue a propósito. ¿No te acuerdas de que lo máximo que podía hacer a propósito era atarse los zapatos, y que ya le costaba bastante?»

Jonesy piensa: «¿Qué adegla? ¿Adegla tatilla?»

«Henry… ¿Duddits se…?»

«Aguanta por nosotros, Jonesy. Ya te lo he dicho. Nos mantiene juntos.»

«En el atrapasueños.»

«Exacto. Conque ¿qué hacemos? ¿Quedarnos discutiendo en el pasillo mientras se va el mundo al carajo, o…?»

«Matar al hijo de puta», dice Jonesy, acercando la mano al pomo de la puerta.

Encima hay un letrero donde pone AQUÍ NO HAY INFECCIÓN. *IL N'Y A PAS D'INFECTION ICI*, y de repente le ve los dos lados. Es como las ilusiones ópticas de Escher. Se mira desde un ángulo y es verdad. Se mira por otro y es la mentira más monstruosa del universo.

Atrapasueños, piensa Henry, y gira el pomo.

La sala de detrás es una leonera de byrus, una selva pesadillesca de zarzas, enredaderas y lianas unidas en trenzas de color sangre. Apesta a azufre y alcohol etílico, como cuando se rociaba con anticongelante el carburador que no quiere arrancar, una mañana de enero con temperatura bajo cero. Por lo menos, en aquella habitación no tienen que preocuparse por la comadreja, porque está en otra cuerda del atrapasueños, en otro lugar y momento. Ahora el byrum es problema de *Lad*, un border collie con el futuro muy negro.

La televisión está encendida y se entrevé una imagen borrosa en blanco y negro, a pesar de que la pantalla está cubierta de byrus. Un hombre arrastra el cadáver de un perro por un suelo de cemento. Hay polvo y hojas secas, como en las tumbas de las películas de miedo de los años cincuenta que le gusta ver a Jonesy en vídeo. Pero no es ninguna tumba, porque al fondo se oye ruido de agua.

En medio del suelo hay una tapadera oxidada y redonda con unas siglas grabadas, las de la compañía de aguas de Massachusetts. La porquería rojiza que tapa la pantalla no las borra. ¿Cómo va a borrarlas, si para el señor Gray (que como ser físico murió en Hole in the Wall) lo son todo?

Literalmente todo: el mundo.

Han movido un poco la tapa del tubo, dejando a la vista un arco de oscuridad absoluta. Jonesy se da cuenta de que el hombre con el perro a rastras es él, y de que el animal no está muerto del todo. Deja un reguero de sangre espumosa y rosada en el cemento, y sacude las patas traseras. Casi como si nadase.

«No te fijes en la película», dice, o casi ruge, Henry. Jonesy mira al ser que hay en la cama, la cosa gris que se tapa medio pecho con una sábana manchada de byrus. El pecho es una superficie lisa y gris de carne sin poros, pelos ni pezones. La sábana lo tapa, pero Jonesy sabe que tampoco tiene ombligo, porque nunca ha nacido. Es la visión que tiene un niño de un extraterrestre, extraída del subconsciente de los primeros que entraron en contacto con el byrum. Nunca han existido como seres reales, como extraterrestres. Como seres físicos, los grises siempre han sido creaciones de la imaginación humana, del atrapasueños. Saberlo alivia un poco a Jonesy. No ha sido el único engañado. Algo es algo.

Y otra cosa que le complace: la mirada de aquellos ojos negros tan horribles. Es de miedo.

16

—Cargado —dijo Freddy tranquilamente, frenando detrás del Humvee que perseguían desde hacía tantos kilómetros.

—Estupendo —dijo Kurtz—. Reconoce el terreno. Yo te cubro.

—Voy.

Freddy miró a Perlmutter, que volvía a tener hinchada la barriga, y después el Humvee de Owen. Ahora estaba clara la causa de los disparos que habían oído: alguien había dejado el Humvee como un colador. La única pregunta pendiente de respuesta era quién había dado y quién había recibido. Había huellas saliendo del Humvee; empezaba a borrarlas la nieve, pero aún se reconocían. Sólo una persona. Botas. Debía de ser Owen.

—¡Venga, Freddy!

Freddy salió a la nieve. Kurtz le siguió con sigilo, y Freddy le oyó preparar el arma. Era la pistola de nueve milímetros. Quizá fuera buena idea. Era evidente que la dominaba.

Sintió un escalofrío por toda la columna, como si Kurtz le tuviera encañonado. Claro que era una idea ridícula. A Owen sí, pero Owen era un caso diferente. Había cruzado la línea.

Corrió agachado hacia el Humvee, con la carabina a la altura del pecho. No podía negar que le hacía muy poca gracia tener detrás a Kurtz. Ninguna.

17

Mientras los dos chavales avanzan hacia la cama llena de moho, el señor Gray pulsa varias veces el timbre de aviso, pero no pasa nada. Eso es que el byrus ha atascado el mecanismo, piensa Jonesy. Mala pata, señor Gray. Echa un vistazo a la tele y ve que su doble de la película ya tiene al perro al borde del tubo. A ver si resultará que llegan demasiado tarde. O no. No se puede saber. Aún está girando la moneda.

«Hola, señor Gray. Tenía muchas ganas de conocerle», dice Henry.

Mientras habla, retira la almohada salpicada de byrus de debajo de la cabeza estrecha y sin orejas del señor Gray. Éste intenta moverse hacia el otro lado de la cama, pero Jonesy le sujeta los brazos de niño. La piel que toca no está caliente ni fría. No tiene textura de piel, sino de…

De nada, piensa. Como un sueño.

«¿Señor Gray? —dice Henry—. En el planeta Tierra damos así la bienvenida.»

Y aprieta la almohada contra la cara del señor Gray.

Bajo sus manos, el señor Gray empieza a forcejear. Se oye el bip enloquecido de un monitor, como si el ser tuviera corazón y hubiera dejado de latir.

Jonesy mira al monstruo agonizante y sólo tiene ganas de que acabe todo.

18

El señor Gray arrastró al perro hasta el borde del conducto que había destapado a medias. Por el arco negro y estrecho subía un eco de agua en movimiento, y una corriente de aire húmedo y frío.

Las patas traseras de *Lad* ejecutaban un movimiento rápido de ciclista, y el señor Gray oía un ruido mojado de carne desgarrándose, a medida que el byrum empujaba con un extremo y roía con el otro para salir a la fuerza. Debajo de la cola del perro había empezado el chirrido, un sonido como de mono asustado. Había que meterlo en el tubo antes de que lograra salir. Sin ser imprescindible que naciera en el agua, significaba aumentar mucho sus posibilidades de supervivencia.

El señor Gray intentó meter al perro por el hueco entre la tapadera y el cemento, pero no podía. El cuello del animal se dobló, y su hocico, con los dientes a la vista, se orientó hacia arriba. Aunque durmiera (a menos que ahora estuviera inconsciente), empezó a emitir una serie de ladridos ahogados.

Y no había manera de meterlo por la ranura.

—¡Me cago en la leche! —exclamó el señor Gray.

Ahora el dolor atroz de cadera de Jonesy le pasaba casi desapercibido, y desapercibido del todo el hecho de que la cara de Jonesy estuviera muy blanca, con lágrimas de esfuerzo y frustración en los ojos. En cambio, sí se daba cuenta, y en extremo, de que ocurría algo. «A mis espaldas», habría dicho Jonesy. Y ¿quién podía ser sino Jonesy, el huésped reticente?

—¡Serás hijo de puta! —le chilló al maldito perro, al odioso y tozudo animal que sólo era un poquito demasiado grande—. Te digo que entras. ¿Me oyes, so...?

Se le atascaron las palabras en la garganta. De repente ya no podía gritar. ¡Y cómo le gustaba! ¡Cómo disfrutaba dando puñetazos (hasta a un perro moribundo y embarazado)! De repente no sólo no podía gritar, sino que no podía respirar. ¿Qué le estaba haciendo Jonesy?

No esperaba respuesta, pero la hubo. Una voz desconocida y llena de fría rabia:

«En el planeta Tierra damos así la bienvenida.»

19

Las manos de tres dedos de la cosa gris que está tumbada en la cama de hospital se levantan, y la verdad es que durante un momento intentan apartar la almohada. Los ojos negros y saltones, único rasgo de la cara, están enloquecidos de miedo y rabia. Intenta respirar. Teniendo en cuenta que en realidad no existe (ni siquiera en el cerebro de Jonesy, al menos como ente físico), parece mentira que se defienda tanto. Sin llegar al extremo de compadecerla, Henry lo entiende. La cosa quiere lo mismo que Jonesy, que Duddits… y hasta que el propio Henry; sí, porque, a pesar de sus ideas negras, ¿no ha seguido latiéndole el corazón? ¿Y su hígado? ¿No ha seguido limpiando sangre? ¿No es verdad que su cuerpo ha seguido librando una guerra invisible contra todo, desde un simple catarro al propio byrus, pasando por el cáncer? Una de dos, o el cuerpo es idiota, o de una infinita sabiduría; en ambos casos, se ahorra el embrujo fatal del pensamiento. Sólo sabe defender su territorio y luchar hasta el límite de sus fuerzas. Quizá en algún momento el señor Gray fuera diferente, pero ya no lo es. Quiere vivir.

«Pero no creo que puedas —dice Henry con voz tranquila, casi de consuelo—. No, amigo, no lo creo.»

Y vuelve a apretar la almohada contra la cara del señor Gray.

20

Las vías respiratorias del señor Gray se abrieron. Aspiró una bocanada de aire frío de la caseta… dos… y volvieron a cerrársele. Le estaban asfixiando, ahogando, matando.

«¡¡No!! ¡ESTO NO ME LO PUEDES HACER!»

Dio un estirón al perro y lo colocó de lomo. Casi era como ver a alguien que llega tarde al aeropuerto forzando la maleta para ver si cabe lo último.

Así cabrá, pensó.

Cabría, aunque hubiera que usar las manos de Jonesy para aplastarle al perro la barriga y que saliera disparado el byrum. De alguna manera tendría que caber aquella cosa infernal.

El señor Gray, con los ojos desorbitados, sin poder respirar y con una vena hinchada en medio de la frente de Jonesy, metió a *Lad* un poco más por la rendija, y empezó a darle puñetazos en el pecho con los puños de Jonesy.

¡Pasa, coño, pasa!

¡PASA!

21

Freddy Johnson metió el cañón del arma en el Humvee abandonado, mientras Kurtz, que había tenido la astucia de quedarse un poco rezagado (en ese sentido era como una repetición del ataque a la nave de los grises), aguardaba el desarrollo de los acontecimientos.

—Dentro hay dos tíos, jefe. Se ve que Owen ha preferido sacar la basura antes de seguir.

—¿Muertos?

—Yo diría que sí. Deben de ser Devlin y el otro, el que han pasado a buscar.

Kurtz se reunió con Freddy, echó un vistazo por la ventanilla rota y asintió. A su entender también estaban muertos. Eran dos bultos blancos enlazados en el asiento de atrás, con sangre y cristales rotos encima. Levantó la pistola para no correr riesgos (no estaba de más meterle a cada uno una bala en la cabeza), pero volvió a bajarla. Owen quizá no hubiera oído su motor. Caía una cortina de nieve tan tupida que era como una manta acústica, conque cabía la posibilidad. En cambio, seguro que oía los disparos. Prefirió volverse hacia el sendero.

—Tú primero, chavalín, y ojo por dónde pisas, que esto tiene pinta de resbalar. Piensa que aún podemos tener a nuestro favor el factor sorpresa. ¿No te parece que habría que tenerlo en cuenta?

Freddy asintió.

Kurtz sonrió, convirtiendo su cara en calavera.

—Con un poco de suerte, chavalete, Owen Underhill estará en el infierno antes de haberse enterado de que se ha muerto.

22

El mando a distancia del televisor, un rectángulo de plástico negro cubierto de byrus, está en la mesita de noche del señor

Gray. Jonesy lo coge y dice con una voz que se parece más de lo normal a la de Beaver:

«A la mierda.»

Y lo estampa con todas sus fuerzas en el borde de la mesita, como si cascara un huevo duro. El mando se rompe, se caen las pilas al suelo y Jonesy se queda con un palo puntiagudo de plástico. Entonces mete la mano debajo de la almohada que aprieta Henry en la cara de la cosa, y duda un poco, acordándose de su primer encuentro con el señor Gray (primero y único): el pomo suelto en la mano, después de romperse la vara de metal. La sensación de oscuridad, al proyectarse sobre él la sombra del ser. Entonces era de verdad, como las rosas o la lluvia. Jonesy se había girado y le había visto; «le», «lo» o lo que fuera el señor Gray antes de convertirse en señor Gray. De pie en medio de la sala grande. Como en la tira de películas y documentales de «enigmas sin explicar», pero viejo. Y enfermo. Entonces ya estaba para que lo ingresasen en la Unidad de Cuidados Intensivos. Y había dicho «Marcy», como sacando la palabra del cerebro de Jonesy. Como con sacacorchos. Haciendo el agujero para entrar. Entonces había explotado como un petardo, pero con byrus en lugar de confeti, y…

… y el resto me lo he imaginado yo. Es eso, ¿no? Otro caso de esquizofrenia intergaláctica. En el fondo ha sido eso.

«¡Jonesy! —grita Henry—. ¡Si piensas hacerlo, que sea ya!»

Váyase preparando, señor Gray, piensa Jonesy, que la venganza…

23

Teniendo a *Lad* medio embutido en la rendija, el señor Gray notó que le llenaba la cabeza la voz de Jonesy.

«Váyase preparando, señor Gray, que la venganza es muy puta.»

En medio de la garganta de Jonesy surgió un dolor brutal. El señor Gray levantó las manos de Jonesy, profiriendo una serie de ruidos guturales que no llegaban a ser gritos. No tocó la piel del cuello de Jonesy, tersa y con pelitos, sino la propia, cortada. Lo más fuerte que sentía era una mezcla de susto e incredulidad, última emoción de Jonesy a la que recurría. No podía ser. Aquellas cosas siempre llegaban en las naves de los viejos; siempre levan-

taban las manos para rendirse; siempre ganaban. No podía ser.
Pero era.

Más que diluirse, la conciencia del byrum se desintegró. Al morir, la entidad que había llevado el nombre de señor Gray regresó a su estado anterior. En el momento de pasar de «alguien» a «algo» (y justo antes de que ese «algo» se convirtiera en «nada»), el señor Gray dio el último y brutal empujón al cuerpo del perro, que se hundió en la rendija... pero no tanto como para caerse.

El último pensamiento teñido de Jonesy que tuvo el byrum fue: «Debería haberle hecho caso. Debería haberme naciona...»

24

Jonesy hace un corte en la papada del señor Gray con el mando de la tele, y en el momento de abrirse el cuello de la cosa, como una boca, sale una nube de algo anaranjado que mancha el aire de color sangre, antes de caerse en la colcha en forma de lluvia de polvo y pelusa.

Bajo las manos de Jonesy y Henry, el cuerpo del señor Gray sufre una convulsión galvánica que no se repite. A continuación se arruga como lo que siempre ha sido, un sueño, y se convierte en algo conocido. Jonesy tarda un poco en relacionar las dos cosas. Los restos del señor Gray se parecen a los condones que vieron en el suelo del despacho abandonado del garaje de Tracker Hermanos.

«¡Está...!»

Jonesy quiere decir «muerto», pero de repente le parte en dos un dolor insoportable. Esta vez no es la cadera, sino la cabeza. Y el cuello. Y de repente tiene en el cuello un collar de fuego. Y se ha vuelto transparente toda la habitación. ¡Joder! Ve a través de la pared, que da al interior de la caseta, donde el perro atascado en la rendija está pariendo un ser rojo y repugnante que parece un cruce de comadreja y gusano gigante. Lo reconoce: es uno de los byrum.

Manchado de sangre, caca y restos de su propia placenta membranosa, mira a Jonesy fijamente con sus ojos negros sin cerebro (y Jonesy piensa: son los de él, del señor Gray), mientras Jonesy le ve nacer, estirar el cuerpo, intentar soltarse, querer caerse en la oscuridad, hacia donde se oye correr el agua.

Jonesy mira a Henry.

Henry le mira a él.

Sus miradas jóvenes de sorpresa se encuentran fugazmente... hasta que empiezan a desaparecer ellos.

«Duddits —dice Henry como de lejos—. Se está yendo Duddits. Jonesy...»

Adiós. Quizá Henry haya querido decir adiós. No tiene ocasión, porque desaparecen ambos.

25

Se produjo un momento de vértigo en que Jonesy no estaba en ningún lugar, con una sensación de haberse quedado desconectado de todo. Pensó que debía de estar muerto, que, además de al señor Gray, se había matado a sí mismo.

Le hizo volver el dolor, pero no el de garganta (ahora ya podía respirar, y ya no le dolía), sino un dolor conocido. En la cadera. Se apoderó de él y le elevó hacia el mundo alrededor de su eje hinchado, como una pelota atada a un palo y dando vueltas cada vez con menos cuerda. Debajo de sus rodillas había cemento, sus manos tocaban pelo, y oía una especie de chirrido inhumano. Al menos esta parte es real, pensó. Esto es fuera del atrapasueños.

Qué horrendo chirrido.

Jonesy vio que ahora la comadreja estaba colgando, y que lo único que la retenía al mundo superior era la cola, que aún no se había soltado por completo del perro. Se abalanzó sobre ella y la agarró con las dos manos por la mitad del cuerpo, justo cuando terminaba de soltarse.

Se tambaleó hacia atrás con mucho dolor de cadera, sujetando al bicho encima de la cabeza como en un número de circo con serpientes, mientras la cosa daba latigazos con la cola, propinaba dentelladas al aire, se retorcía, intentaba morder la muñeca de Jonesy, le arrancaba la manga derecha de la parka y hacía que saliera flotando plumón blanco.

Jonesy giró sobre su cadera hecha polvo, y en la ventana rota por donde había entrado el señor Gray vio a un hombre con cara de sorpresa. Llevaba parka de camuflaje, y un fusil.

Jonesy arrojó a la comadreja con todas sus fuerzas, que no

eran muchas. El bicho voló unos tres metros y aterrizó en las hojas secas del suelo con ruido a mojado. Inmediatamente se deslizó hacia el tubo, cuya boca no estaba del todo atascada por el cuerpo del perro. Quedaba espacio más que suficiente.

—¡Pégale un tiro! —dijo Jonesy al del fusil, gritando—. ¡Pégale un tiro, por Dios, antes de que se meta en el agua!

Pero el hombre de la ventana no hacía nada. La última esperanza del mundo se limitaba a quedarse boquiabierta.

26

Owen no daba crédito a lo que veía. Una cosa roja, una especie de comadreja sin patas. Oír su descripción no era lo mismo que verla. Se retorcía por el suelo hacia el agujero del centro de la caseta, donde estaba embutido un perro con las patas tiesas hacia arriba, como en señal de rendición.

El hombre (probablemente el agente de contagio) le gritaba que pegase un tiro al bicho, pero los brazos de Owen se negaban a levantarse, como si tuvieran un baño de plomo. La cosa estaba a punto de escapar. Después de tantas peripecias, Owen estaba punto de presenciar lo que había tenido la esperanza de evitar. Era como estar en el infierno.

La vio deslizarse con un ruido asqueroso, como de mono. Era como si lo oyera en medio de la cabeza. Vio que Jonesy la perseguía con movimientos torpes y desesperados, intentando atraparla o como mínimo cortarle el paso. No podría. El perro se interponía.

Owen volvió a ordenarles a sus brazos que levantaran el arma y apuntaran, pero no pasó nada. Era como si la MP5 perteneciera a otro universo. Iba a dejar que se escapase. Iba a quedarse como un pasmarote, dejando que se escapase. Que le ayudase Dios.

Que les ayudase a todos.

27

Henry, aturdido, se incorporó en el asiento trasero del Humvee. Tenía algo en el pelo. Se lo tocó sin haberse sacudido el sueño del hospital (que no ha sido ningún sueño, pensó). Entonces un dolor agudo le devolvió a algo parecido a la realidad. Era cristal. Tenía el pelo lleno de cristales. En el asiento había una capa entera. En el asiento y en Duddits.

—¿Dud?

No, claro, no servía de nada. Duddits estaba muerto. Tenía que estar muerto. Había gastado la poca energía que le quedaba en reunir a Jonesy y Henry en la habitación de hospital.

Sin embargo, Duddits gimió. Abrió los ojos y Henry, al verlos, volvió del todo a aquel final de carretera nevada. Los ojos de Duddits estaban rojos, inyectados en sangre; ojos muy abiertos, de sibila.

—¡Cubi! —exclamó, levantando las dos manos y esbozando un gesto como de sostener un fusil—. ¡Cubidú! ¡Tenemo tabajo!

Lejos, en el bosque, contestaron dos disparos de fusil. Después una pausa, y el tercero.

—¿Dud? —susurró Henry—. ¿Duddits?

Duddits le vio. A pesar de la sangre que tenía en los ojos, Duddits le vio. Para Henry fue algo más que una sensación. Por un momento llegó a *verse* a través de los ojos de Duddits. Era como mirar un espejo mágico. Vio al Henry de otros tiempos: un chaval mirando el mundo por unas gafas de concha que eran demasiado grandes para su cara y siempre se le caían por la nariz. Sintió el amor que le tenía Duddits, una emoción sencilla, sin ninguna mancha de duda o egoísmo. Ni siquiera de ingratitud. Cogió en brazos a Duddits, y, al constatar la ligereza del cuerpo de su viejo amigo, se puso a llorar.

—Has sido un tío con mucha suerte —dijo, pensando que ojalá estuviera Beaver, que podría haber hecho lo que él no podía. Beav podría haber dormido a Duddits con una nana. Sí, yo creo que sí.

—Eni —dijo Duddits, tocándole a Henry la mejilla con una mano. Sonreía, y sus últimas palabras fueron clarísimas—: Te quiero, Henry.

28

Se oyeron dos detonaciones. Disparos de carabina, y no estaban lejos. Kurtz se detuvo. Freddy iba unos seis metros por delante, y estaba al lado de un letrero que a Kurtz leyó con dificultad: TERMINANTEMENTE PROHIBIDA LA PESCA DESDE LA CASETA.

Otro disparo, el tercero, y después silencio.

—¿Jefe? —murmuró Freddy—. Parece que delante hay una especie de edificio.

—¿Ves a alguien?

Freddy negó con la cabeza.

Kurtz se reunió con él, y, a pesar de las circunstancias, le divirtió notar un ligero sobresalto al poner una mano en el hombro de Freddy. Tenía razón en sobresaltarse. Si Abe Kurtz sobrevivía a los siguientes quince o veinte minutos, pensaba adentrarse sin compañía en el mundo feliz que se avecinara. No habría nadie que le pusiera obstáculos, ni habría testigos de aquella acción final de guerrilla. En cuanto a Freddy, podía sospecharlo, pero sin estar seguro. Lástima que ya no hubiera telepatía. Lástima para Freddy.

—Parece que Owen ha encontrado a alguien más a quien matar.

Kurtz hablaba en voz baja al oído de Freddy, oído que seguía presentando algunos rizos de Ripley, ahora blancos y muertos.

—¿Vamos a por él?

—¡No! —contestó Kurtz—. ¡Dios nos libre! Creo que ha llegado el momento, que por desgracia les llega a casi todas las vidas, de apartarnos, chavalín. Vamos a escondernos entre los árboles, y a ver quién sale y quién se queda dentro. Si sale alguien. ¿Te parece bien que esperemos diez minutos? Yo creo que con diez minutos habrá de sobra.

29

Las palabras que llenaron la cabeza de Owen Underhill tenían poco sentido pero una gran nitidez: era la canción de Scooby-Doo. «Scooby-Doo, ¿dónde estás? Tenemos trabajo.»

La carabina se levantó. No había sido cosa suya, pero, cuando le abandonó la fuerza que había movido el rifle, Owen pudo tomar el relevo sin sobresaltos. Cambió al modo de disparo sin ráfaga, apuntó y presionó dos veces el gatillo. La primera bala, que falló, rebotó en el suelo delante de la comadreja. Saltaron trozos de cemento. La cosa retrocedió, dio media vuelta, vio a Owen y le enseñó unos dientes como agujas.

—¡Muy bien, guapo! —dijo Owen—. ¡Sonríe a la cámara!

El segundo disparo atravesó de lleno la mueca del bicho, que no era precisamente una sonrisa. La cosa salió despedida hacia atrás, chocó con la pared de la caseta y se cayó al cemento. Sin embargo, la pérdida de su cabeza rudimentaria no entrañaba la de sus instintos. Empezó a deslizarse de nuevo, lentamente. Owen disparó, y al centrar la mira pensó en los Rapeloew, Dick e Irene. Buena gente. Buenos vecinos. Si hacía falta un poco de azúcar o leche (o, por qué no, consuelo), siempre quedaba el recurso de la casa de al lado.

El disparo, por lo tanto, estaba dedicado a los Rapeloew. Y al niño que no había sabido corresponderles.

Disparó por tercera vez. La bala pilló al byrum por el centro y lo partió en dos. Los trozos chirriaron... chirriaron... y se quedaron quietos.

A continuación, Owen trazó un breve arco con la carabina, y esta vez apuntó a Gary Jones en la frente.

Jonesy le miró sin pestañear. Owen estaba cansado (tanto que se sentía morir), pero aquel individuo parecía haber dado varios pasos más en la escala del agotamiento. Jonesy levantó las manos abiertas.

—No tiene por qué creérselo —dijo—, pero el señor Gray está muerto. Le he cortado el cuello mientras Henry le ponía una almohada en la cara. Parecía una escena de *El padrino*.

—Ya —dijo Owen con ausencia completa de entonación—. ¿Y dónde se ha celebrado la ejecución?

—En un Hospital General de Massachusetts mental —dijo Jonesy, y profirió la risa menos alegre que había oído Owen en toda su vida—. Uno donde se pasean ciervos por los pasillos y el único programa de la tele es una película antigua que se llama *Sympathy for the Devil*.

Al oír esto último, Owen se sobresaltó un poco.

—Si tiene que disparar, dispare. He salvado el mundo, aunque reconozco que usted me ha echado una manita. Adelante, págueme el servicio con la tarifa habitual. Encima, el muy cerdo ha vuelto a romperme la cadera. Regalito de despedida del hombrecillo que no existía. El dolor es... —Jonesy enseñó los dientes—. Es muy grande.

Owen siguió apuntando, y al cabo de unos instantes bajó el arma.

—Pues acostúmbrese.

Jonesy se quedó apoyado en los codos, gimió e hizo lo posible por cargar el peso en el lado bueno.

—Duddits está muerto. Valía tanto como nosotros dos juntos, o más, y está muerto. —Se tapó los ojos y volvió a bajar el brazo—. Jo, qué tocada de cojones. Es como lo habría descrito Beaver: una tocada de cojones total. Que en beaverés es lo contrario que un descojone.

Owen no le veía sentido a la palabrería de aquel hombre. Debía de estar delirando.

—Puede que se haya muerto Duddits, pero Henry está vivo. Hay gente persiguiéndonos, Jonesy, mala gente. ¿Los oye? ¿Sabe dónde están?

Jonesy, que estaba de espaldas en el suelo frío y sembrado de hojas, negó con la cabeza.

—Vuelvo a tener los cinco sentidos normales. Ya no me queda nada de telepatía.

El problema más inminente era la llegada de Kurtz. Que Owen no le hubiera oído no significaba que no estuviera cerca. Nevaba bastante para que sólo se oyeran los ruidos más fuertes. Como disparos.

—Tengo que volver al camino —dijo—. Usted quédese.

—¡Qué remedio! —dijo Jonesy, cerrando los ojos—. Ojalá pudiera volver a mi despacho, que estaba calentito. Parece mentira que lo diga, pero...

Owen dio media vuelta y volvió a bajar por la escalera con algunos resbalones pero ninguna caída. Escudriñó el bosque a ambos lados del camino, pero no a fondo. Si Kurtz y Freddy acechaban entre la caseta y el Humvee, Owen dudaba que pudiera verles con tiempo para reaccionar. Podía ver huellas, pero entonces estaría tan cerca de ellos que seguro que eran lo último que veía. No había más remedio que confiar en su ventaja. En definitiva, dependía de la pura chiripa. ¿Por qué no? Había estado en muchas situaciones difíciles, y siempre se había librado por chiripa. Quizá volvier...

La primera bala, que le alcanzó en la barriga, le tumbó hacia atrás y le acampanó la chaqueta por la espalda. Movió los pies intentando mantenerse derecho y no soltar la MP5. No le dolía nada. Sólo tenía una sensación como de haber recibido un gancho de un guante de boxeo metido en la mano de un contrincante duro. La segunda bala le rozó un lado de la cabeza, generando un escozor como de aplicarse alcohol en una herida abierta. El tercer disparo le dio en la parte superior derecha del pecho, y fue el definitivo, el que le hizo perder tanto la posición derecha como el arma.

¿Qué había dicho Jonesy? Algo sobre salvar el mundo y recibir el pago habitual. En el fondo no era tan grave. Jesús había tardado seis horas, se habían burlado de él poniéndole un letrero en la cabeza, y a la hora del cóctel le habían dado vinagre con agua en vaso grande.

Estaba medio dentro medio fuera del sendero nevado, percibiendo con vaguedad que gritaba algo, y que no era él. Parecía un pajarraco muy grande y enfadado.

Es un águila, pensó.

Consiguió respirar, y, aunque lo espirado fuera más sangre que aire, pudo apoyarse en los codos. Entonces vio aparecer dos siluetas humanas entre los abedules y los arces, agachados y acercándose como en combate. Uno era bajo y ancho de hombros, y el otro delgado, con el pelo gris y semblante alegre. Johnson y Kurtz. El bulldog y el galgo. Al final se le había acabado la suerte. Siempre se acababa.

Kurtz se arrodilló junto a él con los ojos brillantes. Tenía en una mano un triángulo de papel de periódico, gastado y un poco curvado por su larga estancia en el bolsillo trasero, pero que seguía reconociéndose. Era un sombrero de loco.

—Mala pata, chaval —dijo.

Owen asintió. Mala pata, en efecto; malísima.

—Ya veo que has tenido tiempo de hacerme un detallito.

—Pues sí. ¿Al menos has conseguido tu objetivo principal?

Kurtz señaló la caseta con un movimiento de la barbilla.

—Sí, le he pillado —logró decir Owen.

Tenía la boca llena de sangre. La escupió e intentó respirar otra vez, pero oyó que le salía casi todo el aire por un agujero nuevo.

—Ah —dijo Kurtz con benevolencia—, pues entonces es lo que se llama un final feliz, ¿no?

Colocó tiernamente el sombrero en la cabeza de Owen. Lo empapó enseguida la sangre, que enrojeció el artículo sobre ovnis.

Llegó otro chillido de la zona del embalse, quizá de alguna de las islas que en realidad eran montañas saliendo de un paisaje inundado a propósito.

—Es un águila —dijo Kurtz, dándole a Owen palmadas en el hombro—. Considérate afortunado, chaval. Dios te envía un pájaro de guerra para cantarte el...

La cabeza de Kurtz se convirtió en una explosión de sangre, sesos y huesos. Owen vio una expresión final en los ojos azules y de pestañas blancas: sorpresa e incredulidad. Kurtz se quedó de rodillas, hasta que se cayó de cara (o resto de cara) en la nieve. Detrás estaba Freddy Johnson con la carabina levantada, sacando humo por el cañón.

«Freddy», intentó decir Owen. No le salió ningún sonido, pero Freddy debía de haberle leído los labios, porque asintió.

—No quería matarle, pero el muy hijo de puta me habría matado a mí. No hacía falta tener telepatía para saberlo. Después de tantos años...

«Acaba», intentó decir Owen. Freddy volvió a asentir. Al fin y al cabo, quizá conservara algún vestigio de la puñetera telepatía.

Owen se apagaba. Estaba cansado, y se apagaba. Buenas noches a todos. Se recostó en la nieve, y fue como tumbarse en una cama con el plumón más suave que existiese. Volvió a oír el grito de águila, un grito lejano. Habían invadido su territorio, turbando su paz de otoño y nieve, pero no tardarían en marcharse, y entonces el águila volvería a ser señora del embalse.

Hemos sido héroes, pensó Owen. A ver si no. Jódete tú y tu sombrerito, Kurtz; hemos sido he...

No llegó a oír el último disparo.

30

Se habían oído algunos disparos más, pero ahora estaba todo en silencio. Henry estaba sentado detrás del Humvee con su amigo muerto, meditando qué hacer. La posibilidad de que se hubieran matado entre sí parecía remota. La de que los buenos (no, el bueno, en singular) se hubiera cargado a los malos, aún más remota.

Su primer impulso fue apearse del Humvee sin demora y esconderse en el bosque. Después miró la nieve (pensando que ojalá no volviera a ver nieve en diez años) y rechazó la idea. Si en el plazo de media hora volvían Kurtz o su acompañante, encontrarían las huellas de Henry. Entonces le seguirían el rastro y, al llegar al final, le pegarían un tiro como si fuera un perro rabioso. O una comadreja.

Pues consigue un arma, pensó. Dispara antes que ellos.

Eso ya era mejor idea. Henry no era Wyatt Earp, pero tenía puntería. No era lo mismo pegarle un tiro a una persona que a un ciervo, para saber eso no hacía falta ser psicólogo, pero se consideró capaz de disparar contra aquellos individuos con muy pocos titubeos, siempre que les tuviera bien apuntados.

Cuando casi tenía la mano en el tirador de la puerta, oyó una palabrota de sorpresa, un golpe y otra detonación, esta vez desde muy cerca. Henry pensó que alguien había resbalado, se había caído de culo en la nieve y se le había disparado el arma. ¿Y si el muy capullo se había pegado un tiro? ¿Era esperar demasiado? Habría sido una…

Pero la suerte no llegó a tanto. Henry oyó el gruñido que hacía al levantarse la persona caída. Sólo había una opción, y Henry la tomó. Se tumbó en el asiento, volvió a rodearse con los brazos de Duddits (lo mejor que pudo) y se hizo el muerto, aunque las posibilidades de éxito le parecieran escasas. En el camino de ida, los malos habían pasado de largo, pero sólo por las prisas que debían de llevar. Ahora sería mucho más difícil engañarles con un par de agujeros de bala, unos cristales rotos y la sangre de la hemorragia final del pobre Duddits.

Oyó pasos prensando nieve. A juzgar por el ruido, que era suave, sólo había una persona. Debía de tratarse del tristemente famoso Kurtz. El último superviviente. Se acercaba la oscuridad. Ya no era su amiga de siempre (ahora sólo se «hacía» el muerto), pero se acercaba.

Henry cerró los ojos… esperó…

Las pisadas pasaron al lado del Humvee sin detenerse.

31

De momento, el objetivo estratégico de Freddy Johnson era al mismo tiempo muy práctico y a muy corto plazo: quería hacer girar el Humvee de los huevos sin quedarse atascado. En caso de conseguirlo, su intención era superar la grieta de East Street (donde se había quedado el Subaru perseguido por Owen) sin meterse en ella de morros. Si conseguía volver a la carretera de acceso, quizá pudiera ampliar un poco sus expectativas. Mientras abría la puerta del Humvee del jefe y se sentaba al volante, reapareció en su cabeza el recuerdo de la autopista. En sentido sur, la I-90 llevaba a mucho oeste americano. Muchos lugares donde esconderse.

Al cerrar la puerta, la peste a pedos acumulados y alcohol etílico frío fue como una bofetada. ¡Pearly! ¡Coño, el hijo de puta de Pearly! Con la emoción se le había olvidado que existiera.

Freddy se giró con el arma en alto… pero Pearly seguía frito. No hacía falta gastar otra bala. Con suerte, Pearly moriría de congelación sin despertarse. Él y su compañeri…

Sin embargo, Pearly no estaba ni dormido ni frito. Tampoco estaba en coma, sino muerto. Y parecía… reducido. Casi momificado. Tenía las mejillas chupadas y arrugadas, y las órbitas muy marcadas, como si debajo de las finas membranas de los párpados se le hubieran caído los ojos en el cráneo vacío. Por otro lado, estaba apoyado en la puerta del copiloto en una postura extraña, con una pierna levantada y casi encima de la otra. Parecía que se hubiera muerto intentando ejecutar un paso de baile. Se le había oscurecido el camuflaje de los pantalones del uniforme, que ahora tenían color de barro, y el asiento, debajo, estaba mojado. Los dedos de la mancha que apuntaba hacia Freddy eran rojos.

—¿Qué co…?

En el asiento de atrás se oyó un chillido ensordecedor, como cuando se pone a tope el volumen de un equipo de música muy potente. Freddy vio que se movía algo con el rabillo del ojo derecho. Apareció en el retrovisor un bicho inverosímil que le arrancó una oreja, le mordió la mejilla, se le metió en la boca y le clavó los dientes en la mandíbula, por la parte interior de las encías. A continuación, el bicho caca de Archie Perlmutter arrancó el lateral de la cara de Freddy como alguien hambriento arrancando una pata de pollo.

Freddy gritó y descargó el arma contra la puerta del copiloto. Después levantó un brazo e intentó apartar al bicho, pero le resbalaron los dedos en una piel tersa, recién nacida. La comadreja retrocedió, echó la cabeza hacia atrás y se tragó lo que había arrancado como un loro engullendo un pedazo de carne cruda. Freddy buscó a tientas el tirador de la puerta de su lado y lo encontró, pero no tuvo tiempo de estirarlo, porque volvió a atacar la cosa, que esta vez hundió la boca en el músculo de donde se juntaban el cuello y el hombro de Freddy. Al abrirse, la yugular soltó un chorro de sangre que chocó con el techo del vehículo y recayó como una lluvia roja.

Los pies de Freddy pataleaban en rápida cadencia, golpeando el freno del Humvee. El ser del asiento trasero volvió a retroceder, como si se lo pensara, se deslizó como una serpiente por el hombro de Freddy y cayó en su regazo.

Cuando el bicho le abrió las tripas, Freddy gritó una vez. No hubo segunda.

32

Henry estaba torcido en el asiento trasero del otro Humvee, viendo que el ocupante del vehículo que estaba aparcado detrás forcejeaba al volante. Se alegraba tanto de la cortina de nieve como del chorro de sangre que chocó con el parabrisas del otro Humvee, empeorando la visión.

Veía de sobra.

Al final, la silueta del asiento del conductor quedó inmóvil y cayó de costado. Entonces se alzó sobre ella un bulto oscuro, como en postura triunfal, y Henry lo reconoció. Había visto lo mismo en la cama de Jonesy, en Hole in the Wall. Lo que se veía claramente era que el Humvee que les había perseguido tenía rota una ventanilla. Henry dudaba que la cosa destacara por su inteligencia, pero ¿cuánta le haría falta para detectar el aire frío?

No les gusta el frío, pensó. Las mata.

En efecto, pero Henry no tenía ninguna intención de conformarse con ello. El motivo no se reducía a la proximidad del embalse, cuyo oleaje llegaba a sus oídos. Algo había contraído una deuda elevadísima, y sólo quedaba él para entregar la cuenta. La venganza es muy puta, como tantas veces observara Jonesy, y había llegado la hora de vengarse.

Miró por encima del respaldo de delante. No había armas. Se inclinó un poco más y abrió la guantera. Sólo contenía facturas, recibos de gasolina y un libro de bolsillo hecho polvo, *Cómo ser tu propio mejor amigo.*

Henry abrió la puerta, salió... y le resbalaron los pies. Se cayó de culo con todo su peso, y le rascó la espalda el guardabarros del Humvee, que era muy alto. Fóllame, Freddy. Se levantó, volvió a resbalar, cogió la puerta abierta y consiguió no caerse. Arrastrando los pies, caminó hacia la parte trasera del vehículo a bordo del cual había llegado, sin quitarle ojo al otro idéntico que estaba aparcado detrás. Seguía viendo la cosa de dentro merendándose al conductor con gran aparato de movimientos.

—Quédate donde estás, guapísimo —dijo Henry. Entonces se echó a reír. Era una risa de loco, pero le dio rienda suelta—. Pon unos cuantos huevos y te los hago fritos, que soy un experto. ¿Quieres que te preste *Cómo ser tu propio mejor amigo*? Tengo un ejemplar.

Ahora se reía tanto que casi no podía hablar, mientras movía los pies por la nieve traicionera como un niño recién salido del colegio, yendo hacia la cuesta más cercana para bajar en trineo. Mientras tanto, procuraba no soltar el lateral del Humvee… claro que, después de las puertas, no había nada que coger ni que soltar. La cosa seguía moviéndose… hasta que de repente ya no la vio. Malo. ¿Dónde coño se había metido? En las pelis chorras de Jonesy, pensó Henry, es cuando empieza la música de miedo. El ataque de las comadrejas asesinas. La idea volvió a hacerle reír.

Ya había dado toda la vuelta al vehículo. Se podía abrir la ventanilla de atrás con un botón… a menos que estuviese cerrada con llave, por supuesto. Aunque no debía de estarlo. ¿No era por donde se había metido Owen? Henry no se acordaba. No, no había manera de acordarse. Así nunca sería su propio mejor amigo.

Entre continuas carcajadas y lágrimas, apretó el botón y la ventanilla de atrás se abrió. La abrió un poco más y miró dentro. Armas, gracias a Dios. Fusiles del ejército como el que se había llevado Owen en su última misión. Cogió uno y lo examinó. Seguro, selección de fuego, 120 BALAS… Todo bien.

—Es tan fácil que podría usarlo un byrum —dijo, provocándose más carcajadas.

Se inclinó con las manos en el estómago, pisando nieve embarrada con cuidado de no volver a caerse. Le dolían las piernas, la espalda, sobre todo le dolía el corazón… pero reía, reía como una hiena.

Con el arma levantada (y el seguro en lo que esperaba fervientemente que fuera la posición de OFF), se acercó al Humvee de Kurtz por el lado del conductor. Le sonaba música de miedo en la cabeza, pero seguía riéndose. Reconoció la tapa del depósito, pero… ¿dónde estaba Gamera, el monstruo del espacio?

Justo entonces, como oyéndole el pensamiento (lo cual, comprendió Henry, era harto posible), la comadreja estrelló la cabeza en el cristal trasero. Suerte que no era el que estaba roto. Tenía la cabeza manchada de sangre, pelos y trozos de carne. Sus ojos horribles, como dos bayas, estaban fijos en los de Henry. ¿Sabía que disponía de una vía de escape? Quizá. Y quizá entendiera que usarla era exponerse a una muerte rápida.

Enseñó los dientes.

Henry Devlin, ganador de un premio de la Asociación Americana de Psiquiatras a la terapia compasiva por un artículo en el *New York Times* sobre «El final del odio», le enseñó los suyos. Le sentó bien. A continuación le enseñó el dedo anular, por Beaver y por Pete, y le sentó igual de bien.

Al levantar el fusil, la comadreja (que podía ser idiota, pero tampoco tanto) hundió la cabeza y desapareció. Mejor, porque Henry nunca había tenido la menor intención de intentar pegarle un tiro a través del cristal. Eso sí, la idea del bicho en el suelo del vehículo le gustaba. Eso, majo, pensó, ponte todo lo cerca que puedas de la gasolina. Entonces cambió el selector de disparo a automático y soltó una ráfaga larga contra el depósito.

Los disparos fueron ensordecedores. Apareció un agujero enorme e irregular donde había estado la tapa del depósito, pero al principio no ocurrió gran cosa más. ¡Coño!, pensó Henry, ¿y lo que pasa en las pelis? Entonces oyó una especie de silbido rasposo que fue ganando intensidad. Retrocedió dos pasos, y volvieron a resbalarle los dos pies. En esta ocasión, probablemente la caída le salvase de perder la vista, o la vida. La parte trasera del Humvee de Kurtz sólo tardó otro segundo en explotar, escupiendo pétalos de fuego amarillo por debajo. Los neumáticos traseros salieron disparados. La nieve que caía se roció de cristales rotos, que en todos los casos le pasaron a Henry por encima de la cabeza. A continuación, como el calor empezaba a ser insoportable, retrocedió a rastras cogiendo el fusil por la correa y riéndose como loco. Se produjo otro estallido, y el aire se llenó de metralla.

Henry se levantó como cuando se sube por una escalera de mano, usando como travesaños las ramas de un árbol que estaba a mano. Jadeando, riéndose, se quedó de pie con dolor en las piernas y la espalda, y una sensación extraña en la nuca. Ahora ardía toda la mitad trasera del Humvee de Kurtz. Dentro se oían los chirridos furiosos de la cosa quemándose.

Dibujó un gran arco hacia el lado del copiloto del Humvee en llamas y apuntó hacia la ventanilla rota, pero se quedó con el entrecejo fruncido hasta que comprendió por qué le parecía una tontería tan grande. Ahora el Humvee tenía rotas todas las ventanillas. Sólo quedaba cristal en el parabrisas. Volvió a reírse. ¡No había que ser gilipollas ni nada!

A través del infierno de llamas de la cabina del Humvee, seguía viendo las sacudidas de borracho de la comadreja. ¿Cuántas balas le quedaban, por si al final salía el bicho? ¿Cincuenta? ¿Veinte? ¿Cinco? Hubiera las que hubiera, tendrían que bastar. No estaba dispuesto a arriesgarse a volver al Humvee de Owen para recargar.

La cosa, sin embargó, no llegó a salir.

Henry montó guardia cinco minutos, y los extendió a diez. Nevaba, ardía el Humvee y subía por el cielo una columna de humo negro. Henry pensaba en el desfile de las fiestas de Derry, en la aparición de un hombre alto con zancos, del legendario vaquero; se acordó de la emoción de Duddits, que no se estaba quieto. Se acordó de Pete esperando al resto del grupo en la puerta del cole, con las manos en la boca para que pareciera que fumase. De Pete y sus planes de ser el capitán de la primera expedición tripulada a Marte de la NASA. Pensó en Beaver y su chaqueta de cuero, en sus palillos, y en la nana que le cantaba a Duddits. Pensó en Beav abrazando a Jonesy en la boda de este, diciéndole que tenía que ser feliz por los cuatro.

Jonesy.

Una vez que Henry tuvo la certeza absoluta de que la comadreja estaba muerta (incinerada), se metió por el sendero a fin de averiguar si Jonesy aún estaba vivo. No tenía mucha esperanza… pero descubrió que tampoco había renunciado del todo a ella.

33

El dolor era lo único que retenía a Jonesy en el mundo. Al principio creyó que el hombre demacrado y con las mejillas manchadas de negro que se había puesto de rodillas al lado de él tenía que ser un sueño, o el último capricho de su imaginación. Porque parecía Henry.

—Jonesy… Eh, Jonesy, ¿me oyes? —Henry hizo chasquear los dedos delante de la cara de su amigo—. Llamando, llamando.

—¿Eres Henry? ¿En serio?

—El mismo —dijo Henry.

Echó un vistazo al perro que seguía embutido en la rendija de la boca del tubo 12, y volvió a mirar a Jonesy. Con ternura infinita, le apartó el pelo sudado de la frente.

—Jo, tío, sí que te ha costado... —empezó a decir Jonesy, pero empezó a verlo todo borroso, cerró los ojos, se concentró mucho y volvió a abrirlos—. ... sí que te ha costado volver de la tienda. ¿Te has acordado del pan?

—Sí, pero he perdido las salchichas.

—Qué tocada de cojones. —Jonesy respiró larga, entrecortadamente—. La próxima vez voy yo.

—Tócame los perendengues, colega —dijo Henry, y Jonesy se deslizó en la oscuridad con una sonrisa.

SEPTIEMBRE, DÍA DE LOS TRABAJADORES

El universo es una puta.

NORMAN MACLEAN

Otro verano al carajo, pensó Henry.

La idea, sin embargo, no tenía nada de triste; había sido un buen verano, y también sería un buen otoño. Iba a ser un año sin caza, y seguro que recibía alguna que otra visita de sus nuevos amigos militares (ante todo, los nuevos amigos militares querían cerciorarse de que no criara ninguna excrescencia roja en la piel), pero no dejaría de ser un buen otoño. Aire fresco, días claros, noches largas.

A veces, pasada la medianoche, Henry seguía recibiendo la visita de su viejo amigo, pero en esos casos se limitaba a quedarse sentado en el estudio con un libro en el regazo y esperar a que volviera a marcharse. Siempre acababa marchándose. Siempre acababa saliendo el sol. El sueño perdido de una noche se recuperaba a la siguiente. Era como recibir a una amante. Lo había aprendido desde noviembre pasado.

Henry bebía una cerveza en el porche de la casa de campo que tenían Jonesy y Carla en Ware, la de la orilla del estanque Pepper. El extremo sur del embalse Quabbin se hallaba unos siete kilómetros al noroeste de donde estaba sentado. Al igual, naturalmente, que East Street.

La mano que sujetaba la lata de cerveza Coors sólo tenía tres dedos. Había perdido los otros dos por congelación, fuera en su travesía por la nieve por Deep Cut Road, con origen en Hole in the Wall, fuera arrastrando a Jonesy hacia el Humvee restante en una camilla improvisada. Por lo visto, el otoño pasado había sido un otoño de arrastrar gente por la nieve, con una mezcla de éxitos y fracasos.

Cerca de la playita, Carla Jones preparaba una barbacoa. Noel, el bebé, con el pañal caído, gateaba a su izquierda, alrededor de la mesa de picnic. Una de sus manos agitaba alegremente una salchicha chamuscada. Los otros tres hijos de Jonesy, cuyas edades iban de once a tres, chapoteaban y gritaban en el agua. Henry consideraba que el imperativo bíblico de crecer y multiplicarse no carecía de valor, pero tenía la impresión de que Jonesy y Carla lo habían llevado a extremos absurdos.

A sus espaldas batió la puerta mosquitera, y salió Jonesy con un cubo de cervezas heladas. Ya no cojeaba tanto. Esta vez, el médico había decidido que a la mierda con los accesorios originales, y los había sustituido por acero y teflón, diciéndole a Jonesy que a la larga habría sido inevitable, pero que con un poco más de cuidado se podría haber aprovechado cinco años más lo antiguo. La operación había sido en febrero, poco después de terminar las seis semanas de «vacaciones» de Henry y Jonesy con los de inteligencia militar.

Los militares se habían ofrecido a que la prótesis de cadera la costease el Tío Sam (un poco como colofón del parte), pero Jonesy les había dicho que no, que muchas gracias pero que no quería quitarle trabajo a su ortopeda, ni facturas a su seguro.

Para entonces, los dos se morían de ganas de salir de Wyoming. Los apartamentos estaban bien (a condición de acostumbrarse a vivir bajo tierra), la comida era de cuatro estrellas (Jonesy engordó casi cinco kilos, y Henry poco menos de diez), y las películas siempre eran de estreno, pero flotaba un ambiente como de *Teléfono rojo, volamos hacia Moscú*. Henry se había tomado mucho peor que Jonesy las seis semanas. Jonesy lo pasaba mal, pero más que nada por la cadera dislocada; los recuerdos de compartir cuerpo con el señor Gray habían tardado un período de tiempo notablemente corto en adquirir consistencia de sueños.

En cambio, los recuerdos de Henry no habían hecho más que fortalecerse. Los peores eran los del establo. Los interrogatorios corrían a cargo de gente compasiva, sin ningún Kurtz en sus filas, pero Henry no conseguía no pensar en Bill, Marsha y Darren Chiles, el del porro gigante. Eran asiduos visitantes de sus sueños.

Al igual que Owen Underhill.

—Refuerzos —dijo Jonesy al dejar en el suelo el cubo de cervezas.

A continuación, gemido y mueca mediante, se instaló en la mecedora con asiento de mimbre de al lado de Henry.

—Sólo una más —dijo Henry—. Salgo para Portland más o menos dentro de una hora.

—Quédate a dormir —dijo Jonesy, observando a Noel, que ahora estaba sentado en la hierba detrás de la mesa de picnic y parecía muy concentrado en insertarse en el ombligo los restos de la salchicha.

—¿Con tus nenes dando guerra como mínimo hasta medianoche? —repuso Henry—. ¿Eligiendo una de miedo de Mario Bava?

—Ahora paso bastante de las pelis de miedo —dijo Jonesy—. Esta noche toca festival Kevin Costner, empezando por *El guardaespaldas*.

—¿No habías dicho que ya no veías pelis de terror?

—Muy gracioso. —Jonesy se encogió de hombros y enseñó los dientes—. Tú mismo.

Henry levantó la cerveza.

—Por los amigos ausentes.

Hicieron chocar las latas y bebieron.

—¿Y Roberta? —preguntó Jonesy.

Henry sonrió.

—Pues está muy bien. En el funeral no lo veía yo tan claro...

Jonesy asintió con la cabeza. En el funeral de Duddits, Roberta había estado entre los dos; mejor, porque apenas se tenía en pie.

—... pero se está recuperando mucho. Dice que quiere abrir una tienda de artesanía, y me parece buena idea. Claro que le echa de menos. Desde que se murió Alfie, su vida era Duds.

—Y la nuestra —dijo Jonesy.

—Sí, supongo que sí.

—Tengo muy mala conciencia por haberle dejado tantos años solo. ¡Él con leucemia, y nosotros sin enterarnos, haciendo los gilipollas!

—Sí que lo sabíamos —dijo Henry.

Jonesy le miró con las cejas arqueadas.

—¡Eh, Henry! —llamó Carla—. ¿Cómo quiere la hamburguesa el señor?

—¡Muy hecha! —exclamó Henry en respuesta.

—¡Oído! ¿Me harías el favor de coger al niño? Es que se está poniendo perdido de salchicha. Quítasela y que lo coja su papá.

Henry bajó del porche, sacó a Noel de debajo de la mesa y le trasladó a las mecedoras.

—¡Eni! —dijo Noel, muy animado. Tenía dieciocho meses.

Henry se detuvo con un escalofrío en toda la espalda, como si le hubiera interpelado un fantasma.

—¡Pome, Eni! ¡Pome!

Noel subrayó su tesis con un buen salchichazo en la nariz de Henry.

—No, gracias, prefiero esperar a la hamburguesa —dijo Henry, que siguió caminando.

—¿No quere pomé?

—No, guapetón. Eni se pome su popia pomida. Ahora, que si me das la porquería que tienes en la mano, mejor. Ya te darán otra cuando estén hechas.

Sacó la salchicha sucia de la manita de Noel, sentó a la criatura en las piernas de Jonesy y regresó a su asiento. Cuando Jonesy acabó de limpiar el ombligo de su hijo de mostaza y ketchup, el bebé casi dormía.

—¿Por qué has dicho que lo sabíamos? —preguntó Jonesy.

—No te hagas el tonto. Una cosa es que le abandonáramos nosotros, o que intentáramos abandonarle, y otra que nos abandonara Duddits. ¿Tú crees que era posible, con todo lo que había pasado?

Jonesy negó muy lentamente con la cabeza.

—Una parte fue hacernos mayores e ir cada uno por su lado, pero también tuvo mucho que ver lo de Richie Grenadeau. Lo llevábamos dentro, como Owen Underhill lo de la bandeja de los Rapeloew.

A Jonesy no le hizo falta preguntar de qué se trataba. En Wyoming habían tenido todo el tiempo del mundo para ponerse al corriente de las peripecias del otro.

—Hay un poema de Francis Thompson sobre un hombre que intenta correr más que Dios —dijo Henry—. ¡Dios me libre de decir que Duddits fuera Dios! Pero siempre iba por delante. Nosotros corríamos lo más deprisa que podíamos, pero...

—No hubo manera de que saliéramos del atrapasueños —dijo Jonesy—. No lo consiguió ninguno de los cuatro. Entonces vinieron los byrum. Unas esporas gilipollas viajando en naves hechas por otra raza. ¿Sólo eran eso? ¿Nada más?

—Dudo que lleguemos a saberlo. En otoño pasado sólo se

contestó una pregunta. Nos hemos pasado muchos siglos mirando las estrellas y preguntándonos si estamos solos en el universo. Pues ahora sabemos que no. Ya ves. Gerritsen... ¿Te acuerdas de Gerritsen?

Jonesy asintió. Por descontado que se acordaba de Terry Gerritsen, el psicólogo militar que dirigía el equipo de interrogadores de Wyoming. Gerritsen y Henry habían hecho tan buenas migas que sólo les había impedido trabar auténtica amistad la situación. En Wyoming, Jonesy y Henry habían recibido muy buen trato, pero no de invitados. A pesar de ello, Henry Devlin y Terry Gerritsen eran colegas de profesión, lo cual tenía su peso.

—Gerritsen partía de que había dos respuestas, no una: que no estamos solos en el universo y que no somos los únicos seres inteligentes del universo. Yo discutí mucho para convencerle de que la segunda premisa se basaba en un error de lógica, y me parece que no llegué a convencerle, pero es posible que le hiciera dudar un poco. Aparte de todo, los byrum no son constructores de naves, y existe la posibilidad de que la raza que las hizo se haya extinguido. Hasta es posible que ahora sean los byrum.

—El señor Gray no era tonto.

—Estoy de acuerdo, pero sólo desde que se te metió en la cabeza. El señor Gray eras tú, Jonesy. Te robó las emociones, los recuerdos, la afición al beicon...

—Ahora ya no como.

—No me extraña. También te robó lo básico de tu personalidad, incluidas tus rarezas subconscientes: lo que hace que te gusten las pelis de terror de Mario Bava y los westerns de Sergio Leone, lo que alucinaba con el miedo y la violencia... ¡Jo, tío, cómo le gustaba todo eso al señor Gray! Y ¿qué tiene de raro? Son herramientas primitivas de supervivencia, y él, como era el último de su especie en un entorno hostil, cogió todas las que tenía a mano.

—Eso son chorradas.

A Jonesy se le leía en la cara que no le gustaba la idea.

—No. En Hole in the Wall viste lo que esperabas ver, o sea, un extraterrestre que era un cruce de *Expediente X* y *Encuentros en la tercera fase*. Inhalaste el byrus... porque tengo claro que algo de contacto físico tuvo que haber... pero eras completamente inmune. Ahora sabemos que lo es como mínimo el cincuenta por ciento de la especie humana. Lo que se te contagió fue una intención… una especie de imperativo ciego. ¡Coño, yo qué sé! No hay palabras para describirlo, porque no hay palabras para describirlos a *ellos*. Pero creo que entró porque tú *creías* que estaba.

—¿Qué quieres decir? —dijo Jonesy, mirando a Henry por encima de la cabeza de su hijo dormido—. ¿Que casi destruyo a la especie humana por culpa de una especie de embarazo histérico?

—No, no —dijo Henry—. Si sólo fuera eso, se te habría pasado. Se habría reducido a una… una amnesia transitoria. Pero la idea del señor Gray se te quedó enganchada como una mosca en una telaraña.

—Enganchada en el atrapasueños.

—Exacto.

Se quedaron callados. Pronto les avisaría Carla y comerían salchichas, hamburguesas, ensaladilla de patatas y sandía bajo el escudo azul del cielo, infinitamente permeable.

—¿Entonces qué fue? ¿Pura coincidencia? —preguntó Jonesy—. ¿Aterrizaron en Jefferson Tract como podrían haber acabado en cualquier otro sitio, y resultó que también estaba yo? Yo y vosotros: tú, Peter y Beav. Más Duddits, ¿eh? Ten en cuenta que sólo estaba doscientos o trescientos kilómetros más al sur. Porque el que nos mantenía juntos era Duddits.

—Duddits siempre fue una espada de doble filo —dijo Henry—. Uno, el de Josie Rinkenhauer: Duddits el salvador, el que encontraba gente. Otro, el de Richie Grenadeau: Duddits el asesino. Ocurre que Duddits nos necesitaba para ayudarle a matar. Estoy seguro. Éramos los que teníamos la capa de subconsciente más profunda. Suministramos el odio y el miedo: miedo de que fuera en serio la promesa de Richie Grenadeau de ir a por nosotros. Siempre tuvimos más parte oscura que Duddits. Para él, ser malo era puntuar las cartas al revés, y más que nada lo hacía para reírnos. Aunque… ¿Te acuerdas de cuando Pete le puso el gorro en los ojos, y Duddits chocó con la pared?

Jonesy se acordaba vagamente. Había sucedido fuera del centro comercial, el gran centro de atracción de sus años jóvenes. Misma mierda, diferente día.

—Luego, durante bastante tiempo, siempre que jugábamos al juego de Duddits perdía Pete. En su caso Duddits, siempre contaba al revés, sin que le diéramos más importancia. Debimos de pensar que era casualidad, pero ahora, con todo lo que sé, tiendo a dudarlo.

—¿Tú crees que hasta Duddits sabía que la venganza es muy puta?

—Lo aprendió de nosotros, Jonesy.

—Duddits le dio al señor Gray algo en que apoyar el pie. O la mente.

—Sí, pero también te dio a ti un refugio para esconderte del señor Gray. Que no se te olvide.

No, Jonesy pensó que jamás se le olvidaría.

—Por nuestro lado empezó todo con Duddits —dijo Henry—. Desde que le conocimos hemos sido raros. Ya lo sabes, Jonesy. Lo de Richie Grenadeau sólo fue lo que destacaba más, pero seguro que si repasas tu vida encontrarás más cosas.

—Defuniak —murmuró Jonesy.

—¿Quién?

—El chaval que pillé copiando justo antes de mi accidente. El día del examen yo no estaba, pero le pillé.

—¿Ves? Pero al final, el círculo de ese hijo de puta gris lo rompió Duddits. Y te digo otra cosa: me parece que, estando al final de East Street, me salvó la vida Duddits. Veo muy posible que cuando el ayudante de Kurtz nos vio en la parte trasera del Humvee (me refiero a la primera vez) tuviera a Duddits en la cabeza diciéndole: «Tranqui, tío, tú a lo tuyo, que están muertos.»

Jonesy, sin embargo, seguía con la idea de antes.

—¿Y tenemos que creernos que el hecho de que el byrum conectara con nosotros, habiendo tanta gente en el mundo, fue puramente aleatorio? Porque es lo que creía Gerritsen. No lo dijo, pero se notaba en su enfoque.

—¿Por qué no? Hay científicos, gente tan brillante como Stephen Jay Gould, que están convencidos de que si existe nuestra especie es por una serie de coincidencias todavía más larga e improbable.

—¿Y tú lo crees?

Henry levantó las manos. Le costaba encontrar una respuesta sin invocar a Dios, que en los últimos meses, sigiloso, había vuelto a entrar en su vida, como por la puerta trasera y en el silencio de muchas noches de insomnio. Pero ¿de veras había que invocar al *deus ex machina* de toda la vida para encontrarle sentido a la cuestión?

—Lo que creo, Jonesy, es que Duddits es *nosotros. L'enfant c'est moi... toi... tout le monde.* Raza, especie, género; juego, set y partido. Nuestra suma es Duddits, y nuestras aspiraciones más nobles, juntas, no pasan de saber dónde está la fiambrera amarilla y aprender a ponernos bien los zapatos. Qué adegla, adegla tatilla. En un sentido cósmico, nuestras emociones más malvadas se reducen a alguien contando al revés los puntos del otro y haciéndose el tonto.

Jonesy le observaba con fascinación.

—No sé decirte si es exaltante u horrible.

—Tampoco importa.

Jonesy se lo pensó y preguntó:

—Si somos Duddits, ¿quién nos canta? ¿Quién canta la nana, y nos ayuda a dormir cuando pasamos pena y miedo?

—Ah, eso sigue haciéndolo Dios —dijo Henry.

Tuvo ganas de darse una patada. Tanto decirse que no lo soltaría, y ahí estaba.

—¿Y Dios evitó que la última comadreja se metiera en el tubo 12? Porque si llega a entrar en el agua, Henry…

Técnicamente, la última comadreja había sido la incubada dentro de Perlmutter, pero no tenía sentido ser tan tiquismiquis ni dilucidar bizantinismos.

—No te niego que hubiera sido un problema; durante unos años Boston habría pensado bastante menos en si hay que derruir el estadio de Fenway Park. Pero ¿destruirnos? Lo dudo. Para ellos éramos algo nuevo. El señor Gray lo sabía. Las grabaciones que te hicieron bajo hipnosis…

—Ni las menciones.

Jonesy había oído dos, y lo consideraba el mayor error de su estancia en Wyoming. Oírse a sí mismo hablando como señor Gray (sometido a una hipnosis profunda para «convertirse» en el señor Gray) había sido como oír a un fantasma maligno. Había ocasiones en que se consideraba la única persona de todo el planeta con una comprensión real de lo que era ser violado. Algunas cosas era mejor olvidarlas.

—Perdona.

Jonesy hizo un gesto con la mano para quitarle importancia, aunque había palidecido bastante.

—Lo único que digo es que, en mayor o menor medida, la que vive en el atrapasueños es toda nuestra especie. Suena fatal, a trascendentalismo cutre, a hueco, pero es que para esta parte tampoco tenemos palabras. Puede que a la larga tengamos que inventarnos alguna, pero de momento habrá que conformarse con «atrapasueños».

Henry giró el torso, al igual que Jonesy, que movió un poco a Noel. Encima de la puerta de la cabaña había un atrapasueños colgando. Lo había traído Henry como regalo, y Jonesy lo había colgado enseguida, como un campesino católico clavando un crucifijo en la puerta de su casa en época de vampiros.

—Quizá les atrajeras tú —dijo Henry—. O nosotros. Como cuando las flores se orientan hacia el sol, o como cuando se ponen en fila las limaduras de hierro sintiendo la atracción del imán. No podemos saberlo del todo, por lo diferente que es de nosotros el byrum.

—¿Volverán?

—Seguro —dijo Henry—. Los mismos u otros.

Miró el cielo azul de aquel día de finales de otoño. Lejos, por el embalse de Quabbin, chilló un águila.

—Pero hoy no.

—¡Chicos! —exclamó Carla—. ¡A comer!

Henry levantó a Noel de las piernas de Jonesy. Hubo un momento en que se tocaron sus manos, sus ojos y sus mentes. Hubo un momento en que vieron la línea. Henry sonrió, y Jonesy le sonrió a él. Después bajaron por los escalones y cruzaron juntos el césped, Jonesy cojeando y Henry con el niño dormido en sus brazos. Por ese momento, la única oscuridad fueron sus sombras siguiéndoles por la hierba.

Lovell, Maine
29 de mayo de 2000

NOTA DEL AUTOR

Nunca he estado tan contento de escribir como durante la confección de *El cazador de sueños* (*Dreamcatcher*) (16 de noviembre de 1999-29 de mayo de 2000). A lo largo de esos seis meses y medio sufrí un gran malestar físico, y el libro me transportó. El lector verá que algunas partes del malestar físico me siguieron hasta el relato, pero lo que más recuerdo es el alivio sublime que nos proporcionan los sueños.

Me ayudó mucha gente. Una, mi mujer Tabitha, que se negó en redondo a referirse a la novela por su título original, *Cáncer*. Lo consideraba feo, y una invitación a la mala suerte y los problemas. He acabado por compartir su punto de vista, y ya no se refiere a él como «el libro ese» o «el de los bichos caca».

También estoy en deuda con Bill Pula, que me llevó en cuatro por cuatro por el embalse de Quabbin, y a sus acompañantes Peter Baldracci, Terry Campbell y Joe McGinn. Otro grupo de personas, que quizá prefieran no ser nombradas, me llevaron en Humvee detrás de la base aérea de la Air National Guard y cometieron la imprudencia de dejarme conducir, asegurándome que era imposible quedarse atascado. Faltó poco. Volví manchado de barro, y contentísimo. También quieren que diga que los Humvee funcionan mejor con barro que con nieve. En ese aspecto, yo he novelado sus capacidades para que se adecuasen a mi relato.

Vaya también mi agradecimiento a Susan Moldow y Nan Graham, de Scribner, a Chuck Verrill, responsable de la revisión, y a Arthur Greene, que actuó como agente. Tampoco debo olvidarme de Ralph Vicinanza, mi agente para los derechos en el extranjero, que encontró como mínimo seis maneras de decir «aquí no hay infección» en francés.

Una nota final. Este libro fue escrito con el mejor procesador de textos del mundo: una pluma Waterman. Escribir a mano la primera redacción de un libro extenso me ha dado un sentido del lenguaje que no había tenido en muchos años. Una noche (durante un corte de electricidad), hasta escribí con velas. En el siglo XXI se encuentran pocas oportunidades así, y hay que saborearlas.

Y a quienes hayan llegado tan lejos, gracias por leer mi relato.

STEPHEN KING